KB132104

제르미날 1

이 도서의 국립중앙도서관 출판예정도서목록(CIP)은 서지정보유통지원시스템 홈페이지(http://seoji.nl.go.kr)와
국가자료공동목록시스템(http://www.nl.go.kr/kolisnet)에서 이용하실 수 있습니다.
(CIP제어번호: CIP2014020433)

세계문학전집
1 2 1

Émile Zola : Germinal

제르미날 1

에밀 졸라 장편소설

박명숙 옮김

문학동네

일러두기

1. 번역 대본으로는 Collection Folio Classique 판 *Germinal*(Émile Zola, Henri Mitterand 편집, Gallimard, 2010)을 사용했다.
2. 주석은 모두 옮긴이주이다.
3. 본문 중 고딕체는 원서에서 이탤릭체로 강조한 부분이다.

차례 █

몽수와 그 주변 지도
해설 | 『제르미날』, 짙은 어둠 속에서 움트는 희망의 대서사시
루공마카르 가문의 계통수
에밀 졸라 연보

제1부

1

별조차 보이지 않는 칠흑 같은 밤, 한 사내가 짙은 어둠 속을 뚫고
허허벌판에 난 도로 위를 홀로 터벅터벅 걸어가고 있었다. 마르시엔*
과 몽수**를 잇는 포장도로가 사탕무밭을 가로지르며 10킬로미터에 걸
쳐 곧게 뻗어 있었다. 사위가 온통 암흑으로 뒤덮여 눈앞에 길게 뻗어
있는 도로조차 제대로 알아볼 수 없었다. 매섭게 불어오는 3월의 바
람을 맞으며 드넓은 평원이 그의 앞에 펼쳐져 있음을 대략 가늠할 수
있을 뿐이었다. 습지와 벌거벗은 땅을 쓸고 오느라 얼음장처럼 차가

---

* 프랑스 북부 노르파드칼레 주의 노르 데파르트망에 위치한 코뮌.
** 졸라가 만들어낸 가상의 도시로, 부르고뉴 지방에 위치한 당시의 탄광촌 '몽소레민
(Montceau-les-Mines)'을 빌려온 것으로 추측된다. 프랑스어로 '몽수(montsou)'는
'돈으로 이루어진 산(mont sou)'이라는 의미다.

워진 돌풍은 바다 위를 불 때처럼 너른 지역을 남김없이 휩쓸고 지나 갔다. 아득한 지평선 그 어디에도 나무 한 그루 보이지 않았고, 어둠 의 바다가 일으킨 물보라가 시야를 가리는 가운데 방파제처럼 보이는 직선 도로만 길게 뻗어 있었다.

사내는 새벽 두시경 마르시엔을 출발했다. 그는 무명으로 된 닳아 빠진 윗옷과 벨벳 바지를 입고 오들오들 떨면서 걸음을 재촉했다. 체 크무늬 손수건으로 싼 조그만 짐꾸러미가 무척 성가시게 느껴졌다. 그는 두 손을 주머니 깊숙이 찔러넣기 위해 꾸러미를 양쪽 옆구리에 번갈아 끼우고는 팔꿈치로 눌렀다. 동쪽에서 채찍을 후려치듯 휘몰아 치는 매서운 바람 때문에 꽁꽁 얼어붙어 감각이 마비된 손이 벌겋게 터서 갈라졌다. 일자리도 집도 없는 사내의 텅 빈 머릿속에는 오직 한 가지 생각밖에 없었다. 해가 뜨면 이 추위가 조금이라도 수그러들 것 이라는 희망이었다. 그가 이렇게 걷기 시작한 지 한 시간쯤 되었을 때, 몽수에서 2킬로미터 정도 떨어진 지점의 왼쪽에서 벌겋게 타오르 는 불길이 눈에 들어왔다. 마치 공중에서 정지한 듯 보이는 세 덩어리 의 불꽃이었다. 그는 두려운 마음에 잠시 머뭇거렸다. 하지만 잠시라 도 손을 녹이고 싶다는 간절한 욕구를 떨쳐버릴 수가 없었다.

그가 들어선 길은 움푹 패어 있었다. 갑자기 모든 게 사라져버린 듯 했다. 그의 오른쪽을 가로막은 것은 울타리였다. 조악한 나무판자들 로 철로로 통하는 길을 막아놓은 것이었다. 그의 왼쪽으로는 풀로 뒤 덮인 언덕이 있었고, 그 위로 박공*처럼 생긴 것들이 희미하게 보였

---

* 박공지붕의 옆면 끝머리에 'ㅅ' 모양으로 붙여놓은 두꺼운 나무판자.

다. 언덕 너머에 똑같은 모양의 나지막한 지붕을 얹은 집들이 모인 마을이 있음을 짐작하게 하는 광경이었다. 그는 이백여 걸음을 더 나아갔다. 길모퉁이를 돌아서자 느닷없이 불이 가까이에서 다시 보였다. 어찌하여 죽은듯 고요한 밤하늘에서 마치 불타는 달처럼 생긴 불이 저렇게 높이 타오르고 있는지 점점 더 의아한 생각이 들었다. 시선을 아래로 향하자 또다른 인상적인 광경이 그의 발길을 멈추게 했다. 납작하게 짓눌린 거대한 덩어리처럼 보이는 건물들과, 공장 굴뚝의 그림자 하나가 우뚝 솟아 있는 모습이었다. 시커멓게 때가 낀 창문들에서는 빛이 드문드문 새어나왔다. 밖에는 대여섯 개의 초롱이 처량한 모습으로 매달려 있고, 시커메진 나무 골조가 언뜻 거대한 비계飛階를 연상시키는 모습으로 신비스러운 분위기를 풍기며 서 있었다. 그처럼 짙은 어둠과 연기에 잠긴 비현실적인 광경 가운데 단 하나의 목소리만이 들려왔다. 전혀 눈에 띄지 않는 어딘가에서 쌕쌕거리며 증기가 길게 뿜어져나오는 소리가 어둠을 가르며 크게 울려퍼지고 있었다.

그제야 사내는 그곳이 수갱竪坑*이라는 것을 깨달았다. 그는 또다시 자포자기의 심정에 사로잡혔다. 저곳에 간다 한들 무슨 소용이 있겠는가? 저곳이라고 일자리가 있을 리 만무했다. 그는 건물 쪽으로 가는 대신 폐석 더미 위로 기어올라갔다. 그 위에는 세 개의 무쇠 화로 속에서 석탄이 활활 타면서 일으키는 불꽃이 주변을 밝히며 작업장의 차가운 공기를 덥혀주고 있었다. 굴진掘進** 작업을 하는 인부들이 파낸

---

* 탄광에서 수직으로 파내려간 갱도.
** 지하에 사람이 통행하거나 자재, 석탄 등을 운반하고, 통풍시키고 지하수를 빼내기 위한 통로를 구축하는 일.

흙을 그때껏 끄집어내고 있는 걸로 봐서 늦게까지 일을 한 듯했다. 이번에는 인부들이 탄차炭車를 가대架臺 위로 미는 소리가 들려왔다. 곧이어 움직이는 그림자들이 각각의 불 가까이로 탄차를 비워내는 모습이 보였다.

"안녕하세요." 사내는 화로 하나로 다가가면서 말했다.

불을 등진 채 서 있는 짐수레꾼 노인은 보라색 털스웨터에 챙 달린 토끼 털가죽 모자를 쓰고 있었다. 그가 부리는 커다란 누런색 말이 바위처럼 꼼짝 않고 서서 기다리는 동안, 한 인부가 그가 끌고 온 여섯 대의 탄차를 비워냈다. 티플러*를 조작하는, 갈색 머리에 몸이 강파른 사내는 조금도 서두르지 않고 추위에 곱은 손으로 손잡이를 힘주어 눌렀다. 그들의 머리 위로는 바람이 맹위를 떨치고 있었다. 얼음장처럼 차가운 삭풍은 마치 낫질을 하듯 세차고 리드미컬하게 불어왔다.

"안녕하시오." 노인이 대답했다.

잠시 침묵이 이어졌다. 사내는 노인의 경계하는 눈빛을 느끼고 즉시 자기 이름을 말했다.

"전 에티엔 랑티에**라고 합니다. 기계공이죠…… 혹시 여기서 일 좀 할 수 있을까 해서요."

불길이 그를 환하게 비추었다. 나이는 스물한 살쯤 되어 보였다. 검게 그을린 피부에 잘생긴 얼굴, 가느다란 팔다리에 비해 탄탄한 몸을

---

* 차를 기울여 짐을 부리는 장치.
** 에밀 졸라의 또다른 대표작 『목로주점』의 주인공 제르베즈 마카르와 오귀스트 랑티에의 아들. 『목로주점』에는 그가 아주 어릴 때 기계공 견습생이 되기 위해 릴로 떠나는 이야기가 나온다.

지닌 청년이었다.

짐수레꾼 노인은 마음이 놓이는 듯 고개를 저으며 말했다.

"유감이지만, 여긴 기계공이 할 만한 일은 없소이다. 전혀…… 어제만 해도 두 명이나 찾아왔는데, 여긴 아무것도 없다오."

돌풍이 불어오자 두 사람은 입을 다물었다. 잠시 후 에티엔은 폐석더미 아래쪽으로 시커먼 덩어리처럼 보이는 건물들을 가리키며 물었다.

"저기가 수갱이죠?"

노인은 즉시 대답을 할 수 없었다. 격렬한 기침 발작 때문에 질식할 것처럼 목이 메었기 때문이다. 그러다 가래를 뱉자, 불빛으로 붉게 물든 땅에 검은 얼룩이 생겨났다.

"그렇소, 저기가 수갱이오. 여긴 르 보뢰* 탄광이오…… 보시오! 저기가 바로 탄광촌이라오."

이번에는 그가 어둠 속으로 팔을 뻗어 마을을 가리켰다. 청년이 지붕들을 보면서 어렴풋이 그려보았던 바로 그곳이었다. 그사이 여섯 대의 탄차가 모두 비워지자, 노인은 말에게 채찍을 내리칠 생각도 하지 않고 류머티즘으로 뻣뻣해진 다리를 끌면서 말이 끄는 탄차를 터덜터덜 뒤따라갔다. 커다란 누런색 말은 또다시 털이 쭈뼛 설 정도로 거세게 몰아치는 돌풍을 맞으며 저 혼자 알아서 철로 위로 힘겹게 탄차를 끌고 갔다.

르 보뢰 탄광은 이제 막 꿈에서 깨어나고 있었다. 갈라져 피가 나는

---

* '보뢰(Voreux)'는 '집어삼키다, 탐욕스럽게 먹다'라는 의미의 프랑스어 'dévorer'에서 비롯된 이름이다.

가엾은 손을 녹이느라 한동안 불 앞에서 넋을 놓고 있던 에티엔은 문득 정신을 차려 주위를 돌아보았다. 그러면서 수갱을 구석구석 찬찬히 살펴보았다. 타르가 칠해진 창고는 선탄장選炭場*이었다. 갱구坑口** 에 설치된 권양기탑***과 거대한 기계실, 배수펌프가 설치된 사각형 모양의 작은 탑도 보였다. 계곡의 움푹 팬 곳에 땅딸막한 벽돌 건물들이 한데 몰려 있는 가운데, 굴뚝을 위협적인 뿔처럼 우뚝 세우고 있는 수갱은 세상을 집어삼키기 위해 그곳에 웅크린 채 기다리는 탐욕스러운 짐승처럼 음험해 보였다. 그곳을 둘러보면서 에티엔은 일주일 전부터 일자리를 찾아 떠돌아다니고 있는 자신과 자신의 삶을 떠올렸다. 철도 작업장에서 책임자의 뺨을 때린 죄로 해고당한 그는 릴뿐만 아니라 그 어디에서도 발붙일 곳을 찾지 못했다. 포르주****에 가면 일자리를 구할 수 있을 거라는 말을 듣고 토요일에 마르시엔에 도착했지만, 포르주에도 손빌에도 그를 위한 일자리는 없었다. 일요일에는 수레 제조 공장 적재장의 나무들 사이에 숨어 있다가 경비원에게 들키는 바람에 새벽 두시에 쫓겨나고 말았다. 주머니에는 땡전 한 푼 남아 있지 않았고 빵 부스러기조차 구경할 수 없었다. 이렇게 얼마나 더 버틸 수 있을 것인가? 목적지도 없이, 매서운 삭풍을 피할

---

* 갱도 밖으로 운반한 석탄에서 암석, 이물질 등을 제거하면서 크기와 형태, 탄질별로 분류하는 작업을 하는 곳.
** 지표에서 갱도로 들어가는 입구. 갱내에서 채굴한 광석·석탄을 반출하거나 갱내에 신선한 공기를 공급하는 통로다. 두 개 이상의 갱구가 있어, 한쪽 갱구는 입기(入氣) 갱구, 다른 한쪽은 배기 갱구 역할을 한다.
*** 수갱에서는 수직으로 굴착을 하기 때문에 굴착과 축벽을 위한 여러 가지 장비가 필요한데, 그중 하나가 권양기탑이다. 케이지의 도르래를 지지해주는 역할을 한다.
**** 금속이나 유리를 녹여 제품을 만드는 주조 공장의 이름.

곳조차 없이 여기저기 길바닥을 떠돌면서. 그렇다, 여긴 분명 탄광이었다. 드문드문 매달린 초롱들이 채굴물 집하장을 밝히고 있었다. 문 하나가 불쑥 열리자 환하게 밝혀진 보일러 화실火室이 언뜻 보였다. 그는 이제 대부분의 구조를 파악할 수 있었다. 괴물의 거친 숨결처럼 펌프가 끊임없이 쌕쌕거리며 증기를 길게 뿜어내는 것까지.

티플러를 조작하는 인부는 몸을 웅크린 채 그에게 눈길조차 주지 않았다. 몸을 숙여 땅에 떨어뜨린 조그만 보따리를 주우려던 에티엔은 발작적인 기침 소리를 듣고 짐수레꾼 노인이 되돌아온 것을 알았다. 노인은 어둠 속에서 서서히 모습을 드러냈다. 그의 뒤로 다시 석탄을 가득 채운 여섯 대의 탄차를 끄는 누런 말이 보였다.

"몽수에는 공장이 없습니까?" 청년이 물었다.

노인은 시커먼 가래를 뱉고는 바람 소리 때문에 목소리를 높여 대답했다.

"오! 공장이야 많지. 삼사 년 전만 해도 정말 굉장했거든! 여기저기서 공장 기계 돌아가는 소리가 요란했고, 일할 사람이 부족할 지경이었으니까. 아마 내 평생 그때처럼 돈을 벌어본 적은 없을 거야…… 그런데 이젠 다시 허리띠를 졸라매게 생겼으니. 온 나라가 죽어가고 있어. 사람들은 일터에서 모두 내쫓기고, 작업장은 하나둘씩 문을 닫고 있지……* 이게 황제**의 잘못은 아닐지 모르지만, 그 먼 아메리카까지 가서 전쟁은 왜 하느냔 말이야.*** 여기선 콜레라****로 사람들뿐만 아니라 짐승

---

* 이 소설의 배경이 되는 1866년은 경제 불황이 극심한 시기였다.
** 나폴레옹 1세의 조카인 나폴레옹 3세, 루이 나폴레옹 보나파르트를 가리킨다.
*** 멕시코 전쟁을 언급한 말. 나폴레옹 3세는 1862년부터 멕시코로 군대를 보내 1864년

들까지 모조리 죽어나가고 있는 판에.”

세차게 불어오는 바람 때문에 이야기가 뚝뚝 끊기는 가운데 두 남자는 짤막짤막하게 서로의 불평을 늘어놓았다. 에티엔은 일주일 전부터 아무 소득 없이 떠돌아다닌 자신의 기막힌 처지를 하소연했다. 그럼 이대로 굶어죽어야 하는 건가? 이제 머지않아 길거리는 구걸하는 사람들로 가득찰 것이다. 그러자 노인도 거들었다. 그렇다, 이런 식으로 가다가는 안 좋은 꼴을 보게 될 게 뻔하다. 이렇게 수많은 신의 자녀들을 거리로 내모는 것을 신이 용납할 리 없다.

“고기 구경한 지가 언젠지 기억도 안 납니다.”

“빵이라도 매일 먹을 수 있으면 다행이지!”

“맞습니다. 빵이라도 매일 먹을 수만 있다면 뭘 더 바라겠습니까!”

그들의 목소리는 처량한 울부짖음 같은 휘몰아치는 돌풍에 휩쓸려 점차 잦아들었다.

“저길 보시게!” 짐수레꾼 노인은 남쪽을 돌아보며 큰 소리로 외치다시피 말했다.

“저기가 몽수라네……”

그리고 다시 손을 뻗어, 캄캄한 어둠에 가려 제대로 보이지도 않는 곳들을 하나하나 가리키며 설명해나갔다. 저기 몽수에 있는 설탕 정제 공장인 포벨은 아직 돌아가고 있긴 하지만, 같은 설탕 정제 공장인

에 멕시코를 점령하고, 오스트리아의 대공 막시밀리안을 황제로 내세웠다. 그후 프랑스군이 철군하면서 고립된 황제는 1867년에 총살당함으로써 비극적인 최후를 맞이했다.
**** 1866년 릴과 발랑시엔 지역에서는 콜레라가 유행했다. 당시 자료에는 콜레라로 릴에서만 2천여 명의 사망자가 발생했다고 기록되어 있다.

오통은 얼마 전에 인원을 줄였다. 아직까지 그런대로 버티고 있는 곳은 제분 공장인 뒤티윌과 탄광용 케이블 제작 공장인 블뢰즈밖에 없다. 그런 다음 북쪽을 향해 돌아선 노인은 커다란 몸짓으로 지평선의 반쯤에 해당하는 지역을 가리키며 얘기를 계속했다. 손빌 건설 작업장들은 평소 작업량의 삼분의 이만큼도 주문을 받지 못했다. 마르시엔의 포르주에는 세 대의 용광로 중 두 대에만 불이 타오르고 있다. 가주부아 유리 제조 공장에서는 곧 파업이 일어날 조짐이 보인다. 임금을 깎을 거라는 얘기가 나돌고 있기 때문이다.

"압니다, 저도 알고 있습니다." 청년은 노인이 한 곳을 가리킬 때마다 반복해 말했다. "거기서 오는 길이거든요."

"다행히 우린 아직까진 별문제 없지만." 짐수레꾼 노인이 덧붙였다. "하지만 이곳 탄광 역시 채탄량이 점점 줄어들고 있어. 저기 맞은편에 있는 라 빅투아르 탄광도 코크스로_爐 두 군데에만 불을 피워놓았고 말이지."

노인은 가래를 뱉은 다음, 졸고 있는 말을 텅 빈 탄차에 묶고는 그 뒤를 따라갔다.

이제 에티엔은 지역 전체를 굽어보고 있었다. 노인의 손짓이 칠흑 같은 어둠을 깊은 절망으로 채워넣은 듯했다. 그 시각, 청년은 자신의 주변 어디에서나 끝 간 데 없이 내리깔린 절망을 본능적으로 느낄 수 있었다. 황량한 벌판 위로 부는 3월의 차가운 바람이 몰고 오는 게 고통스러운 굶주림의 외침이 아니고 무어란 말인가? 돌풍이 점점 더 거세지면서 노동의 죽음, 즉 수많은 사람을 죽음으로 몰아넣을 결핍의 흉흉한 기운을 퍼뜨리는 듯했다. 그는 불안하게 흔들리는 시선으로 어둠 속을 꿰뚫어보려 했다. 또렷이 보려는 욕구와 자신이 보게 될 것에 대한 두려움 사이에서 갈등하면서.

모든 것이 캄캄한 미지의 어둠 속으로 사라져버린 듯했다. 그가 알아볼 수 있는 것은 저멀리 보이는 높다란 용광로와 코크스로뿐이었다. 비스듬히 세워진 백여 개의 굴뚝은 시뻘건 불꽃으로 만든 경사진 난간처럼 보였다. 좀더 왼쪽으로는, 탑처럼 보이는 용광로 두 대가 거대한 횃불처럼 하늘을 향해 새파란 불을 내뿜으며 활활 타오르고 있었다. 금방이라도 무슨 일이 일어날 것 같은 지평선에는 석탄과 철의 땅을 밝히는 밤의 불길 외에는 희미한 별빛조차 보이지 않았다. 마치 뜨거운 불길이 모든 것을 집어삼킨 듯 비장함을 불러일으키는 광경이었다.

"혹시 벨기에에서 왔나?" 다시 돌아온 짐수레꾼 노인이 에티엔의 뒤쪽에서 물었다.

그는 이번에는 탄차를 세 대만 끌고 왔다. 그나마 그거라도 비워낼 수 있어 다행이었다. 탄차를 올리고 내리는 케이지*의 너트가 부러져 십오 분쯤 작업이 중단되게 생겼던 것이다. 그로 인해 폐석 더미 아래쪽에 정적이 감돌면서 하역부**들도 더이상 덜컹거리면서 가대를 흔들지 않게 되었다. 수갱 안쪽에서 철판을 두들기는 망치 소리만 아득하게 들려올 뿐이었다.

"아뇨, 전 남부 출신입니다." 청년이 대답했다.

탄차를 비워낸 인부는 사고가 난 것을 반기듯 바닥에 털썩 주저앉

---

* 광부들과 탄차를 운반하는 승강식 운반기. 프랑스어로 '케이지(cage)'는 새장을 뜻한다.
** 탄차에 석탄을 싣고 내리는 사람. 뒤에 나오는 적재부와 구별된다.

았다. 그는 여전히 아무 말 없이 뚱한 얼굴로 초점 없는 눈을 들어 짐수레꾼을 쳐다보았다. 두 사람이 그렇게 말을 많이 하는 게 영 불편한 듯했다. 사실 짐수레꾼 노인은 평소 그렇게 말이 많은 편이 아니었다. 낯선 청년의 인상이 마음에 든 게 분명했다. 짐수레꾼 노인은 노인들이 가끔씩 혼자서 큰 소리로 얘기할 때처럼 자기 속내를 털어놓고 싶어 몸이 근질근질한 듯 보였다.

"난 몽수 출신이라네. 사람들은 날 본모르*라고 부르지, 물론 웃자고 하는 얘기지만."

"별명인가요?" 에티엔이 깜짝 놀라며 물었다.

노인은 기분이 좋은 듯 히죽거리면서 르 보뢰 탄광을 가리켰다.

"물론이지, 별명이고말고…… 세 번씩이나 저기서 죽다 살아났거든. 엉망이 된 나를 사람들이 간신히 끄집어내줬지. 처음엔 몸에 불이 붙어 온몸의 털이 그을렸고, 그다음엔 위胃까지 흙이 가득찼지. 세번째는 뱃속 가득 물이 차 개구리처럼 배가 부풀어올랐어…… 그런데도 끈질기게 살아남자, 그때부터 사람들이 우스갯소리로 나를 본모르라고 부르기 시작했지."

노인은 자신의 이야기에 도취한 듯 기름을 덜 친 도르래 같은 소리로 웃어젖히다가 또 발작적으로 기침을 해댔다. 무쇠 화로의 불꽃이 노인의 커다란 얼굴을 환히 밝혀주었다. 몇 가닥 남지 않은 새하얀 머리에, 납빛을 띤 나부죽한 얼굴에는 시퍼런 반점이 있었다. 작달막한 키에 굵은 목이 돋보였으며, 안짱다리에 팔이 유난히 길어 네모진 넓

* Bonnemort, 프랑스어로 '선한 죽음'이라는 뜻. 노인이 세 번이나 죽음의 위기를 넘기고 살아남은 것으로 미루어, 죽음의 신이 자비를 베풀었다는 의미로 붙인 별명인 듯하다.

적한 손이 무릎까지 내려왔다. 게다가 세찬 바람에도 아랑곳없이 꼼짝 않고 서 있는 그의 말처럼, 매서운 추위도 귓전을 때리는 돌풍도 전혀 느끼지 못하는 바위처럼 보였다. 그가 힘겹게 마른기침을 하다가 무쇠 화로 아래쪽에 가래를 뱉어내자 땅이 시커메졌다.

에티엔은 노인이 검게 변색시킨 땅과 노인을 번갈아 바라보았다.

"탄광에서 일하신 지 오래됐나요?"

본모르는 두 팔을 활짝 벌려 보였다.

"오래됐냐고, 아! 오래됐다 뿐인가!…… 여덟 살도 되기 전에 갱도로 내려갔으니, 놀랍지 않나! 바로 여기 르 보뢰에서 말이지. 그런데 벌써 쉰여덟 살이나 먹었으니, 한번 계산해보게…… 난 탄광에서 안 해본 게 없어. 처음엔 견습 광부부터 시작해서, 탄차를 밀 힘이 생기자 탄차 운반부로 일하게 됐지. 그런 다음에는 십팔 년 동안 채탄부 일을 했고. 그러고 나서는 이 망할 놈의 다리 때문에 채탄을 더이상 못하게 되자, 굴진과 충전充塡* 그리고 수리를 맡게 됐지. 그러다 그나마도 힘이 달리니까 날 갱에서 내쫓더군. 거기 계속 있으면 죽는다고 의사가 겁을 줬거든. 그래서 오 년 전부터는 이렇게 짐수레를 끌고 있는 거라네…… 어때? 굉장하지 않나? 오십 년을 탄광에서, 그것도 막장에서만 사십오 년을 보냈으니 말일세!"

노인이 얘기하는 동안, 벌겋게 달아오른 석탄 덩어리가 간간이 무쇠 화로에서 튀어오르며 그의 창백한 얼굴을 핏빛으로 물들였다.

"저들은 나더러 이제 그만 쉬라고 하지만, 천만의 말씀이지! 난 절

---

* 채굴이 끝난 다음 갱의 윗부분을 받치기 위해, 캐낸 곳을 모래나 바위로 메우는 일.

대 그렇게 못해. 내가 그렇게 바보인 줄 아나…… 난 아직 이 년은 더 일할 수 있어. 적어도 내 나이 육십이 될 때까지는. 그래야 연금 백팔십 프랑을 받을 수 있거든. 저들한테 오늘 저녁에 일을 그만두겠다고 하면, 얼씨구나 좋다 하면서 잽싸게 백오십 프랑만 주고 말겠지. 천하에 약아빠진 놈들 같으니라고!…… 게다가 난 아직 끄떡없다고, 이놈의 다리만 빼면. 이게 왜 이렇게 되었느냐 하면, 축축한 갱 안에서 종일 죽치다보니 온몸이 물먹은 솜처럼 되어버린 거야. 이러다 언젠가는 한 발짝도 내디디지 못하는 날이 오고야 말 거라고."

그는 또다시 발작적으로 기침을 하느라 얘기를 중단해야 했다.

"그래서 그렇게 기침을 하시는 건가요?" 에티엔이 물었다.

노인은 대답 대신 격렬하게 고개를 가로저었다. 그러다 다시 얘기를 할 수 있게 되었다.

"아니, 그래서가 아니야. 그냥 감기에 걸린 것뿐인데, 지난달부터 이 모양이야. 그전에는 이렇게 기침을 한 적이 한 번도 없는데, 어찌된 셈인지 도무지 기침이 멎지를 않는군…… 그런데 더 이상한 건, 침을 뱉을 때마다 이놈의 침이……"

그는 다시 마른기침을 한 다음 새까만 가래를 뱉어냈다.

"저게 혹시 핀가요?" 에티엔은 조심스럽게 노인에게 물었다.

본모르는 천천히 손등으로 입가를 닦았다.

"탄가루라네…… 아마 내 몸뚱어리에 들어 있는 것만 가지고도 죽을 때까지 추위 걱정은 안 해도 될 거야. 갱에 들어가지 않은 지 벌써 오 년이나 됐는데 말이지. 나도 모르는 새에 몸속에 차곡차곡 쌓여 있었던 게지. 이런 제길! 이것들이 도무지 빠져나갈 생각을 안 한다니까!"

　잠시 침묵이 흘렀다. 갱에서는 규칙적인 망치 소리가 아득하게 들려왔고, 밤의 깊은 어둠을 뚫고 나오는, 배고픔과 무기력함을 외치는 탄식처럼 바람이 그들을 스치고 지나갔다. 바람에 놀란 불길이 제멋대로 춤을 추자, 추억을 되씹던 노인은 목소리를 낮춰 얘기를 이어갔다. 오! 물론, 그와 그의 가족이 광맥을 파들어간 것은 어제오늘 일이 아니었다! 그의 가족은 몽수 탄광회사가 처음 생겼을 때부터 이곳에서 일했다. 그게 벌써 106년 전의 일이었다. 당시 열다섯 살이던 그의 할아버지 기욤 마외는 회사가 처음 개발한 탄광인 레키야르에서 역청탄을 찾아냈다. 저기 포벨 설탕 정제 공장 근처에 있던 곳인데 지금은 폐쇄되었다. 그것은 온 나라가 다 아는 사실이었다. 그때 발견된 탄맥炭脈을 그의 할아버지 이름을 따서 기욤 탄맥이라고 부른 게 그 증거였다. 본모르 자신은 본 적이 없지만, 사람들 말에 따르면 덩치가 크고 힘이 센 그의 할아버지는 예순 살에 노환으로 죽었다. 그리고 그의 아버지 니콜라 마외, 일명 '붉은 얼굴'은 겨우 마흔 살의 나이에 당시 개발중이던 르 보뢰 탄광에서 죽었다. 무너져내린 흙더미에 깔려 피와 뼈까지 몽땅 바위 속으로 산산이 흩어져버렸다. 그뒤 그의 삼촌 둘과 형제 셋도 탄광에 뼈를 묻었다. 다리에 조금 문제가 생긴 것 말고는 그 속에서 거의 온전하게 살아 나온 뱅상 마외 그 자신은 꾀바른 사내로 통했다. 그러지 않으면 뭘 어쩌겠는가? 어쨌거나 먹고살려면 일을 해야만 했다. 다들 그렇게 하듯, 집안 대대로 해오던 일이 아닌가. 이젠 그의 아들 투생 마외가 저 속에서 목숨을 내놓고 일하고 있었다. 맞은편 탄광촌에 살고 있는 그의 손자들도 마찬가지였다. 106년 동안, 노인부터 코홀리개 꼬마에 이르기까지 줄줄이 대대로 석탄을 캐며 살아온 것이다. 그것도 같은 주인을 위해서. 어떤가? 이만하면 굉장하지 않은가? 이렇게 자기네 역사를 줄줄이 꿰고 있는 사람은 제아무리 부르주아라도 찾아보기 힘들 터였다!

"어쨌거나 배를 채울 수만 있다면 아무러면 어떻습니까!" 에티엔이 다시 맥없이 중얼거렸다.

"내 말이 그 말일세. 빵을 배불리 먹을 수만 있다면 어떻게든 살아갈 수 있을 테니까."

본모르는 입을 다문 채 불이 하나씩 켜지기 시작한 탄광촌으로 눈길을 돌렸다.

몽수 종탑에서 네시를 알리는 종이 울렸고, 추위가 더욱더 매섭게 느껴졌다.

"회사가 돈이 많은가요?" 에티엔이 다시 물었다.

노인은 어깨를 으쓱했다가 마치 돈더미에 깔리기라도 한 것처럼 다시 어깨를 축 늘어뜨렸다.

"돈이 많냐고? 오! 물론 많고말고…… 옆에 있는 앙쟁* 탄광회사만큼 부자는 아닐지 몰라도! 자산이 수백만 프랑은 족히 될걸. 다 셀 수도 없을 정도지…… 탄광을 열아홉 개나 가지고 있거든. 그중 열세 개는 채굴을 하고 있고. 르 보뢰, 라 빅투아르, 크레브쾨르, 미루, 생토마, 마들렌, 푀트리캉텔 등의 탄광에서. 그리고 레키야르처럼 배수

---

* 발랑시엔 근교의 앙쟁은 탄광 노동자들의 파업이 수차례 일어났던 곳이다. 졸라는 탄광을 소재로 한 작품을 구상하기 위해 1884년 2~3월에 걸쳐 앙쟁의 탄광회사를 방문한 후 '앙쟁에 관한 자료'를 기록으로 남겼다.

나 환기 용도의 탄광이 여섯 개가 있지…… 게다가 만 명이 넘는 노동자를 부리고, 예순일곱 개의 코뮌*에 걸쳐 있는 탄광의 채굴권을 쥐고서 하루에 오천 톤의 석탄을 캐내고 있어. 어디 그뿐인가. 모든 수갱을 연결하는 철도와 곳곳에 널려 있는 작업장과 공장까지 합치면 자그마치!…… 오! 많다마다, 엄청나게! 돈에 깔려 죽을 정도로!"

그때 가대 위에서 우르릉거리며 탄차 움직이는 소리가 나자 커다란 누런 말이 귀를 쫑긋 세웠다. 하역부들이 다시 일을 시작하는 걸로 봐서 아래쪽에서 케이지를 다 고친 듯했다. 짐수레꾼 노인은 다시 갱도로 내려가기 위해 탄차에 말을 묶으면서 다정하게 말을 건넸다.

"이렇게 노닥거리는 못된 습관을 들이면 안 되는 거야, 게을러빠진 놈 같으니라고!…… 네놈이 이렇게 놀고 있는 걸 알면 엔보 씨가 아마 길길이 날뛸 거라고!"

골똘히 생각에 잠긴 듯 어둠 속을 응시하던 에티엔이 물었다.

"그러니까, 이 탄광이 엔보 씨 것인가요?"

"아닐세. 엔보 씨는 이곳을 관리하는 일개 사장일 뿐이네. 우리 같은 봉급쟁이지."

청년은 거대한 어둠이 깔린 지역을 손으로 가리키며 물었다.

"그럼 저것들은 다 누구 겁니까?"

본모르는 바로 대답을 할 수 없었다. 또다시 발작적인 기침이 엄습해 숨도 제대로 쉴 수 없었다. 마침내 침을 뱉고 입가에 묻은 시커먼 거품을 닦아내고 난 후에야 점점 더 거세지는 바람을 맞으며 얘기할

---

* 시, 읍, 면 등의 최소 단위 행정구역을 가리킨다.

수 있었다.

"응? 이게 다 누구 거냐고 물었나?…… 그건 나도 모르지. 다른 사람들 거겠지. 그들이 누군지는 모르지만."

그러면서 그는 어둠 속 어딘지 모를 곳을 손으로 가리켰다. 그들이 살고 있을 거라고 짐작되는, 알지 못하는 먼 곳을. 그들을 위해 마외 집안 사람들은 한 세기 전부터 대대로 탄광에서 석탄을 캐고 있었던 것이다.

노인의 목소리에서는 종교적인 두려움 같은 게 느껴졌다. 마치 포식한 신이 웅크리고 있는 신성한 감실龕室*에 관해 말하고 있는 듯했다. 그들은 지금까지 한 번도 본 적 없는 그 신을 위해 탄광에 뼈를 묻고 있었던 것이다.

"어쨌거나 빵이라도 배불리 먹을 수만 있다면 좋겠군요!" 에티엔은 다소 뜬금없이 세번째로 같은 말을 반복했다.

"아무렴, 그렇고말고! 빵이라도 배불리 먹을 수만 있다면 더이상 무얼 바라겠나!"

그사이 말이 출발하자 짐수레꾼 노인도 불구의 발을 질질 끌면서 그 뒤를 따랐다. 티플러 담당 인부는 기계 옆에서 둥글게 몸을 웅크린 채 꼼짝도 하지 않았다. 그는 무릎 사이에 턱을 끼워넣은 채 생기 없는 커다란 눈으로 허공을 응시했다.

짐꾸러미를 다시 집어든 에티엔은 그 자리를 떠날 엄두를 내지 못했다. 뜨거운 불을 마주한 가슴은 따뜻했지만 등뒤로는 살을 에는 듯

---

* 가톨릭교회의 제단 한가운데에 성체 등을 모셔둔 곳.

한 차가운 바람이 불고 있었다. 그래도 어쩌면 탄광측에 물어보기라도 하는 게 좋지 않을까. 노인이 잘 모를 수도 있지 않은가. 그는 이제 어떤 일이라도 가리지 않고 할 작정이었다. 대량 실업으로 굶주린 사람들이 도처에 널려 있는 마당에 오갈 데도 없이 앞으로 어떻게 살아갈지 막막했다. 어느 담벼락 뒤에서 길 잃은 개처럼 죽어가야 한단 말인가? 하지만 이유를 알 수 없는 두려움에 그는 선뜻 나서지 못했다. 칠흑 같은 어둠에 잠긴 광활한 벌판 한가운데서 르 보뢰라는 탄광에 대한 두려움이 엄습했다. 돌풍이 몰아칠 때마다, 마치 끊임없이 확장되는 지평선에서 불어오는 것처럼 바람은 점점 더 거세졌다. 죽은듯 잠잠한 하늘에는 아직 새벽이 찾아올 기미가 전혀 보이지 않았다. 오직 높다란 용광로와 코크스로만이 여전히 불타오르면서 주위의 어둠을 핏빛으로 물들이고 있었다. 짙은 밤이 간직한 신비를 밝혀내지는 못한 채. 르 보뢰는 깊은 땅속에 납작 웅크린 음험한 짐승처럼 한껏 몸을 움츠리면서 거친 숨을 길게 내쉬었다. 마치 인간의 육체를 집어삼켜 속이 더부룩한 것처럼.

2

밀밭과 사탕무밭 한가운데에 240번* 탄광촌이 캄캄한 밤의 장막 아래 잠들어 있었다. 서로 등을 맞댄 채 질서정연하게 평행으로 늘어선 조그만 집들이 병영이나 병원을 연상시키면서 네 개의 거대한 블록을 이룬 모습이 어렴풋이 눈에 들어왔다. 블록들 사이로 나 있는 세 개의 널찍한 대로에는 똑같은 크기의 화단들이 조성되어 있었다. 황량한 들판에서는 울타리의 뜯겨나간 철망 사이로 돌풍이 전해오는 구슬픈 신음 소리만이 정적을 흔들고 있었다.

두번째 블록 16번지에 사는 마외네에서는 전혀 인기척을 느낄 수 없었다. 이층에 있는 하나뿐인 방에는 아직 짙은 어둠이 깔려 있었다.

---

* 이름이 아닌 번호로 탄광촌을 지칭한 것은, 이곳이 자연스럽게 이뤄진 공동체가 아니라 필요에 의해 만들어진 노동자들의 집단 거주지라는 사실을 잘 보여준다.

그곳에서 느껴지는 존재들은 어둠의 무게에 짓눌린 듯 녹초가 되어 몸을 웅크리고 입을 헤벌린 채 잠들어 있었다. 바깥의 매서운 추위에도 불구하고, 묵직한 방안 공기에서는 살아 있는 인간의 온기를 느낄 수 있었다. 인간 가축이 풍기는 악취와 함께 안락한 잠자리에서와 같은 숨막히는 더위마저 느껴졌다.

아래층 식당에 있는 뻐꾸기시계가 네시를 알렸지만 집안에서는 아직 어떤 움직임도 느껴지지 않았다. 색색거리는 가냘픈 숨소리와 두 차례의 코고는 소리가 낭랑하게 울려퍼졌을 뿐이다. 그러다 맨 먼저 잠자리에서 벌떡 몸을 일으킨 것은 카트린이었다. 아직 피곤에 절어 있던 그녀는 잠을 완전히 떨치고 일어날 기운도 없으면서 습관대로 마룻바닥 너머로 들려오는 네 번의 시계 종소리를 셌다. 그리고 두 다리를 이불 밖으로 내민 채 손을 더듬어 성냥을 켜서 초에 불을 붙였다. 하지만 머리가 너무 무거워서 침대 위에 한동안 그대로 앉아 있었다. 카트린은 머리를 한껏 뒤로 젖힌 채, 베개 위로 다시 누워버리고 싶은 간절한 욕구와 싸워야 했다.

이제 촛불이 방을 밝히고 있었다. 정사각형의 방에는 창문 두 개가 나 있고, 간신히 끼워넣은 듯한 침대 세 개가 방을 전부 차지하다시피 했다. 오래된 호두나무로 만든 옷장과 탁자, 의자 두 개가 있었는데, 가구들의 흐릿한 색조가 밝은 노랑으로 칠해진 벽과 극명한 대조를 이루었다. 그 밖에는 벽에 박힌 못에 걸린 낡은 옷가지 몇 벌과 널돌이 깔린 바닥에 놓인 물단지, 그리고 그 옆에 놓인, 대야로 쓰이는 붉은색 항아리가 전부였다. 왼쪽 침대에는 맏이인 스물한 살의 자샤리가 동생 장랭과 함께 잠들어 있었다. 장랭은 열한번째 생일을 막 지난 터였다. 오른쪽에 놓인 침대에는 두 어린아이, 여섯 살짜리 레노르와 네 살짜리 앙리가 서로 꼭 껴안은 채 곤히 잠들어 있었다. 카트린은 세번째 침대를 여동생 알지르와 함께 쓰고 있었다. 아홉 살 먹은 알지르*는 타고난 불구에다 나이에 비해 몹시 허약해, 카트린의 옆구리로 파고드는 그녀의 곱사등이 아니었다면 옆에 있는지조차 잘 느끼지 못할 정도였다. 판유리가 달린 문이 열려 있어, 창자를 연상시키는 층계참 복도에 놓인 네번째 침대에서 그들의 부모가 자고 있는 게 보였다. 바로 옆에는 태어난 지 석 달밖에 안 된 막내 에스텔의 요람이 바짝 붙어 있었다.

그동안 카트린은 힘겨운 노력을 하고 있었다. 잠을 깨기 위해 팔을 쭉 뻗으며 기지개를 켜고, 이마와 목덜미를 덮은 엉클어진 적갈색 머리 사이로 두 손을 넣어 머리를 세게 눌렀다. 열다섯 살치고 호리호리한 편인 카트린은 석탄으로 문신한 듯한 시퍼런 발과 가냘픈 우윳빛 팔을 꼭 끼는 셔츠 밖으로 드러내놓고 있었다. 검정 비누로 끊임없이 씻어댄 탓에 벌써부터 상해버린 얼굴은 팔의 뽀얀 피부와 대조되는 창백한 빛을 띠었다. 마지막으로 늘어지게 하품을 하자 입이 커다랗게 벌어지면서, 빈혈증을 앓는 것처럼 핏기 없는 잇몸과 새하얀 이가 드러났다. 몰려오는 잠을 떨쳐버리기 위해 안간힘을 쓰느라 회색빛 눈에서는 눈물이 흘렀고, 피곤에 전 그녀의 알몸 전체에서 전해오는 듯한 고통스러운 표정이 얼굴을 스쳐지나갔다.

그때 층계참에서 투덜대는 소리가 들려왔다. 마외가 불분명한 목소

---

* 작가가 알지르는 아홉 살과 여덟 살로, 장랭은 열한 살과 열 살 등으로 혼용하고 있어, 역자가 알지르는 아홉 살로, 장랭은 열한 살로 통일했음을 밝혀둔다.

리로 더듬거리며 소리쳤다.

"이런 젠장! 벌써 일어날 시간이 됐다니…… 불을 켠 게 너냐, 카트린?"

"네, 아버지…… 아래층에서 시계가 막 울렸거든요."

"그럼 얼른 서두르지 않고 뭐해, 게으름뱅이 계집애 같으니라고! 네가 일요일 밤에 그렇게 늦게까지 춤추면서 흥청거리지만 않았더라면, 우릴 좀더 일찍 깨울 수 있었을 것 아니냐…… 게으름 피우면 이런 사달이 나기 마련인 게야!"

계속 구시렁거리던 그는 또다시 몰려오는 잠 때문에 입속에서 말이 뒤엉키면서 점점 조용해졌다. 그리고 이내 코고는 소리와 함께 다시 잠에 빠져들었다.

셔츠 바람의 카트린은 널돌 바닥을 맨발로 오가며 방안을 둘러보았다. 앙리와 레노르의 침대 앞을 지날 때는 미끄러져내린 이불을 다시 덮어주었다. 두 아이는 어린애다운 잠에 푹 빠져 깨어날 기색이 전혀 보이지 않았다. 눈을 크게 뜬 알지르는 아무 말 없이 언니의 온기가 남아 있는 따뜻한 자리로 돌아누웠다.

"일어나, 자샤리 오빠! 장랭, 너도 얼른!" 카트린은 베개에 코를 박은 채 침대에서 뒹굴고 있는 두 형제 앞에 버티고 서서 거듭 외쳤다.

그녀는 자샤리의 어깨를 잡고 흔들어야 했다. 그가 욕설을 우물거리자 카트린은 그들이 덮고 있던 이불을 벗겨냈다. 그러고는 두 형제가 맨발로 버둥거리는 모습을 보고 재밌어하며 웃음을 터뜨렸다.

"날 그냥 내버려두란 말이야, 멍청아!" 자샤리는 몸을 일으켜 앉으면서 못마땅한 얼굴로 투덜거렸다. "난 이런 장난 싫다고 했지……

이런 제기랄! 벌써 일어날 시간이라니!"

자샤리는 키가 크고 마른 체격에, 길쭉한 얼굴에는 드문드문 턱수염이 나 있었다. 머리는 지푸라기처럼 누렇고, 집안 내력인 빈혈증을 앓는 듯 낯빛은 창백했다. 자샤리는 배 위로 올라온 셔츠를 다시 내렸다. 알몸을 드러낸 것이 창피해서가 아니라 춥기 때문이었다.

"아래층에서 시계가 울렸단 말이야. 그러니까 얼른 일어나, 얼른! 이러다 아버지한테 혼나고 싶지 않으면." 카트린이 거듭 채근했다.

몸을 둥글게 웅크리고 있던 장랭은 다시 눈을 감으면서 말했다.

"그러거나 말거나 난 몰라, 더 잘 거라고!"

카트린은 또다시 온화한 성품에서 우러나오는 미소를 지어 보였다. 장랭은 나이에 비해 몹시 왜소했고, 팔다리는 가느다란데 피부샘병 때문에 관절들이 커다랗게 부풀어올라 있었다. 원숭이처럼 생긴 창백한 얼굴은 초록빛 눈이 꿰뚫고 있는 것처럼 보였고, 머리는 곱슬곱슬했으며, 큼직한 귀 때문에 얼굴이 더 커 보였다. 카트린이 두 팔로 그를 번쩍 들어 안자 그는 발버둥치면서 자기가 힘이 없다는 사실에 분노해 얼굴이 더 새하얘졌다. 그리고 아무 말 없이 누이의 오른쪽 가슴을 깨물었다.

"아얏! 이 나쁜 놈!" 카트린은 터져나오는 비명을 억지로 참으면서 그를 바닥에 내려놓았다.

이불을 턱까지 끌어올리고 조용히 누워 있던 알지르는 다시 잠을 이루지 못했다. 소녀는 몸은 불구이지만 영리해 보이는 눈으로 옷을 갈아입는 언니와 두 오빠를 지켜보았다. 이번에는 항아리 옆에서 또다른 소란이 일었다. 카트린이 너무 오래 씻는다면서 남자아이들이 합세해 그녀를 밀쳐낸 것이다. 그들은 셔츠를 벗어던지고는 여전히 잠에 취한 얼굴로, 한배 강아지들처럼 함께 자라난 데서 오는 편안함을 드러내며 거리낌없이 오줌을 누었다. 가장 먼저 준비를 끝낸 것은 카트린이었다. 그녀는 광부용 반바지와 무명으로 된 웃옷을 입고, 틀어올린 머리에는 파란색 보닛을 썼다. 월요일의 깔끔한 옷으로 차려입은 그녀는 체격이 자그만 청년처럼 보였다. 가끔 엉덩이를 살짝살짝 흔드는 것 말고는 그녀가 여자라는 사실을 짐작하게 하는 건 아무것도 없었다.

"노인이 돌아와서 엉망이 된 침대를 보면 꽤나 좋아하시겠군…… 내가 다 일러버릴 거야. 네가 그런 거라고." 자샤리가 뿌루퉁한 얼굴로 말했다.

노인은 할아버지 본모르를 가리키는 것이었다. 그는 밤에 일하고 아침에 잠자리에 들었다. 따라서 침대는 미처 식을 틈이 없었다. 누군가 항상 그 속에서 코를 골고 있었다.

카트린은 아무 대꾸 없이 이불을 잡아당겨 침대 가장자리로 접어넣었다. 조금 전부터 벽 너머로 이웃집에서 어수선한 소리가 들려왔다. 탄광회사에서 경제적인 비용으로 설치한 벽돌 건물은 두께가 너무 얇아 이웃에서 숨쉬는 소리까지 들을 수 있을 정도였다. 끝에서 끝까지 건물들이 다닥다닥 붙어 있어 사생활이라고는 존재하지 않았다. 아이들조차 서로 모르는 게 없었다. 묵직한 발소리가 계단을 흔들어놓더니, 부드럽게 쿵하고 내려앉는 소리에 이어 안도하는 듯한 한숨 소리가 들려왔다.

"음! 르바크가 내려갔으니 이젠 부틀루가 올라가서 라 르바크*를 차지할 차례네."

카트린의 말에 장랭이 히죽거리자 알지르의 눈이 반짝거렸다. 매일 아침 그들은 이처럼 이웃집에서 세 사람이 함께 지내는 것을 두고 시시덕거리며 즐거워했다. 채탄부의 집에 굴진부가 세들어 살면서, 한 여자가 밤낮을 번갈아가며 두 남자와 동거하는 기이한 상황이 벌어지고 있었던 것이다.

"필로멘이 헛기침을 하는 것 같은데." 벽 너머로 귀를 쫑긋 세우고 있던 카트린이 다시 말했다.

카트린은 르바크네의 맏딸에 관해 얘기하는 중이었다. 키가 훌쩍 큰 열아홉 살의 필로멘은 자샤리의 애인으로 그와의 사이에 아이가 벌써 둘이었다. 필로멘은 폐가 약한 탓에 탄광의 선탄장에서 일했다. 그런 몸으로 막장에서 일할 수는 없기 때문이었다.

"풋, 그럴 리가! 필로멘이!" 자샤리가 말했다. "걔는 그런 거 신경도 안 써. 쿨쿨 잘만 잔다고!…… 여섯시까지 자빠져 잘 수 있다니 팔자가 늘어졌지 뭐야!"

바지를 입은 그는 불현듯 무슨 생각이 떠올랐는지 창문을 열었다. 바깥에서는 아직 남아 있는 어둠 속에서 탄광촌이 서서히 깨어나고 있었다. 집집마다 덧창 틈새로 빛이 새어나왔다. 그리고 다시 언쟁이 일었다. 자샤리는 몸을 숙이고 맞은편의 피에롱네에서 르 보뢰 탄광

---

* 부르주아 계층의 여성들은 '부인(Madame)'이란 호칭으로 불린 반면, 탄광촌 여성들은 대개 남편이나 아버지의 이름에 프랑스어의 여성형 정관사(la)와 여성형 어미를 붙인 '라 마외드', '라 르바크', '라 피에롱', '라 무케트' 등으로 불리고 있다. 이는 당시 노동자 계층의 여성들이 주체적인 존재로 인정받지 못했음을 간접적으로 보여준다.

의 갱내 총감독이 나오는 걸 보게 되지 않을까 살펴보았다. 사람들은 갱내 총감독인 당세르가 라 피에론과 그렇고 그런 사이라고 수군거렸다. 카트린은 그녀의 남편이 전날부터 적치장積置場*에서 주간 근무를 한다고 소리쳤다. 따라서 당세르는 당연히 간밤에 그 집에 머물 수가 없었다. 얼음장처럼 차가운 바람이 창문으로 몰아쳐 들어오는 가운데 카트린과 자샤리는 각자 자기가 알고 있는 게 맞다면서 옥신각신했다. 그때 날카로운 외침과 함께 울음소리가 들려왔다. 요람에서 자던 에스텔이 추위에 잠을 깬 것이다.

마외도 단번에 잠이 깼다. 이게 대체 어찌된 셈인가? 어디 탈이라도 난 건가? 천하의 게으름뱅이처럼 다시 잠들어버리다니. 그가 어찌나 욕설을 퍼부어대는지 아이들은 그의 옆에서 숨도 크게 쉴 수 없었다. 자샤리와 장랭은 벌써부터 피곤한 것처럼 꾸물대면서 세수를 마쳤다. 알지르는 여전히 눈을 크게 뜬 채 사방을 두리번거렸다. 두 꼬마 레노르와 앙리는 소란에도 아랑곳없이 같은 리듬으로 숨을 쉬면서 서로의 품에서 미동조차 하지 않았다.

"카트린, 촛불을 이리 가져와!" 마외가 소리쳤다.

카트린은 얼른 웃옷 단추를 마저 채우고는 촛불을 층계참으로 가져갔다. 그 바람에 두 형제는 문틈으로 새어들어오는 희미한 빛에 의지해 옷을 찾아 입어야 했다. 그들의 아버지는 침대에서 뛰어내렸다. 하지만 카트린은 걸음을 멈추지 않고 두꺼운 털양말을 신은 발로 계단을 더듬거리면서 아래층으로 내려갔다. 그리고 식당에 촛불을 새로

---

* 갱도와 채굴공간(석탄을 생산하는 갱도 밖의 공간)이 만나는 지점으로, 캐낸 석탄을 쌓아두는 곳.

켜고는 커피를 준비했다. 찬장 밑에는 가족의 나막신들이 가지런히 놓여 있었다.

"뚝 그치지 못해, 이 망할 것!" 계속 빽빽 울어대는 에스텔한테 짜증이 난 마외가 다시 소리쳤다.

그도 아버지 본모르처럼 키가 작았다. 본모르보다 살집이 좋다는 것만 빼면, 커다란 두상에 짤막하게 깎은 누런색 머리, 납작하고 핏기 없는 얼굴이 모두 아버지를 빼닮았다. 마외가 아이를 향해 뼈마디가 굵은 팔을 흔들어대자 질겁한 아이는 더욱더 크게 울어댔다.

"그냥 놔둬요. 그런다고 그치지 않는다는 거 잘 알면서 왜 그래요." 라 마외드는 침대 가운데에 다시 드러누우면서 말했다.

그녀도 잠이 깨버려 불만스러운 얼굴이었다. 제발, 단 하루만이라도 잠 좀 편히 잘 수 있다면 소원이 없겠다. 다들 좀 조용히 집을 나설 수는 없나? 그녀는 이불 속에 몸을 파묻은 채 기다란 얼굴만 내놓고 있었다. 선이 굵은 얼굴에서는 중년 여인의 성숙한 아름다움이 엿보였다. 하지만 서른아홉의 나이에 빈곤한 삶을 꾸려가며 일곱 명의 아이를 낳아 기르느라 이미 젊음이 퇴색한 듯했다. 라 마외드는 남편이 옷을 입는 동안 천장을 응시하면서 느릿느릿 말했다. 숨이 막힐 듯 울어대는 아이에게 두 사람 다 더는 신경쓰지 않는 듯했다.

"이제 어떡해요? 당신도 알죠, 난 이제 땡전 한 푼 없다고요. 이제 겨우 월요일인데. 봉급날*이 되려면 아직 엿새나 더 기다려야 하는데…… 계속 이런 식으로 살아갈 수는 없어요. 식구들이 벌어오는 걸

---

* 19세기의 탄광 노동자들은 대개 두 주에 한 번씩 임금을 받았다. 봉급날은 휴일로 간주되었기 때문에, 고용주들은 쉬는 날을 줄이기 위해 주급으로 지급하는 것을 피했다.

다 합쳐봐야 구 프랑밖에 안 되잖아요. 무슨 재주로 그 돈을 가지고 살림을 꾸려가요? 이 집엔 먹여 살려야 할 입이 자그마치 열 개나 된다고요."

"아니, 무슨 말이야! 구 프랑밖에 안 된다니!" 마외가 되받아쳤다. "나하고 자샤리가 삼 프랑씩이니까 합쳐서 육 프랑에다가…… 카트린하고 아버지가 각각 이 프랑씩이니까 합치면 사 프랑, 사 프랑에다 육 프랑을 합치면 벌써 십 프랑인데…… 거기다 장랭이 가져오는 일 프랑을 합치면 모두 십일 프랑이구먼."

"그래요, 십일 프랑이라고 쳐요. 하지만 일요일하고 일이 없는 날은 생각 안 해요?…… 이거 빼고 저거 빼고 하다보면 구 프랑을 넘은 적이 없다고요. 내 말이 틀려요?"

마외는 바닥에서 가죽 허리띠를 찾느라 아무 대꾸도 하지 않았다. 그러고는 몸을 일으키면서 말했다.

"그렇게 칭얼대지 좀 마. 내가 아직 이렇게 건재하잖아. 마흔두 살에 벌써 땜질이나 하는 신세로 떨어진 남자들이 어디 한둘인 줄 알아."

"그건 그렇지만. 하지만 그렇다고 없는 빵이 생기는 건 아니잖아요…… 난 이제 어떡해요? 뭐라고 말 좀 해보란 말이에요. 당신 돈 가진 것 좀 없어요?"

"내가 가진 건 이 수*가 전부야."

"그거라도 있어야 일 끝나고 맥주라도 한잔하죠…… 맙소사! 이제

---

* 이 소설의 시대 배경인 제2제정 때 통용되던 기본 화폐 단위는 프랑이며, 1프랑은 100상팀에 해당한다. 옛 화폐 단위인 1수(sou)는 5상팀에 해당하며, 100수는 5프랑짜리 동전을 가리킨다. 1860년 당시 파리의 노동자 하루 평균임금은 5프랑이었다.

정말 어떡하면 좋죠? 이대로 엿새씩이나 어떻게 기다리느냐고요. 메그라한테 갚을 돈이 벌써 육십 프랑이나 돼서 그저께는 가게에서 쫓겨나기까지 했다고요. 그래도 별 뾰족한 수가 없으니 그치한테 다시 가볼 수밖에요. 하지만 계속 외상으로 물건을 못 주겠다고 하면 그땐……"

라 마외드는 미동도 하지 않은 채 맥없는 목소리로 얘기를 계속했다. 그러다 촛불의 희미한 빛이 신경에 거슬리는 듯 이따금 눈을 감았다. 텅 빈 찬장, 타르틴*을 달라고 보채는 아이들, 바닥난 커피, 복통을 일으키는 물, 양배춧잎을 끓여 하루종일 허기를 달래야 했던 나날들. 에스텔이 계속 보채는 바람에 그녀는 목소리를 차츰 높여 얘기해야 했다. 아이의 그칠 줄 모르는 울음소리에 귀청이 떨어져나갈 지경이었다. 마외는 그제야 그 소리를 들은 것처럼 성을 내면서 길길이 날뛰었다. 그리고 아이를 요람에서 꺼내더니 엄마가 누워 있는 침대로 던지며 더듬더듬 소리쳤다.

"제기랄! 아이를 어떻게 좀 해보라고, 바닥에 패대기쳐버리기 전에…… 망할 놈의 애새끼 같으니라고! 온종일 젖을 빨아대면서, 뭐가 부족해서 다른 아이들보다 더 징징거리느냔 말이야!"

라 마외드는 어쩔 수 없이 에스텔에게 젖을 물려야 했다. 이불에 푹 싸여 침대의 온기에 진정된 아이는 게걸스럽게 입술을 옴죽거리는 소리만 조그맣게 낼 뿐이었다.

"라 피올렌의 부르주아**들이 당신한테 한번 와보라고 하지 않았

---

* 버터나 잼을 바른 빵조각.
** 여기서 부르주아는 단순히 부자나 중산층이라는 개념에 더해, 이자·배당금·지대(地

나?" 한동안 침묵하고 있던 아이 아버지가 물었다.

아이 엄마는 별로 기대하지 않는다는 듯한 표정으로 입을 비죽 내밀었다.

"그래요. 그 사람들을 만난 적이 있긴 하죠. 없는 집 아이들한테 헌 옷을 나눠주거든요…… 어쨌거나 오늘 아침에 레노르와 앙리를 데리고 그 사람들 집으로 가보려고요. 옷가지 대신 백 수짜리 동전이라도 한 닢 주면 좋을 텐데."

다시 침묵이 흘렀다. 마외는 일 나갈 채비를 마쳤다. 잠시 가만히 서 있던 그는 나직한 목소리로 결론짓듯 말했다.

"난들 달리 무슨 방도가 있겠어? 그냥 이렇게 살아갈밖에. 수프를 만들어보든지 알아서 해…… 이런 얘기 백날 해봤자 달라질 건 아무것도 없을 테니까. 이럴 시간에 조금이라도 더 일하는 게 낫지."

"그렇고말고요." 라 마외드가 맞장구를 쳤다. "촛불 좀 꺼줄래요? 구질구질한 내 꼴을 보고 싶지 않거든요."

마외는 촛불을 껐다. 자샤리와 장랭은 벌써 아래로 내려갔고, 마외는 그들을 뒤따라 내려갔다. 털양말을 신은 묵직한 그들의 발아래에서 나무 계단이 삐걱거리는 소리를 냈다. 그들 뒤에서 층계참과 방이 다시 어둠 속에 잠겨들었다. 아이들은 자고 있었고, 알지르도 눈을 감고 있었다. 하지만 아이들 엄마는 어둠 속에서 눈을 크게 뜨고 있었다. 삶에 지친 여인의 축 늘어진 젖을 빨던 에스텔은 새끼 고양이처럼 가르랑거렸다.

代) 따위의 불로소득으로 살아가는 금리 생활자들을 포함한다.

아래층으로 내려가 있던 카트린은 먼저 불부터 살폈다. 가운데에 석쇠가 설치돼 있고 양쪽으로 화덕이 있는 주철 벽난로에서는 석탄이 끊임없이 불타고 있었다. 탄광회사에서는 매달 집집마다 800리터씩 지스러기 탄을 나눠주었다. 갱도에서 주워모은 이 경탄은 불이 잘 붙지 않아 번번이 애를 먹어야 했다. 카트린은 매일 저녁 불길을 줄여놓았다가, 아침에 꼼꼼히 골라낸 연탄 조각을 섞어 불을 다시 지피곤 했다. 그녀는 석쇠 위에 주전자를 올려놓고 찬장 앞에 쪼그리고 앉았다.

아래층 전부를 차지하는 식당은 꽤 널찍했다. 전체가 밝고 선명한 초록색으로 칠해져 있고, 플랑드르 지방 부엌의 전형적인 청결함을 보여주듯 깨끗하게 물청소를 한 널돌 바닥에는 새하얀 모래가 뿌려져 있었다. 광택이 나는 전나무 찬장 외에 가구라고는 같은 전나무로 된 식탁 하나와 의자 몇 개가 전부였다. 벽에는 요란한 색깔로 채색된 그림들이 붙어 있었다. 탄광회사에서 나눠준 황제와 황후*의 초상화며 금빛이 칠해진 군인과 성인의 초상화가 휑한 식당의 삭막함과 극명한 대조를 이루었다. 그 밖의 장식이라고는 찬장 위에 놓인 분홍색 판지상자와 알록달록한 숫자판이 달린 뻐꾸기시계가 전부였다. 시계추가 똑딱거리며 움직이는 둔중한 소리가 천장의 텅 빈 공간으로 울려퍼졌다. 계단으로 통하는 문 가까이에는 지하 저장고로 향하는 또다른 문이 나 있었다. 식당은 청결했지만, 전날 밤부터 머물러 있던 구운 양파 냄새가 코끝이 알싸해지는 석탄 타는 냄새와 합쳐져 묵직하고 더운 공기에 역한 기운을 더해주었다.

---

* 나폴레옹 3세 황제와 스페인계 귀족 출신인 그의 부인 외제니 드 몽티조를 가리킨다.

카트린은 찬장 문을 열어놓고 그 앞에서 생각에 잠겼다. 집안에 남아 있는 먹을 것이라고는 빵 한 조각과 넉넉한 분량의 크림치즈, 그리고 버터 한 조각이 전부였다. 그걸로 네 사람이 먹을 타르틴을 만들어야 했다. 이윽고 카트린은 빵을 얇게 여러 조각으로 잘라 한쪽에는 치즈를, 다른 한쪽에는 버터를 발라 둘을 하나로 붙였다. 그들은 그렇게 '브리케'*라고 부르는 두 쪽짜리 타르틴을 매일 아침 탄광으로 가져갔다. 잠시 후 식탁 위에 네 개의 브리케가 나란히 놓였다. 아버지 몫의 큰 것부터 제일 작은 장랭 것까지 엄격하게 크기를 나눈 것이었다.

카트린은 집안일로 분주한 와중에도 자샤리가 갱내 총감독과 라 피에론 두 사람에 관해 들려준 이야기에 신경이 쓰이는지, 틈틈이 현관문을 빼꼼 열어 얼굴을 내밀고는 바깥을 살폈다. 여전히 바람이 불고 있었지만, 탄광촌의 나지막한 집들의 창문에서는 빛이 점점 더 많이 새어나왔다. 사람들이 깨어나면서 분주히 움직이는 소리도 점점 더 크게 들려왔다. 벌써부터 문이 다시 닫히는 소리가 나면서, 노동자들이 시커먼 대열을 이루어 어둠 속으로 멀어지는 광경이 여기저기서 눈에 띄었다. 그런데 벌써부터 이렇게 찬바람을 맞고 있다니, 이런 멍청한 짓이 어디 있는가! 적재부積載夫**인 피에롱은 아직 꿈나라에 있을 터였다. 그의 일은 여섯시나 되어야 시작되기 때문이었다. 그러면서도 카트린은 여전히 문간에 선 채 화단 맞은편의 집을 주시했다. 이윽고 문이 열리자 그녀의 호기심이 동하면서 눈빛이 반짝거렸다. 하지

---

* 샌드위치가 벽돌('브리크') 또는 부싯돌('브리케')처럼 생긴 데서 따온 명칭.
** 탄차를 케이지에 싣고 내리는 사람.

만 탄광으로 떠난 것은 피에롱의 막내딸 리디였다.

그때 쉭쉭거리며 김이 새어나오는 소리에 카트린은 뒤를 돌아보았다. 그리고 얼른 문을 닫고 달려갔다. 물이 끓어넘치면서 불을 꺼뜨리고 있었다. 커피가 다 떨어져 전날 남은 커피 찌꺼기에 물을 부어 커피를 내릴 수밖에 없었다. 그런 다음 커피포트에 흑설탕을 넣어 단맛을 냈다. 그때 아버지와 두 형제가 위층에서 내려왔다.

"이게 뭐야!" 커피가 담긴 사발을 코에 박고 냄새를 맡던 자샤리가 소리쳤다. "이걸 마시고 정신을 차리라는 거야 뭐야!"

마외는 체념한 듯 어깨를 으쓱하며 말했다.

"이게 뭐 어때서! 그래도 따뜻하잖아. 좋기만 한데 뭘 그래."

장랭은 타르틴 부스러기를 긁어모아 사발에 넣고 수프를 만들어 마셨다. 카트린은 커피를 마신 다음 양철 수통들에 남은 커피를 마저 따라놓았다. 네 사람은 희미한 촛불 아래 선 채로 서둘러 남은 커피를 마셨다.

"자, 이제 그만 일하러 가자고! 누가 보면 어디서 돈이 저절로 나와 먹고사는 줄 알겠어!" 마외가 말했다.

그들이 막 나가려고 할 때 위층에서 라 마외드가 외치는 소리가 들려왔다. 계단으로 통하는 문을 열어놓아 그들이 하는 얘기를 모두 들은 듯했다.

"빵은 다 가져가. 애들은 먹다 남은 국수를 먹이면 되니까!"

"네, 그럴게요!" 카트린이 대답했다.

그녀는 다시 불길을 줄인 다음, 석쇠 위에 남은 수프를 올려놓아 뭉근히 끓게 했다. 아침 여섯시에 돌아오는 할아버지가 따뜻하게 먹을 수 있게 하기 위해서였다. 네 사람은 각자 찬장 아래 놓인 자기 나막신을 집어들고 수통 끈을 어깨에 둘러멘 다음 등뒤로 셔츠와 웃옷 사이에 브리케를 찔러넣었다. 그리고 촛불을 끄고 열쇠로 문을 잠근 다음, 남자들이 앞장서고 카트린은 뒤에 서서 일렬로 길을 나섰다. 집안은 다시 캄캄한 어둠에 잠겨들었다.

"이런! 같이 가면 되겠네." 이웃집 문을 잠그던 남자가 말했다.

르바크가 그의 아들 베베르와 함께 집을 나서던 참이었다. 베베르는 열두 살로 장랭과 절친한 친구였다. 카트린은 깜짝 놀란 얼굴로 웃음을 참으며 자샤리의 귀에 대고 소곤거렸다. 그러니까 뭐야? 부틀루는 남편이 집을 나서기도 전에 위층으로 올라갔다는 건가!

이제 탄광촌의 불들은 다시 꺼졌다. 마지막으로 열렸던 문이 닫히자 모두들 다시 잠 속으로 빠져들었다. 부인네들과 아이들은 좀더 넓어진 침대에서 다시 잠을 청할 수 있었다. 그리고 불 꺼진 마을에서부터 거친 숨을 내쉬는 르 보뢰까지 이르는 길에는 차가운 돌풍 아래 그림자처럼 보이는 시커먼 무리의 행렬이 느릿하게 이어졌다. 광부들은 두 팔이 거추장스러워 가슴께에 팔짱을 낀 채 어깨를 건들거리면서 일터로 향했다. 각자의 등뒤에는 브리케가 마치 혹처럼 튀어나와 있었다. 얇은 천으로 된 웃옷만을 걸친 그들은 추위로 오들오들 떨면서도 걸음을 재촉하지는 않았다. 길을 잃고 제자리에서 헤매는 가축떼처럼, 길 여기저기 흩어진 채 말없이 터벅터벅 걸어갈 뿐이었다.

3

마침내 폐석 더미에서 내려온 에티엔은 르 보뢰 탄광으로 들어갔다. 그곳에서 만난 사람들한테 일자리가 있는지 묻자 모두들 고개를 가로저으며 갱내 총감독을 기다려보라는 말만 반복했다. 그는 흐릿한 불이 밝히고 있는 건물들 사이에 덩그러니 홀로 서 있었다. 여러 층에 걸쳐 있는, 시커먼 구덩이처럼 보이는 방들을 보자 왠지 모를 불안감이 느껴졌다. 반쯤 부서진 어두컴컴한 계단을 올라가자 흔들거리는 트랩이 나왔다. 그는 짙은 어둠에 잠겨 있는 선탄장을 통과해 몸을 부딪히지 않기 위해 두 손을 앞으로 휘저으면서 나아갔다. 그러다 어둠을 뚫고 그의 앞에 불쑥 모습을 드러낸 거대한 누런색 눈 두 개와 마주쳤다. 그는 권양기탑 아래의 하치장* 안에 있는 갱 입구에 와 있었다.

그때 마침 관대한 헌병을 연상시키는 얼굴에 회색빛 콧수염이 난 덩치 큰 남자가 채탄 검량인檢量人의 사무실로 가고 있었다. 그는 갱내 감독인 리숌 영감이었다.

"여기 혹시 일할 사람 필요하지 않습니까? 어떤 일이라도 상관없는데요." 에티엔이 또다시 물었다.

리숌은 필요 없다는 말을 하려고 했다. 그러다 생각을 바꿔 다른 사람들처럼 대답하고는 멀어져갔다.

"갱내 총감독인 당세르 씨가 올 때까지 기다려보든가."

그곳에는 네 개의 초롱이 설치되어 있었다. 반사경들이 갱의 수직 통로에 강렬한 빛을 비추자, 신호기와 케이지 킵스**를 작동시키는 손잡이, 강철 난간, 그리고 케이지 두 개가 오르내리는 것을 지지해주는 가이드***의 나무판자들이 뚜렷이 모습을 드러냈다. 그 나머지, 교회의 중앙홀을 연상시키는 거대한 공간은 짙은 어둠 속에 잠긴 채, 허공을 떠다니는 거대한 그림자들로 가득차 있는 듯했다. 오직 안쪽에 있는 램프 보관소만이 환히 불을 밝히고 있었다. 채탄 검량소에는 램프 하나가 이울어가는 별처럼 희미한 빛을 내뿜고 있었다. 채굴이 재개되자 바닥의 철판이 마치 천둥이 치는 것처럼 끊임없이 덜커덩거렸다. 발밑에서 석탄을 가득 실은 탄차를 정신없이 굴리는 하역부들의 움직

* 캐낸 석탄을 보관하고 관리하는 장소. 캐낸 석탄을 쌓아두는 적치장과는 다르다.
** 권과(드럼에 로프가 감길 때 규정된 권수 이상 감기는 것) 방지 장치. 권과 때 케이블과 케이지의 연결 부분이 떨어져 케이지가 낙하해도 수갱 하부에 추락하기 전에 이것을 받아 정지시키는 장치로, 수갱 상부에 설치한다.
*** 갱도를 굴착하면서 케이지를 올릴 때 옆으로 흔들리면서 케이지가 갱내에 있는 갱목과 맞닿는 것을 방지하기 위한 시설물.

임이 느껴졌다. 온통 시커먼 것들이 소란스럽게 요동치는 가운데서도 허리를 납작 구부린 인부들의 모습을 알아볼 수 있었다.

에티엔은 귀가 먹먹하고 앞이 잘 안 보여 잠시 그 자리에 꼼짝 않고 서 있었다. 그는 온몸이 꽁꽁 얼어 있었다. 사방에서 차가운 바람이 불어왔다. 그러다 그는 권양기에 호기심이 일어 앞으로 몇 걸음 나아 갔다. 강철과 구리로 된 외관이 빛나면서 그의 눈길을 끌었다. 기계는 갱구에서 25미터 뒤쪽으로 더 높은 곳에 위치해 있었다. 거대한 벽돌 받침대 위에 견고하게 설치되어, 400마력으로 힘차게 움직이면서 커 다란 크랭크암이 매끄러운 움직임으로 오르락내리락하는 동안에도 벽에서 전혀 진동이 느껴지지 않았다. 조작 레버 옆에 버티고 선 기계 공은 신호음에 귀를 기울이면서 계기판에서 한시도 눈을 떼지 않았 다. 계기판에는 갱도 각층이 수직으로 팬 홈으로 표시되어 있었다. 케 이지를 나타내는, 다림줄*에 매달린 추가 그 홈의 아래위로 오르락내 리락했다. 기계가 다시 요란한 소리를 내며 작동할 때마다, 지름이 10 미터나 되는 두 개의 거대한 바퀴인 보빈이 전속력으로 돌아가면서 회색빛 먼지처럼 흐릿하게 보였다. 보빈에 감긴 두 줄의 강철 케이블 은 감겼다가 다시 반대 방향으로 풀리기를 반복했다.

"이봐, 조심해!" 엄청나게 큰 사다리를 끌고 가던 하역부 세 사람이 소리쳤다.

에티엔은 하마터면 사다리에 깔려 죽을 뻔했다. 이제 어둠에 익숙 해진 그는 길이가 30미터가 넘는 강철 케이블이 허공을 가르고 힘차

---

* 다림을 볼 때 쓰는 줄. 수직의 정도를 살펴보기 위해 추를 달아 늘어뜨린다.

게 올라가, 권양기탑 위의 도르래를 지나 다시 수직으로 갱 속으로 떨어져내리면서 채굴용 케이지와 연결되는 광경을 지켜보았다. 종탑의 높다란 골조와 비슷하게 생긴 주철 골조가 도르래를 지탱하고 있었다. 새가 부딪히거나 소리내는 일 없이 재빨리 날아가는 광경을 연상시키듯, 1만 2천 킬로그램까지 들어올릴 수 있는 거대한 케이블이 초당 10미터의 속도로 끊임없이 오르락내리락하고 있었다.

"맙소사, 죽고 싶어 환장했어!" 하역부들이 또다시 소리쳤다. 그들은 왼편에 있는 도르래를 점검하기 위해 사다리를 반대편으로 밀고 갔다.

에티엔은 천천히 하치장으로 되돌아갔다. 그는 머리 위에서 느껴지는 거대한 비상에 얼이 나간 채, 옷 속을 사정없이 파고드는 차가운 바람 때문에 오들오들 떨면서 케이지가 작동하는 것을 바라보았다. 탄차가 우르릉거리며 굴러가는 소리에 귀가 먹먹해졌다. 갱도 가까이에서 신호기가 작동하고 있었다. 갱구 아래쪽에서 줄을 잡아당기면, 레버가 달린 묵직한 망치가 커다란 나무 블록 위로 떨어져내리면서 신호를 보냈다. 한 번은 케이지를 멈추라는 신호, 두 번은 내려보내기, 세 번은 위로 올리라는 신호였다. 마치 엄청난 소란을 다스리기 위해 맑은 종소리와 함께 몽둥이를 지속적으로 내리치는 듯 보였다. 작업을 진행하는 하역부가 확성기로 기계공에게 지시 사항을 외치자 더욱더 소란스러워졌다. 이러한 혼란 속에 케이지가 위로 솟구쳤다가 다시 아래로 내려가기를 반복하면서 끊임없이 비워지고 다시 채워졌다. 에티엔은 뭐가 뭔지 몰라 얼떨떨한 표정으로 그 광경을 지켜보았다.

하지만 그는 한 가지 사실만은 알 수 있었다. 갱은 한입에 이삼십 명의 사람들을 집어삼킨다는 것이었다. 게다가 어찌나 단번에 꿀꺽 삼키는지 목으로 넘어가는 것조차 느끼지 못하는 듯했다. 채탄부들은 새벽 네시부터 갱으로 내려갔다. 허름한 광부 탈의실에서 나와 손에 램프를 하나씩 든 채 맨발로 모여든 그들은 필요한 인원이 채워질 때까지 소그룹을 지어 기다렸다. 야행성동물이 소리도 없이 슬그머니 솟구쳐오르듯 캄캄한 갱도에서 강철 케이지가 올라와 킵스에 고정되면서 딸각하고 멈춰 섰다. 네 칸짜리 케이지의 각 칸마다 석탄이 가득 찬 탄차가 두 대씩 실려 있었다. 하역부들은 각 칸에서 탄차들을 끌어낸 다음, 빈 탄차나 미리 갱목坑木*을 실어놓은 탄차를 실었다. 채탄부들은 다섯 명씩 짝을 지어 빈 탄차에 올라탔다. 케이지가 통째로 비었을 경우에는 한 번에 사십 명까지 탔다. 소의 숨죽인 울음소리처럼 웅얼거리는 지시 사항이 확성기를 통해 들려왔다. 그사이 신호기 줄을 네 번 잡아당겨 인간 가축이 아래로 내려갈 것임을 알렸다. '고깃덩이'를 실었음을 알리는 신호였다. 케이지는 살짝 덜컹거리더니 아래로 내던진 돌멩이처럼 쏜살같이 조용히 어둠 속으로 잠겨들었다. 세차게 풀리면서 요동치는 케이블을 뒤로한 채.

"깊은가요?" 에티엔은 그의 옆에서 졸면서 차례를 기다리는 한 채탄부에게 물었다.

"깊이가 오백오십사 미터나 되는걸요." 남자가 대답했다. "그런데 그 사이에 적치장이 네 군데 있어요. 첫번째 적치장은 지하 삼백이십 미터 지점에 있고요."

---

* 갱도 버팀목. 갱도 따위가 무너지지 않게 받치는 나무 기둥.

두 남자는 아무 말 없이 다시 올라오는 케이블을 눈으로 좇았다. 에티엔이 다시 물었다.

"그러다 줄이 끊어지기라도 하면?"

"아, 그거 말이오? 그러다 줄이 끊어지면……"

채탄부는 몸짓으로 대답을 대신했다. 이제 그의 차례가 되었다. 케이지는 피로가 느껴지지 않는 편안한 움직임으로 다시 위로 솟구쳤다. 채탄부는 동료들 틈에 쭈그리고 앉았다. 다시 아래로 내려간 케이지는 사 분도 채 지나지 않아 다시 위로 올라와 또다른 무리들을 실어날랐다. 삼십여 분간, 갱도는 그런 식으로 채탄부들이 내리는 적치장의 깊이에 따라 달라지는 왕성한 식욕으로 인간 가축들을 집어삼켰다. 결코 달래지지 않는 허기를 드러내며, 세상 사람들 모두를 소화하고도 남을 것 같은 거대한 창자를 끊임없이 꿈틀대면서. 갱도는 인간 가축들로 채워지고 또 채워졌다. 그곳을 지배하는 어둠 속에서는 어떤 생명의 기운도 느낄 수 없었으며, 케이지는 여전히 탐욕스러운 침묵 속에서 허공을 뚫고 또다시 위로 솟구쳤다.

마침내 에티엔은 아까 폐석 더미 위에서처럼 또다시 불편한 느낌에 사로잡혔다. 여기서 더 머뭇거릴 필요가 있을까? 갱내 총감독이라는 사람도 다른 사람들처럼 그를 쫓아버리려고 할 게 뻔한데. 막연한 불안감에 그는 갑작스레 마음을 정했다. 그곳을 떠나려던 에티엔은 보일러가 있는 건물 앞에서 멈춰 섰다. 활짝 열린 문 안쪽으로 화실을 각각 두 개씩 갖춘 일곱 대의 보일러가 보였다. 쉭쉭거리며 뿜어져나오는 새하얀 증기에 둘러싸인 채 한 화부火夫가 화실에 석탄을 채워넣고 있었다. 문간에서도 그 뜨거운 열기가 느껴졌다. 몸을 녹일 수 있겠다는 반가운 마음에 좀더 가까이 다가가려던 순간 청년은 탄광에 막 도착한 새로운 광부 무리와 마주쳤다. 마외 가족과 르바크 가족이었다. 무리의 맨 앞에서 곱상한 소년처럼 생긴 카트린을 발견한 에티엔은 언뜻 떠오른 미신적인 생각에 마지막으로 한번 더 자신의 기회를 시험해보고자 했다.

"반갑소, 친구. 여기 혹시 일자리 하나 없겠소? 아무 일이나 괜찮은데."

카트린은 어둠 속에서 불쑥 튀어나온 거친 목소리에 놀라 움찔하면서 그를 쳐다보았다. 그러자 그녀 뒤에 서 있던 마외가 그 말을 듣고 대신 대답했다. "미안하지만 여긴 더이상 사람이 필요하지 않소." 그러면서 마외는 갈 곳 없어 헤매는 불쌍한 청년에게 자꾸만 신경이 쓰였다. 에티엔이 가버리자 그는 일행을 향해 말했다.

"다들 봤지! 우리도 언제 저렇게 될지 모르는 거라고…… 그러니까 불평불만일랑 늘어놓지 말자고. 이렇게 일할 기회가 누구한테나 주어지는 게 아니니까."

그들은 곧장 탈의실로 들어갔다. 조악하게 초벽을 바른 너른 방에는 맹꽁이자물쇠로 잠긴 옷장들이 빙 둘러 있었다. 중앙에는 불구멍이 없는 난로처럼 생긴 무쇠 화로가 벌겋게 타오르고 있었다. 화로 속을 가득 채운 석탄이 새하얗게 달궈진 채 타닥타닥 소리를 내며 단단하게 다져진 땅바닥으로 굴러떨어졌다. 화로의 불만이 유일하게 탈의실을 밝히고 있었다. 덕지덕지 때가 낀 내장재에 반사된 핏빛 불빛은 시커먼 먼지로 뒤덮인 천장까지 길게 올라가며 춤을 추듯 넘실거렸다.

마외 가족이 도착하자 뜨거운 열기 속에 유쾌한 웃음소리가 터져나왔다. 서른 명쯤 되는 일꾼들이 불을 등진 채 즐거운 표정으로 불을 쬐고 있었다. 광부들은 갱으로 내려가기 전에 모두들 이곳에 들러 몸 속 깊이 뜨거운 열기를 담아갔다. 갱의 습한 기운과 맞서기 위해서였다. 그날 아침은 유난히 화기애애한 가운데 라 무케트를 두고 걸쭉한 농담들을 해댔다. 탄차 운반부로 일하는 성격 좋은 라 무케트는 열여덟 살의 나이에 웃옷과 바지가 터져나갈 정도로 가슴과 엉덩이가 풍만했다. 그녀는 마부인 아버지 무크 영감과 하역부로 일하는 오빠 무케와 함께 레키야르에 살았다. 하지만 일하는 시간이 서로 달라 갱에는 혼자 다녔다. 그녀는 여름에는 밀밭에서, 겨울에는 벽에 기대선 채, 일주일 단위로 달라지는 애인과 즐거운 시간을 보냈다. 탄광의 일꾼들 모두가 그녀를 거쳐갔다. 동료들끼리 서로 아무런 충돌 없이 차례를 지켰다. 하루는 누가 마르시엔에 사는 못 제조공과 그녀가 함께 있는 걸 봤다며 빈정거리자, 라 무케트는 씩씩거리며 화를 내다가 뒤로 넘어갈 뻔했다. 그러면서 그녀는 자신을 너무도 존중하기 때문에 누가 광부 외에 다른 사람과 함께 있는 자신을 봤다고 한다면 차라리 한 팔을 자르고 말 거라며 소리쳤다.

"그럼 꺽다리 샤발하고는 끝난 건가?" 한 광부가 히죽거리며 물었다. "그리고 그 땅꼬마랑 놀아난 거야? 그 친구는 그 짓을 하려면 사다리가 필요할 텐데!…… 내가 레키야르 뒤편에서 둘이 같이 있는 걸 봤단 말이지. 그 친구가 경계석 위에 올라가 있었다는 게 그 증거라고."

"그래서요?" 라 무케트는 아무렇지 않다는 듯 능청스럽게 되받아쳤다. "그게 그쪽이랑 무슨 상관이 있는데요? 댁한테 그 짓 하는 걸 도와달라고 한 것도 아니잖아요?"

그녀가 천진스러운 얼굴로 상스러운 말을 내뱉자, 난로의 열기에 몸이 반쯤 익은 채 어깨를 움츠리고 있던 남정네들은 더 큰 소리로 웃음을 터뜨렸다. 라 무케트도 따라서 큰 소리로 웃어젖히고는 외설스러운 옷차림을 과시하듯 남자들 사이를 천천히 돌아다녔다. 기형처럼 보일 정도로 툭 불거져나온 풍만한 살집이 무척 우스꽝스러워 보여 보는 이들을 당혹스럽게 했다.

그런데 라 무케트가 마외한테 플뢰랑스 얘기를 들려주자 갑자기 좌중이 물을 끼얹은 듯 조용해졌다. 키다리 플뢰랑스는 이제 더이상 이곳에 올 수 없게 되었다. 전날 밤, 몸이 뻣뻣하게 굳어 죽은 채로 침대에서 발견되었던 것이다. 혹자는 심장이 삐끗했기 때문이라고 했고, 혹자는 게네베르*를 너무 빨리 마셔서 그런 거라고도 했다. 마외는 몹시 낙담한 얼굴을 했다. 참 지지리 운도 없지. 탄차 운반부가 하나 줄어든데다 당장 대신할 사람을 구할 수도 없으니, 이 노릇을 어쩐단 말인가! 마외는 도급제**로 일하고 있었다. 그의 작업장에서는 네 명의 채탄부가 한 조를 이뤄 일했다. 그와 자샤리, 르바크, 그리고 샤발이 그의 조에 속했다. 그런데 카트린 혼자서 탄차를 밀게 된다면 일에 막대한 지장을 초래할 게 뻔했다. 마외는 문득 생각난 듯 소리쳤다.

"그래! 일자리를 찾던 그 친구가 있었지!"

때마침 당세르가 탈의실 앞을 지나갔다. 마외는 그를 붙들어 세우

---

* 17세기에 네덜란드에서 처음 만든 술로, 오늘날 칵테일로 각광받고 있는 진(Gin)을 가리킨다.
** 한 광부가 최저가 입찰 과정을 거쳐 회사에서 청부계약을 따낸 다음 작업반을 조직해 함께 일하는 것.

고는 사정을 얘기한 다음 청년을 고용하도록 허락해달라고 부탁했다. 그러면서 앙쟁 탄광처럼 남성 탄차 운반부를 고용하고 싶어하는 회사 측의 바람을 강조하기까지 했다. 갱내 총감독은 그의 말을 들으면서 빙그레 미소지었다. 갱에서 여자를 배제하는 것은 누구보다 광부들 자신이 강력하게 반대하고 있었기 때문이다. 그들은 도덕적이고 위생 적인 문제 따위에는 아랑곳없이 딸들의 일자리가 줄어드는 것만을 걱 정했다.* 잠시 머뭇거리던 당세르는 탄광 기사 네그렐에게 승인을 받 는다는 조건으로 마외의 요청을 수락했다.

"이런 젠장! 보아하니 걸음도 빠르던데, 지금쯤이면 한참 멀리 가 있겠네!" 자샤리가 걱정스레 말했다.

"아냐, 아까 보일러실 앞에 있는 걸 봤어." 카트린이 얼른 말했다.

"그런데 뭘 꾸물거리고 있는 거야? 얼른 가서 데려오지 않고!" 마 외가 소리쳤다.

카트린은 퉁기듯 밖으로 뛰쳐나갔다. 그러는 동안 수가 늘어난 광 부들은 나중에 온 사람들에게 불가를 내주고 삼삼오오 무리를 지어 갱으로 향했다. 장랭도 아버지를 기다리지 않고, 뚱뚱하고 순진한 베 베르와 가냘픈 몸집의 열 살짜리 계집아이 리디와 함께 자기 램프를 찾으러 갔다. 그들보다 먼저 출발한 라 무케트는 캄캄한 계단에서 아 이들에게 더러운 애새끼들이라고 소리치며, 자신을 꼬집기라도 하면

---

* 여성이 탄광에서 일하는 것은 영국에서는 1842년부터, 프랑스에서는 1874년 5월 19일 에야 법으로 금지되었다. 리디나 장랭, 베베르처럼 12세 미만의 어린아이들이 갱에서 일 하는 것도 흔한 일이었다. 광부들은 가족의 수입원이 줄어드는 것을 염려해 아내나 아이 들이 탄광에서 일하는 것을 적극 지지했다.

따귀를 올려붙일 거라고 으름장을 놓았다.

과연 에티엔은 보일러실이 있는 건물에서 화실에 석탄을 채워넣고 있는 화부와 얘기를 하고 있었다. 그는 또다시 차가운 어둠 속으로 들어가야 한다는 생각에 벌써부터 온몸이 얼어붙는 것 같았다. 하지만 어쩔 수 없이 그곳을 떠나려던 찰나, 누가 자기 어깨에 손을 얹는 것을 느꼈다.

"따라와요. 그쪽이 할 일이 있을 것 같으니까." 카트린이 말했다.

에티엔은 처음에는 카트린이 무슨 말을 하는 건지 잘 이해하지 못했다. 그러더니 이내 기뻐 어쩔 줄 몰라하며 그녀의 두 손을 꼭 쥔 채 세차게 흔들면서 말했다.

"고마워, 친구…… 아! 이렇게 고마울 데가. 정말 고마워!"

카트린은 자신들을 환히 비추며 벌겋게 타오르는 난로의 불빛 속에서 그를 바라보며 큰 소리로 웃었다. 아직 호리한 몸매에 틀어올린 머리를 보닛 속에 감춘 탓에 자기를 남자로 생각하는 그를 보는 게 즐거웠다. 그도 안도감에 함께 웃음을 터뜨렸다. 두 사람은 두 뺨이 발그레해져 잠시 서로 마주보며 기분좋은 웃음을 지어 보였다.

탈의실에서 기다리던 마외는 자신의 사물함 앞에 쭈그려 앉아 나막신과 두꺼운 털양말을 벗었다. 에티엔이 나타나자 모든 게 일사천리로 진행되었다. 보수는 하루에 30수이며, 일은 고되지만 금세 배울수 있을 터였다. 마외는 그에게 신발을 그대로 신고 있으라고 충고하고는 머리 보호용 낡은 가죽 안전모를 빌려주었다. 테가 없는 납작한 모자인데, 마외와 아이들은 안전 지침을 무시하고 쓰지 않았다. 그런 다음 사물함에서 작업 도구를 꺼냈다. 그중에는 폴뢰랑스가 쓰던 삽도 있었다. 그들이 벗어놓은 나막신과 양말, 그리고 에티엔의 짐꾸러미를 모두 사물함에 집어넣은 마외는 갑자기 초초함을 드러내며 소리쳤다.

"그런데 샤발 이 망할 놈은 대체 어디서 뭘 하길래 여태 안 오는 거야? 또 돌무더기 위에다 계집애를 눕혀놓고 시시덕거리고 있는 게 분명해!…… 오늘은 작업 시작이 삼십 분이나 늦어졌으니 이걸 어쩔 거냐고."

자샤리와 르바크는 화로를 등진 채 여유롭게 등짝을 덥히고 있었다. 마침내 자샤리가 뜸들이던 말을 뱉어냈다.

"혹시 샤발을 기다리시는 거예요?…… 우리보다 먼저 와서 바로 내려갔는데."

"뭐야! 그걸 알면서도 아무 얘기도 안 하다니!…… 자! 자! 얼른 가자고."

손을 녹이고 있던 카트린도 서둘러 무리를 따라나서야 했다. 에티엔은 그녀를 먼저 가게 한 다음 뒤따라 올라갔다. 그는 또다시 미로 같은 어두컴컴한 계단과 복도를 여행했다. 맨발의 무리가 지나가자 낡은 슬리퍼를 끄는 것 같은 투박한 소리가 들려왔다. 그들이 맨 먼저 이른 곳은 환하게 불이 밝혀진 램프 보관소였다. 유리로 칸막이가 된 방의 꽉 찬 선반들 위에는 수백 개의 데이비램프*가 층층이 정렬되어 있었다. 전날 미리 점검하고 닦아놓은 램프는 예배당 안쪽에서 타오

---

* 1815년 화학자 험프리 데이비 경이 가스 폭발 사고를 예방하기 위해 고안해낸 갱내 안전등. 산업혁명이 진행됨에 따라 탄광의 재해가 증가하자 탄광재해예방협회의 의뢰로 만들었다.

르는 촛불처럼 불이 켜져 있었다. 광부들은 창구를 지나면서 고유 번호가 찍힌 램프를 하나씩 건네받았다. 그리고 이상이 없는지 확인한 뒤 손수 램프 덮개를 닫았다. 그러는 사이 창구 탁자에 앉아 있는 기록원은 광부들이 갱으로 내려가는 시각을 장부에 기록했다.

마외는 새로 고용한 자신의 탄차 운반부가 사용할 램프를 직접 챙겼다. 그리고 마지막으로 안전 조치가 하나 더 남아 있었다. 광부들은 램프 덮개가 모두 잘 닫혀 있는지를 확인하는 검사관 앞을 차례로 지나야 했다.

"맙소사! 여긴 왜 이렇게 추운 거야." 카트린이 오들오들 떨면서 나직이 중얼거렸다.

에티엔은 대답 대신 고개를 끄덕였다. 그는 차가운 바람이 쓸고 지나가는 거대한 홀 중앙에 서서 수갱 입구를 마주했다. 평소 자신이 용감한 편이라고 생각했음에도 불쾌한 느낌이 목을 죄어오는 것 같았다. 강철 케이블이 계속 빠른 속도로 기계의 보빈에 감겼다가 풀리면서 비상하는 광경을 마주하는 가운데, 우르릉거리며 굴러가는 탄차 소리, 둔탁하게 부딪치는 신호기 소리, 소의 숨죽인 울음 같은 확성기 소리 등이 그에게 왠지 모를 불안감을 안겨주었다. 케이지가 야행성 동물처럼 은밀하게 오르내리면서 끊임없이 사람들을 집어삼키면, 갱이 시커먼 아가리를 벌려 그 모두를 단번에 꿀꺽 삼켜버리는 것 같았다. 이번엔 그의 차례였다. 그가 추위에 덜덜 떨면서 말없이 초조해하는 모습을 보고 자샤리와 르바크는 히죽거리며 비웃었다. 그들은 낯선 남자를 고용한 것이 못마땅했다. 특히 르바크는 자기 생각은 묻지도 않은 것이 몹시 언짢은 듯했다. 오직 카트린만이 아버지가 청년에게 작업에 관해 설명해주는 것을 보며 기뻐했다.

"저길 잘 봐. 케이지 위에는 낙하 방지 장치가 있어. 케이블이 끊길 경우 강철 꺾쇠가 가이드에 박히게 되는 거지. 물론 제대로 작동하지. 그러니까 대부분은 말이야…… 그래, 갱은 세 구역으로 나뉘어 있어. 위에서 아래까지 나무판자로 막아 구분해놓았지. 그 가운데로는 케이지가 지나다니고, 왼쪽에는 비상용 사다리가 설치된 환기갱*이 있어……"

그는 잠시 얘기를 멈추고는 목소리를 낮추며 투덜거렸다.

"왜 이렇게 안 오는 거야, 맙소사! 여기서 이대로 얼어죽으라는 거야 뭐야!"

마외와 함께 갱으로 내려가기로 되어 있던 갱내 감독 리숌이 그가 불평하는 것을 듣고 말했다. 리숌은 개방 램프를 쇠못으로 고정해놓은 가죽 안전모를 썼다.

"조심하는 게 좋을 거야! 벽에도 귀가 있으니까!" 그는 아버지처럼 다정하게 속삭였다. 전직 채탄부였던 그는 동료들을 항상 호의적으로 대했다. "일에는 순서라는 게 있는 거야…… 자! 이제 우리 차례야. 자네 작업반원들과 함께 오르게."

띠강판鋼板으로 보강해 미세한 철망을 씌운 케이지가 킵스에 수직으로 고정된 채 그들을 기다리고 있었다. 마외, 자샤리, 르바크와 카트린은 안쪽에 실린 탄차에 미끄러지듯 올라탔다. 탄차에는 다섯 명이 타게 되어 있어 에티엔도 그들과 함께 올라탔다. 그런데 좋은 자리

---

* 갱 내부를 환기시키고, 주(主)갱에 문제가 생겼을 때 광부들이 드나들 수 있도록 만든 부속 갱.

가 남아 있지 않아 카트린과 몸을 바짝 붙이는 바람에 그녀의 팔꿈치가 그의 배를 찔렀다. 에티엔이 램프를 어떻게 들고 있어야 할지 난감해하자 누군가 그에게 웃옷 단춧구멍에 매달라고 일러주었다. 하지만 그 말을 알아듣지 못한 에티엔은 램프를 손에 그대로 든 채 어정쩡하게 서 있었다. 광부들은 가축 시장으로 향하는 가축처럼 꾸역꾸역 계속 올라탔다. 이래가지고 대체 언제 출발한다는 건가? 언제까지 기다려야 한단 말인가? 초조하게 기다리는 몇 분이 마치 몇 시간처럼 느껴졌다. 드디어 덜컹거리며 케이지가 흔들리자 모든 게 어둠 속으로 잠겨들었다. 주위의 모든 물체가 날아오르면서 창자를 잡아당기는 것 같은 불안과 현기증이 느껴졌다. 그런 현상은 두 개 층의 하치장을 통과하면서 빛이 보이는 동안 지속되었다. 주위에 설치된 갱목이 빙글빙글 돌면서 멀리 달아나는 것 같았다. 그러다 갱의 칠흑 같은 어둠속으로 떨어져내리자, 에티엔은 머릿속이 멍해지면서 감각마저 잃어버린 듯 더이상 뭐가 뭔지 분명하게 느낄 수가 없었다.

"이제야 출발하는군." 마외가 차분하게 말했다.

에티엔을 제외한 모두가 편안해 보였다. 그는 때로 자신이 내려가고 있는 건지 올라가고 있는 건지 명확히 구분할 수 없었다. 케이지가 가이드를 건드리지 않고 똑바로 내려갈 때는 마치 정지한 것처럼 느껴지기도 했다. 그러다 갑자기 케이지가 급격히 요동치면서 나무판자 사이에서 춤을 출 때면 천재지변이라도 일어난 듯한 두려움에 휩싸였다. 게다가 그가 얼굴을 바짝 붙이고 있는 철망 너머의 수갱 벽면도 뚜렷이 보이지 않았다. 램프의 희미한 불빛에 의지해 광부들이 겹겹이 웅크리고 있는 광경을 어렴풋하게 헤아려볼 수 있을 뿐이었다. 오직 옆의 탄차에 올라탄 갱내 감독의 개방 램프만이 등대처럼 환히 그곳을 비추고 있었다.

"이 수갱은 지름이 사 미터야." 마외는 에티엔을 가르치기 위해 설명을 계속했다. "방수벽*을 얼른 새로 손봐야 할 텐데. 물이 사방에서 새고 있거든…… 잘 들어봐, 지하수면이 아주 가까이 있어. 무슨 소리가 들리지 않나?"

그러잖아도 에티엔은 소나기 소리 같은 게 어디서 들려오는지 궁금하던 차였다. 폭우가 쏟아지기 시작하는 것처럼 케이지의 지붕 위로 굵은 물방울들이 후드득후드득 떨어져내렸다. 이제 비의 양이 점점 증가하면서 마치 홍수라도 난 것처럼 물이 줄줄 흘러내리는 소리가 들려왔다. 케이지 지붕에 구멍이 뚫린 게 분명했다. 물줄기가 그의 어깨 위로 흘러내려 몸을 흠뻑 적셔놓았다. 축축한 어둠 속을 뚫고 내려가는 동안 살을 에는 듯한 추위가 엄습했다. 그러다 순간적으로 눈이 부신 와중에, 번갯불을 보고 동요하는 동굴 속 사람들의 모습이 보였다. 그리고 이내 또다시 허공 속으로 떨어져내렸다.

마외는 조금 전에 하던 설명을 이어갔다.

"여기가 첫번째 적치장이지. 지하 삼백이십 미터에 와 있는 거야…… 우리가 얼마나 빨리 내려가고 있는지 보라고."

그는 램프를 들어, 전속력으로 달리는 기차 아래의 레일처럼 쏜살같이 멀어지는 가이드의 나무판을 비췄다. 그 너머로는 여전히 아무것도 보이지 않았다. 그들은 뿌옇게 날아오르는 듯한 빛 속에서 세 군

---

* 갱도로 물이 새어들어오는 것을 막기 위해 세운 나무 버팀벽.

데의 적치장을 더 지나쳐갔다. 귀를 먹먹하게 만드는 빗소리가 세차게 어둠을 흔들었다.

"대체 얼마나 더 내려가야 하는 거지!" 에티엔은 혼잣말처럼 중얼거렸다.

마치 몇 시간째 끝 간 데 없이 추락하는 느낌이었다. 그는 감히 움직일 엄두도 내지 못하고 어정쩡한 위치 때문에 고통스러워했다. 무엇보다 카트린의 팔꿈치 탓에 숨도 제대로 쉬기 힘들었다. 카트린은 한마디도 하지 않았지만, 에티엔은 바짝 붙어 서 있는 그녀 때문에 몸이 달아오르는 것을 느꼈다. 마침내 케이지가 땅속 554미터 깊이에 위치한 막장에 멈춰 섰을 때, 그는 하강 시간이 고작 일 분밖에 걸리지 않았다는 사실에 놀라움을 감추지 못했다. 킵스가 케이지에 고정되는 소리와 발밑에 단단한 것이 닿는 느낌에 에티엔은 대번에 기분이 좋아졌다. 그리고 카트린에게 말을 놓으면서 농을 걸었다.

"넌 대체 그 속에 뭐가 들어 있길래 그렇게 몸이 뜨거운 거야?……네 팔꿈치가 내 배에 구멍을 뚫어놓을 뻔했던 건 알겠지, 물론?"

그의 말에 카트린은 웃음을 터뜨렸다. 아직도 나를 남자로 알다니. 바보 아냐! 눈구멍이 막히기라도 했나?

"내 팔꿈치 때문에 눈이 먼 건 아니고?" 카트린이 그의 말을 되받아치며 재미있다는 듯 큰 소리로 웃어젖히자, 청년은 무슨 얘기인지 모르겠다는 듯 어리둥절한 표정을 지었다.

케이지에서 내린 광부들은 적치장을 가로질러 갔다. 바위를 깎고 벽돌로 아치형 천장을 보강한 갱도에는 커다란 개방 램프 세 개가 불을 밝히고 있었다. 바닥에 깔린 주철판 위에서 적재부들이 석탄이 가득 실린 탄차들을 힘차게 밀고 있었다. 벽마다 동굴 냄새가 배어나왔다. 이웃한 마구간에서 풍겨오는 더운 숨결에 서늘한 초석硝石* 냄새가 뒤섞인 것 같은 냄새였다. 그들 앞에는 네 개의 갱도가 아가리를 크게 벌린 채 그들을 기다리고 있었다.

"이쪽이야." 마외가 에티엔에게 말했다. "아직 멀었어. 이 킬로미터는 족히 더 가야 하거든."

광부들은 소그룹으로 흩어져 캄캄한 굴속으로 사라져갔다. 열다섯 명가량의 무리가 왼쪽에 난 갱도로 막 들어선 참이었다. 에티엔은 맨 끝에 처져 마외의 뒤를 따라갔다. 마외의 앞쪽에서는 카트린과 자샤리, 르바크가 걸어갔다. 그곳은 단단한 바위층을 깎아 길을 낸 탄탄한 운반 갱도로, 부분적으로만 방수벽을 쌓으면 되었다. 일행은 일렬로 늘어서서 미미한 램프 불빛에 의지해 아무 말 없이 앞으로 계속 나아갔다. 에티엔은 한 발짝 내디딜 때마다 돌과 레일에 발부리가 걸려 비틀거렸다. 게다가 얼마 전부터 들려오는 둔탁한 소리가 그에게 불안감을 안겨주었다. 땅속 가장 깊은 곳에서 나오는 듯한 폭풍우 소리 같은 것이 점점 더 크게 들려왔다. 혹시 요란한 소리와 함께 갱이 무너져내리면서 머리 위로 거대한 바위가 떨어져 다시는 햇빛을 볼 수 없게 되는 건 아닐까? 짙은 어둠을 가르는 빛이 새어들어오면서 바위가 흔들리는 게 느껴졌다. 에티엔이 동료들처럼 벽에 바짝 붙어 서자, 그의 얼굴 바로 앞으로 탄차의 대열을 끌고 가는 커다란 백마가 지나갔다. 맨 앞 탄차에는 베베르가 말의 고삐를 쥔 채 앉아 있었다. 장랭은

---

* 습기 찬 벽 따위에 생기는 질산칼륨의 한 형태.

두 손으로 마지막 탄차의 가장자리를 꼭 잡고 맨발로 뛰어갔다.

그들은 다시 걷기 시작했다. 좀더 가자 교차로가 나왔고, 갱도 두 개가 눈앞에 펼쳐졌다. 그곳에서 무리는 다시 둘로 나뉘었고, 광부들은 갱의 모든 작업장으로 점차 흩어졌다. 그들은 이제 갱목을 댄 운반 갱도로 들어섰다. 참나무 지주支柱가 천장을 받쳐주면서 바위가 굴러떨어지는 것을 방지하는 보호용 덮개 역할을 했다. 그 뒤쪽으로는 운모가 반짝이는 얇은 편암층과 흐릿하고 거친 사암 덩어리가 보였다. 갱도에는 석탄이 꼭 차 있거나 빈 탄차의 행렬이 끊임없이 지나갔고, 서로 마주쳐 지나가기도 했다. 유령처럼 어슴푸레한 형체의 짐승들이 빠른 걸음으로 굉음을 내며 어둠 속으로 사라져갔다. 복선으로 된 측선側線* 위에는 멈춰 선 탄차가 시커먼 긴 뱀처럼 잠들어 있고, 말은 힝힝거리며 콧소리를 냈다. 칠흑 같은 어둠에 잠겨 희미하게 보이는 말의 엉덩이가 천장에서 떨어져내린 바윗덩어리처럼 보였다. 갱내의 환기구 문들이 덜컥거리다가 서서히 다시 닫혔다. 앞으로 나아갈수록 갱도는 점점 더 좁아졌고, 높이가 고르지 못한 낮은 천장 때문에 계속 허리를 굽혀야만 했다.

그러다 에티엔은 머리를 심하게 부딪혔다. 가죽 안전모가 없었다면 머리가 둘로 쪼개졌을 터였다. 그는 바로 앞에서 가고 있는 마외의 몸짓 하나하나를 주의깊게 따라 했다. 램프의 희미한 불빛에 마외의 어두운 실루엣이 또렷이 드러났다. 광부들 중에서 머리를 부딪히는 사람은 아무도 없었다. 그들은 땅의 기복과 갱목의 마디진 곳, 그리고

---

* 철도 본선 이외의 선로로, 여기서는 탄차를 잠시 유치(留置)하는 선로를 가리킨다.

바위의 노두露頭*가 어디 있는지를 모두 훤히 꿰고 있는 듯했다. 청년은 또한 점점 더 축축해지는 미끄러운 바닥 때문에 힘들어했다. 때로는 깊이 팬 물웅덩이를 지나가면서도, 발에 진흙이 묻어 엉망이 되고 나서야 그 사실을 깨달을 수 있었다. 하지만 무엇보다 그를 놀라게 한 것은 갱내의 급작스러운 기온 변화였다. 수갱 아래쪽은 무척 서늘하게 느껴졌다. 그다음으로, 갱의 모든 공기가 통과하는 운반 갱도에는 얼음장처럼 차디찬 바람이 불어왔다. 비좁은 갱도의 벽 사이로 불어드는 세찬 바람이 폭풍처럼 그 맹렬함을 더해갔다. 그러고 나서 다른 길로 더 깊이 들어가자, 환기구를 통해서만 공기가 들어오는 탓에 바람이 급격히 잦아들면서 갱내 기온이 올라갔다. 묵직한 납덩어리가 짓누르는 듯 숨막히는 열기가 엄습했다.

마외는 한동안 아무 말도 하지 않았다. 오른쪽에 난 새로운 갱도로 들어서면서 뒤를 돌아보지 않고 에티엔에게 짧게 한마디했을 뿐이다.

"여기가 기욤 탄맥이라네."

거기가 바로 그들이 일할 작업장이 있는 탄맥이었다. 에티엔은 처음 몇 걸음을 내딛자마자 머리와 팔꿈치를 부딪혀 멍이 들었다. 이삼십 미터에 걸쳐 경사진 천장이 길게 이어지면서 허리를 직각으로 꺾은 채 기어가다시피 해야 했다. 물은 발목까지 차올랐다. 그들은 그렇게 200미터를 나아갔다. 그러다 갑자기 에티엔의 시야에서 르바크와 자샤리, 그리고 카트린이 사라져버렸다. 그의 앞에 보이는 가느다란 틈새로 날아가버린 듯했다.

---

* 암석이나 지층이 흙이나 식물 등으로 덮여 있지 않고 지표에 그대로 드러나 있는 곳을 가리킨다.

"이제 여기로 올라가야 해." 마외가 다시 설명했다. "램프를 단춧구멍에 걸고 갱목을 단단히 붙잡아."

그마저 사라져버렸다. 에티엔은 그를 뒤따라가야 했다. 탄맥에 남겨둔 굴뚝은 광부들이 다른 부속 갱도로 오갈 때 통로 역할을 했다. 탄층과 똑같이 폭이 겨우 60센티미터밖에 되지 않았다. 그나마 청년의 몸집이 작은 게 다행이었다. 아직 모든 게 서툰 그는 힘을 허투루 낭비하면서, 어깨와 엉덩이를 쭉 펴서 납작하게 만든 다음 갱목을 부여잡고 손목 힘을 이용해 위로 올라갔다. 15미터쯤 올라가자 첫번째 부속 갱도가 나왔다. 하지만 계속 더 가야 했다. 마외와 그 작업반원들이 함께 일하는 작업장은 여섯번째 부속 갱도, 그들이 지옥이라고 부르는 곳에 위치해 있었다. 갱도는 15미터 간격으로 아래위로 포개진 것처럼 나 있었다. 그들은 등과 가슴을 긁어내리는 좁다란 틈새를 통과해 끝없이 올라가야만 했다. 에티엔은 가쁜 숨을 몰아쉬었다. 바위의 육중한 무게 탓에 팔다리가 으스러지고 두 손이 뽑혀나가는 것 같았으며, 다리 곳곳에는 멍이 들었다. 무엇보다 공기가 부족해 피가 살갗을 뚫고 터져나갈 것만 같았다. 갱도 하나를 지나던 중에는 짐승 두 마리가 몸을 웅크린 채 탄차를 미는 광경이 어렴풋이 눈에 들어왔다. 하나는 몸집이 작고, 다른 하나는 좀더 컸다. 리디와 라 무케트가 벌써 일을 시작했던 것이다. 그런데 그는 아직도 작업장 두 개만큼의 높이를 더 기어올라가야 한다니! 에티엔은 얼굴을 흥건히 적신 땀 때문에 눈앞이 잘 보이지 않았고, 동료들을 얼른 쫓아가야 한다는 생각에 절망했다. 그들의 날렵한 팔다리가 바위를 스치면서 그 사이를 길게 미끄러지듯 올라가는 소리가 들려왔다.

"힘내, 이제 거의 다 왔으니까!" 카트린의 목소리가 들려왔다.

마침내 그가 도착하자, 작업장 안쪽에서 또다른 목소리가 외쳤다.

"이런 젠장, 지금 대체 뭣들 하는 거야?⋯⋯ 난 몽수에서 이 킬로미터나 걸어서도 일착으로 왔는데!"

샤발이었다. 키가 크고 마른 체격에 강한 인상을 풍기는 스물다섯 살의 청년이었다. 그는 홀로 동료들을 기다려야 했던 것에 역정을 냈다. 그러다 에티엔을 알아보고는 경멸이 뒤섞인 놀라움을 드러내며 물었다.

"이건 또 뭡니까?"

마외가 그에게 자초지종을 설명하자 그는 혼잣말처럼 구시렁거렸다.

"이젠 사내놈들이 계집애들 입속에 든 빵까지 빼앗아 먹게 생겼군!"

두 남자는 순간적으로 불타오르는 본능적인 적대감을 드러내며 서로 시선을 주고받았다. 아직 상황을 파악하지 못한 에티엔은 샤발의 말에 모욕감을 느꼈다. 침묵이 흐르는 가운데 모두들 일을 시작했다. 마침내 채탄막장*에 광부들이 가득 들어차면서, 작업장 각층마다 갱도 양끝에서 활발하게 채탄 작업이 이뤄졌다. 탐욕스러운 갱은 하루치 식량인 700명에 가까운 광부들을 집어삼켰다. 이 시각, 그들은 거대한 개미집 같은 이곳에서 고목을 갉아먹는 벌레처럼 대지 곳곳에 온통 구멍을 내고 있었다. 겹겹이 쌓인 지층에 짓눌린 무거운 정적 속에서도 바위에 귀를 바짝 붙이노라면, 한창 활동중인 인간 곤충들이

---

* 석탄을 캐내는 막장.

부산스럽게 움직이는 소리를 들을 수 있었다. 갱구에서 케이지를 끊임없이 올리고 내리는 케이블의 비상부터, 채굴 작업장 안쪽에서 석탄을 캐내는 연장들의 달그락거리는 소리까지 모두.

에티엔은 뒤를 돌아보다가 또다시 카트린과 몸을 바짝 붙이게 되었다. 그런데 이번에는 막 부풀어오르기 시작한 그녀의 가슴을 느낄 수 있었다. 그제야 그는 자신의 몸을 덥혀주었던 열기가 어디서 비롯되었는지 알아차렸다.

"그러니까, 네가 여자였던 거야?" 그는 경악하며 조그맣게 중얼거렸다.

카트린은 조금도 얼굴을 붉히지 않고 경쾌하게 대답했다.

"당연하지…… 참 대단해! 이렇게나 일찍 알아차리다니!"

4

　네 명의 채탄부는 채탄막장의 단면을 수직으로 올라가며 아래위로 차곡차곡 몸을 길게 펴고 누웠다. 그들은 갈고리가 달린 나무판자로 분리된 채 각각 탄맥의 4미터에 이르는 구역을 담당했다. 각자 캐낸 석탄은 나무판자 위에 쌓아두었다. 탄맥은 층이 아주 얇았는데,* 특히 이 부분은 폭이 겨우 50센티미터밖에 되지 않아 채탄부들은 천장과 벽 사이에서 납작하게 짓눌린 것 같은 자세로 작업해야만 했다. 이동할 때는 무릎과 팔꿈치로 기어가야 했고, 방향을 바꾸다보면 어김없이 어깨에 멍이 들거나 상처가 났다. 석탄을 캐기 위해서는, 모로 누운 채

---

* 층이 얇은 탄맥은 프랑스 북부와 벨기에에 분포한 탄광들의 특징인데, 그 때문에 특별한 채탄 방식이 필요했다.

목을 비틀고 두 팔을 들어 비스듬하게 리블렌*을 휘둘러야 했다.

맨 아래쪽에는 자샤리가 있었다. 그 위에는 르바크와 샤발이 자리를 잡았다. 맨 위쪽에서는 마외가 작업을 했다. 각자는 편암층을 리블렌으로 파내 석탄을 채굴했다. 지층의 두 군데에 수직으로 홈을 내 윗부분에 쇠로 된 쐐기를 박아넣은 다음 석탄 덩어리를 떼어냈다. 캐낸석탄은 반들반들한 광택이 나고 끈적거렸다. 덩어리는 여러 조각으로쪼개져 채탄부들의 배와 넓적다리를 따라 흘러내렸다. 이 조각들이나무판자 위에 모여 그들의 몸 아래에 차곡차곡 쌓이면, 채탄부들은좁다란 틈새에 갇혀 더이상 모습이 보이지 않았다.

그들 중에서 가장 고통스러운 사람은 마외였다. 위쪽은 온도가 35도까지 올라갔고, 공기가 제대로 순환되지 않아 시간이 지날수록 질식할것처럼 숨이 턱턱 막혀왔다. 앞을 제대로 보기 위해서는 램프를 머리바로 옆에 있는 못에 고정시켜야 했다. 그러면 램프의 불이 그의 두개골을 달구면서 머리의 피가 끓어오르는 것 같았다. 게다가 그의 바로위쪽으로는, 얼굴에서 겨우 몇 센티미터 떨어져 있지 않은 바위에서물이 줄줄 흘러내렸다. 굵은 물방울이 고집스러운 리듬으로 지속적으로 빠르게 똑같은 곳으로 떨어져내렸다. 그가 아무리 목을 비틀고 목덜미를 뒤로 젖혀도 아무 소용 없었다. 물방울은 가차없이 그의 얼굴을 공략했고, 똑똑 소리와 함께 얼굴에 부딪히며 사방으로 튀었다. 십오 분쯤 지나자 그는 자신이 흘린 땀에 흠뻑 젖어 뜨거운 물통에 담긴빨랫감처럼 뿌연 수증기를 뿜어냈다. 그날 아침에는 물방울 하나가 집

---

* 손잡이가 짧고 양쪽 날이 뾰족한 채탄용 곡괭이.

요하게 그의 눈으로 떨어져내려 그의 입에서 욕설이 튀어나오게 했다. 채탄을 멈출 생각이 없었던 마외는 곡괭이를 세게 내리쳤다. 그러자 양옆의 바위 사이에 긴 그의 몸이 격렬하게 흔들렸다. 마치 책갈피 사이에 끼어 납작하게 찌부러지기 직전의 진딧물 꼴이었다.

채탄장에는 아무런 말소리도 들리지 않았다. 모두들 아무 말 없이 곡괭이질을 계속했다. 불규칙한 소리만이 아득하고 둔탁하게 들려올 뿐이었다. 거친 음색을 띤 소리는 무겁게 고여 있는 공기 속에서 어떤 반향도 일으키지 못했다. 사방에서 풀풀 날리는 석탄가루로 인해 두터워지고 눈을 짓누르는 가스 때문에 묵직해진 어둠은 낯선 검은빛을 띠었다. 금속망으로 된 덮개 아래에서 타오르는 램프의 심지는 짙은 어둠 속에서 불그레한 점처럼 미미한 빛을 발할 뿐이었다. 뭐가 뭔지 아무것도 분간되지 않았다. 막장은 비스듬하게 기울어진 평평하고 커다란 굴뚝처럼 위를 향해 길게 나 있었다. 열 번의 겨울을 나는 동안 차곡차곡 쌓인 그을음이 칠흑같이 어두운 밤을 이루고 있었다. 유령처럼 보이는 형체들이 분주히 움직이는 가운데, 길을 잃은 빛 속에서 엉덩이의 둥근 윤곽과 뼈마디 굵은 팔, 범죄를 저지르기 위해 시커멓게 위장한 것처럼 험상궂어 보이는 얼굴들이 언뜻언뜻 보였다. 가끔씩 석탄 덩어리들이 떨어져나올 때면, 매끈한 면과 뾰족한 모서리가 한순간 크리스털처럼 반짝거렸다. 그러고는 모든 게 다시 암흑 속으로 잠겨들었고, 리블렌을 세게 내리치는 둔탁한 소리가 났다. 무겁게 내려앉은 공기와 졸졸 흘러가는 지하수 사이로 들려오는 것이라고는 헐떡거리는 숨소리와, 불편한 자세와 누적된 피로에서 오는 신음 소리뿐이었다.

전날 흥청망청 논 탓에 팔심이 빠진 자샤리는 얼마 버티지 못하고 갱도 내벽에 갱목을 대야 한다는 핑계를 대면서 일을 접었다. 그리고 캄캄한 허공을 바라보면서 조용히 휘파람을 불며 고된 현실을 잠시 잊었다. 뒤쪽으로 채굴이 끝난 탄맥의 3미터 가까이가 텅 비어 있었지만, 채탄부들은 시간을 아끼려는 생각에 위험에 무심한 채 바위를 갱목으로 받칠 생각을 하지 않았다.

　"이봐! 잘난 친구!" 자샤리가 에티엔을 향해 소리쳤다. "나무 좀 이리 줘봐."

　카트린에게 삽을 다루는 법을 배운 에티엔은 막장으로 나무를 올려보내야 했다. 전날 쓰고 남은 것들이었다. 대개는 매일 아침, 탄층의 폭에 맞춰 미리 잘라놓은 나무들을 위에서 내려보냈다.

　"서둘러, 이 게으름뱅이야!" 자샤리는 새로 고용된 탄차 운반부가 참나무 네 토막을 가슴에 안고 쩔쩔매면서 석탄 사이로 서툴게 몸을 일으키는 모습을 보며 소리쳤다.

　그는 곡괭이로 천장과 벽에 홈을 하나씩 냈다. 그런 다음 나무토막 두 쪽을 끼워 바위를 괴었다. 오후에는 충전 작업을 하는 인부들이, 채탄부들이 석탄을 캐낸 후 갱도 끝에 쌓아놓은 흙을 사용해 탄맥에 생긴 구덩이를 다시 메우는 작업을 했다. 충전부들은 석탄 운반을 위해 맨 아래쪽과 맨 위쪽 길만 남겨두고 갱목을 흙으로 덮었다.

　마외는 더이상 신음 소리를 내지 않았다. 마침내 석탄 덩어리를 떼어내는 데 성공한 것이다. 그는 땀이 비 오듯 흐르는 얼굴을 소맷자락으로 닦아내고는, 자샤리가 그의 뒤쪽에서 올라와 갱목을 대는 것을 보며 걱정스럽게 말했다.

"그냥 둬라. 점심 먹고 나서 하면 돼…… 탄차 할당량을 채우려면 그럴 시간에 석탄을 조금이라도 더 캐는 게 나아."

"천장이 조금씩 내려앉고 있어서요." 자샤리가 대답했다. "여기 좀 보세요, 틈이 갈라져 있잖아요. 이러다 진짜로 무너질까봐 겁나요."

하지만 아버지는 어깨를 으쓱해 보였다. 오! 그럴 리가! 무너지다니! 그리고 설사 정말로 무너진다 해도 그런 일을 어디 한두 번 겪었나. 그래도 지금까지 잘 살아남지 않았는가. 그는 결국 역정을 내면서 아들을 다시 막장으로 돌려보냈다.

이제 모두들 기지개를 켜댔다. 길게 드러누운 르바크는 왼쪽 엄지손가락을 살펴보며 욕설을 뱉어냈다. 사암이 떨어지면서 살갗이 벗겨져 피가 났던 것이다. 숨막히는 더위를 참을 수 없었던 샤발은 있는 대로 화를 내면서 셔츠를 벗어 알몸을 드러냈다. 그들은 벌써부터 미세한 석탄가루를 온통 뒤집어쓴 채 시커먼 몰골로 변해 있었다. 땀에 녹아내린 석탄가루가 흥건하게 줄줄 흘러내렸다. 첫번째로 다시 채탄을 시작한 것은 마외였다. 이번에는 더 아래쪽으로, 바위에 얼굴이 닿을락 말락 한 상태에서 탄맥을 세게 내리쳤다. 물방울은 이제 두개골에 구멍이라도 뚫을 기세로 그의 이마 위로 끈질기게 떨어져내렸다.

"신경쓸 것 없어. 늘 저러니까." 카트린이 에티엔에게 말했다.

그녀는 조곤조곤 친절하게 다시 설명을 해나갔다.

채탄막장에서 출발한 탄차는 채탄 검량인이 어느 작업장 소속인지 구분할 수 있도록 특별한 표지를 붙인 다음 갱 밖으로 나가게 되어 있었다. 무엇보다 문제가 없는 석탄만 골라 싣도록 각별히 신경써야 했다. 그러지 않으면 하치장에서 탄차가 거부되기 때문이었다.

차츰 어둠에 익숙해진 청년은 빈혈을 앓는 사람처럼 창백한 카트린의 얼굴을 바라보았다. 그로서는 그녀의 나이를 제대로 가늠하기가 힘들었다. 카트린은 열두 살이라고 해도 믿을 만큼 왜소하고 가냘파 보였다. 하지만 그보다는 나이가 더 들었음을 느낄 수 있었다. 소년처럼 씩씩하고 순박하면서도 당돌한 그녀의 행동거지가 그는 다소 불편하게 느껴졌다. 그는 카트린이 별로 마음에 들지 않았다. 어릿광대처럼 새하얀 얼굴에 보닛으로 관자놀이를 꽉 조인 모습이 너무 어린 계집아이처럼 보였기 때문이다. 하지만 그를 놀라게 한 것은 능란한 솜씨를 동반한 그녀의 활기찬 힘이었다. 그녀는 재빠르게 규칙적으로 조금씩 삽을 움직이며 에티엔보다 빨리 탄차를 채워나갔다. 그런 다음 천천히 야트막한 바위 아래를 통과해 아무데도 부딪히지 않고 여유롭게 단번에 경사면까지 탄차를 밀고 갔다. 반면 에티엔은 여기저기 부딪혀 온몸에 멍이 들고 탄차는 선로에서 벗어나 좌절감을 느껴야 했다.

사실 갱도를 오가는 것은 전혀 쉬운 일이 아니었다. 막장에서 경사면까지의 거리는 60여 미터에 달했다. 굴진부들이 아직 넓혀놓지 않은 길은 마치 창자처럼 비좁고, 여기저기가 튀어나왔으며, 천장은 울퉁불퉁했다. 어떤 부분에서는 석탄을 실은 탄차만 겨우 지나갈 수 있어서, 탄차 운반부는 머리가 깨지지 않으려면 몸을 최대한 굽혀 무릎으로 기어가다시피 해야 했다. 게다가 갱목은 벌써부터 휘고 부러져 있었다. 너무 약해 힘을 못 쓰는 목발처럼 가운데가 꺾이고 맥없이 길게 갈라져 있었다. 따라서 갱도를 지날 때면 들쭉날쭉 튀어나온 나뭇조각에 긁혀 상처가 나지 않도록 조심해야만 했다. 갱의 천장이 점점 내려앉으면서 넓적다리처럼 굵은 참나무 갱목을 갈라놓는 가운데, 느닷없이 자신의 등이 부러지는 소리를 듣게 될지도 모른다는 은근한 두려움을 견디며 바닥에 배를 납작 붙인 채 뱀이 미끄러지듯 비좁은 틈새를 빠져나가야 했다.

"또!" 카트린이 웃으면서 말했다.

에티엔이 밀던 탄차가 가장 통과하기 어려운 구역에서 또다시 탈선하고 만 것이다. 그는 땅이 축축해서 어긋나 있는 선로 위를 똑바로 지나갈 수가 없었다. 그리하여 욕설을 퍼붓고 길길이 소리를 지르고 낑낑거리며 탄차 바퀴와 씨름했지만 탄차를 제자리에 올려놓을 수가 없었다.

"기다려봐." 카트린이 말했다. "그렇게 화만 낸다고 될 일이 아니잖아."

그녀는 뒤로 돌아 탄차 아래로 교묘하게 엉덩이를 밀어넣었다. 그리고 허리에 힘을 주며 단번에 탄차를 들어올려 제자리에 갖다놓았다. 탄차의 무게는 700킬로그램이나 됐다. 놀란 에티엔은 수치심을 느끼며 더듬더듬 변명을 늘어놓았다.

카트린은 그에게 다리를 벌려 두 발로 갱도 양쪽 벽을 받치는 시범을 보여주었다. 탄탄하게 몸의 균형을 잡기 위해서였다. 몸은 앞으로 숙이고 두 팔을 쭉 뻗어 어깨와 엉덩이의 모든 근육을 있는 대로 다 사용해야만 했다. 에티엔은 갱도를 통과하는 내내 카트린을 뒤따르면서, 그녀가 엉덩이를 쭉 내밀고 두 손을 탄차의 아래쪽으로 향한 채 탄차를 미는 모습을 지켜보았다. 네발로 기어가듯 빠른 걸음으로 나아가는 모습이 서커스의 난쟁이 동물을 연상시켰다. 카트린은 땀을 흘리고 헐떡거렸으며 뼈마디에서는 우두둑 소리가 났지만, 그런 일에 익숙해져 아무렇지 않은 듯 아무런 불평도 하지 않았다. 마치 이처럼 몸을 숙이고 일하는 것이 모두에게 공통된 불운이라고 믿는 듯했다. 하지만 에티엔은 그녀를 따라 할 수가 없었다. 신발 때문에 거동이 불편한데다, 그녀처럼 몸을 구부리고 걷자니 몸이 둘로 쪼개져버릴 것만 같았다. 몇 분이 지나자, 그런 자세가 너무 고통스러워 견딜 수 없는 지경에 이르렀다. 마치 끔찍한 형벌을 받고 있는 느낌이었다. 그리하여 잠시 무릎을 꿇었다가 다시 몸을 일으켜 호흡을 가다듬어야 했다.

경사면에 이르자 또다른 고역이 그를 기다리고 있었다. 카트린은 탄차를 재빨리 싣는 법을 그에게 알려주었다. 두 적치장 사이에 있는, 모든 막장으로 통하는 경사면 아래쪽에서는 견습 광부가 기다리고 있었다. 위쪽에는 제동수制動手가, 아래쪽에는 수납인이 있었다. 열두 살에서 열다섯 살 정도 되는 망나니 같은 사내아이들은 차마 입에 담기 힘든 거친 말들을 마구 내뱉었다. 그들에게 탄차가 도착한 것을 알리기 위해서는 더 거친 말들을 외쳐대야 했다. 올려보내야 할 빈 탄차가 생기면 수납인이 신호를 보냈다. 그리고 탄차 운반부가 석탄이 가득 든 탄차를 실은 다음 위쪽의 제동수가 브레이크를 풀면 탄차의 무게 때문에 빈 탄차가 위로 올라갔다. 아래쪽 갱도에는 말들이 갱도 입구까지 끌고 온 탄차들이 길게 늘어서 있었다.

"어이! 이 망할 것들이 다들 죽어 자빠졌나!" 카트린이 경사면을 향해 소리쳤다. 백여 미터에 이르는 경사면 전체에는 갱목이 대어져 있어 마치 거대한 확성기처럼 소리가 울려퍼졌다.

아무 대답이 없는 걸로 봐서 견습 광부들이 한가로이 휴식을 취하고 있는 게 분명했다. 모든 층의 탄차들이 멈춰 서 있었다. 그러던 중에 어디선가 소리치는 어린 소녀의 가냘픈 목소리가 들려왔다.

　"어떤 놈이 라 무케트 위에 올라타고 있는 걸 거야. 안 봐도 뻔하지!"

　그 말에 갱도가 무너져내릴 만큼 커다란 웃음소리가 울려퍼졌다. 갱의 층마다 줄지어 기다리던 탄차 운반부 여자들이 배꼽이 빠져라 웃어댄 것이다.

　"누구야?" 에티엔이 카트린에게 물었다.

　카트린은 어린 소녀 리디가 그런 거라고 알려주었다. 나이에 비해 당차고 조숙한 리디는 인형 팔 같은 두 팔로 성인 여자 못지않게 노련하게 탄차를 밀 줄 알았다. 라 무케트로 말하자면, 견습 광부 둘을 동시에 데리고 노는 것 따위는 전혀 문제가 되지 않았다.

　그때 탄차를 실으라는 수납인의 목소리가 울려퍼졌다. 갱내 감독이 갱 아래쪽을 지나간 듯했다. 갱의 아홉 개 층에 걸쳐 탄차들이 다시 움직이기 시작했다. 견습 광부들이 규칙적으로 외치는 소리와, 경사면에 도착한 탄차 운반부들이 짐을 지나치게 많이 실은 암말처럼 씩씩거리며 기침을 해대는 소리만 들려올 뿐이었다. 광부들은 갱내에서 네발로 납작 엎드린 동물처럼 허리를 위로 치켜든 채 사내아이의 바지로 감춘 엉덩이가 터져나올 듯한 모양새를 한 처녀들과 종종 마주치곤 했다. 그럴 때면 갱도 깊은 곳에서는 느닷없이 솟구치는 본능적인 욕구에 휩싸인 남자들의 동물적인 냄새가 짙게 느껴졌다.

　에티엔은 갱도를 오갈 때마다 막장의 숨막히는 열기와 기진맥진함이 느껴지는 둔탁하고 규칙적인 리블렌 소리, 우직스레 일에 매달리는 채탄부들의 고통스러운 긴 한숨 소리와 다시 마주했다. 네 사람은 웃옷을 모두 벗은 채 모자까지 모두 시커먼 진흙과 탄가루로 뒤덮인 몰골을 하고 있었다. 그들은 잠시, 석탄에 파묻혀 숨을 헐떡거리고 있는 마외를 끌어내고 나무판자를 걷어내 그 위에 쌓인 석탄을 갱도로 쏟아부어야 했다. 자샤리와 르바크는 단단해진 탄맥에 대고 마구 화를 냈다. 그곳 때문에 그들의 입찰 조건이 최악이 될 수 있기 때문이었다. 샤발은 몸을 돌려 잠시 등을 대고 누운 채로 에티엔에게 욕설을 퍼부었다. 그의 존재가 눈엣가시처럼 여겨졌던 것이다.

"느려터진 작자 같으니라고! 계집보다도 힘을 못 쓰다니!…… 그래가지고 언제 그놈의 탄차를 다 채울 거냐고! 엉? 그 잘난 팔심은 아꼈다가 뭐에다 쓸 건데?…… 어디 두고보자고! 네놈 때문에 탄차가 거부당하면 그때마다 나한테 십 수씩 내놔야 할 거야!"

청년은 그의 말에 아무런 대꾸도 하지 않았다. 지금까지는, 비록 고되기 그지없는 일이나마 할 수 있는 것을 다행스럽게 생각하며 미숙련 인부와 숙련된 일꾼들 사이의 거친 위계를 받아들이고자 했다. 하지만 이제 더는 버틸 수가 없었다. 발은 피투성이에다 끔찍한 경련으로 팔다리가 뒤틀렸고, 쇠로 된 바이스로 몸통을 조이는 것처럼 고통스러웠다. 다행히 열시가 되어 점심을 먹기 위해 잠시 쉴 수 있었다.

마외는 시계를 지니고 있었지만 확인하지도 않았다. 별빛조차 없는 캄캄한 밤 같은 어둠 속에서도 그는 단 오 분도 틀리는 법이 없었다. 모두들 셔츠와 웃옷을 다시 챙겨 입었다. 그리고 작업장에서 내려와 양 팔꿈치를 허벅지에 바짝 붙인 자세로 쪼그려 앉았다. 그런 자세에 익숙한 광부들은 탄광 밖에서도 똑같은 자세를 유지했다. 바위나 통나무가 없어도 어디에나 앉을 수 있었다. 그들은 각자 자신의 브리케를 꺼내 진지한 표정으로 두터운 빵조각을 베어 물었다. 그러면서 간간이 아침나절의 작업에 대해 얘기했다. 서서 빵을 먹던 카트린은 그들과 떨어진 곳에서 갱목에 등을 대고 선로를 가로질러 누워 있던 에티엔에게로 갔다. 그곳에는 물기가 거의 말라 한 사람이 앉을 만한 자리가 있었다.

"점심 안 먹어?" 카트린은 베어 문 빵을 우물거리면서 나머지를 손에 든 채 물었다.

그러다 간밤에 돈 한 푼 없이, 어쩌면 빵 한 조각 먹지 못하고 길을 헤맸을 그의 모습을 떠올렸다.

"나랑 나눠 먹을래?"

에티엔이 뱃속이 찢어지는 것 같은 배고픔을 애써 참느라 떨리는 목소리로 배고프지 않다며 거듭 사양하자, 카트린은 경쾌한 목소리로 다시 권했다.

"아! 혹시 내가 입을 대서 그러는 거라면…… 봐! 난 이쪽으로 먹었으니까 다른 쪽으로 줄게."

그녀는 벌써 타르틴을 둘로 나눴다. 그녀가 건넨 반쪽을 받아든 에티엔은 단번에 먹어치우고 싶은 마음을 간신히 억눌렀다. 그는 몸이 떨리는 것을 들킬까봐 두 팔을 허벅지 위에 올려놓았다. 그녀는 오래된 동료를 대하듯 가만히 에티엔 옆으로 와서는 배를 대고 길게 엎드렸다. 그리고 한 손으로는 턱을 받친 채 다른 한 손으로 빵을 들고 천천히 먹었다. 그들 사이에 놓인 램프가 그들을 밝혀주었다.

카트린은 잠시 말없이 그를 바라보았다. 섬세한 윤곽에 검은 콧수염을 기른 그의 얼굴이 멋져 보였다. 카트린은 기분이 좋은 듯 얼굴에 엷은 미소를 띠었다.

"기계공이었다고 했지? 철도회사에서 쫓겨났다던데…… 왜?"

"작업반장의 따귀를 때렸거든."

윗사람에게 무조건 복종하고 따라야 한다는 생각이 골수에 박혀 있던 카트린은 청년의 말에 충격을 받은 듯 멍한 얼굴로 그를 바라보았다.

"술을 마셨기 때문이야." 그는 이야기를 계속했다.

"술을 마시기만 하면 미쳐버릴 것 같아. 그럴 때마다 나 자신과 다른 사람들을 죽여버리고 싶은 충동이 일어…… 그래, 아주 조금, 겨우 한두 잔밖에 안 마시는데도 누군가를 죽여버리고 싶어져…… 그러고 나면 이틀 동안은 끙끙 앓아눕곤 해."

"그럼 술을 안 마시면 되잖아." 카트린이 진지한 얼굴로 말했다.

"그래! 걱정하지 마, 나도 나를 잘 아니까!"

에티엔은 고개를 절레절레 흔들었다. 그는 대대로 알코올중독에 찌들어 비참한 삶을 이어가는 가문*의 막내로서 술에 대한 뼛속 깊은 증오를 품고 있었다. 그에게는 한 방울의 술도 독약처럼 치명적이었다.

"직장에서 쫓겨나서 제일 마음이 아픈 건 엄마 때문이야." 그는 빵을 한입 삼키고 나서 말했다.

---

* 졸라는 당시 통용되었던 과학적인 근거에 의거해 알코올중독이 대대로 유전된다고 믿었다. 이 치명적인 결함은 '루공마카르 총서'를 관통하면서 그 맥락을 이룬다. 『제르미날』과 더불어 졸라의 또다른 대표작인 『목로주점』에서 에티엔의 엄마인 제르베즈 역시 알코올중독으로 비참하게 생을 마감한다.

"엄마가 고생이 심하시거든. 그래서 내가 가끔씩 백 수를 보내드리곤 했어."

"어머닌 지금 어디 계시는데?"

"파리에…… 구트도르*에서 세탁부로 일하셔."

잠시 침묵이 흘렀다. 그런 것들을 떠올리자, 마음의 동요로 인해 그의 검은 눈빛이 흐려졌다. 한창때의 젊은 육체 속에 간직된 상처에서 비롯된 두려움이 한순간 그를 스치고 지나갔다. 그 두려움 속에는 정체를 알 수 없는 무언가가 웅크린 채 그를 좀먹고 있었다. 그는 잠시 탄광의 짙은 어둠을 응시했다. 깊은 땅속에서 흙의 무게에 짓눌려 질식할 것 같은 가운데 자신의 어린 시절이 떠올랐던 것이다. 그 시절, 그의 어머니는 아직 어여쁘고 활기찬 여성이었다. 하지만 그의 아버지에게 버림받고 다시 다른 남자와 결혼하면서 삶이 꼬이기 시작했다. 그녀의 삶을 피폐하게 만드는 두 남자 사이에서 살면서 그들과 함께 술과 오물로 가득찬 시궁창 같은 나락으로 굴러떨어지고 말았던 것이다. 그는 그곳에서 어린 시절을 보냈다. 아직도 그곳의 거리를 생생히 기억하고 있었고, 다른 세세한 것들도 모두 생각났다. 세탁소에 쌓여 있던 더러운 세탁물, 집안에 악취를 풍기던 술냄새, 그리고 턱이 돌아갈 정도로 수없이 뺨을 얻어맞던 일들까지 모두. 그는 느릿한 목소리로 다시 입을 뗐다.

"이젠 여기서 버는 삼십 수로는 예전처럼 엄마한테 돈을 보내줄 수도 없을 거고…… 엄만 굶어죽고 말 거야, 결국엔."

---

* 파리 18구에 위치한 동네로, 『목로주점』의 배경이 된 곳이다.

그는 절망적인 몸짓으로 어깨를 으쓱하고는 다시 빵을 한 조각 베어 물었다.

"좀 마실래?" 카트린은 수통 뚜껑을 열면서 물었다. "아, 이건 그냥 커피야. 그러니까 아무 걱정 안 해도 돼…… 그렇게 삼키면 목이 메어서 안 돼."

하지만 에티엔은 사양했다. 그녀가 먹을 빵을 반이나 빼앗아 먹은 것만도 미안한 터였다. 그러자 카트린은 웃는 얼굴로 계속 채근하다가 말했다.

"좋아, 그럼 내가 먼저 마실게. 그렇게 사양하니 어쩔 수가 없네…… 자, 이젠 아무 소리 못하겠지. 너무 빼는 것도 예의가 아니야."

그녀는 에티엔에게 수통을 내밀었다. 그리고 몸을 일으켜 무릎을 꿇고 앉았다. 에티엔은 두 개의 램프가 비추는 가운데 옆에 바짝 다가앉은 카트린을 자세히 볼 수 있었다. 아까는 왜 그녀가 못생겼다고 생각했을까? 미세한 석탄가루를 온통 뒤집어써서 검어진 그녀의 얼굴에서 특별한 매력이 느껴졌다. 검댕이 잔뜩 묻은 얼굴에는 커다랗게 벌린 입 사이로 새하얀 이가 반짝였다. 눈은 평소보다 더 커져 있고 암고양이의 눈처럼 푸르스름하게 빛났다. 모자를 비집고 나와 있던 적갈색 머리카락 하나가 귀를 간질이자 카트린은 웃음을 터뜨렸다. 그녀는 이제 그렇게 어려 보이지도 않았다. 적어도 열네 살은 된 것 같았다.

"네가 정 원한다면 마실게." 에티엔은 커피를 마시고 수통을 돌려주었다.

카트린은 다시 한 모금 마시고는 뭐든지 나눠 먹어야 한다면서 그에게도 다시 한 모금 마시게 했다. 납작한 수통을 서로 주거니 받거니 하는 사이 두 사람은 기분이 좋아졌다. 에티엔은 느닷없이 카트린을 품에 안고 입술에 키스를 해야 하는 게 아닌가 하는 생각이 들었다. 석탄가루 때문에 더 선명해 보이는 그녀의 두툼하고 창백한 장밋빛 입술이 그의 욕망을 부채질했다. 하지만 릴에서 창녀들만 상대했던 그로서는 가족과 함께 사는 당당한 노동자인 여성 앞에서는 어떻게 처신해야 할지 몰라 감히 실행에 옮길 엄두를 내지 못했다.

"너 열네 살 맞지?" 그는 다시 빵을 베어 물고는 물었다.

카트린은 화들짝 놀라며 마치 화가 난 것처럼 말했다.

"무슨 소리야! 열네 살이라니! 난 열다섯 살이야!…… 그래, 사실 좀 어려 보이긴 할 거야. 이곳 여자들은 발육이 늦은 편이거든."

에티엔이 질문을 계속하자, 카트린은 뻔뻔함이나 수치심이 느껴지지 않는 담담한 어조로 모든 걸 얘기해주었다. 게다가 카트린은 남자나 여자 문제에 관해 모르는 게 없었다. 하지만 에티엔은 그녀가 숫처녀이며, 나쁜 공기와 환경 탓에 발육이 더뎌서 아직 사춘기에도 이르지 못한 아이 같은 면이 있음을 느낄 수 있었다. 카트린이 당황하는 모습을 보고 싶었던 에티엔이 라 무케트 얘기를 꺼내자 그녀는 조금도 거리낌없이 경쾌한 목소리로 황당한 일화들을 들려주었다. 오! 말도 마, 그 여잔 정말 안 해본 게 없을 정도라니까! 에티엔이 카트린에게 좋아하는 남자가 없는지 묻자 그녀는 웃으면서, 자기 엄마의 심기를 거스르고 싶진 않지만 언젠가는 그런 일이 일어날 수밖에 없지 않겠느냐고 대답했다. 그녀는 땀에 젖은 옷 때문에 한기가 느껴져 등을 구부린 채 오들오들 떨고 있었다. 자신에게 일어나는 일과 남자들을 받아들일 마음의 준비가 된 듯 체념이 가득한 평온한 얼굴을 한 채.

"모두 한데 모여 살다보면 애인이 생기기 마련이지, 안 그래?"

"물론."

"그런다고 누구한테 해를 입히는 것도 아니니까…… 교구의 신부한테만 얘기 안 하면 되는 거잖아."

"오! 신부가 뭐라건 알 게 뭐야!…… 하지만 검은 남자는 무섭긴 해."

"그게 무슨 소리야, 검은 남자라니?"

"탄광을 배회하다가, 나쁜 짓을 하는 여자들의 목을 비틀어 죽인다는 죽은 광부의 유령이야."

에티엔은 카트린이 자신을 놀리는 건 아닌가 생각하며 그녀를 빤히 바라보았다.

"설마 그런 황당무계한 얘기를 정말로 믿는 건 아니겠지? 넌 교육은 전혀 못 받은 거야?"

"아니, 글을 읽고 쓸 줄도 알아…… 집에서 아주 쓸모가 많거든. 우리 부모님 세대는 글을 배우질 못했으니까."

카트린은 여러모로 참 괜찮은 여자인 게 분명했다. 에티엔은 그녀가 타르틴을 다 먹고 나면 그녀를 안고 두툼한 장밋빛 입술에 키스를 하리라 마음먹었다. 머뭇거리며 결심을 하고 나자, 목이 멜 정도로 강렬한 욕구가 느껴졌다. 처녀의 육체를 감추고 있는 남자의 웃옷과 짧은 바지가 그에게 불편한 느낌을 안겨주면서 동시에 그를 자극했다. 그는 이제 마지막 빵조각을 삼켰다. 그리고 커피를 한 모금 마시고는 그녀가 마지막으로 마실 수 있도록 돌려주었다. 이제 행동으로 옮겨야 할 때였다. 그는 광부들이 모여 있는 안쪽을 흘끗 쳐다보았다. 그때 어두운 그림자 하나가 갱도를 가로막았다.

샤발은 한참 전부터 그곳에 버티고 선 채 먼발치에서 그들을 지켜보고 있었다. 가까이 다가온 그는 마외가 자신들을 보지 못하는지 다시 한번 확인했다. 그리고 바닥에 그대로 앉아 있는 카트린의 어깨를 움켜쥐고는 그녀의 고개를 젖혀 입술을 짓누르듯 거친 키스를 퍼부었다. 에티엔을 조금도 신경쓰지 않는 척하면서 태연자약하게. 그의 키스는 그녀가 자기 소유임을 주장하는, 질투에서 비롯된 결의를 느끼게 했다.

하지만 카트린은 발버둥치며 저항했다.

"이거 놔, 놓으란 말이야!"

샤발은 카트린의 머리를 잡고 그녀의 눈을 깊숙이 응시했다. 그의 시커먼 얼굴은 날카로운 매부리코가 두드러져 보였고, 붉은색 턱수염과 콧수염이 이글거리며 불타오르는 듯했다. 마침내 그녀를 놓아준 그는 아무 말 없이 그 자리를 떠났다.

순간 에티엔은 서늘한 전율을 느끼면서 몸이 얼어붙는 것 같았다. 바보같이 왜 머뭇거리며 기다렸단 말인가. 이제 카트린에게 키스하겠다는 생각은 접어야 할 터였다. 샤발을 따라 한다는 오해를 받을 수는 없었다. 그는 상처받은 자존심으로 인해 깊은 절망감을 느꼈다.

"왜 거짓말을 했지?" 그가 나지막이 물었다. "애인이 있으면서."

"절대 아니야, 맹세코!" 카트린은 소리치며 항변했다. "우린 아무 사이도 아니란 말이야. 그가 가끔 장난으로 그럴 때는 있지만…… 그리고 저 사람은 이곳 출신도 아니야. 육 개월 전에 파드칼레*에서 왔다고."

82

두 사람은 자리를 털고 일어나 다시 일을 시작할 채비를 했다. 에티엔이 갑자기 자신을 차갑게 대하는 것을 보고 카트린은 몹시 상심한 듯했다. 그가 샤발보다 더 잘생겼다고 생각한 그녀로서는 아마도 그를 선택하고 싶었을 터였다. 다정한 말로 에티엔을 위로해주고 싶은 생각이 그녀의 머릿속을 계속 맴돌았다. 에티엔이 놀란 얼굴로 푸르스름한 색**으로 변해 커다란 둥근 고리 모양으로 타오르는 램프의 불꽃을 살피자 카트린은 그의 기분을 풀어줘야겠다고 생각했다.

"이리 와봐. 보여줄 게 있어." 그녀는 지극히 다정한 목소리로 속삭였다.

그러고는 그를 막장 안쪽으로 데려가 탄층에 금이 간 곳을 가리켰다. 갈라진 틈새로 공기 방울 같은 것이 새어나오면서, 새소리와 비슷한 휘파람 소리가 조그맣게 들려왔다.

"여기 손을 올려놔봐. 바람이 느껴질 거야…… 이게 바로 갱내 가스라는 거야."

에티엔은 깜짝 놀란 얼굴을 했다. 고작 이거였단 말인가, 모든 걸 한 방에 날려버리는 무시무시한 것이? 카트린은 그런 그를 보고 웃음을 터뜨리면서, 램프 불꽃이 그렇게 파랗게 타오르면 그날은 가스가 많이 새어나온 거라고 말했다.

"언제까지 그렇게 쓸데없는 수다나 떨고 있을 건가, 게으름뱅이들

---

* 프랑스 북부 노르파드칼레 주에 속한 데파르트망으로, 북서쪽으로는 영국해협에 면해 있다.
** 데이비램프가 푸른색으로 변하는 것은 갱내의 공기중에 가연성가스가 섞여 있음을 알리는 것이다.

같으니라고!" 마외가 거친 목소리로 외쳤다.

카트린과 에티엔은 서둘러 탄차를 채우고는 경사면까지 밀고 갔다. 등을 납작하게 구부린 채로 갱도의 울퉁불퉁한 천장 아래로 기어가다시피 하면서. 두번째로 갱도를 오갈 때는 온몸이 땀으로 흥건히 젖으면서 또다시 뼈에서 삐걱거리는 소리가 났다.

막장에서는 채탄부들이 다시 작업을 시작했다. 그들은 몸이 도로 식는 것을 막기 위해 점심도 거르는 일이 잦았다. 햇볕이 전혀 들지 않는 곳에서 말없이 허겁지겁 먹어치운 브리케는 위장을 묵직하게 짓눌렀다. 그들은 옆으로 길게 드러누워 더욱더 세차게 탄맥을 두들겼다. 머릿속은 가능한 한 많은 탄차를 채우려는 생각으로 꽉 차 있었다. 한 푼이라도 더 벌고자 하는 치열한 경쟁 속에서 다른 것들은 안중에도 없었다. 온몸으로 줄줄 흘러내리면서 손발을 부어오르게 하는 물도, 뒤틀린 자세 탓에 경련이 이는 것도, 어둠에 눌려 숨이 막혀오는 것도 의식하지 못했다. 그들은 지하 저장고에서 자라는 화초처럼 핏기 없는 얼굴을 하고 있었다. 시간이 지날수록 공기는 더 나빠졌고, 램프가 뿜어내는 연기와 채탄부들의 악취 섞인 입김, 숨을 턱턱 막히게 하는 가연성가스 등으로 공기가 점점 더 달아오르면서 그들을 고통스럽게 했다. 그리고 그 모든 것들이 뒤엉켜 거미줄처럼 시야를 가리면서 점점 더 견디기 힘들어졌다. 오직 밤사이에 이뤄지는 환기만이 그 모든 것을 쓸어낼 수 있었다. 채탄부들은 두더지 굴 같은 막장 깊은 곳에서 흙의 무게에 짓눌린 채, 타오르는 가슴속에는 한 가닥 숨결도 남아 있지 않은 상태로 계속 탄맥을 두들겼다.

5

마외는 웃옷에 넣어둔 시계를 쳐다보지도 않고 작업을 멈추며 말했다.

"벌써 한시가 다 된 것 같군…… 자샤리, 다 끝낸 거냐?"

청년은 한참 전부터 갱도 내벽에 갱목을 받치는 작업을 하고 있었다. 그는 작업 도중 등을 대고 누워 멍하니 허공을 응시하면서 전날 했던 크로스* 시합을 떠올리고 있었다. 그러다 잠에서 깨어난 듯 대답했다.

"네, 이 정도면 충분할 것 같아요. 괜찮은지 내일 다시 살펴보죠."

이렇게 말하고 그는 막장의 자기 자리로 돌아갔다. 르바크와 샤발

---

* 회양목을 깎아 만든 조그만 공을 스틱으로 쳐서 구멍에 넣는 경기로, 골프와 비슷하다. 제4부 6장에 그 놀이 방법이 자세히 묘사되어 있다.

도 리블렌을 내려놓았다. 휴식 시간이었다. 모두들 맨팔로 얼굴을 훔치면서 천장의 바위를 쳐다보았다. 편암층으로 된 바윗덩어리에 금이 있었다. 그들은 일 얘기밖에 하지 않았다.

"이번에도 운좋게 죽지 않고 간신히 살아남았군." 샤발이 웅얼거리며 불평을 뱉어냈다.

"무너지기 딱 좋게 생긴 탄층에서 일하면서 말이지!…… 그런데도 입찰할 때는 이런 건 조금도 고려해주지 않으니 이게 말이 되느냐고."

"그 작자들은 죄다 사기꾼이야!" 르바크도 함께 투덜거렸다. "우리가 여기서 흙더미에 깔려 몽땅 뒈져도 눈 하나 깜짝하지 않을 인간들이라니까."

자샤리는 재미있다는 듯 웃음을 터뜨렸다. 그는 일이고 뭐고 그 어떤 것에도 관심이 없어 보였다. 하지만 다른 사람들이 회사를 욕하는 소리를 듣는 것만은 즐거워했다. 마외는 차분한 태도로 탄층의 탄질은 20미터마다 변한다고 설명했다. 아무도 예측할 수 없는 일을 두고 회사를 무조건 비난하는 것은 옳지 않았다. 그런데도 르바크와 샤발이 갱내 감독들을 두고 계속 욕설을 늘어놓자 마외는 불안한 눈빛으로 주위를 둘러보았다.

"쉿! 그만두지 못해!"

"자네 말이 맞아." 르바크도 목소리를 낮추면서 말했다. "누가 들을지도 모르니 조심해야지."

이렇게 깊은 땅속에도 어딘가에 끄나풀이 있을지도 모른다는 두려움이 그들을 내내 따라다녔다. 마치 탄맥 속의 석탄이 그들의 말을 엿듣고 회사 사람들에게 일러바칠지도 모른다고 생각하는 듯했다.

"어쨌거나 그 재수없는 당세르가 요전날처럼 또다시 나한테 그만 식으로 얘기하면 뱃속에다 벽돌을 처넣어줄 거야……" 샤발이 분노가 이글거리는 눈빛으로 목소리를 높이며 덧붙였다. "그 인간이 피부가 야들야들한 금발 여자들하고 놀아나건 말건 그런 건 내 알 바 아니지만."

그러자 자샤리는 도저히 못 참겠다는 듯 큰 소리로 웃음을 터뜨렸다. 갱내 총감독과 라 피에론의 그렇고 그런 관계는 갱내에 끊임없는 웃음거리를 제공했다. 작업장 아래쪽에서 삽에 기대서 있던 카트린도 웃음을 참느라 배를 움켜쥐면서 에티엔에게 이야기를 전했다. 하지만 내내 불안감을 떨쳐버리지 못하고 있던 마외는 벌컥 역정을 냈다.

"그 입 좀 닥치지 못하겠나?…… 그렇게 문제를 일으키고 싶거든 혼자 있을 때나 실컷 떠들든지."

그가 훈계를 하던 중에 위쪽 갱도에서 발소리가 들려왔다. 그리고 곧이어 막장 위쪽에서, 광부들 사이에서 꼬마 네그렐이라고 불리는 탄광 기사가 갱내 총감독 당세르와 함께 모습을 드러냈다.

"내가 뭐라고 했어!" 마외가 나지막이 중얼거렸다. "아무 때나 불쑥 땅속에서 튀어나오는 누군가가 꼭 있다니까."

엔보 씨의 조카인 폴 네그렐은 온순하고 곱상하게 생긴 스물여섯 살 청년으로, 곱슬곱슬한 머리에 갈색 콧수염을 기르고 있었다. 뾰족한 코와 예리한 눈은 그를 날렵한 흰족제비처럼 보이게 했다. 하지만 영리하고 의심이 많은 그는 광부들을 상대할 때는 냉랭하고 권위적인 태도로 돌변했다. 옷도 그들처럼 입었으며, 얼굴 또한 그들과 똑같이 온통 석탄가루 범벅이 된 채로 다녔다. 또한 그들에게 경외심을 심어주기 위해 뼈가 부러질 위험을 무릅쓰면서 갱내에서 가장 통과하기 어려운 곳으로 지나다녔다. 갱이 무너지거나 가스로 인한 폭발 사고가 났을 때도 제일 먼저 현장으로 달려갔다.

"여기가 맞죠, 당세르 씨?" 그가 물었다.

두둑한 얼굴에 관능적인 커다란 코가 돋보이는 벨기에인 갱내 총감독은 지나치게 깍듯한 태도로 대답했다.

"그렇습니다, 네그렐 씨…… 저 친구가 오늘 아침에 새로 고용한 운반부입니다."

두 남자는 막장 가운데로 미끄러져 들어가 에티엔을 위로 올라오게 했다. 탄광 기사는 램프를 들어올리고는 아무 질문도 하지 않고 그를 재빨리 살펴보았다.

"좋습니다." 마침내 그가 말했다. "길에서 어중이떠중이 아무나 데려오는 거 별로 마음에 안 들지만…… 명심하시오, 다시는 이런 일이 없어야 할 거요."

그는 일의 필요성과 탄차 운반부를 여자에서 남자로 대체하고자 하는 바람에 대한 해명 따위에는 전혀 관심이 없었다. 그는 채탄부들이 다시 리블렌을 집어드는 사이 갱도의 천장을 살피기 시작했다. 그러다 느닷없이 소리쳤다.

"이거 봐요, 마외 씨, 지금 제정신이오?…… 맙소사, 다들 여기서 죽고 싶어 환장했소?"

"오! 아무 걱정 안 하셔도 됩니다. 견고하게 잘해놨으니까요." 마외는 담담하게 대답했다.

"견고하다니, 그걸 지금 말이라고 하는 거요?…… 바위가 벌써 내려앉았잖소. 그런데도 갱목을 이 미터 간격으로 띄엄띄엄, 그것도 마지못해 한 것처럼 대충 대놓았잖아! 아! 당신들은 하나같이 한심하기 짝이 없군. 갱목을 설치하는 시간이 아까워서 잠시도 곡괭이를 내려놓으려 하지 않다니. 머리가 깨져 죽건 말건 상관없다 이거요?…… 당장 다시 하시오. 나무를 두 겹으로 대란 말이오, 알겠소?"

광부들이 못마땅한 얼굴로 자신들의 안전은 스스로 책임질 수 있다며 투덜대자 그는 흥분하며 버럭 소리를 질렀다.

"지금 뭣들 하자는 거요? 당신들 머리가 박살나면 당신들이 그 결과를 책임질 건가? 천만의 말씀! 당신들이나 당신네 마누라들한테 연금을 지불해야 하는 건 바로 회사란 말이오…… 분명히 말하지만, 난 당신들이 무슨 생각을 하는지 잘 알아. 저녁까지 탄차 두 대를 더 채우려고 죽어도 좋다는 식으로 배짱을 부리는 거잖아."

마외는 점점 화가 치밀어올랐지만 여전히 차분한 어조로 대꾸했다.

"우리 일당을 더 쳐준다면 물론 갱목도 더 튼튼하게 설치할 수 있을 겁니다."

탄광 기사는 일언반구 대꾸도 없이 어깨를 으쓱할 뿐이었다. 그는 막장 아래까지 내려가서는 위를 올려다보며 다짐하듯 말했다.

"한 시간의 여유를 주겠소. 모두들 서두르는 게 좋을 거요. 그리고 미리 말하지만, 이 작업장에는 삼 프랑의 벌금이 부과될 거요."

그의 말에 채탄부들은 불만이 가득한 말을 웅얼거렸다. 그들을 자제시킬 수 있는 것은 서열의 힘뿐이었다. 탄광은 견습 광부부터 갱내 총감독까지 서로를 아래위로 구분짓게 하는 군대식 서열이 지배했다. 그럼에도 샤발과 르바크가 발끈하며 성난 몸짓을 해 보이자 마외는 눈짓으로 그들을 진정시켰다. 자샤리는 이 모든 게 우습다는 듯 어깨를 으쓱해 보였다. 어쩌면 그들 중에서 가장 분노한 것은 에티엔이었을 것이다. 그는 몸을 부르르 떨었다. 이 지옥 깊숙한 곳으로 들어온 순간부터 그의 마음속에서는 서서히 분노가 치밀어올랐다. 그는 체념한 얼굴로 등을 바짝 구부리고 있는 카트린을 바라보았다. 이렇게 죽음 같은 암흑 속에서 죽어라 힘들게 일하면서 하루치 빵값도 제대로 벌지 못한다는 게 말이 되는가?

그사이 네그렐은 당세르와 함께 가버렸다. 갱내 총감독은 네그렐의 말이 모두 옳다는 듯 연신 고개를 끄덕였다. 잠시 후 그들은 또다시 언성을 높였다. 다시 걸음을 멈춰 선 두 사람은 채탄부들이 책임지고 있는, 막장 뒤쪽으로 10미터에 달하는 갱목을 자세히 살폈다.

"내가 뭐랬어, 이 사람들은 지금 제정신이 아니라니까!" 탄광 기사가 또다시 소리를 질렀다. "그리고 당신, 정말 기가 막히는군! 도대체 감독을 어떻게 하는 거요?"

"잘하고 있습니다, 물론." 갱내 총감독은 더듬더듬 변명을 늘어놓았다. "맨날 똑같은 잔소리를 해대기도 아주 힘들어 죽겠다니까요."

네그렐은 갱도가 울릴 만큼 큰 소리로 위쪽을 향해 소리쳤다.

"마외! 마외!"

모두들 아래로 내려갔다. 네그렐은 잔소리를 계속했다.

"이거 보여요? 이게 버텨낼 수 있을 거라고 생각하시오?…… 이렇게 나무를 날림으로 대놓았으니 벌써부터 갱도 천장이 내려앉으려고 하지 않느냔 말이오…… 맙소사! 왜 보수 비용이 그렇게 많이 드는지 이제야 알 것 같군. 안 그렇소? 당신들이 맡고 있는 동안에만 그럭저

력 버티면 된다는 심보 아니냐고! 그런 다음에 몽땅 무너져버리면, 회사는 수많은 수선공을 고용해 보수해야 할 테고…… 저길 좀 보란 말이오. 이거야 원, 눈뜨고 봐줄 수가 없군."

샤발이 무슨 말인가를 하려고 했지만, 네그렐은 그의 말을 가로막고 계속 떠들어댔다.

"됐어, 당신이 무슨 얘기를 하려는지 잘 알아. 돈을 더 달라는 거겠지, 아닌가? 좋소, 정 그렇다면 미리 경고해둘 게 있소. 회사로서는 어쩔 수 없이 다음과 같은 조치를 취하게 될 거요. 우선 당신들 요구대로 갱목 작업에 대한 수당을 별도로 지불할 것이오. 그리고 그 수당만큼 탄차 가격을 깎아나갈 거요. 그렇게 하면 누가 더 손해인지 두고 보면 알겠지…… 그러기 전에 이것부터 당장 새로 해놓으시오. 내일 다시 와서 점검할 테니까."

그의 위협적인 말에 모두들 충격을 받은 가운데 네그렐은 자리를 떴다. 네그렐 앞에서는 그토록 공손한 태도를 보이던 당세르는 잠시 뒤에 처져 광부들에게 욕설을 퍼부었다.

"당신들 때문에 내 입장이 얼마나 곤란해졌는지 아시오, 당신들 때문에…… 난 벌금 삼 프랑으로 끝내지 않을 테니까 그리들 아시오, 젠장! 경고하는데, 앞으로는 정신들 바짝 차리는 게 좋을 거요!"

그가 가버리자 이번에는 마외가 폭발했다.

"빌어먹을! 이런 불공평한 처사가 어디 있느냐고. 난 되도록 언성을 높이지 않으려고 했어. 그래야만 불화가 생기는 걸 막을 수 있으니까. 하지만 우리를 이따위로 취급하면 화를 안 낼 수가 없군…… 다들 들었지? 탄차 가격을 깎고 갱목 수당을 따로 지불하겠다고! 그따

위 야비한 방법으로 쥐꼬리만한 일당을 깎아먹으려 들다니!…… 맙
소사, 오 맙소사!"

화풀이할 대상을 찾던 그는 두 팔을 축 늘어뜨리고 있는 카트린과
에티엔을 발견하고는 소리쳤다.

"나무를 얼른 이리 주지 못해! 이건 너희가 상관할 일이 아니야!……
엉덩이에 발길질을 당해봐야 정신을 차릴 건가?"

에티엔은 그의 거친 말에도 전혀 언짢아하지 않고 짐을 실으러 갔
다. 그 역시 탄광 경영자들의 부당한 처사에 몹시 분개하면서 광부들
이 지나치게 고분고분하다는 생각을 하던 참이었다.

그사이 르바크와 샤발은 마구 욕설을 뱉어내고 있었다. 자샤리를
비롯해 모두가 분노로 씩씩거리며 갱목을 덧댔다. 삼십여 분간 커다
란 망치로 버팀목을 두들기는 소리와 나무가 삐걱대는 소리만 들려왔
다. 입을 여는 사람은 아무도 없었다. 다들 힘겹게 숨을 몰아쉬면서
바위에다 분을 쏟아냈다. 할 수만 있다면, 어깨 힘으로 바위를 위로
밀어붙였을 터였다.

"자, 이만하면 됐어!" 마침내 분노와 피로로 지칠 대로 지친 마외가
말했다. "벌써 한시 반이야…… 오늘 하루는 완전히 공친 셈이군. 오
십 수도 못 건지게 생겼으니!…… 난 그만 갈 거야. 이놈의 일 아주
넌더리가 나는군."

작업이 끝나려면 아직 삼십 분이나 남아 있었지만 그는 아랑곳하지
않고 옷을 다시 입었다. 다른 이들도 그를 따라 했다. 막장을 보기만
해도 열불이 치밀어올랐다. 카트린이 다시 탄차를 밀기 시작하자, 다
른 광부들은 그렇게 애쓸 필요 없다면서 짜증스러운 목소리로 그녀를

불러 세웠다. 석탄에 발이 달렸다면 알아서 저 혼자 밖으로 나가겠지 뭐. 여섯 사람은 각자 자신의 연장을 옆구리에 낀 채 막장을 나섰다. 아침에 지나왔던 2킬로미터에 이르는 길을 거슬러올라가 갱 입구로 되돌아가야 했다.

다른 광부들이 아래까지 내려간 사이 카트린과 에티엔은 굴뚝 수직 통로에서 잠시 시간을 지체했다. 그들이 먼저 지나갈 수 있도록 멈춰 선 꼬마 리디를 만났기 때문이다. 리디는 그들에게 라 무케트가 사라졌다고 얘기했다. 코피가 줄줄 흘러 한 시간 전쯤 얼굴을 닦으러 어디로 가버렸다는 것이다. 그리고 두 사람이 가버리자 아이는 또다시 흙투성이 몸으로 기진맥진한 채 탄차를 밀기 시작했다. 곤충의 다리를 닮은 팔다리를 쭉 뻗은 채 탄차를 미는 모습이 엄청나게 무거운 짐과 씨름하는 검은 개미를 떠올리게 했다. 카트린과 에티엔은 바위에 이마를 긁히지 않기 위해 어깨를 납작하게 편 다음 바위에 등을 대고 아래로 내려갔다. 작업장 광부들의 수많은 엉덩이에 닿고 닳아 반들반들하게 윤이 나는 바위를 따라 어찌나 뻣뻣하게 내려갔던지 가끔씩 갱목을 붙잡고 멈춰야만 했다. 그러지 않으면 그들이 농담하는 것처럼 엉덩이에 불이 붙을지도 모르기 때문이었다.

아래에 도착하자 그들 말고는 아무도 없었다. 멀리서 붉은색 불꽃이 갱도 모퉁이를 돌아 사라지는 게 보였다. 그들은 잠시 들떴던 기분이 착 가라앉으면서 지칠 대로 지쳐 무거운 발걸음으로 걷기 시작했다. 그녀가 앞장서고 그가 그 뒤를 따랐다. 램프가 검게 그을려 에티엔의 눈에 앞서가는 카트린이 잘 보이지 않았다. 모든 게 흐릿한 안개 속에 잠긴 듯했다. 게다가 카트린이 여자라는 사실이 그를 불편하게 했다. 그녀에게 키스하지 않은 자신이 바보처럼 느껴졌지만 다른 남자 생각 때문에 그렇게 할 수가 없었다. 카트린이 거짓말을 한 게 틀림없었다. 그 남자는 그녀의 애인이 분명했다. 그녀가 벌써부터 창녀처럼 엉덩이를 흔드는 걸로 봐서 그들은 폐석 더미 위에서 그 짓을 한 게 틀림없었다. 그는 카트린이 자신을 두고 바람이라도 피운 것처럼 뿌루퉁한 얼굴을 했다. 하지만 그녀는 매분마다 뒤를 돌아보면서 그에게 장애물이 있는 곳을 알려주었다. 마치 그에게 다정하게 대해달라고 부추기는 듯했다. 그렇게 단둘이 있는 동안에는 좋은 친구로 함께 즐거운 시간을 보낼 수도 있을 것 같았다! 드디어 그들은 운반 갱도로 나설 수 있었다. 에티엔은 머뭇거리던 순간의 고통에서 벗어나 안도했다. 반면 카트린은 마지막으로 슬픈 눈빛을 띤 채 자신들이 다시는 맛볼 수 없는 행복을 아쉬워하는 듯 보였다.

이제 그들 주위에서는 지하의 삶이 부산스럽고 요란하게 굴러가고 있었다. 갱내 감독들이 계속해서 분주하게 오가고, 말들이 빠른 걸음으로 끌고 가는 탄차들도 끊임없이 같은 길을 왕복했다. 어둠 속을 쉼없이 오가는 램프들은 밤을 밝히는 별들처럼 반짝거렸다. 에티엔과 카트린은 바위에 바짝 몸을 붙인 채, 그들의 얼굴에 쾨쾨한 입김을 내뿜고 가는 사람들과 동물들의 그림자에 길을 내줘야만 했다. 맨발로 탄차를 밀며 뛰어가던 장랭이 그들에게 욕설을 퍼부었지만, 우르릉거리는 바퀴 소리 때문에 무슨 말인지 알아들을 수가 없었다. 그들은 계속 걸어갔다. 이제 카트린은 아무 말도 하지 않았다. 아침에 지나왔던 교차로도 길도 전혀 알아볼 수 없었던 에티엔은 그녀가 자신을 땅속에서 점점 더 헤매게 만든다고 생각했다. 무엇보다 고통스러운 것은 추위였다. 막장을 나오면서부터 엄습한 추위가 점점 심해지면서 수갱에 가까워질수록 몸이 더 벌벌 떨려왔다. 얼음장 같은 바람이 비좁은 갱도의 벽 사이를 폭풍우처럼 휩쓸고 지나갔다. 결코 밖으로 나갈 수 없을 것 같은 생각에 절망감을 느낄 무렵 느닷없이 적치장이 눈앞에 나타났다.

샤발은 의심 가득한 얼굴로 입꼬리를 찡그리면서 비딱한 눈으로 그들을 곁눈질했다. 다른 사람들은 땀에 흥건히 젖은 채 얼음장처럼 차가운 바람을 맞으며 모두 그곳에 모여 있었다. 다들 샤발처럼 아무 말 없이 끓어오르는 분노를 삼키고 있었다. 그들이 너무 일찍 도착한 탓에, 삼십 분 먼저 올려보내달라는 요구는 받아들여지지 않았다. 새로운 말을 아래로 내려보내기 위해 복잡한 작업을 하고 있는 탓에 더욱 그렇기도 했다. 적재부들은 여전히 분주하게 케이지에 탄차들을 싣고 있었다. 쇳덩어리들이 덜컹거리는 소리가 귀를 먹먹하게 하는 가운데, 시커먼 구멍에서 세차게 떨어지는 빗줄기 속으로 케이지들이 날아오르면서 시야에서 사라져갔다. 갱구 아래쪽으로는 그들이 '부뉴'라고 부르는 10미터 깊이의 하수조가 설치되어 있었다. 갱내에 흐르는 물로 가득찬 그곳에서는 끈적거리는 습기가 뿜어져나왔다. 갱구 주위로 남자들이 계속 맴돌면서 신호기 밧줄을 잡아당기고 레버의 손잡이를 힘주어 눌렀다. 그들은 먼지처럼 흩뿌리는 물보라에 옷이 흠뻑 젖어 있었다. 세 개의 개방 램프가 비추는 불그스레한 불빛이 움직이는 커다란 그림자들의 윤곽을 또렷이 드러내면서, 이 지하 공간을 도적들 소굴이나 급류 가까이 있는 산적들의 대장간처럼 보이게 했다.

마외는 마지막으로 한번 더 시도해보았다. 그는 아침 여섯시에 작업을 시작한 피에롱에게 다가갔다.

"이봐, 자넨 우릴 올라가게 해줄 수 있지 않나."

하지만 유순해 보이는 인상에 튼튼한 팔다리를 지닌 잘생긴 젊은 사내는 질겁하는 몸짓으로 단번에 거절했다.

"절대 안 됩니다. 그런 건 갱내 감독한테 물어보세요…… 그랬다간 내가 벌금을 물어야 한다고요."

그러자 모두들 또다시 속으로 불평을 늘어놓았다. 카트린은 몸을 숙여 에티엔의 귀에 대고 속삭였다.

"마구간으로 가자. 거긴 따뜻하거든!"

그들은 다른 사람 눈에 띄지 않게 몰래 빠져나가야 했다. 그곳은 출입 금지 구역이기 때문이었다. 마구간은 왼편으로, 길이가 짧은 갱도 끝에 있었다. 길이 25미터에 높이 4미터로, 바위를 깎아내고 벽돌로 둥글게 천장을 만든 마구간에는 말 스무 마리를 수용할 수 있었다. 과연 그곳은 카트린의 말대로 따뜻했다. 살아 있는 짐승들의 온기가 느껴졌다. 깨끗하게 유지된 신선한 건초 더미에서는 좋은 냄새가 풍겨나왔다. 그곳에 있는 유일한 램프가 야등夜燈 같은 차분한 빛을 비추었다. 휴식을 취하고 있던 말들이 고개를 돌려 아이 같은 커다란 눈으로 그들을 쳐다보더니 다시 귀리를 먹기 시작했다. 모든 이의 사랑을 받는 통통하게 살찌고 건강한 일꾼처럼 여유롭게.

구유 위쪽의 함석판에 새겨져 있는 말들의 이름을 큰 소리로 읽던 카트린은 느닷없이 앞에 나타난 누군가를 보고 조그맣게 소리를 질렀다. 건초 더미에서 잠자던 라 무케트가 겁을 먹고 몸을 일으켰던 것이다. 월요일마다 그녀는 일요일을 흥청망청 보낸 후유증으로 축축 늘어져 일을 제대로 할 수가 없었다. 그래서 주먹으로 자기 코를 세게 치고는 피를 닦고 온다는 핑계로 작업장을 빠져나와 마구간의 따뜻한 건초더미에 파묻혀 쉬곤 했다. 딸을 끔찍이 아끼는 그녀의 아버지는 문제가 생길 수도 있다는 것을 알면서도 그녀의 그런 행동을 묵인했다.

바로 그때 무크 영감이 들어왔다. 땅딸하고 대머리에 초췌해 보였지만 쉰 살의 전직 광부치고는 보기 드물게 여전히 몸집이 좋은 사내였다. 마부 일을 맡게 된 후로 그는 씹는담배에 지나치게 심취한 탓에 잇몸에서는 벌겋게 피가 났고 입은 새까맣게 변해 있었다. 그는 딸과 함께 있는 두 사람을 발견하고는 벌컥 화를 내며 소리쳤다.

"여기서 대체 뭣들 하는 건가, 다들? 당장 나가지 못해! 이곳에 사내를 데려올 생각을 하다니, 이런 못된 계집애들 같으니라고!…… 여기가 어디라고 감히, 내 깨끗한 마구간에서 더러운 짓거리를 할 생각을 하다니!"

라 무케트는 그 광경을 보고 재미있어하며 배꼽을 잡고 웃어댔다. 하지만 에티엔은 당황하면서 얼른 그곳을 나갔고, 카트린은 그런 그를 보며 미소를 지었다. 세 사람이 적치장으로 되돌아가자, 베베르와 장랭 또한 탄차를 끌고 그곳에 도착해 있었다. 케이지의 작동이 잠시 멈춘 사이 카트린은 그들의 말에게 다가가 마치 친구에게 하듯 말을 건네며 쓰다듬었다. 땅속에서만 십 년을 보낸* 하얀색 말은 바타유**로 불렸고, 말 중에서 가장 나이가 많았다. 바타유는 십 년 동안 전혀 빛을 보지 못한 채 지하의 어두운 갱도를 오가며 늘 똑같은 일을 하고

---

* 말들은 대개 네 살쯤 되면 지하로 보내져 평균 십 년간 작업에 동원되었다.
** 프랑스어로 '전투, 싸움'이라는 뜻.

마구간에서도 늘 똑같은 구석자리를 차지했다. 살이 두둑이 찌고 털에 윤기가 흐르며 호인처럼 생긴 바타유는 지상의 불행을 피해 땅속에서 현자 같은 삶을 영위하는 듯 보였다. 게다가 녀석은 어둠 속에서 꾀가 잔뜩 늘어 있었다. 매일같이 오가는 길에 익숙해져 환기구 문을 머리로 밀어 열었고, 천장이 지나치게 낮은 곳에서는 머리를 부딪히지 않으려고 몸을 숙였다. 또한 자기가 하루에 몇 번을 오가는지를 모두 세어보는 듯했다. 정규적인 왕복 횟수를 채우고 나면 더는 일을 하려 들지 않아 마구간으로 데려다줘야만 했다. 이제 나이가 들어, 고양이를 닮은 녀석의 눈은 때로 슬픔으로 흐려졌다. 어쩌면 막연한 몽상 중에 자신이 태어난 마르시엔 근처의 물방앗간을 떠올리는 것인지도 몰랐다. 스카르프 강가에 서 있는 물방앗간은 너른 목초지로 둘러싸여 있었고, 언제나 바람이 불어왔다. 하늘에서는 무언가가 불타고 있었다. 거대한 램프 같은 것이었는데, 동물의 기억력으로는 그게 뭔지 정확히 기억해내기가 힘들었다. 녀석은 기운이 빠진 다리로 버티고 서서 고개를 숙인 채 몸을 떨며 태양을 기억해내기 위해 헛되이 애를 쓰곤 했다.

그사이 갱구에서는 작업이 계속되고 있었다. 신호기의 망치를 네 번 두드리자 말을 아래로 내려보냈다. 말을 내려보낼 때마다 갱내에는 긴장감이 감돌았다. 공포에 사로잡힌 말이 내려가는 동안 죽어버리는 경우가 종종 있기 때문이었다. 위쪽에서는 그물망에 칭칭 감긴 말이 필사적으로 발버둥치고 있었다. 그러다 발밑의 땅이 꺼지는 것을 느끼자 굳어버린 것처럼 꼼짝하지 않았다. 말은 휘둥그레진 눈으로 시선을 고정시킨 채 살갗 하나 떨지 않고 땅속으로 사라져갔다. 이번 말은 가이드 사이를 통과하기에는 몸집이 너무 커서, 몸을 꺾어 머리를 옆구리에 묶어 케이지 아래쪽에 매달아야만 했다. 하강하는 데는 삼 분 정도가 걸렸다. 조심하느라 기계 작동을 늦춘 것이다. 그러자 아래쪽에서는 모여 있던 광부들이 웅성거리기 시작했다. 이게 어찌된 일인가? 설마 말을 매단 채로 어둠 속에 멈춰 서 있는 건 아니겠지? 마침내 돌처럼 굳어버린 말이 두려움으로 동공이 확대된 눈을 고정시킨 채 모습을 드러냈다. 겨우 세 살밖에 안 된 밤색 말에게는 트롱페트*라는 이름이 붙었다.

"조심하시오!" 밤색 말을 내리는 책임을 맡은 무크 영감이 외쳤다. "데려가서 아직 그물망을 풀지 말고 그대로 놔둬요."

곧 육중한 덩어리처럼 주철판 위에 뉘인 트롱페트는 꼼짝도 하지 않았다. 끝이 보이지 않는 어두컴컴한 구멍과 요란한 소리가 울려퍼지는 땅속 공간의 악몽에 시달리는 듯 보였다. 말을 감고 있는 그물망을 벗기기 시작하자, 얼마 전부터 재갈이 풀려 있던 바타유가 다가와 목을 길게 뻗어 킁킁거리며 지상에서 떨어진 친구의 냄새를 맡았다. 둥글게 모여 서 있던 광부들은 농을 하면서 뒤로 물러섰다. 저것 좀 보게, 친구한테서 무슨 좋은 냄새라도 맡은 건가? 하지만 바타유는 광부들의 비아냥거림에도 아랑곳없이 활기를 띠었다. 아마도 새로운 동반자에게서 바깥에서 실려온 좋은 냄새를 맡은 듯했다. 오랫동안 잊고 지냈던, 풀숲에 밴 햇볕의 내음을. 그리고 느닷없이 경쾌한 음악 같은, 연민이 깃든 흐느낌이 느껴지는 낭랑한 울음을 터뜨렸다. 한줄

---

* 프랑스어로 '트럼펫, 나팔'이라는 의미. '바타유'와 함께 제2제정의 호전적인 야심을 반영하며, 앞으로 막장에서 보내게 될 삶의 아이러니를 담은 이름이다.

기 바람처럼 실려온 아득한 과거의 추억을 반기는 환영 인사이자, 죽어서야 다시 땅 위로 올라갈 수 있는 또하나의 죄수에 대한 안타까움을 나타내는 것이었다.

"오! 바타유 저놈 하는 짓 좀 보게!" 광부들은 자신들이 가장 아끼는 말이 벌이는 한판 소극笑劇에 즐거워하며 외쳤다. "제 친구랑 무슨 얘길 저리도 다정하게 하는지, 원."

트롱페트는 그물망에서 풀려났지만 여전히 꼼짝도 하지 않았다. 두려움에 몸이 얼어붙은 채, 아직도 그물망이 자신의 몸을 조이고 있는 것처럼 느끼는 듯했다. 광부들은 결국 채찍을 내리쳐 녀석을 일어서게 해야 했다. 말은 넋이 나간 것처럼 다리를 후들거렸다. 무크 영감이 벌써 친해진 두 마리 말을 데리고 갔다.

"이봐, 이젠 올라가도 되겠지?" 마외가 물었다.

그러나 케이지를 치워야 했고, 아직 올라갈 시간이 되려면 십 분이나 남아 있었다. 이제 작업장들이 차차 비워지면서 모든 갱도에서 광부들이 돌아오고 있었다. 적치장에 모여든 오십 명가량의 광부들은 몸이 흠뻑 젖은 채 오들오들 떨었다. 그들은 사방에서 불어오는 차가운 바람 때문에 늘 폐렴에 걸릴 위험에 노출되어 있었다. 피에롱은 순해 보이는 인상에도 불구하고 딸 리디의 따귀를 후려쳤다. 시간이 되기 전에 미리 막장을 떠났다는 이유에서였다. 자샤리는 몸을 녹여야겠다며 엉큼하게 라 무케트를 꼬집었다. 그사이 광부들 사이에서는 불만이 점차 고조되었다. 샤발과 르바크는 탄차 가격을 깎고 갱목 비용을 따로 지불하겠다는 탄광 기사의 협박에 관해 떠들어댔다. 그러자 여기저기서 탄식이 터져나오면서 땅속 600미터의 비좁은 한구석에서 반란의 조짐이 움텄다. 이제 그들은 목소리를 애써 낮추려고 하지 않았다. 석탄으로 더러워지고 추위 속에 기다리느라 몸이 꽁꽁 얼어붙은 사람들은 회사가 일꾼들의 반은 막장에서 죽게 하고 나머지 반은 굶어죽게 한다면서 격렬하게 비난하고 나섰다. 에티엔은 그들의 말을 들으면서 분노로 몸을 떨었다.

"자, 자, 서둘러요! 서두르란 말이오!" 갱내 감독인 리숌이 적재부들을 향해 소리쳤다.

그는 광부들과 서로 언성을 높이는 일을 피하기 위해 아무것도 못 들은 척하며 상승 작업을 서둘렀다. 하지만 소란이 점점 심해져 개입하지 않을 수가 없었다. 그의 뒤쪽에서 누군가가 이런 식으로는 오래 가지 못할 것이며 어느 날 아침 탄광이 무너지고 말 거라고 경고하듯 소리쳤다.

"자넨 현명하니까 저 친구들 입 좀 닥치게 해보게." 리숌이 마외에게 말했다. "힘이 없으면, 적어도 저렇게 나대지는 말아야 할 것 아닌가."

하지만 흥분을 가라앉히고 불안해하기 시작하던 마외가 끼어들 필요는 없었다. 느닷없이 목소리들이 잦아들었기 때문이다. 감독을 마치고 돌아오는 네그렐과 당세르가 그들과 마찬가지로 땀에 흠뻑 젖은 채 한 갱도에서 모습을 드러낸 것이다. 탄광 기사가 모여 있는 사람들 사이를 아무 말 없이 통과하는 동안, 광부들은 평소 몸에 밴 습관대로 질서정연하게 줄지어 섰다. 네그렐과 당세르는 각자 다른 탄차에 올라탔다. 적재부는 책임자들을 가리키는 말로 '커다란 고깃덩이'가 탔다는 것을 알리기 위해 신호기의 줄을 다섯 번 잡아당겼다. 그러자 케이지가 음울한 침묵 속에 공중으로 날아올랐다.

6

다시 지상으로 올라가는 케이지 속에 다른 네 사람과 함께 몸이 구겨지다시피 끼어 타고 있던 에티엔은 여기서 나가면 길을 따라 굶주림의 여정을 다시 시작하기로 마음먹었다. 빵조차 배불리 먹지 못하면서 이 지옥 같은 막장 속으로 도로 기어들어가느니 당장 죽어버리는 편이 나을 터였다. 카트린은 위쪽 탄차에 타고 있어, 이곳으로 내려올 때처럼 그의 옆에 바짝 붙어서 감각을 마비시키는 기분좋은 온기로 그를 덥혀주지 못했다. 이제 더이상 어리석은 짓거리를 할 생각일랑 말고 한시바삐 이곳에서 멀어지는 게 나았다. 대부분의 광부들보다 조금 더 배운 그로서는 그들 사이에 만연한 체념과 순종의 미덕을 받아들이기가 힘들었다. 여기 계속 있다가는 언젠가 작업반장 같은 이들을 목 졸라 죽이게 될지도 모를 일이었다.

갑자기 눈이 부셨다. 어찌나 빨리 올라왔던지 갑작스러운 환한 빛에 정신이 멍해지는 것 같았다. 에티엔은 벌써부터 낯설게 느껴지는 눈부신 햇빛 속에서 눈을 깜빡거렸다. 덜컹하는 소리와 함께 케이지가 킵스에 고정되는 것이 느껴지자 안도감이 몰려왔다. 하역부가 케이지의 문을 열자 광부들이 탄차에서 한꺼번에 우르르 몰려나왔다.

"어이, 무케." 자샤리가 하역부의 귀에 대고 속삭였다. "오늘 저녁 볼캉*에 가서 같이 한잔하는 거지?"

볼캉은 몽수에 있는 카페콩세르**의 이름이었다. 무케는 말없이 입이 찢어져라 웃어 보이면서 왼쪽 눈을 찡긋했다. 자기 아버지처럼 땅딸막하고 몸집이 좋은 그는 미래에 대한 걱정 따위는 아랑곳없이 흥청망청 오늘을 즐기며 살아갔다. 그때 라 무케트가 탄차에서 내리자 그는 남매의 우애를 과시하듯 손바닥으로 그녀의 엉덩이를 힘껏 때렸다.

하치장의 희미한 초롱 빛 속에서 에티엔의 눈에 들어온 것은 그에게 불안감을 안겨주었던 교회 중앙홀 같은 공간이 더이상 아니었다. 단지 텅 비고 더러운 곳일 뿐이었다. 먼지가 잔뜩 낀 창문들을 통해 흙빛과도 같은 흐릿한 빛이 비쳐들었다. 오직 저쪽에 있는 구리로 된 기계만이 빛을 받아 반짝였다. 기름이 칠해진 강철 케이블은 먹물에 적신 벨트처럼 유연하게 오르내렸다. 위쪽에 있는 도르래와 그것을 지탱하는 거대한 골조, 케이지, 탄차, 그 모든 금속의 향연은 오래된 고철의 거친 회색빛으로 거대한 공간을 더욱더 우중충하게 만들었다. 거대한 바퀴 모양의 보빈이 우르릉 소리와 함께 쉼 없이 돌아가면서

---

* 프랑스어로 '화산'이라는 뜻.
** 식사와 음료를 먹으면서 노래와 다양한 쇼를 즐길 수 있는 라이브카페.

바닥의 철판을 뒤흔들었다. 탄차의 석탄에서 날리는 미세한 탄가루는 그곳의 바닥과 벽, 그리고 권양기탑의 들보까지 시커멓게 물들였다.

그런데 채탄 검량인의 사무실에 설치된 실적판을 유리창 너머로 언뜻 훔쳐본 샤발이 씩씩거리면서 돌아왔다. 그들의 탄차 두 대가 퇴짜를 맞은 것을 확인한 것이다. 한 대는 규정으로 정해진 양을 채우지 못했기 때문이고, 다른 한 대는 캐낸 석탄의 질이 나빴기 때문이었다.

"이거야말로 완벽한 하루로군." 그는 분노를 참지 못하고 소리쳤다. "이번에도 이십 수가 깎이다니!…… 이런데도 쓸모없는 게으름뱅이들을 부려야 하는 거냐고. 힘도 못 쓰는 물건처럼 팔심이 약해빠진 작자들을 말이지!"

그는 에티엔을 삐딱하게 쳐다보면서 자신의 생각을 결론지었다. 에티엔은 샤발을 향해 주먹을 한 방 날리고 싶은 충동을 느꼈다. 그러다 다시 생각했다. 어차피 떠날 건데 공연히 분란을 일으켜 뭐하겠는가. 그는 떠나려는 결심을 더 확고히 굳혔다.

"누구나 첫날부터 잘할 수는 없는 거야." 마외가 끓어오르는 분위기를 진정시키기 위해 나섰다. "내일은 오늘보다 나아지겠지."

그의 노력에도 불구하고 모두들 격앙된 분위기 속에 동요하며 호시탐탐 싸움의 기회를 엿보는 듯했다. 그들이 램프를 반납하기 위해 램프 보관소로 갔을 때, 르바크는 램프를 제대로 닦지 않았다고 잔소리를 해대는 점등원點燈員과 드잡이를 했다. 광부들은 여전히 난롯불이 타고 있는 탈의실에서 휴식을 취하면서 그제야 비로소 분을 조금이나마 누그러뜨릴 수 있었다. 석탄을 너무 많이 채워넣은 탓에 난로가 벌겋게 달아올라 창문도 없는 거대한 방안이 불길에 휩싸인 것처럼 보였다. 마치 벽에 비친 화로의 붉은 그림자가 피를 흘리고 있는 듯했다. 모두들 기분이 한결 좋아져 웅얼거리는 소리를 냈다. 그들은 불에서 멀찌감치 떨어져 등을 덥혔다. 그러자 마치 뜨거운 수프처럼 등에서 김이 모락모락 피어났다. 불이라도 나는 것처럼 등이 화끈거리자, 이 번에는 모두들 돌아서서 배를 덥혔다. 라 무케트는 셔츠를 말리기 위해 조용히 바지를 내렸다. 그러자 남자들이 농지거리를 던지다 큰 소리로 웃음을 터뜨렸다. 라 무케트가 그들을 향해 느닷없이 엉덩이를 내보였기 때문이다. 그것은 극도의 경멸을 표현하는 그녀만의 방식이었다.

"난 가겠어." 샤발은 연장을 통에 넣고 잠근 다음 말했다.

하지만 아무도 자리를 뜰 생각을 하지 않았다. 라 무케트만이 서둘러 그를 뒤쫓아갔다. 둘 다 몽수에 산다는 평계를 댔다. 남은 광부들은 여전히 그녀를 도마 위에 올려놓고 우스갯소리를 해댔다. 샤발이 더 이상 라 무케트에게 관심이 없다는 걸 모두가 알고 있는 터였다.

그사이 골똘히 생각에 잠겨 있던 카트린은 자기 아버지에게 뭐라고 속삭였다. 그러자 잠시 놀란 듯하던 마외가 이내 고개를 끄덕였다. 그러고는 에티엔에게 짐꾸러미를 돌려주기 위해 그를 부른 참에 조그만 소리로 물었다.

"내 보기에 가진 돈도 없는 것 같은데, 그러다간 두 주 치 임금을 받기도 전에 굶어죽기 딱 좋을 거야…… 내가 그쪽을 위해 어디서 돈을 좀 빌려볼까 하는데 어떻게 생각하나?"

청년은 잠시 당혹감을 느끼며 머뭇거렸다. 마침 자신의 하루치 일당인 30수를 달라고 해서 그곳을 떠날 참이었던 것이다. 하지만 자기보다 어린 여자 앞에서 수치심이 느껴져 차마 그 얘기를 꺼낼 수 없었다. 카트린이 자신을 빤히 쳐다보는 걸로 봐서, 어쩌면 자신이 일을 마음에 들어하지 않는 거라고 생각할지도 몰랐다.

"아무것도 장담은 할 수 없어." 마외는 얘기를 계속했다. "하지만 물어보는 데 돈 드는 건 아니니까."

그러자 에티엔은 굳이 말리지 않았다. 어차피 거절당할 게 뻔했다. 게다가 그 역시 아무런 부담을 느낄 필요가 없었다. 일단 배를 채운 뒤에 언제라도 떠나면 그뿐이었다. 그러다 카트린이 기뻐하며 웃는 모습을 보자 마외의 도움을 거절하지 못한 자신에게 화가 났다. 카트린은 그를 도울 수 있다는 것에 행복해하며 그에게 우정 어린 눈길을 보냈다. 하지만 이 모든 게 다 무슨 소용이란 말인가?

마외 가족은 각자 나막신을 다시 신고 물품 보관함을 잠근 다음 탈의실을 나섰다. 몸을 녹인 광부들은 하나둘씩 차례로 그곳을 떠났다. 에티엔도 그들을 따라갔고, 르바크와 그의 아들도 합류했다. 그런데 선탄장을 지나가던 그들은 그곳에서 벌어진 격한 광경에 발걸음을 멈췄다.

그곳은 날아다니는 먼지가 시커멓게 내려앉은 들보가 있는 거대한 선탄장이었다. 커다란 차양 사이로는 끊임없이 바람이 불어왔다. 석탄을 실은 탄차가 하치장에서 곧바로 옮겨오면, 티플러를 사용해 깔때기 모양의 투입구로 석탄을 쏟아부었다. 그러면 삽과 갈퀴를 갖춘 여성 선탄공들이 이동식 계단 위로 올라가 함석으로 된 기다란 홈통의 양옆에서 기다리다가 그곳으로 모여든 석탄에서 돌을 골라내고 남은 깨끗한 석탄을 다시 깔때기 모양의 투입구를 통해 선탄장 아래 있는 철로의 화차로 밀어넣었다.

필로멘 르바크도 바로 그곳에서 일했다. 폐결핵을 앓는 것처럼 가냘프고 창백한 얼굴에 순종적인 소녀의 모습이었다. 푸른색 모직 천 조각 하나로 얼굴을 겨우 가린 채 손과 팔은 팔꿈치까지 온통 시커메져 있었다. 필로멘은 라 피에론의 엄마인 늙은 마녀 같은 여자 바로 아래쪽에서 석탄을 골랐다. 사람들이 '라 브륄레'*라고 부르는 그 노파는 올빼미 같은 매서운 눈과 구두쇠의 지갑처럼 꼭 다문 입 때문에 쳐다보는 것만으로도 두려움을 자아냈다. 두 여자는 허구한 날 서로 치고받았다. 필로멘은 자신이 골라놓은 돌들을 노파가 가져가버려 십 분 동안 한 바구니도 채우지 못한다며 원망을 쏟아놓았다. 바구니의 개수로 임금을 지급받는 터라 두 여자 사이에는 다툼이 끊이지 않았다. 두 여자는 틀어올린 머리가 헝클어지고 벌겋게 달아오른 얼굴에는 검은색 손자국이 남아 있었다.

"세게 한 대 올려붙여!" 위쪽에 있던 자샤리가 자신의 애인을 향해 소리쳤다.

선탄공들이 모두 웃음을 터뜨렸다. 그러자 라 브륄레는 청년을 향해 신랄한 언사를 쏟아냈다.

"저 한심한 놈 말하는 것 좀 보게! 네놈이 싸질러놓은 두 애새끼한테나 신경쓰는 게 좋을 거야!…… 네놈이 무슨 짓을 한 건지나 알아? 기운이 없어 제대로 서 있지도 못하는 비쩍 마른 열여덟 살짜리 계집

---

* '화상을 입은 여자'라는 뜻. 탄광촌의 다른 여성들의 이름과 달리, 라 브륄레라는 이름에는 의미론적 기능이 부여되어 있다. 혁명적인 노파 라 브륄레는 제5부 3장에서 장바르 탄광 보일러의 불을 꺼뜨리는 인물이다.

애한테 말이지!"

마외는 저 늙은이의 면상을 가까이서 보러 아래로 내려가겠다는 아들을 극구 말려야 했다. 그러다 감독관이 달려오자 여자들은 다시 갈퀴로 석탄을 고르기 시작했다. 석탄 투입구의 위에서 아래까지 보이는 것이라고는 온통 서로 돌을 더 많이 차지하려고 치열하게 다투는 여자들의 웅크린 등뿐이었다.

밖에서는 급작스레 바람이 잦아들고 회색빛 하늘에서 습기를 머금은 추위가 내려오고 있었다. 어느새 흥분이 가라앉은 광부들은 어깨를 움츠리고 두 팔은 가슴에 팔짱을 낀 채 귀가를 서둘렀다. 엉덩이를 흔들며 걷자 얄팍한 웃옷 아래로 굵은 뼈가 불거져 보였다. 햇빛 속에서 보는 그들은 진흙탕에 뒹군 흑인 무리 같았다. 가져온 브리케를 미처 다 먹지 못한 이들도 있었다. 그들은 셔츠와 웃옷 사이에 찔러넣은 빵 때문에 마치 꼽추처럼 보였다.

"저게 누구야! 부틀루잖아!" 자샤리가 비아냥거리며 말했다.

르바크는 가던 길을 멈추지 않고 지나치면서 자기 집에 세들어 사는 부틀루와 몇 마디 인사를 나눴다. 덩치가 크고 갈색 머리인 부틀루는 서른다섯 살로, 온화하고 성실해 보이는 사내였다.

"수프는 준비돼 있나, 루이?"

"그런 것 같아."

"그리고 집사람은 오늘 기분이 어떤 것 같나?"

"좋아 보였어."

그때 굴진부들이 도착해 하나둘씩 갱 속으로 빨려들어갔다. 세 시간의 교대 근무를 위한 여정이었다. 수갱이 또다시 인간들을 먹어치울 태세를 갖추고 있었다. 굴진부들은 채탄부들이 일하던 막장으로 향했다. 탄광은 결코 쉬는 법이 없었다. 사탕무밭 600미터 아래 땅속에서는 인간 곤충들이 밤낮으로 쉬지 않고 바위를 뚫고 있었다.

그사이 아이들은 대열의 맨 앞에서 걷고 있었다. 장랭은 베베르에게 4수어치 담배를 외상으로 사기 위한 복잡한 계획을 귀띔해주고 있었다. 리디는 거리를 두고 얌전하게 그들을 뒤따랐다. 그 뒤에는 카트린이 자샤리와 에티엔과 함께 걷고 있었다. 모두가 침묵을 지켰다. 아방타주* 주점에 이르러서야 마외와 르바크가 그들에게로 와서 말했다.

"여기야." 마외가 에티엔에게 말했다. "같이 들어가겠나?"

그들은 거기서 헤어졌다. 카트린은 커다란 눈으로 마지막으로 청년을 바라보며 잠시 그 자리에 꼼짝 않고 서 있었다. 마치 샘물처럼 투명한 초록빛 눈이었다. 탄가루로 시커메진 얼굴 때문에 그 투명함이 더욱더 깊어 보였다. 카트린은 에티엔에게 미소를 지어 보이고는 다른 사람들과 함께 탄광촌으로 향하는 오르막길로 사라졌다.

주점은 마을과 탄광 사이, 두 갈래 길이 교차하는 곳에 있었다. 벽돌로 지은 삼층짜리 집은 위에서 아래까지 온통 새하얀 석회로 칠해져 있었고, 창문들 주위에는 푸른 하늘색의 넓은 띠를 둘러 경쾌함을 더했다. 문 위쪽에 못으로 박아놓은 네모난 간판 위에는 노란색 글씨로 "라스뇌르가 운영하는 주점, 아방타주에서"라고 쓰여 있었다. 건물 뒤쪽에는 산울타리로 둘러친 나인핀스** 경기장이 마련되어 있었다. 광

---

* 프랑스어로 '우월성, 우위'라는 뜻.
** 볼링 핀처럼 생긴 아홉 개의 핀을 세워놓고 공을 굴려 쓰러뜨리는 실내 경기. 중세에 유럽대륙에서 유행하기 시작한 볼링 구기로, 열 개의 핀을 사용하는 현대 볼링의 전신이다.

대한 대지의 한 귀퉁이를 차지한 이 조그만 땅을 사들이기 위해 갖은 애를 쓴 탄광회사는 밭에서 솟아나온 듯 르 보뢰 탄광 입구에 문을 연 이 주점에 대해 몹시 유감스러워했다.

"들어오게." 마외는 에티엔에게 거듭 말했다.

새하얀 벽에 아무런 장식 없이 조그맣고 환한 실내에는 탁자 세 개와 의자 열두 개, 그리고 부엌 찬장처럼 커다란 전나무 카운터가 있었다. 기껏해야 열 개쯤 되는 맥주잔과 리큐어* 세 병, 물병 하나, 주석 꼭지가 달린, 맥주를 담아둔 함석통이 그곳에 있는 전부였다. 그 밖에는 아무것도 없었다. 그림이나 선반, 게임 도구 같은 것도 전혀 보이지 않았다. 니스를 칠해 반짝반짝 윤이 나는 주철 벽난로에서는 한 무더기의 석탄이 은근하게 불타고 있었다. 널돌이 깔린 바닥에는 새하얀 모래가 얇게 깔려 있어 늘 축축한 그 고장의 습기를 빨아들였다.

"맥주 한 잔 주시오." 마외는 금발의 뚱뚱한 처녀에게 말했다. 그녀는 이웃집 여자의 딸로, 가끔씩 가게를 봐주었다.

"라스뇌르는 어디 갔나?"

처녀는 주인이 곧 돌아올 거라고 대답하면서 함석통 꼭지를 틀었다. 마외는 그의 목을 막고 있는 탄가루를 씻어내리기 위해 단숨에 맥주를 반이나 들이켰다. 그는 에티엔에게는 아무것도 권하지 않았다. 그곳에는 몸이 젖은 지저분한 몰골의 또다른 광부 하나가 탁자 앞에 앉아 깊은 생각에 잠긴 듯한 얼굴로 말없이 맥주를 마시고 있을 뿐이었다. 잠시 후, 또다른 세번째 고객이 들어와 말은 한마디도 없이 몸

---

* 알코올에 설탕과 식물성 향료 따위를 섞어 만든 혼성주.

짓으로 맥주를 주문하고는 단번에 들이켠 다음 돈을 내고 가버렸다.

그러고 나자 커다란 체격에 둥근 얼굴, 깔끔하게 면도를 한 모습의 남자가 사람 좋아 보이는 미소를 지으며 나타났다. 라스뇌르였다. 전직 채탄부인 그는 서른여덟 살로, 삼 년 전 파업에 참가했다는 이유로 탄광회사에서 해고당한 전력이 있었다. 아주 성실한 노동자였던 그는 언변이 좋아 광부들의 모든 요구 사항을 앞장서서 전달하다가 마침내 불평분자들의 우두머리로 낙인찍혔던 것이다. 많은 광부들의 아내가 그렇듯 그의 아내도 이미 조그만 주점을 운영하고 있었다. 그리고 거리로 내쫓겼을 때 그도 그곳에서 일하기 시작했다. 그러다 차츰 돈을 모아 회사에 도전장을 던지듯 르 보뢰 탄광이 마주보이는 곳에 자신이 직접 운영하는 주점을 열었다. 이제 그의 주점이 날로 번창하면서 그는 광부들의 중심인물이 되어, 옛 동료들의 마음속에 조금씩 불어넣은 분노로 스스로를 살찌우고 있었다.

"오늘 아침에 내가 새로 고용한 청년이야." 마외는 즉시 설명했다. "세놓는 방 두 개 중에 빈 게 있나? 그리고 두 주 치 임금을 좀 변통해줄 수 있을까?"

라스뇌르의 커다란 얼굴에 이내 극도의 경계심이 스쳐갔다. 그는 곁눈질로 에티엔을 살피고는 조금도 유감스러워하는 기색 없이 대답했다.

"방 두 개가 벌써 다 나갔어요. 내가 해줄 수 있는 게 없는 것 같군요."

청년은 당연히 거절당할 것을 예상하고 있던 터였다. 그럼에도 실망을 금할 수가 없었다. 그러면서 또다시 어딘가로 가야 한다는 사실이 뜻밖에 커다란 부담으로 다가오는 데 놀랐다. 어쨌거나 자신이 받을 30수를 손에 쥐게 되면 즉시 떠날 생각이었다. 탁자에서 홀로 맥주를 마시던 광부는 어느새 나가고 없었다. 그리고 다른 광부들이 하나둘씩 들어와 목의 때를 벗기고는 또다시 엉덩이를 흔들면서 가던 길을 갔다. 그들은 아무런 기쁨이나 흥겨움도 느끼지 못한 채, 그저 단순한 세척 행위처럼 생리적인 무언의 욕구를 채우기 위해서만 기계적으로 술을 마셨다.

"그래, 거긴 별일 없습니까?" 라스뇌르는 말투를 바꿔 맥주를 홀짝이고 있는 마외에게 물었다.

마외는 고개를 돌려 주점에 에티엔 말고는 아무도 없는 것을 확인했다.

"또 한바탕했지…… 그래, 갱목 건으로."

그는 탄광에서 있었던 일을 자세히 들려주었다. 그러자 주점 주인은 몹시 흥분해 얼굴이 붉으락푸르락 달아올랐다. 뺨은 벌게지고 눈에는 핏발이 섰다. 마침내 그는 참았던 분노를 폭발시켰다.

"아, 기가 막히는군! 거기서 가격을 더 깎으면 다들 굶어죽으라는 건가."

그는 에티엔이 신경쓰이는 눈치였다. 그래도 그를 흘깃거리면서 이야기를 계속했다. 라스뇌르는 머뭇거리기도 하고 암시하기도 하면서, 이름을 밝히지는 않은 채 탄광회사 사장 엔보 씨와 그의 아내, 그리고 그의 조카인 꼬마 네그렐에 관해 얘기했다. 이런 식으로 계속할 수는 없으며, 조만간 크게 한번 터지고 말 것이라고 거듭 강조했다. 도처에 빈곤으로 허덕이는 사람들이 널려 있었고, 공장들은 문을 닫고 노동자들은 뿔뿔이 흩어졌다. 한 달 전부터 그는 하루에 6파운드가 넘는 빵을 굶주리는 이들에게 나눠주고 있었다. 전날에는 이웃한 탄광의 주인 드뇔랭 씨가 어떻게 버텨야 할지 모르겠다고 했다는 말을 전해 들었다. 게다가 조금 전에는 릴에서 온, 걱정스러운 얘기가 잔뜩 담긴 편지 한 장을 받은 터였다.

"왜, 요전날 저녁에 여기서 한 번 본 적이 있잖아요." 그가 속삭였다.

그는 하려던 말을 잠시 중단했다. 이번에는 그의 아내가 들어왔기 때문이다. 키가 크고 마른 체구에 활기가 넘치고, 기다란 코와 자색을 띤 광대뼈가 도드라져 보이는 여인이었다. 그녀는 정치 면에서는 남편보다 더 극단적인 성향을 보였다.

"플뤼샤르한테서 온 편지를 말하는 거예요." 그녀가 말했다. "아! 그 사람이 여기 책임자였다면, 지금보다는 살기가 훨씬 나았을 텐데!"

아까부터 그들의 얘기에 귀기울이고 있던 에티엔은 그들이 무슨 말을 하는 건지 이해할 수 있었다. 그리고 빈곤과 보복에 대한 생각에 점점 빠져들었다.

그러다 갑자기 툭 튀어나온 이름에 몸을 떨었다. 그는 자기도 모르게 큰 소리로 말했다.

"플뤼샤르 씨는 나도 아는 사람입니다."

모두의 시선이 자신에게 쏠리자 그는 서둘러 덧붙였다.

"그렇습니다, 난 기계공입니다. 그분은 릴에 있을 때 내 십장이셨어요…… 훌륭한 분이죠. 그분과는 종종 얘기를 나누었습니다."

라스뇌르는 그를 다시 살폈다. 그의 얼굴에서 즉시 심경의 변화가 느껴졌다. 청년을 향한 갑작스러운 호감이었다. 이윽고 그는 자기 아내에게 자초지종을 설명했다.

"마외 씨가 데려온 친군데, 자기네 탄차 운반부로 일하기로 했다는군. 우리 가게 위층에 빈방이 있는지 묻더라고. 그리고 두 주 치 임금을 미리 좀 융통해줄 수 없는지도."

그러자 일사천리로 일이 진행되었다. 마침 그 집에 하숙 들어 있던 사람이 그날 아침에 떠나 방 하나가 비어 있는 터였다. 주점 주인은 몹시 흥분해 한층 더 속내를 내비쳤다. 그는 자신이 주인들에게 바라는 건 실행 가능한 요구만이라도 들어달라는 것임을 반복해 말했다. 다른 광부들처럼 들어주기 힘든 지나친 요구는 결코 하지 않는다는 것이었다. 그의 아내는 어깨를 으쓱해 보였다. 그녀 역시 자신의 권리를 원하는 것뿐이었다.

"난 이만 가봐야겠군." 마외가 그들의 말을 끊고 말했다. "그런다고 저 밑으로 안 내려갈 수는 없는 일 아니겠나. 땅속으로 내려가는 한은 누군가는 또 죽을 거고…… 자네 모습을 보라고. 거기서 나온 지 삼 년 만에 얼마나 달라졌는지."

"물론이죠, 그때보다는 훨씬 살 만합니다." 라스뇌르는 활기찬 목소리로 말했다.

에티엔은 주점 문까지 가서 길을 나서는 광부에게 고맙다는 인사를 했다. 마외는 아무 말 없이 고개를 끄덕였다. 청년은 탄광촌으로 향하는 길을 힘겹게 올라가는 그를 지켜보았다. 손님들의 시중을 들고 있던 라스뇌르 부인은 에티엔에게 씻을 수 있도록 방으로 안내해줄 테니 잠시 기다려달라고 했다. 이대로 여기 계속 머물러도 되는 걸까? 그는 다시 머뭇거렸다. 대로에서 누리는 자유로움과 자신이 삶의 주인이라는 만족감과 함께 겪어내야 할 햇볕 아래의 배고픔이 그리워질지도 모른다는 생각에 불안한 마음이 들었다. 몰아치는 돌풍 속에서 폐석 더미를 처음 발견한 순간부터, 칠흑같이 어두운 갱도에서 납작 엎드린 채로 땅속을 기어다니던 몇 시간 사이에 수년이 흐른 것만 같았다. 그 짓을 다시 해야 한다고 생각하니 역겨움이 몰려왔다. 그것은 너무나 부당하고 고된 일이었다. 저들에게 현혹되고 짓밟히는 짐승 같은 존재로 살아야 한다는 생각에 인간으로서의 자존심이 그에게 반란을 부추겼다.

마음속으로 자신과 싸우는 동안, 차츰 광대한 들판의 풍경을 좀더 또렷이 볼 수 있게 된 에티엔은 놀라움을 금치 못했다. 캄캄한 어둠 속에서 본모르 영감이 몸짓으로 그곳을 가리켰을 때는 평원이 그런 모습일 거라고는 상상조차 못했다. 그의 눈앞에 보이는 것은 땅이 움푹 들어간 곳에 자리잡은 르 보뢰 탄광이었다. 나무와 벽돌로 만든 건물들, 타르를 칠한 선탄장, 슬레이트 지붕이 덮인 권양기탑, 기계실과 빛바랜 붉은색의 높다란 굴뚝 등이 빼곡히 모여 역겨운 냄새를 풍기고 있었다. 건물들 주위로는 채굴물 집하장이 펼쳐져 있었다. 그것은 그의 상상을 훌쩍 넘어서는 규모였다. 마치 검은 호수의 파고가 높아지듯 높다랗게 쌓인 석탄 무더기 위로 고가철교를 지탱하는 철탑이 우뚝 솟아 있었다. 그 한 귀퉁이에는 숲 전체를 베어낸 것 같은 나무들이 잔뜩 쌓여 있었다. 오른쪽으로 눈을 돌리자, 거인들이 쳐놓은 바리케이드처럼 거대한 폐석 더미가 시야를 가렸다. 오래된 곳에는 이미 잡초가 무성하게 자라나 있고, 다른 곳은 일 년 전부터 안쪽에서 불타면서 짙은 연기를 내뿜고 있었다. 표면에는 편암과 사암으로 이

뭐진 희끄무레한 회색빛 가운데 핏빛 같은 녹자국이 기다란 띠 모양으로 나 있었다. 그리고 광활하게 펼쳐진 들판이 보였다. 벌거벗은 황량한 밀밭과 사탕무밭이 끝없이 이어졌다. 시들어가는 버드나무 몇 그루가 간간이 서 있는, 거친 잡목들로 뒤덮인 습지와, 멀리 빈약한 포플러들의 대열로 나뉜 목초지들도 보였다. 그보다 더 멀리, 조그맣게 보이는 새하얀 점들은 그곳이 도시임을 가리키고 있었다. 북쪽으로 마르시엔, 남쪽으로는 몽수가 보였다. 동쪽의 방담 숲에는 벌거벗은 나무들로 이뤄진 보랏빛 경계선이 지평선을 두르고 있었다. 납빛 하늘 아래, 겨울날 오후의 희미한 빛 속에서 르 보뢰 탄광의 모든 검은색과 풀풀 날리는 석탄가루가 평원에 고스란히 내려앉은 듯했다. 나무에는 가루를, 도로에는 모래를, 땅에는 씨를 흩뿌리면서.

사방을 둘러보던 에티엔을 무엇보다 놀라게 한 것은 간밤에는 보지 못한 운하였다. 그것은 스카르프 강을 운하처럼 만든 것이었다. 운하는 르 보뢰 탄광과 마르시엔을 직선으로 연결했다. 마치 8킬로미터에 달하는 뿌연 은빛 리본, 저지대 위에 조성된 가로수 무성한 대로처럼 보였다. 하천용 수송선의 주홍색 선미船尾가 미끄러져가는 희뿌연 물과 초록색 제방으로 이뤄진 풍경이 끝없이 이어질 것만 같았다. 수갱 가까이에는 선착장과 정박된 배들이 있어, 고가철교로 운반된 탄차들이 그곳에 곧바로 석탄을 부어넣었다. 운하는 그곳에서 방향을 틀어 습지를 비스듬히 가로질렀다. 이 황량한 평원의 정수精髓는 바로 그곳, 마치 대로처럼 평원을 가로질러 석탄과 철을 운반하는 기하학적인 물속에 깃들어 있는 듯했다.

이제 에티엔의 시선은 운하에서 고원 위에 조성된 탄광촌으로 옮겨갔다. 탄광촌에서 눈에 띄는 것은 붉은색 기와지붕뿐이었다. 그런 다음 그의 시선은 다시 르 보뢰 탄광 쪽으로 향했다. 점토로 된 경사면 아래쪽에 있는 두 개의 거대한 벽돌 더미가 그의 눈길을 끌었다. 그 자리에서 찍어 구워 만든 벽돌들이었다. 판자 울타리 뒤로는 수갱으로 통하는 탄광회사 철로의 지선이 지나갔다. 이제 마지막으로 굴진 작업을 하는 광부들이 내려갈 차례인 듯했다. 오직 인부들이 미는 탄차만이 날카로운 소리를 내고 있었다. 이제 그의 눈앞에 있는 것은 더이상 미지의 어둠도, 설명할 수 없는 천둥소리도, 이름 모를 별들이 타오르는 것 같은 불꽃도 아니었다. 저멀리, 높다란 용광로와 코크스로는 새벽이 오면서 그 빛이 바랬다. 마지막까지 보이는 것은, 배수펌프가 여전히 거칠고 긴 숨을 쉬듯 쌕쌕거리며 뿜어내는 증기뿐이었다. 에티엔은 이제 도무지 만족이라고는 모르는 듯한 식인귀의 숨결 같은 회색빛 증기를 알아볼 수 있었다.

에티엔은 그곳에 머물기로 갑작스레 마음을 굳혔다. 어쩌면 저 위, 탄광촌 입구에서 카트린의 맑은 눈동자를 다시 본 것 같아서였을까. 어쩌면 르 보뢰 탄광에서 반란의 기운이 실린 바람이 불어왔기 때문인지도 몰랐다. 그 자신도 이유를 알지 못했다. 그는 갱 속으로 다시 내려가 고통받고 싸우기를 원했다. 그리고 치밀어오르는 분노와 함께 본모르 영감이 들려준 사람들의 이야기와, 땅속에 웅크린 채 인간을 포식하고 있는 신을 떠올렸다. 만 명*이 넘는 굶주린 사람들은 정체도 모르는 그 신을 위해 자신들의 목숨을 내놓고 있었다.

---

* 1866년 앙쟁 탄광회사에서는 약 1만 명의 광부가 일하고 있었다. 1884년에는 1만 2천여 명으로 그 수가 늘었다.

제2부

1

그레구아르 일가의 소유지인 라 피올렌은 몽수에서 동쪽으로 2킬로미터 떨어진 곳, 주아젤로 향하는 도로변에 있었다. 지난 세기 초반에 지어진 사각형의 대저택은 개성이라고는 찾아볼 수 없었다. 그곳에 속했던 너른 대지 중에서 지금까지 남아 있는 것은 30여 헥타르밖에 되지 않았는데, 담으로 둘러싸여 있어 관리하기 쉬운 땅이었다. 그곳의 과수원과 채소밭에서 나는 과일과 채소는 그 고장에서 품질이 가장 좋기로 정평이 나 있었다. 그 밖에는 작은 숲이 공원을 대신했다. 철책에서 현관 앞 층계까지 나뭇잎 아치로 이루어진 산책로가 300미터나 길게 이어져 있었는데, 수령이 오래된 보리수들이 줄지어 서 있는 그 길은 큰 나무들을 찾아보기 힘든 마르시엔과 보니 사이의 황량한 평원에서 명소가 되어 있었다.

그날 아침, 그레구아르 일가는 여덟시에 일어났다. 평소에는 그보다 한 시간 더 늦게 일어났다. 그들은 잠을 깊이, 많이 자는 편이었지만 간밤에 불어닥친 폭풍우에 잠을 설치는 바람에 일찍 깨어난 것이다. 남편이 일어나자마자 바로 집에 피해가 없는지 살피러 간 사이, 그레구아르 부인은 슬리퍼와 플란넬 가운 차림으로 부엌에 내려왔다. 작고 뚱뚱한 그녀는 벌써 쉰여덟 살로, 머리가 온통 하얗게 셌는데도 순진해 보이는 커다란 동안童顔을 유지하고 있었다.

"멜라니, 오늘 아침에는 브리오슈를 굽는 게 어떨까. 반죽이 준비돼 있거든." 그녀는 요리사에게 말했다. "아가씨는 아직 삼십 분 정도 더 자야 할 거야. 일어나서 따뜻한 초콜릿이랑 브리오슈를 같이 먹게 준비해요…… 어때, 딸아이가 깜짝 놀라겠지?"

삼십 년 동안 그들 가족을 위해 일해온 마른 체구의 노파는 그레구아르 부인의 말에 웃음을 지었다.

"오, 정말 아가씨가 깜짝 놀라시겠는데요…… 불을 지펴놓았으니 화덕이 충분히 달궈졌을 거예요. 그리고 오노린이 제 일손을 조금 덜어줄 수 있을 테고요."

어렸을 때 그레구아르 가족이 거둬 키운 오노린은 스무 살쯤 된 처녀로 지금은 그들 집에서 가정부로 일했다. 두 여자를 제외하고 집안일을 하는 고용인으로는 힘든 잡일을 도맡아 하는 마차꾼 프랑시스가 전부였다. 그리고 정원사로 일하는 남자 하나, 채소며 과일, 꽃 그리고 양계장을 돌보는 여자 하나가 있었다. 이 작은 세계는 엄격한 격식을 따르지 않고 가족적으로 살림을 꾸려가면서 서로 화기애애하게 잘 지내고 있었다.

침대에 누워 브리오슈로 딸을 깜짝 놀라게 해줄 궁리를 했던 그레구아르 부인은 반죽을 화덕에 제대로 넣는지 보기 위해 부엌에 계속 남아 있었다. 부엌은 규모가 어마어마했다. 극도의 청결함과 수많은 냄비와 그릇, 단지 등을 갖춘 것으로 보아 이 집에서 몹시 중요한 곳임을 알 수 있었다. 좋은 음식 냄새가 풍겼고, 선반과 찬장마다 비축된 식량이 넘쳐났다.

"노릇노릇하게 잘 구워야 해요, 알죠?" 그레구아르 부인은 식당으로 가면서 거듭 지시를 내렸다.

중앙난방으로 집 전체가 훈훈했지만, 식당에는 석탄으로 지피는 불이 흥겨움을 더해주었다. 하지만 커다란 식탁과 의자들, 마호가니 찬장이 있는 이곳에서는 어떤 사치스러움도 찾아볼 수 없었다. 단 두 개뿐인 깊숙한 소파만이 그들이 그 자리에서 느긋하게 오래도록 소화시키면서 행복감을 즐긴다는 것을 알게 해주었다. 그들 가족은 응접실에 가는 일은 거의 없이 그곳에서 가족끼리 머무는 것을 좋아했다.

그때 두툼한 퍼스티언* 재킷을 입은 그레구아르 씨가 들어왔다. 그 역시 예순 살치고는 혈색이 발그레하니 젊어 보였다. 굽슬굽슬하고 눈처럼 새하얀 머리에, 선 굵은 얼굴은 선하고 정직해 보였다. 그는 마차꾼과 정원사를 만나고 오는 길이었다. 굴뚝의 파이프 하나가 부러졌을 뿐 별다른 피해는 없는 것을 확인한 터였다. 그는 매일 아침 라 피올렌을 한 바퀴 돌아보는 것을 좋아했다. 다행히 그다지 크지 않아 무슨 문제가 생길 일이 별로 없는 곳이었다. 그는 저택의 주인으로

---

* 보통 한쪽 면에만 보풀을 세운 두껍고 질긴 면직물.

서 누릴 수 있는 행복을 마음껏 누리고 있었다.

"세실은? 여태 일어나지 않은 거요?" 그가 물었다.

"그러게 말이에요." 그의 아내가 대답했다. "기척을 들은 것 같은데 말이죠."

그사이 식탁이 차려져 새하얀 식탁보 위에 사발 세 개가 놓였다. 부부는 오노린에게 아가씨가 뭘 하고 있는지 보고 오라고 했다. 하지만 즉시 다시 내려온 오노린은 웃음을 참으면서, 마치 위층 방안에서 애기하듯 목소리를 낮춰 속삭였다.

"오! 주인어른과 사모님께서 아가씨를 보셨으면 좋았을 텐데요!……아가씬 아직 자고 있어요. 오! 세상에, 마치 아기 예수님처럼 자고 있다니까요…… 두 분은 상상도 못하실 거예요. 자는 모습이 얼마나 사랑스러운지 몰라요."

아버지와 어머니는 애정이 듬뿍 담긴 눈길을 주고받았다. 그레구아르 씨가 미소를 지으며 말했다.

"우리 딸을 보러 가지 않겠소?"

"고 예쁜 것! 당연히 가서 봐야죠." 부인은 조그맣게 대답했다.

부부는 함께 위층으로 올라갔다. 딸의 방은 그들 저택에서 유일하게 호사스럽게 꾸며진 곳이었다. 애지중지하는 자식의 변덕을 충족시키고자 하는 부모의 바람을 반영하듯, 푸른색 실크 벽지에, 래커 칠을 하고 테두리를 푸른색으로 꾸민 하얀색 가구들로 장식돼 있었다. 세실은 뿌연 백색 침대에서 커튼 틈새로 스며든 어슴푸레한 빛을 받으며 맨팔에 뺨을 기댄 채 곤히 자고 있었다. 그녀는 딱히 예쁜 얼굴은 아니었다. 열여덟 살치고는 성숙한 편이었고 지나치게 건강하고 튼실했다. 하지만 뽀얀 우윳빛의 싱그러운 피부와 밤색 머리가 돋보였고, 동그란 얼굴에는 고집스러워 보이는 조그만 코가 통통한 두 볼에 파묻혀 있었다. 침대 시트가 미끄러지자 그녀는 부드럽게 숨을 내쉬었지만 이미 풍만해진 가슴은 미동도 하지 않았다.

"저 고약한 바람 때문에 우리 딸이 제대로 못 잤을 거예요." 엄마가 다정한 목소리로 말했다.

아버지는 아내에게 입을 다물라고 손짓했다. 부부는 몸을 숙여, 순결한 알몸으로 자고 있는 딸을 무한한 애정이 담긴 눈빛으로 바라보았다. 세실은 오랫동안 아이를 기다리던 그들 부부가 모든 희망을 버렸을 때 뒤늦게 생긴 소중한 딸이었다. 그들은 자신들의 딸이 지극히 완벽하다고 여겼다. 너무 뚱뚱하지도 않았고, 언제나 더 잘 먹여야 했다. 그녀는 여전히 잠들어 있었다. 부모가 자기 얼굴에 얼굴을 바짝 갖다댄 채 머물러 있는 것도 느끼지 못했다. 그런데 미동이 없던 그녀의 얼굴이 살짝 떨리는 듯했다. 부부는 딸이 행여나 깰세라 까치발로 조심스럽게 방을 나섰다.

"쉿!" 그레구아르 씨가 문간에서 말했다. "우리 딸이 충분히 잠을 못 잤으면 더 자게 둬야지."

"그럼요, 실컷 재워야죠. 얼마나 예쁜 우리 딸인데요. 아이가 깰 때까지 기다려야죠." 그레구아르 부인도 남편의 말에 맞장구쳤다.

그들은 아래층으로 내려가 식당 소파에 자리를 잡고 앉았다. 하녀들은 아가씨가 늦잠을 자는 것에 미소지으며 군말 없이 초콜릿이 식지 않게 화덕 위에 올려놓았다. 그레구아르 씨는 신문을 집어들었고, 부인은 털실로 발덮개를 짰다. 실내는 몹시 더웠고, 조용한 집안에서는 아무 소리도 들리지 않았다.

그레구아르 일가의 주된 수입원인 연 4만 프랑의 연금은 모두 몽수 탄광의 주식에서 나오는 것이었다. 그들은 탄광회사의 설립과 맞물려 있는 가문의 기원을 자랑스럽게 이야기하곤 했다.

지난 세기 초, 릴에서 발랑시엔까지 탄맥을 찾기 위한 광풍이 불었다. 훗날 앙쟁 탄광회사를 세운 석탄 채굴권자들의 성공은 모든 사람들의 욕망을 부추겼다. 그리하여 각 코뮌마다 앞다투어 땅을 탐사했다. 탄맥 채굴을 위한 회사들이 우후죽순으로 들어섰으며, 하룻밤 사이에 채굴권이 넘어가는 일도 다반사였다. 당시 집요함을 보였던 채굴권자들 중에서 데뢰모 남작은 가장 뛰어난 용기와 수완을 보여준 인물로 기억되었다. 그는 사십 년간 수많은 장애물에도 흔들림 없이 싸워나갔다. 아무런 소득이 없었던 첫번째 시도, 몇 달 동안의 작업 끝에 포기해야 했던 새로운 탄광들, 낙반 사고로 막혀버린 갱, 갑작스레 물이 넘쳐 일꾼들이 익사한 사건, 땅속에 던져버린 수십만 프랑. 또한 골치 아픈 행정상의 문제들, 겁먹은 주주들, 자신들과 거래하지 않으면 왕에게 인가받은 채굴권을 인정하지 않겠다는 토박이 땅주인들과의 갈등. 그는 그 모든 일을 겪고 난 후에야 드디어 몽수에 불하받은 탄광들을 개발하기 위해 '데뢰모 포크누아' 회사를 설립했다. 그리하여 갱에서 미미한 수익이 발생하기 시작할 무렵, 무서운 경쟁자로 등장한 이웃의 두 탄광, 즉 쿠니 공작 소유의 쿠니 탄광과 '코르니유 즈나르' 회사에 속한 주아젤 탄광 때문에 파산할 지경에까지 이르렀다. 다행스럽게도 1760년 8월 25일, 세 채굴회사 사이에 계약이 성사되어 세 회사가 하나로 합쳐졌다. 그리하여 오늘날 존재하는 몽수 탄광회사가 탄생한 것이다. 그들은 지분의 분배를 위해 당시 본위화폐*에 따라 전 자산을 24수로 나누었다. 1수는 12드니에에 해당했으므로, 자산의 총합은 288드니에였다. 또한 1드니에에는 1만 프랑의 가치가 있었기 때문에 자본금 총액이 300만 프랑 가까이 되었다. 임종을 앞두고 있던 데뤼모는 마지막 순간의 승자로서 6수 3드니에를 차지했다.

　그 무렵 데뤼모 남작은 300헥타르의 땅이 딸려 있는 라 피올렌을 소유하고 있었다. 그리고 세실의 아버지 레옹 그레구아르의 증조부인 피카르디 지방 출신의 청년 오노레 그레구아르를 관리인으로 두고 있었다. 스타킹 속에 그동안 저축해둔 5만 프랑을 감춰두고 있었던 오노레는 주인의 확고한 신념 앞에 벌벌 떨면서 돈을 내놓았다. 그는 은화 1만 리브르**에 해당하는 반짝이는 에퀴***를 꺼내, 자식들에게 물려줄 돈을 훔치는 것 같은 기분으로 1드니에 상당의 지분을 샀다. 과연 그의 아들 외젠은 보잘것없는 배당금을 받았을 뿐이다. 게다가 흥청망청 살면서 유산으로 받은 나머지 돈 4만 프랑마저 사업에 투자했다가 몽땅 날리는 우를 범하는 바람에 몹시 초라한 삶을 근근이 이어가야 했다. 하지만 드니에의 투자 수익이 점차 증가함에 따라 그의 아들 펠리시앵 대에 이르러서는 재산이 늘어나기 시작했다. 그는 과거에 관리인이었던 할아버지가 그의 어린 시절에 키워주었던 꿈을 마침내 이룰 수 있게 되었다. 그는 땅이 쪼개진 라 피올렌을 국가로부터 얼마

* 한 나라 화폐 제도의 기초를 이루는 화폐로, 프랑스대혁명 이전의 화폐 단위였던 '수', '드니에', '에퀴'는 혁명 이후 '프랑'과 '상팀'으로 바뀌었다.
** 혁명 전의 화폐 단위로 3리브르는 1에퀴, 24리브르는 1루이에 해당한다.
*** 1795년 화폐 혁명 때부터 1878년까지 에퀴는 5프랑짜리 은화를 가리켰다.

안 되는 금액에 사들였다. 하지만 그후 피비린내나는 혁명의 과정을 거쳐 나폴레옹이 실각할 때까지 수년간 좋지 않은 시기를 거쳐야 했다. 그의 증조부가 두려운 마음으로 조심스럽게 한 투자의 혜택을 누린 것은 레옹 그레구아르였다. 얼마 안 되는 금액인 1만 프랑의 초기 투자액은 회사의 번영과 함께 놀라운 속도로 불어나기 시작했다. 1820년부터 100퍼센트의 수익에 해당하는 1만 프랑을 벌어들였고, 1844년에는 배당금 수익이 2만 프랑, 1850년에는 4만 프랑으로 늘어났다. 그리하여 이 년 전에는 연 5만 프랑에 달하는 배당금을 받기에 이르렀다. 릴의 증권거래소에 상장된 1드니에의 가치는 한 세기 만에 백 배가 된 100만 프랑으로 평가되었다.

그레구아르 씨는 100만 프랑의 정점을 찍었을 때 주식을 파는 게 좋을 거라는 권유를 온정 넘치는 미소와 함께 단호히 뿌리쳤다. 육 개월 후 산업 위기가 닥쳐 드니에의 가치가 60만 프랑으로 곤두박질쳤다. 그래도 그는 여전히 미소를 지었고, 자신의 결정을 조금도 후회하지 않았다. 그레구아르 가문은 그들의 탄광에 대해 변치 않는 믿음을 지니고 있었다. 주가는 다시 오를 터였다. 신이라도 앞날을 확실히 알 수는 없는 법이다. 그리고 이런 종교적인 믿음에, 한 세기 전부터 가족이 무위도식할 수 있게 해준 가치에 깊이 감사하는 마음이 더해졌다. 그들이 보유한 주식은 그들에게는 신과도 같은 존재였다. 그들이 이기적인 마음으로 극진히 섬기는 신이자, 그들로 하여금 커다란 침대에서 빈둥거리고 먹음직스러운 식탁에서 살찌울 수 있게 해주는 그들 가정의 수호자였다. 그런 삶은 아버지에서 아들로 대대로 이어져 내려왔다. 그런데 무엇 때문에 그런 존재를 의심하며 운명을 거스르고자 애쓴단 말인가. 사실 그들의 충직함 속에는 미신적인 두려움이 감춰져 있었다. 드니에를 현금화해 서랍 속에 넣어둔다면 100만 프랑이 갑자기 녹아 없어질지도 모른다는 두려움이었다. 그들은 그 돈을 안전하게 땅속에 넣어두었다. 굶주린 광부들이 대대로 자신들을 위해, 자신들이 필요할 때마다 매일 조금씩 돈을 캐내주는 그 땅에.

게다가 그들 가문에는 복이 넘쳐흘렀다. 그레구아르 씨는 아주 젊었을 때 마르시엔의 약사 딸과 결혼했다. 그는 돈 한 푼 가진 것 없고 못생긴 그녀를 몹시 좋아했다. 여자는 보답하듯 그에게 모든 것을 축복으로 돌려주었다. 집안에 틀어박혀 살림에만 몰두했고, 행복에 겨운 얼굴로 남편에게 헌신하며 남편의 뜻이라면 무조건 따랐다. 그들 사이에 취향의 차이란 존재하지 않았고, 자신들의 욕망을 드러내지 않은 채 똑같은 이상으로 안락함을 추구했다. 그들은 사십 년간 서로에게 애정과 배려를 아끼지 않으며 살아왔다. 늘 똑같은 규칙적인 삶 속에서 4만 프랑의 연금을 소리 없이 먹어치우며, 그동안 저축한 것 모두를 세실을 위해 아낌없이 썼다. 딸의 뒤늦은 탄생은 잠시 동안 그들의 가계에 혼란을 초래했다. 오늘날까지도 그들은 딸의 온갖 변덕을 충족시켜주는 데 돈을 아끼지 않았다. 두번째 말, 또다른 마차 두 대, 파리에서 보내오는 드레스들. 그들은 거기서 또하나의 행복을 맛보았고, 딸을 위한 것이라면 하늘의 별이라도 따다 줄 수 있을 정도였다. 하지만 정작 그들 자신은 과시하는 것을 극도로 싫어해, 젊은 시절에 입던 옷들을 계속 입고 지냈다. 그들에겐 이득을 가져다주지 않는 소비란 모두 어리석은 짓에 불과했다.

갑자기 문이 벌컥 열리면서 누군가 큰 소리로 외쳤다.

"뭐야! 나만 빼놓고 아침을 먹다니!"

세실이었다. 아직 잠이 덜 깨 부은 눈으로 침대에서 달려나온 참이었다. 그녀는 머리를 겨우 걷어올리고 흰색 모직 실내복을 걸쳤을 뿐이었다.

"그럴 리가 있니." 엄마가 말했다. "우리가 널 기다리는 게 안 보여? …… 고약한 바람 때문에 우리 귀여운 공주님이 잠을 설쳤나보구나!"

세실은 놀란 얼굴로 엄마를 바라보았다.

"바람이 불었어요?…… 난 아무것도 몰랐는데. 밤새 꼼짝 않고 잘만 잤는걸요."

그러자 세 사람은 참으로 이상하다고 하면서 동시에 웃음을 터뜨렸다. 아침을 가져온 하녀들도 함께 웃었다. 아가씨가 내리 열두 시간을 잤다는 사실이 온 집안을 즐겁게 했다. 그리고 브리오슈를 보자 모두들 얼굴이 환해졌다.

"오, 세상에! 브리오슈를 구웠잖아?" 세실이 거듭 말했다. "이거야말로 반가운 선물이네!…… 정말 맛있겠다! 따끈한 빵을 초콜릿하고 먹을 수 있다니!"

그들은 드디어 함께 식탁에 둘러앉았다. 사발에 담긴 따뜻한 초콜릿에서는 김이 피어올랐고, 그들은 한참 동안 브리오슈를 화제에 올렸다. 멜라니와 오노린은 식당에 계속 머무르면서 빵 굽는 법을 자세히 설명했다. 그녀들은 주인들이 왕성한 식욕으로 빵을 삼키는 모습을 지켜보면서, 그렇게 맛있게 먹는 걸 보니 빵을 구운 보람이 느껴진다고 말했다.

그런데 갑자기 개들이 사납게 짖는 소리가 들려왔다. 월요일과 금요일에 마르시엔에서 피아노를 가르치러 오는 여선생이 도착한 모양이었다. 문학을 가르치러 오는 남자 선생도 있었다. 딸의 모든 교육은 이처럼 라 피올렌에서 이루어졌다. 천방지축인 처녀 세실은 행복한 무지와 어린아이 같은 변덕스러움을 과시하며 선생의 질문이 짜증스럽게 느껴지면 즉시 책을 창밖으로 던져버렸다.

"드널랭 씨가 오셨어요." 오노린이 다시 들어오면서 말했다.

그녀 뒤로 그레구아르 씨의 사촌인 드널랭이 마치 자기 집에 들어서듯 편안한 모습으로 나타났다. 큰 목소리와 활기찬 몸짓이 옛 기병 장교를 연상시켰다. 벌써 쉰 살이 넘었는데도, 짧게 깎은 머리와 숱 많은 턱수염은 여전히 칠흑같이 새까맸다.

"그래요, 납니다, 다들 안녕하세요…… 오, 그냥들 계세요!"

그는 그레구아르 가족이 요란하게 인사를 하는 동안 자리를 잡고 앉았다. 그들은 초콜릿을 마저 먹었다.

"나한테 뭐 할말이 있나?" 그레구아르 씨가 물었다.

"아닙니다, 아니에요." 드널랭이 서둘러 대답했다. "몸 좀 풀려고 말을 타고 나왔어요. 형님 집 앞을 지나다가 인사나 하려고 들른 겁니다."

세실은 그의 두 딸 잔과 뤼시의 안부를 물었다. 그의 딸들은 아주 잘 지내고 있었다. 잔은 그림을 손에서 놓지 않았고, 맏딸 뤼시는 아침부터 저녁까지 피아노에 맞춰 노래를 불렀다. 그런데 그의 목소리에서는 경쾌함 뒤로 뭔가를 애써 감추려는 듯한 불편한 기운이 느껴졌다.

그레구아르 씨가 다시 물었다.

"갱에는 별일 없나?"

"말도 마세요! 이놈의 위기 때문에 광부들하고 편할 날이 없어요…… 아! 좋았던 시절의 대가를 치르는 것 같아요! 공장도 너무 많이 지었고, 철로도 너무 많이 놓았죠. 석탄을 엄청나게 생산할 줄 알고 자본을 너무 많이 투자한 겁니다. 그런데 지금 이게 뭔가요. 돈이 죄다 묶여 있으니 어디 가서 이 모든 걸 굴러가게 할 자본을 찾느냐 말입니다…… 다행히도 아직 절망적인 건 아니니까, 어떻게든 이 시기를 잘 넘겨야 하지 않겠어요."

드뇔랭도 그의 사촌처럼 몽수 탄광의 지분인 1드니에를 유산으로 물려받았다. 하지만 사업욕이 강한 기술자인 그는 거대한 부를 쌓으려는 욕망 때문에 갈등하다, 드니에가 100만 프랑의 정점을 찍었을 때 서둘러 주식을 팔아버렸다. 그리고 몇 달 전부터 어떤 계획을 꾸미고 있었다. 그의 아내가 숙부한테 물려받은 방담의 조그만 탄광이 있는데, 그곳에는 채탄을 하고 있는 갱이 장바르와 가스통마리 두 군데밖에 없었다. 그런데 두 갱은 몹시 황폐하고 장비들도 낡아서 채탄에서 얻는 이익이 그 비용을 간신히 충당하는 수준이었다. 그래서 그는 장바르 갱을 다시 정비하고 기계를 새것으로 교체한 다음 땅속으로 더 깊이 파내려가기 위해 갱구를 넓히기로 마음먹었다. 가스통마리 갱은 배수를 위해서만 유지할 참이었다. 갱을 더 파내려가기만 하면 금을 삽으로 긁어모으게 될 터였다. 그의 예측은 정확했다. 다만 이미 100만 프랑을 그곳에 몽땅 쏟아부은 터였고, 그의 예상대로 엄청난 수익을 거둘 찰나에 그 망할 놈의 산업 위기가 닥친 게 화근이었다. 게다가 경영자 자질이 부족한 그는 아내가 세상을 뜬 뒤로 갑작스레 노동자들에게 관대해져 그들이 자신을 속이는 것마저 눈감아주었다.

딸들 또한 마음대로 살게 내버려두다보니, 큰딸은 연극을 하겠다고 나서고 둘째는 살롱전에 세 번씩이나 풍경화의 출품을 거절당했다. 하지만 두 딸은 빈곤한 삶을 살게 될지도 모르는 위기 상황에서도 매우 영리한 주부 같은 태도로 처신했고, 역경 앞에서도 당당함과 발랄함을 잃지 않았다.

"레옹 형님." 드널랭은 머뭇머뭇 말을 이었다. "형님도 나하고 같이 주식을 처분했어야 했어요. 이제 모든 게 내리막길을 걷고 있다고요. 형님은 기회를 잃은 겁니다…… 형님 몫을 내게 투자했더라면 지금쯤 방담의 우리 탄광에서 엄청난 수익을 올리고 있을 거란 말이죠!"

그레구아르 씨는 조금도 서두르지 않고 초콜릿을 마저 다 먹고는 차분하게 대꾸했다.

"그럴 일은 절대 없을 걸세!…… 내가 투기를 얼마나 싫어하는지 자네도 잘 알지 않나. 난 지금처럼 평화롭게 사는 데 만족하네. 그런데 뭐 때문에 골치 아픈 사업 문제로 골머리를 썩인단 말인가. 몽수의 지분으로 말하자면, 그 가치가 계속 떨어진다 해도 우리에겐 항상 돈이 충분할 테고. 그렇게 지나친 욕심을 내서는 안 되는 거라네! 그리고 내 장담하는데, 언젠가 후회하게 될 사람은 바로 자네야. 몽수의 주식은 다시 가치가 올라갈 거고, 세실의 아이들의 아이들은 매일 흰빵을 먹을 수 있을 거야."

드널랭은 그의 얘기를 들으면서 어색한 웃음을 지어 보였다. 그는 조그만 소리로 물었다.

"그러면, 형님더러 내 사업에 십만 프랑을 투자하라고 하면 거절하실 건가요?"

하지만 그는 그레구아르 가족의 불안해하는 얼굴을 보며 자기가 너무 앞서간 것을 후회했다. 그는 투자 얘기는 훗날 절망적인 상황이 닥쳤을 때 다시 얘기하자며 얼버무렸다.

"오! 내가 아직 그 정도로 절망적인 건 아니고요! 그냥 한번 해본 소립니다…… 그래요! 어쩌면 형님 말씀이 옳은 것도 같군요. 다른 사람들이 벌어다주는 돈으로 먹고사는 게 제일 속 편한 일일지도 모르죠."

그들은 화제를 다른 곳으로 돌렸다. 세실은 자기 사촌들을 언급하면서, 그들의 독특한 취향에 놀라는 동시에 매료된 듯했다. 그레구아르 부인은 날씨가 좋아지면 딸을 데리고 그들을 보러 가기로 약속했다. 하지만 그레구아르 씨는 대화에는 관심이 없는 듯 골똘히 생각에 잠겨 있었다. 그는 큰 소리로 덧붙여 말했다.

"내가 자네라면 더이상 고집 피우지 않을 걸세. 몽수하고 협상을 벌일 거라고…… 그들은 기꺼이 자네 탄광을 인수하려 들 테고, 자넨 투자액을 회수할 수 있을 테니 서로에게 좋은 일이지."

그는 몽수와 방담 탄광 사이의 오래된 반목 관계에 대해 언급했다. 방담 탄광의 중요성은 미미했음에도 불구하고, 강력한 경쟁자인 몽수 탄광은 그들에게 속한 예순일곱 개의 코뮌 사이에 그들 소유가 아닌 사각형 땅이 끼어 있다는 사실에 분개했다. 그리하여 그곳을 제거해버리려던 계획이 실패로 돌아가자, 이제는 방담 탄광의 상황이 나빠질 때를 기다려 싼값에 먹어치울 꿍꿍이를 꾸미고 있었다. 두 탄광 사이의 전쟁은 끊임없이 이어졌다. 그들은 상대편 갱도 200미터 앞까지

굴을 파들어갔다. 두 탄광의 책임자들과 기술자들은 표면적으로는 서로 예의를 지켰지만, 그들 사이에는 피 튀는 치열한 전쟁이 계속되고 있었다.

그레구아르 씨의 말이 끝나자 드뇔랭의 눈이 분노로 이글거리며 타올랐다.

"천만에요, 그렇게는 절대 안 될 겁니다!" 이번에는 그가 큰 소리로 말했다. "내 눈에 흙이 들어가기 전에는 몽수가 방담을 손에 넣을 수 없을 겁니다…… 지난 목요일에 엔보가 나를 저녁식사에 초대했어요. 그래놓고선 내 의중을 떠보려고 주위를 맴돌더군요. 이미 작년 가을에도 이사회에 참석했던 거물들이 내게 온갖 감언이설을 늘어놓았더랬죠…… 그래요, 난 그런 인간들을 아주 잘 압니다. 후작과 공작, 그리고 장군과 장관 같은 작자들 말이에요! 그들은 숲 모퉁이에 숨어 있다가 지나가는 사람의 속옷까지 몽땅 벗겨 가는 날강도와 하나도 다를 게 없는 치들이라고요!"

그의 불평불만은 끝없이 이어졌다. 그런데도 그레구아르 씨는 몽수 탄광의 이사회를 두둔할 생각조차 하지 않았다. 1760년의 계약에 따라 임명된 여섯 명의 이사는 탄광회사를 전제적인 방식으로 운영했다. 한 명을 제외하고 살아남은 다섯 사람은 그들 중 한 사람이 죽을 때마다 강력하고 부유한 주주들 중에서 새로운 이사를 선출했다. 매우 합리적인 성향을 지닌 라 피올렌의 주인이 보기에, 몽수의 이사들은 돈을 지나치게 좇는 나머지 이따금 절제가 부족했다.

멜라니가 식탁을 치우려고 할 때 밖에서 다시 개들이 짖는 소리가 들렸다. 오노린이 문을 열러 가려고 하자, 식당의 후텁지근한 기운과

포만감에 숨이 막힌 세실이 자리에서 일어나며 말했다.

"아니, 그냥 있어. 레슨 때문에 선생님이 오신 걸 거야."

드뇔랭도 그녀를 따라 자리에서 일어났다. 세실이 나가는 모습을 바라보던 그가 미소를 띠면서 물었다.

"그런데 꼬마 네그렐하고의 결혼은 어떻게 돼가고 있습니까?"

"결정된 건 아직 아무것도 없어요." 그레구아르 부인이 말했다. "그냥 한번 해본 생각일 뿐이랍니다…… 좀더 신중하게 생각해봐야죠."

"물론 그렇겠죠." 그는 외설스러운 웃음을 지어 보이고는 말했다. "그 조카하고 숙모의 관계를 생각하면…… 더욱 기막힌 사실은, 엔보 부인이 네그렐과 세실의 결혼을 더 부추긴다는 것 아니겠어요."

그의 말에 그레구아르 씨는 벌컥 화를 냈다. 그토록 기품 있는 부인이, 자기보다 열네 살이나 어린 조카하고 어떻게 그런 짓을 한단 말인가! 그건 있을 수도 없는 일이다! 어떻게 그런 일을 두고 그렇게 해괴한 농지거리를 할 수 있단 말인가! 드뇔랭은 여전히 웃는 얼굴로 그와 악수를 하고 그곳을 떠났다.

"이번에도 선생님이 아니네요." 다시 돌아온 세실이 말했다. "어떤 부인이 애 둘을 데리고 왔어요. 엄마, 혹시 기억 안 나세요? 지난번에 한 번 본 적이 있는 광부 부인 말이에요…… 여기로 들어오라고 할까요?"

그들은 잠시 망설였다. 혹시 몰골이 너무 더러운 건 아닌지? 아니, 그렇지는 않아 보였다. 그레구아르 부부는 그들의 나막신을 현관 앞 층계에 놔두고 들어오게 했다. 부부는 벌써 커다란 소파에 깊숙이 자리를 잡고 앉아 있었다. 거기서, 먹은 음식을 소화시키는 중이었다. 그러다 다른 곳으로 움직이는 게 번거로워 그들은 결심했다.

"여기로 들여보내, 오노린."

몸이 꽁꽁 얼고 배가 고픈 라 마외드와 두 아이는 안으로 들어갔다. 따뜻하고 맛있는 브리오슈 냄새가 풍기는 방으로 들어선 그들은 잔뜩 겁먹은 얼굴이 되었다.

2

　문이 내내 닫혀 있는 방에는 덧창 사이로 조금씩 새어든 회색 빛살
이 천장에 부채 모양을 그려나갔다. 탁한 공기가 방안을 짓눌렀지만
모두 잠에 취해 깨어날 줄 몰랐다. 레노르와 앙리는 서로 부둥켜안고,
알지르는 뒤로 젖힌 머리를 자신의 곱사등에 기대고 잠들어 있었다.
본모르 영감은 자샤리와 장랭의 침대를 독차지하고서 입을 벌린 채
코를 골았다. 라 마외드가 에스텔에게 젖을 물리다가 다시 잠든 작은
방에서는 숨소리조차 들리지 않았다. 어미의 가슴은 옆으로 처져 있
고, 젖을 배불리 먹은 아이 역시 어미의 배 위에 가로누워 물렁물렁한
젖가슴에 파묻힌 채 깊은 잠에 빠져 있었다.
　아래층의 뻐꾸기시계가 여섯시를 알렸다. 길게 이어진 탄광촌 앞면
에서 문을 여닫는 소리와 포장된 보도에 나막신이 딸깍거리며 부딪히

는 소리가 들려왔다. 선탄공들이 탄광으로 향하는 소리였다. 그리고 일곱시까지 다시 정적이 이어지다가, 벽 너머로 덧창 열리는 소리와 하품하는 소리, 기침 소리가 들려왔다. 한참 동안 커피 분쇄기가 삐걱거리는 소리가 들렸지만 방에서는 여전히 아무런 기척이 없었다.

그런데 갑자기 멀리서 들려오는 따귀 때리는 소리와 울부짖는 소리에 알지르는 침대에서 벌떡 일어났다. 아이는 몇시인지 알아차리고는 맨발로 달려가 엄마를 흔들어 깨웠다.

"엄마! 엄마! 늦었어요. 어디 가야 한다고 했잖아요…… 조심해요! 에스텔을 깔아뭉개겠어요."

알지르는 엄마의 늘어진 커다란 젖가슴에 반쯤 깔려 있는 아기를 빼냈다.

"이렇게 더러운 팔자가 어디 있담!" 라 마외드는 두 눈을 비비면서 잠이 덜 깬 목소리로 말했다. "몸이 천근만근이라 하루종일이라도 잘 수 있을 것 같은데…… 레노르하고 앙리한테 옷 입혀라, 데리고 가게. 넌 에스텔을 돌보도록 해. 오늘처럼 고약한 날씨에 데리고 나갔다가 무슨 탈이라도 날까봐 겁나는구나."

그녀는 서둘러 씻고는, 가지고 있는 옷가지 중에서 낡긴 했어도 그중 깨끗한 파란색 치마를 입었다. 회색 모직 카라코*에는 전날 밤 천 두 조각을 덧대 꿰매두었다.

"언제쯤 끼니 걱정 안 하고 살 수 있을까, 이 지랄맞은 팔자!" 라 마외드는 또 중얼거렸다.

---

* 길이가 짧은 여성용 작업복 웃옷.

엄마가 부산스럽게 아래층으로 내려가는 사이, 알지르는 빽빽 울어대는 에스텔을 데리고 방으로 돌아갔다. 알지르는 아기가 요란하게 우는 데 익숙해져 있었다. 아홉 살밖에 되지 않았지만, 노련한 여인네처럼 아기를 토닥거리며 어르고 달랠 줄 알았다. 알지르는 아직 온기가 남아 있는 자기 침대에 아기를 눕히고는 제 손가락을 빨려 다시 재웠다. 아슬아슬했다. 아기가 간신히 잠들자마자 또다른 소란이 일었던 것이다. 알지르는 그제야 잠에서 깬 레노르와 앙리를 즉시 화해시켜야 했다. 이 아이들은 잠들어 있는 동안만 서로 잘 지내며 서로를 부둥켜안았다. 여섯 살짜리 계집아이는 잠에서 깨자마자 두 살 어린 남동생에게 덤벼들었다. 앙리는 레노르가 따귀를 때리면 가만히 맞고만 있었다. 두 아이 모두 똑같이 커다란 두상에 누런 머리가 마구 헝클어진 모습이었다. 알지르는 등가죽을 벗겨버리겠다고 위협하면서, 여동생의 두 다리를 잡아당겨 둘을 떼어놓아야 했다. 그러고는 그들을 씻기고 옷을 입히느라 또 한바탕 전쟁을 치러야 했다. 본모르 영감의 잠을 방해하지 않기 위해 덧창은 열지 않았다. 그는 아이들이 엄청난 소란을 피우는데도 계속 코를 골며 자고 있었다.

"이제 다 됐다! 위에는 다 끝난 거냐?"라 마외드가 소리쳤다.

그녀는 덧문을 열어젖히고 불씨를 헤친 다음 석탄을 더 집어넣었다. 그녀는 노인이 수프를 다 먹어치우지 않았기를 바랐다. 하지만 냄비가 깨끗이 닦여 있는 것을 보고 국수 한줌을 물에 삶았다. 사흘 전부터 먹지 않고 아껴둔 것이었다. 버터 없이 그냥 물에 삶아 삼켜야할 판이었다. 전날에도 얼마 남지 않았던 버터가 여태 남아 있을 리 없었다. 그런데 라 마외드는 카트린이 브리케를 만들고 나서도 기적

처럼 밤 한 톨만큼의 버터를 남겨둔 것을 보고 깜짝 놀랐다. 다만 이
번에는 찬장이 말끔히 비어 있었다. 아무리 눈을 씻고 봐도 빵껍질이
나 남은 음식, 심지어 갉아먹을 뼛조각 하나 보이지 않았다. 만약 메
그라가 더이상 외상을 주지 않으려고 하면, 라 피올렌의 부르주아들
이 100수를 보태주지 않으면, 그때는 어떻게 해야 할지 막막했다. 남
자들과 카트린이 갱에서 돌아오면 뭐라도 먹게 해야 했다. 불행하게
도, 아직까지는 먹지 않고 살 수 있는 방법을 발명해내진 못했기 때문
이다.

"얼른얼른 내려오지 못해!" 라 마외드는 화를 내며 소리쳤다. "진작
갔어야 했단 말이다!"

알지르와 아이들이 내려오자 라 마외드는 국수를 조그만 접시 세
개에 나눠 담았다. 그녀는 배가 고프지 않다고 했다. 그러고는 카트린
이 전날 물을 붓고 거른 커피 찌꺼기에 다시 물을 부어 커다란 컵으로
두 잔을 마셨다. 커피 색깔이 어찌나 맑은지 마치 녹물처럼 보였다.
그래도 어쨌거나 속이 빈 것보다는 나을 터였다.

"내 말 잘 들으렴." 그녀는 알지르에게 거듭 일러두었다. "할아버
지가 주무시는 걸 방해하면 안 돼. 그리고 에스텔이 침대에서 굴러떨
어지지 않는지 잘 살피고. 아기가 깨서 배고프다고 울어대면 말이다,
여기 이 설탕 조각을 물에 녹여 숟가락으로 떠먹여줘라…… 넌 착하
니까 이걸 먹어치우진 않겠지?"

"학교는 어떡해요, 엄마?"

"학교는 다음에 가면 되지…… 오늘은 네가 필요하거든."

"수프는요? 엄마가 늦게 돌아오시면 제가 끓여놓을까요?"

"수프는, 수프는 말이다…… 아니다, 엄마가 알아서 하마."

불구인 알지르는 나이에 비해 조숙하고 영리해서 수프도 제법 잘 끓였다. 아이는 무슨 말인지 알아듣고는 더이상 묻지 않았다. 이제 탄광촌 전체가 깨어나, 아이들이 갈로슈*를 질질 끄는 소리를 내며 삼삼오오 무리를 지어 학교로 향했다. 여덟시를 알리는 종이 울리자, 왼편에 있는 라 르바크의 집에서 수다 떠는 소리가 점점 더 크게 들려왔다. 여자들의 시간이 시작된 것이다. 여인네들은 커피포트를 둘러싸고 두 손을 허리에 올린 채 방앗간 맷돌이 돌아가듯 쉴새없이 혀를 놀려댔다. 그러다 주름진 얼굴에 입술이 두툼하고 코가 납작한 여자가 창문에 얼굴을 바싹 붙이고 소리쳤다.

"재미있는 소식이 있는데, 들어볼래요?"

"아니, 나중에요! 지금은 가봐야 해서요." 라 마외드가 소리쳐 대답했다.

그녀는 따뜻한 커피의 유혹에 흔들릴세라 레노르와 앙리를 다그쳐 서둘러 집을 나섰다. 위층에서는 본모르 영감이 여전히 코를 골며 자고 있었다. 규칙적으로 코고는 소리가 마치 집 전체를 흔들어 재우는 듯했다.

밖으로 나온 라 마외드는 바람이 잦아든 것을 보고 깜짝 놀랐다. 갑자기 날이 풀려 하늘이 흙빛으로 변해 있었다. 푸르스름한 빛을 띤 건물 벽마다 끈적거리는 물기가 배어 있었고, 도로는 진흙으로 뒤덮여 있었다. 석탄의 고장 특유의 진흙은 검댕을 녹인 것처럼 두텁고 끈끈

---

* 고무나 방수천으로 만든 덧신.

해서 나막신이 들러붙기 일쑤였다. 길을 나서자마자 라 마외드는 레노르의 뺨을 때려야 했다. 아이가 삽 끝으로 흙을 푸듯 갈로슈로 진흙을 퍼올리며 놀았던 것이다. 탄광촌을 벗어나서는 폐석 더미를 빙 둘러 돌아가 운하를 따라 난 길을 걸어갔다. 조금이라도 더 빨리 가기 위해, 이끼 낀 울타리로 둘러친 공터 한가운데 움푹 팬 곳을 가로지르기도 했다. 창고들이 죽 이어졌고, 기다란 공장 건물들과 그을음을 뱉어내는 높은 굴뚝들이 주변의 공업지대 때문에 황폐해진 농촌을 더럽히고 있었다. 조그만 포플러 숲 너머로 오래된 레키야르 탄광이 보였다. 권양기탑이 무너진 자리에는 커다란 골조만이 우뚝 서 있었다. 라 마외드가 오른쪽으로 돌자 대로가 보였다.

"거기 꼼짝 말고 있어! 꼼짝 마! 망할 놈의 자식!" 그녀는 아이를 향해 소리쳤다. "진흙 빵 만드는 법을 가르쳐줄 테니까!"

이번에는 앙리가 진흙 한줌을 집어 주무르고 있었다. 똑같이 따귀를 한 대씩 얻어맞은 아이들은 다시 똑바로 걷기 시작했다. 자신들이 진흙 더미에다 만들어놓은 흔적을 흘끗흘끗 곁눈질하면서. 그들은 첨벙거리며 걸음을 내디딜 때마다 진창에서 신발을 떼어내느라 애를 쓴 탓에 이미 지칠 대로 지쳐 있었다.

마르시엔으로 향하는 포장도로는 8킬로미터에 걸쳐 불그스레한 땅 사이로 마치 기름때에 더러워진 리본처럼 곧게 뻗어 있었다. 하지만 반대편 도로는 완만하고 너른 경사면에 건설된 몽수를 관통하는 구불구불한 내리막길이었다. 간간이 완만한 커브와 언덕이 있을 뿐, 제조업 도시들 사이를 먹줄로 선을 그은 것처럼 곧게 연결하는 북부의 도로들은 조금씩 그 반경을 넓혀가면서 데파르트망* 전체를 하나의 노동 도시로 통합하는 데 기여했다. 분위기에 경쾌함을 더하기 위해 노란색, 파란색 같은 밝은색, 그리고 결정적인 검은색에 도달하기 위한 것인 듯 검은색으로 칠한 조그만 벽돌집들이 경사면 아래쪽까지 양쪽으로 구불구불 길게 이어져 있었다. 그 사이로 가끔씩 보이는 커다란 삼층짜리 건물들은 공장장들의 집으로, 촘촘히 붙은 조그만 집들이 만들어낸 리듬을 깨뜨렸다. 집들과 마찬가지로 벽돌로 지은 교회는 벌써 석탄가루로 더러워진 사각형의 종탑과 더불어 새로운 모델의 높다란 용광로처럼 보였다. 설탕 정제 공장, 케이블 공장, 제분 공장들 사이로 돋보이는 것은 수많은 댄스홀과 주막, 그리고 맥줏집들이었다. 어찌나 많은지 천여 채의 집에 500곳이 넘는 술집이 있었다.

창고와 소규모 작업장이 한데 모여 있는 거대한 탄광회사 현장에 이르자, 라 마외드는 앙리와 레노르를 양손에 하나씩 잡고 가기로 했다. 저 너머에는 탄광회사 사장 엔보 씨의 저택이 있었다. 철책으로 도로와 나뉜 커다란 별장 같은 집에는 빈약한 나무들이 자라는 정원이 딸려 있었다. 마침 정문 앞에 멈춰 선 마차에서 훈장을 단 신사와 모피 코트를 입은 우아한 귀부인이 내리고 있었다. 파리에서 출발해 마르시엔 역에 막 도착한 참인 듯했다. 현관의 희미한 빛 속에 모습을 드러낸 엔보 부인은 놀라움과 반가움의 탄성을 질렀다.

"얼른얼른 못 걸어, 이 굼벵이들아!" 라 마외드는 진창 속에서 버둥거리는 두 아이를 잡아끌면서 으름장을 놓았다.

그녀는 메그라의 상점에 가까워질수록 불안한 마음을 주체할 수 없

---

* 프랑스의 행정구역 중 하나.

었다. 메그라는 사장의 저택과 담 하나를 사이에 두고 바로 옆의 작은 집에 살고 있었다. 그리고 바로 그곳에 그의 도매상이 있었다. 도로를 향해 문이 나 있는 그의 상점은 진열대가 따로 없는 기다란 건물이었다. 그는 그곳에서 식료품점과 돼지고기 판매점, 과일 가게 등을 겸하면서 빵과 맥주, 냄비에 이르기까지 온갖 물품을 취급했다. 예전에 르 보뢰 탄광에서 감독관으로 일했던 그는 조그만 간이식당에서 출발했다. 그리고 그와 함께 일했던 공장장들의 보호 아래 차츰 몽수의 소매상들을 몰아내며 상권을 넓혀나갔다. 그는 물건들을 한곳으로 모았고, 탄광촌의 수많은 고객 덕분에 물건을 더 싸게 파는 대신 외상 거래를 더 늘릴 수 있었다. 게다가 그는 여전히 탄광회사의 영향력 아래 있었다. 회사에서 그에게 작은 집과 상점을 지어 주었던 것이다.

"이렇게 또 찾아왔네요, 메그라 씨." 라 마외드는 상점 문 앞에 서 있는 메그라를 발견하고는 공손하게 인사했다.

메그라는 아무 말 없이 그녀를 쳐다보았다. 그는 뚱뚱한 체격에, 쌀쌀맞지만 예의는 바른 편이었으며, 한번 결정한 것은 결코 번복하지 않는다는 자부심을 갖고 있었다.

"정말 면목없지만, 어제처럼 또 그냥 돌려보내지는 않으시겠죠. 오늘부터 토요일까지 뭐라도 먹어야 하거든요…… 물론 이 년 동안 진 빚이 육십 프랑이나 된다는 것도 잘 알고 있어요."

라 마외드는 더듬거리며 힘겹게 자신의 상황을 설명했다. 그들은 지난번 파업 때 빌린 오래된 빚을 하루속히 갚겠노라고 수없이 약속했었다. 하지만 그럴 수가 없었다. 두 주마다 40수씩 갚는다는 것은 그들로서는 너무 힘든 일이었다. 그런데다 그저께는 구두수선공에게

20프랑을 갚아야만 하는 불상사까지 일어났다. 그러지 않으면 그들의 봉급을 압류하겠다는 위협을 받았기 때문이다. 그래서 지금 수중에 가진 돈이 한 푼도 없는 신세가 되었던 것이다. 그 일만 아니었다면 그들도 다른 동료들처럼 토요일까지 버틸 수 있었을 터였다.

메그라는 배를 쑥 내밀고 팔짱을 낀 채 그녀가 사정할 때마다 안 된다며 도리질을 했다.

"빵 두 덩어리만 주시면 됩니다, 메그라 씨. 그 이상은 바라지도 않습니다. 커피도 달란 말은 안 할게요…… 하루에 삼 파운드짜리 빵 두 개만 있으면 됩니다."

"절대 안 돼요!" 마침내 그는 목청껏 소리를 질렀다.

고개를 들 생각조차 못하고 하루종일 장부만 지키는 허약하게 생긴 메그라의 아내도 밖에 나와 있던 참이었다. 그녀는 불쌍한 여인이 애원하는 눈빛으로 자기를 쳐다볼까봐 시선을 피했다. 탄차 운반부 여자들이 상점에 올 때마다 메그라의 아내가 침실을 비워준다는 소문이 파다했다. 그것은 사실이었다. 광부가 외상 거래를 연장하기를 원할 때는 자기 딸이나 아내를 보내기만 하면 되었다. 고분고분 말만 잘 들으면, 못생겼든 예쁘게 생겼든 그런 건 아무 상관 없었다.

여전히 눈빛으로 메그라에게 간청하던 라 마외드는 그가 조그만 눈을 가늘게 치켜뜨며 그녀의 옷 속을 꿰뚫어보는 것 같은 불쾌한 느낌에 화가 났다. 그녀가 아이 일곱을 낳기 전의 젊은 나이였다면 그래도 어느 정도 이해할 수는 있을 터였다. 그녀는 개울가에 버려진 호두껍데기를 주워 가지고 놀던 레노르와 앙리를 거칠게 잡아끌면서 그곳을 떠났다.

"그래서 얼마나 부자로 잘사나 내 두고볼 거요, 메그라 씨!"

이제 기댈 데라고는 라 피올렌의 부르주아들밖에 없었다. 그 사람들이 100수를 적선하지 않는다면 다 같이 누워 굶어죽는 수밖에 없었다. 라 마외드는 주아젤로 통하는 왼쪽 길로 꺾었다. 바로 그곳 길모퉁이에 이사회 건물이 있었다. 벽돌로 지은 호화스러운 궁전 같은 그 건물에서는 해마다 가을이면 파리에서 온 대단한 사람들, 왕족과 장군, 정부 요인들이 성대한 만찬을 열곤 했다. 라 마외드는 걸어가는 동안 벌써부터 100수를 어떻게 쓸 것인지를 궁리했다. 우선 빵을 산 다음 커피를 살 것이다. 그다음으로는 아침에 먹을 수프와 저녁거리로 라타투유*를 만들기 위해 버터 사분의 일 파운드와 감자 한 자루를 사야 했다. 마지막으로 돼지고기 편육도 좀 사야 할 것이다. 남편에게는 고기가 필요했다.

그때 몽수의 주임사제 주아르 신부가 수단**을 걷어올리면서 지나갔다. 투실투실 살찐 고양이를 닮은 그는 행여 옷이 더러워질세라 유난을 떨었다. 유순한 성격의 그는 노동자나 경영자 그 어느 쪽의 심기도 거스르지 않기 위해 모든 것에 무관심한 척했다.

"안녕하세요, 신부님."

그는 아이들에게 미소를 지어 보이고 그녀를 길 한가운데 놔둔 채 가던 길을 계속 갔다. 라 마외드는 신심이라고는 전혀 없지만, 문득 신부가 자신에게 무언가를 줄지도 모른다는 생각이 들었던 것이다.

---

* 호박, 토마토, 양파 등의 채소로 만드는 프로방스 지방의 전통적인 스튜.
** 성직자가 제의 안에 받쳐 입거나 평상복으로 입는, 발목까지 오는 긴 옷. 프랑스어의 '수탄(soutane)'에서 온 말이다.

시커멓고 끈적거리는 진창 속의 여정은 다시 이어졌다. 아직도 2킬로미터를 더 가야 했다. 라 마외드는 아이들을 더 세게 잡아끌었고, 기진맥진한 아이들은 더이상 신나는 표정을 짓지 않았다. 길 양옆으로는 조금 전에 보았던 것과 같은, 이끼 낀 판자 울타리로 둘러친 공터가 이어졌다. 매연으로 더러워진, 높다란 굴뚝이 솟아 있는 비슷한 공장 건물들도 여전히 보였다. 그러다 탁 트인 들판에 이르자 평평하고 광대한 땅이 눈앞에 펼쳐졌다. 보랏빛이 감도는 방담 숲의 경계선에 이르기까지, 누런 흙덩이로 이뤄진 대양과도 같은 땅에는 나무로 된 돛대 하나 보이지 않았다.

"안아줘, 엄마."

라 마외드는 아이들을 번갈아 안아주었다. 길에는 물웅덩이들이 있어 치맛자락을 걷어올려야 했다. 더러운 몰골로 그들을 만날 수는 없었다. 그녀는 세 번씩이나 길에서 미끄러질 뻔했다. 포석 깔린 도로가 너무 미끄러웠기 때문이다. 마침내 그들이 현관 앞 층계에 이르자, 커다란 개 두 마리가 요란하게 짖으면서 그들을 향해 달려들었다. 아이들이 겁에 질려 비명을 지르는 바람에 마차꾼이 채찍으로 개들을 진정시켜야 했다.

"나막신은 거기 벗어놓고 들어와요." 오노린이 그들에게 거듭 주의를 주었다.

식당으로 들어간 엄마와 아이들은 갑작스러운 열기에 정신이 멍해져 꼼짝 않고 서 있었다. 그들은 소파에 길게 누워 있는 노신사와 노부인의 눈길에 몹시 거북함을 느꼈다.

"딸아, 네가 할 일이 생긴 것 같구나." 노부인이 말했다.

그레구아르 부부는 가난한 이들에게 적선하는 일을 세실에게 맡겼다. 딸의 교육에 도움이 될 것이라고 생각한 것이다. 그들의 집은 선한 신의 집이라고 강조하면서 딸에게 자비로움을 가르치고자 했다. 게다가 혹시나 다른 사람들한테 속아 악을 부추기게 되지나 않을까 하는 염려를 떨치지 못해, 머리를 써서 교묘하게 자비를 베푸는 것을 자랑스러워했다. 그래서 그들은 결코 돈으로 적선하는 법이 없었다, 결코! 10수, 아니 2수도 어림없었다. 못사는 사람들은 돈이 조금이라도 생기면 몽땅 술로 날려버린다는 것을 알기 때문이었다. 그래서 그들은 적선을 언제나 물품으로 했다. 특히 겨울에는 가난한 집 아이들에게 따뜻한 옷을 나눠주었다.

"오! 가여워라!" 세실이 외쳤다. "이렇게 추운 날 걸어오느라 아이들 얼굴이 새하얘졌네!…… 오노린, 가서 옷장에 넣어둔 꾸러미를 가져와."

하녀들 역시 끼니 걱정을 하지 않아도 되는 처지로서 일말의 죄책감과 측은함이 담긴 눈빛으로 불쌍한 이들을 바라보았다. 가정부가 위층으로 올라간 사이, 요리사는 식탁 위에 남은 브리오슈를 그대로 놔둔 채 두 팔을 축 늘어뜨리고 멍하니 서 있었다.

"마침 나한테 모직 옷 두 벌하고 삼각 숄이 몇 개 있거든요……" 세실이 이야기를 계속했다. "이거면 아이들이 따뜻하게 지낼 수 있을 거예요. 어린것들이 얼마나 추웠을까!"

그제야 라 마외드는 더듬거리며 인사를 했다.

"고맙습니다, 아가씨…… 모두들 정말 자비로우시군요……"

그녀의 눈에 눈물이 그렁그렁 맺혔다. 그녀는 이제 그들이 100수를 줄 것이라고 확신했다. 다만 먼저 주지 않을 경우 어떻게 돈 얘기를 꺼낼지를 머릿속으로 궁리하고 있었다. 옷을 가지러 간 가정부가 아직 나타나지 않자 잠시 어색한 침묵이 흘렀다. 엄마의 치맛자락을 꼭 잡고 있던 아이들은 휘둥그레진 눈으로 브리오슈를 응시하고 있었다.

"아이들이 그 둘뿐인가요?" 침묵을 깨기 위해 그레구아르 부인이 물었다.

"오, 아니에요, 부인. 아이가 일곱이나 있답니다."

다시 신문을 읽던 그레구아르 씨가 화들짝 놀라며 어이없다는 표정을 지었다.

"일곱씩이나, 하지만 어째서? 맙소사!"

"정말 경솔한 짓을 했군." 노부인이 혼잣말처럼 말했다.

라 마외드는 변명 같은 모호한 몸짓을 해 보였다. 뭐 어쩌겠는가? 그런 건 의도하는 게 아니지 않은가. 아이는 저절로 생기는 것이다. 게다가 아이가 자라면 집에 양식거리를 벌어오지 않는가. 그들 집에도 이제 늙어서 일을 못하는 할아버지만 없다면 그럭저럭 살아갈 수 있을 것이다. 그리고 아이들은 많아도 두 아들과 큰딸만 갱에 내려갈 수 있기 때문에 형편이 더 어려울 수밖에 없다. 그렇다고 아무것도 하지 않는 어린아이들이라고 굶길 수는 없지 않은가 말이다.

"그러니까, 탄광에서 일한 지는 오래됐나요?" 그레구아르 부인이 다시 물었다.

그러자 맥없는 얼굴을 하고 있던 라 마외드가 소리 없이 활짝 웃으며 대답했다.

"오! 그럼요, 그럼요! 그렇고말고요…… 저는 스무 살까지 갱을 드나들었죠. 그런데 둘째를 낳자 의사가 일을 그만두라고 하더군요. 안 그러면 그 속에서 죽을 거라고요. 뼈에 문제가 생겼거든요. 게다가 그 무렵 결혼을 해서 집에서만도 할 일이 많다보니까…… 하지만 남편은 집안 대대로 아주 오래전부터 탄광에서 일을 해왔어요. 할아버지의 할아버지 대까지 거슬러올라가서요. 잘은 모르지만 맨 처음부터, 그러니까 레키야르에서 처음 곡괭이질을 할 때부터였을 겁니다."

그레구아르 씨는 생각에 잠긴 듯한 눈빛으로 초라한 몰골의 여인과 아이들을 바라보았다. 병자처럼 창백한 안색과 누렇게 탈색된 머리, 빈혈이 좀먹고 퇴행성 발육부진으로 제대로 자라지 못한 몸, 지독한 궁기에 찌들어 추해진 모습. 그들 사이에는 다시 침묵이 흘렀고, 석탄이 타면서 가끔씩 가스를 내뿜는 소리 외에는 아무 소리도 들리지 않았다. 축축함이 느껴지는 방에는 안락함을 풍기는 따뜻한 공기가 묵직하게 내리깔리면서 행복한 부르주아 가정을 평화로운 잠에 빠져들게 했다.

"얘는 대체 뭘 하고 있는 거야?" 세실은 짜증이 나는 듯 소리쳤다. "멜라니, 올라가서 꾸러미는 옷장 아래 왼쪽에 있다고 말해줘요."

그사이 그레구아르 씨는 굶주린 여인과 아이들을 보며 생각한 바를 큰 소리로 말했다.

"세상을 살아가는 게 만만치 않은 건 사실이오. 하지만 부인, 내가 보기엔 노동자들도 그다지 현명하게 사는 것 같지는 않소만…… 우리 농부들처럼 저축을 하는 대신, 돈만 생기면 술을 마시거나 흥청망청 써버려 빚을 지곤 하지. 그러다 결국엔 식구들 먹을 것마저 남김없이 탕진하게 되고 말이오."

"어르신 말씀이 맞습니다." 라 마외드는 공손하게 대꾸했다. "우리가 언제나 바르게 사는 건 아닙니다. 아무짝에도 쓸모없는 인간들이 불평불만을 늘어놓을 때면 저도 그렇게 말하곤 하니까요…… 그런 면에서 저는 운이 좋은 편이지요. 남편은 술을 마시지 않거든요. 일요일에 파티가 열리면 가끔 술을 많이 마실 때가 있긴 합니다만, 결코 도를 지나치는 법은 없어요. 그 사람한테 더 고마운 건, 우리가 결혼하기 전에는 정말 지랄맞게 많이 마셨더랬지요, 거친 말을 써서 죄송합니다만…… 어쨌거나 얌전하게 산다고 해서 사는 게 별로 달라지거나 하지는 않는답니다. 오늘 같은 날은 온 집안의 서랍을 다 뒤집어봐도 동전 한 닢 찾을 수가 없거든요."

그녀는 그들로 하여금 자신에게 100수짜리 동전을 적선할 마음이 들게 하고 싶었다. 그래서 맥없는 목소리로, 처음에는 얼마 안 되어 보이던 빚이 이내 엄청나게 늘어 그들이 가진 모든 것을 삼켜버리는 치명적인 액수로 늘어나는 과정을 설명했다. 한동안은 두 주마다 정기적으로 빚을 갚아나간다. 하지만 어느 날 딱 한 번 늦어버리면, 그걸로 끝이다. 그후에는 결코 그 빚을 갚을 수 없다. 빚이 점점 늘어나면서 남자들은 일할 의욕을 상실하게 된다. 그리고 죽도록 일해도 빚조차 갚을 수 없는 삶이 이어지는 것이다. 될 대로 되라지! 어차피 죽을 때까지 이렇게 진창 속에 뒹굴다가 끝날 텐데. 게다가 그들을 이해해야만 한다. 광부는 목에 낀 탄가루를 씻어내기 위해 맥주를 마셔야만 한다. 그렇게 시작해서는 나중에 문제가 생길 때까지 술집을 벗어나지 못하는 것이다. 어쩌면 이 모든 게, 누구를 탓하려는 말은 아니지만, 광부들이 충분한 보수를 받지 못하기 때문인지도 모른다.

"회사에서 집세와 난방을 제공하는 걸로 알고 있는데요." 그레구아르 부인이 말했다.

라 마외드는 벽난로에서 타고 있는 석탄을 흘끗 쳐다보고는 말했다.

"네, 그렇죠, 회사에서 석탄을 지급해주기는 하죠. 별로 질이 좋은 건 아니지만, 어쨌거나 타긴 하니까요…… 집세는 한 달에 육 프랑밖엔 안 되죠. 그래서 별것 아닌 것처럼 보이지만 그것조차 지불하기 힘들 때가 종종 있답니다…… 더구나 오늘 같은 날에는, 먹고 죽으려고 해도 땡전 한 푼 나올 데가 없고요. 아무것도 없는 데서 돈이 생길 리가 없으니까요."

그레구아르 부부는 푹신한 소파에 편안하게 누운 채 아무런 반응을 보이지 않았다. 그들은 빈곤한 삶의 이야기를 늘어놓는 여인네 앞에서 점차 불편함을 느끼며 지겹다는 표정을 지었다. 라 마외드는 자기가 그들의 심기를 거슬렀을지도 모른다는 생각에 현실적인 여인네의 정당하고 차분한 태도를 보이며 서둘러 덧붙였다.

"오! 그렇다고 제 처지를 불평하자는 건 아닙니다. 사는 게 이런 거라면 받아들여야 할 테니까요. 더구나 우리가 아무리 발버둥쳐도 달라질 건 아무것도 없을지도 모르고요…… 어쩌면 선한 신의 뜻이 임하는 곳에서 자신에게 주어진 일을 하루하루 성실하게 해나가는 게 가장 현명한 건지도 모르지요. 그렇지 않나요?"

그레구아르 씨는 고개를 끄덕이며 그녀의 말에 크게 동의를 표했다.

"그런 생각을 갖고 있다면, 부인, 그깟 가난쯤은 거뜬히 넘어설 수 있을 거요."

마침내 오노린과 멜라니가 옷꾸러미를 가지고 내려왔다. 세실은 그것을 끌러 옷 두 벌을 꺼냈다. 거기에다 삼각 숄과 스타킹, 여성용 장갑도 추가했다. 모두 완벽하게 어울리는 것들이었다. 세실은 하녀들에게 골라놓은 옷가지를 서둘러 싸게 했다. 그녀의 피아노 선생이 방금 도착한 것이다. 세실은 어미와 아이들을 문 쪽으로 밀어붙였다.

"정말 집에 돈이 한 푼도 없어서요." 라 마외드는 더듬더듬 말했다. "백 수짜리 동전 하나만 보태주시면……"

그녀는 목이 메어 말을 채 잇지 못했다. 마외 가족은 자부심이 강하고, 살면서 그 누구에게도 구걸을 한 적이 없었다. 세실은 불안한 눈빛으로 자기 아버지를 쳐다보았다. 하지만 그레구아르 씨는 의무감을 느끼는 듯한 얼굴로 단호하게 거절했다.

"그건 안 될 말이오. 돈은 줄 수 없소."

그러자 당황하는 어미의 얼굴에 측은한 마음이 든 세실은 아이들을 기쁘게 해주고 싶었다. 아이들은 내내 브리오슈를 응시하고 있었다. 세실은 빵 두 조각을 잘라 아이들에게 나눠주었다.

"자, 받아! 이건 너희 거야."

그러더니 돌아서는 아이들을 다시 불러 빵을 도로 달라고 한 뒤, 하녀에게 헌 신문지를 달라고 했다.

"기다려, 이걸 가져가서 언니 오빠들하고 나눠 먹으렴."

그녀는 부모의 애정 어린 눈길 속에 마침내 그들을 밖으로 내보냈다. 빵을 먹지 못한 불쌍한 아이들은 추위에 곱은 조그만 손으로 브리오슈를 경건하게 들고 집으로 돌아갔다.

라 마외드는 아이들을 포석 깔린 도로로 잡아끌었다. 이제 그녀의 눈에는 황량한 벌판도, 시커먼 진창도, 머리 위에서 빙빙 도는 납빛 같은 광활한 하늘도 보이지 않았다. 다시 몽수를 가로질러 갈 때, 라 마외드는 단호한 태도로 메그라의 상점으로 들어갔다. 그리고 그에게 거듭 간청한 끝에 빵 두 덩어리와 커피, 버터 그리고 100수까지 기어이 빌렸다. 메그라는 매주 이자를 받는 방식의 단기 고리로 돈을 꿔주기도 했다. 그가 원하는 사람은 라 마외드가 아닌 카트린이었다. 그녀는 딸을 보내 나머지 음식을 가져가라는 그의 말을 듣고서야 비로소 그 사실을 깨달았다. 어떻게 될지는 두고보면 알 것이었다. 그가 카트린의 얼굴에 지나치게 바짝 얼굴을 들이대면 카트린은 그에게 따귀를 날리면 그만이었다.

3

240번 탄광촌에 있는 조그만 교회에서 열한시를 알리는 종이 울렸다. 벽돌로 만든 예배당에서는 주아르 신부가 일요일마다 미사를 집전했다. 교회처럼 벽돌로 만든 바로 옆 학교에서는 추위 때문에 창문을 꼭 닫아놓았는데도 아이들이 더듬더듬 책 읽는 소리가 들려왔다. 서로 등지고 있는 조그만 화단들로 나뉜 대로들은 네 개의 블록으로 이뤄진 획일적인 집들 사이에서 을씨년스러워 보였다. 추위에 황폐해진 화단들은 이회암질 토양의 쓸쓸한 기운을 뿜어냈고, 얼마 남지 않은 마지막 채소들이 그 위로 지저분하게 혹처럼 튀어나와 있었다. 집집마다 수프를 만드느라 분주했고, 굴뚝에서는 연기가 피어올랐다. 때때로 집 앞에서 아낙네가 모습을 드러냈다가 문을 열고 사라졌다. 탄광촌의 끝에서 끝까지, 포석 깔린 보도 위에서는 빗물받이 홈통에서 흘러내린 물이 아래에 있는 커다란 통으로 떨어져내렸다. 비는 오지 않았지만 잿빛 하늘이 물기를 잔뜩 머금은 탓이었다. 광활한 벌판에 한꺼번에 지어놓은 마을은 마치 상중임을 나타내는 리본처럼 시커먼 도로에 둘러싸여 있었다. 그나마 일말의 흥겨움을 느끼게 해주는 것이라고는, 시시때때로 퍼붓는 소나기에 씻긴 붉은색 기와지붕이 띠 모양으로 규칙적으로 늘어선 모습뿐이었다.

라 마외드는 집으로 가기 전에 감독관 아내에게서 감자를 사기 위해 길을 돌아갔다. 그 여자는 아직 지난번에 수확한 감자를 갖고 있었다. 이 들판에서 볼 수 있는 유일한 나무인 빈약한 포플러 대열 뒤로 탄광촌과 따로 떨어져 있는 한 무리의 건물들이 보였다. 네 채씩 무리 지어 있는 집들 주위로는 텃밭이 조성되어 있었다. 탄광회사는 갱내 감독들을 새로이 시도한 이 단지에서 살게 했다. 광부들은 이곳을 별명 삼아 '실크스타킹'이라고 불렀다. 그리고 자신들의 빈곤한 삶을 유쾌하게 빗대어 자기들이 사는 탄광촌을 '빚이나갚아'라고 불렀다.

"휴! 이제 다 왔네." 물건 꾸러미를 손에 든 라 마외드는 진흙투성이에 발이 굳어버리다시피 한 레노르와 앙리를 서둘러 집으로 들여보냈다.

불 앞에서는 요란하게 울어대는 에스텔을 알지르가 품에 안아 달래고 있었다. 알지르는 설탕이 다 떨어지자 아이를 어떻게 달래야 할지 몰라 젖을 물리는 척하기로 했다. 그런 흉내내기는 종종 잘 먹혔다. 하지만 이번에는 아무리 윗도리를 열어젖히고 아이에게 아홉 살짜리 불구의 빈약한 가슴을 물리려고 해도 아무 소용이 없었다. 아이는 젖 대신 깨문 살가죽에서 아무것도 나오지 않자 성을 내며 마구 도리질을 했다.

"아기를 이리 주렴."라 마외드가 짐을 내려놓자마자 소리쳤다. "이래가지고 우리가 한마디나 할 수 있겠니."

그녀는 풀어헤친 윗도리에서 가죽부대처럼 묵직한 한쪽 젖가슴을 꺼내 빽빽 울어대는 아이에게 젖을 물렸다. 그러자 집안이 갑자기 조용해지면서 마침내 얘기를 할 수 있었다. 집안의 모든 것이 만족스러웠다. 어린 살림꾼은 불을 꺼뜨리지 않았고, 집안을 비로 쓸고 정돈해놓았다. 정적이 흐르는 가운데 위층에서 본모르 영감의 코고는 소리가 들려왔다. 한순간도 멈추지 않고 박자를 맞추듯 이어지는 코골이였다.

"와, 이게 다 뭐야!" 알지르는 엄마가 가져온 먹을거리들을 보며 조그맣게 외쳤다. "엄마, 제가 수프를 끓일까요?"

식탁은 쏟아놓은 물건들로 가득했다. 옷꾸러미와 빵 두 덩어리, 감자, 버터, 커피, 치커리와 돼지고기 편육 반 파운드.

"오! 수프 좋지!"라 마외드는 지친 기색으로 말했다. "수프를 끓이려면 참소리쟁이를 따 오고 파도 좀 뽑아 와야지…… 아니다, 그건 나중에 남자들을 먹여야겠다…… 그냥 감자나 좀 익히려무나. 버터하고 같이 먹게…… 그리고 커피도 끓여, 알겠지? 커피는 절대 빼먹으면 안 돼!"

그때 갑자기 브리오슈 생각이 그녀의 머릿속을 스치고 지나갔다. 그녀는 레노르와 앙리의 빈손을 바라보았다. 아이들은 벌써 피곤함을 잊은 듯 서로 장난을 치고 있었다. 저 식충이들이 집에 오는 길에 몰래 빵을 먹어치운 게 아닌가! 라 마외드가 아이들의 따귀를 때리자 화덕에 냄비를 올리던 알지르가 얼른 엄마를 말렸다.

"그러지 마세요, 엄마! 저 때문에 그러는 거라면 괜찮아요. 전 빵 같은 거 안 먹어도 괜찮아요. 추운데 먼길 걸어갔다 오느라 동생들이 얼마나 배가 고팠겠어요."

정오를 알리는 종이 울리자 학교에서 나오는 아이들의 갈로슈 소리가 들렸다. 그새 감자가 익었고, 치커리를 반쯤 넣어 걸쭉해진 커피가 필터 사이로 뚝뚝 떨어지면서 노래를 부르는 듯했다. 식탁 한쪽이 치워졌다. 하지만 그곳에서는 엄마 혼자 먹고, 세 아이는 무릎으로 식탁을 대신했다. 게걸스럽게 음식을 먹던 어린 앙리는 먹는 내내 아무 말 없이 돼지고기 편육을 힐끗힐끗 쳐다보았다. 편육을 싼 기름종이가 보는 사람의 식욕을 더욱 돋웠다.

라 마외드가 두 손으로 커피잔을 감싸고 조금씩 홀짝거릴 때 본모르 영감이 아래로 내려왔다. 보통은 그가 느지막이 일어나면 불 위에 올려놓은 점심식사가 그를 기다리고 있었다. 그런데 그날은 수프가 준비되어 있지 않은 것을 보고 그가 투덜거렸다. 하지만 며느리가 언제나 그가 바라는 대로만 할 수 있는 건 아니라고 하자, 그는 아무 대꾸 없이 감자를 먹었다. 그리고 가끔씩 자리에서 일어나, 집을 더럽히지 않기 위해 벽난로의 재에다 가래를 뱉었다. 그런 다음 의자에 털썩 주저앉아 고개를 숙이고 멍한 눈빛으로 입안의 음식을 굴렸다.

"아 참! 깜빡 잊을 뻔했네. 엄마, 옆집 아줌마가 오셔서……"

라 마외드는 알지르의 말을 끊으며 역정을 냈다.

"재수없는 여편네 같으니라고!"

라 마외드는 라 르바크와 암암리에 반목하고 있었다. 전날, 라 르바크가 돈을 빌리려는 라 마외드 앞에서 돈이 없다며 죽는소리를 했기 때문이다. 하지만 라 마외드는 그녀에게 마침 돈이 있다는 것을 알고 있었다. 그들 집에 세들어 사는 부틀루가 두 주 치 집세를 미리 지불했던 것이다. 탄광촌에서는 집안끼리 돈을 빌려주는 일이 거의 없었다.

"참! 그러고 보니 생각났네." 라 마외드가 다시 말했다. "커피를 좀 싸렴…… 라 피에론한테 갖다줘야겠다. 그저께 그 집에서 커피를 빌려왔거든."

알지르가 커피를 싸는 동안, 라 마외드는 곧바로 돌아와 화덕에 남자들이 먹을 수프를 올려놓을 거라고 덧붙였다. 그러고는 천천히 감자를 씹고 있는 본모르 영감을 놔둔 채 에스텔을 품에 안고 밖으로 나갔다. 그사이 레노르와 앙리는 바닥에 떨어진 감자껍질을 서로 먹겠다고 다투었다.

라 마외드는 라 르바크가 자기를 불러 세울까봐 빙 돌아가지 않고 곧장 텃밭을 가로질렀다. 그녀 집의 텃밭은 피에롱네 텃밭과 서로 등지고 있었다. 두 집을 구분하는 낡은 철망 사이에는 서로 왕래할 수 있는 구멍이 나 있었다. 그곳에는 네 집이 함께 쓰는 공동 우물이 있었다. 그 옆, 빈약한 라일락 숲 뒤로는 낡은 도구가 가득 쌓여 있는 나지막한 창고 겸 토끼장이 있는데, 그곳에서 토끼를 키워 축제일에 한 마리씩 잡아먹었다. 한시를 알리는 종이 울렸다. 커피를 마시는 시간이었다. 문에도 창가에도 개미 새끼 한 마리 얼씬하지 않았다. 굴진 작업을 하는 인부 하나만 갱으로 내려가기를 기다리는 동안 자신의 텃밭 한 귀퉁이에서 가래질을 하고 있었다. 그는 인기척이 나도 고개를 들지 않았다. 맞은편의 다른 블록에 이른 라 마외드는 신사 하나와 귀부인 두 명이 교회 앞을 지나가는 것을 보고 깜짝 놀랐다. 잠시 걸음을 멈춘 그녀는 그들을 알아보았다. 엔보 부인이 자신의 손님인, 훈장을 단 남자와 모피 코트를 입은 여자에게 탄광촌을 구경시켜주던 참이었다.

"이런! 뭐하러 힘들게 가져오고 그러세요." 라 피에론은 라 마외드가 가져온 커피를 보고 소리쳤다. "천천히 주셔도 되는데."

라 피에론은 스물여덟 살로, 미모로는 탄광촌에서 그녀를 따라갈 여자가 없었다. 갈색 머리에 반듯한 이마, 커다란 눈에 입은 조그마했고 애교도 많았다. 게다가 매무새가 깔끔하고, 아이를 낳지 않아 가슴이 여전히 아름다웠다. 라 브륄레라는 별명으로 불리는 그녀의 엄마는 탄광에서 죽은 채탄부의 과부로, 자기 딸은 절대 광부와 결혼시키지 않겠다고 선언하며 그녀를 공장으로 보냈다. 그러다 나중에 딸이 홀아비에다 여덟 살짜리 딸을 둔 피에롱과 결혼하자 몹시 노여워했다. 하지만 사람들이 남편의 속없음과 그 아내의 애인들을 도마 위에 올리면서 입방아를 찧어대도 부부는 아주 행복하게 지냈다. 빛도 없고, 일주일에 두 번은 고기를 먹었으며, 집안을 어찌나 깨끗이 청소하는지 냄비에 얼굴을 비춰 볼 수 있을 정도였다. 게다가 운좋게도 후원자들 덕분에 탄광회사로부터 사탕과 비스킷을 팔도록 허가받았다. 라 피에론은 유리 창문 안쪽에 설치한 두 개의 판자 위에 주둥이가 넓은 커다란 병들을 늘어놓고 장사를 했다. 그렇게 해서 하루에 6,7수를 벌어들였고, 일요일에는 이따금 12수의 수익을 올리기도 했다. 이런 행복 속에서 흠이라고는, 고용주들에게 남편의 죽음에 대한 복수를 해야 한다고 외치는 혁명적인 라 브뤼레 노파와, 떠들썩한 집안에서 툭하면 날아오는 따귀를 견뎌야 하는 리디의 문제밖에는 없었다.

"벌써 이렇게 자라다니!" 라 피에론은 에스텔을 보고 웃으며 말했다.

"아휴! 말도 마, 애 때문에 얼마나 힘든데!" 라 마외드가 투덜거렸다. "애가 없는 걸 다행으로 알아. 적어도 깨끗하게 살 수는 있잖아."

라 마외드 자신도 집안을 늘 깨끗이 정돈하고 토요일마다 대청소를 하면서도, 먼지 한 점 없이 말끔한 라 피에론의 집안을 슬쩍 둘러보며 주부로서 질투심을 느꼈다. 더구나 이 집은 찬장 위의 금박 입힌 화병들과 거울, 액자 속의 그림 세 점이 더해져 멋스러움마저 풍겼다.

라 피에론은 다른 식구들이 모두 갱에서 일하는 동안 혼자서 커피를 마시던 참이었다.

"나랑 같이 커피 한잔 해요." 그녀가 말했다.

"아니, 괜찮아. 집에서 방금 마시고 왔거든."

"그래서요? 또 마시면 되죠."

그랬다, 그렇다고 또 못 마실 것도 없었다. 두 여자는 천천히 커피를 마셨다. 비스킷과 사탕이 담긴 병들 사이로 맞은편 집들이 보였다. 창문에는 조그만 커튼이 달려 있어 그 청결함의 정도를 보고 그 집 주부의 성격을 가늠할 수 있었다. 르바크 집의 커튼은 꾀죄죄했다. 마치 솥 밑바닥을 닦아낸 걸레 같았다.

"저런 쓰레기통 같은 집에서 어떻게 사는지 모르겠네!" 라 피에론이 중얼거렸다.

그러자 라 마외드는 속내 이야기를 쏟아내기 시작하더니 멈출 줄 몰랐다. 아! 그녀도 저 부틀루 같은 사내를 하숙을 들일 수만 있다면 살림을 지금보다 훨씬 잘 꾸려갈 수 있을 터였다! 처신만 잘한다면, 집에 하숙인을 들이는 것은 살림에 크나큰 보탬이 될 수 있었다. 다만, 누구처럼 자기 집에서 하숙하는 남자하고 잠을 자는 일은 없어야 할 터였다. 게다가 르바크는 술을 마시고, 아내를 때리고, 몽수의 카페콩세르에서 노래하는 여자들 꽁무니를 따라다녔다.

라 피에론은 몹시 역겹다는 표정을 지었다. 그 여가수들은 온갖 질병을 퍼뜨리고 다녔다. 예전에 주아젤에서는 여자 하나가 탄광 전체에 병을 옮긴 일도 있었다.

"내가 이해가 안 되는 건, 부인이 아들을 그런 사람들 딸하고 어울리게 놔둔다는 거예요."

"아! 그 얘기라면, 내가 무슨 재주로 걔들을 떼어놓겠냐고!…… 그집 텃밭하고 우리집 텃밭이 바로 붙어 있잖아. 여름이면 자샤리는 라일락 숲 뒤에서 허구한 날 필로멘이랑 붙어 지낸다고. 토끼장이건 어디서건 가리지 않고 말이지. 심지어 우물에 물을 길러 가면 거기서도 꼭 마주치곤 한다니까."

탄광촌에서 젊은 남녀가 한데 뒤엉켜 지내는 것은 공공연한 사실이었다. 그들은 어릴 적부터 서로 어울리면서 함께 나쁜 물이 들어갔다. 그리고 그들 말마따나 어둠이 내리자마자 토끼장의 경사진 나지막한 지붕 위에서 서로에게 덤벼들기 일쑤였다. 탄차를 미는 여자들은 힘들게 레키야르나 밀밭까지 가지 않을 때는 대부분 그곳에서 첫아이를 만들었다. 모두들 그 일을 대수롭지 않게 여겼다. 결혼은 나중에 해도 될 터였다. 오직 아들 가진 엄마들만이 자기 아들이 너무 일찍 그 일을 벌이는 것을 못마땅해할 뿐이었다. 아들이 결혼하면 더이상 집에 돈을 벌어다주지 못하기 때문이었다.

"내가 부인이라면 이제 그만 끝내고 말겠어요." 라 피에론이 차분하게 다시 말을 이었다. "부인 아들 자샤리는 벌써 그 아이를 두 번이나 임신시켰잖아요. 어차피 또 그 짓을 할 거예요…… 어쨌거나 이제 돈을 벌어오긴 틀린 거라고요."

라 마외드는 벌컥 화를 내며 두 팔을 내뻗었다.

"분명히 말하지만, 그것들이 또 그 짓거리를 하면 내가 가만두지 않을 거야…… 자샤리는 우리 생각을 먼저 해야 하는 거 아니야? 그 아이는 우리한테 빚을 지고 있는 거라고, 내 말이 틀렸어? 아무렴, 그렇고말고! 먹여 살릴 마누라가 생기기 전에 우리한테 먼저 그 빚을 갚아야 하는 거라고…… 우리 아이들이 자라자마자 다른 사람들을 먹여 살려야 한다면 우린 뭐가 되냐고, 안 그래? 그럴 바엔 다 같이 죽는 게 낫지!"

하지만 라 마외드는 즉시 흥분을 가라앉히고 다시 말했다.

"내 말은, 일반적으로 그렇다는 얘기야. 그 일은 좀더 두고봐야지…… 커피 잘 마셨어. 아주 진하고 좋네. 커피를 아끼지 않고 넣어서 그렇겠지."

그녀는 십오 분 동안 이런저런 수다를 떨다가, 남자들이 먹을 수프를 준비해야 한다고 소리치면서 서둘러 그곳을 떠났다. 밖에서는 아이들이 학교에서 돌아오고 있었다. 몇몇 여인네들은 문간에 서서, 건물을 따라 걸어가면서 손님들에게 탄광촌을 가리켜가며 설명하는 엔보 부인을 바라보고 있었다. 그들의 방문은 마을을 들썩거리게 했다. 굴진부는 잠시 가래질을 멈췄고, 텃밭에서 놀던 암탉 두 마리는 불안한 듯 푸드덕거렸다.

집으로 돌아오는 길에 라 마외드는 의사 반데라겐 씨를 만나기 위해 밖으로 나온 라 르바크와 마주쳤다. 탄광회사에 소속된 키 작은 의사는 늘 과중한 업무에 시달리느라 뛰어다니면서 진료를 했다.

"선생님, 밤에 잠도 안 오고 몸이 여기저기 아파요…… 대체 무슨 병인지 좀 알려주세요." 라 르바크가 말했다.

모든 사람들에게 말을 놓는 의사는 가던 길을 멈추지 않고 대답했다.

"성가시게 좀 굴지 마! 커피를 너무 많이 마셔서 그런 거니까."

"제 남편 말인데요, 선생님." 이번에는 라 마외드가 나서서 물었다. "집에 와서 좀 봐주셔야 할 것 같아요…… 다리가 맨날 아프대요."

"그건 자네가 못살게 굴어서 그런 거야. 이제 다들 좀 비켜!"

두 여자는 그 자리에 선 채 의사의 등이 멀어지는 것을 지켜보았다.

"우리집에 잠깐 들어갔다 가." 라 르바크는 자신의 이웃과 함께 절망감을 나타내는 어깻짓을 해 보인 다음 말했다.

"말해줄 것도 있고…… 커피나 한잔 하자고. 아주 맛이 좋거든."

잠시 갈등하던 라 마외드는 순순히 그녀의 말을 따랐다. 그래! 예의상 한 잔 정도 마시는 거야 뭐 문제 될 게 있을라고. 라 마외드는 안으로 들어갔다.

식당은 시커멓고 더럽기 그지없었다. 바닥과 벽은 기름때로 얼룩져 있고, 찬장과 식탁에는 때가 잔뜩 끼어 있었다. 게다가 불결한 집안에서 풍기는 역한 냄새가 코를 찌르다못해 숨이 막힐 지경이었다. 불 가까이 앉아 있던 부틀루는 식탁 위에 양쪽 팔꿈치를 괴고 접시에 코를 박은 채 삶은 고기를 마저 먹고 있었다. 건장한 어깨에 체격이 큰 그는 서른다섯 살치고는 앳돼 보이는 온화한 모습이었다. 그 옆에는 필로멘의 맏이인 어린 아실이 바짝 붙어 서 있었다. 벌써 세 살이 된 아이는 탐욕스러운 동물처럼 애원하는 눈빛으로 말없이 그를 응시했다. 덥수룩한 갈색 턱수염이 위압적으로 보이는 것과는 달리 인정이 많은 부틀루는 가끔씩 아이의 입속에 고기를 한 조각씩 넣어주었다.

"설탕을 좀 넣어서 줄게."라 르바크는 커피포트에 흑설탕을 넣었다.

부틀루보다 여섯 살이 많은 그녀는 몰골이 형편없다못해 흉측스럽기까지 했다. 세파에 찌든 얼굴에 젖통은 배 위로, 뱃살은 허벅지까지 늘어져 있고, 납작한 얼굴에는 회색빛 털이 군데군데 나 있고 머리는 늘 엉망으로 헝클어져 있었다. 부틀루는 아무 생각 없이 그녀를 취하곤 했다. 머리카락이 들어 있는 수프나, 석 달 동안 한 번도 갈지 않은 침대 시트 보듯 자세히 살펴보려고 하지도 않았다. 하숙비에는 그녀도 포함되어 있었고, 그 남편은 친구끼리는 계산이 정확해야 하는 법이라고 강조하곤 했다.

"글쎄 말이야, 엊저녁에 피에롱 마누라가 실크스타킹 근처에서 어슬렁거리는 걸 본 사람이 있다는 거야."라 르바크는 얘기를 계속했다. "자기도 아는 그 남자가 라스뇌르 주점 뒤에서 그 여편네를 기다리고 있었다는 거야. 둘이 몰래 운하 길로 같이 가더래…… 웃기지 않아, 응? 결혼한 여자가 그래도 되는 거냐고!"

"세상에!"라 마외드가 맞장구를 쳤다. "피에롱이 결혼하기 전에는 갱내 감독한테 토끼를 바쳤다던데. 이젠 자기 마누라를 빌려주는 게 더 싸게 먹힌다고 생각하나보네."

부틀루는 박장대소하면서 소스에 적신 빵조각을 아실의 입속에 던져넣어주었다. 두 여자는 라 피에론을 두고 입방아를 찧으면서 자신들의 처지를 위안받고 있었다. 다른 여자들보다 그리 예쁘지도 않은 라 피에론은 남자들한테 잘 보이려고 맨날 자기 얼굴의 땀구멍을 세거나 허구한 날 씻고 포마드를 바르는 게 일이었다. 어쨌거나 그 여자 남편이 그렇게 해서 먹고살기를 바란다면 전혀 문제 될 게 없었다. 남자들 중에는 욕심이 지나친 나머지 윗사람들의 엉덩이라도 기꺼이 핥으려는 사람들이 있었다. 여자들은 이웃의 부인이 아홉 달 된 아이를 데리고 오자 그제야 수다를 중단했다. 필로멘의 둘째인 데지레였다. 필로멘은 선탄장에서 점심을 먹기 때문에 아이를 거기로 데려오게 해 잠시 짬을 내어 석탄 더미 위에서 젖을 물렸다.

"우리 애는 잠시도 혼자 놔둘 수가 없는데. 나만 없으면 빽빽 울어대거든." 라 마외드는 자신의 품에서 잠든 에스텔을 바라보며 말했다.

하지만 아까부터 라 르바크의 눈빛에서 느껴지는 압박을 피하지는 못했다.

"이제 애들 얘기를 좀 해야 할 것 같은데. 이제 그만 매듭을 지을 때가 된 것 아닌가?"

애초에 두 엄마는 피차 결혼을 서두르지 않기로 무언의 합의를 본 상태였다. 자샤리의 엄마가 가능한 한 오랫동안 아들의 급여를 가져가기를 원했다면, 필로멘의 엄마는 딸이 벌어오는 돈을 포기할 생각에 분개했기 때문이다. 하나도 급할 게 없었다. 심지어 필로멘의 엄마는 아이를 봐주겠다고 자청하고 나서기까지 했다. 하지만 그것은 아이가 하나였을 때 얘기였다. 첫째 아이가 자라면서 먹을 걸 축내고 둘

째까지 생기자, 필로멘의 엄마는 자신이 손해를 볼 수는 없다는 단호한 생각으로 강력하게 결혼을 밀어붙였다.

"누굴 탓하겠어, 자샤리가 일을 이 지경으로 만든 건데." 그녀는 계속 말을 이어갔다. "이제 아이들 결혼을 늦출 이유가 없잖아…… 그래서 말인데, 언제가 좋을까?"

"날이나 풀리면 생각해보자고." 라 마외드는 난감한 표정으로 대답했다. "그게 어디 말처럼 간단한 일이어야 말이지! 결혼을 안 한다고 둘이 어울리지 않을 것도 아니고!…… 맹세컨대, 카트린 그년이 그런 멍청한 짓을 하면 내 가만두지 않을 거야."

라 르바크는 어깨를 으쓱해 보였다.

"별수 있을라고. 당신네 딸도 다른 아이들처럼 될 게 뻔한데!"

부틀루는 자기 집에 있는 사람처럼 편안하게 찬장을 뒤져 빵을 찾아냈다. 르바크에게 줄 수프를 만드는 데 쓸 감자와 파 등이 반쯤 껍질이 벗겨진 채 식탁 한 귀퉁이에서 뒹굴고 있었다. 라 르바크는 끝없이 수다를 떨면서 여러 번 그것들을 집었다가 도로 내려놓곤 했다. 그러다 마침내 다시 일을 하려다가 또다시 집었던 것을 내팽개치더니 창가로 가서 바깥을 내다보며 말했다.

"저기서 뭘 하는 거지…… 아니! 저건 엔보 부인 아냐? 못 보던 사람들하고 피에롱네로 들어가네."

그러자 두 여자는 다시 라 피에론을 두고 쑥덕거렸다. 오! 그러면 그렇지! 회사에서 사람들한테 탄광촌을 구경시킬 때는 어김없이 곧장 그 여편네 집으로 향했다. 가장 깨끗하기 때문이었다. 아마도 그 사람들에게 그 여자와 갱내 총감독의 일을 얘기하지는 않았을 터였다. 일

년에 3천 프랑씩 버는 애인을 두고, 회사에서 집과 연료를 모두 대주면 누구라도 깨끗하게 해놓고 살 수 있었다. 그 외에 부수적으로 받는 것들은 치지 않더라도 말이다. 겉보기에는 깨끗할지 모르지만, 그 속을 들여다보면 전혀 그렇지가 않았다. 방문객들이 맞은편 집에 머무는 동안 여자들은 험담을 그칠 줄 몰랐다.

"이제야 나오네." 라 르바크가 말했다. "그리고 한 바퀴 돌아볼 참인가보네…… 저런, 저걸 어째, 저 사람들 당신네 집으로 가는 것 같은데."

라 마외드는 잔뜩 겁을 집어먹었다. 알지르가 식탁을 닦아놓지 않았으면 어떡하지? 수프도 아직 준비해놓지 못했는데! 당황한 라 마외드는 서둘러 인사하고는 다른 곳에는 눈길조차 주지 않고 허겁지겁 집으로 돌아갔다.

하지만 집안 곳곳은 반들반들하게 깨끗이 청소가 돼 있었다. 나이에 비해 속이 깊은 알지르는 엄마가 돌아오지 않자 행주를 앞에 두르고 수프를 만들기 시작했다. 텃밭에서 마지막 남은 파를 뽑고 참소리쟁이도 따다가 깨끗이 씻어놓았다. 그사이 불 위에 올려놓은 커다란 솥에서는 남자들이 돌아와 목욕할 수 있도록 물이 끓고 있었다. 때마침 앙리와 레노르는 조용히 낡은 달력을 찢으면서 놀았다. 본모르 영감은 말없이 파이프 담배를 피우고 있었다.

라 마외드가 숨을 몰아쉬고 있을 때 엔보 부인이 노크를 했다.

"좀 들어가봐도 되겠지요, 부인?"

큰 키에 사십대 여인의 중후함이 느껴지는 금발의 여인은 억지로 상냥한 표정을 지어 보이면서, 검정 벨벳 케이프 아래 청동빛 실크 드레스를 더럽힐까봐 염려하는 속내를 드러내지 않으려고 애썼다.

"들어오세요, 어서들 들어오세요." 금발 여인은 자신의 손님들에게 거듭 말했다. "전혀 방해되지 않으니까요…… 어때요? 이만하면 깨끗하지 않나요? 이 부인은 자녀를 무려 일곱이나 두었는데도 말이죠! 여긴 대부분의 가정이 이렇게 산답니다…… 이미 말씀드린 대로, 회사에서 겨우 육 프랑의 월세만 받고 집을 빌려주거든요. 보시다시피 아래층에는 널찍한 식당이 있고, 위층에 방 두 개와 지하 저장고, 그리고 텃밭이 있지요."

그날 아침 파리에서 기차를 타고 온, 훈장을 단 신사와 모피 코트를 입은 귀부인은 낯선 광경 앞에서 멍한 눈빛에 얼떨떨한 표정을 지었다.

"텃밭까지 딸려 있다니!" 귀부인은 엔보 부인의 말을 반복했다. "이런 데서 살면 정말 근사하겠네요!"

"회사에서는 석탄도 필요한 양보다 더 많이 지급하고 있답니다." 엔보 부인이 이어 말했다. "의사도 일주일에 두 번씩 방문하고요. 그리고 나이가 들어 더이상 일을 못하게 되면 연금도 지급한답니다. 봉급에서 한 푼도 공제하지 않았는데도 말이죠."

"이거야말로 엘도라도가 아닌가! 젖과 꿀이 흐르는 땅이 따로 없군!" 신사는 감탄하는 표정으로 중얼거렸다.

라 마외드가 서둘러 의자를 권했지만 귀부인들은 앉으려고 하지 않았다. 엔보 부인은 벌써부터 싫증난 기색을 내비쳤다. 그녀는 지루한 유배 생활중에 잠시 기분 전환을 하듯 동물들을 구경시켜주는 역할을 수행하며 즐거워했지만, 미리 정해놓고 들어간 집들의 청결함에도 불구하고 이내 빈곤한 삶이 풍기는 퀴퀴한 냄새에 역겨워했다. 게다가 바로 가까이에서 힘겹게 일하며 고통스럽게 살아가는 노동자들의 안위는 안중에도 없이 정해진 말만 기계적으로 반복했다.

"아이들이 참 예쁘기도 하지!" 귀부인은 이렇게 말하면서, 속으로는 지나치게 커다란 머리에 지푸라기처럼 누런 머리가 마구 헝클어져 있는 아이들 모습이 정말 끔찍하다고 생각했다.

그러자 라 마외드는 아이들의 나이를 말해야 했고, 방문객들은 예의상 에스텔에 관해 질문을 했다. 본모르 영감은 공손하게 입에서 파이프를 거뒀다. 그렇지만 그는 여전히 보는 사람에게 불안감을 안겨주었다. 사십 년을 막장에서 보내느라 피폐해진 모습과 뻣뻣하게 군은 다리, 쪼그라든 몸뚱이, 잿빛 얼굴. 격렬한 기침이 발작적으로 터져나오자 그는 시커먼 가래를 보고 사람들이 거북해할까봐 염려하며 밖으로 나갔다.

알지르는 그들의 관심과 찬사를 한몸에 받았다. 행주를 든 저 깜찍한 살림꾼 좀 봐! 방문객들은 어린 나이에 벌써 저토록 어른스러운 딸을 둔 엄마에게 찬사를 보냈다. 하지만 등이 굽은 소녀에 관해서는 아무 얘기도 하지 않았다. 그러면서 가엾은 불구의 아이를 불편함이 가득 느껴지는 연민 어린 눈빛으로 자꾸만 힐끔거렸다.

"이제 파리 사람들이 우리 탄광촌에 대해 물어보면 대답할 수 있으시겠죠. 지금까지 보셨다시피, 항상 조용하고 가족적인 분위기에다 모두들 행복하고 건강하게 잘 지낸답니다. 여긴 공기도 좋고 조용해서 여러분도 가끔 휴식을 취하러 오셔도 좋을 곳이라니까요."

"정말 놀라운 곳입니다, 아주 놀라워요." 신사는 마지막으로 열렬한 찬사를 늘어놓았다.

그들은 마치 진기한 광경을 전시하는 곳에서 막 나온 사람들처럼 황홀한 표정을 지으며 그곳을 떠났다. 그들을 배웅한 라 마외드는 문간에 서서 그들이 큰 소리로 얘기하며 천천히 멀어져가는 모습을 지켜보았다. 그사이 거리에 사람들이 붐벼, 그들은 방문객들이 왔다는 소문을 듣고 몰려온 여자들의 무리를 헤치고 지나가야 했다. 여인네들은 이 집에서 저 집으로 소문을 퍼뜨렸다.

그때 마침 문 앞에 서 있던 라 르바크는 호기심에서 달려온 라 피에론을 붙잡았다. 두 여자는 어이가 없다는 표정을 지어 보였다. 뭐야, 설마 저 사람들이 저기 마외네에서 자고 가려는 건 아니겠지? 그것은 정말 웃기는 이야기였다.

"그렇게 돈을 벌면서도 집에는 돈 한 푼 없다니! 맙소사! 저 따위로 사니까 맨날 그 모양인 거라고요!"

"내가 방금 들었는데, 저 여편네가 오늘 아침에 라 피올렌의 부르주아 집에 구걸하러 갔다더라고. 빵을 줄 수 없다고 하던 메그라도 나중에는 줬다는구먼…… 그 메그라가 어떤 속셈으로 그러는지는 천하가 다 아는데."

"저 여자하고요, 오! 맙소사, 절대 아닐 거예요! 그러려면 눈을 질끈 감아야 할걸요…… 그 남잔 분명 카트린하고 계산을 하려고 들 거예요."

"세상에! 더 기막힌 건 글쎄, 뻔뻔하게도 조금 전에 나한테 카트린이 그 짓을 하면 가만두지 않겠다고 펄펄 뛰더라니까!…… 그 껑다리 샤발이란 놈이 벌써 한참 전에 토끼장 지붕 위에서 그 계집애를 자빠뜨리고도 남았을 텐데 말이지."

"쉿!…… 저기 그 사람들이 나와요."

라 르바크와 라 피에론은 밖으로 나온 방문객들을 불손한 호기심이 드러나지 않도록 무심한 태도로 남몰래 흘끗거렸다. 그러고는 여전히 에스텔을 품에 안고 어르고 있는 라 마외드를 손짓으로 열심히 불렀다. 세 여자는 문간에 꼼짝 않고 선 채 엔보 부인과 그녀의 손님들의 성장한 뒷모습이 멀어져가는 것을 지켜보았다. 그러다 그들이 삼십여 걸음쯤 멀어지자 그때부터 다시 더욱더 격렬한 쑥덕공론이 시작되었다.

"몸에다 돈을 덕지덕지 처바른 꼬락서니하고는. 아마 저 여자들이 걸친 옷값이 자기 몸뚱어리보다 더 비쌀 거야!"

"맞아요! 분명 그럴 거예요…… 다른 데서 온 여자는 모르겠지만, 여기 사는 저 여자는 아무리 기름이 줄줄 흘러도 거저 줘도 아무도 안 가질 것 같은데요. 저 여자에 대해 얼마나 추잡한 소문이 많은지 모른다니까요……"

"아니, 무슨 소문?"

"저 여자가 이 남자 저 남자 만나고 다닌다는 소문 말이에요!…… 그 탄광 기사인가 뭔가 하는 남자부터 시작해서……"

"그 쬐그맣고 비쩍 마른 남자 말이지!…… 오! 그 남잔 너무 작아서 이불 속에서 잃어버릴 것 같던데."

"아무러면 어떻겠어요, 어차피 그냥 즐기는 상댄데…… 난 저렇게 역겹다는 표정으로 마치 딴 세상에 와 있는 것 같은 티를 내는 여자들 딱 질색이에요…… 저 여자, 엉덩이 흔드는 꼬락서니 좀 보세요. 우릴 다 우습게 본다고 말하는 것 같잖아요. 정말 무례하지 않아요?"

방문객들이 여전히 얘기를 하면서 느릿느릿 가고 있을 때 사륜마차 한 대가 교회 앞 도로에 멈춰 섰다. 그리고 마흔여덟 살쯤 된 신사 한 명이 마차에서 내렸다. 그는 권위적이고 빈틈없어 보이는 거무스름한 얼굴에 몸에 꼭 끼는 검은색 프록코트를 입고 있었다.

"저 여자 남편이야!"라 르바크는 그가 자기 말을 듣기라도 하듯 목소리를 낮춰 속삭였다. 사장이 그의 밑에 있는 만여 명의 노동자들에게 불러일으키는, 위계질서에서 비롯된 두려움에 사로잡힌 때문이었다. "그런데 저 남자를 보니, 마누라가 다른 남자랑 바람을 피우게도 생겼네!"

이제 탄광촌 사람들 전체가 밖으로 나와 있었다. 여인네들의 호기심이 점점 커지면서 여러 무리가 서로 가까이 다가가 한 덩어리가 되었다. 입을 헤벌린 코흘리개 꼬마들은 삼삼오오 무리를 지어 보도 위에서 어슬렁거렸다. 학교 울타리 뒤에서 잠깐 발돋움을 하는 교사의 희멀건 얼굴도 보였다. 가래질을 하던 남자는 텃밭 한가운데서 가래에 발을 올려놓은 채 눈을 동그랗게 뜨고 바라보았다. 사람들의 수군거림은 마른 나뭇잎들 사이로 부는 바람 소리처럼 버스럭거리는 소리와 함께 점점 커졌다.

사람들이 특히 많이 모여든 곳은 라 르바크의 집 앞이었다. 처음에는 여자 둘이 그곳으로 향하더니 이내 열 명, 스무 명으로 늘어났다. 주변에 듣는 이가 너무 많아지자 라 피에론은 조심스럽게 입을 다물었다. 분별 있는 편에 속하는 라 마외드 역시 말없이 구경만 했다. 그녀는 잠에서 깨어 울어대는 에스텔을 달래기 위해 언제라도 새끼에게 젖을 물릴 준비가 된 동물처럼 훤한 대낮에 젖통을 옷 밖으로 꺼냈다.

끊임없이 새로 고이는 젖 때문에 묵직해진 가슴이 아래로 축 처져 양쪽으로 건들거렸다. 엔보 씨가 부인들을 마차 안쪽에 앉게 한 다음 마르시엔으로 떠나자 여인네들의 수다는 극에 달했다. 여자들은 마치 들끓는 개미굴 같은 소란스러움 속에 서로 얼굴을 마주보고 손짓을 더해가며 쉬지 않고 입을 놀려댔다.

어느덧 세시를 알리는 종이 울렸다. 부틀루를 비롯해 굴진 작업을 하는 인부들이 갱으로 향했다. 갑자기 교회 모퉁이에서, 갱에서 맨 먼저 작업을 마치고 돌아오는 채탄부들이 보였다. 얼굴이 새까매지고 옷이 흠뻑 젖은 그들은 가슴에 팔짱을 낀 채 등을 구부리고 있었다. 그러자 여인네들의 대열이 와르르 흩어지더니 너나없이 사방으로 뛰기 시작했다. 여자들은 지나친 커피와 수다 때문에 주부로서 할 일을 소홀히 한 데서 오는 두려움을 안고 각자의 집으로 돌아가기에 바빴다. 이제 들리는 것이라고는 말다툼으로 이어질 불안한 외침뿐이었다.

"오! 이런, 맙소사! 내 수프는! 수프도 아직 준비해놓지 않았다니!"

4

마외가 에티엔을 라스뇌르의 주점에 두고 돌아왔을 때, 카트린과 자샤리, 장랭은 수프를 먹고 난 참이었다. 갱에서 돌아오면 배가 너무 고파서 씻기도 전에 축축한 옷을 입은 채로 식사를 했다. 누구를 기다렸다가 먹는 일은 결코 없었다. 식탁은 아침부터 저녁까지 내내 차려져 있었고, 항상 누군가가 무언가를 먹고 있었다. 그때그때 되는대로 자기 몫을 챙겨 먹으면 그만이었다.

마외는 문간에 들어서자마자 먹을거리들을 알아보았다. 아무 말도 하지 않았지만, 수심이 가득했던 얼굴이 단번에 환해졌다. 아침나절 내내 막장에서 탄맥을 두들기는 동안, 빈 찬장과 커피도 버터도 없다는 사실이 가슴을 쿡쿡 찌르는 통증처럼 계속 그를 괴롭혔다. 아내가 잘해낼 수 있을까? 빈손으로 돌아오면 그때는 어떻게 해야 하나? 그런데 모든 게 다 있었다. 어떻게 된 일인지는 나중에 아내가 말해줄 터였다. 그는 안도의 웃음을 지었다.

카트린과 장랭은 벌써 식사를 마치고 일어나 커피를 마시고 있었다. 수프만으로는 배가 덜 찬 자샤리는 빵 한쪽을 커다랗게 잘라 버터를 발라 먹었다. 그는 접시에 놓인 돼지고기 편육을 봤지만 손대지 않았다. 하나밖에 없을 때는 아버지를 위한 것이었다. 수프가 잘 소화되도록 모두들 맑고 맛좋은 찬물을 한 사발씩 들이켰다. 임금 지급일이 다가올 때면 늘 그러듯이.

"맥주는 사놓지 못했어요." 마외가 식탁에 앉자 라 마외드가 말했다. "돈을 좀 남겨둬야 할 것 같아서…… 하지만 당신이 마시고 싶다면 아이한테 후딱 달려가 한 파인트 사오라고 할게요."

마외는 반색하는 얼굴로 그녀를 쳐다보았다. 뭐라고! 돈까지 구해 왔단 말인가!

"아니, 괜찮아. 한 잔 마시고 왔거든. 그걸로 충분해."

그는 접시 대신 사발에 가득 담긴, 빵과 감자, 파, 참소리쟁이를 한데 섞어 끓인 걸쭉한 수프를 천천히 한 숟가락씩 떠먹기 시작했다. 여전히 에스텔을 안고 있는 라 마외드는 알지르를 시켜 마외에게 필요한 것을 더 갖다주게 했다. 그리고 버터와 돼지고기 편육을 그의 앞으로 밀어놓고, 그가 따뜻하게 마시도록 커피를 다시 데워놓았다.

그러는 동안 벽난로 옆에서는 커다란 나무통을 반으로 잘라 만든 함지에서 식구들이 차례로 몸을 씻기 시작했다. 카트린이 미지근한 물로 통을 채우고는 제일 먼저 씻었다. 그녀는 조용히 보닛과 웃옷, 바지, 그리고 셔츠까지 전부 벗었다. 여덟 살부터 그렇게 지내왔기 때문에 알몸을 드러내는 것에 조금도 거부감이 없었다. 다만 배를 벽난로 쪽으로 향하고 검정 비누로 몸을 박박 문질렀다. 아무도 그녀를 쳐다보지 않았다. 레노르와 앙리조차 그녀의 몸이 어떻게 생겼는지 더이상 궁금해하지 않았다. 다 씻은 카트린은 젖은 셔츠와 나머지 옷들을 바닥에 한데 쌓아둔 채 알몸으로 계단을 올라갔다. 그러자 두 형제는 실랑이를 벌였다. 자샤리가 아직 먹고 있다는 핑계로 장랭이 먼저 통 속으로 들어가려고 했기 때문이다. 자샤리는 자기 차례라고 소리치면서 장랭을 밀어냈다. 카트린에게는 먼저 씻으라고 했지만 개구쟁이들에게까지 양보할 수는 없었다. 장랭을 먼저 씻게 했다가는 그 물로 학교의 잉크병들을 가득 채울 수도 있을 것이다. 그들은 결국 함께 씻기로 했다. 둘 다 벽난로 쪽을 향한 채 서로 도와가며 등을 문질러주기도 했다. 그런 다음 그들의 누이처럼 알몸으로 계단을 올라갔다.

"아휴, 이게 다 뭐람!"라 마외드는 바닥에 흐트러져 있는 옷들을 말리기 위해 주우면서 중얼거렸다. "알지르, 걸레로 여기 좀 닦으렴, 알았지!"

그때 벽 너머에서 들려오는 시끄러운 소리가 그녀의 말을 중단시켰다. 남자의 거친 욕설과 여자의 울음소리, 속이 빈 호박을 두드리는 것 같은 둔탁한 소리와 함께 치고받는 소리가 들려왔다.

"르바크 마누라가 또 두들겨 맞나보군."라 마외는 숟가락으로 사발 바닥을 박박 긁으면서 말했다. "거참 이상하네. 부틀루가 수프가 준비돼 있다고 했는데."

"그럼요! 어련하겠어요!"라 마외드가 비아냥거리듯 말했다. "껍질도 안 벗긴 채소들이 식탁 위에 나뒹구는 걸 내 눈으로 똑똑히 봤는걸요."

요란한 소리가 점점 커지더니, 벽을 뒤흔들 정도로 끔찍한 비명이 들려왔다. 그러더니 갑자기 쥐죽은듯 조용해졌다. 그러자 마지막 한 숟가락을 삼키던 마외는 공정한 판결을 내리듯 차분한 어조로 말했다.

"수프도 끓여놓지 않았다면 맞아도 싸지."

그는 물을 한 잔 가득 마신 다음 돼지고기 편육을 공략했다. 고기를 네모지게 한입 크기로 썰어 포크 대신 칼끝으로 찍어서 빵에 얹어 먹었다. 아버지가 식사를 할 때는 모두들 조용히 했다. 그도 음식을 먹는 동안은 아무 말이 없었다. 그는 그 고기가 메그라의 상점에서 온 것이라는 사실도 깨닫지 못했다. 다른 데서 파는 것일 거라고 생각했다. 하지만 그는 아내에게 아무것도 묻지 않았다. 다만 노인이 아직 위층에서 자고 있는지 물었을 뿐이다. 아니, 할아버지는 늘 하던 대로 산책하러 벌써 밖으로 나간 터였다. 그리고 다시 침묵이 이어졌다.

그런데 바닥에 앉아 흥건하게 고인 물로 개울을 그리며 놀던 레노르와 앙리가 고기 냄새에 고개를 들었다. 두 아이는 아버지 가까이 다가갔다. 더 어린 앙리가 앞에 서고 레노르가 뒤에 서서 아버지가 먹는 것을 쳐다보았다. 아이들은 기대가 가득한 눈빛으로 고기가 접시를 떠나는 것을 지켜보다가, 아버지의 입속으로 들어가는 고기를 절망적인 눈빛으로 바라보았다. 한참이 지나서야 마외는 창백해진 얼굴로 군침을 흘리는 아이들을 보면서 그들이 고기를 먹고 싶어한다는 것을 알아차렸다.

"애들한테도 고기를 먹였소?" 그가 물었다. 아내가 머뭇거리자 그가 다시 말했다. "이런 식으로 나만 먹는 거 좋아하지 않는다고 말했을 텐데. 애들이 이렇게 내 앞에 서서 한 조각만 달라고 애원하는 거 딱 질색이란 말이오. 식욕이 싹 달아난다고."

"그럼요, 물론 애들도 먹었죠!"라 마외드가 발끈하며 소리쳤다. "애들이 먹고 싶다는 대로 다 해주려면, 당신 몫이랑 다른 사람들 몫을 다 줘도 모자랄 거예요. 애들은 배가 터질 때까지 먹으려 들 거라고요…… 안 그러니, 알지르? 우리도 돼지고기 다 먹었잖니?"

"그럼요, 엄마." 어린 꼽추 소녀가 대답했다. 아이는 이런 상황에서 어른처럼 침착하게 거짓말을 할 줄 알았다.

레노르와 앙리는 누이의 태연자약한 거짓말에 충격을 받은 듯 그 자리에 꼼짝 않고 서서 마음속으로 분개했다. 아이들은 사실대로 얘기하지 않으면 매를 맞았다. 사실대로 말하고 항변하고 싶은 마음에 작은 가슴이 부풀어올라 터질 것만 같았다. 자기들이 없을 때 다른 식구들만 고기를 먹었다고 말하고 싶었다.

"얼른 저리 못 가!" 엄마는 식당 구석으로 아이들을 쫓으면서 말했다. "그렇게 맨날 아버지 식사를 넘보다니 부끄러운 줄 알아야지. 그리고 설령 아버지가 혼자 드신다고 해도 그렇지, 아버지가 놀고먹는 사람이냐, 응? 너희가 할 줄 아는 거라고는 빈둥거리고 놀면서 양식이나 축내는 것밖에 없잖아. 밥값도 못하는 식충이들 같으니라고!"

마외는 아이들을 다시 불렀다. 그는 레노르를 왼쪽 무릎에, 앙리를 오른쪽 무릎에 앉혔다. 그리고 아이들과 함께 즐겁게 식사하면서 돼지고기 편육을 마저 먹었다. 그가 아이들을 위해 고기를 조그맣게 잘라 주자 아이들은 환한 얼굴로 허겁지겁 받아먹었다.

식사를 마친 후 마외는 아내에게 말했다.

"아니, 커피는 됐소. 먼저 좀 씻어야겠소…… 나하고 이 구정물 좀 버립시다."

그들은 함지 손잡이를 잡고 문 앞 개울에 더러운 물을 쏟아버렸다. 그때 장랭이 옷을 갈아입고 아래로 내려왔다. 그는 형이 오래 입어 색깔이 바랠 대로 바랜 헐렁한 바지와 모직 웃옷을 입고 있었다. 열린 문으로 아이가 몰래 빠져나가려는 것을 보고 엄마가 불러 세웠다.

"어딜 가는 거니?"

"저기요."

"저기, 어디?…… 내 말 잘 들어. 저녁에 샐러드를 만들어야 하니 민들레 잎을 따와라. 알겠니? 민들레 잎을 따오지 않으면 혼꾸멍 날 줄 알아."

"네! 네! 알았다고요!"

장랭은 두 손을 주머니에 찔러넣고 나막신을 질질 끌면서 집을 나섰다. 열한 살밖에 안 된 왜소하기 그지없는 소년은 빈약한 엉덩이를 마치 늙은 광부처럼 흔들었다. 그다음에는 자샤리가 내려왔다. 그는 좀더 신경을 쓴 모습으로, 파란색 줄무늬가 있는 검은색 모직 스웨터를 입고 있었다. 마외가 그에게 늦게 들어오지 말라고 소리쳤다. 자샤리는 입에 파이프 담배를 문 채 아무런 대답 없이 고개만 끄덕이다 밖으로 나갔다.

함지에 새로 미지근한 물이 채워졌다. 마외는 천천히, 벌써 웃옷을 벗고 있었다. 그가 눈짓을 하자 알지르는 레노르와 앙리를 밖으로 데리고 나갔다. 마외는 탄광촌의 여느 집에서 그러듯이 식구들과 함께 씻는 것을 좋아하지 않았다. 그렇다고 함께 씻는 누구를 나무라거나 하지는 않았다. 같이 첨벙거리는 건 아이들한테나 좋은 것이라고 말했을 뿐이다.

"위에서 뭐하는 거니?" 라 마외드가 계단을 올려다보며 소리쳤다.

"어제 찢어진 옷을 깁고 있어요." 카트린이 대답했다.

"알았다…… 아래층에 내려오지 마라, 아버지 씻으시니까."

이제, 마외와 라 마외드는 단둘이 있을 수 있었다. 라 마외드는 에스텔을 의자에 내려놓기로 마음먹었다. 불 옆에서 기분이 좋아진 아이는 다행히도 울지 않았다. 아이는 아무 생각 없는 조그만 존재의 멍한 눈으로 부모를 쳐다보았다. 마외는 함지 앞에 쭈그려 앉아 먼저 머리를 물속에 집어넣고 검정 비누로 문질렀다. 탄광촌 사람들이 오랫동안 사용해온 검정 비누는 그들의 머리를 누렇게 탈색시켰다. 그런 다음 마외는 물속에 들어가 가슴과 배, 팔, 허벅지에 비누칠을 하고는 두 주먹으로 힘차게 박박 문질렀다. 그의 아내는 선 채로 그를 지켜보았다.

"있잖아요, 아까 당신이 돌아올 때 얼굴을 보니까…… 당신도 걱정 많이 했죠, 안 그래요?" 라 마외드가 얘기를 꺼냈다. "그런데 이 음식들을 보고 당신도 활짝 웃는 거 봤어요…… 라 피올렌의 부르주아들이 한 푼도 안 줬다니까요, 글쎄. 오! 물론 친절하긴 했어요. 아이들 옷도 줬고요. 그런데 그 사람들한테 돈을 적선해달라고 애원할 때는 얼마나 수치스러웠는지 몰라요. 그런 부탁을 할 때는 목구멍에 가시가 걸린 것 같다니까요."

그녀는 잠시 얘기를 멈추고 에스텔이 아래로 굴러떨어지지 않도록 의자에 다시 잘 앉혔다. 마외는 살가죽을 계속 문질러댔다. 아내가 하려는 이야기를 질문으로 끊지 않고, 무슨 얘기인지 이해할 수 있기를 참을성 있게 기다리면서.

"메그라한테는 진작 거절당했고요. 정말 매몰차더라고요! 글쎄, 나를 개처럼 밖으로 내쫓지 뭐예요…… 당신은 그때 내 심정이 어땠을지 짐작이 가요? 물론 모직 옷들을 입으면 따뜻하긴 하겠죠. 하지만 그런 것들이 주린 배를 채워주지는 못하잖아요, 안 그래요?"

마외는 여전히 아무 말 없이 고개를 들었다. 라 피올렌에서 아무것도 얻지 못했고 메그라에게서도 거절을 당했다고 하지 않았나. 그러면 대체 어떻게 된 거지? 라 마외드는 평소처럼 자신의 옷소매를 걷어올렸다. 그가 혼자서는 씻기 힘든 곳과 등을 씻겨주기 위해서였다. 마외는 아내가 비누칠을 해 여기저기 박박 문질러가며 씻겨주는 걸 좋아했다. 라 마외드는 비누를 집어 그의 어깨부터 세게 문질렀다. 마외는 흔들리지 않으려고 몸에 뻣뻣하게 힘을 주었다.

"그래서 메그라 가게로 다시 찾아가서 말했죠, 솔직하게요, 그래요, 솔직하게요…… 그렇게 피도 눈물도 없이 매정하게 굴면 언젠가는 반드시 험한 일을 겪게 될 거라고요…… 그랬더니 그치가 겁이 나는지 나를 똑바로 쳐다보지도 못하더라고요. 아마 어디로 도망이라도 가고 싶었을 거예요……"

그사이 그녀는 그의 등에서 엉덩이까지 내려와 있었다. 이제 탄력을 받은 그녀는 잘 보이지 않는 곳들을 공략했다. 마외의 몸 어느 한 군데도 그녀의 손길이 닿지 않는 곳이 없었다. 라 마외드는 토요일 대청소 때 냄비 세 개를 윤나게 닦듯 남편의 몸을 반들반들하게 씻겨주었다. 두 팔로 몸 곳곳을 끊임없이 오가느라 그녀 자신도 몸이 들썩거리고 숨이 차서 땀을 비 오듯 흘리고 목이 메었다.

"그러더니 결국 나를 다시 부르더라고요, 그 엉큼한 작자가…… 그래서 토요일까지는 우리한테 빵을 대주기로 했고, 그보다 더 잘된 건, 나한테 백 수를 빌려줬다는 거예요…… 그뿐만 아니라 버터에 커피, 치커리까지 가져오지 않았겠어요. 게다가 돼지고기에 감자까지 가져오면서 봤더니 그치가 영 못마땅한 얼굴을 하고 있더라고요…… 편육을 사는 데 칠 수, 감자 값 십팔 수를 제하고 나니까 삼 프랑 칠십오 수가 남더군요. 이 돈으로 라타투유하고 포토푀*를 해 먹으면 좋을 것 같아요…… 어때요? 이만하면 아침나절을 잘 보낸 셈이죠?"

이제 그녀는 수건으로 마외의 몸을 닦아주었다. 잘 마르지 않는 곳까지 구석구석 물기를 닦았다. 기분이 한껏 좋아진 그는 빚을 갚아야 하는 내일은 아랑곳없이 큰 소리로 웃음을 터뜨리면서 그녀를 두 팔로 움켜잡았다.

"이거 놔요, 짐승 같으니라고! 홀딱 젖어서 나까지 적시려고…… 그런데 혹시 메그라한테 무슨 음흉한 저의가 있는 건 아닌지……"

그녀는 카트린 얘기를 하려다가 그만두었다. 가장에게 근심거리를 안겨줘서 좋을 게 없지 않은가. 그랬다가는 또다시 골치가 아파질 터였다.

"저의라니?" 마외가 물었다.

"우릴 벗겨 먹을지도 모른다는 얘기예요! 카트린이 계산서를 꼼꼼히 잘 살펴봐야 할 거라고요."

---

* 고기와 몇 가지 채소로 만드는 진한 수프.

마외는 다시 그녀를 움켜잡더니 이번에는 그냥 놓아주지 않았다. 목욕은 늘 이렇게 끝나곤 했다. 라 마외드가 그의 몸을 세게 문질러주면 그는 기분이 아주 좋아졌다. 그런 다음 그녀는 수건으로 그의 몸 구석구석을 닦아주면서 팔과 가슴의 털을 간질여 그를 자극했다. 하기야 탄광촌에 사는 다른 동료들 집에서도 마찬가지였다. 바로 그때가 그들이 원하는 것 이상으로 아이를 많이 만드는 멍청한 짓을 저지르는 시간이었다. 밤에는 가족들의 눈이 있어 마음대로 할 수가 없었다. 마외는 아내를 식탁으로 밀어붙였다. 그는 하루 중 유일하게 즐거운 순간을 즐기려는 사내의 본능을 드러내며 빙글거렸다. 그는 그 시간을 디저트라고 불렀다. 돈이 들지 않는 공짜 디저트였다. 그녀는 허리와 가슴을 흔들면서 장난치듯 몸을 버둥거렸다.

"이런 짐승 같은 양반, 맙소사! 정말 짐승이 따로 없다니까!……에스텔이 우릴 쳐다보잖아요! 아이 고개라도 좀 돌려놓게 기다려요."

"설마, 그럴 리가! 석 달밖에 안 된 아이가 뭘 안다고 그래?"

다시 몸을 일으켰을 때 마외는 마른 팬티만 입고 있었다. 몸을 깨끗이 씻고 아내와 노닥거리고 나면, 그는 잠시 웃통을 벗은 채로 있는 것을 좋아했다. 빈혈에 걸린 처녀처럼 새하얀 피부에는 석탄을 다루다 긁힌 자국과, 깊게 베인 상처 때문에 광부들 사이에서 '이식한 피부'라고 불리는, 문신 같은 흉터들이 남아 있었다. 그는 그것들을 자랑스러워하면서, 푸른색 줄무늬 대리석처럼 빛나는 굵은 팔과 넓은 가슴을 과시했다. 여름이면 모든 광부들이 그런 모습으로 문간에 나와 있곤 했다. 심지어 지금처럼 축축한 날씨에도 그는 문간에 나가 화단 너머에서 자기처럼 웃통을 벗고 있는 동료에게 음담패설을 외쳤다. 그러자 또다른 남자들이 모습을 드러냈다. 보도 위를 어슬렁거리던 아이들도 고개를 들어 지친 육체에 바깥바람을 쐬며 즐거워하는 노동자들을 보면서 함께 웃었다.

마외는 여전히 웃통을 벗은 채로 커피를 마시면서 탄광 기사가 갱목 작업에 관해 화낸 이야기를 라 마외드에게 들려주었다. 그는 차분하고 편안한 모습으로 아내의 현명한 충고에 귀기울이며 고개를 끄덕였다. 이런 일에서 언제나 양식 있는 태도를 보이는 그녀는 탄광회사와 대립해 득 될 게 하나도 없다는 사실을 거듭 강조했다. 그런 다음 라 마외드는 엔보 부인이 자기네 집을 방문한 일을 들려주었다. 드러내놓고 말하지는 않았지만 둘 다 그 사실을 자랑스러워했다.

"이제 내려가도 돼요?" 카트린이 계단 위에서 물었다.

"그래그래, 아버지는 몸을 말리고 계셔."

카트린은 깨끗한 나들이용 원피스를 입고 있었다. 주름 부분은 이미 색깔이 바래고 낡은, 짙은 청색의 오래된 포플린 원피스였다. 머리에는 수수한 검은색 망사 보닛을 썼다.

"이게 누구야! 예쁘구나…… 그렇게 차려입고 어딜 가는 거냐?"

"몽수에 가서 보닛에 달 리본을 사려고요…… 원래 달려 있던 걸 뗐거든요, 너무 더러워져서요."

"살 돈은 있고?"

"아뇨, 무케트가 십 수를 빌려준다고 했어요."

라 마외드는 딸의 외출을 허락했다. 그러고는 문간에 서서 딸을 다시 불러 말했다.

"메그라 가게에선 사지 마라, 네 리본 말이야…… 그 인간이 바가지를 씌울지도 모르니까. 우리가 돈이 많은 줄 알 거라고."

목덜미와 겨드랑이를 더 빨리 말리려고 불 앞에 쭈그려 앉아 있던 마외는 한마디를 덧붙였을 뿐이다.

"늦게까지 길바닥에서 돌아다니지 마라."

마외는 오후에 자기네 텃밭에서 일했다. 그곳에다 감자와 껍질콩, 완두콩을 심어놓은 터였다. 그는 전날부터 준비해놓은 양배추와 상추 모종을 옮겨 심기 시작했다. 그들은 이 조그만 텃밭에서 필요한 채소를 조달했지만 감자는 언제나 부족했다. 마외는 농작물 재배에 일가견이 있어 이웃 사람들이 허세로 여기는 아티초크까지 길러내기도 했다. 그가 모종대를 준비하고 있을 때 르바크는 자기네 텃밭에 나와, 부틀루가 아침에 심어놓은 로메인상추를 살펴보며 파이프 담배를 피우고 있었다. 주인이 인내심을 가지고 가래질을 하지 않으면 그곳에서는 쐐기풀밖에 자라지 않을 터였다. 이내 철망 너머로 두 남자 사이에 대화가 오갔다. 자기 아내를 두들겨 패고 난 후 스트레스가 풀려 다시 활기가 넘치는 르바크는 마외를 라스뇌르의 주점으로 데려가려고 애썼다. 이보게, 맥주 한 잔이 무슨 해가 된다고 그러는 건가? 동료들끼리 나인핀스를 한 판 하고 잠시 노닥거리다가 돌아와 저녁을 먹으면 될 터였다. 그것이 갱에서 나온 후의 그들의 삶이었다. 물론 그러는 게 나쁘다는 건 아니었지만 마외는 고집을 부렸다. 지금 상추를 옮겨 심지 않으면 다음날이면 모두 시들어버리고 말 것이었다. 사실 그는 현명한 방법으로 거절한 거였다. 100수에서 남은 돈 중 단 한 푼이라도 축내고 싶지 않았기 때문이다.

다섯시를 알리는 종이 울리자 라 피에론이 건너와 자기네 리디가

장렝과 함께 나갔는지 물었다. 르바크는 베베르도 보이지 않는 걸로 봐서 아마도 그럴 거라고 대답했다. 그 말썽꾸러기들은 언제나 같이 어울려 다녔다. 마외는 민들레 잎 샐러드 얘기로 그들을 진정시킨 다음, 르바크와 함께 악의 없는 노골적인 말들로 라 피에론을 희롱하기 시작했다. 라 피에론은 화를 내면서도 그 자리를 떠나려고 하지는 않았다. 그녀 역시 배가 땅기도록 소리치게 만드는 거칠고 상스러운 말들을 내심 즐기고 있었다. 잠시 후 비쩍 마른 아낙네가 그녀와 합세해 열을 올리면서 식식거리는 소리가 암탉 울음소리처럼 들렸다. 다른 여자들은 뚝 떨어진 문간에 서서 함께 분개하고 있었다. 이제 학교가 파해 아이들이 우르르 거리로 쏟아져나왔다. 한데 모여든 아이들은 병아리처럼 조잘대면서 서로 뒹굴고 치고받기도 했다. 주점으로 달려가지 않은 아버지들은 삼삼오오 담장 밑에 모여 갱 속에서처럼 쪼그려 앉아 말을 아끼며 파이프 담배를 피웠다. 라 피에론은 르바크가 그녀의 엉덩이가 탄탄한지 만져보려고 하자 발끈 화를 내면서 집으로 돌아갔다. 르바크는 여전히 모종을 옮겨 심는 마외를 놔둔 채 혼자서 라스뇌르의 주점으로 가기로 마음먹었다.

날이 갑자기 어두워지자 라 마외드는 등잔불을 밝혔다. 그녀는 딸과 아들들이 아직 아무도 돌아오지 않아 역정이 나 있는 참이었다. 이놈의 집구석에서는 식구들이 다 같이 모여 한 번에 식사하는 일은 결코 없을 터였다. 그녀는 민들레 잎 샐러드거리를 기다리고 있었다. 벌써 이렇게 캄캄한데 어떻게 민들레 잎을 따온단 말인가, 망할 놈의 애새끼 같으니라고! 샐러드가 있다면 감자와 파, 참소리쟁이에 튀긴 양파를 넣어 소스에 익혀 만든 라타투유와 잘 어울릴 텐데 말이다! 튀긴 양파 냄새는 집안 전체에 배어 있었다. 금세 변질되는 그 역겨운 냄새가 탄광촌 벽돌 곳곳에 스며들면 멀리 들판에서까지도 가난한 부엌이 풍기는 지독한 냄새를 맡을 수 있었다.

어둠이 내리자, 텃밭에서 돌아온 마외는 의자에 앉자마자 벽에 머리를 기대고 이내 잠이 들었다. 그는 저녁에 자리에 앉으면 바로 잠들곤 했다. 뻐꾸기시계는 일곱시를 알렸고, 앙리와 레노르는 상을 차리는 알지르를 돕겠다며 서로 다투다가 접시를 깨뜨렸다. 본모르 영감은 서둘러 저녁을 먹으러 제일 먼저 집으로 돌아왔다. 탄광으로 일하러 가야 하기 때문이었다. 그러자 라 마외드는 마외를 깨웠다.

"우리끼리 먼저 먹어요, 어쩔 수 없잖아요!…… 다 큰 애들이니 알아서 집을 찾아오겠죠. 샐러드를 못 먹는 게 아쉬울 뿐이네요!"

5

에티엔은 라스뇌르의 주점에서 수프를 먹고 난 후 르 보뢰 탄광이 마주보이는 조그만 다락방으로 올라갔다. 기진맥진한 그는 옷을 입은 채로 침대 위에 쓰러졌다. 이틀 동안 잠을 네 시간밖에 자지 못했던 것이다. 석양이 질 무렵 잠에서 깨어났을 때는 자기가 어디에 와 있는지 몰라 잠시 멍해 있었다. 몹시 어지럽고 머리가 묵직해 똑바로 서 있기조차 힘들었다. 그는 밤에 제대로 자려면 저녁을 먹기 전에 바깥 바람을 좀 쐬어야겠다고 생각했다.

밖에는 날이 조금씩 풀리고 있었다. 숯검댕처럼 시커멓던 하늘은 구릿빛을 띠었고, 축축하고 포근한 기운 속에 예감할 수 있는 북부의 전형적인 폭우를 머금고 있는 듯했다. 밤은 너르게 내리깔리면서 평원 저 먼 곳까지 감싸는 안개처럼 점점 다가왔다. 불그레한 대지의 거대한 바다 위에서 나지막한 하늘이 검은색 먼지 속으로 녹아드는 것처럼 보였다. 이 시간에는 어둠을 자극하는 바람 한 점 불지 않았다. 마치 칙칙하고 생기 없는 무덤처럼 슬픈 광경이었다.

에티엔은 오직 열기를 떨쳐버리려는 생각으로 발길 닿는 대로 걸었다. 땅이 움푹 꺼진 곳에 있어 벌써부터 어둠에 잠긴 르 보뢰 탄광 앞을 지날 때는 주간에 일하는 광부들이 나오는 것을 보려고 잠시 멈춰섰다. 탄광에는 아직 불을 밝힌 초롱 하나 없었다. 여섯시가 되었는지, 하역부와 적치장에서 일하는 적재부, 마부들이 무리를 지어 떠났다. 그들 무리 속에는 선탄장의 여성 노동자들도 뒤섞여 어두컴컴한 빛 속에서 웃고 있었다.

맨 먼저 라 브륄레와 그녀의 사위 피에롱이 보였다. 라 브륄레는 그를 꾸짖고 있었다. 돌을 세는 문제로 감독관에게 따지는데 피에롱이 그녀 편을 들지 않았다는 이유에서였다.

"오! 이 줏대 없는 인간 같으니라고, 부끄러운 줄 알아! 우리를 못 잡아먹어 안달이 난 놈들 앞에서 그렇게 굽실거려서야 어떻게 사내라고 할 수 있겠냐고!"

피에롱은 아무 대꾸 없이 조용히 그녀 뒤를 따라갔다. 그러다 이렇게 대꾸했다.

"그럼 내가 작업반장한테 대들기라도 했어야 합니까? 천만에요! 그러다 무슨 꼴을 당하려고요!"

"그럼 아예 그놈한테 엉덩이까지 내밀지그래!" 라 브륄레가 소리쳤다. "오! 맙소사! 내 딸이 내 말을 들었어야 하는 건데!…… 자넨 나더러 남편을 죽인 그놈들 발바닥이라도 핥으라는 건가? 천만의 말씀,

두고봐, 그놈들한테 꼭 복수하고 말 테니까!"

목소리들이 차츰 잦아들었다. 에티엔은 새하얀 머리를 흩날리는 매부리코의 여인이 분노를 쏟아내느라 마르고 긴 팔을 휘저으며 멀어져 가는 것을 지켜보았다. 그때 그의 뒤에 있던 두 청년의 대화가 그의 관심을 끌었다. 그곳에서 기다리고 있던 자샤리를 알아본 에티엔은 자샤리의 친구 무케가 그에게 다가가 하는 말을 들을 수 있었다.

"같이 안 갈래?" 무케가 물었다. "타르틴을 먹고 나서 볼캉에 갈 건데."

"조금 있다가, 난 볼일이 좀 있어서."

"무슨 일인데?"

뒤를 돌아본 무케는 선탄장에서 나오는 필로멘을 알아보았다. 그제야 친구의 말이 무슨 뜻인지 이해했다.

"아! 알았어, 그거였구나…… 그럼 나 먼저 갈게."

"그래, 나도 곧 뒤따라갈게."

그곳을 떠나려던 무케는 마찬가지로 르 보뢰 탄광에서 나오던 아버지 무크 영감을 만났다. 두 부자는 간단히 별일 없느냐는 인사만 나누고는 아들은 큰길 쪽으로, 아버지는 운하 길을 따라갔다.

그사이 자샤리는 그를 뿌리치는 필로멘을 둘이서 늘 가던 외딴길 쪽으로 끌고 갔다. 예전에 그녀는 급히 서두르곤 했다. 그러나 이제는 오래된 부부처럼 서로 다투는 게 다반사였다. 이렇게 밖에서만 보는 것은 하나도 즐겁지 않았다. 특히 땅이 젖어 있고 드러누울 수 있는 밀밭도 없는 겨울에는 더욱 그랬다.

"아니야, 그런 게 아니라니까." 자샤리는 초조한 기색으로 속삭였다.

"너한테 할 얘기가 있어서 그래."

그는 그녀의 허리를 잡고 다정하게 끌었다. 그러더니 폐석 더미 그늘에 이르자, 그녀에게 돈이 있는지 물었다.

"돈은 또 뭐하게?" 필로멘이 물었다.

자샤리는 말을 얼버무리면서, 자기한테 2프랑의 빚이 있는데 가족들이 알면 사달이 날 거라고 말했다.

"나한테 거짓말할 생각일랑 하지 마!…… 조금 전에 무케랑 같이 있는 거 봤어. 또 볼캉에 갈 거잖아. 추잡한 여가수들이 있는 데 말이야."

자샤리는 아니라고 항변하면서 자신의 가슴을 두드리며 맹세했다. 필로멘이 어깨를 으쓱해 보이자 그가 불쑥 말했다.

"그럼 우리랑 같이 가면 되잖아, 너만 좋다면…… 난 전혀 거리낄게 없으니까. 노래 부르는 여자들이 나랑 무슨 상관이 있다고!…… 같이 갈래?"

"그럼 애는?" 그녀가 대꾸했다. "하루종일 빽빽 울어대는 애를 데리고 어딜 갈 수 있다는 거야?…… 난 집에 빨리 가봐야 해. 지금쯤 집에서 난리가 났을 게 분명해."

자샤리는 그녀를 붙들고 애원했다. 이것 봐, 내가 무케 앞에서 망신당하면 좋겠어. 그 친구한테 꼭 간다고 약속했는데. 남자는 매일 저녁 암탉처럼 얌전히 잠자리에 들 수는 없는 법이다. 그러자 마음이 약해진 필로멘은 카라코 자락을 걷어올려 손톱으로 실을 끊어내고 한쪽 옷단에서 10수짜리 동전 몇 개를 꺼냈다. 그녀는 자기 엄마가 돈을 빼앗아갈까봐 갱에서 초과로 일하고 받는 수당을 거기에 감춰두었다.

"보다시피 동전 다섯 개가 있는데 이 중에서 너한테 세 개를 줄 게…… 하지만 먼저, 네 어머니한테 우릴 결혼시켜달라고 재촉하겠 다고 맹세해줘. 난 허구한 날 바깥에서 이러는 것 지긋지긋하다고! 게 다가 엄마한테 맨날 밥이나 축낸다고 핀잔 듣는 것도 진저리 난단 말 이야…… 그러니까 맹세해, 먼저 맹세하라고."

그녀는 삶에 지친 사람처럼, 의욕도 없고 병약한 처녀처럼 생기 없 는 목소리로 말했다. 그는 반드시 그러겠노라고 큰소리치면서 맹세를 거듭했다. 그리고 동전 세 개를 건네받자 필로멘에게 키스를 하고 간 질이면서 그녀를 웃게 했다. 그녀가 계속 싫다고, 그러는 게 전혀 즐 겁지 않다고 하지만 않았다면, 그는 끝까지 밀어붙였을 터였다. 이 폐 석 더미 구석은 겨울이면 오랜 부부나 다름없는 두 사람의 잠자리가 되어주었다. 필로멘이 홀로 탄광촌으로 되돌아가는 동안, 자샤리는 들판을 가로질러 동료를 만나러 갔다.

에티엔은 그들이 단순한 만남을 갖는 줄 알고 아무 생각 없이 멀찌 감치 떨어져서 그들을 뒤따라가고 있었다. 탄광촌 여자들은 무척 조 숙한 편이었다. 그는 릴에서 알고 지내던 여성 노동자들을 떠올렸다. 에티엔은 공장 건물 뒤에서 여자들을 만나곤 했다. 가난에 찌든 삶을 살아가는 탄광촌 여자들은 열네 살 무렵부터 남자와 어울리기 시작했 다. 그런데 또다른 만남이 그를 더 놀라게 했다. 그는 발걸음을 멈추 었다.

굵은 돌들이 굴러내려 움푹 파인 폐석 더미 아래쪽에서 꼬마 장랭 이 리디와 베베르에게 된통 호통을 치고 있는 광경을 목격했기 때문 이다. 리디는 그의 오른쪽에, 베베르는 왼쪽에 앉아 있었다.

"뭐라고? 지금 너희 뭐라고 한 거야?…… 한 번만 더 그딴 소리 했다가는 둘 다 따귀를 날려버릴 줄 알아…… 그런 생각을 먼저 한 게 누군지, 어디 말해보라니까!"

과연 그런 아이디어를 떠올린 것은 장랭이었다. 한 시간 동안 두 아이와 운하를 따라가며 풀밭에서 민들레 잎을 따고 나자, 자기 집에서는 그 많은 걸 절대 다 먹지 못할 거라는 생각이 들었다. 그래서 탄광촌으로 돌아가는 대신 몽수로 갔다. 베베르는 망을 보게 하고, 리디에게 부르주아들의 집 문을 두드려 민들레 잎을 팔게 하기 위해서였다. 이미 그 방면에 노련한 장랭은 여자들은 자신이 원하는 것을 다 팔 수 있다면서 리디를 부추겼다. 그리하여 흥정을 잘한 끝에 민들레 잎을 전부 팔 수 있었다. 하지만 리디는 11수밖에 벌지 못했다. 이제 민들레 잎을 모두 처분한 세 아이는 수익을 셋으로 나누었다.

"이건 불공평하잖아!" 베베르가 소리쳤다. "돈을 셋이서 똑같이 나눠야지…… 네가 칠 수를 가지면, 우린 이 수씩밖에 못 갖잖아."

"뭐가 불공평하다는 거지?" 장랭이 벌컥 화를 내며 말했다. "무엇보다 내가 잎을 제일 많이 땄잖아!"

순진한 베베르는 평소 장랭에게 감탄과 두려움을 동시에 느끼면서 죄인처럼 그의 말에 고분고분 따랐다. 나이도 많고 힘도 더 셌지만 장랭에게 뺨을 맞기도 했다. 하지만 이번에는 뜻밖에 생긴 돈에 오기가 발동했다.

"안 그래, 리디? 장랭이 우리 돈을 훔치는 거잖아…… 똑같이 셋으로 나누지 않으면 얘 엄마한테 가서 일러버리자."

그러자 장랭은 베베르의 입에 주먹을 날렸다.

"한 번만 더 그따위 얘길 해봐. 너네 집에 가서 네가 우리 엄마 샐러드를 팔았다고 얘기할 테니까…… 그리고 이 멍청한 자식아, 넌 십일수를 셋으로 똑같이 나눌 수 있어? 어디 한번 똑똑한 네가 해봐, 어떻게 하는지 보게…… 자, 여기 이 수씩 받아. 얼른 받지 않으면 내 주머니에 다시 집어넣어버릴 거야."

베베르는 하는 수 없이 장랭이 나눠주는 2수를 받았다. 겁을 집어먹은 리디는 아무 말도 하지 않았다. 그녀는 장랭 앞에서는 매맞는 어린 계집처럼 두려움과 애정을 동시에 느끼곤 했다. 그가 2수를 건네자, 리디는 순종적인 미소를 지으며 손을 내밀었다. 그런데 장랭이 갑자기 돈을 도로 거둬갔다.

"그렇잖아? 네가 이 돈을 어떻게 가지고 있겠어?…… 네가 이걸 잘 감추지 못하면 네 엄마가 분명 빼앗아갈 거야…… 그러니까 내가 가지고 있는 게 낫지. 네가 돈이 필요하다고 하면 그때 돌려줄게."

그렇게 해서 9수가 자취를 감췄다. 장랭은 리디의 입을 막기 위해 웃으면서 그녀를 움켜잡더니 폐석 더미 위에서 함께 뒹굴었다. 리디는 그의 어린 아내와도 같았다. 그들은 어두컴컴한 구석에서 그들이 알고 있는, 집에서 문틈으로 듣고 훔쳐보았던 사랑을 흉내냈다. 아이들은 모든 걸 알고 있었지만, 아직 너무 어려서 할 수 있는 게 아무것도 없었다. 몇 시간 동안 사악한 강아지들처럼 어른들 흉내를 내며 서로를 더듬고 장난치는 게 고작이었다. 장랭은 그것을 '아빠 엄마 놀이'라고 불렀다. 그리고 장랭이 잡아끌 때면, 리디는 신이 나서 따라가 본능적인 달콤한 떨림과 함께 그에게 자신을 내맡겼다. 그러면서 때로는 화를 내기도 했지만, 언제나 결코 오지 않을 무언가를 기다리면서 순순히 그가 시키는 대로 했다.

그 놀이에 끼어들지 못하는 베베르는 리디를 만지려고 할 때마다 핀잔을 듣기 일쑤였다. 그는 다른 두 친구가 장난을 치고 놀 때는 어떻게 해야 할지 몰라 씩씩거리면서 화를 냈다. 하지만 장랭과 리디는 그가 지켜보는데도 전혀 개의치 않았다. 그래서 베베르는 걸핏하면 사람들이 보고 있다고 소리치면서 그들을 겁주고 방해하려고 했다.

"너희 이제 죽었어, 저기서 어떤 아저씨가 다 보고 있거든!"

이번에는 거짓말이 아니었다. 에티엔은 가던 길을 계속 가기로 했다. 아이들은 화들짝 놀라며 후다닥 달아났다. 그는 개구쟁이들이 잔뜩 겁먹고 도망치는 광경을 보고 씩 웃으며, 폐석 더미를 빙 돌아간 뒤 운하를 따라 계속 걸었다. 물론, 그러기엔 아직 어린 나이들이었다. 하지만 누굴 탓할 수 있을까? 어릴 때부터 그런 광경을 수없이 보고, 더없이 노골적인 말들을 듣는 데 익숙한 아이들이었다. 그런 아이들이 그러지 못하게 하려면 꽁꽁 묶어두는 수밖에 없을 터였다. 하지만 에티엔은 왠지 씁쓸한 생각이 들었다.

백여 걸음쯤 더 가서 그는 쌍쌍이 있는 남녀들과 다시 마주쳤다. 그가 다다른 곳은 레키야르였고, 그곳에 있는 오래된 폐광 주위에는 몽수의 젊은 여자들이 연인들과 배회하고 있었다. 한적하고 외진 그곳은 탄광촌 연인들이 공공연하게 모여드는 약속 장소였다. 탄차 운반부 여성들 가운데 토끼장 지붕 위에서 일을 감행할 용기가 없는 이들은 그곳에서 첫아이를 만들었다. 뜯겨나간 판자 울타리를 지나면, 예전에는 채굴물 집하장이었다가 지금은 공터로 변한 곳이 나왔다. 그곳은 무너져내린 창고 두 채의 잔해와 여전히 서 있는 고가철교 철탑의 골조물로 막혀 있었다. 그곳에는 더이상 사용하지 않는 탄차들이 뒹굴고 있고, 반쯤 썩은 목재들이 무더기로 쌓여 있었다. 그런 땅 한 귀퉁이에서는 풀들이 빽빽이 자라나 있고, 벌써부터 단단해 보이는 어린나무들이 솟아나 있었다. 그리하여 여자들은 그곳을 자기 집처럼 편안하게 느꼈다. 그곳에는 모든 이를 위한 으슥한 공간이 있었다. 남자들은 들보 위나 나뭇더미 뒤, 또는 탄차 속에서 여자들을 자빠뜨렸다. 그곳에서 연인들은 가까이 있는 다른 이들을 개의치 않고 자기 집처럼 편안하게 자리잡았다. 작동이 멈춘 기계 주위에서, 석탄을 뱉어내는 데 지친 갱 부근에서, 마치 생명의 창조, 자유로운 사랑이 복수를 하는 듯했다. 그 사랑은 본능의 격렬한 채찍질 아래, 아직 채 여인이 되지 못한 어린 소녀들의 뱃속에 생명을 잉태시켰다.

그런데 그곳에는 관리인인 무크 영감이 살고 있었다. 탄광회사는 버려진 권양기탑 거의 아래쪽에 있는 방 두 칸을 그가 쓰도록 내버려두었다. 권양기탑의 마지막 남은 골조가 언제 무너져 덮칠지 모르는 상태였다. 심지어 천장 일부는 무너지지 않게 받쳐놓아야 했다. 그런 곳에서 그는 가족과 함께 잘살고 있었다. 그와 무케는 한방에서, 라무케트는 다른 방에서 지냈다. 창문에는 유리창이 하나도 남아 있지 않은 터라, 그는 판자에 못질을 해 창문을 막아버리기로 했다. 창이 막혀 밖이 보이지는 않지만, 적어도 덜 춥긴 했다. 더구나 이 관리인은 아무것도 관리하지 않았다. 그는 르 보뢰 탄광으로 말들을 돌보러 다녔고, 레키야르의 폐허에는 아무런 신경도 쓰지 않았다. 레키야르의 수갱은 이웃 탄광의 환기를 위해 남겨둔 곳으로, 하나뿐인 거대한 화로의 굴뚝 역할을 했다.

이처럼 무크 영감은 난무하는 사랑들 속에서 노년을 보냈다. 라 무케트는 열 살 무렵부터 잔해의 사방 구석진 곳에서 사랑을 나눴다. 그녀는 리디처럼 아직 풋내나고 겁에 질린 어린 계집아이가 아니라, 벌써부터 수염 난 청년들에게 어울리는 성숙한 처녀의 향기를 물씬 풍겼다. 라 무케트의 아버지도 그녀를 나무라지 않았다. 그녀는 언제나 공손했고, 결코 집으로 남자를 끌어들이는 법이 없었기 때문이다. 게다가 그녀의 아버지는 이런 일들에 익숙해져 있었다. 르 보뢰 탄광에 갈 때나 그곳에서 돌아올 때면 어김없이 풀밭에 누워 있는 남녀가 발에 차이곤 했다. 특히 수프를 끓이기 위해 땔감을 주우러 가거나, 그가 기르는 토끼에게 먹일 갈퀴덩굴을 따려고 탄광의 다른 쪽 끝으로 갈 때면 몹시 난감한 경우가 종종 있었다. 그는 지나가는 길마다 몽수의 모든 젊은 여자들이 풀숲 밖으로 탐욕스러운 얼굴들을 하나둘씩 내미는 광경을 목도했다. 오솔길 밖으로 내뻗은 그녀들의 다리에 걸려 넘어지는 일이 없도록 항상 주위를 잘 살펴야 했다. 점차 어느 누구도 이런 식으로 서로 부딪치는 것을 불편하게 여기지 않게 되었다. 그는 그저 넘어지지 않도록 신경쓰면 되었고, 여자들은 아무런 방해를 받지 않고 하던 일을 마저 끝낼 수 있었다. 그는 자연의 섭리를 당연하고 차분하게 받아들이면서 발소리를 내지 않고 은밀하게 멀어져 갔다. 다만 그가 정해진 시각에 나타난다는 것을 여자들이 아는 것처럼, 그도 마찬가지로 그녀들을 알아볼 수 있었다. 마치 정원의 배나무들을 희롱하며 망치려는 짓궂은 까치들을 알아보는 것처럼. 아! 젊음이란! 아무리 먹어도 결코 채워지지 않는 탐욕스러운 시절이 아닌가! 때로 그는 짙은 어둠 속에서 너무 시끄럽게 헐떡이는 여자들에게서 눈길을 돌리며 말없는 회한과 함께 고개를 저었다. 오직 한 가지 사실만이 그의 심기를 거슬렀다. 두 연인이 그의 방 벽에 기대어 사랑을 나누는 좋지 못한 습관을 들였던 것이다. 그 때문에 잠을 못 자서 불만스러운 게 아니라, 그들이 오랫동안 너무 세게 벽을 밀어붙이는 바람에 벽이 기울어졌기 때문이었다.

저녁마다 무크 영감은 친구인 본모르 영감의 방문을 받았다. 본모르 영감은 저녁을 먹기 전에 규칙적으로 똑같은 산책을 했다. 두 전직 광부는 서로 거의 말이 없었다. 삼십여 분쯤 함께 있는 동안 열 마디도 채 나누지 않았다. 하지만 이처럼 소리내어 얘기할 필요 없이, 옛일들을 함께 되돌아보는 것만으로도 기분이 좋아졌다. 그들은 레키야르의 들보에 나란히 걸터앉아 짧게 한두 마디를 내뱉은 다음 땅에 코를 박고 그들만의 몽상에 잠기곤 했다. 그 순간, 그들은 다시 젊어지고 있었을 터였다. 그들 주위에서는, 속삭임처럼 들려오는 키스와 웃음소리 속에 남자들이 연인의 치맛자락을 걷어올렸고, 뭉개진 풀의 상큼한 내음 속에 어린 소녀들의 뜨거운 숨결이 피어올랐다. 사십삼 년 전 본모르 영감이 그의 아내와 처음으로 사랑을 나눈 곳도 바로 이 탄광 뒤쪽이었다. 그는 편하게 키스하기 위해 허약하기 그지없는 탄차 운반부였던 그녀를 탄차에 올려놓았었다. 아! 그들에게도 한때 좋은 시절이 있었던 것이다! 두 노인은 고개를 저으면서 종종 인사조차 하지 않고 헤어졌다.

그런데 그날 저녁 에티엔이 그곳에 이르렀을 때, 들보에서 몸을 일으킨 본모르 영감은 탄광촌으로 되돌아가기 전에 무크 영감에게 물었다.

"잘 자게, 친구!······ 그런데 혹시 자네, 라 루시*라는 여자 기억나는가?"

잠시 아무 말이 없던 무크 영감은 어깨를 으쓱하고는 자기 집으로 돌아가면서 말했다.

"자네도 잘 자게, 잘 자라고, 친구!"

이번에는 에티엔이 들보 위로 가서 앉았다. 왠지 점점 더 우울한 생각이 그를 사로잡았다. 그는 그곳을 떠나는 노인의 등을 바라보면서, 그날 새벽 자신이 이곳에 처음 도착했을 때를 떠올렸다. 몹시 성가시게 불어대는 바람 때문에 저 말없는 노인이 끝없이 이야기를 쏟아냈던 순간을. 이렇게 비참한 삶이 또 어디 있단 말인가! 고된 노동 끝에 파김치가 된 아직 어린 여자들이 저녁이면 또다시 끝없는 노동과 고통에 시달릴 생명을 만들 생각을 하다니, 이보다 더 어리석은 일이 또 있을까! 그녀들이 항상 굶주림으로 고통받을 생명들로 자신을 채워간다면 이런 악순환은 결코 끝나지 않을 것이다. 차라리 다가오는 불행을 막는 것처럼, 배를 틀어막고 허벅지를 꽉 조이는 편이 낫지 않을까? 어쩌면 그는 다른 이들은 모두 짝을 지어 즐기는 이 시각에 자신은 혼자라는 사실 때문에 이런 음울한 생각을 하는 것은 아닐까? 후텁지근한 날씨에 약간 숨이 막혀왔고, 아직은 약한 빗방울이 그의 뜨거운 손 위로 떨어졌다. 그렇다, 이곳에서는 모두가 그런 삶을 거쳐갔다. 그것은 이성보다 훨씬 강한 것이었다.

이런저런 생각에 잠겨 에티엔이 어둠 속에서 꼼짝 않고 앉아 있을

---

* '다갈색 머리'라는 뜻.

때, 몽수에서 내려온 한 쌍의 남녀가 그를 못 본 채 스쳐지나가더니 레키야르의 공터로 향했다. 숫처녀가 분명해 보이는 여자는 조그만 소리로 애원하고 버둥거리면서 남자에게 저항했다. 그런데도 남자는 아무 말 없이, 곰팡이가 슨 낡은 밧줄 더미가 쌓여 있는 다 쓰러져가는 컴컴한 창고 구석으로 여자를 밀어붙였다. 카트린과 꺽다리 샤발이었다. 하지만 에티엔은 그들이 지나갈 때 누군지 미처 알아보지 못했다. 그는 음울한 생각 대신 관능에 이끌린 채 눈으로 그들을 좇으며 일의 추이를 지켜보았다. 무엇 때문에 자신이 개입하겠는가? 여자들이 싫다고 하는 것은 남자들이 자신을 거칠게 다뤄주기를 바라서인 것이다.

240번 탄광촌을 나선 카트린은 포장도로를 따라 몽수로 향했다. 그녀는 갱에서 일하기 시작한 열 살 무렵부터 이렇게 혼자서 여기저기 쏘다녔다. 광부들 가정에서는 그런 면에서 아무도 제재를 하지 않았다. 열다섯 살까지 어떤 남자도 카트린을 취하지 않은 것은 사춘기가 늦게 왔기 때문이었다. 그녀는 아직 기다리는 중이었다. 탄광회사 현장 앞에 이르자, 카트린은 도로를 가로질러 세탁소로 들어갔다. 거기에 라 무케트가 있을 거라고 확신한 것이다. 라 무케트는 그곳에서 아침부터 저녁까지 서로 돌아가며 커피값을 내는 부인네들과 함께 지내고 있었다. 카트린은 마침 라 무케트가 커피를 사는 바람에 자신에게 약속한 10수를 빌려줄 수 없다는 것을 알고 실망을 금치 못했다. 그들은 그녀를 위로하기 위해 뜨거운 커피를 내놓았다. 카트린은 친구가 다른 여자한테서 돈을 빌려주겠다는 것을 마다했다. 갑자기 돈을 아껴야겠다는 생각과 함께, 지금 리본을 사면 그 리본이 자기에게 불행을 가져다줄지도 모른다는 미신적인 두려움이 느껴졌기 때문이다.

그녀는 서둘러 다시 탄광촌으로 발길을 돌렸다. 그리고 몽수의 마지막 집들을 지나칠 때 피케트라는 주막 문간에 서 있던 한 남자가 그녀를 불렀다.

"어이! 카트린, 어딜 그렇게 급히 가는 거야?"

껑다리 샤발이었다. 카트린은 난감했다. 그가 마음에 들지 않아서가 아니라, 웃고 떠들 기분이 아니었기 때문이다.

"잠깐 들어와서 뭐라도 좀 마시지그래…… 약한 걸로 한잔, 어때?"

카트린은 그의 기분이 상하지 않도록 좋은 말로 거절했다. 이제 곧 어두워질 것이고, 집에서는 식구들이 그녀를 기다리고 있었다. 그는 앞으로 나아가 길 한복판에서 그녀에게 조그만 소리로 간청했다. 오래전부터 샤발은 피케트 주막 이층에 세들어 사는 자기 방에 그녀를 데려가리라 마음먹고 있었다. 두 사람이 함께 지낼 수 있는 커다란 침대를 갖춘 멋진 방이었다. 그의 그런 생각이 두려워, 카트린은 여전히 안 된다며 고개를 저었다. 심성이 착한 카트린은 웃으면서 아기가 생기지 않을 날에 올라가겠다고 대답했다. 그리고 이런저런 얘기 끝에 파란색 리본을 사려다가 못 샀다는 이야기를 하고 말았다.

"그럼 내가 그 리본 사줄게, 내가!" 샤발이 소리쳤다.

카트린은 또 거절해야 한다고 느끼면서도 마음속으로는 리본을 갖고 싶은 강한 욕망에 부대끼며 얼굴을 붉혔다. 그러다 돈을 빌리면 되겠다는 생각이 들어 그의 제안을 받아들였다. 그가 그녀를 위해 쓰는 돈을 나중에 갚겠다는 조건이었다. 그들은 그 이야기를 하다가 다시 농을 했다. 그녀가 그와 잠자리를 하지 않으면 돈을 갚기로 합의한 것이다. 그런데 샤발이 메그라의 상점으로 가자고 해 다시 문제가 생겼다.

"안 돼, 메그라네는 갈 수 없어. 엄마가 거긴 가지 말라고 하셨거든."

"그게 뭐 어때서, 어디서 샀는지 말할 필요는 없잖아!…… 몽수에서 제일 예쁜 리본들을 파는 데가 거기라고!"

메그라는 자기 가게로 껑다리 샤발과 카트린이 결혼 선물을 사려는 연인처럼 함께 들어오는 걸 보고 얼굴이 벌게졌다. 그는 누군가에게 무시당한 사람처럼 씩씩거리며 파란색 리본들을 보여주었다. 그들이 물건을 사고 가게를 나서자, 그는 문간에 서서 석양빛 속으로 멀어져가는 두 사람을 지켜보았다. 그의 아내가 쭈뼛거리며 그에게 무언가를 묻자, 그는 그녀에게 욕을 하며 화풀이를 해댔다. 언젠가는 모두들 자기 앞에 엎드려 자신의 발을 핥게 될 거라고, 배은망덕한 더러운 인간들이 후회하게 만들 거라고 소리쳤다.

껑다리 샤발은 집으로 돌아가는 카트린과 동행했다. 그는 두 팔을 건들거리며 그녀 옆에서 걸어갔다. 그러면서 안 그러는 척 엉덩이로 슬쩍슬쩍 그녀를 밀어 다른 데로 이끌었다. 카트린은 문득 자신들이 포장도로를 벗어나 레키야르로 가는 좁다란 길로 접어들었다는 것을 깨달았다. 하지만 그녀는 화를 낼 틈조차 없었다. 샤발이 그녀의 허리를 꼭 껴안고 계속 달콤한 말을 속삭이면서 그녀의 머리를 아득해지게 하고 있었기 때문이다. 바보같이 겁낼 필요가 어디 있는가! 그녀처럼 어여쁘고, 실크처럼 부드럽고, 먹어도 될 만큼 달콤한 여자에게 그가 조금이라도 해를 입힐 이유가 있겠는가? 그는 그녀의 귓불과 목덜미에 뜨거운 숨결을 불어넣으면서 온몸에 전율이 일게 했다. 카트린은 숨이 막힐 것만 같아 아무 말도 하지 못했다. 사실 그녀도 그를 좋아하는 것 같기도 했다. 토요일 저녁 촛불을 끈 다음이면, 그가 자신을 이런 식으로 취하면 어떻게 될지 생각해보곤 했다. 그러고 나서 잠이 들 무렵에는 다가올 쾌락에 마음이 약해지면서 그를 더이상 거부하지 않는 자신을 꿈꿨다. 그런데 어째서 지금은 똑같은 생각에 역겨움과 회한마저 느껴지는 것일까? 그가 콧수염으로 그녀의 목덜미를 부드럽게 간질이는 동안, 카트린은 눈을 감은 채 또다른 남자를 떠올렸다. 아침에 잠깐 보았던 청년의 그림자가 그녀의 감긴 눈꺼풀 아래 어둠 속으로 언뜻 지나갔다.

카트린은 화들짝 놀라 주위를 둘러보았다. 샤발이 그녀를 레키야르의 폐허 가운데로 이끌고 온 것이다. 카트린은 무너진 창고 주위의 캄캄한 어둠 속에서 몸을 떨며 뒷걸음질했다.

"안 돼! 싫어, 싫단 말이야! 제발 부탁이야, 날 좀 그냥 보내줘!" 그녀는 조그만 소리로 애원했다.

수컷에 대한 두려움이 그녀를 불안에 떨게 했다. 여자가 기꺼이 응할 때라도, 정복욕에 사로잡힌 남자가 다가올 때면 방어 본능으로 인해 온몸을 뻣뻣하게 얼어붙게 하는 두려움이었다. 무지에 기인한 것이 아닌 그녀의 처녀성은 아직 그 고통을 짐작하기 힘든 상처나 위해의 위협에 맞닥뜨린 것처럼 두려움에 떨며 움츠러들었다.

"싫어, 싫단 말이야, 싫다고! 난 아직 너무 어려…… 사실이잖아! 그러니까 좀더 나중에, 내가 더 클 때까지 기다려줘."

샤발은 나직한 소리로 투덜거렸다.

"멍청한 것! 도대체 뭐가 두려운 거야?…… 그딴 게 다 무슨 의미가 있는데?"

그는 더는 아무 말도 하지 않았다. 카트린을 세게 움켜잡더니 창고 속으로 밀어버렸다. 낡은 밧줄 더미 위로 나자빠진 그녀는 이제 저항하기를 그만두었다. 그녀와 같은 부류에 속하는 여자들은 채 성숙해지기도 전에 어릴 때부터 아무데서나 드러눕게 만드는 유전적인 순종심으로 남자를 받아들였다. 겁에 질려 우물거리던 그녀의 말이 점차 잦아들자, 이제 들려오는 소리라고는 사내의 거친 숨소리뿐이었다.

그사이 에티엔은 꼼짝하지 않은 채 그들이 내는 소리를 엿듣고 있었다. 또 한 여자가 유혹에 넘어가고 말았군! 그들의 소동을 지켜본 그는 불편한 느낌에 사로잡혀 자리에서 일어났다. 질투 어린 흥분과 이유를 알 수 없는 분노가 동시에 느껴졌다. 그는 이제 아무 거리낌 없이 들보들을 성큼성큼 뛰어넘었다. 두 남녀는 지금 자기들 일에 몰두한 나머지 다른 데 신경쓸 겨를이 없었던 것이다. 백여 걸음쯤 가다가 무심코 뒤를 돌아본 에티엔은 어느새 몸을 일으킨 그들이 자기처럼 탄광촌 쪽으로 발길을 옮기는 것을 보고 깜짝 놀랐다. 사내는 여전히 여자의 목덜미에 대고 속살거리면서 고마워하는 눈빛으로 그녀의 허리를 꼭 껴안았다. 하지만 여자는 무엇보다 시간이 늦은 것에 조바심이 나는 얼굴로 서둘러 돌아가기를 원했다.

그러자 에티엔은 그들의 얼굴을 보고 싶은 간절한 욕구에 시달렸다. 바보 같은 생각이었다. 그는 그러한 유혹에 넘어가지 않으려고 걸음을 재촉했다. 하지만 저절로 발걸음이 느려지면서 급기야 첫번째 가로등의 그림자 뒤로 몸을 숨겼다. 그는 지나가는 남녀가 카트린과 꺽다리 샤발인 것을 알고 경악해 그 자리에 얼어붙고 말았다. 에티엔은 처음에 자기 눈을 의심했다. 진청색 원피스에 보닛을 쓴 저 여자가 정말 카트린이란 말인가? 광부용 반바지 차림에 보닛으로 머리를 꽉 조여 매고 있던 그 개구쟁이 청년과 저 여자가 같은 사람이라고? 그래서 그는 카트린이 옆을 스쳐지나갈 때도 미처 알아보지 못했던 것이다. 하지만 그는 더이상 의심하지 않았다. 투명한 초록빛 샘물처럼 맑고 깊은 그녀의 눈빛을 알아보았던 것이다. 헤픈 계집애 같으니라고! 그는 뚜렷한 이유도 없이, 그녀를 무시하는 것으로 그녀에게 복수해야겠다는 강렬한 충동을 느꼈다. 더구나 여성스러운 것은 그녀에게 어울리기는커녕 아주 끔찍했다.

카트린과 샤발은 에티엔의 코앞을 천천히 지나갔다. 그들은 그가 그렇게 지켜보고 있다는 사실을 전혀 눈치채지 못했다. 샤발이 카트린을 안고 그녀의 귓불에 키스하자, 카트린은 그의 애무에 웃음을 터뜨리며 걸음을 늦췄다. 뒤에 처진 에티엔은 그들을 뒤따라갈 수밖에 없었다. 그는 두 사람이 길을 막고 있는 것에 짜증스러워하면서 심기가 몹시 거슬리는 광경을 지켜봐야만 했다. 그러니까 아침에 카트린이 그에게 했던 맹세는 사실이었다. 그녀는 아직 누구의 애인도 아니었던 것이다. 그런데 그는 멍청하게도 그녀의 말을 믿지 않고, 저 남자처럼 그녀를 자기 애인으로 만들 어떤 시도도 하지 않았던 것이다! 그리고 바로 코앞에서 다른 남자에게 그녀를 빼앗기고도, 유치하게도 그들이 노닥거리는 모습을 보며 즐기고 있었다니! 에티엔은 그런 생각을 하자 미쳐버릴 것만 같았다. 그는 두 주먹을 불끈 쥐었다. 분노가 치밀어 누군가를 죽이고 싶은 충동이 일면서 저 남자를 한입에 삼켜버릴 수 있을 것 같았다.

산책은 삼십 분간 이어졌다. 르 보뢰 탄광이 가까워지자 샤발과 카트린은 다시 걸음을 늦췄다. 운하 가에서 두 번, 폐석 더미를 따라가다가 세 번씩 가던 길을 멈추고는 아주 유쾌하게 연인 사이의 다정한 장난을 주고받았다. 에티엔도 눈에 띌까봐 그들과 똑같이 멈춰 서야만 했다. 그럴 때마다 그는 자신의 어리석음을 뼈저리게 후회했다. 이번 일을 교훈 삼아, 앞으로는 여자들을 어떻게 다뤄야 할지 명심할 것이었다. 마침내 르 보뢰 탄광을 지나 라스뇌르의 주점으로 가서 저녁을 먹을 수 있게 되었는데도 그는 계속 그들을 뒤따라갔다. 탄광촌까지 그들과 함께 가서 샤발이 카트린을 집에 들여보낼 때까지 십오 분 동안 어둠 속에 몸을 숨긴 채 기다렸다. 그리고 그들이 더이상 함께 있지 않다는 것을 확인하고서야 다시 걷기 시작했다. 방안에만 틀어박혀 있기에는 너무 숨이 막히고 처량한 생각이 들어, 그는 발을 쿵쿵 구르며 아주 멀리, 마르시엔으로 가는 길까지 발길 닿는 대로 걸었다.

그뒤로 한 시간쯤 지난 아홉시경에야 에티엔은 다시 탄광촌을 가로질러 갔다. 새벽 네시에 일어나려면 더 늦기 전에 식사를 하고 잠자리에 들어야 했다. 마을은 벌써 밤의 칠흑 같은 어둠 속에 잠들어 있었다. 닫힌 덧창 사이로 새어나오는 빛조차 보이지 않았다. 길게 늘어선 집들은 군인들이 코를 골며 잠든 병영처럼 깊은 잠에 빠져 있었다. 움직이는 것이라고는 텅 빈 화단을 가로질러 달아나는 고양이 한 마리뿐이었다. 이제 하루가 끝났다. 노동자들은 피로와 식곤증에 녹아떨어져 식탁에서 침대로 나가떨어졌다.

라스뇌르 주점의 불 밝힌 홀에서는 기계공 한 사람과 주간조 노동자 두 사람이 맥주를 마시고 있었다. 에티엔은 안으로 들어가기 전에 잠시 멈춰 서서 마지막으로 어둠 속을 바라보았다. 새벽에 돌풍을 맞으며 이곳에 처음 도착했을 때처럼 거대한 어둠이 펼쳐져 있었다. 그의 앞쪽으로 초롱불 몇 개가 군데군데 밝히고 있어 어렴풋이 보이는 르 보뢰 탄광은 몸을 웅크린 음험한 한 마리 짐승을 연상시켰다. 폐석 더미 위에서는 세 개의 무쇠 화로가 핏빛 달처럼 불타면서 이따금 본모르 영감과 그의 누런색 말의 실루엣을 더욱더 크고 도드라져 보이게 했다. 그리고 저 너머 평원에 있는 모든 것이 어둠에 잠겨 있었다. 몽수, 마르시엔, 방담 숲, 사탕무밭과 밀밭이 이루는 광대한 바다. 멀리 보이는 등대처럼, 높다란 용광로의 푸른색 불과 코크스로의 붉은색 불만이 주위를 밝히고 있었다. 이제 비가 내리기 시작하면서 밤은 차츰 자취를 감췄다. 느릿느릿 꾸준히 내리는 비는 단조롭게 졸졸 흘러내리는 빗물이 되어 점차 거대한 어둠을 쓸어내렸다. 오직 하나의 목소리만이, 밤낮으로 숨을 내쉬는 배수펌프의 굵고도 느릿한 숨결만이 깊은 적막을 깨뜨리고 있었다.

제3부

1

다음날, 그리고 그다음날에도 에티엔은 갱으로 돌아가 다시 일을 시작했다. 차차 적응하면서, 처음에는 마냥 힘들어 보였던 새로운 노동과 습관에 자신의 삶을 맞춰나갔다. 한 가지 작은 사건만이 첫 두 주 동안의 단조로움을 깨뜨렸을 뿐이다. 그는 일시적인 열병을 앓느라 이틀 동안 꼼짝도 못하고 꼬박 침대에 누워 있어야 했다. 팔다리가 끊어져나갈 것처럼 아프고 머리가 펄펄 끓으면서, 몽상에 빠지거나 환각 비슷한 상태를 경험하기도 했다. 그의 몸 하나 빠져나갈 수 없을 만큼 비좁은 갱도로 탄차를 밀어넣는 꿈이었다. 하지만 그것은 단지 수련 과정에서 비롯되는 근육통과 극심한 피로일 뿐이었고, 그는 이내 기운을 되찾을 수 있었다.

그뒤로 또다른 날들이 이어졌고, 몇 주, 몇 달의 시간이 흘러갔다.

이제 그는 다른 동료들처럼 새벽 세시에 일어나 커피를 마신 다음 라스뇌르 부인이 전날 마련해둔 타르틴 두 쪽을 싸가지고 일터로 떠났다. 그는 갱에 도착해서는 자러 가는 본모르 영감을 만났고, 오후에 갱에서 나올 때면 막 출근하는 부틀루와 어김없이 마주쳤다. 그는 보닛을 썼고, 반바지와 무명 웃옷을 입었고, 오들오들 떨었고, 탈의실 화롯불 앞에서 등을 덥혔다. 그리고 살을 에는 듯한 찬바람이 지나가는 하치장에서 맨발로 기다렸다. 저 위의 어둠 속에서 구리 장식이 별처럼 빛나는 거대한 강철 팔들이 달린 기계나, 말없이 검은색 날개를 퍼덕이는 야행성 새처럼 오르내리는 케이블도, 신호기와 지시 사항을 알리는 외침도, 주철판에서 덜컹거리는 탄차의 소란스러움 속에서 끊임없이 솟아났다가 아래로 사라지는 케이지도 더이상 그에게 두려움을 안겨주지 못했다. 그의 램프가 잘 타지 않는 것을 보니 망할 놈의 램프 관리자가 제대로 닦아놓지 않은 게 분명했다. 그는 무케가 장난스럽게 손바닥으로 여자들 엉덩이를 때리면서 모두를 케이지에 태웠을 때에야 비로소 굳었던 몸이 풀리는 것 같았다. 딸깍하며 킵스에서 분리된 케이지는 우물 속에 던진 돌멩이처럼 캄캄한 구덩이 아래로 떨어져내렸다. 아래로 내려가는 동안 에티엔은 고개를 돌려 희미한 빛이 사라지는 것을 바라보지도 않았다. 그는 그대로 추락할 수 있다는 가능성을 단 한 번도 생각해본 적이 없었다. 머리 위로 후드득후드득 떨어지는 물소리를 들으며 어둠 속으로 더 깊이 내려갈수록 자기 집처럼 편안하게 느껴졌다. 아래의 적치장에 도착해 피에롱이 애써 상냥함을 가장하며 그들을 내리게 하면, 언제나 변함없이 쿵쿵거리며 걷는 무리의 행진이 시작되었다. 각 작업반원들은 느릿한 걸음으로 각자에게 할당된 막장으로 향했다. 에티엔은 이제 채탄막장으로 통하는 갱도를 몽수의 거리보다 더 훤히 꿰고 있었다. 여기서 꺾어진 다음 좀더 가서는 몸을 낮추고 나아가야 한다는 것도, 어디에 물웅덩이가 있는지도 모두 알고 있었다. 그리하여 이젠 램프 없이도 두 손을 주머니에 찔러넣은 채 2킬로미터의 갱도를 오갈 수 있었다. 그리고 매번 똑같은 만남이 반복되었다. 지나는 길에 램프로 광부들의 얼굴을 비춰 보는 갱내 감독, 말을 끌고 가는 무크 영감, 힝힝거리며 우는 바타유를 모는 베베르, 환기용 문을 다시 닫기 위해 탄차 행렬의 맨 끝에서 달리는 장랭, 탄차를 미는 퉁퉁한 라 무케트와 가냘픈 리디.

마침내 에티엔은 막장의 숨막히는 답답함과 습기도 훨씬 덜 고통스럽게 느끼게 되었다. 굴뚝도 아주 유연하게 올라갈 수 있었다. 마치 몸집이 줄어들어, 예전에는 손 하나 감히 집어넣지 못했던 갈라진 틈새까지도 통과할 수 있을 것 같았다. 그는 이제 석탄가루도 거리낌없이 들이마셨고, 짙은 어둠 속에서도 또렷이 볼 줄 알았다. 또한 아침부터 저녁까지 젖은 옷이 몸에 달라붙어 있는 것에도 익숙해져, 땀이 줄줄 흘러도 아랑곳하지 않았다. 게다가 그는 더이상 자신의 힘을 헛되이 쓰지 않았으며, 빠른 속도로 기술을 익혀 작업반원들을 놀라게 했다. 삼 주가 지나자 모두들 그를 갱에서 가장 유능한 탄차 운반부 중 하나로 인정하기에 이르렀다. 그만큼 탄차를 경사면까지 재빨리 밀고 간 다음 케이지에 정확히 싣는 사람은 아무도 없었다. 에티엔은 작은 키 덕분에 어디나 쉽게 미끄러지듯 통과할 수 있었고, 여자처럼 가늘고 새하얀 팔은 섬세한 피부 아래 강철 뼈대를 숨긴 듯 거친 일도 척척 해냈다. 아마도 자존심 때문인 듯, 그는 피곤해 죽을 지경이 되어도 결코 불평하는 법이 없었다. 사람들이 단 한 가지 못마땅하게 여기는 점이 있다면, 그가 농담을 이해하지 못한다는 것이었다. 누가 장난으로 슬쩍 건드리기라도 할라치면, 그는 즉시 발끈하며 화를 냈다. 그럼에도 불구하고, 그를 매일 조금씩 더 기계와 같은 단순한 존재로 전락시키는 일상의 중압감 속에서 그는 동료들에게 진정한 광부로 인정받았다.

특히 마외는 에티엔에게 깊은 호감을 느꼈다. 그는 무엇보다 일을 잘하는 사람을 높이 샀다. 그리고 다른 사람들처럼, 청년이 자기보다 월등한 교육을 받았음을 느끼고 있었다. 그는 에티엔이 글을 읽고 쓰고 도면 한 자락을 그리는 것을 지켜보았고, 그 자신은 존재조차 몰랐던 것들에 관해 이야기하는 것을 듣기도 했다. 그런 건 사실 그다지 놀랄 일도 아니었다. 광부들은 기계공들보다 머리가 둔하고 거친 사람들이었다. 하지만 마외는 무엇보다 굶어죽지 않기 위해 씩씩하게 석탄과 맞붙는 청년의 용기에 감탄을 금치 못했다. 지금까지 임시로 고용한 일꾼들 중에서 에티엔처럼 그렇게 빨리 적응한 사람은 아무도 없었다. 그리하여 마외는 채탄 작업이 늦어져 채탄부를 방해하고 싶지 않을 때는 에티엔에게 갱목 작업을 맡겼다. 그가 일을 깔끔하고 튼튼하게 해낼 거라고 확신했기 때문이다. 작업반장들은 언제나 빌어먹을 갱목 문제로 마외에게 성화를 부렸다. 그는 매시간, 탄광 기사인 네그렐이 당세르를 데리고 나타나 소리치고 서로 옥신각신하다가 모든 걸 다시 작업하라고 할까봐 두려워했다. 그런데 그들이 그의 탄차 운반부의 갱목 작업에 더 만족한다는 사실을 주목했던 것이다. 겉으로는 절대 만족하지 않는 척하면서 조만간 회사에서 근본적인 조치를 취할 것이라고 반복했지만. 갱목 작업 때문에 채탄 작업이 자꾸만 늦어지자, 갱내에서는 은밀하게 불만이 쌓이면서 사람들이 술렁이기 시작했다. 급기야 평소에는 온순하기 그지없는 마외조차 두 주먹을 불끈 쥐며 분노를 터뜨리는 지경에 이르렀다.

처음에는 자샤리와 에티엔 사이에 경쟁의식이 발동했다. 어느 날 저녁에는 둘이 서로 치고받기 직전까지 가기도 했다. 하지만 자기가 좋아하는 것 외에는 관심을 두지 않는 심성 좋은 청년 자샤리는 즉시 흥분을 가라앉히면서 화해의 뜻으로 에티엔에게 맥주를 사겠다고 제안했다. 그는 이내 새로운 동료의 우월함을 인정하고 에티엔에게 고개를 숙여야 했다. 르바크 또한 이제는 호의적인 태도로 탄차 운반부 청년과 정치 얘기를 하는 사이가 되었다. 그는 주관이 뚜렷한 사람이라며 에티엔을 치켜세웠다. 그리하여 도급제 작업반원들 중에서 은밀한 적의를 품고 에티엔을 대하는 사람은 껑다리 샤발이 유일했다. 그들은 겉보기에는 서로 반목하는 티를 내지 않았다. 오히려 그 반대로 두 사람은 친구처럼 지냈다. 다만 농담을 주고받을 때면 서로 잡아먹을 듯이 상대방을 노려보곤 했다. 카트린은 두 남자 사이에서 체념한 듯 순종적인 태도로 지냈다. 늘 몸을 숙인 채 자기 탄차를 밀면서, 한편으로는 자신을 돕는 탄차 운반부 동료를 상냥하게 대했고, 다른 한편으로는 애인의 뜻에 순순히 따르면서 그의 노골적인 애정 행각을 거부감 없이 받아들였다. 그것은 모두에게 용인된 상황이었다. 두 사람은 가족들이 인정한 부부나 다름없었다. 샤발은 저녁마다 카트린을 폐석 더미 뒤로 데려갔다가, 다시 그녀의 집까지 데려다주면서 마지막으로 탄광촌 사람들 모두가 지켜보는 앞에서 그녀에게 키스를 했다. 에티엔은 자신은 그런 상황을 이미 받아들였다고 생각하며 카트린 앞에서 종종 예의 밤마을을 언급하면서 짓궂게 굴었다. 그는 막장에서 남녀 사이에 주고받는 것처럼 노골적인 말들을 농담처럼 내뱉곤 했다. 그러면 카트린은 똑같은 투로 그의 농담에 응수하면서, 애인이 그녀에게 한 일들을 허풍처럼 들려주었다. 그러나 청년이 그녀를 똑바로 응시할라치면, 카트린은 당혹스러워하며 낯빛이 창백해지곤 했다. 그럴 때마다 두 사람은 고개를 돌리고는 때로 한 시간쯤 아무 말 없이 머물렀다. 각자의 마음속 깊이 묻어둔 채 결코 말하지 않은 것들 때문에 서로 미워하는 척하면서.

어느덧 봄이 찾아왔다. 어느 날, 갱에서 나오던 에티엔은 얼굴에 훅 불어오는 4월의 따사로운 숨결을 느낄 수 있었다. 젊은 대지와 초록 새싹들, 순수하고 깨끗한 공기의 향기로운 내음을 풍기는 바람이었다. 이제 갱에서 나올 때마다 점점 더 활짝 피어나는 봄이, 어떤 여름도 몰아내지 못한 습기 찬 어둠이 지배하는 막장의 영원한 겨울 속에서 열 시간을 보내고 나온 그의 몸을 한층 더 훈훈하게 덥혀주었다. 날이 점점 길어졌고, 5월이 되어서는 해가 뜰 때 갱으로 내려갔다. 진홍빛 하늘이 르 보뢰 탄광을 물보라를 닮은 새벽빛으로 밝혀주었고, 배수펌프가 뿜어내는 백색 증기는 장밋빛으로 변해 하늘로 날아올랐다. 이제 더는 추위에 오들오들 떨지도 않았다. 저 높은 곳에서 종달새가 지저귀는 동안, 멀리 들판에서는 훈훈한 바람이 불어왔다. 그리고 세시쯤에는 뜨거운 햇살이 눈부시게 빛나면서 지평선을 불태우고, 석탄가루로 찌든 건물 벽들을 붉게 물들였다. 6월에는 벌써 성큼 자라난 밀들의 청록색이 사탕무의 검푸른빛과 뚜렷한 대조를 이루었다. 바람이 조금만 불어도 물결치는 끝없는 바다가 그의 눈앞에 펼쳐지면서 나날이 더 커져갔다. 저녁에 그는 아침보다 더 불어난 초록 물결을 보며 놀라곤 했다. 운하의 포플러도 무성한 잎으로 한껏 치장을 했다. 폐석 더미에도 온통 풀들이 자라나 있었고, 목초지는 꽃으로 뒤덮였다. 그가 저 아래, 땅속에서 빈곤함과 피곤함으로 신음하는 동안, 그 위의 대지에서는 온갖 생명이 움트면서 쑥쑥 자라나고 있었다.

　이제 에티엔이 저녁 산책을 할 때마다 연인들을 마주치는 곳은 더이상 폐석 더미 뒤쪽이 아니었다. 그는 밀밭에서 그들의 자취를 발견하곤 했다. 누렇게 변해가는 밀 이삭과 커다란 붉은색 개양귀비가 흔들리는 것을 보고 연인들이 사랑의 둥지를 짓고 있음을 짐작할 수 있었다. 자샤리와 필로멘은 오래된 부부처럼 습관적으로 그곳으로 향했다. 언제나 리디 뒤를 쫓아다니는 라 브륄레 노파는 장랭과 함께 있는 그녀를 어김없이 찾아냈다. 둘은 밀밭 속에 깊숙이 웅크리고 있다가, 발에 밟힐 지경이 되어서야 다른 곳으로 도망을 쳤다. 라 무케트로 말하자면 동에 번쩍 서에 번쩍 하는 터라, 들판을 가로지르다보면 어디서건 그녀와 맞닥뜨렸다. 그녀는 마치 재주넘기라도 하는 것처럼, 머리를 땅에 박고 두 발만 밀 이삭 위로 불쑥 튀어나온 꼴을 하고 있었다. 어쨌거나 에티엔은 그들의 사랑놀음 따위에는 관심이 없었다. 하지만 저녁에 카트린과 샤발이 함께 있는 모습을 보면 심기가 뒤틀리는 것을 어쩔 수 없었다. 그는 자기가 다가가는 것을 본 두 사람이 꽃들 틈바구니로 납작 엎드리는 광경을 두 번이나 목격했다. 그 바람에 한동안 눌려 있던 줄기들은 그후 시들어버리고 말았다. 또 한번은 그가 좁다란 길을 따라가고 있을 때 밀밭 위로 카트린의 투명한 눈이 불쑥 나타났다가 자취를 감췄다. 그러자 그 광활한 들판이 그에게는 너무나 작아 보였다. 그는 라스뇌르의 주점 아방타주에서 저녁 시간을 보내는 게 낫겠다고 생각했다.

"라스뇌르 부인, 맥주 한 잔 주세요…… 아뇨, 오늘 저녁엔 안 나가려고요. 다리가 쑤셔서요."

그는 평소 안쪽 탁자에서 벽에 머리를 기대고 앉아 있는 한 동료를 돌아보며 물었다.

"수바린, 같이 한잔 안 하겠나?"

"고맙지만 난 생각 없네."

에티엔은 그곳에서 그와 나란히 붙어사는 수바린과 친구가 되었다. 수바린은 르 보뢰 탄광에서 기계공으로 일했다. 그는 위층에 있는 에티엔의 옆방, 가구가 딸린 방에 세들어 살았다. 서른 살쯤 돼 보이는 그는 몸매가 날렵하고, 숱 많은 금발머리로 둘러싸인 섬세한 얼굴에는 수염이 듬성듬성 나 있었다. 그의 새하얗고 뾰족한 이, 얄팍한 입술과 코, 발그레한 피부는 소녀 같은 모습과 고집스러운 부드러움을 동시에 느끼게 했다. 차가워 보이는 눈에 스치고 지나가는 회색빛 번득임에서는 그의 예리한 면모를 엿볼 수 있었다. 가난한 노동자인 그의 방에는 종이와 책이 가득 든 상자 하나밖에 없었다. 그는 러시아인으로, 자기 얘기를 하는 법이 결코 없었다. 그러면서 사람들이 그에 관해 숙덕이는 소문은 한 귀로 듣고 한 귀로 흘려보냈다. 외지인을 몹시 경계하는 광부들은 부르주아를 닮은 그의 조그만 손을 보고 그가 다른 부류의 사람일 거라고 지레짐작하면서, 도주중인 살인자일지도 모른다고 수군거렸다. 그후 그가 오만하지 않은 태도로 그들을 매우 우호적으로 대하고 주머니에 있는 동전을 모두 털어 탄광촌 아이들에게 나눠주자,

그제야 그들은 그를 받아들이게 되었다. 그에 관해 나도는 정치적 망명자라는 모호한 말에서, 범죄조차 사해줄 수 있는 어떤 변명이나 고통을 함께 나누는 동지애를 느끼고 마음을 놓았던 것이다.

에티엔은 처음 몇 주간은 수바린이 자신을 극도로 경계한다는 것을 느꼈다. 그래서 더 나중에야 그의 사연을 알게 되었다. 수바린은 툴라 지방 정부의 통치하에 있던 귀족 가문의 막내였다. 당시 그가 의학을 공부하던 상트페테르부르크에서 모든 러시아 젊은이들 사이에 불어닥친 사회주의 열풍은 그로 하여금 손을 쓰는 직업인 기계공을 선택하게 했다. 민중과 한데 어울리고, 그들을 더 잘 알고, 형제로서 그들을 돕기 위해서였다. 그리고 황제를 노린 테러 시도에 실패해 그곳을 도망쳐나온 후 이제 그 직업으로 살아가고 있었다. 그는 한 달 동안 과일 장수의 지하실에 숨어살면서, 집과 함께 날아갈 위험을 무릅쓰고 길 아래로 땅굴을 뚫어 폭탄을 설치했었다. 가족들에게도 외면당하고 가진 돈도 없었던 그는 자신을 스파이로 여기는 프랑스의 작업장에서도 일자리를 구할 수 없었다. 그리하여 굶어죽을 날만 기다리고 있을 때, 일손이 달리던 몽수 탄광회사에 고용되었다. 그는 일 년 전부터 그곳에서 성실하게 일했다. 검소하고 말이 없으며, 일주일은 주간조에서, 그다음 일주일은 야간조에서 하루도 빼먹지 않고 열심히 일하자, 작업반장들은 그를 모범적인 일꾼으로 치켜세웠다.

"자넨 목마른 적이 한 번도 없나?" 에티엔이 웃으면서 그에게 물었다.

수바린은 억양에 거의 변화가 없는 온화한 목소리로 대답했다.

"난 식사할 때만 목이 마르다네."

에티엔은 그에게 여자에 관한 농담을 하면서, 실크스타킹 쪽에 있는 밀밭에서 그가 어떤 탄차 운반부와 있는 걸 분명히 봤다고 주장했다. 그러자 수바린은 담담하고 무심한 태도로 어깨를 으쓱했다. 탄차 운반부라니, 뭣 때문에 여자를 만난단 말인가? 그는 남자와 같은 동지애와 용기를 보여주는 여성을 자신과 같은 남자나 동료처럼 여겼다. 그렇지 않다면, 나중에 약점으로 작용할 수도 있는 인간관계를 마음에 두어 뭐하겠는가? 그는 여자고 친구고 어떤 인연도 필요하지 않았다. 자신의 피와 다른 사람들의 피로부터 자유롭고 싶을 뿐이었다.

매일 저녁 아홉시경 주점이 비면, 에티엔은 그곳에 남아 수바린과 잡담을 나눴다. 그는 맥주를 홀짝거렸고, 기계공은 줄곧 담배를 피워 댔다. 어찌나 담배를 많이 피우는지 그의 가느다란 손가락이 다갈색으로 물들 정도였다. 그는 비밀을 간직한 듯 공허해 보이는 눈으로 꿈을 좇듯 담배 연기를 좇았다. 그러면서 비어 있는 왼손을 주체하지 못해 끊임없이 꼼지락거렸다. 그러다 그곳에서 키우는 토끼를 습관적으로 자기 무릎에 앉혔다. 언제나 새끼를 배고 있는 통통한 어미 토끼는 그곳에 자유롭게 드나들며 사랑을 받았다. 수바린이 폴로뉴*라고 이름 붙인 그 토끼는 그를 몹시 따르면서 그의 바지 냄새를 맡고, 그가 몸을 일으켜 자신을 아이처럼 안아줄 때까지 발톱으로 그를 감작였다. 그러다 귀를 늘어뜨리고 그의 품안에 웅크린 채 눈을 감았다. 수바린은 살아 있는 푸근한 부드러움에 마음이 진정되는 듯 손으로 토끼의 보드라운 회색빛 털을 계속 쓰다듬었다.

"그런데 참, 플뤼샤르 십장이 내게 편지를 보냈더라고요." 어느 날

---

* '폴란드'의 프랑스어 명칭.

저녁 에티엔이 말했다.

주점에는 라스뇌르밖에 없었다. 마지막 손님이 잠을 자려고 탄광촌으로 막 돌아간 터였다.

"아!" 두 하숙인 앞에 서 있던 주점 주인이 외쳤다. "그 친군 요즘 뭐하고 지내나?"

에티엔은 두 달 전부터 릴의 기계공과 꾸준히 연락하고 있었다. 그는 자기가 몽수에서 일자리를 얻은 것을 알리고자 했다. 플뤼샤르는 에티엔을 이용해 광부들을 교화할 수 있을 것이라고 생각해 그에게 사상을 주입하려고 애썼다.

"전에 얘기한 그 협회 건이 잘 진행되고 있는 것 같더라고요. 사방에서 모여든 사람들이 동참하는 분위기였어요."

"자넨 그들 모임에 대해 어떻게 생각하나?" 라스뇌르가 수바린에게 물었다.

폴로뉴의 머리를 부드럽게 긁어주고 있던 수바린은 담배 연기를 한 모금 내뿜고는 예의 차분한 표정으로 나직이 말했다.

"또 어리석은 짓거리를 하는군!"

하지만 에티엔은 열을 올리며 협회를 두둔했다. 반골 성향이 있는 그는 기회가 있을 때마다 자본가에 맞서는 노동자의 투쟁에 대해 목소리를 높였다. 무지에서 비롯된 환상이 그를 부추겼던 것이다. 그는 런던에서 막 창립된 그 유명한 국제노동자협회*에 관해 이야기하는

---

* 제1인터내셔널이라고도 한다. 1864년 9월 런던에서 처음 결성(1876년 해체)되었으며, 카를 마르크스가 창립 선언문을 작성했다. 프랑스 지부가 처음으로 만들어진 것은 1865년이다.

중이었다. 그들은 지금 드디어 정의를 실현하게 될 멋진 계획을 세우고, 그를 위한 선전을 하고 있는 게 아니던가? 이제 국경 따위는 더이상 존재하지 않았다. 전 세계 노동자들이 다 함께 들고일어나 한데 모여 노동자들이 마음놓고 빵을 먹을 수 있기 위한 투쟁을 전개할 것이었다. 이 얼마나 단순하면서도 위대한 조직인가. 맨 아래에는 코뮌을 대표하는 지부가 있다. 그 위에는 같은 주의 지부들을 모은 연맹이 있고, 또 그 위에는 국가, 그리고 맨 위쪽에는 중앙평의회가 주관하는 인류가 있게 될 것이다. 또한 각 나라는 그곳을 관할하는 사무국장을 두게 될 것이다. 그리하여 노동자들은 반년도 지나기 전에 온 세계를 정복하고, 고용주들이 문제를 일으키면 그들에게 자신들의 법칙을 따르라고 강요하게 될 것이다.

"웃기는 소리 말라고 해!" 수바린은 거듭 외쳤다. "당신네들의 카를 마르크스는 아직도 그런 것들이 자연적으로 이뤄질 거라고 주장하고 있지. 정치도 음모도 필요 없다고 하면서, 안 그런가? 모든 걸 백주에 드러내놓고, 오직 임금 인상만을 주장하면서…… 그런 게 그들이 말하는 단계적인 혁명이라면, 지나가는 개가 다 웃겠군! 전 세계 도시에 불을 지르고, 사람들을 다 죽여 없애고, 모든 걸 깡그리 밀어버려서 이 썩은 세상에 더이상 아무것도 남아 있지 않게 되면, 그때는 어쩌면 지금보다 좀더 나은 세상이 다시 생겨날지도 모르지."

에티엔은 웃음을 터뜨렸다. 그는 동료가 하는 말을 다 이해하진 못했다. 수바린이 말하는 파괴 운운하는 이론은 그에게 허세처럼 보였다. 에티엔보다는 좀더 실리적이고, 안정적인 삶을 영위하는 사람으로서의 양식을 지닌 라스뇌르는 언쟁에는 관심을 두지 않았다. 다만 무엇이든 분명히 해두고 싶어할 뿐이었다.

"그래서, 어쩌려고? 자네가 몽수에 지부라도 만들 생각인가?"

그것은 북부연맹의 연맹장인 플뤼샤르가 바라는 바였다. 그는 무엇보다도 광부들이 언젠가 파업을 하게 되면 협회에서 그들에게 힘이 되어줄 수 있다고 강조했다. 그 무렵 에티엔은 파업이 임박한 것을 느끼고 있었다. 갱목 건은 언젠가는 문제를 일으키고 말 터였다. 탄광회사에서 한 번만 더 지나친 요구를 하면 그때는 탄광 전체가 들고일어날 것이었다.

"문제는 기금이야." 라스뇌르는 신중한 어조로 말했다. "일반 기금 마련을 위한 회비로 일 년에 오십 상팀, 지부에 이 프랑씩 내는 게 별것 아닌 것 같아도, 납부를 거부하는 이들이 대부분일 거라고."

"게다가 이곳에서는 공제조합 기금까지 거둬야 할 테니 더욱 문제죠." 에티엔이 덧붙여 말했다. "만약의 경우에 그걸 투쟁 자금으로 쓸 수 있도록 말이죠…… 어쨌거나 그런 것들을 생각해야 할 때가 된 건 확실해요. 나는 다른 사람들만 준비돼 있다면 언제라도 좋습니다."

침묵이 흘렀다. 카운터 위에서는 등유 램프가 연기를 내뿜고 있었다. 활짝 열려 있는 문을 통해, 보일러의 화실에 석탄을 채우는 르 보뢰 탄광 화부의 삽질 소리가 또렷이 들려왔다.

"모든 게 너무 비싸!" 주점 안으로 들어와 어두운 얼굴로 그들의 말을 듣고 있던 라스뇌르 부인이 말했다. 그녀는 늘 입는 검은색 드레스 때문에 키가 더 커 보였다.

"이 달걀들을 이십이 수나 줬다니까요. 정말 무슨 결판을 내든지 해야지, 원."

이번에는 세 남자가 같은 의견이었다. 그들은 절망적인 목소리로 차례로 얘기했고, 불평이 쏟아지기 시작했다. 노동자는 이대로는 더 이상 버틸 수 없었다. 89년* 이후로 탐욕스럽게 살을 찌운 것은 부르주아들뿐이었다. 그들은 노동자에게 자신들이 먹다 남긴 음식 찌꺼기조차 허용하지 않았다. 백 년 전부터 부와 삶의 안락함이 엄청나게 증대했지만, 그 누가 노동자들이 그들의 합당한 몫을 분배받았다고 주장할 수 있단 말인가? 부르주아들은 노동자들이 자유의 몸이 되었다고 선언했을 뿐 그들의 삶 따위는 안중에도 없었다. 그랬다, 그들은 마음대로 굶어죽을 수 있었고, 실제로도 그 자유를 마음껏 누렸다. 빈곤한 노동자들을 낡은 부츠만큼도 신경쓰지 않고 편안하게 자기 배나 채울 궁리만 하는 자들에게 투표를 한다고 해서 빵이 생기는 것도 아니었다. 아니, 이젠 어떤 식으로든 끝장을 봐야만 했다. 법이나 서로의 합의에 따른 우호적인 방법으로든, 모든 걸 불태우고 서로를 잡아먹는 야만적인 방법으로든. 지금 세대가 하지 못한다면, 그들의 아이들이 그렇게 하고야 말 터였다. 한 시대는 또다른 혁명이 있기 전에는 끝을 맺을 수 없기 때문이다. 이번에는 노동자들의 혁명이 될 것이었다. 사회의 위에서 아래까지 썩은 것들을 청소해, 더욱 깨끗하고 정의로운 사회로 다시 탄생시키는 대변혁이 필요할 터였다.

"이젠 정말 결판을 내야 한다고요." 라스뇌르 부인이 거듭 힘주어 말했다.

"맞아, 그래야 해." 세 남자는 이구동성으로 외쳤다. "다 뒤집어엎

---

* 1789년의 프랑스대혁명을 가리킨다.

어야 해."

수바린이 폴로뉴의 귀를 쓰다듬자 기분이 좋아진 토끼는 코를 씰룩거렸다. 그는 공허한 눈빛으로 혼잣말처럼 나직이 말했다.

"임금을 인상한다, 그게 가능할 거라고 생각하나? 임금은 임금철칙설*에 따라 생존에 필수적인 적은 금액으로 고정돼 있어. 노동자들이 맨빵만 먹으면서 번식을 하는 데 꼭 필요한 금액만큼만…… 임금이 너무 내려가면 노동자들이 굶어죽지. 그럼 새로운 인력이 필요하니까 임금을 올리게 되는 거야. 반대로 임금이 너무 올라가면 넘치는 노동력 때문에 임금을 다시 깎게 되지…… 빈 뱃속이 그렇게 자연적으로 균형을 잡아나가는 거지. 그러니까 노동자들은 굶주림이라는 도형장에 영원히 갇혀 있는 셈인 거야."

그런 식으로 수바린이 평소의 침묵을 깨고 교육받은 사회주의자로서 어떤 주제를 놓고 열변을 토할 때면, 그의 절망적인 주장에 불안감을 느낀 에티엔과 라스뇌르는 어떻게 반응해야 할지 몰라 당혹스러워했다.

"명심하게!" 평소의 차분함을 되찾은 수바린이 그들을 응시하며 다시 말했다. "모든 걸 싹 쓸어버려야 하는 거야. 그러지 않으면 빈곤의 싹이 다시 자라나고 만다고. 그래! 우리에게 필요한 건 무정부주의야. 이 땅에 더이상 아무것도 남겨두지 않는 거지. 피로써 세상을 씻어내고, 불로써 정화하는 거라고!…… 그런 다음에 다시 생각하는 거야."

---

* 임금이 생존비(자연임금) 수준에서 결정된다는 '임금철칙설'을 처음으로 주장한 사람은 영국의 경제학자 데이비드 리카도(1772~1823)였다. 졸라는 에밀 드 라블레예의 『현대 사회주의』에서 임금철칙설을 처음 접했다.

"이분 말씀이 백번 지당해요." 라스뇌르 부인은 혁명적인 과격함을 드러내며 지극히 예의바르게 그의 말에 맞장구쳤다.

자신의 무지에 절망감을 느낀 에티엔은 더는 논쟁을 벌이고 싶어하지 않았다. 그는 자리에서 일어나며 말했다.

"이제 다들 자러 갑시다. 이런다고 해서 새벽 세시에 일어나지 않아도 되는 건 아니니까."

수바린은 벌써 입에 바짝 물고 있던 담배를 불어 끈 다음, 통통한 토끼의 배를 조심스럽게 잡아 바닥에 내려놓고 있었다. 라스뇌르는 주점 문을 닫았다. 그들은 말없이 각자 자기 방으로 향했다. 자신들이 제기한 진지한 질문들로 윙윙거리는 소리가 귓전을 울렸고, 머리가 부풀어올라 터질 것만 같았다.

그리고 매일 저녁, 텅 빈 주점에서 에티엔이 한 시간에 걸쳐 마시는 맥주 한 잔을 둘러싸고 비슷한 대화가 반복되었다. 그의 안에 잠들어 있던 모호한 생각들이 요동치면서 점점 커져갔다. 무엇보다, 알고자 하는 욕구에 부대끼던 그는 자신의 이웃에게 책을 빌리고 싶어 한참을 망설였다. 하지만 유감스럽게도 수바린이 가지고 있는 책들은 대부분 독일어나 러시아어로 되어 있었다. 마침내 에티엔은 프랑스어로 된 '협동조합'*에 관한 책을 한 권 빌렸다. 수바린은 그런 그를 보며 또 어리석은 짓을 한다고 비아냥거렸다. 에티엔은 친구가 받아 보는

---

* 프랑스 무정부주의 사상가이자 사회주의자인 피에르 조제프 프루동(1809~1865)의 사회개혁 프로젝트에 속하는 개념이다. 그는 『재산이란 무엇인가?』에서 자본가의 사적 소유를 부정하고, 힘 대신 정의를 가치의 척도로 삼아야 한다고 주장했다. 그의 사상은 제1인터내셔널 조직, 파리코뮌에 큰 영향을 끼쳤다. 그와 교류가 있던 마르크스는 『철학의 빈곤』에서 프루동의 『빈곤의 철학』이 충분히 혁명적이지 못하다고 비판했다.

〈콩바〉*라는 신문도 정기적으로 읽었다. 제네바에서 발간되는 무정부주의자들의 소식지였다. 한편 매일 서로 얼굴을 보고 지내는데도, 에티엔은 수바린이 여전히 자신을 감추고 있는 것 같은 느낌을 받았다. 수바린은 마치 삶을 임시 거처 삼아 살아가는 사람처럼, 아무런 흥미도 감정도 느끼지 않았고 어떤 재물도 소유하고 있지 않았다.

에티엔의 상황이 나아진 것은 7월 초쯤이었다. 매일같이 반복되는 갱에서의 단조로운 삶이 이어지던 어느 날 사고가 발생했다. 기욤 탄맥에서 일하던 작업반원들이 이물異物 암반과 맞닥뜨렸던 것이다. 그처럼 지층에서 발견되는 장애물은 단층이 가까이 있음을 예고하는 것이었다. 탄맥에 관해 훤히 알고 있는 탄광 기사들조차 예측하지 못한 일이었다. 그 일로 갱 전체가 혼란에 빠졌다. 모두들 단층 저편, 더 아래로 미끄러져 내려갔을 사라진 탄맥 이야기만 했다. 나이든 광부들은 마치 석탄의 위치를 찾아내려는 개들처럼 벌써부터 코를 벌름거렸다. 하지만 그때까지 작업반원들 모두가 팔짱을 낀 채 마냥 기다릴 수만은 없는 노릇이었다. 그러던 차에 탄광회사에서 새로운 도급제를 맡기기 위해 입찰을 할 것이라는 공고가 나붙었다.

어느 날, 갱에서 나와 에티엔과 동행하던 마외는 그에게 자기 작업반에 채탄부로 합류할 것을 제안했다. 다른 작업반으로 옮겨간 르바크의 자리를 메우기 위해서였다. 에티엔에게 대단한 만족감을 드러냈던 갱내 총감독과 탄광 기사하고는 이미 얘기가 끝난 터였다. 그리하여 에티엔은 마외가 자신을 높이 평가하는 데 기뻐하며 빠른 승진을

---

* 프랑스어로 '전투, 싸움'이라는 뜻.

기꺼이 받아들였다.

그날 저녁, 그들은 입찰 공고 내용을 보러 탄광으로 함께 되돌아갔다. 경매에 부쳐진 작업장은 르 보뢰 탄광의 북쪽 갱도에 위치한 필로니에르 탄맥에 있었다. 탄맥은 작업 여건이 열악해 보였다. 에티엔이 입찰 조건을 읽어주자 마외는 고개를 저었다. 과연 이튿날 에티엔에게 탄맥을 구경시켜주려고 함께 갱도로 내려간 마외는 멀리 떨어져 있는 적치장이며 무너져내리기 쉬운 지층, 얇은 탄층과 단단한 석탄 등 여러 가지 문제점을 지적했다. 하지만 굶어죽지 않으려면 일을 해야만 했다. 그리하여 그다음 일요일, 그들은 탈의실에서 진행된 경매에 참석했다. 구역 담당 기사가 불참한 가운데, 탄광 기사가 갱내 총감독의 보조를 받으며 경매를 진행했다. 한쪽 구석에 놓인 조그만 연단 맞은편에는 오륙백 명의 광부들이 모여 있었다. 경매는 빠른 속도로 진행되었고, 웅얼거리는 목소리와 숫자를 외치는 소리, 그리고 그 숫자를 억누르며 또다른 숫자를 외치는 소리만이 들려왔다.*

마외는 탄광회사에서 경매에 부친 마흔 곳의 작업장 중 하나도 따내지 못할까봐 잠시 두려운 생각이 들었다. 경쟁자들 모두가 앞다퉈 입찰가를 낮췄다. 다들 위기설과 실업의 공포에 사로잡혀 잔뜩 겁을 집어먹은 터였다. 탄광 기사 네그렐은 그들의 악착스러운 모습에 느긋한 태도를 보이며 입찰가가 가능한 한 낮아지도록 내버려두었다. 당세르는 광부들의 초조함을 이용해 일을 더 빨리 성사시키려고, 그들이 아주 좋은 조건에 계약하는 거라며 거짓말을 했다. 마외는 50미

---

* 1884년 2월, 앙쟁에서는 도급제 조건의 변경 때문에 파업이 일어났다.

터의 작업장을 확보하기 위해 마찬가지로 집요하게 매달리는 한 동료와 치열하게 맞붙어야 했다. 두 남자는 번갈아가며 탄차당 1상팀씩 낮췄다. 마침내 마외는 경매 단가를 있는 대로 낮춰 계약을 따낼 수 있었다. 그의 뒤에 서 있던 갱내 감독 리숌은 분노를 참지 못하고, 그 가격으로는 절대 배겨나지 못할 거라고 웅얼거리면서 그를 팔꿈치로 쿡쿡 찔렀다.

그들이 밖으로 나오자 에티엔은 욕설을 퍼부었다. 그리고 카트린과 함께 밀밭에서 돌아오는 샤발 앞에서 억눌렸던 분노를 터뜨렸다. 샤발은 그의 장인이 심각한 문제에 직면해 있는 동안 한가롭게 노닥거리고나 있었던 것이다.

"어떻게 이럴 수가!" 에티엔은 열을 올리며 외쳤다. "이건 우리더러 몽땅 나가 죽으라는 게 아니고 뭐냐고!…… 이젠 아주 우리가 서로를 잡아먹게 만들고 있지 않느냔 말이지!"

샤발은 길길이 날뛰었다. 그가 있었다면 단가를 낮추는 일은 결코 없었을 것이다. 절대로! 구경 삼아 보러 왔던 자샤리는 저들의 처사가 역겹기 그지없다고 말했다. 하지만 에티엔은 더없이 격렬한 몸짓으로 그들의 입을 다물게 했다.

"저들은 이제 끝장이야. 언젠가는 우리가 주인이 되고 말 거라고, 반드시!"

경매가 끝난 후 아무 말이 없던 마외는 문득 잠에서 깨어난 듯 그의 말을 반복했다.

"주인이라…… 아! 이 빌어먹을 팔자! 그래, 이젠 때가 된 거야!"

2

7월의 마지막 일요일은 몽수의 수호성인 축일이었다. 토요일 저녁부터 탄광촌의 성실한 주부들은 그들의 식당 벽과 바닥에 물을 양동이째 힘껏 부어 흥건한 물로 대청소를 했다. 가난한 그들 살림에는 엄청난 호사인 새하얀 모래를 뿌렸지만 바닥은 아직 완전히 마르지 않았다. 그사이, 날씨는 찌는 듯한 무더위를 예고하고 있었다. 해마다 여름이면 폭풍우를 예고하듯 습기를 잔뜩 머금은 묵직한 하늘이 끝없이 펼쳐진 황량한 북부의 평원을 짓눌렀다.

일요일이면 마외 가족은 저마다 평소와는 다른 시각에 일어났다. 아버지는 새벽 다섯시부터 침대에서 안절부절못하다 일어나 옷을 입는 반면, 아이들은 아홉시까지 늦잠을 잤다. 그날, 마외는 텃밭으로 나가 파이프 담배를 피우고 돌아와서는 다른 식구들이 일어나기를 기다리면서 혼자 타르틴을 먹었다. 그는 딱히 뭘 해야 할지 몰라 빈둥거리며 아침나절을 보냈다. 물이 새는 함지를 수리하고, 누가 아이들에게 준 황태자*의 초상화를 뻐꾸기시계 아래 붙이기도 했다. 그러는 동안 다른 식구들이 하나씩 아래층으로 내려왔다. 본모르 영감은 햇볕을 쬐기 위해 의자를 꺼냈고, 라 마외드와 알지르는 즉시 식사 준비를 했다. 카트린은 레노르와 앙리에게 옷을 입혀 앞세우고 나타났다. 열한시를 알리는 종이 울리고, 자샤리와 장랭이 부은 눈으로 연신 하품을 하면서 아래층으로 내려왔을 때는, 감자와 함께 끓고 있는 토끼고기 냄새가 벌써 온 집안을 가득 채우고 있었다.

뿐만 아니라 탄광촌 전체가 어수선했다. 모두들 축제 분위기에 들떠, 무리 지어 몽수로 가기 위해 서둘러 점심을 준비하고 있었다. 아이들은 떼를 지어 사방으로 뛰놀고, 남자들은 휴일의 여유를 만끽하듯 웃통을 벗은 채 엉덩이를 느릿느릿 흔들며 어슬렁거렸다. 화창한 날씨에 활짝 열어놓은 창문과 문 사이로, 방마다 넘쳐나는 식구들이 서로 소리쳐가며 몸짓을 해대는 모습이 보였다. 그리고 죽 이어진 건물들의 끝에서 끝까지 토끼 요리 냄새가 진동을 했다. 이날만큼은 온 집안에 배어 있는 고질적인 튀긴 양파 냄새를 몰아내는 호사스러운 음식의 향기였다.

마외 가족은 정오가 울릴 때 점심을 먹었다. 그들은 이웃 여인네들이 소란스레 부산을 떠는 가운데 비교적 조용히 식사를 했다. 여자들은 밖으로 나와 상대방의 문을 향해 끊임없이 서로 부르고 대답하고,

---

* 나폴레옹 3세의 아들 외젠 루이 나폴레옹(1856~1879). 영국군에 입대해 아프리카의 줄루족과 싸우다 사망했다.

물건을 빌리거나 아이들의 엉덩이를 토닥여 밖으로 내보내거나 다시 안으로 불러들였다. 더구나 마외 가족은 삼 주 전부터 자샤리와 필로멘의 결혼 문제로 이웃인 르바크 가족과 냉전중이었다. 남자들끼리는 보고 지냈지만, 여자들은 서로 모르는 척 애써 외면했다. 라 마외드는 르바크 부인과 사이가 나빠지면서 라 피에론과 더 가까이 지냈다. 그런데 라 피에론은 피에롱과 리디를 자기 엄마한테 맡겨놓고 마르시엔에 사는 사촌을 보러 가고 없었다. 그녀의 사촌을 알고 있는 사람들은 짓궂은 농을 해댔다. 라 피에론의 사촌은 여자인데도 콧수염을 길렀고, 르 보뢰 탄광에서 갱내 총감독직을 맡고 있었다. 라 마외드는 축일에 가족을 내팽개치는 건 옳지 못하다고 힘주어 말했다.

마외 가족은 감자를 곁들인 토끼고기 요리 외에 걸쭉한 수프와 쇠고기도 먹었다. 그들은 이날을 위해 한 달 전부터 토끼장에서 토끼를 살찌웠다. 게다가 마침 바로 전날이 두 주 치 임금을 받는 날이었다. 가족 모두가 이렇게 맛있는 음식을 먹어본 게 언제였는지 기억조차 나지 않았다. 사흘간 쉴 수 있는 광부들의 축제인 성 바르브* 축일 때도 토끼고기가 이렇게 기름지고 연하지는 않았다. 그리하여 막 이가 나기 시작한 어린 에스텔부터 이가 빠지는 중인 본모르 영감까지 열 쌍의 턱이 어찌나 열심히 먹어댔던지 뼈다귀 하나 남지 않았다. 고기는 정말 맛있었다. 하지만 다들 고기를 잘 소화시키지 못했다. 고기를 구경하기란 몹시 드문 일이었기 때문이다. 음식이 순식간에 사라지자 저녁에 먹을 거라고는 달랑 삶은 쇠고기 몇 점뿐이었다. 부족하

---

* 광부와 포병, 소방수 들의 수호성인으로 12월 4일이 축일이다.

면 타르틴을 더해 먹으면 될 터였다.

제일 먼저 사라진 것은 장랭이었다. 베베르가 학교 뒤에서 그를 기다리고 있었다. 그들은 한참 동안 어슬렁거리다가 리디를 불러내기로 했다. 라 브륄레는 외출하지 않기로 작정하고 리디를 옆에 붙들어두려 했다. 그녀는 아이가 빠져나간 것을 알아차리자 앙상한 팔을 내저으며 소리쳤다. 피에롱은 그런 소란이 못마땅해, 당당한 태도로 조용히 산책을 나갔다. 그의 아내도 어디선가 즐거운 시간을 보내고 있음을 알기 때문이었다.

그다음으로 본모르 영감이 나가자, 바람을 쐬어야겠다고 생각한 마외는 라 마외드에게 같이 가지 않겠느냐고 물었다. 아니, 그녀는 갈 생각이 없었다. 어린아이들을 데리고 갔다가는 고생만 할 게 뻔했다. 다시 생각해보고 가게 된다면, 어디서든 만날 수 있을 터였다. 밖으로 나간 마외는 잠시 머뭇거리다가, 르바크가 나갈 준비가 되었는지 알아보려고 그의 집으로 들어갔다. 그런데 그곳에서 그는 필로멘을 기다리고 있는 자샤리와 마주쳤다. 그리고 라 르바크는 허구한 날 되풀이하는 결혼 얘기를 막 다시 끄집어낸 참이었다. 그녀는 마외네가 자기를 우습게 본다면서, 라 마외드와 정말로 결판을 내고야 말 거라고 쏘아붙였다. 딸년이 남자랑 놀아나는 동안, 애비도 없는 딸의 자식들을 돌봐야 하는 기막힌 팔자가 또 어디 있단 말인가? 필로멘이 태연하게 보닛을 쓰면서 치장을 끝내자, 자샤리는 자기 엄마만 허락한다면 자신은 언제라도 좋다고 거듭 강조하면서 필로멘을 데리고 나갔다. 게다가 르바크는 벌써 집을 나선 후였다. 마외는 라 르바크를 자기 아내한테 보내고 서둘러 그곳을 나섰다. 식탁 위에 두 팔을 올려놓고 치즈 한 조각을 먹고 있던 부틀루는 맥주를 한잔 사겠다는 마외의 우정 어린 제안을 끝내 거절했다. 그는 자신이 마치 좋은 남편이라도 되는 양 집에 남아 있겠다고 했다.

그동안 사람들은 점차 탄광촌을 빠져나갔다. 남자들은 모두 앞서거니 뒤서거니 길을 나섰다. 한편 계집아이들은 문에서 눈치를 살피다가 자기 애인의 팔짱을 끼고 반대쪽으로 향했다. 샤발을 알아본 카트린은 마외가 교회 모퉁이를 돌아가자마자 서둘러 샤발에게 달려가 함께 몽수로 향했다. 천방지축인 아이들과 함께 혼자 남은 라 마외드는 의자를 떠날 힘조차 없어 뜨거운 커피를 한 잔 더 따라 조금씩 홀짝거렸다. 탄광촌에는 이제 여자들만 남아, 서로를 초대해 아직 따뜻하고 끈적거리는 음식의 흔적이 남아 있는 식탁에 둘러앉아 커피포트를 비워내기에 바빴다.

마외는 르바크가 아방타주에 있을 거라고 직감하고는 느긋하게 라스뇌르의 주점으로 내려갔다. 과연 주점 뒤의 산울타리로 막혀 있는 조그만 뜰에서 르바크가 동료들과 나인핀스 시합을 하고 있었다. 시합을 하지 않는 본모르 영감과 무크 영감은 눈으로 공을 좇는 데 몰두하느라 서로 팔꿈치를 쿡쿡 찌르는 것도 잊어버렸다. 뜨거운 햇볕이 수직으로 내리쬐어, 그늘이라고는 주점 건물을 따라 긴 띠처럼 생겨나 있는 게 전부였다. 에티엔은 바로 그곳 탁자에 앉아 맥주를 마시고 있었다. 수바린이 자기 방으로 올라가버리는 바람에 혼자 무료해하던 참이었다. 기계공은 거의 매주 일요일마다 자기 방에 틀어박혀 글을 쓰거나 책을 읽었다.

"같이 한 판 안 하겠나?" 르바크가 마외에게 물었다.

마외는 고개를 저었다. 너무 덥고, 목이 말라 죽을 지경이었다.

"라스뇌르!" 에티엔이 소리쳤다. "맥주 한 잔이요." 그리고 마외를 돌아보며 말했다. "이건 제가 사는 겁니다." 그들은 이제 모두가 서로 허물없이 대하는 사이가 되었다. 라스뇌르가 전혀 서두르는 기색이 없어 세 번씩이나 불러야 했다. 마침내 라스뇌르 부인이 미지근한 맥주를 내왔다. 에티엔은 목소리를 낮춰 주점에 대한 불평을 늘어놓았다. 부부는 사람들도 좋고 생각도 반듯했다. 다만 맥주는 맛이 없고 수프는 끔찍할 정도였다! 몽수가 그렇게 멀리 떨어져 있지만 않다면 하숙집을 벌써 열 번도 더 바꾸었을 것이다. 언젠가는 탄광촌의 가정집에서 하숙을 하고야 말 것이다.

"암, 그래야지." 마외는 느릿느릿 반복해 말했다. "아무렴, 가정집에서 지내는 게 백배 낫지."

그때 사람들이 다 함께 소리를 질렀다. 르바크가 핀을 한번에 다 쓰러뜨린 것이다. 무크 영감과 본모르 영감은 사람들이 왁자하게 떠드는 가운데 땅바닥을 내려다보면서 마음속으로 열렬한 박수를 보냈다. 르바크의 멋진 묘기에 흥이 난 사람들은 무엇보다 산울타리 너머로 희색이 넘치는 라 무케트를 발견하고는 우스갯소리를 쏟아냈다. 한 시간 전부터 그곳 주위를 맴돌던 그녀는 웃음소리를 듣고 용기를 내 좀더 가까이 다가왔다.

"아니! 어째서 혼자 있는 거지?" 르바크가 소리쳤다. "그 많던 남자들은 다 어쩌고?"

"다 차버렸거든요." 라 무케트는 능글맞게 웃으며 그의 농을 받아쳤다. "그래서 새 애인을 구하는 중이랍니다."

그러자 남자들이 서로 나서면서 외설스러운 말로 그녀에게 수작을 거는 척했다. 라 무케트는 수줍은 척 고개를 저으면서 더 큰 소리로 웃었다. 그녀의 아버지는 쓰러진 핀들에서 눈을 떼지 않으면서 그 광경을 모두 지켜보았다.

"잘해보라고!" 르바크가 에티엔을 흘끗거리며 말했다. "네가 누구한테 눈독을 들이고 있는지 다 알지!…… 하지만 그 남잔 강제로 덮쳐야 할 거야."

그 말에 에티엔은 웃음을 터뜨렸다. 사실 언제부터인지 라 무케트가 그의 주변을 맴돌고 있었다. 그녀에게 일말의 관심도 없던 그는 재미있다는 표정으로 안 된다며 고개를 저었다. 라 무케트는 몇 분간 울타리 뒤에 꼼짝 않고 서서 커다란 눈으로 그를 응시했다. 그러더니 뜨거운 햇볕에 지친 듯 갑자기 심각한 얼굴로 천천히 멀어져갔다.

에티엔은 나직한 목소리로 다시금 마외에게 몽수의 광부들이 공제조합을 세워야 하는 필요성에 대해 길게 설명했다.

"회사에서 우리한테 어떤 제재도 가하지 않겠다고 주장하는데 뭘 두려워하는 거죠? 우리가 믿을 거라고는 그들이 주는 연금밖엔 없는데, 그나마도 얼마를 주든 엿장수 마음대로잖습니까. 우리 봉급에서 공제하지 않는다는 이유로요. 그러니까 그들이 선심 쓰듯 던져주는 연금 외에, 만약의 경우를 대비한 공제조합을 설립해야 한다고요. 그래야 적어도 급할 때 기댈 구석이 있지 않겠냐는 말이죠."

그는 자세한 내용을 설명하고 조직에 관해 논의하면서, 자신이 모든 수고를 맡겠노라고 약속했다.

"난 찬성이네." 마침내 그의 말에 설득당한 마외가 말했다. "그렇지만 다른 사람들이 어떻게 나올지는…… 자네가 알아서 잘 설득해 보라고."

르바크가 이기자 모두들 시합을 그만두고 맥주를 마셨다. 하지만 마외는 두번째 잔을 거절했다. 아직 하루가 끝난 게 아니니 급할 이유가 없었다. 그는 피에롱을 막 떠올린 참이었다. 피에롱은 대체 어디 있는 걸까? 어쩌면 랑팡 주막에 가 있을지도 몰랐다. 새로운 무리가 나인핀스 시합을 하러 아방타주로 몰려들자, 마외가 에티엔과 르바크에게 같이 가자고 설득해 세 남자는 몽수를 향해 함께 떠났다.

그들은 포장도로를 따라가는 길에 카지미르 맥줏집과 프로그레* 주막에 차례로 들렀다 가야 했다. 활짝 열려 있는 문 너머로 동료들이 그들을 불러대는 통에 거절할 수가 없었다. 그럴 때마다 맥주를 한 잔씩 마시고 답례로 그들이 한 잔을 사게 되면 두 잔씩 마시는 셈이었다. 그들은 한 군데서 십 분 정도 머무르며 몇 마디를 주고받은 다음 다른 곳에서 다시 시작하곤 했다. 자신들의 주량을 잘 알고 과하지 않게 요령껏 맥주를 마셨다. 문제는 오줌이 너무 자주 마렵다는 것이었다. 오줌은 누면 눌수록 점차 바위틈에서 솟아나는 샘물처럼 맑은 빛을 띠었다. 그들은 랑팡 주막에서 피에롱을 만날 수 있었다. 이미 두 잔을 끝낸 그는 동료들과 건배하기 위해 세번째 잔을 들이켰다. 그들도 물론 한 잔씩 더 마셨다. 이제 넷이 된 그들은 티종 주막에 자샤리가 있는지 보자며 함께 길을 나섰다. 주막은 비어 있었다. 그들은 잠시 그를 기다리느라 맥주 한 잔을 주문했다. 그러고 나서 생텔루아** 주

---

* 프랑스어로 '발전, 진보'라는 뜻.
** 성 엘루아(Saint Éloi). 보석상과 보석 세공인, 시계상, 철공 등의 수호성인으로, 12월

막을 떠올린 그들은 그리로 향했다. 거기서 그들은 갱내 감독 리숌이 사는 술을 기꺼이 마셨다. 그때부터는 아무런 핑계도 대지 않고 단지 어슬렁거리기 위해 이 술집에서 저 술집으로 떠돌아다녔다.

"볼캉으로 가자고!" 술이 거나하게 취한 르바크가 갑자기 소리쳤다.

다른 사람들은 웃음을 터뜨리고 잠시 머뭇거리다가 점점 불어나는 축제일의 무리 사이로 동료를 따라갔다. 볼캉의 비좁고 긴 홀 안쪽에는 판자로 된 단이 설치되어 있고, 그 위에서는 릴의 창녀들 중에서도 최악인 여가수 다섯이 가슴이 깊이 파인 의상을 입고 우스꽝스러운 몸짓으로 퍼레이드를 벌이고 있었다. 10수를 내는 손님은 그중 자기가 원하는 여자와 단 뒤쪽에서 섹스를 할 수 있었다. 손님들 중에는 특히 탄차 운반부와 하역부가 눈에 띄었고, 심지어 열네 살짜리 견습 광부도 있었다. 맥주보다는 게네베르를 즐겨 마시는 탄광의 젊은이들이었다. 간혹 나이든 광부들도 나설 때가 있었다. 부부생활이 원만치 않은, 탄광촌의 호색한 남편들이었다.

그들 일행이 조그만 탁자에 둘러앉자, 에티엔은 르바크를 붙잡고 공제조합 기금에 관한 자신의 생각을 설명했다. 그는 스스로 임무를 떠맡은 신참 개종자처럼 집요하게 선전을 늘어놓았다.

"각 회원이 한 달에 이십 수씩 내는 겁니다. 그렇게 모으다보면 사오 년 후에는 꽤 큰 돈이 될 거란 말이죠. 돈이 있으면 강해지는 겁니다, 안 그래요? 어떤 경우라도…… 어때요, 그쪽 생각은?"

"나야 뭐 반대하진 않아." 르바크는 건성으로 대답했다. "나중에

1일이 축일이다.

다시 얘기하자고."

금발의 글래머가 그를 자극했다. 그래서 마외와 피에롱이 맥주를 마신 다음 두번째 노래를 기다리지 않고 떠나려 할 때도, 그는 남아 있겠다고 고집을 부렸다.

그들과 함께 밖으로 나간 에티엔은 그들을 뒤쫓아온 듯 보이는 라 무케트를 발견했다. 그녀는 계속 그의 주위를 맴돌면서 커다란 눈으로 그를 바라보며, 마치 "할래요?"라고 말하듯 선한 웃음을 지어 보였다. 에티엔은 어깨를 으쓱해 보이면서 농담으로 응수했다. 그러자 그녀는 토라진 몸짓을 하고는 군중 속으로 사라졌다.

"샤발은 대체 어디 있는 거야?" 피에롱이 물었다.

"그러게." 마외가 말했다. "분명 피케트 주막에 가 있을 거야…… 다들 피케트 주막으로 가보자고."

피케트 주막에 도착했을 때, 세 남자는 문간에서 다투는 소리를 듣고 걸음을 멈췄다. 자샤리가 작달막하고 차분한 왈롱* 출신의 못 제조공을 주먹으로 위협하고 있었다. 샤발은 두 손을 주머니에 찔러넣은 채 그들을 구경하고 있었다.

"저길 봐! 샤발이 저기 있어." 마외는 태연하게 말했다. "카트린하고 같이 있군."

카트린과 그녀의 애인은 다섯 시간 전부터 축제를 즐기러 몰려나온 사람들 사이를 걸어다니고 있었다. 몽수를 관통하는 대로 양쪽에는 짙은 색으로 알록달록하게 칠한 나지막한 집들이 경사면을 따라 늘어

---

* 프랑스어를 사용하는 벨기에 남부 지역.

서 있었다. 사람들은 벌거벗은 평원에서 길을 잃고 헤매는 개미떼처럼 뜨거운 햇볕 아래 그 길을 따라 어슬렁거렸다. 탄광촌의 고질적인 검은색 진흙은 물기가 바짝 말라 새까만 먼지로 변해서, 폭풍우를 몰고 오는 커다란 구름처럼 하늘로 날아올랐다. 도로 양쪽에 있는 술집들은 사람들로 미어터지는 바람에 행상들이 두 줄로 늘어서 노천 시장을 이룬 도로까지 탁자를 내놓아야 했다. 노천 시장에서는 아몬드 설탕절임과 과자를 비롯한 단것들, 젊은 여성들을 위한 삼각 숄과 거울, 남자들을 위한 칼과 모자 따위를 팔았다. 교회 앞에서는 활쏘기 놀이를 했다. 탄광회사 현장 맞은편에서는 공놀이가 한창이었다. 주아젤 가 모퉁이의 이사회 건물 옆에서는 닭싸움이 벌어지고 있었다. 판자로 울타리를 만든 경기장에서 쇠발톱으로 무장한 커다란 붉은색 수탉 두 마리가 베인 목에서 피를 흘리고 있었다. 좀더 떨어진 메그라의 상점에서는 앞치마와 반바지를 상품으로 내걸고 당구 시합을 벌이고 있었다. 사람들이 무리 지어 술을 마시고 말없이 배를 잔뜩 채우는 동안에는 긴 침묵이 흘렀다. 뱃속에 꾸역꾸역 쌓이는 맥주와 감자튀김은 소화불량을 악화시켰다. 내리쬐는 햇볕의 찌는 듯한 열기는 야외에서 부글부글 끓는 튀김 팬 탓에 그 도를 더해갔다.

샤발은 카트린에게 19수짜리 거울과 3프랑짜리 삼각 숄을 사주었다. 그들은 그곳을 한 바퀴 돌 때마다 무크 영감, 본모르 영감과 마주쳤다. 두 노인은 생각에 잠긴 얼굴을 하고서 무거운 발걸음으로 군중 사이를 나란히 뚫고 지나갔다. 그런데 또다른 만남이 카트린과 샤발의 화를 돋웠다. 장랭이 베베르와 리디에게 공터 가장자리에 설치한 임시 주점에서 게네베르 한 병을 훔치도록 부추기는 것을 발견한 것이다. 카트린은 동생의 따귀를 때리면서 혼을 내주었지만, 리디는 벌써 술 한 병을 가지고 달아나버린 후였다. 저 망할 놈의 악동들은 언젠가는 감옥에 가고 말 터였다.

그러다 테트쿠페* 맥줏집 앞에 이르자, 샤발은 카트린을 안으로 데리고 들어갔다. 그곳에서 방울새 노래 시합이 열릴 거라는 벽보가 일주일 전부터 문에 붙어 있었던 것이다. 마르시엔의 못 제조 공장에서 온 못 제조공 열다섯 명이 각자 열두 개씩의 새장을 가지고 시합에 참여했다. 맥줏집 마당의 판자 울타리에 매달아놓은 새장들 속에서는, 새장을 가려놓아 앞을 볼 수 없는 방울새들이 찍 소리도 내지 않고 기다리고 있었다. 시합은 한 시간 동안 제 노래 구절을 가장 많이 반복하는 새를 가려내는 것이었다. 못 제조공들은 각자 석판을 든 채 자기 새장들 옆에 서서 기록해나가면서, 경쟁자들을 감시하고 자신도 감시받았다. 이제 방울새들의 노래가 시작되었다. 걸걸한 노래의 '쪼롱쪼롱' 그룹과 날카로운 음색의 '또륵또륵' 그룹의 방울새들은 처음에는 소심하게 몇 마디만 반복했지만, 차츰 서로의 소리에 자극받아 점점 박자를 빨리하다가 맹렬한 경쟁심에 휩쓸려 횃대에서 떨어져 죽기도 했다. 못 제조공들은 목소리로 새들을 채찍질하면서 그들에게 한 번만 더, 한 번만 더, 한 번만 더 노래를 부르라고 왈롱어로 소리쳤다. 백여 명의 구경꾼들은 180마리의 방울새들이 엇갈린 순서의 똑같은 박자로 반복해 외쳐대는 굉장한 음악에 심취해 말없이 그 광경을 지켜보았다. 마침내 또륵또륵 그룹에 속한 한 방울새의 주인이 일등상

---

* 프랑스어로 '잘린 머리'라는 뜻.

으로 단철鍛鐵 커피포트를 탔다.

　카트린과 샤발이 아직 그곳에 있을 때 자샤리와 필로멘이 맥줏집 안으로 들어왔다. 그들은 악수를 하고 거기에 같이 머물렀다. 그런데 갑자기 자샤리가 벌컥 성을 냈다. 호기심에 동료들과 같이 그곳에 온 어느 못 제조공이 카트린의 허벅지를 꼬집는 것을 목격한 것이다. 카트린은 얼굴이 벌게지면서 자샤리의 입을 다물게 했다. 샤발이 그녀를 꼬집지 말라고 나서면 못 제조공들이 합세해 그에게 덤벼들어 죽이지나 않을까 두려운 생각이 들어서였다. 그녀는 그 남자가 자기를 꼬집는 걸 느꼈지만 조심하느라 아무 말도 하지 않았던 것이다. 게다가 그녀의 애인은 이죽거리며 웃을 뿐이었다. 네 사람은 밖으로 나갔고, 그 일은 끝난 것처럼 보였다. 그리고 그들이 맥주를 마시러 피케트 주막으로 들어가자마자 그 못 제조공이 다시 그들 앞에 나타났다. 그는 그들을 전혀 겁내지 않는 듯한 도발적인 태도로 노골적으로 비아냥거렸다. 가족의 명예를 지켜야 할 의무감을 느낀 자샤리는 무례한 사내에게 덤벼들었다.

　"이앤 내 동생이야, 나쁜 새끼!…… 기다려, 당장 요절을 내줄 테니! 내가 그 더러운 손버릇을 고쳐주마!"

　사람들이 두 남자를 떼어놓으려 하자 샤발은 매우 침착하게 말했다.

　"끼어들지 마, 이건 내 일이니까…… 난 저깟 놈 신경 안 써!"

　뒤늦게 자기 일행과 함께 도착한 마외는 벌써 눈물바람인 카트린과 필로멘을 달랬다. 못 제조공이 가버리자 모두들 웃고 떠들며 즐거운 시간을 보냈다. 피케트 주막이 자기 집이나 마찬가지인 샤발은 불미스러운 일을 모두 잊자는 의미에서 일행에게 맥주를 한 잔씩 돌렸다.

에티엔은 카트린과 잔을 부딪쳐야 했고, 모두들 건배를 했다. 아버지, 딸과 딸의 남자, 아들과 아들의 애인은 다들 정중하게 "모두의 건강을 위하여!"를 외쳤다. 그러고 나자 이번에는 피에롱이 한 잔 더 사겠다고 고집을 부렸다. 모두들 한껏 기분이 좋아져 있을 때, 동료 무케를 발견한 자샤리가 느닷없이 다시 화를 냈다. 자샤리는 못 제조공에게 따지러 가야겠다면서 무케를 불렀다.

"그놈을 따끔하게 혼내줘야겠어!…… 이봐, 샤발! 필로멘을 카트린하고 좀 있게 해줘. 내가 돌아올 때까지만."

이번에는 마외가 맥주를 사겠다고 나섰다. 어쨌거나 오빠가 자기 동생의 복수를 하겠다고 나서는 것은 나쁜 일이 아니지 않은가. 그러나 이곳에서 무케를 발견하고 마음을 놓고 있던 필로멘은 고개를 설레설레 흔들었다. 두 남자는 볼캉으로 도망친 게 분명했다.

축제일 저녁에는 모두들 봉주아이외* 댄스홀에서 축제를 마무리했다. 댄스홀은 과부인 데지르**가 운영하는 곳이었다. 쉰 살의 그녀는 건장한 체구에 술통처럼 뚱뚱한 몸매에도 불구하고 넘치는 에너지 덕분에 아직도 애인을 여섯이나 거느리고 있었다. 그녀는 주중에는 날마다 한 명씩, 그리고 일요일에는 그 여섯 명을 한꺼번에 만난다고 주장했다. 그녀는 광부들을 모두 자기 자식들이라고 불렀다. 삼십 년간 그들의 목구멍으로 부어넣은 엄청난 양의 맥주를 떠올릴 때마다 그들을 향한 애정이 절로 샘솟았다. 또한 그녀는 먼저 이곳 댄스홀에서 몸을 풀며 분위기를 띄우지 않고서는 탄차 운반부가 임신을 할 수 없었

---

* 프랑스어로 '유쾌한 사람'이라는 뜻.
** 프랑스어로 '데지르(désir)'는 '욕망, 욕구, 성욕' 등을 의미한다.

을 거라며 떠벌렸다. 봉주아이외르는 두 개의 공간으로 이뤄져 있었다. 카운터와 탁자들이 있는 바, 그리고 널찍한 공간으로 곧장 통하는 댄스홀로 나뉘어 있었다. 댄스홀은 중앙에만 바닥에 나무판을 깔았고, 그 주위에는 벽돌을 둘러놓았다. 눈에 띄는 장식이라고는, 천장 한쪽 끝에서 다른 쪽 끝까지 서로 엇갈리게 이어지는 색종이 화환이 가운데에서 만나 화관을 이루고 있는 게 전부였다. 벽에는 수호성인들의 이름을 새긴 방패꼴의 금빛 문장紋章들이 일렬로 붙어 있었다. 문장들은 철공鐵工들의 수호성인 성 엘루아, 구두장이들의 수호성인 성 크레팽, 광부들의 수호성인 성 바르브 등이 열거되어 있는 동업조합의 달력과도 같았다. 천장이 너무 낮은 탓에, 설교단만한 무대에 자리한 연주자 세 명의 머리가 짓눌려 보였다. 저녁에는 홀 네 귀퉁이에 등유 램프를 매달아 불을 밝혔다.

그 일요일에는 창문으로 햇빛이 비치는 가운데 다섯시부터 춤이 시작되었다. 하지만 홀에 사람들이 들어차기 시작한 것은 저녁 일곱시경이었다. 바깥에서는 폭풍우를 예고하는 바람이 시커먼 먼지구름을 일으켜 사람들의 시야를 가리고, 프라이팬에서는 지글지글 끓는 소리가 났다. 앉아서 쉴 곳을 찾아 봉주아이외르로 들어온 마외와 에티엔 그리고 피에롱은 카트린과 춤을 추고 있던 샤발을 다시 만났다. 필로멘은 혼자서 그들을 구경했다. 르바크도 자샤리도 다시 얼굴을 내비치지 않았다. 댄스홀 주위에는 의자가 없었기 때문에 카트린은 춤이 끝날 때마다 자기 아버지가 있는 탁자로 가서 휴식을 취했다. 필로멘을 불렀지만, 그녀는 서 있는 게 더 좋다며 오지 않았다. 날이 어두워지자, 세 명의 연주자는 열정적인 연주로 사람들의 흥을 돋웠다. 이제 홀에 보이는 것이라고는 수많은 팔들이 뒤섞인 가운데 정신없이 움직이는 엉덩이들과 가슴들뿐이었다. 네 개의 램프에 불이 환히 켜지자 잠시 소란이 일었다. 갑자기 주위가 환해지면서, 벌겋게 달아오른 얼굴과 헝클어져 얼굴에 찰싹 달라붙은 머리카락, 땀에 젖은 연인들의 강렬한 내음을 쏟아내듯 날아오르는 치맛자락들이 한눈에 들어왔다. 마외는 에티엔에게 라 무케트를 가리켜 보였다. 그녀는 기름진 돼지 방광처럼 뚱뚱하고 번들거리는 모습으로 마르고 키가 큰 하역부의 품에 안겨 미친듯이 돌아가고 있었다. 그녀는 상처받은 마음을 달래기 위해 남자가 필요했던 것이다.

이제 여덟시가 되자, 에스텔을 품에 안은 라 마외드가 뒤에 알지르와 앙리, 레노르를 줄줄이 거느리고 댄스홀로 들어섰다. 그녀는 그곳에서 남편을 만날 수 있을 거라는 확신을 가지고 곧장 그곳으로 왔다. 저녁은 나중에 먹으면 될 터였다. 뱃속이 커피에 잠기고 맥주로 부풀어 허기가 전혀 느껴지지 않았다. 뒤이어 또다른 여인네들도 모습을 나타냈다. 사람들은 라 마외드 뒤로 라 르바크가 부틀루와 함께 들어오는 것을 보고 수군거렸다. 그녀는 필로멘의 아이들인 아실과 데지레의 손을 잡고 있었다. 두 이웃 여인네는 사이가 아주 좋아 보였다. 두 사람은 서로를 돌아보며 다정하게 얘기를 나누었다. 이곳으로 오는 동안 둘 사이에는 진지한 대화가 오갔다. 라 마외드는 자샤리를 결혼시키는 데 어쩔 수 없이 동의했다. 장남이 벌어오는 돈을 포기해야 한다는 것을 생각하면 몹시 속이 쓰렸지만, 부당하다는 비난을 감수하면서까지 더이상 아들을 붙잡아둘 만한 이유가 없었기 때문이다. 그래서 그녀는 불안한 마음을 감춘 채 겉으로는 기꺼운 척하려고 애썼다. 이제 집안의 가장 큰 수입원이 빠져나가게 생겼으니 앞으로 어떻게 살림을 꾸려나갈지 막막했다.

"이리 와 앉아, 사돈." 그녀는 마외가 에티엔, 피에롱과 함께 맥주를 마시고 있는 탁자 옆자리를 가리키며 말했다.

"우리집 양반 못 봤어요?" 라 르바크가 물었다.

동료들은 그가 다시 올 거라고 얘기했다. 부틀루와 아이들이 촘촘히 앉아 있는 술꾼들 틈에 끼어 앉는 바람에 탁자 두 개가 하나로 합쳐졌다. 그들은 맥주를 주문했다. 자기 엄마와 아이들을 발견한 필로멘은 그들에게로 갔다. 일행이 권하는 의자에 앉은 그녀는 드디어 자신을 결혼시키기로 했다는 말에 기분이 좋아진 듯했다. 그들이 자샤리는 어디 있는지 묻자 그녀는 맥빠진 목소리로 대답했다.

"나도 기다리는 중이에요. 어디 가까운 데 있을 거예요."

마외는 아내와 시선을 교환했다. 그러니까 그녀도 결혼에 동의한 건가? 그는 갑자기 심각해져 말없이 담배를 피워 물었다. 그 역시 앞으로 생계를 꾸려나갈 걱정이 앞섰다. 자신들을 가난 속에 내버려둔 채 하나둘씩 결혼해 떠나가는 자식들이 무심하다는 생각이 들었다.

사람들은 여전히 춤을 추고 있었다. 카드리유* 끝자락이 댄스홀을 불그레한 먼지로 가득 메웠다. 홀의 벽들이 무너져내릴 것만 같았고, 코넷 소리가 조난당한 기관차의 날카로운 경적처럼 울려퍼졌다. 춤추는 것을 멈췄을 때, 사람들은 달리던 말들처럼 김을 뿜어냈다.

"기억나우?" 라 르바크가 몸을 숙여 라 마외드의 귀에 대고 소곤소

---

* 네 쌍 이상의 사람들이 네모꼴을 이루며 추는 춤.

곤 말했다. "왜, 카트린이 어리석은 짓을 하면 가만두지 않겠다고 했던 말?"

샤발은 가족들이 있는 탁자로 카트린을 데려왔다. 두 사람은 아버지 뒤에 서서 자기들이 마시던 맥주를 마저 마셨다.

"그거야 뭐, 말이 그렇다는 거지……"라 마외드는 체념한 얼굴로 중얼거렸다. "그나마 다행인 건, 카트린은 아직 애를 낳을 수 없다는 거야. 오! 그건 확실하지!…… 정말 얼마나 다행인지 몰라! 만약 딸애마저 애를 낳아 결혼을 시켜야 한다면! 그럼 우린 전부 굶어죽고 말거라고!"

이제 코넷은 휘파람 같은 소리로 폴카를 연주하고 있었다. 그리하여 또다시 귀가 먹먹해지는 가운데, 마외는 아내에게 작은 소리로 자기 생각을 들려주었다. 그들도 하숙인을 들이지 말란 법이 없지 않은가? 당장 에티엔만 하더라도 하숙집을 찾고 있지 않은가? 이제 곧 자샤리가 집을 나가면 빈자리가 생길 터였다. 그러면 한쪽에서 잃는 돈을 다른 쪽에서 일부라도 보충할 수 있지 않겠는가. 그러자 라 마외드의 얼굴이 환해졌다. 정말 좋은 생각이었다. 반드시 그렇게 되도록 해야 했다. 그녀는 다시 굶주림의 위기에서 벗어난 사람처럼 평소의 쾌활함을 되찾고 맥주를 한 잔씩 더 주문했다.

그사이 에티엔은 피에롱을 교화하려고 애쓰면서, 그에게 공제조합 기금에 관한 계획을 설명하고 있었다. 그는 피에롱에게 조합에 가입하겠다는 약속을 받아낸 다음, 경솔하게도 자신의 진짜 속마음을 드러내는 실수를 저질렀다.

"그리고 우리가 파업을 하게 되면, 이 기금이 얼마나 유용한지 알게 될 겁니다. 우리에겐 한동안 버틸 수 있는 기금이 있으니, 더이상 예전처럼 회사의 비열한 짓거리에 놀아나지 않아도 된단 말이죠……어때요? 우리와 함께할 거죠?"

그러자 당황한 피에롱은 시선을 아래로 떨어뜨리고 창백한 낯빛으로 더듬더듬 말했다.

"생각 좀 해봐야 할 것 같아…… 우리가 문제를 일으키지 않으면, 그게 가장 확실한 대비책이 아닐까."

그때 마외가 에티엔의 말을 가로막고는 평소처럼 단도직입적으로 그에게 자기 집에 세들 것을 제안했다. 에티엔도 기꺼이 그의 제안에 응했다. 그러잖아도 동료들과 더 가까이 지내고 싶은 마음에 탄광촌에서 살 수 있기를 간절히 바라던 차였다. 그들은 몇 마디로 그 문제를 마무리짓고, 라 마외드는 아이들이 결혼하기만 기다리면 된다고 선언했다.

그제야 자샤리가 무케, 르바크와 함께 돌아왔다. 세 남자는 볼캉에서 묻혀 온 문란한 여자들의 자극적인 사향 냄새와 게네베르 냄새를 풍겼다. 잔뜩 취해 흥이 오를 대로 오른 그들은 서로를 팔꿈치로 쿡쿡 찌르며 히죽거렸다. 드디어 자신의 결혼이 결정되었다는 것을 알게 된 자샤리는 어찌나 큰 소리로 웃어젖혔던지 하마터면 숨이 막힐 뻔했다. 그러자 필로멘은 차분한 목소리로, 그가 우는 것보다는 웃는 모습을 보는 게 더 좋다고 말했을 뿐이다. 이제 남아 있는 의자가 없어 부틀루는 엉덩이를 반쯤 치워 의자의 반을 르바크에게 양보했다. 전부 가족처럼 한데 모인 것을 보고 무척 감동한 르바크가 느닷없이 또다시 맥주를 사겠다고 나섰다.

"맙소사! 언제 또 이렇게 좋은 시간을 가져보겠나!" 그는 큰 소리로 외쳤다.

그들은 밤 열시까지 그곳에 머물렀다. 그때까지도 자기 남편을 찾아 데려가려는 부인네들이 속속 도착했고, 아이들이 줄줄이 그 뒤를 따라왔다. 엄마들은 이제 아무 거리낌 없이 귀리 자루처럼 축 늘어진 누런 젖가슴을 꺼내 볼이 통통한 아기들에게 넘치도록 젖을 먹였다. 벌써 걸음마를 하는 아이들은 맥주를 잔뜩 마시고는 탁자 아래를 네 발로 기어다니다가 부끄러운 줄도 모르고 아무데서나 오줌을 쌌다. 과부 데지르의 구멍 난 술통에서 흘러나온 맥주가 밀물처럼 밀려들어 사람들의 배를 가득 채운 다음, 코와 눈과 다른 데를 통해 도처에서 다시 흘러나오는 듯했다. 다들 어찌나 부풀어올랐던지, 각자의 어깨나 무릎이 저절로 옆 사람을 건드렸다. 모두들 서로 팔꿈치가 닿을 정도로 사람들이 꽉 들어찬 가운데 있다는 것에 즐거워하며 만면에 웃음을 띠었다. 어찌나 한참을 웃었던지 귀에 걸린 입이 다물어지지 않았다. 홀의 찜통 같은 더위를 더이상 견디기 힘들어지자, 너 나 할 것 없이 짙은 파이프 담배 연기에 누렇게 찌든 살을 거리낌없이 드러냈다. 단 한 가지 불편한 점은 오줌을 누는 일이었다. 여자들은 가끔씩 자리에서 일어나 구석의 펌프 옆으로 가서 치맛자락을 걷어올렸다가 다시 자리로 돌아왔다. 색종이 화환 밑에서 춤추는 사람들은 땀을 너무 많이 흘린 탓에 서로의 얼굴조차 제대로 알아볼 수 없었다. 그 틈을 타 견습 광부들은 탄차 운반부들을 엉덩이로 툭 쳐서 넘어뜨렸다. 그러다 한 남자가 젊은 여자 위로 넘어지자, 코넷이 미친듯이 관악기 소리를 내기 시작했고, 마치 댄스홀이 그들 위로 무너져내리기라도 하는 것처럼 수많은 발들이 그들 주위를 오갔다.

그때 누가 지나가면서 피에롱에게 그의 딸 리디가 문 앞 길 위에 가로누워 있다고 알려주었다. 피에롱은 훔친 술을 나눠 마시고 잔뜩 취해 있는 딸을 어깨로 부축해 데려가야 했다. 그녀보다 더 튼튼한 장랭과 베베르는 그 광경을 보고 킥킥거리면서 멀찌감치 떨어져 그를 뒤따라갔다. 그것이 출발 신호였다. 가족들은 차례차례 봉주아이외를 나왔다. 마외와 르바크의 가족도 탄광촌으로 돌아가기로 했다. 그 무렵, 본모르 영감과 무크 영감도 몽수를 떠났다. 여전히 몽유병자 같은 걸음걸이로, 말없이 고집스럽게 과거를 회상하며. 그들은 모두 함께 집으로 돌아가면서, 마지막 남은 맥주가 길 한복판까지 개울처럼 흘러넘치는 주점들과 기름이 굳어버린 프라이팬들이 있는 축제의 마당을 마지막으로 지나갔다. 여전히 폭풍우가 곧 몰려올 기세였고, 다들 환하게 불 밝힌 술집들을 나서서 캄캄한 들판으로 접어들자 웃음소리가 공중으로 날아올랐다. 무르익은 밀밭에서는 뜨거운 숨결이 뿜어져나왔다. 오늘밤에는 수많은 아이들이 생겨날 터였다. 그들은 축 늘어져 탄광촌에 도착했다. 르바크 가족도 마외 가족도 저녁을 먹고 싶은 생각이 별로 없었다. 마외 가족은 아침에 남긴 삶은 쇠고기를 마저 먹고 잠이 들었다.

에티엔은 한잔 더 하자며 샤발을 라스뇌르의 주점으로 데리고 갔다.

"좋아, 나도 끼겠어!" 샤발은 그의 동료한테 공제조합 기금에 관한 설명을 듣고 반색을 했다. "악수하세, 자넨 멋진 친구야!"

막 취기가 오르기 시작한 에티엔은 이글거리는 눈빛으로 외쳤다.

"좋아, 악수하자…… 난 말이야, 정의를 위해서라면 다른 건 아

무래도 상관없어. 술, 여자, 그런 거 다 필요 없다고. 내 피를 끓어오
르게 할 수 있는 건 딱 한 가지뿐이야. 그건, 이 땅에서 부르주아들을
몽땅 쓸어버리는 거야."

3

8월 중순경, 에티엔은 마외네로 거처를 옮겼다. 자샤리가 결혼하면서 탄광회사로부터 필로멘과 두 아이와 함께 살 수 있는 탄광촌의 빈집을 할당받아 분가한 것이다. 에티엔은 처음에는 카트린 앞에서 몹시 불편해했다.

그들은 매 순간 서로의 은밀한 부분까지 모두 드러내 보여야만 했다. 그는 어디서나 많이의 빈자리를 대신 채웠고, 카트린의 침대 앞에 놓인 장렝의 침대를 함께 썼다. 잠자리에 들 때나 아침에 일어날 때마다 그녀 가까이서 옷을 벗고 다시 입어야 했으며, 그녀가 옷을 벗고 입는 것도 지켜봐야 했다. 마지막으로 속치마를 벗으면 창백한 그녀의 새하얀 살결이 드러났다. 빈혈에 걸린 금발 여성처럼 투명한 눈을 연상케 하는 뽀얀 피부였다. 에티엔은 발끝에서 목덜미까지 마치

우유에 담갔다 나온 것처럼 새하얀 카트린의 몸을 보면서 끊임없이 혼란스러운 감정을 느꼈다. 반면 그녀의 손과 얼굴은 벌써부터 상해 있었고, 목덜미에는 볕에 그을린 자국이 마치 호박 목걸이를 한 것처럼 두드러져 보였다. 그는 못 본 척 고개를 돌렸지만, 그렇게 그녀를 조금씩 알아갔다. 제일 먼저, 시선을 아래로 향하면 그녀의 발이 보였다. 그리고 그녀가 시트 속으로 미끄러져 들어갈 때는 무릎이 언뜻 보였다. 그다음으로는, 아침에 물 단지 위로 몸을 숙이면 조그맣고 탄탄한 가슴이 눈에 들어왔다. 하지만 카트린은 그에게 눈길을 주지 않고 모든 것을 후다닥 해치웠다. 그녀는 십 초 만에 옷을 벗고 알지르 옆으로 가서 누웠다. 마치 뱀처럼 동작이 어찌나 재빠르고 유연한지, 에티엔이 신발을 벗는 사이에 벌써 침대 속으로 사라져 등을 돌리고 누우면, 보이는 것이라고는 그녀의 틀어올린 머리가 고작이었다.

더구나 카트린은 에티엔 때문에 언짢아할 일이 전혀 없었다. 일종의 강박관념 때문에 그 자신도 모르게 그녀가 언제 잠자리에 드는지 자꾸 살폈지만, 그는 외설스러운 농담이나 위험한 손장난 같은 것은 절대 하지 않았다. 그녀의 부모와 함께 지내기 때문이기도 하지만, 그는 그녀에게 우정 같은 감정과 그녀를 여자로서 욕망할 수 없다는 유감을 동시에 느끼고 있는 터였다. 그들은 이제 세면이나 식사, 그리고 일까지 모든 것을 함께하는 사이가 되었다. 그들 사이에는 생리적인 욕구를 포함해 아무것도 거리낄 것이 없었다. 그들 가족 사이의 수치심은 매일 몸을 같이 씻는 와중에 어디론가 사라져버렸다. 이제 카트린은 위층에서 혼자 몸을 씻었고, 남자들은 아래층에서 차례로 씻었다.

그렇게 처음 한 달이 지나자, 에티엔과 카트린은 어느새 서로가 보이지 않는 것처럼 행동하기에 이르렀다. 저녁에는 촛불을 끄기 전에 옷을 벗은 채 방안을 돌아다녔다. 카트린은 더이상 서두르지 않고, 예전처럼 셔츠를 허벅지까지 걷어올린 채 침대에 걸터앉아 두 팔을 위로 올리고 머리를 묶었다. 에티엔은 때로 바지를 입지 않은 채로 그녀가 단장하는 것을 도와주거나, 그녀가 잃어버린 핀을 찾아주기도 했다. 이런 모든 일에 점점 익숙해지면서 그들은 벗고 있는 것에 더이상 수치심을 느끼지 않게 되었다. 오히려 그러는 것이 자연스럽게 느껴지기까지 했다. 그들이 잘못된 행동을 하지 않을 뿐만 아니라, 그 많은 식구가 한 방에서 지내야 하는 것이 그들의 잘못은 아니기 때문이었다. 하지만 그들은 죄의식을 느낄 만한 어떤 생각도 하지 않던 순간에도 문득문득 당혹감을 느낄 때가 있었다. 에티엔은 며칠 동안 카트린의 새하얀 살결에 신경쓰지 않다가도 불현듯 그녀의 우윳빛 피부에 아찔해지며 몸을 떨었다. 그럴 때마다 그는 그녀를 안고 싶어질까봐 서둘러 시선을 다른 곳으로 돌려야 했다. 카트린은 어느 날 저녁에는 아무 이유 없이 얼굴이 화끈거려, 마치 자신의 몸에 그의 손길이 닿기라도 한 것처럼 서둘러 시트 속으로 몸을 숨겼다. 그리고 촛불이 꺼지면, 그들은 피곤한데도 불구하고 둘 다 잠을 이루지 못한 채 서로를 생각하고 있음을 알 수 있었다. 그런 사실은 이튿날까지 그들을 안절부절못하고 서로 외면하게 만들었다. 그들은 서로를 좋은 동료로 생각할 수 있는 평온한 밤을 더 원했기 때문이다.

에티엔이 조금이나마 불편하게 느끼는 것은 몸을 웅크리고 자는 장랭뿐이었다. 알지르는 조그맣게 숨소리를 냈고, 레노르와 앙리는 저녁에 눕힌 그대로 아침까지 서로 꼭 껴안고 있었다. 캄캄한 집에는 대장간의 풀무처럼 규칙적으로 요란한 소리를 내는 마외와 라 마외드의 코고는 소리 말고는 아무 소리도 들리지 않았다. 요컨대 에티엔은 라스뇌르의 주점에서 하숙할 때보다 좀더 나은 환경에서 지낼 수 있었다. 침대도 쓸 만했고, 시트는 한 달에 한 번씩 갈아주었다. 수프도 좀더 먹을 만했다. 다만 고기를 거의 먹을 수 없다는 게 괴로웠다. 하지만 그것은 그 집 사람들 누구나 다 마찬가지였다. 한 달에 45프랑을 지불하면서 끼니마다 토끼고기를 바랄 수는 없었다. 그 45프랑은 마외 가족의 살림에 큰 보탬이 되었다. 그들은 늘 어느 정도의 빚을 지긴 했지만, 그 덕분에 간신히 수지를 맞출 수 있었다. 마외 가족은 에티엔에게 고마움을 느꼈고, 라 마외드는 그의 옷을 세탁하거나 수선해주고, 단추도 달아주고, 그의 물건들을 정돈해주기도 했다. 그리하여 그는 깨끗한 환경에서 여성의 따뜻한 손길을 느끼며 지낼 수 있었다.

그 무렵 에티엔의 머릿속에서는 수많은 생각이 서로 충돌하고 있었다. 그때까지 그는 동료들의 은밀한 부추김 가운데 본능적인 반항심만을 느끼고 있었다. 온갖 혼란스러운 질문이 그를 괴롭혔다. 왜 누구는 찢어지게 가난하고, 누구는 저토록 호의호식하며 살아가는가? 어째서 어떤 사람들은 평생 동안 누군가의 발아래에서만 살아가야 하는가? 그 누군가의 자리를 차지할 수 있다는 희망 따위는 한 번도 품어보지도 못한 채? 에티엔이 처음으로 거쳐야 할 단계는 자신의 무지를 깨닫는 것이었다. 그때부터 그는 내밀한 수치심과, 드러내놓을 수 없는 괴로움에 부대껴야 했다. 그는 아는 게 아무것도 없었다. 그래서 그가 심취해 있는 문제들, 그러니까 인간의 평등과 세상의 재물을 똑같이 나눠가질 것을 주장하는 공평함을 밖으로 내놓고 얘기할 용기가 없었다. 그래서 그는 공부를 하고자 했지만, 체계적이지 못하고 단지 배움을 향한 열의로만 가득한 무지한 자의 시도에 그칠 뿐이었다. 이제 에티엔은 그보다 더 배움이 많고, 사회주의 운동에 적극적으로 뛰어든 플뤼샤르와 주기적으로 편지를 주고받았다. 그러면서 플뤼샤르에게 책들을 보내달라고 부탁했다. 그는 책의 내용을 제대로 이해하지는 못했지만 그 속의 이야기들에 열광했다. 그중에서도 특히 벨기에인 의사가 쓴 『광부의 위생에 관하여』라는 의학 서적에 깊은 인상을 받았다. 탄광촌 사람들이 걸리는 치명적인 병들에 관한 이야기였다. 이해하기 힘든 딱딱하고 기술적인 정치경제학 개론을 비롯해, 그를 혼란에 빠뜨린 무정부주의적인 팸플릿, 훗날 논쟁이 벌어지면 반박할 수 없는 논거로 사용하기 위해 간직해두기로 한 예전 신문 등이 그의 독서 목록에 포함되었다. 또한 수바린도 그에게 여러 권의 책을 빌려주었다. 그중에서 '협동조합'에 관한 책을 읽은 후 그는 한 달 가까이 교환 체제에 기반을 둔 전 세계적인 공동체를 머릿속으로 그려보기도 했다. 화폐를 없애고, 사회적인 삶의 기반을 온전히 노동의 가치에만 둔 이상적인 공동체였다. 이처럼 생각하는 능력을 갖추게 된 에티엔은 무지함에 대한 수치심이 점차 사라지면서 그런 자신에게 자부심마저 느끼기에 이르렀다.

그는 처음 몇 달간은 초심자들이 거치는 황홀함의 단계에 머물러 있었다. 압제자들을 향한 용맹한 분노로 가득찬 가슴을 안고, 억압받는 이들이 머지않아 승리를 쟁취할 것임을 의심치 않았다. 그는 아직 독서를 통해 얻는 잡다한 지식을 바탕으로 하나의 체제를 구축할 정도의 능력을 갖추지는 못했다. 그의 머릿속에서는 수바린의 파괴적인 격렬함에 라스뇌르의 실리적인 주장이 마구 뒤섞였다. 매일 저녁, 에티엔은 아방타주 주점에서 그들과 함께 탄광회사를 맹렬하게 비판한 다음 집으로 돌아갈 때마다 늘 한 가지 꿈을 꾸곤 했다. 그것은 유리창 하나 깨뜨리지 않고, 피 한 방울 흘리지 않고 민중이 완전히 새롭게 태어나는 세상이었다. 더욱이 그 꿈을 실행에 옮길 수 있는 방법도 아직은 모호하기만 했다. 그는 그 모든 것이 순조롭게 이뤄질 거라고 믿고 싶어했다. 사회 개혁의 구체적인 청사진을 제시하고자 할 때마다 갈팡질팡했기 때문이다. 심지어 그는 온건적인 태도와 자기모순에 빠지는 모습을 보이기도 했다. 때로는 사회적인 문제에서 정치를 배제해야 한다는 말을 반복하기도 했다. 예전에 어디서 읽었던 것으로, 냉정한 광부들의 사회에 적절하게 들어맞는 말이라고 생각했기 때문이다.

이제 마외네 식구들은 매일 저녁 잠자리에 들기 전에 아래층에서 삼십 분씩 머물곤 했다. 그럴 때마다 에티엔은 늘 똑같은 얘기를 되풀이했다. 그는 점점 더 예리한 사고를 하게 됨에 따라 탄광촌의 혼거 생활에 더욱 모욕감을 느꼈다. 들판 한복판에, 우리에 가두듯 이렇게 비좁은 곳으로 사람들을 몰아넣다니, 이게 가축을 다루는 것과 다를 게 무어란 말인가! 어찌나 촘촘히 붙어 있는지 옆 사람한테 엉덩이를 보이지 않고는 옷조차 갈아입을 수 없다! 그렇게 살아가니 건강은 오죽하겠으며, 젊은 남녀가 그 속에서 필연적으로 나쁜 길로 빠질 수밖에 없지 않은가!

"그거야 물론," 마외가 그의 말에 맞장구를 쳤다. "돈이 많으면 좀더 편하게 지낼 수 있겠지만…… 어쨌거나 자네 말이 맞아. 이렇게 차곡차곡 끼여 사는 건 누구에게도 득 될 게 없지. 결국은 언제나 술취한 남자들하고 배부른 여자들만 늘어나게 되니까."

그 말에 봇물이 터지듯 온 가족이 저마다 한마디씩 쏟아놓기 시작했다. 그사이 등유 램프에서 풍기는 냄새 때문에 이미 튀긴 양파의 역한 냄새가 배어 있는 식당 공기는 점점 더 탁해졌다. 아니, 이렇게 사는 건 분명 장난이 아니었다. 예전에 도형수들을 벌주기 위해서나 시켰을 법한 일을 짐승처럼 해내고 있지 않은가. 더구나 그러다 죽는 건 예사였다. 그런데도 저녁 식탁에서 고기 한 점 찾아볼 수 없는 삶이라니! 물론 굶어죽지는 않았다. 먹을 게 아예 없는 건 아니니까. 하지만 겨우 죽지 않을 정도로만 먹을 수 있었다. 게다가 허구한 날 빚에 짓눌려, 마치 빵을 훔치기라도 한 것처럼 빚쟁이에게 시달리지 않는가 말이다. 일요일이 되면 기진맥진해 잠을 자는 게 고작이었다. 유일한 즐거움이라고는, 술에 진탕 취하거나 마누라한테 아이를 만들어주는 것밖에 없었다. 하지만 맥주는 배를 너무 나오게 하고, 자식새끼는 키워놓으면 부모를 우습게 알았다. 그랬다, 정말 그랬다, 이렇게 사는 건 분명 장난이 아니었다.

그러자 이번에는 라 마외드가 끼어들었다.

"무엇보다 절망적인 건, 이런 것들이 앞으로도 절대 바뀌지 않을 거란 생각이 든다는 거예요…… 젊었을 때만 해도 언젠가는 나아지겠지 하면서 희망을 가지고 살았죠. 하지만 가난은 끈질기게 우릴 따라다녔고, 우린 여태까지 그 속에서 헤어나지를 못하고 있어요…… 난 누구라도 다치는 걸 원하지 않지만, 이렇게 부당한 취급을 받으며 사는 걸 생각하면 정말 화가 날 때가 많아요."

잠시 침묵이 흐르면서, 닫혀버린 미래에 대한 막연한 두려움 속에 모두들 한숨을 내쉬었다. 본모르 영감이 그 자리에 있었다면, 오직 그만이 놀란 눈을 크게 떴을 것이다. 그가 젊었을 때는 이런 문제들로 공연히 골머리를 썩이는 일은 없었기 때문이다. 그들은 탄광에서 태어나 더이상 아무것도 알려고 하지 않고 기계적으로 탄맥을 두드렸다. 그러나 지금은 광부들에게 무언가를 바라게 하는 분위기가 조성되고 있었다.

"아무것도 불평해서는 안 되는 거야." 영감은 이렇게 중얼거리곤 했다. "뭐든지 주는 대로 받아먹을 수밖에…… 상전들이 대체로 지랄맞은 인간들인 건 사실이지. 하지만 상전은 언제나 있기 마련이잖나, 안 그래? 그러니 공연히 이러쿵저러쿵할 필요가 없는 거라고."

그 말에 에티엔은 발끈하며 열변을 토해냈다. 뭐라고! 그럼 우리 같은 노동자들은 생각조차 하지 말라는 건가! 이제 머지않아 이 모든 게 달라지려 하고 있었다. 이제는 노동자들이 생각을 하기 때문이었다. 노인이 일하던 시절에는 광부들은 탄광 속에서 마치 짐승처럼, 석탄을 캐내는 기계처럼 살아갔다. 언제나 땅속에 머물면서, 바깥세상에서 벌어지는 일들에는 눈과 귀를 막은 채로. 그래서 그들을 지배하는 부자들은 자기들끼리 똘똘 뭉쳐서 광부들을 마음대로 사고팔며 그들의 살을 뜯어먹고 살 수 있었다. 정작 광부들 자신들은 그 사실조차 깨닫지 못한 채. 하지만 지금은 어떠한가? 땅속 깊은 곳에서 광부들이 깨어나고 있었다. 곡식의 낟알처럼 땅속에서 싹을 틔우고 있었다. 이제 머지않아 어느 날 아침, 들판 한가운데서 그 싹이 자라나는 모습을 보게 될 터였다. 그렇다, 인간들이 자라나는 것이다. 정의를 바로

잡을 한 무리의 인간들이. 대혁명 이후로 모든 민중이 평등한 존재가 된 게 아니었던가? 이제 투표도 같이 하는 마당에, 노동자가 그에게 봉급을 주는 주인의 노예로 남아 있어야 한다는 말인가? 기계를 소유한 커다란 회사들이 모두를 짓밟고 있었다. 게다가 같은 직업을 가진 이들이 동업조합을 결성해 스스로를 지켰던 과거의 안전장치마저 더는 존재하지 않았다. 맙소사, 내 말이 바로 그 말이었다! 언젠가는 그런 이유와 또다른 이유로 이 모든 걸 끝장내는 순간이 오고야 말 것이다. 바로 교육의 힘 때문이었다. 탄광촌에서 벌어지는 일만 봐도 알 수 있었다. 할아버지들은 자기 이름조차 쓰지 못했다. 하지만 아버지들은 이미 자기 이름을 쓸 줄 알았고, 아들들로 말하자면 학교 선생님처럼 글을 읽고 쓸 줄 알았다. 아! 자라나고 있었다. 조금씩 자라나고 있었다. 태양 아래 무르익어가는 곡식들처럼 날로 원숙해지는 무수한 사람들이 생겨나고 있었다! 평생 동안 한자리에만 머물지 않고 이웃의 자리를 차지하려는 야심을 품어볼 수 있다면, 좀더 강한 사람이 되기 위해 주먹을 휘두르지 말란 법도 없지 않은가?

마외는 마음의 동요를 느끼면서도 여전히 에티엔의 말에 강한 불신을 나타냈다.

"우리가 조금이라도 수상쩍은 낌새를 보이면, 그들은 우리한테 즉시 근로수첩*을 돌려줄 거야. 노인네 말이 옳아. 무슨 일이 생기면 고통받는 건 언제나 우리 광부들이지. 그나마 가끔씩 영양 보충하라고

---

* 1803년부터 노동자들에게는 각 고용주가 기록하고 지방자치체 당국이 인증한 직업 기록부와 같은 근로수첩이 배당되었다. 노동자가 해고당하면 근로수첩을 돌려받았다. 이 의무적인 근로수첩에 관한 법규는 1869년 4월 25일에 폐지되었다.

던져주는 양다리 고기조차 구경도 못하게 될 테고."

한동안 침묵을 지키던 라 마외드는 꿈에서 깨어난 듯 중얼거렸다.

"교회에서 신부님들이 하는 얘기가 사실이라면 얼마나 좋을까! 우리처럼 가난한 사람들이 하늘나라에서는 부자로 살 수 있다던데!"

그때 한바탕 웃음소리가 그녀의 말을 중단시켰다. 아이들은 어깨를 으쓱해 보였다. 아이들은 바깥세상의 풍문 따위는 믿지 않았다. 탄광을 떠도는 유령에 대해선 은근히 두려워하면서도, 하늘에는 아무것도 없다고 얘기하며 깔깔거렸다.

"젠장! 그 신부들이 떠벌리는 얘긴 믿을 것도 없어!" 마외가 소리쳤다. "그들이 자기가 하는 말을 믿었다면, 그 사람들부터 먹는 것도 지금보다 덜 먹고 더 열심히 일했을 거야. 천국에서 더 좋은 자리를 차지하려고 말이지…… 아무렴, 누구나 죽으면 다 끝인 거야."

라 마외드는 땅이 꺼져라 깊은 한숨을 내쉬었다.

"오! 맙소사! 오! 맙소사!"

그러고는 깊은 절망감을 드러내며 두 손을 무릎 위에 축 늘어뜨렸다.

"그러니까, 그게 사실인 거네. 우린 영 글러먹은 거네."

모두들 서로의 얼굴을 바라보았다. 본모르 영감은 손수건에 가래를 뱉었다. 마외는 다 피운 파이프를 그대로 입에 물고 있었다. 알지르는 식탁에 엎어져 잠든 레노르와 앙리 사이에서 이야기에 귀를 기울였다. 그중에서도 카트린은 한 손으로 턱을 괸 채 투명하고 커다란 눈으로 줄곧 에티엔을 응시했다. 그가 목청 높여 자신의 신념을 얘기하고, 그의 사회적인 꿈으로 미화된 미래를 열어 보일 때면 그에게서 눈을 떼지 못했다. 그들 주위로 탄광촌 전체가 잠들어 있었다. 멀리서 아이 울음소리와 귀가가 늦어진 술꾼이 시비를 거는 소리가 들려올 뿐이었다. 식당에서는 뻐꾸기시계가 느릿느릿 시간을 알렸고, 답답한 공기 속에서도 모래 깔린 바닥에서 올라오는 서늘하고 축축한 기운이 느껴졌다.

"아직도 그런 생각을 하다니요!" 청년이 말했다. "행복해지기 위해 선한 신과 신의 천국이 필요하다고 생각하나요? 여러분 스스로가 이 땅에서 행복을 만들어나갈 수 있다는 생각은 왜 못하는 거죠?"

그는 열정적인 목소리로 끝없이 이야기했다. 그러자 닫혀 있던 미래의 문이 갑자기 활짝 열리면서, 한줄기 빛이 가난한 이들의 우울한 삶을 환히 비추었다. 끝없이 대물림되는 가난, 짐승처럼 억척스레 해내야 하는 일, 가죽을 벗기고 끝내 먹을 따서 죽이는 가축처럼 살아가는 삶. 이 모든 불행이 환한 햇살에 씻겨나가듯 단번에 사라져버렸다. 그리고 마법에 나오는 것처럼 눈부신 빛 속에 하늘에서 정의가 도래했다. 선한 신은 죽고 없으므로, 이제 정의가 신을 대신하여 이 땅에 평등과 박애를 실천하면서 인간의 행복을 만들어갈 것이었다. 새로운 사회는 마치 꿈속에서처럼 단 하루 만에 화려한 신기루와도 같은 거대한 도시를 자라나게 했다. 그곳에서는 모든 시민이 자신의 노력에 의해서만 살아가며 공동의 행복에 한몫을 했다. 낡은 세상은 가루가 되어 흔적도 없이 사라지고, 모든 죄과를 씻어낸 젊은 인류는 오직 노동자들로만 구성될 터였다. 그들이 지켜야 할 좌우명은 '자신의 공로만큼 대우받고, 자신이 이룬 성과만큼 그 공로를 인정받는다'는 것이었다. 이런 꿈은 계속 커지고 미화되면서, 불가능에 가까이 다가갈수록 더욱더 유혹적으로 느껴졌다.

처음에 라 마외드는 어렴풋한 두려움에 사로잡혀 그의 말을 들으려고 하지 않았다. 아니, 이건 아니었다. 이건 너무 아름답지 않은가 말이다. 머릿속에 그런 생각들을 집어넣어서는 안 된다. 그랬다가는 그 후의 삶이 더 끔찍하게 느껴질 것이다. 그리고 행복해지기 위해서는 모두를 죽여 없애야만 할 것이다. 에티엔의 말에 매료된 마외가 혼란스러운 얼굴로 눈빛을 반짝거리는 것을 보고, 그녀는 두려운 마음으로 에티엔의 말을 가로막으면서 소리쳤다.

"더이상 이 청년 얘기에 신경쓰지 마요, 당신! 그런 게 있을 법한 얘기냐고요…… 부르주아들이 우리처럼 힘들게 일할 수 있을 거라고 생각해요?"

하지만 그녀도 차츰 에티엔의 얘기에 매료되어갔다. 그리하여 입가에 미소를 띤 채, 잠에서 깨어난 상상력에 힘입어 희망이라는 황홀한 세상 속으로 걸어들어갔다. 아, 단 한 시간만이라도 슬픈 현실을 잊을 수 있다는 게 이렇게 달콤할 수가! 땅에 코를 박고 짐승처럼 살아갈 때는 약간의 거짓말을 위한 자리가 필요했다. 결코 가질 수 없는 것들을 그들은 오직 환상 속에서만 실컷 즐기며 기쁨을 맛볼 수 있었다. 무엇보다 라 마외드를 흥분시키면서 청년과 의기투합하게 만든 것은 정의에 관한 생각이었다.

"그건, 댁의 말이 맞아요!" 그녀는 큰 소리로 말했다. "난 정당한 일을 위해서라면 팔 한 짝이라도 기꺼이 내놓을 수 있어…… 아무렴, 그렇고말고! 이번에는 우리가 즐기는 게 지당한 거지."

그러자 마외도 열을 올리며 열변을 토했다.

"이런 제기랄! 내가 비록 부자는 아니지만, 죽기 전에 그런 세상을 볼 수만 있다면 기꺼이 백 수를 내놓겠네…… 그렇게 되면 그야말로 세상이 천지개벽하는 게 아니겠나! 안 그런가? 그런데 그런 세상이 곧 올 수 있겠나? 그러려면 뭘 어떻게 해야 하지?"

에티엔은 다시 장광설을 쏟아냈다. 낡은 사회는 무너지고 있었다. 기껏해야 앞으로 몇 달을 더 버티기 힘들 터였다. 그는 자신 있게 단정짓듯 말했다. 하지만 세상을 어떻게 바꿀 수 있는지에 관해서는 좀 더 모호한 태도를 보였다. 그는 자기가 읽은 것들을 뒤섞으면서, 무지한 이들 앞에서 자신도 잘 모르는 것들을 설명하기를 두려워하지 않았다. 모든 체제를 들먹이면서, 손쉬운 승리에 대한 확신과, 계층들 간의 오해를 끝낼 전 세계적인 화해로 그것들을 포장했다. 고용주와 부르주아 중에 강제로 굴복시켜야 할 저항 세력이 있을 거라는 얘기는 하지 않았다. 마외 가족은 그의 말을 이해하는 척하면서, 그의 말을 수긍하고 기적적인 해결책들을 받아들였다. 초기 교회의 기독교도들처럼, 새로운 신자의 맹목적인 믿음으로 고대 사회가 남긴 오물 위에 완벽한 사회가 도래하기를 기다렸다. 어린 알지르는 에티엔의 얘기 중에서 알아들을 수 있는 몇 마디로 자기만의 행복을 머릿속에 그려보았다. 알지르가 바라는 것은, 아주 따뜻한 집에서 아이들이 뛰어놀며 마음대로 실컷 먹을 수 있는 삶이었다. 카트린은 여전히 한 손으로 턱을 괸 채 꼼짝하지 않고 계속 에티엔을 바라보았다. 그러다 그가 말을 멈추면 마치 몸에 한기가 드는 것처럼 창백한 얼굴로 바르르 몸을 떨었다.

갑자기 라 마외드가 뻐꾸기시계를 쳐다보며 소리쳤다.

"세상에, 벌써 아홉시가 지났잖아! 이러다 내일 아침에 일어나지도 못하겠네."

마외 가족은 절망적이고 상심한 마음으로 식탁을 떠났다. 조금 전까지 부자였다가 단번에 다시 구차한 삶 속으로 내던져진 느낌이었다. 본모르 영감은 갱으로 떠나면서 그런 이야기들이 더 나은 수프를 만들어주지는 못한다고 구시렁거렸다. 다른 식구들은 벽에 밴 습기와 역한 냄새를 풍기는 탁한 공기를 느끼면서 차례로 위층으로 올라갔다. 위층에서 에티엔이 탄광촌의 무거운 잠 속으로 빠져들기 전, 마지막으로 촛불을 끄고 침대에 누운 카트린이 바스락거리며 뒤척이는 소리가 들려왔다.

이런 이야기를 하는 중에 종종 이웃들이 끼어들기도 했다. 르바크는 분배의 개념에 열광했다. 좀더 신중한 피에롱은 탄광회사를 비난하는 얘기가 나오기만 하면 즉시 자리 갔다. 자샤리는 가끔씩 들렀다 갔다. 그러나 정치 얘기만 나오면 진저리를 치면서 맥주를 마시러 아방타주로 발길을 돌리곤 했다. 샤발은 한술 더 떠서 피를 보기를 원했다. 그는 거의 매일 저녁마다 마외네 집에서 한 시간쯤을 머물렀다. 그가 부지런히 그곳을 드나드는 이유 중에는 무엇보다 안으로 감추고 있는 질투심, 누가 자신에게서 카트린을 빼앗아가지나 않을까 하는 두려움이 한몫을 차지했다. 그는 카트린에게 벌써 싫증이 난 터였지만, 다른 남자가 그녀 가까이에서 자면서 밤에 그녀를 취할 수도 있다는 생각이 들자 다시 그녀가 소중하게 여겨졌던 것이다.

에티엔의 영향력이 점점 커져감에 따라, 그는 점차 탄광촌을 변화시켰다. 그것은 은밀한 프로파간다와도 같았다. 그가 모든 이들의 존경을 받으며 날로 입지를 굳히고 있어 그 효과는 더욱더 확실했다. 라 마외드는 신중한 주부로서 그를 경계하면서도 존중심을 가지고 그를 특별하게 대했다. 청년 에티엔은 언제나 정확하게 하숙비를 지불했고, 술을 마시지도 도박을 하지도 않았으며, 언제나 책을 가까이했다. 라 마외드가 이웃집 여인네에게 그를 학식이 높은 청년이라고 소개하자, 여자들은 그에게 편지를 대신 써달라고 앞다퉈 부탁했다. 에티엔은 그들의 편지를 대신 써주고, 부부 사이에 미묘한 일이 생겼을 때는 상담도 해주는 일종의 중개인 같은 역할을 했다. 또한 9월이 되자 예의 공제조합을 설립하기에 이르렀다. 아직은 탄광촌 주민들로만 이뤄진 미미한 조직에 불과했다. 하지만 에티엔은 아직 수동적으로 지켜보기만 하는 탄광회사가 그를 방해하지만 않는다면, 전체 갱에 속한 광부들의 지지를 이끌어낼 수 있으리라 기대하고 있었다. 사람들은 그를 몽수의 지부장으로 임명했고, 서류를 기록하는 대가로 그에게 약간의 급여도 지불했다. 그는 이제 부자가 되다시피 했다. 결혼한 광부는 겨우겨우 살아가기도 힘든 반면, 에티엔처럼 어떤 부양가족도 없이 홀가분한 사람은 얼마간이라도 저축을 할 수 있었다.

그때부터 에티엔도 점점 달라졌다. 빈곤함에 묻혀 잠들어 있던, 멋과 안락함을 향한 본능이 깨어난 그는 나사羅紗 모직 옷들을 사들이고, 고급 부츠도 한 켤레 샀다. 그리고 단번에 지도자로 부상하면서, 탄광촌 사람들이 그를 중심으로 모여들었다. 자존심의 달콤한 충족을 경험한 그는 처음으로 맛보는 대중적인 인기의 쾌감에 흠뻑 빠져들었다. 그토록 젊고 얼마 전까지만 해도 일개 인부에 불과했던 그가 수많은 사람들을 통솔하는 맨 윗자리에 우뚝 서다니! 그런 생각은 그를 자부심으로 충만하게 했고, 그가 하나의 역할을 해낼 임박한 혁명의 꿈을 더욱더 자라나게 했다. 그는 얼굴 표정이 바뀌면서 늘 진지한 모습이었고, 자기가 하는 말 하나하나에도 주의를 기울였다. 새로이 싹트는 그의 야심은 그의 이론에 불을 붙이면서 투쟁에 대한 일념을 심어주었다.

그러는 동안 가을이 다가왔고, 10월의 추위에 탄광촌의 조그만 정원들은 황량해졌다. 견습 광부들은 더이상 앙상해진 라일락 뒤의 토끼장 지붕 위로 탄차 운반부들을 넘어뜨리지 않았다. 정원에는 하얀 무늬처럼 서리가 낀 양배추와 파, 저장용 샐러드 같은 겨울 채소들만 약간 남아 있었다. 또다시 폭우가 붉은색 기와지붕 위로 쏟아지면서, 급류 같은 소리를 내며 흐르는 물이 빗물받이 홈통을 지나 큰 통으로 모여들었다. 집집마다 석탄이 타고 있는 무쇠 난로가 식을 줄 모르면서, 문이 꼭 닫힌 방안의 공기는 점점 더 역해졌다. 지극히 곤궁한 계절이 또다시 시작되고 있었던 것이다.

얼음장처럼 차가운 10월 초순의 어느 밤, 아래층에서 얘기할 때의 흥분이 채 가라앉지 않은 에티엔은 잠을 이루지 못했다. 그는 카트린이 시트 속으로 미끄러져 들어가 촛불을 불어 끄는 모습을 지켜보고 있었다. 그녀도 몹시 혼란스러워 보였다. 아직도 이따금 느닷없이 몰려오는 수치심 때문에 허둥대느라 벗은 몸을 오히려 더 드러내 보이기도 했다. 어둠 속에서 카트린은 죽은듯이 누워 있었다. 하지만 에티엔은 그녀 역시 잠 못 이루고 있다는 것을 알 수 있었다. 그는 느낄 수 있었다. 그가 그녀를 생각하는 만큼 그녀도 그를 생각하고 있다는 것을. 이처럼 말없이 온몸으로 하는 대화가 그들을 이토록 혼란스럽게 한 적은 지금까지 한 번도 없었다. 몇 분이 흘러가는 동안, 그도 그녀도 꼼짝하지 않았다. 다만 숨소리조차 내지 않으려는 그들의 노력에도 불구하고 서로의 숨결이 서로를 곤혹스럽게 할 뿐이었다. 그는 두 번씩이나 자리를 박차고 일어나 그녀를 품에 안으려 했다. 서로를 이토록 간절히 원하면서도 애써 참아야 한다는 건 바보 같은 짓이었다. 어째서 자신들의 욕망을 외면해야 한단 말인가? 아이들은 곤히 잠들었고, 그녀는 지금 당장 그를 원하고 있었다. 에티엔은 카트린이 숨죽인 채 그를 기다리고 있음을 확신했다. 그녀는 말없이 입술을 꼭 다물고 두 팔로 그를 힘껏 껴안을 터였다. 그렇게 한 시간 가까이 지나갔다. 그는 그녀를 안지 않았고, 그녀는 그를 부르게 될까봐 뒤로 돌아눕지 않았다. 그들이 서로 지척에서 지내는 시간이 길어질수록 두 사람 사이의 장벽은 더 높아졌다. 그들 자신도 명확히 설명하기 힘든 수치심과 거부감, 미묘한 우정이 그들 사이에 가로놓여 있었기 때문이다.

4

"있잖아요." 라 마외드가 남편에게 말했다. "봉급 받으러 몽수에
가는 길에 커피 일 파운드하고 설탕 일 킬로그램만 사다줘요."

마외는 신발 한 짝을 꿰매고 있었다. 수선비를 아끼기 위해서였다.

"그러지 뭐!" 그는 손을 멈추지 않고 중얼거렸다.

"푸줏간에도 좀 들러주면 좋겠는데…… 송아지고기 한 덩이만 좀
사 오면 안 돼요? 고기 구경한 지가 너무 오래돼서."

이번에는 그가 고개를 들고 대꾸했다.

"당신은 내가 돈을 엄청나게 버는 줄 아나보군…… 두 주 치 품삯
이 얼마나 된다고. 게다가 요즘 걸핏하면 작업을 중단한다고 겁을 주
는 판인데."

두 사람은 더이상 아무 말도 하지 않았다. 10월의 마지막 토요일,

점심을 먹고 난 후였다. 탄광회사는 임금 지불로 인한 어수선함을 핑계삼아 그날도 모든 갱에서 채굴을 중단시킨 터였다. 점점 커져가는 산업 위기 앞에서 겁을 집어먹은 그들은 이미 적체된 석탄 재고를 더 늘리지 않기 위해 이런저런 핑계를 대가며 만여 명의 노동자들을 실업 상태로 몰아갔다.

"에티엔이 라스뇌르네에서 당신을 기다리고 있을 거예요." 라 마외드가 말했다. "그 친구를 데리고 가요. 혹시 그 사람들이 당신 시간을 제대로 쳐주지 않으면, 그가 당신보다 더 잘 따질 거예요."

마외는 그러겠노라고 고개를 끄덕거렸다.

"그리고 그 사람들하고 아버님 문제를 얘기해봐요. 의사도 회사측하고 한통속이잖아요…… 안 그래요? 아버님, 의사가 잘못 안 게 맞죠? 아직 일할 수 있으시잖아요?"

열흘 전부터 본모르 영감은 그의 말대로 다리가 굳어져 꼼짝 못하고 의자에 앉아 지냈다. 라 마외드가 거듭 물어보자 그는 투덜거리며 말했다.

"물론 아직 일할 수 있고말고. 이깟 다리 좀 아프다고 다 끝난 게 아니란 말이야. 이게 다 나한테 백팔십 프랑의 연금을 안 주려고 부리는 수작들이라고."

라 마외드는 노인이 받아오던 40수를 떠올렸다. 어쩌면 그는 다시는 그 돈을 집으로 가져오지 못할지도 몰랐다. 그녀는 갑자기 불안감에 휩싸여 소리를 질렀다.

"맙소사! 계속 이런 식이면 머지않아 다들 굶어죽을지도 몰라."

"죽으면 적어도 배는 안 고프겠지." 마외가 말했다.

그는 신발에 못질을 하고 집을 나섰다. 240번 탄광촌은 오후 네시 경에야 임금을 지급받기로 되어 있었다. 그래서 남자들은 조금도 서두르지 않고 한 사람씩 차례로 집을 나섰다. 부인네들은 남편 뒤를 쫓아가면서 바로 집으로 오라고 간청했다. 남편이 술집에서 돈을 탕진하지 못하도록 심부름을 떠맡긴 여자들이 많았다.

에티엔은 라스뇌르의 주점에서 이런저런 소식을 들을 수 있었다. 불안한 소문들이 퍼지고 있었다. 탄광회사가 갱목 작업에 대한 불만을 점점 더 노골적으로 표출하고 있다는 얘기였다. 그들이 노동자들에게 벌금을 물리겠다고 으름장을 놓고 있어, 충돌은 불가피해 보였다. 게다가 그것은 표면적인 갈등에 불과했다. 그 이면에는 그보다 더 복잡한, 비밀스럽고 중대한 원인들이 있었다.

에티엔이 주점에 들어가자, 마침 몽수에서 돌아와 맥주를 마시던 동료 하나가 회계 사무실에 벽보가 붙어 있다는 소식을 전했다. 하지만 그는 그 벽보에 무슨 내용이 쓰여 있는지는 잘 몰랐다. 그리고 다른 사람들이 속속 들어왔지만 그들은 저마다 다른 이야기를 내놓았다. 하지만 회사측이 어떤 결정을 내린 것만은 분명했다.

"자넨 어떻게 생각하나?" 에티엔은 수바린 옆자리로 가 앉으면서 물었다. 수바린의 탁자 위에는 담배 한 갑만 달랑 놓여 있었다.

기계공은 전혀 급할 게 없다는 듯 느긋하게 담배를 다 말고서 대답했다.

"그거야 애초부터 빤히 예상하던 대로지. 그들은 자네들을 궁지로 몰아넣고 있는 거라고."

그들 중에서는 오직 그만이 정확하게 상황을 분석할 수 있는 지성을 갖추고 있었다. 그는 평소처럼 차분한 얼굴로 상황을 설명했다. 위기에 직면한 회사는 파산을 피하기 위해 경비를 줄일 수밖에 없다. 당연히, 허리띠를 졸라매야 하는 건 노동자들이었다. 회사는 어떤 핑계를 대서라도 노동자들의 임금을 깎아먹으려고 할 터였다. 거의 모든 공장이 놀고 있어 두 달 전부터 석탄은 갱들의 채굴물 집하장에 그대로 쌓여 있었다. 하지만 탄광회사도 문을 닫을 엄두는 내지 못했다. 기계를 놀렸다가는 망가지기 십상이기 때문이었다. 그래서 그들은 중도적인 방법을 강구한 끝에 파업을 유도할 작정을 한 것인지도 몰랐다. 그리하여 고분고분해진 광부들이 더 적은 임금을 받고도 일하게 할 참인 것이다. 마지막으로, 새로운 공제조합의 탄생이 그들을 불안하게 했다. 그것은 훗날 그들에게 위협으로 작용할 수도 있기 때문이다. 따라서 아직 기금이 얼마 되지 않을 때 파업을 이용해 그것을 모두 비워낼 수도 있을 터였다.

라스뇌르는 에티엔의 옆에 앉아 있었고, 두 남자는 아연실색한 얼굴로 수바린의 이야기를 듣고 있었다. 그들은 이제 큰 소리로 얘기할 수 있었다. 그들 외에 그곳에 남은 사람이라고는 카운터에 앉아 있는 라스뇌르 부인뿐이었다.

"참으로 무서운 생각이군!" 주점 주인이 중얼거렸다. "대체 그런 게 왜 필요한 거지? 파업을 하는 게 회사나 노동자 양쪽에 무슨 득이된다고. 난 서로 타협하는 게 최선이라고 생각해."

그게 가장 현명한 방법이었다. 그는 언제나 합리적인 요구 사항을 주장해왔다. 심지어 그의 예전 하숙인이 급속도로 인기를 얻은 뒤로는, 진보가 가능한 체제에 관한 주장을 강력하게 밀어붙이기까지 했다. 그는 단번에 모든 것을 얻으려고 하면 결국 아무것도 얻지 못할 것이라고 주장했다. 라스뇌르는 맥주를 즐겨 마시는, 통통하고 낙천적이고 유쾌한 기질의 남자였다. 하지만 마음속으로는, 그의 주점에 드나들면서 그의 말을 경청하던 르 보뢰 탄광의 노동자들이 자꾸만 줄어드는 데서 비롯된 질투심을 숨기고 있었다. 그리하여 때로는 오래전 자신을 해고한 데 대한 원한조차 잊은 채 탄광회사를 두둔하기도 했다.

"그래서, 당신은 파업에 반대한다는 거예요?" 라스뇌르 부인이 카운터를 떠나지 않은 채 소리쳤다.

그가 그렇다고 힘주어 대답하자, 그녀는 매몰차게 쏘아붙였다.

"그렇겠죠! 당신은 그럴 배짱도 없을 테니까. 그럼 그 입 다물고 저 사람들 얘기나 들어요!"

그녀가 가져다준 맥주잔을 응시하며 생각에 잠겨 있던 에티엔은 마침내 고개를 들고 얘기를 시작했다.

"방금 동지가 한 얘기는 충분히 타당성이 있습니다. 우린 그들이 우리를 끝까지 밀어붙이면 그때 파업을 하게 될 겁니다…… 그러잖아도 이 문제에 관해 플뢰샤르 연맹장이 편지로 내게 아주 적절한 얘기를 하셨어요. 그도 파업에는 반대하는 입장입니다. 파업을 하면 고용주와 노동자 모두가 고통받기 때문입니다. 결정적인 것을 이끌어내지도 못하면서 말이죠. 다만, 파업을 그분의 더 큰 계획에 우리 동료들을 동참시킬 수 있는 아주 좋은 기회로 보고 있는 거죠…… 그리고 여기 그분의 편지도 가져왔습니다."

과연 플뢰샤르는 몽수의 광부들이 국제노동자협회에 의혹의 눈길을 보내는 것에 낙담하고 있었다. 그래서 만약 탄광회사를 상대로 싸워야 할 일이 생긴다면, 그것을 핑계로 그들이 협회에 대거 가입하지 않을까 기대하고 있었다. 에티엔은 그가 추진한 공제조합 건으로는 비교적 많은 호응을 얻고 있었지만, 이런저런 노력에도 불구하고 협회에는 단 한 사람도 가입시키지 못하고 있었다. 더구나 공제조합 기금도 아직 빈약하기 그지없어서, 수바린의 말대로 금세 바닥이 나고 말 터였다. 따라서 파업에 참가한 노동자들은 다른 나라의 노동자들이 그들을 도울 수 있도록 부득불 국제노동자협회에 가입하게 될 것이었다.

"기금은 지금까지 얼마나 모였나?" 라스뇌르가 물었다.

"삼천 프랑 정도 됩니다." 에티엔이 대답했다. "엊그제 탄광회사 경영진이 나를 부르더군요. 오! 그들은 내게 아주 정중했어요. 자기들은 노동자들이 예비 기금을 마련하는 것을 방해하고 싶은 생각이 없다고 거듭 얘기하더라고요. 하지만 내가 딱 보니까, 그 기금을 통제하고 싶어한다는 걸 알겠더라고요…… 어쨌거나 언젠가는 그 문제로 그 사람들하고도 한바탕 붙어야 할 것 같더군요."

에티엔의 얘기를 듣고 난 주점 주인은 그를 경멸하는 표정으로 휘파람을 불며 주점 안을 왔다갔다했다. 3천 프랑이라고! 겨우 3천 프랑을 가지고 뭘 할 수 있다는 건가? 그 돈으로는 엿새 동안 빵을 배불리 먹기도 힘들 것이다. 그리고 영국에 사는 외국인들에게서 도움을 기대하다니, 그럴 바엔 차라리 자리에 누워 혀를 깨물고 죽는 편이 나을 것이다. 거듭 얘기하지만, 이 파업은 어리석기 짝이 없는 짓이다!

그러자 자본가를 향한 공동의 증오로 대개는 의견을 같이하는 편인 두 남자 사이에 처음으로 신랄한 말들이 오갔다.

"이봐, 그럼 자네는, 자넨 어떻게 생각하나?" 에티엔이 수바린을
돌아보며 물었다.

수바린은 예의 경멸하는 말투로 대답했다.

"파업 말인가? 당연히 어리석은 짓이지!"

그러고 나서 언짢은 침묵이 흐르자 그가 부드러운 목소리로 덧붙
였다.

"그러니까 내 말은, 굳이 반대하지는 않겠다는 거야. 자네들이 정
그러고 싶다면 말이지. 그래서 한쪽은 파산하고, 다른 한쪽은 죽고,
그러면 그만큼 이 세상이 청소가 될 테니까…… 다만, 그런 속도로
가다가는 이 세상을 혁신하는 데 천 년은 족히 걸릴 거라는 게 문제
지. 그러니까 우선, 모두들 죽어가고 있는 저 도형장 같은 곳이나 날
려버려주면 좋겠네!"

그는 섬세한 손으로 르 보뢰 탄광 쪽을 가리켰다. 주점의 열린 문
너머로 탄광 건물들이 언뜻 보였다. 그때 뜻하지 않은 일로 그의 말이
중단되었다. 그에게는 가족과도 같은 통통한 암토끼 폴로뉴가 겁없이
밖으로 나갔다가 견습 광부 무리가 퍼붓는 돌멩이 세례에 놀라 잽싸
게 다시 주점 안으로 들어온 것이다. 놀란 토끼는 귀를 축 늘어뜨리고
꼬리는 쳐든 채 수바린의 다리 사이로 몸을 숨기면서 안아달라고 애
원하듯 그의 다리를 긁었다. 토끼를 무릎 위에 눕히고 두 손으로 몸을
감싸준 수바린은 부드럽고 따뜻한 털을 어루만지다가 꿈꾸듯 나른한
잠 속으로 빠져들었다.

그때 마외가 들어왔다. 그는 라스뇌르 부인의 끈질긴 권유에도 아

무엇도 마시려고 하지 않았다. 그녀는 서비스로 맥주를 주는 척하면서 술값을 청구하곤 했다. 에티엔은 자리에서 일어나 마외와 함께 몽수로 떠났다.

탄광회사 현장에서 임금을 지급하는 날이면 몽수는 마치 수호성인 축제가 열리는 일요일처럼 축제 분위기에 휩싸였다. 모든 탄광촌에서 광부들이 속속 도착했다. 회계 사무실이 몹시 비좁은 탓에 그들은 문 밖에서 기다리는 편을 택했다. 도로를 가로막으며 길에서 무리를 지어 꼼짝 않고 기다리다보면, 새로 도착한 사람들 때문에 줄이 자꾸 길어졌다. 그 기회를 이용해 행상들은 이동식 판매대 위에 도자기부터 익힌 돼지고기까지 다양하게 진열해놓고 팔았다. 하지만 무엇보다 그 돈을 긁어모으는 것은 주막과 맥줏집 같은 주점들이었다. 광부들은 임금을 받기 전에 술집 카운터에서 목을 축이며 기다리다가, 돈을 받고 다시 그곳으로 돌아와 술을 마셨다. 볼캉에서 가진 돈을 다 써버리지 않는 것만 해도 다행스러운 일이었다.

그날, 순서를 기다리던 마외와 에티엔은 앞으로 나아갈수록 광부들 사이에 은밀한 분노가 들끓는 것을 느꼈다. 받은 돈을 술집에서 축내는 평소의 무사태평함과는 전혀 다른 분위기였다. 모두들 주먹을 불끈 쥐었고, 거친 말들이 입에서 입으로 퍼져나갔다.

"그게 정말인가?" 마외가 피케트 주막 앞에서 만난 샤발에게 물었다. "그치들이 끝내 비열한 짓거리를 했단 말이야?"

하지만 샤발은 에티엔을 힐끔 쳐다보면서 분노가 느껴지는 웅얼거림으로 대답을 대신했다. 그는 도급제를 갱신하면서 다른 이들과 새롭게 조를 꾸렸다. 그는 우두머리처럼 군림하는 신참 동료에게 질투를 느낀 나머지 속이 몹시 쓰린 터였다. 그의 표현대로라면, 탄광촌 전체가 에티엔의 발바닥을 핥는 형국이었다. 거기에 연인 간의 다툼이 얽혀 상황은 더 복잡해졌다. 샤발은 카트린을 레키야르나 폐석 더미 뒤로 데려갈 때마다, 그녀가 자기 집에서 하숙하는 남자와 잠자리를 한다면서 입에 담기 힘든 욕설을 퍼붓곤 했다. 그러고는 그녀에게 거친 욕정을 느끼며 과도한 애무로 그녀의 정신을 빼놓았다.

마외는 그에게 다시 물어보았다.

"르 보뢰 차례가 됐는가?"

샤발이 고개를 끄덕이고 돌아서서 가버리자, 두 남자는 탄광회사 현장의 회계 사무실로 들어가기로 했다.

회계 사무실은 직사각형의 조그만 방으로, 가운데에 철망이 쳐져 둘로 나뉘어 있었다. 벽을 따라 놓인 긴 의자들에는 대여섯 명의 광부가 앉아 기다리고 있었다. 회계원은 모자를 손에 들고 창구 앞에 서 있는 한 광부에게 서기의 보조를 받으며 임금을 지불하고 있었다. 왼쪽 긴 의자 위쪽의 시커멓게 회색빛으로 변한 석고 벽에는 노란색 벽보가 새로 붙어 있었다. 바로 그 앞으로 아침부터 사람들이 끊임없이 지나 갔다. 그들은 두세 명씩 짝을 지어 들어와 그 앞에 잠시 멈췄다가, 아무 말 없이, 누가 등뼈라도 부러뜨린 것처럼 어깨를 떨면서 지나갔다.

마침 그 앞에는 두 명의 광부가 있었다. 얼굴이 넓적하고 우락부락하게 생긴 젊은이와, 얼굴에서 세월의 신산함이 느껴지는 깡마른 노인이었다. 두 사람 다 글과는 거리가 먼 탓에, 젊은 남자는 한 자씩 더듬거리며 읽고, 노인은 멍한 얼굴로 벽보를 바라만 보고 있었다. 그곳에 들어오는 광부들은 대부분 그들처럼 글을 쳐다보기만 할 뿐 이해할 수가 없었다.

"이것 좀 얼른 읽어보게." 다른 이들과 마찬가지로 글을 읽을 줄 모르는 마외가 자신의 동료에게 말했다.

그러자 에티엔은 벽보에 적힌 글을 읽어내려갔다. 그것은 탄광회사가 모든 갱에 속한 광부들에게 알리는 공지 사항이었다. 갱목 작업의 무성의한 처리에 효과 없는 벌금을 부과하는 데 지친 회사는 석탄 채굴에 새로운 임금 지급 방식을 적용하기로 결정했다. 이제부터는 갱목 작업에 대한 비용을 별도로 지불할 것이다. 만족할 만한 작업에 필요한 양에 의거해, 갱도로 내려보내 작업에 사용된 나무를 세제곱미터 단위로 계산할 것이다. 따라서 채굴한 석탄을 실은 탄차의 가격은 자연스레 50상팀에서 40상팀으로 내려갈 것이다. 그 또한 작업장의 성질과 거리에 따라 달라질 수 있다. 그리고 모호하기 그지없는 계산법은 10상팀의 탄차 가격 감소분이 갱목 작업에서 받는 수당으로 정확히 상쇄될 수 있음을 주장했다. 나아가 탄광회사는 각자에게 이 새로운 지급 방식의 장점을 숙지할 수 있는 시간을 주기 위해 오는 12월 1일 월요일부터 이 법규를 적용하겠다고 밝히고 있었다.

"거기, 좀 작은 소리로 읽을 수 없소? 다른 사람들 말이 안 들리잖아." 회계원이 소리쳤다.

에티엔은 주의에도 아랑곳하지 않고 계속 읽어나갔다. 그의 목소리는 떨리고 있었다. 그가 끝까지 다 읽었는데도 모두들 벽보에서 눈을 떼질 못했다. 늙은 광부와 젊은 남자는 여전히 무언가를 기다리는 것처럼 보였다. 그러다가 마침내 어깨를 축 늘어뜨리고 그 자리를 떠났다.

"이럴 수가!" 마외가 중얼거렸다.

그와 에티엔은 긴 의자 위에 주저앉았다. 노란색 벽보 앞으로 광부들이 계속 지나가는 동안, 두 사람은 고개를 숙인 채 생각에 잠겼다. 그러면서 머릿속으로 재빨리 계산을 해보았다. 지금 자신들을 놀리는 건가? 그들은 탄차에서 줄어든 10상팀을 갱목 작업으로 결코 채우지 못할 것이다. 기껏해야 8상팀을 받을 수 있을 뿐이며, 나머지 2상팀은 회사가 그들에게서 훔쳐가는 거나 다를 바 없었다. 게다가 갱목을 꼼꼼히 처리하는 데 추가로 드는 시간은 계산조차 하지 않았다. 그러니까 결국 회사는 허울좋은 핑계를 내세워 임금을 깎고자 했던 것이다! 광부들의 주머니에서 돈을 훔쳐 자기들 배를 불리려는 속셈이었다.

"맙소사! 이 일을 어쩐담!" 마외는 고개를 들면서 거듭 소리쳤다. "이런 조건을 받아들이면 우린 스스로의 발등을 찧는 셈이라고!"

그러다가 창구가 비게 되자 그는 임금을 받기 위해 다가갔다. 봉급날에는 시간을 절약하기 위해 도급제의 반장이 혼자 회계 사무실에 나와 돈을 수령한 다음 작업반원들에게 나눠주었다.

"마외와 그 작업반원들," 서기가 소리쳤다. "필로니에르 탄맥, 7번 막장."

서기는 근로수첩을 뒤져 명단에서 그들의 이름을 확인했다. 근로수첩에는 갱내 감독이 매일 작업장별로 작업한 탄차의 대수를 기록해놓았다. 서기가 반복해 말했다.

"마외와 그 작업반원들, 필로니에르 탄맥, 7번 막장…… 백삼십오 프랑."

회계원은 돈을 지불했다.

"잠깐만요." 마외는 놀라서 더듬거리며 물었다. "혹시 뭔가 착오가 있는 것 아닙니까?"

그는 너무도 적은 돈을 바라보며 차마 집어들 엄두를 내지 못했다. 심장까지 얼어붙게 만드는 차가운 전율이 느껴졌다. 물론 급여가 얼마 안 될 거라고 예상은 했지만 이렇게 적을 수는 없었다. 계산을 잘못한 게 분명했다. 자샤리와 에티엔 그리고 샤발 대신 들어온 동료의 몫을 주고 나면 그와 그의 아버지, 카트린과 장랭의 몫으로는 기껏해야 50프랑밖에 남지 않을 것이다.

"아니, 착오 같은 건 없소." 서기가 말했다. "일요일 이틀과 나흘 동안 작업을 중단했던 것을 제한 거요. 그러니까 모두 아흐레 일한 게 맞아요."

마외는 조그만 소리로 날짜에 맞춰 계산을 해보았다. 아흐레에 해당하는 임금은 그가 약 30프랑, 카트린은 18프랑, 장랭은 9프랑이었다. 본모르 영감은 사흘밖에 일하지 못했다. 그렇다고 해도 자샤리와 나머지 두 사람 몫의 임금 90프랑을 합치면 이것보다는 더 많아야 했다.

"그리고 벌금도 있다는 걸 알아두시오." 서기가 덧붙였다. "갱목에 하자가 있어서 벌금으로 이십 프랑을 제한 거요."

마외는 절망적인 몸짓을 했다. 벌금 20프랑에 나흘간의 작업 중단이라니! 그렇다면 계산은 정확했다. 예전에 아직 본모르 영감이 일하고 자샤리가 결혼하지 않았을 때는 보름에 150프랑을 집에 가져간 적도 있었는데!

"돈을 가져갈 거요 말 거요?" 짜증이 난 회계원이 소리쳤다. "다른 사람 기다리는 거 안 보이냐고…… 가져가기 싫으면 말을 하든가."

마외가 커다란 손을 떨면서 돈을 집으려고 할 때 서기가 그를 붙잡았다.

"잠깐만, 여기 당신 이름이 있는데. 투생 마외, 맞죠?…… 사무관님이 좀 보자고 하시오. 들어가보시오, 혼자 계시니까."

마외는 어안이 벙벙한 얼굴로 오래된 마호가니 가구와 빛바랜 초록색 천으로 둘러싸인 사무실로 들어갔다. 그리고 오 분 동안 사무관의 말을 들었다. 낯빛이 창백하고 키가 큰 사무관은 자리에서 일어나지 않은 채 자기 책상 위에 놓인 서류들 너머로 얘기했다. 하지만 마외는 귀에서 윙윙거리는 소리 때문에 무슨 말인지 잘 알아들을 수가 없었다. 다만 막연하게나마 그의 아버지에 관한 얘기라는 것을 이해할 수 있었다. 오십 세를 기준으로 사십 년 동안 일한 대가로 150프랑의 연금을 지급하는 조건으로 그의 은퇴를 검토하고 있다는 얘기였다. 그러고는 사무관의 목소리가 더 딱딱해진 것을 느낄 수 있었다. 그는 마외를 질책하고 있었다. 정치에 관여한다는 이유에서였다. 그의 하숙인과 공제조합에 관한 문제를 빗대어 하는 얘기였다. 마지막으로 사무관은 갱에서 가장 성실한 노동자 가운데 하나인 마외에게 그런 미친 짓으로 자신을 위태롭게 하지 말 것을 충고했다. 마외는 뭐라고 항변하고 싶었지만, 떨리는 손에 쥐고 있던 모자를 비틀면서 앞뒤가 맞지 않는 말만 늘어놓은 다음 더듬거리며 그 자리를 물러났다.

"물론입니다, 사무관님…… 무슨 말씀이신지 잘 알겠습니다……"

밖으로 나온 그는 자기를 기다리고 있던 에티엔을 발견하자 애써 참았던 말들을 쏟아냈다.

"나처럼 한심한 인간은 또 없을 거야. 뭐라고 대답을 했어야 했는데!…… 당장 끼니를 걱정하게 생겼는데 또 어리석은 짓을 할 뻔한 거야! 그래, 그가 나한테 자네를 경계하라고 하더군. 자네 때문에 탄광촌 사람들이 나쁜 사상에 물들었다면서…… 그런데 내가 뭘 할 수 있겠나? 맙소사! 그저 고맙다고 고개를 조아리면서, 그들이 시키는 대로 할 수밖에. 따지고 보면 그의 말이 옳은 거야. 그렇게 사는 게 가장 현명한 거라고.”

마외는 분노와 두려움에 부대끼느라 더는 아무 말도 하지 못했다. 에티엔은 어두운 얼굴로 무언가를 생각하는 듯 보였다. 또다시 그들은 길을 가로막고 있는 광부 무리를 헤치고 나아갔다. 불만이 점점 더 깊어지고 있었다. 평소 온순하던 사람들 사이에 격앙된 분위기가 고조되어갔다. 거친 행동은 눈에 띄지 않았지만, 빽빽이 모여든 군중 위로 폭풍우를 예고하는 불길한 먹구름이 몰려오고 있었다. 수를 셀 줄 아는 몇몇 사람들이 계산을 마치고 나자, 회사측에서 갱목을 트집잡아 빼앗아가는 2상팀에 관한 얘기가 입에서 입으로 전해지면서 평소 가장 냉철한 이들마저 자극하기에 이르렀다. 하지만 그들 사이에는 무엇보다 터무니없이 낮은 임금에 대한 분노와, 작업 중단과 벌금에 대한 배고픈 이들의 반란의 기운이 팽배해 있었다. 그들은 이미 허리띠를 졸라맬 대로 졸라매고 있는 터였다. 그런데 또다시 임금을 낮춘다면 앞으로 대체 어떻게 살아가란 말인가? 주점으로 속속 모여든 그들은 목청 높여 분노를 쏟아내느라 더욱더 목이 탔다. 그리하여 그들이 받은 쥐꼬리만한 급여는 술집 카운터 위로 사라져갔다.

몽수에서 탄광촌으로 돌아오는 동안 에티엔과 마외는 서로 한마디도 하지 않았다. 마외가 집안으로 들어오자, 아이들과 함께 남아 있던 라 마외드는 그가 빈손으로 돌아왔다는 것을 바로 알아차렸다.

"정말 고맙기도 하셔라!" 그녀는 비아냥거리듯 말했다. "커피랑 설탕은 어디 있어요? 고기는요? 그깟 송아지고기 한 덩이 사온다고 당장 망하기라도 한답디까?"

그는 복받치는 감정을 억누르느라 목이 메어 아무 대답도 할 수 없었다. 탄광일로 단련된 남자의 거친 얼굴이 절망으로 부풀어오르더니, 굵다란 눈물이 뜨거운 빗줄기처럼 눈 밖으로 넘쳐흘렀다. 그는 의자에 털썩 주저앉아 식탁 위에 50프랑을 내던지면서 어린아이처럼 흐느꼈다.

"자, 받아요!" 그는 더듬거리며 말했다. "이게 내가 줄 수 있는 전부요…… 우리 몫을 모두 합친 거요."

라 마외드는 에티엔을 쳐다보았다. 그리고 그 역시 아무 말 없이 비통한 얼굴을 하고 있는 것을 보고는 같이 흐느꼈다. 50프랑으로 보름 동안 아홉 식구가 어떻게 살아가란 말인가? 맏이는 그들을 떠나갔고, 노인은 더이상 다리조차 움직일 수 없었다. 이제 곧 모두 굶어죽는 것밖에는 달리 방도가 없었다. 엄마가 울자 알지르는 놀라서 두 팔로 그녀의 목을 감싸안았다. 에스텔은 소리를 질러댔고, 레노르와 앙리도 함께 훌쩍거렸다.

탄광촌 전체에서 이내 빈곤함을 한탄하는 똑같은 비명이 터져나왔다. 남자들이 집에 돌아오자, 집집마다 빈약하기 그지없는 급여가 예고하는 재앙 앞에 너도나도 탄식을 뱉어냈다. 문들이 하나둘씩 열리면서 모습을 드러낸 여인네들이 바깥을 향해 소리치기 시작했다. 비좁은 집들의 천장은 그들의 하소연을 모두 담을 수 없었던 것처럼. 여인네들은 가랑비가 뿌리는 것도 느끼지 못하는 듯, 보도 위에서 서로를 부르며 손에 쥔, 남자들이 받아 온 돈을 서로에게 보여주었다.

"이것 좀 봐, 글쎄! 이걸 누구 코에 붙이라고 주는 거야. 우릴 우습게 알지 않으면 어떻게 이럴 수 있겠어?"

"난 어떻고! 이 돈으로는 보름 동안 식구들 먹일 빵도 사기 힘들다니까."

"나는 더 기막히다니까! 이것 좀 봐. 이번에도 내 셔츠를 내다팔게 생겼어."

라 마외드도 다른 부인네들처럼 밖으로 나갔다. 가장 목청을 높이고 있는 라 르바크 주위로 여자들이 모여들었다. 그녀의 주정뱅이 남편은 그때까지 코빼기도 보이지 않았다. 많든 적든 그의 급여는 볼캉에서 흔적도 없이 사라진 게 분명했다. 필로멘은 마외의 기색을 살폈다. 자샤리의 몫을 축내지나 않을까 염려해서였다. 그 와중에도 차분함을 유지하고 있는 것은 라 피에론밖에 없었다. 교활한 피에롱이 어떤 수를 쓰는지는 모르지만, 갱내 감독의 근로수첩에는 언제나 그가 동료들보다 더 많은 시간을 일한 것으로 기록되었다. 하지만 라 브륄레는 자기 사위가 그러는 것이 비겁하다고 생각했다. 그녀는 분노하는 여자들 편이었다. 깡마른 그녀는 여인네들 무리 사이에 꼿꼿이 서서 몽수를 향해 주먹을 흔들어댔다.

"오늘 아침에 글쎄, 그 집 하녀가 마차를 타고 지나가는 걸 보지 않았겠소!……" 그녀는 엔보 가족의 이름은 언급하지 않고 소리쳤다. "그렇다니까, 요리사가 말 두 마리가 끄는 마차를 타고 마르시엔에 생선을 사러 가는 게 분명했다고!"

그러자 아우성이 점점 커지면서, 격렬한 몸짓과 말들이 다시 오가기 시작했다. 새하얀 앞치마를 두른 하녀가 주인의 마차를 타고 이웃 도시로 장을 보러 간다는 사실은 여자들의 분노를 자아냈다. 노동자들은 배가 고파 다 죽게 생겼는데, 저들은 꼭 생선을 사야만 한단 말인가? 하지만 언제까지고 그들만 생선을 먹으란 법은 없다. 가난한 사람들이 생선을 먹을 차례가 반드시 오고야 말 것이다. 이 반란의 외침 속에, 그동안 에티엔이 뿌려놓은 생각들이 자라나면서 점점 더 커져갔다. 그것은 약속된 황금시대가 어서 오기를 기다리는 초조함이자, 무덤처럼 닫혀 있는 빈곤의 지평선 너머에서 그들을 기다리고 있는 행복을 서둘러 맛보고 싶어하는 조급함이었다. 그들은 입속에 든 빵까지 빼앗아가는, 도를 넘어선 부당함 앞에서 그들의 권리를 요구할 터였다. 특히 여인네들은 지금이라도 당장, 더이상 가난한 사람이 존재하지 않는 이상적인 진보의 도시로 전진하기를 원했다. 어둠이 짙어지면서 비가 더 세차게 내리고 아이들이 시끄럽게 울어대는 가운데, 여인네들은 여전히 탄광촌을 그들의 눈물로 채우고 있었다.

그날 저녁, 아방타주에서는 파업이 결정되었다. 라스뇌르는 더이상 반대하지 않았고, 수바린은 그것을 첫걸음으로 받아들였다. 에티엔은 한마디로 상황을 요약해 말했다. 회사가 원하는 것이 파업이라면, 그들은 파업을 보게 될 것이라고.

5

  그뒤로 일주일이 지나갔고, 예고된 갈등에 대한 기다림 속에 작업은 음울하고 조심스러운 상태로 계속되었다.

  마외 가족의 다음번 두 주 치 임금은 이번보다 더 줄어들 판이었다. 그래서 본래 양식 있는 온건한 성격이었음에도 라 마외드는 날로 신경이 날카로워졌다. 이 못돼 처먹은 딸년은 이젠 대놓고 밖에서 밤을 새우기로 작정이라도 한 것인가? 카트린은 다음날 아침에야 몹시 지치고 몸이 안 좋은 상태로 돌아온 탓에 갱에도 가지 못했다. 그녀는 울면서 그건 자기 잘못이 아니라고 말했다. 샤발이 도망가면 가만두지 않겠다며 그녀를 억지로 붙들었기 때문이었다. 질투심에 눈이 먼 그는 카트린이 에티엔의 침대로 돌아가는 것을 막고자 했다. 카트린의 가족이 그녀를 에티엔의 침대에서 자게 하는 걸 잘 알고 있다면서.

몹시 화가 난 라 마외드는 카트린에게 그런 짐승 같은 놈을 다시는 만나지 말라면서, 몽수로 가서 그의 따귀를 올려붙이겠다고 으름장을 놓았다. 그렇다고 해도 이미 하루를 손해본 것은 되돌릴 수 없었다. 그리고 무엇보다 이제 카트린은 자기 애인을 다른 남자와 바꾸고 싶어하지 않았다.

그 일이 있고 이틀 후에는 또다른 사건이 생겼다. 월요일과 화요일, 평소처럼 르 보뢰 탄광에서 얌전히 일하고 있을 거라고 생각했던 장랭이 베베르와 리디를 데리고 도망쳐 방담의 늪지대와 숲속을 돌아다니며 놀았던 것이다. 세 아이가 뭔가를 훔쳤는지, 조숙한 아이들이 하는 어떤 놀이를 했는지는 알 수 없지만, 장랭이 그들을 꾀어낸 것만은 분명했다. 그래서 그는 엄한 체벌을 받았다. 장랭의 엄마는 보도에서, 겁에 질린 탄광촌 아이들이 보는 앞에서 그의 엉덩이를 세게 때렸다. 세상에 이런 경우가 어디 있단 말인가? 자신의 아이들이, 낳아서 여태껏 힘들게 키워놓았더니, 이제 자신에게 돈을 벌어다줘야 할 아이들이 이런 짓거리를 하다니! 그녀의 외침 속에는 자신의 힘겨웠던 젊은 시절의 기억이 응축되어 있었다. 새로 태어나는 아이마다 훗날의 벌잇줄로 만들어야 하는, 대를 물려 내려오는 지긋지긋한 가난의 기억이.

그날 아침, 남자들과 카트린이 갱으로 떠나자 라 마외드는 침대에서 몸을 일으켜 장랭에게 호통을 쳤다.

"이 나쁜 놈, 명심해. 또 그랬다가는 네놈의 엉덩이 껍질을 확 벗겨버리고 말 거야!"

마외의 작업반에 새롭게 배당된 작업장의 일은 무척이나 고통스러웠다. 필로니에르 탄맥의 그 부분은 갈수록 좁아지는 구조여서, 채탄부들은 채굴하는 동안 벽과 천장 사이에 끼어 팔꿈치가 벗겨졌다. 더구나 탄맥에는 점점 더 물기가 스며들어, 그들은 물의 습격을 받지나 않을지, 느닷없이 쏟아져나오는 급류가 바위를 깨뜨리고 사람들을 모두 휩쓸어가버리지나 않을지 시시각각 두려움에 떨어야 했다. 전날만해도 에티엔은 탄맥에 리블렌을 세게 내려치자마자 얼굴에 세찬 물살세례를 받았다. 그러나 그것은 경고에 불과했다. 그로 인해 갱은 더 축축하고 더 위험한 상태가 되었다. 하지만 에티엔은 언젠가 사고가 날지도 모른다는 생각 같은 건 거의 하지 않았다. 자신에게 닥칠 위험에는 무감각해진 채 그저 동료들과 함께 죽어라고 일할 뿐이었다. 그들은 갱내 가스가 늘 존재하는 가운데 일하면서도, 그 가스가 그들의 눈꺼풀을 짓누르고 눈썹에 거미줄을 친 것처럼 시야를 가린다는 것조차 의식하지 못했다. 그러다 간혹 램프의 불이 잦아들면서 빛깔이 더 푸르스름해지면 그제야 가스를 떠올렸다. 그러면 누군가가 탄맥에 머리를 갖다대고 가스가 새어나오는 희미한 소리와 갈라진 틈마다 공기방울이 끓어오르는 소리가 나는지 들어보았다. 하지만 무엇보다 큰 지속적인 위협은 갱이 붕괴되는 것이었다. 언제나 후다닥 날림으로 설치하는 갱목에다, 끊임없이 스며드는 물로 흠뻑 젖어 있는 흙 때문에 언제까지 갱이 버텨줄지가 문제였다.

마외는 한나절에 세 번씩이나 작업반원들에게 갱목을 다시 보강하게 해야 했다. 시각이 벌써 두시 삼십분을 가리키고 있어 다시 위로 올라가야 했다. 에티엔이 옆으로 누운 채 자기가 맡은 구역의 채탄을 마무리하고 있을 때, 멀리서 천둥 치는 것처럼 우르릉 소리가 들려오면서 갱 전체를 뒤흔들었다.

"이게 무슨 소리지?" 그는 더 자세히 듣기 위해 리블렌을 내려놓으면서 외쳤다.

그는 자신의 뒤쪽에서 갱도가 무너지는 것이라 생각했다.

그런데 마외가 어느새 갱의 갈라진 틈새로 미끄러지듯 빠져나가면서 소리쳤다.

"갱이 무너지는 거야…… 얼른 도망쳐야 해! 빨리!"

모두들 서로서로 동료를 걱정하며 서둘러 작업장을 빠져나갔다. 죽음과도 같은 침묵 속에서 그들 손목에 매달린 램프의 불꽃이 춤을 추고 있었다. 광부들은 마치 네발로 달리듯 등을 구부리고 줄줄이 갱도를 따라 달려갔다. 그렇게 계속 달리면서 질문과 간단한 대답을 서로 주고받았다. 그런데 대체 어디서 그러는 거야? 막장에서? 아니, 더 아래쪽인 것 같아. 운반 갱도에서 들리는 소리 같은데! 굴뚝에 다다른 그들은 그 속으로 빨려드는 것처럼 한 명씩 차례로 몸을 던졌다. 서로의 몸에 포개어 떨어지느라 온몸이 멍투성이가 되는 것 따위에는 신경쓸 겨를이 없었다.

전날 엄마에게 맞은 볼기짝에 벌건 자국이 채 가시지 않은 장랭은 그 순간 아직 갱을 빠져나오지 못하고 있었다. 그는 탄차 뒤에서 맨발로 종종걸음을 치면서 환기용 문을 하나씩 다시 닫았다. 이따금 갱내 감독과 마주칠 위험이 없을 때는 마지막 탄차 위에 올라타기도 했다. 그것은 원칙적으로 금지된 행동이었다. 행여 그 속에서 그대로 잠들어버릴지도 모르기 때문이었다. 갱내에서 장랭의 주된 소일거리는 다른 탄차를 먼저 보내기 위해 그의 탄차를 잠깐 세워두는 틈을 이용해 맨 앞에서 행렬을 이끄는 베베르를 보러 가는 것이었다. 그는 램프도 없이 뒤에서 몰래 다가가 친구를 피가 날 정도로 세게 꼬집거나 짓궂은 장난을 치곤 했다. 장랭의 누런 머리와 커다란 귀, 깡마른 얼굴, 그리고 어둠 속에서 빛나는 조그만 초록빛 눈이 그를 우스꽝스러운 원숭이처럼 보이게 했다. 그에게서는 병적인 조숙함으로 인한 엉큼한 영리함과 원초적인 동물성을 떠올리게 하는 난쟁이 같은 기민함이 엿보였다.

그날 오후, 무크는 견습 광부들에게 그날 순번인 바타유를 데려왔다. 그런데 그날따라 말이 탄차 대피선에서 히힝거리며 더이상 움직이려고 하지 않자, 장랭은 베베르에게 다가가 물었다.

"이 늙은 게으름뱅이가 대체 왜 이러는 거지? 중간에 멈춰 서서는 꼼짝도 안 하잖아?…… 내가 언젠가는 이놈의 말 때문에 다리가 부러지고 말 거야."

베베르는 바타유를 붙들고 있느라 아무 대답도 할 수 없었다. 늙은 말이 자신의 동료 트롱페트가 멀리서 다가오는 것을 후각으로 알아차린 것이다. 녀석은 갱 안으로 내려오는 트롱페트를 본 그 순간부터 동료에게 엄청난 애정을 느꼈다. 마치 노철학자가 젊은 친구에게 애정어린 연민을 느끼며, 자신의 체념과 인내심을 나눠줌으로써 친구를 달래주고 싶어하는 듯했다. 갱내의 생활에 적응하지 못하는 트롱페트는 고개를 숙이고 기계적으로 탄차를 끌었다. 녀석은 어둠 때문에 눈이 멀다시피 한 채 늘 바깥세상의 햇빛을 그리워했다. 바타유는 트롱페트와 마주칠 때마다 머리를 쭉 빼고 흔들며 콧바람을 내면서 위로하듯 동료의 몸을 혀로 어루만져주었다.

"이런, 징그러운 것들 같으니라고!" 베베르는 말들을 향해 욕설을 퍼부었다. "어떻게 얘네들은 만나기만 하면 이렇게 서로 몸을 핥아대나 몰라!"

그래놓고 트롱페트가 지나간 뒤에야 바타유에 관해 장담하듯 말했다.

"아, 그게 말이지, 이 늙은 말이 눈치가 아주 빠른 편이거든!…… 그래서 가다가 이렇게 멈추는 건 뭔가 문제가 있다는 얘기야. 돌멩이가 있거나 바닥에 구덩이가 패어 있거나. 늙은 게 자기 몸을 얼마나 아끼는지 어느 한 군데라도 절대 부러뜨리는 법이 없다니까…… 그런데 오늘은 왜 이러는지 모르겠네. 저기, 문을 지나서 뭐가 있어서 그런 건지. 문을 밀어보고는 이대로 서 있는 걸 보면…… 넌 뭐 이상하다고 느낀 거 없어?"

"아니," 장랭이 대답했다. "그냥 물이 좀 있었을 뿐인데. 여기 내 무릎까지 차더라고."

탄차가 다시 출발했다. 그리고 다음번 코스에서 머리로 환기용 문을 연 바타유는 또 히힝 소리를 내고 몸을 떨면서 더이상 나아가려고 하지 않았다. 그러다 어느 순간 단숨에 앞으로 나아갔다.

다시 문을 닫은 장랭은 맨 뒤에 처져 있었다. 그는 자기가 첨벙거리며 지나온 물구덩이를 고개를 숙여 내려다보았다. 그리고 램프를 들어올려 끊임없이 새어나오는 물 때문에 갱목이 처져 있는 것을 발견했다. 바로 그때, 시코라는 별명으로 불리는 채탄부 베를로크가 막장에서 작업을 마치고 그곳에 도착했다. 그는 아이를 낳고 조리중인 아내를 얼른 보고 싶은 마음에 걸음을 재촉하던 중이었다. 그도 장랭처럼 걸음을 멈추고 갱목을 살펴보았다. 그리고 장랭이 자신의 탄차로

가기 위해 재빨리 앞으로 발을 내딛는 순간, 엄청난 굉음이 들려오면서 무너져내린 바윗덩어리가 남자와 아이를 집어삼켜버렸다.

죽음 같은 정적이 흘렀다. 갱이 붕괴하면서 바람이 일어 갱도 내에는 짙은 먼지가 피어올랐다. 앞도 보이지 않고 숨조차 제대로 쉬기 힘든 와중에 가장 멀리 떨어진 작업장을 비롯해 사방에서 광부들이 모여들었다. 그들의 램프에서 나오는 흔들리는 빛은 두더지 굴처럼 어두운 곳에서 빠르게 속속 모여드는 시커먼 남자들을 제대로 비추지 못했다. 맨 처음 그곳에 도착한 이들은 무너진 바위 더미에 발을 부딪히자 동료들을 향해 소리쳤다. 안쪽에 있는 막장을 통해 나온 두번째 무리는 갱도를 가로막고 있는 흙더미 반대쪽에 있었다. 모여든 광부들은 곧 천장이 기껏해야 10미터 정도 무너졌음을 확인했다. 피해는 생각보다 그리 심각하지 않았다. 하지만 무너져내린 갱의 잔해에서 죽어가는 이의 헐떡거림이 들려오자 모두들 가슴이 철렁 내려앉았다.

그때 베베르가 자신의 탄차를 팽개치고 달려오면서 거듭 외쳤다.

"장랭이 그 밑에 있어요! 장랭이 그 밑에 있다고요!"

바로 그때 마외가 자샤리, 에티엔과 함께 굴뚝에서 급히 내려왔다. 그는 순간 극심한 절망감에 사로잡히면서 외마디 비명을 내뱉었다.

"맙소사! 맙소사! 맙소사!"

급히 달려온 카트린과 리디, 라 무케트도 앞이 안 보이는 캄캄한 암흑으로 인해 두려움이 더욱더 배가되는 아수라장 속에서 비명을 지르며 흐느꼈다. 사람들이 진정시키려고 했지만, 그녀들은 희미한 신음소리가 들려올 때마다 겁에 질려 어쩔 줄 모르고 더 크게 비명을 질러 댔다.

갱내 감독 리숌도 단숨에 달려오더니 탄광 기사 네그렐과 갱내 총 감독 당세르가 갱에 없는 것을 유감스러워했다. 그는 무너진 흙더미 에 귀를 바짝 갖다대고 그 밑에서 나는 소리를 들었다. 마침내 그는 그 신음 소리가 어린아이의 것이 아니라는 결론을 내렸다. 어른 한 사 람이 그 밑에 있는 게 틀림없었다. 마외는 벌써 스무 번도 넘게 장랭 을 소리쳐 불렀다. 하지만 작은 숨소리 하나 들려오지 않았다. 아이는 몸이 으스러져 죽은 게 분명했다.

바위 더미 밑에서는 계속 나지막한 신음 소리가 들려왔다. 그들은 죽어가는 이에게 말을 걸면서 그의 이름을 물었다. 오직 한 사람만이 응답했다.

"서둘러요!" 이미 구조반을 조직한 리숌이 소리쳤다. "얘기는 나중 에 해도 되니까."

광부들은 양쪽에서 곡괭이와 삽으로 바위 더미를 파헤쳤다. 샤발은 마외와 에티엔 옆에서 말없이 구조를 도왔다. 자샤리는 파낸 흙더미 를 옮기는 일을 지휘했다. 어느덧 교대 시간이 되었고, 아무도 식사를 하지 못했다. 하지만 그 누구도 자리를 뜰 생각을 하지 않았다. 자기 배를 채우겠다고 위험에 처한 동료를 그대로 두고 갈 수는 없었다. 하 지만 아무도 귀가하지 않으면 탄광촌에 있는 식구들이 걱정할 게 분 명했다. 그러자 누군가 여자들을 보내 소식을 알리자는 제안을 했다. 하지만 카트린도 라 무케트도, 그리고 리디조차도 그 자리에서 움직 이려고 하지 않았다. 파낸 흙을 치우는 걸 도우면서 구조 상황을 지켜 보고 싶었던 것이다. 그래서 르바크가 탄광촌으로 가서, 갱이 무너진 것과 대단치 않은 피해를 복구하는 중임을 알리는 심부름을 맡았다.

시각은 네시가 다 되었고, 광부들은 하루 걸려 할 일을 한 시간도 채 안 되어 해치웠다. 그사이 천장에서 또 바위가 굴러떨어지지만 않았다면 흙더미를 벌써 반 정도는 치워냈을 터였다. 마외는 다른 사람이 잠시 교대해주겠다고 하자 격렬한 몸짓으로 뿌리치면서 미친듯이 흙더미를 파헤쳤다.

"좀 살살하게!" 지켜보던 리숑이 주의를 주었다. "이제 얼마 안 남았다고…… 그러다 모두 죽이고 말겠네."

과연 신음 소리가 점점 더 또렷이 들려왔다. 지속적인 그 신음 소리가 구조반을 이끌었던 것이다. 그리고 이제는 그들의 곡괭이 바로 아래쪽에서 들려오는 것 같았다. 그런데 갑자기 소리가 멈췄다.

그러자 모두들 어둠 속에서 스쳐가는 죽음의 선뜩한 기운에 몸을 떨며 말없이 서로의 얼굴을 바라보았다. 그들은 땀에 흠뻑 젖은 몸으로 팽팽히 긴장한 채 곡괭이질을 계속했다. 그러다 곡괭이에 다리 하나가 부딪히자 그때부터는 맨손으로 흙을 걷어내면서 팔다리를 차례로 드러나게 했다. 머리에는 부상을 입지 않았다. 램프를 비춰본 사람들의 입에서 입으로 시코라는 이름이 퍼져나갔다. 굴러떨어진 바위에 척추가 부러져 죽은 그의 몸에는 아직 온기가 남아 있었다.

"모포로 잘 싸서 탄차에 실어요." 갱내 감독이 지시를 내렸다. "이제 아이를 찾아야 합니다. 자자, 서두릅시다!"

마외가 마지막으로 곡괭이를 내리치자 구멍이 뚫리면서 반대쪽에서 돌무더기를 걷어내고 있는 광부들과 이야기를 주고받을 수 있었다. 그들이 아직 숨이 붙어 있는 장랭을 발견했다고 소리쳐 알렸다. 아이는 두 다리가 부러진 채 의식을 잃은 상태였다. 아버지 마외는 어린 아들을 품에 안아 옮겼다. 그는 이를 악물고 고통스럽게 "맙소사!"라는 말만 거듭 중얼거렸다. 카트린과 다른 여자들은 또다시 소리를 질러댔다.

광부들은 신속하게 대열을 지었다. 베베르는 바타유를 다시 데려와 두 대의 탄차에 연결했다. 첫번째 탄차에는 시코의 시신을 눕히고 에티엔이 붙잡았으며, 두번째 탄차에는 마외가 앉아 의식이 없는 장랭을 무릎에 누인 채 환기용 문에서 뜯어낸 모직 천조각으로 덮어주었다. 모두들 서두르지 않고 보통 걸음으로 그곳을 떠났다. 붉은색 별처럼 보이는 램프가 각각의 탄차를 밝히는 가운데 쉰 명 남짓한 광부들이 일렬로 늘어서서 그림자처럼 그 뒤를 따라갔다. 이제 피로가 한꺼번에 몰려오면서 그들을 짓눌렀다. 그들은 전염병에 쓰러진 듯한 무리의 음울한 슬픔을 안고 발을 질질 끌면서 걸어가다가 진창 속에 미끄러지기도 했다. 그렇게 삼십 분가량을 힘겹게 나아간 끝에야 적치장에 이를 수 있었다. 칠흑 같은 어둠이 지배하는 땅 밑의 행렬은 두 갈래로 갈라졌다가 구불구불하다가 또다시 길게 펼쳐지는 갱도를 따라 끝도 없이 이어졌다.

적치장에 도착하자 리숌이 앞으로 나서서 케이지 하나를 비워두라고 지시했다. 피에롱은 즉시 탄차 두 대를 케이지에 실었다. 탄차 하나에는 부상당한 아들을 무릎에 누인 마외가 타고 있고, 다른 하나에서는 에티엔이 시코의 시신이 흔들리지 않도록 두 팔로 잡고 있었다. 그리고 나머지 광부들이 다른 층에 겹겹이 올라타자 케이지는 위로 올라갔다. 꼭 이 분이 걸렸다. 수갱 내벽에서는 얼음장처럼 차가운 물이 떨어져내렸다. 광부들은 속히 바깥세상의 빛을 다시 보고 싶은 초조한 마음으로 위쪽을 올려다보았다.

다행히 의사 반데라겐 씨에게 보낸 견습 광부가 그를 찾아 데려왔다. 시코의 시신과 장랭은 커다란 난로에 일 년 내내 불이 활활 타오르는 갱내 감독들의 방으로 옮겨졌다. 그들은 발을 씻기기 위해 뜨거운 물을 담은 양동이를 한쪽에 갖다놓았다. 그리고 널돌이 깔린 바닥에 매트리스 두 장을 펼쳐놓은 다음 그 위에 남자와 아이를 뉘었다. 오직 마외와 에티엔만 그곳에 들어갈 수 있었다. 바깥에서는 탄차 운반부와 광부, 호기심에 달려온 어린아이들이 모여 나지막한 소리로 얘기를 주고받고 있었다.

의사는 시코를 흘끗 보고는 중얼거렸다.

"틀렸어!…… 몸을 씻겨도 좋소."

감독관 두 사람이 석탄가루에 시커메지고 땀에 절어 더욱더 더러워진 시신의 옷을 벗긴 뒤 스펀지로 몸을 닦아냈다.

"다행히 머리는 다치지 않은 것 같군." 의사는 장랭이 누워 있는 매트리스 앞에 꿇어앉아 아이를 살펴보고는 말했다. "가슴도 괜찮고…… 이런! 다리가 부러졌군그래."

의사는 아이가 쓰고 있는 보닛의 끈을 손수 끄른 다음, 마치 보모처럼 능숙한 손놀림으로 웃옷과 반바지, 셔츠를 차례로 벗겼다. 그러자 곤충처럼 비쩍 마른 불쌍한 어린 육체가 드러났다. 시커먼 먼지와 누런 흙으로 뒤덮인 몸은 여기저기 핏자국으로 얼룩져 있었다. 뭐가 뭔지 잘 구분되지 않아 장랭도 몸을 씻겨야 했다. 스펀지 아래 드러난 그의 몸은 더욱 말라 보였고, 너무나 창백하고 투명해서 뼛속까지 들여다보일 정도였다. 초라하고 가난한 이들의 퇴보한 마지막 후손이 바윗덩이에 짓눌려 몸이 반쯤 으스러진 채 고통받는 모습은 측은함과 연민을 불러일으켰다. 아이의 몸이 깨끗해지자, 양쪽 허벅지 여기저기 멍이 들고 새하얀 피부에 두 개의 붉은 얼룩이 나 있는 게 보였다.

겨우 제정신이 돌아온 장랭은 끙끙거리며 신음했다. 매트리스 발치에서 두 팔을 축 늘어뜨리고 어린 아들을 지켜보던 마외의 눈에서 굵은 눈물이 뚝뚝 떨어져내렸다.

"엥? 당신이 이 아이 아버지요?" 의사가 고개를 들며 물었다. "그렇게 울지 말게. 보다시피 아이가 죽은 것도 아니잖아…… 그리고 섰지만 말고 날 좀 도와주게."

그는 두 군데에 단순골절이 있는 것을 확인했다. 하지만 오른다리는 걱정이 되었다. 어쩌면 절단해야 할지도 몰랐다.

그때 마침내 소식을 전해들은 네그렐과 당세르가 리숌과 함께 방안으로 들어섰다. 네그렐은 격노한 얼굴로 갱내 감독의 설명을 유심히 들었다. 그러더니 버럭 화를 내며 언성을 높였다. 언제나 그 망할 놈의 갱목이 문제군! 그것 때문에 사람들이 죽을 거라고 이미 수없이 경고하지 않았던가! 그런데 저 무식한 자들은 갱목을 더 튼튼히 설치하라고 하면 파업을 일으킬 거라고 협박을 해대다니! 그보다 더 기막힌 건, 허술한 갱목 때문에 생긴 피해를 회사가 몽땅 책임져야 한다는 거야. 엔보 씨가 이 소식을 들으면 퍽이나 좋아하겠군!

"죽은 사람이 누굽니까?" 네그렐이 당세르에게 물었다. 갱내 총감독은 누군가 천으로 시신을 감싸는 것을 지켜보며 그 앞에 조용히 서 있다가 대답했다.

"시코입니다, 아주 성실한 친구였지요. 아이가 셋인데…… 불쌍한 사람!"

의사 반데라겐은 장례을 즉시 집으로 옮기라고 요구했다. 시계가 어느덧 여섯시를 울리면서 벌써 날이 저물고 있었다. 시신도 속히 운반해야만 했다. 탄광 기사는 말에 마구를 채워 영구차에 연결하고 들것을 가져오라고 지시했다. 다리가 부러진 아이는 들것에 옮겨졌고, 시신은 매트리스 위에 뉘인 채로 영구차로 옮겨졌다.

문 앞에서는 탄차 운반부들이 상황을 보려고 여전히 자리를 지키고 서서 광부들과 이야기를 나누고 있었다. 갱내 감독들의 방 문이 다시 열리자, 모여 있던 사람들 사이에 침묵이 흘렀다. 그리고 새로운 행렬이 형성되었다. 영구차가 맨 앞에 서고 그 뒤로 들것과 사람들이 길게 줄지어 뒤따랐다. 행렬은 채굴물 집하장을 떠나 탄광촌의 경사진 길을 천천히 올라갔다. 11월의 첫추위에 벌거벗은 거대한 평원 위로 점차 어둠이 내리면서 마치 납빛 하늘에서 떨어진 수의처럼 평원을 뒤덮었다.

에티엔은 작은 소리로 마외에게, 라 마외드한테 카트린을 보내 그녀가 받을 충격을 완화시키는 게 좋겠다고 조언했다. 절망한 얼굴로 들것을 뒤따르던 아버지는 고개를 끄덕였다. 카트린은 헐레벌떡 뛰어갔다. 벌써 탄광촌에 가까워졌기 때문이었다. 하지만 그사이, 시커먼 상자 같은 낯익은 영구차의 존재는 이미 탄광촌 사람들의 눈에 띈 터였다. 여인네들은 보닛도 쓰지 못한 채 정신없이 뛰어나와 삼삼오오 길거리로 모여들었다. 그 수는 이내 서른 명, 그리고 쉰 명으로 늘어났다. 누가 죽었다는 게 사실이란 말인가? 대체 누구지? 르바크가 나서서 사실을 알려주자 일단 안심한 여인네들은 끔찍한 소문을 과장해

퍼뜨리기 시작했다. 죽은 사람이 하나가 아니라 열 명이다. 영구차가 한 구씩 차례로 운반할 것이다.

카트린은 불길한 예감에 사로잡혀 있던 엄마를 발견했다. 딸이 첫 마디부터 더듬거리자 라 마외드가 소리쳤다.

"아버지가 돌아가셨구나!"

카트린이 그게 아니라면서 장랭의 이름을 언급했지만, 라 마외드는 딸의 말을 마저 듣지도 않고 순식간에 밖으로 달려나갔다. 그리고 교회 앞에 다다른 영구차를 보고 얼굴이 백지장처럼 새하얘지더니 그대로 땅바닥에 주저앉았다. 자기 집 문간에 서 있던 여인네들은 충격으로 아무 말도 못하고 목을 길게 빼고 행렬을 지켜보았다. 행렬을 뒤따르던 여자들은 영구차가 어느 집 앞에 멈춰 설지 곧 알게 되리라는 생각에 몸을 떨었다.

영구차는 라 마외드 앞을 그대로 지나쳐갔다. 그녀는 그 뒤로 들것과 함께 오고 있는 마외를 발견했다. 그리고 들것이 그녀의 집 앞에서 멈추고 장랭이 다리가 부러진 채 살아 있는 것을 확인하자, 라 마외드는 갑자기 발끈하면서 눈물조차 흘리지 못하고 목이 메어 더듬거리며 분노를 쏟아냈다.

"결국 이런 거였어! 이젠 자식들까지 병신으로 만들다니!…… 두 다리를, 하느님 맙소사! 난 이제 앞으로 어떻게 살아가라고?"

"그런 말 마시오!" 장랭에게 붕대를 감아주기 위해 따라온 의사 반 데라겐이 말했다. "그럼 아이가 죽었으면 좋았겠소?"

그러나 라 마외드는 알지르와 레노르, 앙리가 울음을 터뜨리는 가운데 더더욱 울분을 토해냈다. 다친 아들을 위층으로 올리는 것을 돕고 의사에게 필요한 것을 주면서도 그녀는 운명을 원망하며, 무슨 돈으로 불구가 된 가족을 먹여 살릴지 절망감을 토로했다. 노인만으로는 부족하단 말인가. 이젠 어린 아들마저 다리를 못 쓰게 되다니! 라 마외드는 하소연을 멈출 줄 몰랐다. 그러는 동안 이웃집에서 또다른 비명이, 가슴을 찢는 듯한 통곡 소리가 들려왔다. 시코의 시신 앞에 엎드려 우는 그의 아내와 아이들이었다. 그새 캄캄한 밤이 되었고, 기진맥진한 광부들은 죽음 같은 정적에 빠져들어 구슬픈 울음소리만이 허공을 가르는 탄광촌에서 그제야 저녁을 먹을 수 있었다.

삼 주가 흘러갔다. 장랭은 다행히 다리 절단을 피하고 두 다리를 보전할 수 있게 되었다. 하지만 다리를 저는 것은 막을 수 없었다. 조사를 마친 탄광회사는 50프랑의 구호금을 지급하기로 결정했다. 그리고 불구가 된 장랭이 몸을 회복하는 대로 낮에 할 수 있는 일을 찾아주기로 약속했다. 그렇다고 해서 그들의 빈곤한 삶이 더욱더 나빠지는 것을 막을 수는 없었다. 그 아버지가 엄청난 충격을 받아 몸이 펄펄 끓으면서 한동안 앓아누웠기 때문이다.

마외는 목요일부터 갱으로 돌아가 일을 다시 시작했다. 그리고 일요일 저녁, 에티엔은 12월 1일이 임박한 것을 언급하면서 탄광회사가 위협을 실행에 옮길지 불안해했다. 에티엔과 마외 가족은 샤발과 함께 늦게 돌아올 카트린을 기다리면서 열시까지 깨어 있었다. 하지만 그녀는 돌아오지 않았다. 잔뜩 화가 난 라 마외드는 아무 말 없이 빗장을 걸어 잠갔다. 에티엔은 알지르가 아주 조금밖에 자리를 차지하지 않는 텅 빈 침대를 바라보며 불안한 마음에 한참 동안 잠을 이루지 못했다.

이튿날에도 카트린은 모습을 드러내지 않았다. 오후에 갱에서 돌아온 후에야 비로소 마외 부부는 샤발이 카트린을 붙들어두고 있다는 것을 알게 되었다. 그가 무섭게 성화를 부리는 탓에 카트린은 그와 함께 지내기로 마음을 굳혔던 것이다. 더욱이 샤발은 자신에게 쏟아질 비난을 피하기 위해 느닷없이 르 보뢰 탄광을 떠났다. 그는 드뇔랭 씨 소유의 수갱인 장바르에서 일자리를 구했고, 카트린도 그를 따라 그곳에서 탄차 운반부로 일하게 되었다. 게다가 새로운 커플은 몽수의 피케트 주점에서 계속 지내고 있었다.

마외는 처음에는 샤발의 따귀를 때리고 딸의 엉덩이를 걷어차서라도 딸을 다시 데려올 생각이었다. 하지만 그런다고 뭐가 달라지겠는가? 언제라도 다시 그렇게 되고 말 일이었다. 아무리 말리려고 해도 본인들이 그러고 싶으면 서로 들러붙는 것을 막을 재간이 없었다. 차라리 조용히 결혼을 기다리는 편이 나았다. 하지만 라 마외드는 딸의 가출과 동거를 그렇게 차분한 마음으로 받아들이지 못했다.

"샤발 그놈하고 어울린다고 내가 그애를 때리기라도 했냔 말이야, 안 그래요?" 라 마외드는 몹시 창백한 얼굴로 말없이 자신의 말을 듣고 있는 에티엔에게 소리쳐 물었다. "똑똑한 당신이 어디 한번 말해보구려!⋯⋯ 우리가 언제 그애한테 잔소리 한 번 한 적이 있는지. 그런다고 어차피 겪을 일을 안 겪는 것도 아니니까. 나만 해도 그애 아버지랑 결혼할 때 이미 배가 불러 있었거든. 하지만 난 적어도 내 부모 집에서 도망친 적은 없어. 나이가 차기도 전에 내가 번 돈을 돈이 필요하지도 않은 남자한테 갖다바치는 배은망덕한 짓은 결코 한 적이 없다고⋯⋯ 아! 정말 괘씸하기 짝이 없네! 이래서야 누가 자식새끼를 낳으려고 하겠어."

에티엔이 계속 아무 말 없이 고개만 끄덕이자, 그녀는 거듭 힘주어 말했다.

"고년처럼 매일 밤 제멋대로 싸돌아다니는 계집애가 또 어디 있을 라고. 대체 그 머릿속엔 뭐가 들어 있길래 그 지랄인 게야? 제 가족부 터 먹고살게 해주고 나서 이 어미가 결혼시켜줄 때까지 얌전히 기다 릴 순 없는 거냐고! 내 말이 틀렸어요? 딸이 가족을 위해 돈을 벌어오 는 건 당연한 거야…… 하지만 누굴 탓하겠어, 너무 관대했던 우리 자신을 탓해야지. 고년이 사내놈이랑 놀아나게 내버려두지 말았어야 했는데. 고삐를 조금 풀어줬더니만 제 세상인 양 신나서 멋대로 날뛰 는 망아지랑 다를 게 없으니."

알지르는 엄마 말이 맞다는 듯 고개를 끄덕였다. 격노하는 엄마를 보고 놀란 레노르와 앙리는 숨죽여 소리 없이 눈물을 흘렸다. 이제 어 미는 가족의 불행을 하나씩 늘어놓았다. 먼저, 마지못해 결혼을 시켜 야만 했던 자샤리가 있었다. 본모르 영감은 다리가 뒤틀려 매일같이 의자에 앉아 무위도식하며 세월을 보내고, 장랭은 아직 뼈가 제대로 붙지 않아 적어도 열흘이 지나야 움직일 수 있었다. 그리고 결정적으 로 그 빌어먹을 딸년 카트린은 아예 남자하고 도망을 쳐버렸으니! 온 집안이 완전히 결딴나버린 것이다! 이제 갱에서 일할 수 있는 사람은 아비밖에 남지 않았다. 에스텔을 치지 않더라도, 아비가 벌어오는 3 프랑을 가지고 앞으로 일곱 식구가 어떻게 살아간단 말인가? 차라리 온 식구가 몽땅 운하 속으로 뛰어드는 게 나을 터였다.

"그렇게 속 끓인다고 달라질 건 아무것도 없어." 마외가 나직한 소리로 말했다. "어쩌면 이게 끝이 아닐지도 모르는 거고."

그러자 아까부터 말없이 바닥을 응시하고 있던 에티엔이 고개를 들고는 허공에서 미래의 환영을 보기라도 한 것처럼 중얼거렸다.

"아! 이제 때가 된 거야, 때가 된 거라고!"

제4부

1

그 월요일, 엔보 씨 가족은 그레구아르 부부와 그들의 딸 세실을 점심식사에 초대했다. 그들은 그날을 위해 모든 계획을 잘 짜놓은 터였다. 폴 네그렐은 식사를 마치자마자 여자들에게 얼마 전 멋지게 재정비를 마친 생토마 탄광을 구경시켜주기로 되어 있었다. 하지만 그것은 그럴듯한 핑계일 뿐이었다. 식사 초대는 세실과 폴의 결혼을 서두르기 위해 엔보 부인이 꾸민 일이었다.

그런데 느닷없이 그 월요일 새벽 네시에 파업이 발생했다. 12월 1일, 탄광회사가 미리 예고했던 대로 새로운 임금 지불 방식을 적용했을 때 광부들에게서는 아무 반응이 없었다. 봉급날에도 임금 지불이 다 끝날 때까지 그에 대한 불만을 제기하는 사람은 아무도 없었다. 사장부터 하급 감독관까지 모두, 광부들이 줄어든 임금을 군말 없이 받아들인 것으로 믿었다. 따라서 이른 새벽에 전쟁이 선포되었을 때 그들은 강력한 집행부의 기운이 느껴지는 일사불란한 조직력에 경악했다.

새벽 다섯시에 갱내 총감독 당세르는 엔보 씨를 깨워 아무도 르 보뢰 탄광으로 내려가지 않은 사실을 알렸다. 그가 가로질러 온 240번 탄광촌은 창문과 문이 모두 닫힌 채 깊이 잠들어 있었다. 사장은 아직 잠이 가득한 눈으로 침대에서 내려오면서부터 정신을 차릴 수가 없었다. 십오 분 간격으로 전령이 달려와 소식을 전하고, 그의 책상 위에는 우박이 쏟아진 것처럼 순식간에 전보가 가득 쌓였다. 그는 우선 파업이 르 보뢰 탄광에 한정되기를 바랐다. 하지만 점점 더 심각한 소식이 시시각각 전해졌다. 미루, 크레브쾨르, 마들렌 탄광에는 마부들밖에 나타나지 않았다. 규율이 가장 잘 잡혀 있다고 알려진 라 빅투아르와 푀트리캉텔 탄광에서는 광부들의 삼분의 일만 갱으로 내려갔다. 오직 생토마 탄광에서만 파업에는 관심이 없는 듯 모두가 작업을 계속했다. 엔보 씨는 아침 아홉시까지 전령에게 전보를 받아쓰게 해 사방으로 보냈다. 릴의 도지사와 탄광회사의 이사들에게 소식을 전하고, 관계 당국에 연락해 조속한 조치를 취해줄 것을 요청했다. 그는 정확한 정보를 알기 위해 네그렐에게 이웃한 탄광들을 돌아보게 했다.

엔보 씨는 갑자기 점심 약속이 생각났다. 그는 그레구아르 가족에게 마차꾼을 보내 점심식사가 미뤄졌다고 알리려다가 잠시 갈등하며 머뭇거렸다. 조금 전만 해도 간결하고 강경한 태도로 전쟁을 준비하던 그가 이처럼 의지박약한 태도를 보이다니. 그는 엔보 부인의 거처로 올라갔다. 그녀는 침실에 딸린 파우더룸에서 하녀에게 막 머리 손질을 받은 터였다.

"아! 그 사람들이 파업을 한다고요?" 엔보 씨가 아내에게 의견을 구하자 그녀는 차분하게 말했다. "그래서요? 그게 우리랑 무슨 상관이 있다는 거죠?…… 그렇다고 안 먹고 살 수는 없잖아요, 안 그래요?"

그러면서 엔보 부인은 자기 생각을 고집했다. 점심식사 자리가 편치 않을 것이고 생토마 탄광 방문도 여의치 않을 거라고 그가 아무리 얘기해도 소용없었다. 그녀는 모든 문제에 대한 답을 가지고 있었다. 무엇 때문에 이미 다 준비된 식사를 취소하겠다는 건가? 그리고 탄광 방문은 식사 후에도 정말 경솔한 짓이라고 여겨지면 그때 가서 취소하면 그만이었다.

"더구나," 하녀가 나가자 엔보 부인이 다시 말을 이었다. "내가 왜 그 집 식구들을 맞이하는 일에 이토록 신경쓰는지 당신도 잘 알잖아요. 이 결혼이 우리에겐 당신이 부리는 노동자들의 어리석은 짓거리보다 훨씬 더 중요하다고요…… 어쨌거나 난 예정대로 해야겠으니 더이상 그 문제로 왈가왈부하지 마세요."

엔보 씨는 떨리는 마음에 혼란스러워하며 아내를 바라보았다. 반듯한 사업가의 딱딱하게 굳은 얼굴에 상처받은 마음이 감추고 있는 내밀한 고통이 언뜻 엿보였다. 그녀는 어깨를 훤히 드러내고 있었다. 그녀의 어깨는 무르익을 대로 무르익어 탄력을 잃은 것처럼 보이기도 하지만, 가을의 금빛으로 물든 케레스 여신*의 어깨처럼 여전히 눈부시고 유혹적이었다. 잠시 그는 그녀를 품에 안고 그녀의 풍만한 젖가슴 사

---

* 고대 로마의 곡물의 여신. 그리스신화에 나오는 데메테르 여신과 동일시되었다.

이에 얼굴을 파묻고 싶은 강렬한 충동에 사로잡혔다. 훈훈한 방에서는 자극적인 사향 향기가 떠다니는 가운데 관능적인 여인의 은밀한 호사스러움이 배어나왔다. 그러나 엔보 씨는 마음을 숨긴 채 그대로 물러났다. 그들 부부는 벌써 십 년 전부터 각방을 쓰고 있는 터였다.

"알겠소. 아무것도 취소하지 않으리다." 엔보 씨는 이렇게 말하고 방을 나섰다.

엔보 씨는 아르덴에서 태어났다. 어릴 때 고아가 된 그는 파리의 길거리를 떠돌며 불우한 시절을 보냈다. 광산학교 과정을 간신히 마친 그는 스물네 살에 그랑콩브로 떠나 그곳의 생트바르브 탄광에서 기사로 일했다. 삼 년 후에는 파드칼레에 위치한 마를 탄광에서 주임 기사가 되었다. 그는 그곳에서 아라스의 부유한 방적 공장 주인의 딸을 만나 결혼했다. 탄광 출신 사람들에게 흔히 찾아오는 행운을 잡은 셈이었다. 부부는 십오 년 동안 지방의 소도시에서 살았다. 그사이 그들의 단조로운 삶을 변화시킬 수 있는 어떤 사건도 일어나지 않았다. 그들 사이에는 아이도 없었다. 결혼 전까지 경제적으로 풍요로운 삶을 살았던 엔보 부인은 쥐꼬리만한 급여를 힘겹게 벌어오는 남편을 우습게 보며 그에게서 점차 멀어져갔다. 그녀는 기숙학교 시절에 꿈꾸었던 허영기 가득한 삶이 줄 수 있는 만족을 전혀 누리지 못하고 사는 데 지치고 짜증스러워했다. 자신에게 엄격하고 신실했던 엔보 씨는 투기 따위에는 전혀 눈 돌리지 않고 군인처럼 굳건히 자신의 자리를 지켰다. 그들 사이의 부조화는 서로를 뜨겁게 사랑하던 이들마저도 단번에 얼어붙게 하는 육체의 불협화음으로 인해 그 골이 더욱더 깊어져갔다. 그는 탐스러운 금발 여인의 관능미를 지닌 아내를 몹시 사랑했다. 하지만 서로 상처받은 그들은 다시 화해하지 못한 채 곧바로 각방을 쓰기 시작했다. 그때부터 엔보 부인은 남편 몰래 다른 남자를 만나기 시작했다. 마침내 엔보 씨는 아내를 기쁘게 해주기 위해 파리에 사무직을 얻어 파드칼레를 떠났다. 하지만 파리는 그들 부부 사이를 더 철저히 갈라놓았다. 엔보 부인은 인형을 가지고 놀던 시절부터 꿈꾸었던 파리에서 일주일 만에 시골티를 완전히 벗어버리고 단번에 우아함을 뽐내며, 당대의 화려하고 호사스러운 향연에 정신없이 빠져들었다. 그녀가 그곳에서 보낸 십 년은 요란한 스캔들로 채워졌다. 한 남자와 공공연한 애정 행각을 벌이던 그녀는 그에게 버림받자 절망의 나락으로 떨어지기도 했다. 이번에는 엔보 씨도 당연히 그 사실을 알게 되었고, 그 문제로 끔찍한 소동을 일으키고도 당당하고 뻔뻔하기 짝이 없는 태도로 온갖 수단을 동원해 자신의 행복을 추구하는 아내를 보면서 모든 걸 체념하기에 이르렀다. 그리고 그녀가 정부와 결별한 뒤 우울증을 앓는 것을 보면서 몽수 탄광회사의 사장 자리를 받아들였다. 어쩌면 그곳, 검은 나라의 황량함 속에서 그녀가 달라질지도 모른다는 기대와 함께.

몽수에 살기 시작한 뒤로 엔보 부부는 결혼생활 초기에 겪었던 짜증스럽고 지루한 일상으로 되돌아갔다. 엔보 부인은 처음에는 광대한 들판의 단조로움과 무미건조함 속에서 마음의 평온을 느끼며, 그곳의 한적함에 안도하는 듯했다. 그녀는 인생이 끝난 여자처럼 집안에 틀어박혀, 심장이 굳어버리고 세상사에 초연한 척하며 살이 찌는 것에도 개의치 않았다. 그러다 표면적인 무심함 뒤로 마지막 열정이 불타올랐다. 회사에서 제공한 아담한 사택을 육 개월 동안 자기 취향대로 꾸미면서 억눌렀던 삶에 대한 강렬한 욕구가 폭발했던 것이다. 엔보 부인은 자기들이 사는 저택이 초라하기 그지없다고 불평하면서 태피스트리와 골동품, 그리고 릴까지 소문날 정도로 값비싼 예술품으로 집안을 가득 채웠다. 하지만 그런 것에도 싫증이 난 그녀는 그곳의 모든 것이 싫다며 날로 불평이 늘어갔다. 끝이 보이지 않을 만큼 드넓은 들판과 나무 한 그루 없이 한없이 길게 이어진 검은색 도로, 그곳에 사는 구질구질한 사람들 모두가 그녀에게 역겨움을 안겨주면서 두려움마저 느끼게 했다. 엔보 부인은 유배 같은 삶에 대한 불평불만을 필두로 남편이 받는 고작 4만 프랑의 연봉 때문에 그녀의 삶을 희생시켰다며 그를 비난하고 원망했다. 그 돈으로는 살림을 꾸려나가기에도 빠듯했다. 그도 다른 사람들처럼 자신의 몫을 요구하고 주식을 사들이면서 성공적인 삶을 살아갈 수는 없는 것인가? 그녀는 결혼할 때 지참금을 가져온 상속인으로서의 오만함을 드러내며 끊임없이 남편을 몰아붙였다. 언제나 반듯한 태도를 보였던 엔보 씨는 행정가로서의 위선적인 냉정함 속에 그녀를 향한 욕망으로 피폐해져갔다. 뒤늦게 깨어나, 나이가 들수록 점점 더 커져가는 강렬한 욕망이었다. 지금까지 그는 연인으로서 그녀를 소유한 적이 단 한 번도 없었다. 그는 단 한 번만이라도 그녀가 다른 남자에게 자신을 내주었던 것처럼 그녀를 갖고 싶다는 생각에 끊임없이 시달렸다. 아침마다, 그날 밤 그녀를 품에 안는 꿈을 꾸었다. 그러다 그녀가 자신을 차가운 눈빛으로 바라보거나, 그녀 안의 모든 것이 자신을 거부하는 것을 느낄 때면 그녀의 손을 스치는 것조차 애써 피했다. 그것은 치유 불가능한 고통이었다. 늘 꼿꼿한 태도 뒤에 여린 마음을 숨긴 한 남자가 부부애의 행복을 맛보지 못하고 남몰래 죽어가는 데서 오는 고통이었다. 육 개월이 지나자 그들의 저택은 완벽한 모습을 갖추었다. 그러자 할 일이 없어진 엔보 부인은 한없이 권태로운 일상 속에서 자신을 유배의 희생자라고 칭하며, 이렇게 사느니 차라리 죽는 게 낫겠다고 푸념을 늘어놓았다.

폴 네그렐이 몽수에 나타난 것은 바로 그 무렵이었다. 프로방스 출신 대위의 과부인 그의 어머니는 아비뇽에서 얼마 안 되는 연금으로 살아가면서 그를 파리공과대학*까지 보내기 위해 허리띠를 졸라매야 했다. 그는 좋지 않은 성적으로 학교를 마쳤고, 그의 숙부인 엔보 씨는 그가 다니던 직장을 그만두게 하고 그를 르 보뢰의 탄광 기사로 채용했다. 엔보 씨 부부는 그에게 따로 방을 내주면서 자기들 집에서 숙식하게 했고, 그를 마치 아들처럼 극진히 대했다. 그 덕분에 폴은 연봉 3천 프랑의 반을 자기 어머니에게 보낼 수 있었다. 엔보 씨는 자신의 관대한 행위로 인해 아내에게 책잡히지 않기 위해 자기 조카가 처해 있는 어려운 상황에 관해 변명을 늘어놓았다. 자신들이 도와주지 않으면 폴은 탄광회사가 기사들에게 제공하는 조그만 오두막집에서 궁색하게 홀로 살아가야만 했다. 그러자 즉시 너그러운 숙모 역할을 자처하고 나선 엔보 부인은 그의 조카를 스스럼없이 대하며 폴이 편안하게 지낼 수 있도록 마음을 썼다. 특히 처음 몇 달간은 온갖 사소한 문제에까지 조언을 아끼지 않는 자상한 어머니와 같은 애정을 보여주었다. 하지만 그녀는 여전히 한 여자였고, 지극히 개인적인 이야

---

* '에콜폴리테크니크', '폴리테크니크'라고도 부른다. 프랑스 국방부 산하의 교육기관으로, 1794년 기술계 고급장교를 배출하기 위한 목적으로 설립되었다.

기까지 그와 자연스럽게 주고받는 사이가 되었다. 폴은 매우 젊고 현실적인데다 거리낌없는 영리함을 지녔고, 철학 이론에 근거한 사랑에 관해 설파해 엔보 부인을 즐겁게 해주었다. 그녀는 그의 날렵하게 생긴 얼굴과 뾰족한 코를 더욱더 예리해 보이게 하는 그의 굳건한 염세주의를 마음에 들어했다. 그리하여 어느 날 밤, 그는 아주 당연하게 그녀의 품속에 있게 되었다. 엔보 부인은 마치 자비로운 마음으로 자신을 내주듯 하면서, 자신에게는 더이상 누군가를 사랑할 마음이 남아 있지 않으며, 자신은 단지 그의 친구가 되기를 원한다고 말했다. 과연 엔보 부인은 질투하는 여자와는 거리가 먼 것 같았다. 폴이 탄차 운반부 여자들이 끔찍하게 못생겼다고 흉을 볼 때면 같이 맞장구를 치기도 했다. 그리고 그가 젊은 남자로서 객기를 부렸던 경험담 같은 것을 얘기해주지 않으면 토라진 모습을 보이곤 했다. 그러다 그녀는 그를 결혼시켜야겠다는 생각에 사로잡혔다. 그녀는 헌신적으로 몸소 나서서 그를 부잣집 딸에게 주기를 꿈꾸었다. 그러면서도 그들의 관계는 계속되었다, 재미있는 놀이처럼. 그녀는 수명이 다해가는 한가로운 여자로서의 마지막 애정을 그와의 사랑놀음에 모두 쏟아부었다.

그렇게 이 년이 흘러갔다. 어느 날 밤, 엔보 씨는 누가 맨발로 그의 방문을 스치고 지나가는 소리를 듣고 의심스러운 생각이 들었다. 이 새로운 스캔들은 그를 분노케 했다. 그의 집에서, 엄마와 아들 같은 사이의 남녀가 어떻게! 그런데 바로 그 이튿날, 그의 아내는 그에게 세실 그레구아르를 자신들 조카의 짝으로 생각하고 있다는 얘기를 전했다. 그 결혼을 성사시키려고 애쓰는 아내의 모습을 보면서 엔보 씨는 자신이 끔찍한 상상을 했던 것을 부끄럽게 생각했다. 이제 그는 폴이 자기 집에 온 뒤로 예전보다 집이 덜 쓸쓸한 것을 고마워하는 마음만 갖기로 했다.

파우더룸에서 내려온 엔보 씨는 마침 외출했다 돌아온 폴과 현관에서 마주쳤다. 폴은 파업 얘기를 즐기는 듯한 기색이었다.

"그래, 어떻게 됐나?" 엔보 씨가 그에게 물었다.

"뭐, 탄광촌을 한 바퀴 죽 돌아보았죠. 그런데 다들 그 안에 아주 얌전히 틀어박혀 있던데요…… 아마 숙부께 대표단을 보낼 모양이에요."

그때 이층에서 그를 부르는 엔보 부인의 목소리가 들려왔다.

"폴, 너니?…… 얼른 올라와서 내게 소식을 전해주지 않고 뭐하는 거야. 부족한 것 하나 없이 잘살면서 그렇게 고약한 짓을 벌이다니, 정말 어리석은 자들이지 뭐야!"

탄광 사장은 궁금한 것을 더이상 알아낼 수가 없었다. 그의 아내가 그에게서 폴을 데려가버렸기 때문이다. 엔보 씨는 서재로 돌아와 책상 앞에 앉았다. 책상 위에는 새로 도착한 전보들이 잔뜩 쌓여 있었다.

열한시가 되자 그레구아르 가족이 도착했다. 문을 지키고 있던 하인 이폴리트가 불안한 눈빛으로 길 양끝을 힐끔힐끔 살펴본 다음 그들을 밀어넣듯 안으로 들이자 그들은 몹시 놀라며 의아해했다. 응접실의 커튼도 드리워져 있었고, 그들은 곧장 서재로 가도록 안내를 받았다. 서재에서 그들을 기다리던 엔보 씨는 그들을 그렇게 맞이하는 것에 대해 양해를 구했다. 응접실이 도로에 면해 있어 공연히 사람들을 자극하려는 듯한 모습을 보일 필요가 없기 때문이었다.

"아니! 아직 모르고 계셨나요?" 엔보 씨는 그레구아르 가족이 놀라는 모습을 보며 하던 얘기를 계속했다.

마침내 파업이 일어났다는 소식을 전해들은 그레구아르 씨는 예의 그 평온한 얼굴로 어깨를 으쓱해 보였을 뿐이다. 쯧쯧! 뭐 그런 일로 신경을 쓰고 그러시는지. 그 사람들은 소란을 일으킬 위인들이 못 된다오. 그레구아르 부인도 고개를 끄덕이면서, 대대로 내려오는 탄광 노동자들의 체념에 대해 굳건한 믿음이 있음을 보여주었다. 그날따라 유난히 기분이 좋아 보이는 세실은 오렌지색 드레스 차림으로 건강미가 더욱더 돋보였다. 그녀는 파업이라는 말에, 탄광촌을 방문해 그들에게 물품을 나눠주었던 일을 떠올리며 미소를 지어 보였다.

그때 네그렐이 뒤따르는 가운데 온통 검은색 실크로 치장한 엔보 부인이 서재로 들어섰다.

"그렇다니까요! 정말 짜증나 죽겠어요!" 그녀는 문간에서부터 소리쳤다. "조금 기다리면 큰일이라도 날 것처럼 말이죠, 그 사람들 말이에요!⋯⋯ 그 바람에 폴이 우리를 생토마에 못 데려갈 거라지 뭐예요, 글쎄."

"우린 여기서 머무르면 됩니다." 그레구아르 씨가 공손하게 말했다. "모두에게 즐거운 시간이 될 겁니다."

폴은 세실과 그녀의 어머니에게 형식적인 인사를 했을 뿐이었다. 그의 데면데면한 태도가 마음에 들지 않은 엔보 부인은 눈짓으로 그를 세실에게 다가가게 했다. 그리고 두 남녀가 함께 웃음을 터뜨리는 소리를 듣자 어머니 같은 흐뭇한 눈길로 그들을 바라보았다.

그사이 엔보 씨는 전보를 다 읽고 몇 통의 답장을 작성했다. 사람들은 그의 옆에서 얘기를 나눴다. 그의 아내는 서재에는 신경을 쓰지 못했다고 설명했다. 그녀의 말마따나 서재의 오래된 붉은색 벽지는 빛깔이 바랬고, 육중한 마호가니 가구들과 판지로 된 낡은 서류 상자들은 흠집이 난 그대로였다. 사십오 분쯤 지나 모두들 식당으로 자리를 옮기려고 할 때 하인이 드넬랭 씨가 찾아왔다고 알렸다. 그는 흥분한 상태로 들어와 엔보 부인에게 인사를 했다.

"아니! 다들 여기 와 계셨군요?" 그는 그레구아르 가족을 알아보고 말했다. 그러고는 재빨리 사장을 돌아보며 말했다. "드디어 일이 터진 겁니까? 우리 기사한테 소식을 들었습니다…… 우리 탄광에서는 오늘 아침에도 다들 갱으로 내려가긴 했습니다만, 이제 곧 파업이 확산되겠지요. 그래서 도무지 마음을 놓을 수가 없군요…… 그래, 지금 그쪽 상황은 좀 어떤가요?"

그는 말을 타고 급히 달려온 참이었다. 그의 불안감은 높은 어조와 퉁명스러운 태도에서 잘 드러났다. 그의 그런 모습은 퇴각중인 기마 장교를 떠올리게 했다.

엔보 씨가 그에게 정확한 상황을 설명하기 시작했을 때 이폴리트가 식당 문을 열었다. 그러자 엔보 씨는 이야기를 중단했다.

"우리하고 점심을 같이 하시지요. 디저트를 먹으면서 마저 얘기하면 될 테니까요."

"그럼 그럴까요." 드넬랭은 온통 파업에 대한 생각으로 가득차서 조금도 주저하지 않고 제안을 받아들였다.

하지만 그는 자신이 예의가 없었다는 것을 곧 깨닫고 엔보 부인을 돌아보며 사과를 했다. 그녀는 물론 그를 상냥하게 대했다. 그녀는 일곱 번째 식기를 꺼내오게 한 뒤 손님들을 식탁에 앉혔다. 그레구아르 부인과 세실은 그녀의 남편 옆에, 그레구아르 씨와 드뇔랭은 각각 그녀의 오른쪽과 왼쪽에 자리잡게 했다. 마지막으로 폴은 세실과 그녀의 아버지 사이에 앉게 했다. 애피타이저를 먹기 시작할 때 엔보 부인이 미소지으며 말했다.

"죄송하다는 말씀을 드려야 할 것 같군요. 원래 굴을 대접하려고 했는데 말이죠…… 월요일마다 마르시엔에 오스텐더산産 굴이 들어오거든요. 그래서 마차로 요리사를 보내 사 오게 하려고 했는데…… 가다가 돌이라도 맞을까봐 겁나서 못 가겠다지 뭐예요, 글쎄……"

그녀의 말이 채 끝나기도 전에 그녀의 이야기가 재밌다는 듯 모두들 유쾌하게 와자지껄 떠들었다.

"쉿!" 엔보 씨는 신경쓰이는 얼굴로 도로가 보이는 창문들을 힐끗거리며 말했다. "마을 사람들에게 우리가 오늘 아침 손님들을 맞이한다는 사실을 굳이 알게 할 필요는 없잖소."

"그들에게 이 훌륭한 소시지 조각을 맛보여주지 못하는 게 유감이구려." 그레구아르 씨가 안타깝다는 듯한 표정으로 말했다.

그들은 또다시 웃음을 터뜨렸다. 하지만 이번에는 다들 좀더 조심하는 분위기였다. 모인 사람들은 플랑드르산 태피스트리가 걸려 있고 오래된 참나무 장식장이 놓여 있는 식당에서 편안함을 느꼈다. 식기장의 유리문 안에서는 은식기들이 빛나고 있었다. 또한 천장에는 커다란 적동赤銅 샹들리에가 늘어져 있었다. 샹들리에의 매끄러운 둥근 면에 마졸리카 도자기 화분에서 자라는 엽란葉蘭과 종려나무의 푸른색이 비쳐 보였다. 바깥은 북동쪽에서 불어오는 12월의 매서운 삭풍으로 인해 모든 게 꽁꽁 얼어붙어 있었다. 하지만 집안에는 바람 한

점 들어오지 않았다. 마치 온실처럼 따뜻한 실내에는 크리스털 그릇에 담아놓은 향긋한 파인애플 향이 퍼져나가면서 미각을 자극했다.

"커튼을 닫는 게 안전하지 않을까요?" 네그렐은 그레구아르 가족을 짓궂게 놀리기 위해 짐짓 걱정스러운 얼굴로 말했다.

이폴리트의 일을 도와주고 있던 하녀는 그의 말을 지시로 착각해 한쪽 커튼을 치러 갔다. 그때부터 그 일을 두고 우스갯소리가 끝없이 이어졌다. 그들은 유리잔 하나, 포크 하나를 내려놓으면서도 조심하는 척했다. 새로운 요리가 하나씩 나올 때마다 마치 정복당한 도시의 약탈에서 간신히 살아남은 사람에게 하듯 경의를 표했다. 하지만 이처럼 억지스러운 유쾌함 뒤에는 자기도 모르게 자꾸만 도로 쪽을 힐끗거리게 하는 은밀한 두려움이 감춰져 있었다. 마치 굶어죽기 일보 직전의 사람들이 밖에서 그들의 식탁을 몰래 훔쳐보고 있는 건 아닌지 두려워하는 듯했다.

송로버섯을 넣은 스크램블드에그 다음으로는 민물송어가 나왔다. 이제 대화의 주제는 십팔 개월 전부터 악화되고 있는 산업 위기로 옮겨갔다.

"결국 올 것이 오고야 만 겁니다." 드뇔랭이 말했다. "요 몇 년간 너무 경기가 좋은 게 어째 불안하더니만 결국 이런 사달이 나고 말았지 뭡니까…… 철도와 항만, 운하 같은 시설에 쏟아부은 어마어마한 돈을 생각해보세요. 그게 얼마나 엄청난 투기인가 말입니다. 당장 이 부근만 보더라도, 설탕 정제 공장이 우후죽순처럼 들어서지 않았냐고요. 누가 보면 사탕무를 일 년에 세 번쯤 수확하는 줄 알 정도니…… 그러니 당연히 돈이 씨가 마를 수밖에요. 그렇게 수백만 프랑을 투자

해놓고 그 돈이 황금알을 낳기를 기다리고 있는 형국이라 이 말입니다. 그러니 사업이 제대로 굴러가지도 못하고 사방이 꽉 막혀 있는 게 당연한 거지요."

엔보 씨는 그의 논리에 반론을 제기하면서도 과거의 잘나가던 시절이 노동자들을 망쳐놓았다는 것에는 동의했다.

"예전에는," 그가 큰 소리로 말했다. "우리 갱에서 일하던 광부들이 하루에 육 프랑까지도 벌 수 있었던 걸 생각하면! 그들이 지금 버는 것의 딱 두 배란 말입니다! 그때만 해도 잘 먹고 잘살았죠. 그러다 보니 배에 기름이 낀 거라고요…… 그러니 지금은 당연히 힘들게 느껴질 수밖에요. 다시 예전의 검소한 생활로 돌아갈 수가 없게 돼버렸거든요."

"그레구아르 씨," 엔보 부인이 잠시 그들의 대화를 중단시키며 물었다. "이 송어 좀 더 드릴까요?…… 정말 맛이 좋은 것 같지 않아요?"

탄광회사 사장 엔보 씨는 하던 얘기를 계속했다.

"하지만 따지고 보면, 이렇게 된 게 어디 우리 잘못인가요? 우리도 크나큰 타격을 입은 피해자란 말입니다, 저들과 마찬가지로요…… 공장이 하나둘씩 문을 닫는 바람에 캐낸 석탄을 어디 팔아먹을 데가 있어야죠. 수요가 없으니 어쩔 수 없이 생산원가를 낮출 수밖에요…… 그런데 노동자들은 그런 상황을 이해하려 들지를 않으니 참으로 답답한 노릇 아니겠습니까."

잠시 침묵이 흘렀다. 하인이 구운 자고새 새끼 고기를 들여오는 사이, 하녀는 사람들에게 샹베르탱산 적포도주를 따라주었다.

"인도에서는 기근이 발생했답니다." 드늴랭은 혼잣말처럼 나직한 소리로 말했다. "미국이 더이상 우리에게 철과 주철을 주문하지 않아서 우리 용광로 산업이 큰 타격을 입었고요. 모든 게 다 연관이 있는 겁니다. 멀리서 조금이라도 문제가 생기면 온 세상이 휘청거릴 수 있는 거지요…… 산업의 뜨거운 열기로 불타오르며 엄청난 자부심을 느꼈던 이 제국이 어쩌다 이 지경이 되었는지!"

그는 자기 앞에 놓인 자고새 새끼의 날개를 뜯어 먹기 시작했다. 그러더니 다시 목소리를 높여 말했다.

"무엇보다 아이러니한 것은, 원칙적으로는 원가를 낮추려면 생산을 더 많이 해야 한다는 거죠. 그러지 않으면 원가절감분만큼 임금을 삭감하는 수밖에 없으니까요. 그러니까 노동자들이 자신들을 희생양이라고 생각하는 것도 무리가 아니란 말입니다."

그의 솔직함에서 우러나온 이 고백으로 그들 사이에 의견이 분분해졌다. 여자들은 따분한 표정을 지어 보였다. 게다가 다들 아직 채 충족되지 못한 식욕 때문에 자기 접시에만 신경을 썼다. 그때 하인이 다시 들어와 무슨 얘기를 하려다가 머뭇거렸다.

"무슨 일인가?" 엔보 씨가 물었다. "전보 때문에 그러는 거라면 나한테 주게…… 그러잖아도 답장을 기다리고 있었으니까."

"아닙니다, 주인님. 실은 당세르 씨가 현관에서 기다리고 계십니다…… 방해가 될까봐 들어오기를 망설이고 계셔서요."

사장은 좌중에 양해를 구하고 갱내 총감독을 들어오게 했다. 당세르는 식탁에서 조금 떨어진 곳에 서 있었고, 모두들 몸을 돌려 헐레벌떡 소식을 전하러 달려온 거구의 그에게 시선을 집중했다. 탄광촌에서는 아직 별다른 움직임이 없었다. 다만 파업은 이미 정해진 일이었고, 이제 곧 그들의 대표자들이 이곳으로 몰려올 것이었다. 어쩌면 몇 분 후에 들이닥칠지도 몰랐다.

"잘 알겠소, 수고했소." 엔보 씨가 말했다. "하루에 아침저녁으로 두 번씩 상황을 알려주길 바라오, 아시겠소!"

그들은 당세르가 떠나자마자 다시 농담을 시작했다. 그리고 러시안 샐러드*를 다 먹어치우려면 일분일초도 낭비해서는 안 된다며 샐러드를 공략했다. 그러다가 네그렐이 하녀에게 빵을 달라고 했을 때 화기애애한 분위기가 정점에 다다랐다. 하녀가 마치 학살과 강간을 하려 드는 거친 무리가 자기 바로 뒤쪽에 숨어 있기라도 한 것처럼 몹시 겁에 질린 얼굴로 조그맣게 "네, 나리"라고 대답했기 때문이다.

"크게 얘기해도 괜찮아." 엔보 부인이 상냥하게 말했다. "그 사람들 아직 오지 않았으니까."

사장은 새로 도착한 편지와 전보들 중에서 편지 하나를 사람들에게 들려주기 위해 큰 소리로 읽어내려갔다. 그것은 피에롱에게서 온 편지였다. 피에롱은 공손한 말투로 혹시라도 해코지를 당하지 않기 위해 부득이 동료들과 함께 파업에 참가하게 되었다고 알렸다. 그리고 자신은 반대하는 입장이면서도 대표단에 합류하는 것 또한 거절할 수가 없었노라고 덧붙였다.

"노동자들이 이렇게 고삐 풀린 망아지처럼 설쳐대니, 원!" 엔보 씨가 외쳤다.

그러자 모두들 다시 파업에 관해 얘기하면서 그의 의견을 물었다.

---

* 감자, 당근 등의 채소와 달걀을 익혀 마요네즈에 버무린 것.

"그래요, 솔직하게 말씀드리죠!" 그가 대답했다. "저들이 이러는 게 처음도 아니고 뭐…… 기껏해야 지난번처럼 한두 주 정도 게으름을 피우다가 말겠죠. 여기저기 술집이나 전전하면서 말입니다. 그러다가 배가 너무 고파지면 다시 갱으로 돌아갈 겁니다."

드뇔랭은 머리를 설레설레 흔들며 말했다.

"나 같으면 그렇게 여유롭게 생각할 수 없을 것 같군요…… 이번에는 예전보다 훨씬 더 조직적으로 움직이는 것 같았어요. 게다가 공제조합까지 만들었다면서요?"

"그래요, 겨우 삼천 프랑 정도 모였다더군요. 그걸로 뭘 할 수 있을 것 같습니까?…… 아마 에티엔 랑티에라는 자가 그들의 우두머리인 것 같더군요. 내가 듣기론 꽤 착실한 사람 같던데, 그를 해고하게 될까봐 안타까울 따름입니다. 예전에 라스뇌르라는 작자에게 그랬던 것처럼 말이죠. 그치는 지금도 위험한 사상들과 맥주로 르 보뢰 사람들을 계속 세뇌시키고 있다고 하더군요…… 어쨌거나 앞으로 일주일만 있으면 반 정도는 다시 갱으로 내려갈 거고, 보름 후면 다시 만 명의 광부들이 모두 막장으로 되돌아가게 될 테니 아무 걱정 할 것 없다 이 말입니다."

그는 확신하고 있었다. 그의 유일한 불안감은 혹시라도 이사회가 파업의 책임을 물어 그를 해고하지나 않을까 하는 염려에서 비롯된 것이었다. 그러잖아도 얼마 전부터 그들의 눈 밖에 난 것 같은 느낌을 받던 터였다. 그런 생각이 들자 그는 먹으려고 집었던 러시안샐러드를 내려놓고 파리에서 온 전보를 다시 읽어보았다. 그는 자신의 편지에 대한 답장들 속의 말을 한마디도 놓치지 않고 그 숨은 의미까지 간

파하고자 애썼다. 다른 사람들은 그의 그런 행동을 이해했다. 이제 식사는 마치 전장에서 전투가 개시되기 전에 먹는 군대식 점심의 양상을 띠었다.

이제 여자들도 대화에 끼어들었다. 그레구아르 부인은 굶주림으로 고통받을 불쌍한 사람들을 동정했다. 세실은 벌써부터 노동자들에게 빵과 고기로 교환할 수 있는 식권을 나눠줄 계획을 세우고 있었다. 엔보 부인은 몽수에 사는 광부들의 비참한 삶에 관한 이야기를 전해듣고는 몹시 놀라워했다. 그들은 아주 행복하게 잘살고 있지 않았나? 탄광회사에서 집과 난방을 모두 해결해주지 않는가 말이다! 그들의 실상에는 아무런 관심도 두지 않는 엔보 부인은 회사측에서 그녀에게 떠벌리는 것들만 사실로 알고 있었다. 그래서 그곳을 방문하는 파리 사람들에게 그곳의 삶을 자랑하기에 바빴다. 그리고 그녀 자신도 그모든 것을 사실이라고 믿었으며, 탄광촌 사람들의 배은망덕한 행동에 분개했다.

그사이 네그렐은 계속 그레구아르 씨를 겁주고 있었다. 그는 세실이 그런대로 마음에 들었다. 그래서 그의 숙모를 기쁘게 해주기 위해 그녀와 결혼하고자 했다. 하지만 그가 말하던 것처럼, 더이상 쉽게 무모험에 빠지지 않는 노련한 남자로서 그녀와의 관계에서는 사랑의 열정을 전혀 느끼지 못했다. 그는 스스로를 공화주의자라 칭하면서도 자기가 부리는 노동자들을 몹시 엄격하게 대했고, 여인들 앞에서 그들을 교묘하게 비하하기를 서슴지 않았다.

"저는 제 숙부님처럼 상황을 낙관적으로 보질 않습니다." 이번에는 네그렐이 자기 생각을 얘기했다. "아주 심각한 혼란이 발생하지 않을

까 심히 걱정되거든요…… 그러니까 그레구아르 씨, 라 피올렌의 빗
장을 단단히 걸어 잠그시는 게 좋을 겁니다. 자칫하면 그들이 댁을 약
탈할지도 모르니까요."

그때 마침 그레구아르 씨는 얼굴에 예의 그 호인 같은 미소를 띤 채
광부들을 가족처럼 걱정하는 그의 아내보다 한술 더 뜨고 있던 참이
었다.

"우리집을 약탈한다고!" 그가 기겁하며 소리쳤다. "어째서 우리집
을 약탈한다는 건가?"

"그레구아르 씨는 몽수의 주주가 아니시던가요? 게다가 아무 일도
하지 않으면서 다른 사람들이 땀흘려 번 돈으로 먹고살고 계시잖아
요. 그러니까 저들이 보기에 그레구아르 씨는 혐오스러운 자본가인
거죠. 그것만으로도 충분한 이유가…… 어쨌거나 만약 노동자들이
일으키는 혁명이 성공한다면 그레구아르 씨는 모든 재산을 내놓아야
할 겁니다. 그건 그들에게서 훔친 돈이나 마찬가지니까요."

그러자 그레구아르 씨는 평소 그가 보여주었던 어린아이 같은 평온
함과 무관심에서 비롯된 평정심을 단번에 잃어버리고는 더듬거리며
말했다.

"훔친 돈이라고, 내 돈이! 그 돈은 오래전에 우리 증조부가 힘들게
벌어서 투자한 돈인데도? 더구나 그동안 사업의 부침에 따른 온갖 위
험을 무릅쓰고 여기까지 왔는데도? 그리고 내가 지금 그 돈을 나쁜
데 쓰기라도 한단 말인가?"

세실과 그녀의 엄마까지 겁에 질려 얼굴이 새하얘진 것을 보고 놀
란 엔보 부인이 서둘러 끼어들면서 말했다.

"폴이 농담을 한 거랍니다. 진정하세요, 그레구아르 씨."

하지만 그레구아르 씨는 이미 흥분할 대로 흥분해 있었다. 하인이 수북이 쌓아올린 가재 요리를 가져오자 그는 아무 생각 없이 세 개를 집어서 이로 다리를 깨물어 먹었다.

"아! 물론 자신의 지위를 남용하는 주주들이 있다는 것을 부인하진 않겠소. 내각의 장관들이 탄광회사에 특혜를 준 대가로 몽수의 주식을 받았다는 얘기도 들은 적이 있고 말이오. 그리고 누구라고 이름을 밝히진 않겠지만, 우리 주주들 중에 가장 부유하다는 어떤 공작이 길바닥에서 여자들한테 돈을 마구 뿌려대고 호의호식하며 향락에 빠져 돈을 탕진한다는 얘기도 있고…… 하지만 우린, 우린 그런 사람들하고는 다르다고. 우린 그저 조용히 정직하게 살아갈 뿐이라오! 투기도 하지 않고, 우리가 가진 것에 만족하면서 건전하게 살아가는 평범한 사람들이란 말이지. 게다가 가난한 사람들에게 자비도 베풀 줄 아는!…… 그런데 그런 우리한테 어떻게 그런 말을! 당신네 노동자들이 무지한 도적떼가 아니고서야 어떻게 우리에게서 조그만 것 하나라도 훔쳐갈 생각을 할 수가 있단 말이오!"

네그렐은 그레구아르 씨가 격노하는 것을 보고 몹시 재미있어하다가 직접 나서서 그를 진정시켜야 했다. 이제 대화의 주제가 정치 얘기로 넘어가는 동안 가재 요리가 여전히 식탁을 돌면서 딱딱한 껍질을 깨무는 소리가 여기저기서 조그맣게 들려왔다. 아직도 몸을 떨고 있던 그레구아르 씨는 자신은 어쨌거나 자유주의자라고 말하면서 루이 필리프 왕*이 통치하던 시절을 그리워했다. 하지만 드널랭은 강력한 정부를 원했다. 그는 황제가 위험한 타협을 하는 듯 보이는 것을 못마땅해했다.

"89년 대혁명을 얘기해보자고요." 그가 말했다. "혁명이 가능했던 건 새로운 철학에 물든 귀족들이 민중과 공모했기 때문입니다…… 그런데 오늘날에는 부르주아지들이 그때와 똑같은 어리석은 게임을 하고 있어요. 자유주의를 맹목적으로 추종하고 기존 질서를 파괴하면서 우매한 민중을 부추기고 있단 말입니다…… 그래요, 그래, 그렇게 해서 언젠가 우리를 잡아먹고 말 괴물의 이빨을 날카롭게 벼려주고 있는 거라고요. 두고보십시오. 저들이 언젠가는 우리를 몽땅 삼켜버리고 말 테니까요. 틀림없이 그렇게 되고 말 겁니다!"

여자들은 그의 말을 중단시키고 그의 딸들의 안부를 물으면서 화제를 바꾸려 했다. 뤼시는 마르시엔에서 한 친구와 성악 공부를 하며 지내고 있었다. 그림에 심취한 잔은 어느 늙은 걸인의 얼굴을 그리고 있었다. 하지만 드널랭은 멍한 얼굴로 얘기하면서, 손님들의 존재마저 잊은 듯 전보를 열심히 읽고 있는 사장에게서 눈을 떼지 않았다. 그는 저 얇은 종잇장 뒤로 파리, 즉 파업의 향방을 결정할 이사회의 지시를 직감할 수 있었다. 그래서 불안한 얼굴로 다시 사장에게 묻지 않을 수 없었다.

"그래서 어떻게 할 생각입니까?" 드널랭이 불쑥 물었다.

엔보 씨는 몸을 떨면서 모호한 말로 대답을 대신했다.

"상황을 좀 지켜볼 생각입니다."

"물론, 그쪽이야 그래도 될 만큼 여력이 있을 테니 얼마든지 기다

---

* 프랑스의 마지막 왕(재위 1830~1848)으로, 7월혁명과 더불어 왕위에 올라 2월혁명 때까지 군림했다.

려볼 수 있겠죠." 드널랭은 큰 소리로 혼잣말하듯 말했다. "하지만 난, 방담까지 파업이 확산되면 이대로 끝장입니다. 장바르를 아무리 새로 정비한다 해도 갱 하나만으로는 끊임없이 생산을 하지 않고서는 버틸 재간이 없단 말입니다…… 아! 이대로 간다면 난 머지않아 망하고 말 거라고요, 정말입니다!"

저도 모르게 튀어나온 그의 솔직한 이야기에 사장은 몹시 놀란 기색이었다. 드널랭의 이야기를 주의깊게 듣던 엔보 씨의 마음속에 어떤 생각이 꿈틀거렸다. 파업이 악화될 경우, 그것을 역이용해 이웃 탄광이 망하도록 내버려두는 방법도 괜찮지 않을까? 그리고 그 기회를 이용해 헐값에 그곳의 채굴권을 사버리면? 그거야말로 한참 전부터 방담 탄광을 손에 넣고 싶어했던 이사회의 눈에 다시 들 수 있는 가장 확실한 방법일 터였다.

"장바르가 그렇게 짐스럽다면 이참에 우리한테 넘기는 게 어떻겠습니까?" 엔보 씨가 웃으면서 말했다.

그러자 드널랭은 지금까지 불평한 것을 그새 잊은 듯 소리쳤다.

"그럴 일은 절대 없을 겁니다!"

드널랭이 발끈 화를 내는 모습을 보면서 모두들 즐거워했다. 그리고 드디어 디저트가 나오자 파업 얘기는 흐지부지되었다. 머랭*을 곁들여 구운 샤를로트**는 모두의 찬사를 받았다. 그다음으로 여자들은 역시 맛이 기막힌 파인애플 디저트의 비결을 놓고 분분한 의견을 내놓았다. 포도와 배 등의 과일이 이 푸짐한 점심의 나른한 끝자락을 기

---

* 달걀흰자에 설탕과 향료를 넣고 거품을 내서 낮은 온도에서 구운 과자.
** 사과를 주재료로 해서 젤라틴을 넣어 만든 대형 디저트 과자.

분좋게 마무리했다. 흔해빠졌다고들 판단하는 샴페인 대신 라인산 포도주를 하인이 따라주는 동안, 모두들 따뜻한 환대에 감동받은 듯 동시에 찬사를 쏟아냈다.

그뒤에는 화기애애하게 디저트를 먹는 가운데 폴과 세실의 결혼 얘기가 좀더 진지하게 오갔다. 청년은 그의 숙모가 눈빛으로 채근하자 약탈 얘기로 겁에 질려 있던 그레구아르 가족의 마음을 예의 그 상냥함으로 다시 사로잡았다. 순간, 엔보 씨는 잠시 그의 아내와 조카 사이의 긴밀함 앞에서 끔찍한 의심을 품었다. 두 남녀가 나누는 눈빛 속에서 마치 그들의 육체관계를 엿본 것 같은 느낌을 받았기 때문이다. 하지만 그의 바로 코앞에서 폴의 결혼 얘기가 오가는 것을 보며 다시 마음을 놓았다.

이폴리트가 커피를 따라주고 있을 때 겁에 질린 하녀가 달려오면서 말했다.

"주인님, 주인님, 그 사람들이 왔어요!"

탄광촌에서 찾아온 대표단이 도착해 있었다. 문이 덜컹거리면서 인접한 방들을 통해 잔뜩 겁먹은 사람들의 숨결이 전해져왔다.

"그들을 응접실로 안내하지." 엔보 씨가 말했다.

식탁 주위에 둘러앉아 있던 사람들은 서로 힐끗거리며 불안한 눈빛을 주고받았다. 한동안 무거운 침묵이 이어졌다. 그들은 다시 농담을 하면서 가라앉은 분위기를 띄우고자 했다. 설탕 남은 것을 주머니에 넣는 척하거나 식기를 감춰야 하는 것 아니냐고 말하기도 했다. 그러나 사장이 계속 심각한 표정을 짓고 있는 것을 보고는 모두들 웃음을 그치고 조그만 소리로 소곤거렸다. 그러는 동안 바로 옆방에서 대표단의 둔중한 발걸음이 응접실 카펫을 울리는 소리가 들려왔다.

엔보 부인은 남편에게 목소리를 낮춰 물었다.

"그래도 커피는 마저 드실 거죠?"

"물론이오." 그가 대답했다. "그 사람들보고 좀 기다리라고 해!"

그는 초조한 빛이 역력한 얼굴로 찻잔을 들여다보는 척하면서 옆방에서 나는 작은 소리에도 신경을 곤두세웠다.

폴은 세실과 함께 막 자리에서 일어나 그녀에게 열쇠 구멍으로 옆방을 들여다보게 했다. 두 사람은 터져나오려는 웃음을 참으면서 들릴락 말락 한 소리로 말했다.

"그 사람들이 보여요?"

"네…… 덩치가 큰 남자랑 그 뒤로 조그만 사람 두 명이 보여요."

"그래요? 다들 무시무시하게 생겼죠?"

"아뇨, 전혀 안 그래요. 아주 선해 보이는데요."

엔보 씨는 커피가 너무 뜨거워서 나중에 마시겠다고 말하며 갑자기 자리에서 일어났다. 그는 식당을 나서면서 모두를 향해 조심하라는 뜻으로 입에 손가락을 갖다댔다. 그러자 다들 다시 자리에 앉아 더는 꼼짝할 생각을 하지 않은 채 아무 말 없이 불안한 마음으로 멀리서 들려오는 거친 남자들의 목소리에 귀를 기울였다.

2

그 전날, 라스뇌르 주점에서 가진 모임에서 에티엔과 몇몇 동료들은 다음날 탄광회사 사장을 만나러 갈 대표단을 선출했다. 그리고 그날 저녁, 자기 남편이 그중에 포함되어 있다는 것을 알고 절망한 라 마외드는 그에게 식구들이 모두 거리로 나앉길 바라는지 물었다. 마외 역시 마지못해 수락한 것이었다. 두 사람은 빈곤한 삶의 부당함에도 불구하고 막상 행동해야 할 순간이 되자 앞날에 대한 두려움으로 움츠러들었다. 그리하여 다시금 대대로 내려오는 노동자의 체념 속으로 빠져들며 또다시 허리를 굽히고자 했다. 마외는 평소 중대한 결정을 해야 하는 순간이 닥칠 때면 언제나 현명한 조언자인 아내의 판단에 따르곤 했다. 하지만 이번에는 화를 냈다. 그 역시 그녀의 두려움을 함께 느끼고 있었기 때문이다.

"날 좀 그냥 내버려둬, 엉!" 마외는 침대에서 돌아누우며 말했다. "동료들을 저버리는 것은 비겁한 짓이야!…… 난 내 의무를 다할 거라고."

이번에는 라 마외드가 자리에 누웠다. 그들은 서로 아무 말도 하지 않았다. 그리고 긴 침묵 끝에 그녀가 말했다.

"당신 말이 맞아요. 가세요. 다만, 우린 끝났다는 것만 알아둬요."

점심을 먹는데 정오를 알리는 종이 울렸다. 그들은 한시에 아방타주에서 만나 다 같이 엔보 씨 집으로 가기로 되어 있었다. 점심으로는 감자를 먹었다. 아주 조금밖에 남지 않은 버터에는 아무도 손을 대지 않았다. 그걸로 저녁에 타르틴을 만들어 먹어야 했다.

"우린 어르신이 대표로 이야기를 잘해주시리라 믿습니다." 에티엔이 불쑥 마외를 향해 말했다.

깜짝 놀란 마외는 충격으로 말문이 막힌 듯 아무 말도 하지 못했다.

"오, 맙소사, 그건 절대 허락할 수 없어요!" 라 마외드가 소리쳤다. "남편이 가는 건 어쩔 수 없다 해도 이이가 맨 앞에 나서게 할 수는 없다고요…… 기가 막혀서, 원! 왜 다른 사람이 아니고 하필 내 남편인 거죠?"

그러자 에티엔은 예의 열변을 토하며 차근차근 그 이유를 설명했다. 마외는 광부들 중에서 가장 성실하면서 사랑과 존경을 한몸에 받는 사람으로, 그의 양식良識 또한 누구에게나 인정받고 있는 터였다. 따라서 그의 입에서 나오는 광부들의 요구 사항에 결정적인 힘이 실릴 수 있을 것이었다. 처음에는 에티엔이 대표로 말하기로 되어 있었다. 하지만 그는 몽수에 온 지 얼마 안 되기 때문에 이곳 터줏대감 격인 사람이 나서는 편이 더 낫겠다고 판단한 것이다. 동료들 또한 가장 자격이 있는 사람에게 자신들의 이해관계를 믿고 맡길 수 있을 것이었다. 따라서 마외가 그의 청을 거절해서는 안 될 터였다. 그랬다가는 비겁하다는 소리를 들을 수도 있었다.

라 마외드는 절망적인 몸짓으로 외쳤다.

"가요, 가라고요. 가서 다른 사람들을 위해 죽든 말든 마음대로 해요. 난 어쨌거나 찬성한 거니까!"

"하지만 난 그런 걸 해본 적도 없는데." 마외가 머뭇거리며 말했다. "그랬다가 일을 그르치기라도 하면 어떡하냔 말이지."

그를 결심하게 한 것에 기분이 좋아진 에티엔은 마외의 어깨를 두드리며 말했다.

"그냥 느낀 대로만 얘기하시면 됩니다. 그걸로 충분할 겁니다."

그사이 다리의 부기가 많이 가라앉은 본모르 영감은 입에 음식을 가득 넣은 채 그들의 대화를 들으며 고개를 끄덕였다. 다시 침묵이 흘렀다. 아이들은 감자를 먹을 때면 목이 메어 아주 얌전해지곤 했다.

감자를 다 삼킨 노인이 느릿느릿 중얼거렸다.

"네가 하고 싶은 말을 하면 되는 거다. 어차피 그런다고 달라질 건 없을 테니까…… 아! 예전에도 이런 적이 있었지! 사십 년 전에는 사장 집 문 앞에서 그대로 쫓겨나곤 했어. 게다가 그들은 우리한테 칼까지 휘둘렀다고! 이젠 아마 자네들을 받아줄지도 모르겠군. 하지만 그들과 무슨 말을 하느니 차라리 벽에 대고 얘기하는 게 더 나을 거야…… 그렇고말고! 모든 걸 다 가진 그들이 뭐가 답답해서 우리 같은 사람들한테 신경을 쓰겠냐고!"

다시 침묵이 흘렀다. 마외와 에티엔은 자리에서 일어나 텅 빈 접시 앞에서 침울해하고 있는 가족들을 뒤로하고 밖으로 나갔다. 그들은 피에롱과 르바크를 데리고 넷이 함께 라스뇌르 주점으로 향했다. 인접한 탄광촌의 대표단이 작은 무리를 지어 그곳으로 모여들었다. 모두 스무 명이 모였을 때, 그들은 탄광회사에 전달할 자신들의 요구 사항을 확정지었다. 그런 다음 몽수를 향해 출발했다. 북동쪽에서 불어오는 매서운 삭풍이 거리를 쓸어내렸다. 그들이 몽수에 도착했을 때 두시를 알리는 종이 울렸다.

하인은 그들에게 기다리라고 하고는 다시 문을 닫고 사라졌다. 그러더니 다시 돌아와 그들을 응접실로 안내하고는 그곳의 커튼을 열어젖혔다. 레이스 커튼 사이로 곱게 걸러진 듯한 빛이 들어와 방안을 비춰주었다. 광부들은 저마다 아침에 누런 머리와 콧수염을 단정하게 깎고 가장 좋은 모직 옷을 입은 깨끗한 차림새였음에도 불구하고 자기들끼리 남게 되자 당혹스러워하며 감히 의자에 앉을 생각을 하지 못했다. 그들은 손에 쥔 모자를 만지작거리며 방안의 가구들을 흘끗거렸다. 다양한 시대의 장식품들을 뒤섞어놓은 실내장식에는 요즘 유행하는 골동품 취향이 반영되어 있었다. 앙리 2세 시대의 소파와 루이 15세 시대의 의자들, 17세기의 이탈리아 장식장, 15세기의 에스파냐식 콘타도르*, 벽난로 앞에 늘어뜨린 제단포, 문 휘장에 기워 붙인 오래된 제의祭衣 장식들. 금도금과 연한 황갈색 실크로 된 이 오래된 장식들은 그들에게 예배당의 화려함을 떠올리면서 경건함과 불편함

---

* 주로 상인들이 회계장부를 기록하기 위해 사용했던 책상의 일종.

을 동시에 느끼게 했다. 동양에서 온 카펫들은 그 길고 푹신한 털들로 그들의 발을 휘감는 것 같았다. 하지만 무엇보다 그들을 숨막히게 한 것은 방안의 더운 열기였다. 마치 화로에서 나오는 것 같은 열기가 그들의 몸을 감싸며 차가운 바람을 맞아 얼굴이 벌게진 그들을 당혹스럽게 했다. 오 분쯤 지나자, 풍요롭고 쾌적하게 세상과 격리된 공간이 부여하는 안락감 속에서 불편한 느낌이 더해갔다.

이윽고 엔보 씨가 응접실로 들어왔다. 그는 군대식으로 단추를 채운 프록코트에 그가 받은 훈장의 장식용 리본을 단정하게 꽂은 차림새였다. 그가 먼저 말문을 열었다.

"아! 다들 왔군요!…… 그래, 회사에 불만이 많다고들 하던데……"

그는 하던 말을 멈췄다가 공손하면서도 뻣뻣한 어조로 다시 말했다.

"일단 다들 앉읍시다. 난 얼마든지 대화할 준비가 돼 있으니까."

광부들은 서로를 돌아보며 눈으로 앉을 수 있는 자리를 찾았다. 몇 및 사람은 조심스럽게 의자에 앉았고, 나머지는 자수가 놓인 실크 덮개를 더럽힐까 저어하여 그냥 서 있기를 원했다.

잠시 침묵이 흘렀다. 엔보 씨는 앉아 있던 소파를 벽난로 앞까지 밀고 가 그들이 몇 명인지 재빨리 세어보며 그들의 얼굴을 기억해내려 했다. 그는 맨 끝줄에 숨어 있는 피에롱을 알아보았다. 그러고는 그와 마주앉아 있는 에티엔에게 시선을 고정시켰다.

"자, 어디 무슨 얘기들을 할지 한번 들어봅시다."

그는 청년이 무슨 말을 할지 궁금해하며 기다렸다. 그러다 마외가 앞으로 나서는 것을 보고는 놀라서 말을 이었다.

"아니! 당신이 어떻게! 늘 현명하게 처신해온 당신이, 탄광이 첫 곡괭이질을 시작한 이래 가족 대대로 갱에서 일해왔던 몽수의 토박이나 다름없는 당신이!…… 아! 이건 옳지 않아요. 당신이 불평분자들의 앞장을 서다니 정말 유감천만이오!"

마외는 바닥을 내려다보면서 그의 말을 듣고 있었다. 그러고는 처음에는 둔탁한 목소리로 머뭇거리며 이야기를 꺼냈다.

"사장님, 바로 그런 이유로 제가 지금 이 자리에 서 있는 것입니다. 지금까지 아무런 말썽도 일으키지 않고 착실하게 일만 하고 살았기 때문에 동료들이 저를 선택한 것이지요. 이 사실만으로도 우리가 그저 불평이나 일삼으며 말썽을 일으키고자 하는 잘못된 무리가 아니라는 것을 아실 수 있을 겁니다. 우린 다만 잘못된 것을 바로잡기 위해 이곳에 왔습니다. 우리 모두는 굶주리는 것에 지쳤습니다. 그래서 잘못된 것을 바로잡아야 할 때라고 생각한 것입니다. 적어도 빵이라도 매일 먹을 수 있도록 말입니다."

그의 목소리에는 점점 더 힘이 들어갔다. 이제 그는 고개를 들어 사장을 똑바로 바라보면서 이야기를 계속해나갔다.

"우린 회사에서 제시하는 새로운 방식을 받아들일 수가 없습니다…… 회사에서는 우리가 갱목을 제대로 설치하지 못한다고 비난합니다. 갱목 작업에 충분한 시간을 들이지 못하는 것도 사실입니다. 하지만 거기에 시간을 더 쏟는다면 우리 작업 시간이 그만큼 줄어들 것이고, 그랬다간 우린 몽땅 굶어죽고 말 겁니다. 그러니까 우리 수당을 조금만 더 올려주시면 갱목도 더 튼튼하게 설치할 수 있을 것입니다. 유일하게 돈이 되는 채탄에만 집착하지 않고 갱목 작업에도 충분한 시간을 들일 수 있을 테니까요. 그것 말고 다른 해결 방법은 없습니다. 일을

338

제대로 하기 위해서는 충분한 대가가 있어야 하는 법이니까요……
그런데 회사에서는 우리한테 어떻게 했습니까? 우리가 도저히 받아
들일 수 없는 것을 제안했지요! 탄차 가격을 낮추고 갱목 비용을 따로
지급하는 것으로 우리의 줄어든 임금분을 메울 수 있다고 생각하면서
말입니다. 그게 사실이라 해도 우린 여전히 손해를 보는 것입니다. 갱
목 작업은 언제나 채탄보다 시간이 더 많이 걸리니까요. 하지만 우리
를 더 분노하게 하는 것은 이 모든 게 사실이 아니라는 겁니다. 회사
는 우리의 손실을 보전해주기는커녕 오히려 탄차 한 대당 이 상팀씩
을 우리에게서 빼앗아가는 거란 말입니다!"

"맞아, 그렇고말고. 말 한번 속시원히 잘했네." 엔보 씨가 그의 말
을 중단시키려고 거친 몸짓을 하는 것을 보면서 대표단의 다른 광부
들이 수군거렸다.

하지만 마외는 사장에게 말할 기회조차 주지 않았다. 이제 그는 막
혔던 봇물이 터지듯 속에 있던 말을 줄줄이 뱉어냈다. 그러다 때로는
자기가 하는 말에 스스로 놀라기도 했다. 마치 자기 안에서 다른 누군
가가 대신 말하는 것 같은 느낌이 들어서였다. 오랫동안 그의 가슴속
깊은 곳에 차곡차곡 쌓여 있던 것들이, 그 자신도 의식조차 하지 못했
던 것들이, 가슴이 터질 듯 부풀어오르면서 저절로 한꺼번에 터져나
오고 있었던 것이다. 그는 그들 모두의 비참한 삶을 이야기하고 있었
다. 힘겨운 노동과 짐승 같은 거친 삶, 집집마다 배고픔을 이기지 못
해 먹을 것을 갈구하는 아내와 아이들. 그는 마지막으로 받은 기막힌
급여도 빼놓지 않고 언급했다. 벌금과 작업 중단으로 갉아먹혀 미미
하기 짝이 없는 돈을 눈물바람이 된 가족에게 가져다줘야 했던 가장

의 심정 또한. 결국 우리더러 모두 죽으라는 얘기가 아니고 뭐란 말인가?

"그래서 결국 여기까지 오지 않을 수 없었습니다." 그는 결론짓듯 말했다. "우린 사장님께 어차피 죽을 거라면 차라리 아무것도 하지 않고 죽기를 택하겠다고 말하러 온 것입니다. 그러면 적어도 헛되이 힘을 빼지는 않을 테니까요…… 우린 갱을 떠났고, 회사가 우리 조건을 받아들이지 않는 한 다시 그곳으로 돌아가지 않을 것입니다. 회사는 탄차의 가격을 깎고 갱목 비용을 따로 지불하겠다고 했습니다. 하지만 우린 예전처럼 일하기를 원합니다. 그리고 회사에서 탄차 한 대당 오 상팀을 더 지불해주기를 원합니다…… 이제 사장님 자신이 정의와 노동자의 편에 서 있는지를 우리에게 보여주실 차례입니다."

그러자 여기저기서 광부들의 목소리가 점점 더 크게 들려왔다.

"그렇고말고…… 마외는 우리 모두의 생각을 이야기한 거야…… 우린 일을 합리적으로 처리하기를 바랄 뿐이라고."

또다른 광부들은 그들의 말에 동의한다는 뜻으로 아무 말 없이 고개를 끄덕였다. 조금 전에 보았던 화려한 방은 그 금빛과 자수 장식, 그리고 신비스러운 골동품들과 함께 어디론가 사라지고 없었다. 그들은 자신들의 묵직한 신발로 깔아뭉개고 있는 발아래 카펫의 촉감도 더는 느끼지 못했다.

"나도 얘길 할 수 있게 해줘야 할 것 아닌가." 마침내 엔보 씨가 화를 내며 소리쳤다. "먼저, 회사에서 탄차 한 대당 이 상팀씩 가져간다는 건 사실이 아니오…… 어디 한번 계산해봅시다."

곧이어 어수선한 가운데 격론이 벌어졌다. 사장은 그들을 서로 떼어놓기 위해 피에롱을 불렀지만 그는 우물쭈물하며 뒤로 숨어버렸다. 반대로 르바크는 가장 거친 사람들의 우두머리 격으로 자기가 알지도 못하는 사실을 확언하면서 일을 더 엉망으로 만들었다. 온실 같은 열기 속에서 광부들이 웅얼거리는 시끄러운 소리가 커튼들 속으로 잦아들었다.

"그렇게 다들 한꺼번에 떠들면 서로 아무 대화도 못할 거요." 엔보 씨가 다시 말했다.

그사이 평정을 되찾은 그는 지시대로 일을 처리해야 하는 관리자로서 무뚝뚝하지만 악의가 느껴지지 않는 정중한 태도로 그들을 대했다. 사장은 처음 얘기할 때부터 에티엔에게서 시선을 떼지 않은 채 그가 꼭꼭 틀어박혀 있는 침묵 속에서 그를 끌어낼 궁리를 하고 있었다. 그리하여 2상팀에 관한 언쟁을 그만두고 느닷없이 논쟁의 주제를 넓혀 이야기하기 시작했다.

"우리 한번 솔직하게 이야기해봅시다. 당신들은 지금 가증스러운 선동질에 놀아나고 있는 거요. 마치 누군가가 퍼뜨리는 역병처럼 나쁜 기운이 온 노동자들 사이로 퍼져나가면서 성실한 일꾼들까지 망치고 있는 거란 말이오…… 오! 아무도 얘기해주지 않아도 난 척 보면 다 알 수 있소. 예전에는 그토록 착실했던 당신들이 이렇게 변한 걸 보면. 내 말이 틀렸소? 그 누군가는 분명 당신들에게 빵보다 더 많은 버터를 얻게 해줄 수 있다는 식의 사탕발림을 늘어놓았을 거요. 언젠가는 당신들이 이곳의 주인이 될 수 있다고 말이오…… 그리고 그 문제의 국제노동자협회에 당신들을 끌어들이려 했을 테고. 그 무뢰배 같은 무리들이 꿈꾸는 것은 이 사회를 파괴하는 것이라는 걸……"

그때 에티엔이 그의 말을 가로막았다.

"그건 잘못 알고 계신 겁니다, 사장님. 아직까지 몽수의 광부 중 협회에 가입한 사람은 아무도 없습니다. 하지만 우리를 계속 궁지로 내몬다면 모든 광부들이 함께하게 될 것입니다. 그건 전적으로 회사에 달려 있습니다."

그때부터 내내 엔보 씨와 에티엔 두 사람 사이의 언쟁이 이어졌다. 마치 다른 광부들은 더이상 그 자리에 없는 듯했다.

"회사는 당신들에게 구세주나 마찬가지요. 그런 회사를 위협하는 건 아주 잘못된 행동이라는 걸 알아야 하오. 올 한 해만 해도 회사는 탄광촌을 짓는 데 무려 삼십만 프랑을 썼소. 단 이 퍼센트도 이득을 보지 않고 말이오. 거기에는 거의 무료로 제공하는 집과 석탄, 의약품에 대한 비용은 포함되지도 않았소. 자네처럼 똑똑하고 몇 달도 채 안 되는 사이에 가장 노련한 일꾼 중 하나가 된 사람이라면, 평판 나쁜 사람들과 어울리면서 시간을 허비하기보다는 그런 진실들을 알리는 데 힘쓰는 편이 더 낫지 않겠나? 그래, 난 지금 라스뇌르 얘길 하려는 거야. 우린 그의 썩어빠진 사회주의 이론에서 우리 광부들을 보호하기 위해서라도 그를 내보낼 수밖에 없었네…… 자네가 허구한 날 그의 주점에서 그와 어울린다는 것도 알고 있네. 그 문제의 공제조합을 만들라고 자네를 부추긴 것도 물론 그치일 테지. 그게 만약 단순히 저축을 위한 것이라면 우린 기꺼이 허용하겠지만, 유감스럽게도 그건 우리에게 대항할 무기로, 투쟁을 위한 자금으로 사용되리라는 걸 잘 알고 있네. 그리고 말이 나온 김에 하는 얘긴데, 회사는 앞으로 그 기금을 통제할 생각이라는 걸 분명히 밝혀두겠네."

에티엔은 사장의 눈을 똑바로 응시한 채 신경질적으로 입술을 떨면서 그의 말이 끝나기를 기다렸다. 그는 마지막 말에 미소를 지어 보이면서 이렇게 대답했을 뿐이다.

"그러니까 지금 우리한테 새로운 요구 조건을 내걸고 있는 거로군요. 지금까지 사장님은 우리 기금에 대한 통제 같은 것에는 관심을 보이지 않으셨으니까요…… 하지만 유감스럽게도, 우리가 바라는 건 회사가 우리에게 관심을 덜 가져주는 거라서 말입니다. 우리한테 구세주 역할 할 생각 말고 우리 몫을 공정하게 처리해주기를 바랄 뿐이라고요. 우리가 당연히 받아야 할 몫을 빼앗아갈 생각일랑 말고요. 위기가 닥칠 때마다 주주들의 배당금을 지키기 위해 노동자들을 굶어죽게 내버려두는 게 옳다고 생각하십니까?…… 사장님이 아무리 그럴 듯하게 말해도 새로운 체제는 결국 우리 임금을 깎아먹기 위한 허울좋은 핑계일 뿐입니다. 그게 바로 우리가 분노하는 이유이고요. 회사가 경비를 줄인다는 명목으로 우리 노동자들에게만 허리띠를 졸라맬 것을 강요하는 건 아주 잘못된 처사라는 점을 분명히 말씀드립니다."

"오! 그러면 그렇지!" 엔보 씨가 소리쳤다. "왜 그 얘기가 안 나오나 하고 기다렸네. 우리가 노동자들을 굶어죽게 하고 그들의 땀으로 배를 불린다는 그 지긋지긋한 비난 말이야! 다른 사람도 아닌 자네가 어떻게 그런 터무니없는 소리를 할 수 있지? 산업에 자본을 투자한다는 것이 얼마나 엄청난 위험을 무릅써야 하는 일인지 누구보다도 잘 알고 있을 자네가? 예를 들면 탄광을 운영하는 데 말이지. 오늘날 갱하나에 제대로 시설을 갖추려면 백오십만 내지 이백만 프랑가량의 자본이 들어간다는 걸 알고 있나? 그렇게 엄청난 돈을 쏟아붓고는 거기서 미미하기 짝이 없는 이익을 낼 때까지 또 얼마나 힘든 시기를 거쳐야 하는지도? 프랑스에 있는 탄광회사의 반 정도가 파산을 하는 실정이라고…… 그런데도 성공하는 이들을 잔인하다고 비난하는 것만큼 우스운 것도 없을 거야. 노동자들이 고통을 받으면 회사도 고통받는 거라고. 지금 이런 위기 상황에서 회사라고 자네들만큼 손실을 보지 않을 것 같은가? 당신들 임금을 결정하는 건 회사가 아니야. 다른 회사들과 경쟁해 살아남거나 아니면 문을 닫을 수밖에 없는 거라고. 그러니 회사가 아니라 그런 현실을 탓해야 하는 거란 말일세…… 하지만 당신들은 귀를 막아버린 채 아무 말도 들으려 하지 않고 아무것도 이해하려 들지 않으니 답답하기 짝이 없군!"

"아뇨." 에티엔이 단호하게 말했다. "우린 지금 이대로는 우리에게 어떤 개선의 여지도 없다는 걸 아주 잘 알고 있습니다. 그래서 조만간 다른 방안을 모색할 수밖에 없다는 것도요."

그는 겉으로는 아주 절제된 듯 보이는 말을 나지막하게, 하지만 하나의 위협처럼 확신에 찬 투로 내뱉어 좌중을 무거운 침묵에 빠뜨렸다. 응접실의 침잠한 정적 속에서 불편함과 두려움의 기운이 감돌았다. 두 사람의 대화를 잘 이해하지 못한 다른 광부들도 그들의 동료가 이 여유로운 평온함 속에서 자신들의 정당한 몫을 요구했다는 것만은 알 수 있었다. 그들은 또다시 두꺼운 커튼과 안락한 소파를 비롯한 호사스러운 가구들을 힐끔거리며 둘러보았다. 그중에서 하찮아 보이는 장식품 하나만 내다팔아도 그들이 한 달 동안 먹을 수프를 살 수 있을 거라는 생각을 하면서.

아무 말 없이 생각에 잠겨 있던 엔보 씨는 마침내 그들을 내보내기 위해 자리에서 일어났다. 광부들도 그를 따라 자리에서 일어났다. 그러자 에티엔은 마외의 팔꿈치를 툭 쳤다. 마외는 잔뜩 긴장해 잠긴 목소리로 힘겹게 다시 얘기를 꺼냈다.

"그러니까 사장님, 이제 더 하실 말이 없으신 거지요…… 그렇다면 다른 사람들한테 사장님이 우리 요구 조건을 거절했다고 말하겠습니다."

"이런 맙소사, 이봐요." 사장은 답답하다는 듯 소리쳤다. "난 거절한다고 한 적 없소!…… 나도 당신들처럼 봉급쟁이에 불과하오. 당신들이 부리는 견습 광부만큼도 내 마음대로 할 수 있는 게 없다고. 위쪽에서 지시를 내리면 그걸 실행할 뿐이란 말이오. 그래서 난 그저 내가 해야 한다고 생각한 말을 했을 뿐, 어떤 결정을 내리고 자시고 할 처지가 아니란 말입니다…… 그러니 당신들이 요구 사항을 얘기하면 내가 이사회에 전달하도록 하겠소. 그리고 그들의 답을 당신들에게 전해주겠소."

그는 고위 공무원 같은 엄격한 태도로 얘기하면서 분쟁에 말려드는 것을 피하고자 했다. 그러면서 그는 자신이 이사회의 단순한 도구에 불과하다는 것을 보여주듯 무뚝뚝하고 정중하게 광부들을 대했다. 그러자 대표단은 이제 의심스러운 눈빛으로 그를 바라보면서 그의 꿍꿍이속이 어떤 건지, 그가 거짓말을 해서 얻는 게 무엇일지를 생각했다. 그가 보여주듯이 광부 자신들과 진짜 주인들 사이에서 그가 무엇을 훔쳤을지도 궁금해했다. 그의 말대로라면 그들과 똑같이 봉급을 받는 사람이 이렇게 잘사는 것을 보면 모사꾼이 분명할 터였다!

에티엔은 다시 끼어들며 자신의 생각을 서슴없이 말했다.

"사장님께 한말씀 더 드리자면, 우리가 직접 우리 입장을 설명할 수 없다는 게 참으로 유감스러울 뿐입니다. 그럴 수만 있다면 사장님은 도저히 이해할 수 없는 것들을 충분히 설명하고 납득시킬 수 있을 텐데 말입니다…… 다만 누구한테 그런 얘기들을 할 수 있을지를 몰라서요."

그의 말에 엔보 씨는 조금도 언짢은 기색을 보이지 않았다. 심지어 미소를 지어 보이기까지 했다.

"아! 이런! 일이 아주 어려워지겠군. 당신들이 날 믿지 못하는 것 같으니…… 그렇다면 저기로 가봐야 할 거요."

대표단은 창가를 향해 손을 뻗은 그의 모호한 몸짓을 눈으로 좇았다. 저기라니, 저기가 대체 어디란 말인가? 아마도 파리를 말하는 것일 터였다. 하지만 그들은 그곳이 어딘지 정확히 알지 못했다. 그들에게 파리는 결코 가 닿을 수 없는 경건한 나라, 두려우리만큼 먼 곳에서 성소 깊숙이 몸을 숨기고 있는 미지의 신과도 같았다. 그들에게 그곳은 결코 모습을 드러내지 않은 채 멀리서 몽수의 만여 명의 광부들을 짓누르는 거대한 힘처럼 느껴졌다. 사장이 이야기할 때마다 바로 그 무시무시한 힘이 그의 뒤에 숨어서 신탁을 내리고 있었던 것이다.

절망감이 광부들을 짓눌렀고, 에티엔도 그냥 가는 게 낫겠다는 의미로 어깨를 으쓱해 보였다. 엔보 씨는 장랭의 안부를 물으며 마외의 팔을 다정하게 툭툭 두드렸다.

"부실한 갱목을 그토록 경계하는 당신에게는 몹시 가혹한 교훈이 되었을 거요!…… 친구들, 다시 한번 잘 생각해보는 게 좋을 겁니다. 파업은 모두에게 재앙이 될 것이오. 이대로 간다면 앞으로 일주일도

지나지 않아 모두들 굶어죽게 될 겁니다. 그때는 어떻게 할 거요?······
난 당신들이 현명하게 처신할 거라 믿습니다. 늦어도 월요일에는 모
두들 다시 갱으로 내려갈 것으로 알고 있겠습니다."

　복종을 예견하는 그의 말에는 아무 대꾸도 하지 않고 모두들 고개
를 푹 숙인 채 가축 무리처럼 묵직한 발소리를 내며 그곳을 나섰다.
그들을 배웅하던 사장은 그들에게 자신들이 나눈 대화를 정리해 설명
했다. 회사는 새로운 임금제를 실시할 것을 주장하고, 노동자들은 탄
차 한 대당 5상팀씩 올려줄 것을 요구하는 상황이었다. 그는 그들이
어떤 환상도 갖지 않도록 이사회에서 분명 그들의 요구를 거절할 것
임을 미리 알려주는 게 자기 의무라고 믿었다.

　"바보 같은 짓을 하기 전에 부디 잘 생각하길 바라오." 그들의 침묵
에 불안해진 엔보 씨가 거듭 당부했다.

　현관에 이르자 피에롱은 몸을 깊이 숙여 인사했고, 르바크는 모자
를 다시 쓰는 척했다. 마외가 떠나기 전에 무슨 말인가를 하려고 하자
에티엔이 또다시 팔꿈치로 그를 툭 쳤다. 모두들 위협적인 침묵 속에
그곳을 떠났다. 문이 다시 닫히는 육중한 소리만이 사장의 귓전을 때
릴 뿐이었다.

　엔보 씨가 다시 식당으로 돌아왔을 때 손님들은 모두 리큐어* 잔을
앞에 놓은 채 말없이 자리를 지키고 있었다. 그가 간단히 상황을 요약
하자, 드뇔랭의 얼굴에 드리운 그늘이 더 짙어졌다. 엔보 씨가 식어버
린 커피를 마시는 동안 사람들은 화제를 다른 데로 돌리려 했다. 하지

---

* 단맛과 과일 향이 나는 독한 술. 보통 식후에 아주 작은 잔으로 마신다.

만 그레구아르 가족은 이내 다시 파업 얘기로 되돌아가서는 노동자들에게 파업을 금지시키는 법이 없는 것에 놀라워했다. 폴은 곧 헌병이 개입할 거라면서 세실을 안심시켰다.

이윽고 엔보 부인이 하인을 불러 지시했다.

"이폴리트, 우리가 응접실로 자리를 옮기기 전에 창문을 모두 열어서 환기 좀 시켜."

3

그뒤로 두 주가 지났다. 파업이 시작되고 셋째 주 월요일에 탄광회사 사장이 받아본 출석부는 갱에 내려가는 광부들의 수가 점점 더 줄어들고 있음을 말해주었다. 그날 아침, 사장은 작업이 재개될 것으로 믿고 있었다. 그러나 타협할 기미를 전혀 보이지 않는 이사회의 태도는 광부들의 분노를 돋웠다. 파업은 이제 르 보뢰, 크레브쾨르, 미루, 마들렌 탄광에만 국한된 일이 아니었다. 라 빅투아르와 푀트리캉텔에서는 광부들의 사분의 일만 갱으로 내려갔다. 생토마 탄광도 타격을 입었다. 이제 파업은 점점 확산되고 있었다.

르 보뢰 탄광의 채굴물 집하장에는 무거운 정적이 감돌았다. 더이상 작업이 이뤄지지 않는 거대한 작업장이 텅 빈 채 버려져 있는 광경은 죽어버린 공장을 떠올리게 했다. 12월의 잿빛 하늘 아래 고가철교를 따라 방치되어 있는 서너 대의 탄차는 말이 없는 사물들의 슬픔을 보여주고 있었다. 그 아래쪽으로는 사각대四脚臺 밑에 쌓여 있는 재고 석탄이 검고 헐벗은 땅을 드러내 보이며 빠르게 소진되어갔다. 잔뜩 쌓여 있던 나무들은 폭우 속에 썩어갔다. 운하 선착장에서는 석탄이 반만 실린 하천용 수송선이 혼탁한 물속에서 잠든 것처럼 보였다. 황량한 폐석 더미에서는 내리는 빗줄기에도 불구하고 분해된 황화물이 연기를 내뿜는 가운데 짐수레 하나가 손잡이를 위쪽으로 쳐든 채 처량하게 버려져 있었다. 하지만 무엇보다 깊은 잠 속으로 빠져들고 있는 것은 건물들이었다. 덧창이 굳게 닫혀 있는 선탄장, 더이상 아래쪽 하치장에서 들려오는 요란한 소리를 들을 수 없는 권양기탑, 화실이 차갑게 식은 보일러 건물, 어쩌다 나오는 연기에 비해 지나치게 커 보이는 거대한 굴뚝들. 이제 권양기는 아침에만 가동되었다. 마부들은 말의 먹이를 가지고 갱으로 내려갔고, 갱내 감독들은 사용하지 않는 선로가 녹슬 것을 우려해 예전처럼 다시 광부가 되어 막장에서 홀로 작업을 했다. 그러다 아홉시부터는 나머지 작업을 사다리를 놓고 했다. 시커먼 탄가루로 뒤덮인 생기 없는 건물 위쪽에서는 배수펌프가 여전히 쌕쌕거리며 거칠고 긴 숨결 같은 증기를 뿜어냈다. 멈춰버린 갱에서 마지막까지 느낄 수 있는 삶의 흔적인 셈이었다. 만약 배수펌프마저 숨쉬기를 멈춘다면 갱 속에 넘치는 물이 모든 것을 앗아가고 말 터였다.

맞은편 고원지대의 240번 탄광촌 역시 생기라곤 찾아볼 수 없었다. 릴에서 도지사가 달려오고 헌병들이 거리를 순찰했지만, 파업 노동자들의 평화로운 모습 앞에 그대로 돌아가기로 결정했다. 광활한 평원을 통틀어 이번처럼 탄광촌 주민들이 모범적인 모습을 보여준 적은 없었다. 남자들은 주점에 가지 않기 위해 온종일 잠을 잤다. 여자들은 커피를 아껴 마시면서 평소보다 차분해진 모습으로 구설과 언쟁을 자제했다. 심지어 아이들까지도 무슨 일인지 이해하는 것처럼 아주 얌전하게 맨발로 뛰어다니면서 서로 다툴 때조차 소리를 내지 않았다. 입에서 입으로 전해지는 그들의 행동 지침은 오직 한 가지였다. 절대 말썽을 일으켜서는 안 된다는 것.

그렇지만 마외의 집에는 수많은 사람들이 끊임없이 오갔다. 에티엔은 지부장 자격으로 공제조합 기금으로 모인 3천 프랑을 한 푼이 절실한 가족들에게 고루 나눠주었다. 그런 다음에는 다양한 곳에서 기부금과 모금으로 몇백 프랑의 돈을 다시 거둬들였다. 하지만 이제는 기금이 모두 바닥난 터라 광부들은 더이상 파업을 이어갈 여력이 없었다. 굶주림이 바로 코앞에서 그들을 위협하고 있었다. 두 주 동안 외상을 주기로 약속했던 메그라는 일주일 뒤 갑자기 말을 바꾸면서 식량 공급을 끊어버렸다. 그는 본래 탄광회사의 지시대로 움직이는 편이었다. 어쩌면 회사에서 탄광촌 사람들을 굶주리게 해 파업을 얼른 끝낼 작정을 한 것일지도 몰랐다. 게다가 메그라는 부모들이 식량을 가지러 보내는 딸의 얼굴을 보고 식량을 주거나 거절하면서 변덕스러운 독재자처럼 굴었다. 그는 특히 라 마외드에게 앙심을 품고 그녀를 문전박대했다. 카트린을 가질 수 없었던 것에 대한 보복이었다. 엎친 데 덮친격으로, 매서운 추위로 사방이 꽁꽁 얼어붙었다. 여자들은 남자들이 갱으로 다시 돌아가지 않는 한 석탄을 더 공급받을 수 없을 거라는 불안감에 떨며 그동안 비축해둔 석탄이 점차 줄어드는 것을 지켜보았다.

배가 고파 죽는 것으로 부족해 이젠 얼어죽게 생겼던 것이다.

마외의 집에는 이미 모든 것이 바닥난 상태였다. 르바크네는 아직까지는 부틀루에게 빌린 20프랑으로 먹을 것을 해결하고 있었다. 피에롱의 집에는 여전히 돈이 넘쳐났다. 하지만 그들 부부는 다른 사람들이 돈을 빌리러 올까 두려워 일부러 궁색한 척하기 위해 메그라의 상점에서 외상으로 물건을 샀다. 메그라는 라 피에론이 그를 위해 치마를 걷어올리기만 하면 그녀에게 가게라도 전부 내주었을 터였다. 토요일부터는 많은 가족들이 저녁도 먹지 못하고 잠들어야 했다. 끔찍한 날들이 시작되고 있었지만 모두들 침착하게 용기를 가지고 행동지침에 따르면서 어떤 불평도 하지 않았다. 그것은 절대적인 믿음이자 종교적인 신념, 신자들의 맹목적인 희생과도 같은 것이었다. 정의의 시대를 약속받은 그들은 모두의 행복을 쟁취하기 위해 고통을 감수할 준비가 되어 있었다. 굶주림에 머리가 빙빙 돌고, 비참한 삶으로 인해 환각에 빠진 그들에게 지금까지 굳게 닫혀 있던 천상의 세계가 그 문을 활짝 열어젖힌 듯했다. 지독한 허기 탓에 눈앞이 흐려질 때면 저 높은 곳에서 그들이 꿈꾸던 이상적인 나라가 그들에게 손짓하는 듯했다. 이제 그들의 형제들과 함께 일하고 배불리 먹을 수 있는 황금시대가 현실이 되어 그들 가까이 다가오는 것 같았다. 마침내 그곳으로 들어갈 수 있다는 절대적인 믿음을 뒤흔들 수 있는 건 아무것도 없었다. 공제조합 기금은 이미 바닥이 났고, 회사는 결코 타협에 응하지 않을 것이었다. 그들은 나날이 악화되는 상황에서도 희망을 부여잡고 웃으면서 현실을 애써 무시했다. 그들이 딛고 서 있는 땅이 무너진다면 기적이 일어나 그들을 구원해줄 것이었다. 그러한 믿음은 빵을 대신하고 그들의 배를 덥혀주었다. 탄광촌의 다른 사람들처럼 멀건 수프를 너무 빨리 소화시켜버린 마외 가족은 현기증으로 머리가 빙빙 도는 가운데, 그 옛날 사자에게 잡아먹힌 순교자들이 그랬듯 더 나은 삶에 대한 환상과 함께 무아지경의 상태에 빠져들곤 했다.

이제 에티엔은 누가 봐도 명백한 그들의 지도자였다. 저녁에 모두가 둘러앉아 대화할 때면 그는 신탁과도 같은 언변으로 좌중을 사로잡았다. 그는 끊임없이 공부해 정신을 더 예리하게 갈고닦았으며 모든 면에서 단연 돋보였다. 책을 읽느라 밤을 지새우기 일쑤였고, 점점 더 많은 편지를 받았다. 심지어 벨기에에서 발행하는 사회주의 신문 〈르 방죄르〉*를 구독하기도 했다. 탄광촌에 처음으로 들어온 이 신문은 동료들 사이에서 그를 향한 경외심을 불러일으켰다. 날이 갈수록 높아지는 인기는 매일 조금씩 더 그를 자극했다. 그는 다양한 사람들과 폭넓은 편지를 주고받고, 지역 곳곳에 있는 노동자들의 운명에 대해 토론하며, 르 보뢰의 광부들에게 조언을 해주었고, 무엇보다 그 자신이 세상의 중심이라는 느낌, 그를 중심으로 세상이 돌아간다는 느낌은 그의 자만심을 끊임없이 부추겼다. 과거에 한낱 기계공이었던 그가, 손이 시커멓고 때묻은 채탄부에 지나지 않는 그가! 이제 한 단계 높은 세상으로 올라선 그는 지적인 만족감과 안락한 삶을 맛봄으로써 자신이 그토록 혐오하던 부르주아지의 한 사람이 되었지만 그 사실을 스스로 인정하려 하지 않았다. 꼭 한 가지 그를 불편하게 하는 것은 그가 제대로 된 교육을 받지 못했다는 점이었다. 그래서 프록코트를

---

* 프랑스어로 '징벌을 가하는 사람'이라는 뜻.

입은 신사 앞에 서면 늘 당황하면서 소심한 모습을 보이곤 했다. 끊임없이 수많은 글을 읽고 공부하면서도 방법론이 부족해 이해하는 것이 몹시 더뎠다. 그러다보니 혼란스러울 때가 많아 그 자신도 이해하지 못하는 것을 그저 외워서 읊어대는 지경에 이르렀다. 그리하여 때로 정신이 명료해질 때면 자신의 임무에 대한 불안감이 엄습하면서 동료들의 기대를 충족시키지 못할까봐 두려운 생각이 들었다. 어쩌면 지금은 변호사 같은 인물이 필요한 게 아닐까? 동료들을 위태롭게 하지 않고도 당당하게 요구하고 행동할 수 있는 많이 배운 사람이? 하지만 이내 반감이 일면서 침착함을 되찾을 수 있었다. 아니, 아니지, 변호사 같은 치들은 필요 없어! 그들은 모두 비열한 인간들이라고. 자기네 지식을 이용해 우매한 민중을 등쳐먹는 작자들! 어떻게든 되겠지, 죽으란 법이 있을라고. 노동자들의 일은 노동자들끼리 해결해야만 하는 거야. 그리고 노동자들의 지도자라는 달콤한 생각이 또다시 그의 자만심을 치켜세웠다. 몽수는 이제 그의 발아래 있었다. 파리는 멀리 안개 속에 있는 것 같지만, 혹시 또 아는가? 언젠가 국회의원이 되어, 화려하게 장식된 회의장 연단에 서서 처음으로 국회에 진출한 노동자 출신*으로서 당당히 연설해 의기양양한 부르주아들의 콧대를 납작하게 해줄 수 있을지도 모르지 않는가!

　며칠 전부터 에티엔은 이러지도 저러지도 못하는 난감한 상황에 놓여 있었다. 플뤼샤르가 몽수에 오겠다고 제안하면서 계속 편지를 보내왔기 때문이다. 파업 노동자들의 사기를 북돋워주겠다는 게 그 이

---

* 실제로 1885년, 앙쟁 탄광 노동조합의 서기였던 바즐리는 센 지역 하원의원으로 선출되었고, 그후에는 파드칼레의 하원의원(1891~1924)을 지냈다.

유였다. 그는 비밀 집회를 주도해 에티엔에게 그것을 주재하게 할 생각이었다. 하지만 그의 진짜 목적은 파업을 적극적으로 이끌고 그때까지 국제노동자협회에 미온적이었던 광부들을 그들 편으로 끌어들이려는 것이었다. 에티엔은 큰 소란이 일 것을 두려워하고 있었다. 그렇더라도 라스뇌르가 플뤼샤르의 개입을 거세게 반대하지만 않았다면 그가 오도록 내버려두었을 것이다. 에티엔은 영향력을 가졌음에도 불구하고 여전히 라스뇌르의 지지가 필요했다. 주점 주인은 에티엔보다 오랫동안 이곳에서 일했고, 그의 단골 중에는 그를 따르는 사람들이 꽤 있었다. 그래서 에티엔은 플뤼샤르에게 어떤 대답을 해야 할지 몰라 머뭇거리는 상황이었다.

바로 그 월요일 오후 네시경, 에티엔이 아래층 식당에서 라 마외드와 단둘이 있을 때 릴에서 새로운 편지가 도착했다. 아무런 할 일이 없는 데 지친 마외는 낚시를 하러 가고 없었다. 혹시라도 운하의 수문 아래쪽에서 큰 고기라도 잡게 되면 그것을 팔아 빵을 살 수도 있을 터였다. 본모르 영감과 장랭도 다 나은 다리를 시험해보기 위해 밖으로 나가고 없었다. 더 어린 아이들은 알지르와 함께 나가 폐석 더미 위에서 석탄재를 주우며 놀았다. 라 마외드는 더이상 석탄을 뗄 수 없어 꺼져가는 불 옆에 앉아 배까지 늘어진 젖가슴 한쪽을 내놓은 채 에스텔에게 젖을 물리고 있었다.

그녀는 에티엔이 편지를 도로 접는 것을 보고 물었다.

"무슨 좋은 소식이라도 있어요? 우리한테 돈이라도 보내준대요?"

그가 고개를 젓자 라 마외드는 얘기를 계속했다.

"이번 주는 어떻게 버텨야 할지 모르겠네요…… 뭐, 어떻게든 견디

긴 하겠지만. 자신이 옳은 편에 서 있다고 생각하면 용기가 생기는 거고, 그렇잖아요? 그러다보면 언젠가는 이길 수 있을 테니까."

이제 그녀는 파업을 찬성하는 편에 서 있었다. 분별 있게 처신한다는 전제 아래. 무엇보다 바람직한 것은, 일을 그만두지 않고 공정한 조치가 취해질 수 있도록 회사를 압박하는 것일 터였다. 그렇지만 이왕에 일을 그만두었으니 정의가 실현되기 전에는 다시 일터로 돌아갈 수는 없는 것 아닌가. 그녀는 그 점에서는 절대 타협을 모르는 완강함을 보여주었다. 자기가 옳다고 생각하는 일을 하면서 잘못하고 있는 것으로 보일 바에는 차라리 굶어죽는 게 나았다!

"아!" 에티엔이 맞장구치듯 외쳤다. "콜레라라도 퍼져서 탄광회사의 착취자들을 모조리 없애버릴 수 있다면!"

"아니, 그건 안 될 말이에요." 라 마외드가 정색을 하며 말했다. "그 누구의 죽음도 바라서는 안 돼요. 그래봤자 달라질 건 없으니까. 그러고 나면 또다른 사람들이 나타날 테니까…… 다만 내가 바라는 건, 그 사람들이 좀더 현명하게 처신하는 거예요. 난 그들이 그럴 수 있을 거라고 믿어요. 어디에나 좋은 사람들은 있기 마련이니까…… 잘 알다시피 난 당신이 말하는 정치에는 전혀 관심 없어요."

과연 그녀는 그의 말에 담긴 과격함을 좋아하지 않았다. 그는 지나치게 호전적이었다. 자기가 일한 만큼 대가를 바라는 것은 정당한 것이다. 그런데 무엇 때문에 그가 부르주아니 정부니 하는 쓰잘머리 없는 것들에 신경을 쓰는지 그녀는 도무지 이해할 수 없었다. 뭐하러 자신에게 화만 불러올 게 뻔한 남의 일에 끼어든단 말인가? 그럼에도 그녀가 에티엔을 여전히 존중하는 것은 그가 술을 마시지 않고 매달

45프랑의 하숙비를 꼬박꼬박 내기 때문이었다. 그렇게 바르게 처신하는 사람에게는 다른 것쯤 너그러이 봐줄 수 있는 법이다.

그러자 에티엔은 모두가 빵을 배불리 먹을 수 있게 해주는 공화정에 관해 얘기하기 시작했다. 하지만 라 마외드는 고개를 저었다. 그녀는 아직 48년* 그해의 일들을 생생히 기억하고 있었다. 당시 결혼한 지 얼마 되지 않았던 그들 부부에게 그해는 헐벗고 굶주렸던 끔찍한 기억으로 남아 있었다. 어린 에스텔이 엄마의 젖꼭지를 입에 문 채 그녀의 무릎 위에서 그대로 잠든 사이, 라 마외드는 멍하니 허공을 응시하며 맥없는 목소리로 그 시절에 겪었던 어려움을 얘기하기 시작했다. 에티엔은 그녀의 얘기에 심취한 채 내내 그녀의 커다란 젖가슴을 응시했다. 물컹거리는 새하얀 젖가슴이 신산한 삶에 망가질 대로 망가진 그녀의 누런 얼굴과 극명하게 대조되면서 두드러져 보였다.

"그땐 집구석에 돈 한 푼 없었지." 라 마외드는 혼잣말처럼 나직이 말했다. "아무리 눈을 씻고 봐도 먹을 거라곤 콩 한 톨도 찾아보기 힘들었다니까. 탄광들이 몽땅 문을 닫아 일을 하지 못했거든. 그러니까, 지금이랑 다를 게 하나도 없었어! 결국 우리처럼 가난한 사람들만 죽어나갔으니까!"

그때 문이 벌컥 열리자, 두 사람은 놀라서 아무 말도 못하고 멍하니

---

* 1848년 2월, 왕정을 타도하고 제2공화정을 수립한 프랑스혁명. 1830년 7월혁명 이후 본격화한 산업혁명으로 산업자본가와 노동자의 세력이 커졌고 사회주의사상이 보급되었다. 7월 왕정은 납세액에 따라 선거권을 제한함으로써 일부 자본가가 의회의 의석을 독점하게 되었다. 이에 선거법 개정안이 의회에서 부결되자 시민과 노동자, 사회주의자들이 혁명을 일으켜 왕정을 타도했다. 1848년 12월, 나폴레옹 1세의 조카 루이 나폴레옹이 최초의 프랑스 대통령으로 선출되었다.

문 쪽을 바라보았다. 카트린이 돌아온 것이다. 샤발과 함께 달아난 이후 처음으로 탄광촌에 모습을 드러낸 것이었다. 카트린은 몹시 당황해 문을 다시 닫지도 않고 몸을 떨면서 아무 말 없이 그대로 서 있었다. 엄마 혼자 있을 거라고 생각했다가 에티엔을 보자, 여기까지 오는 도중에 생각했던 말들이 잘 기억나지 않아서였다.

"여긴 뭐하러 온 게냐?" 라 마외드는 의자에서 일어나지도 않은 채 소리쳤다. "다시는 널 보고 싶지 않으니까 당장 썩 꺼져!"

그러자 카트린은 미리 생각해두었던 것을 더듬거리며 말하기 시작했다.

"엄마, 커피랑 설탕을 좀 가져왔어요…… 네, 동생들 생각이 나서요…… 초과수당을 좀 받았거든요. 그래서 동생들한테……"

그녀는 양쪽 주머니에서 각각 일 파운드씩의 커피와 설탕을 꺼내 식탁 위에 조심스럽게 내려놓았다. 장바르에서 일하는 동안 르 보뢰 탄광에서 벌어지고 있는 파업 소식에 그녀는 애간장을 태웠다. 그래서 동생들을 위한다는 핑계를 대며 이런 식으로나마 부모를 돕고자 한 것이다. 하지만 진정으로 가족을 걱정하는 카트린의 마음도 엄마의 가슴속에 맺힌 응어리를 풀어주지는 못했다. 라 마외드는 딸을 향해 쌀쌀맞게 내뱉었다.

"고작 이따위 입요깃거리로 용서받기를 바라느니 집에 있으면서 빵값을 벌어오는 게 가족을 더 위하는 길일 거다."

그녀는 딸에게 온갖 매정한 소리를 퍼부으면서, 한 달 전부터 카트린을 원망하며 하고 또 했던 말들을 줄줄이 쏟아냈다. 겨우 열여섯 살밖에 안 된 계집애가 벌써부터 사내랑 붙어먹는 것도 모자라 저 혼자 잘살자고 힘들게 살아가는 가족들을 내팽개치고 도망을 가다니! 그건 천하에 못 배워먹은 여자나 하는 짓이었다. 물론 사람이 살다보면 누구나 한 번쯤 실수할 수도 있다. 하지만 이 세상의 어떤 엄마라도 카트린이 한 짓을 쉽게 용서할 수는 없을 것이다. 더구나 언제 그녀를 구속한 적이라도 있던가! 아니, 오히려 그녀는 얼마든지 자유롭게 어디든 갈 수 있었다. 라 마외드가 딸에게 바란 것은 잠만큼은 집에서 자라는 것뿐이었다.

"그래, 어디 한번 말해봐라. 어떻게 생겨먹은 계집애가 그 나이에 벌써부터 그러는지? 대체 네 몸속엔 어떤 피가 흐르고 있는 거냐?"

카트린은 고개를 푹 숙인 채 식탁 옆에 꼼짝 않고 서서 엄마의 말을 듣고 있었다. 발육이 늦은 가냘픈 처녀의 몸이 이따금 가늘게 떨렸다. 카트린은 중간중간 끊어지는 말로 애써 변명을 했다.

"하지만 그런 게 내 맘대로 할 수 있는 것도 아니잖아요. 내가 정말 그러고 싶어서 그런 게 아니에요!…… 그 사람이 그런 거라고요. 그 사람이 그러자고 하면 난 따르는 수밖에 더 있겠어요? 엄마도 아시다시피 그 사람이 더 힘이 세잖아요…… 누가 뭐 이렇게 될 줄 알았나요? 어쨌거나 기왕 이렇게 된 걸 어쩌겠어요. 그렇다고 이제 와서 무를 수도 없잖아요. 그리고 어차피 그 사람이든 누구든 남잔 다 똑같고요. 그러니까 이젠 그 사람하고 결혼하는 수밖에요."

그녀는 남자를 일찌감치 알아버린 여자가 보여주는 순종적이고 수동적인 태도로 아무런 분노의 기미도 없이 자기변명을 늘어놓았다. 사는 게 다 그런 것 아니겠는가? 카트린은 지금까지 살면서 한 번도 다른 삶을 꿈꿔본 적이 없었다. 폐석 더미 뒤에서 강제로 처녀성을 빼앗기고, 열여섯 살에 첫아이를 낳고, 사귀는 남자와 결혼하더라도 계속 빈곤한 삶을 살아야 하는 게 그녀 같은 여자에게 주어진 삶이었다. 그런데 지금 수치심에 얼굴이 붉어지면서 몸이 떨리는 건 에티엔 앞에서 창녀 취급을 받는다는 사실 때문이었다. 이상하게도 이 남자하고 같이 있으면 왠지 모르게 가슴이 짓눌리면서 절망감이 느껴졌다.

그사이 에티엔은 두 모녀의 대화를 방해하지 않기 위해 자리에서 일어나 꺼져가는 불을 다시 지피는 척했다. 하지만 눈길이 마주치는 것을 피할 수는 없었다. 카트린은 얼굴이 몹시 창백하고 지쳐 보였지만, 그을린 얼굴에서 투명하게 빛나는 눈은 여전히 아름다웠다. 그녀를 보면서 에티엔은 묘한 감정을 느꼈다. 그녀에게 품었던 원망의 감정이 사라지고, 그녀가 자기보다 더 좋아한 남자와 함께 행복하기만을 바라는 자신을 발견했던 것이다. 더 나아가 그녀를 돌봐주고 싶고, 몽수로 가서 그 남자더러 그녀에게 좀더 잘해주라고 부탁하고 싶은 마음마저 들었다. 하지만 카트린은 여전히 다정하게 구는 그에게서 자신을 향한 동정심을 느꼈을 뿐이다. 이렇게 뚫어지게 쳐다보는 것을 보면 그는 자신을 경멸하는 게 분명했다. 그런 생각이 들자 카트린은 가슴이 메었다. 그래서 더이상의 변명조차 할 수 없었다.

"그래, 차라리 아무 변명도 하지 않는 게 좋을 거다." 라 마외드는 더없이 냉정하게 쏘아붙였다. "여기 머물려고 돌아온 거라면 그냥 있고, 그게 아니면 당장 떠나라. 그리고 내가 지금 발이 묶여 있는 걸 다행으로 생각해야 할 거야. 안 그랬으면 벌써 네 엉덩이를 걷어차줬을 테니까."

그때 갑자기 그녀의 협박이 실현되기라도 한 것처럼 누가 카트린의 엉덩이를 세게 걷어찼다. 그 충격이 너무나 커서 그녀는 놀라움과 고통으로 정신이 얼얼해졌다. 샤발이었다. 그가 열려 있는 문으로 다짜고짜 안으로 들어와서는 포악한 짐승이 덤벼들듯 그녀의 엉덩이를 걷어찬 것이다. 그는 조금 전부터 밖에서 그녀를 몰래 엿보고 있었다.

"아! 이 더러운 계집 같으니라고!" 그는 있는 대로 악을 쓰며 소리를 질렀다. "네년이 어떻게 하는지 보려고 따라와봤지. 난 네가 그 짓을 하려고 여기로 다시 올 거라는 걸 알고 있었거든! 그런데 저 새끼한테 돈까지 준 건가, 엉? 내가 힘들게 번 돈으로 저놈한테 커피까지 갖다바치다니!"

라 마외드와 에티엔은 너무 놀라 손가락 하나 까딱하지 못했다. 샤발은 격노한 몸짓으로 카트린을 문간으로 밀어냈다.

"여기서 당장 나가지 못해, 망할 년!"

카트린이 구석으로 몸을 피하자, 그는 라 마외드에게 언성을 높이며 대들었다.

"제 딸년이 위층에서 남자한테 가랑이를 벌리고 있는 동안 어미라는 건 아래층에서 망이나 보고 있다니, 참 잘되어가는 집구석이군!"

마침내 그는 카트린의 손목을 움켜쥐고는 그녀를 마구 흔들며 밖으로 끌어냈다. 문간에서 그는 여전히 꼼짝 않고 의자에 앉아 있는 라 마외드를 다시 돌아보았다. 그녀는 얼이 빠져서 내놓은 젖가슴을 옷속으로 집어넣는 것도 잊고 있었다. 에스텔은 엄마의 모직 치마에 얼굴을 파묻고 잠들어 있었다. 그대로 드러난 라 마외드의 풍만한 가슴이 덩치 큰 암소의 젖통처럼 덜렁거렸다.

"창녀짓 하던 딸년이 없으니까 이젠 그 어미가 그 짓을 하는군." 샤발이 악에 받쳐 소리쳤다. "뭘 망설이지? 저놈한테 얼른 당신 엉덩이를 보여주라고! 저 더러운 하숙생 놈은 취향이 까다롭지 않은 것 같으니까 말이야!"

그 말에 에티엔은 샤발의 얼굴을 한 대 후려갈기고 싶은 마음이 굴뚝같았다. 지금까지는 탄광촌에 소란을 일으키지 않으려고 그의 손에서 카트린을 빼앗고 싶은 마음을 애써 자제해왔다. 하지만 이번에는 끓어오르는 분노를 더이상 참기 힘들었다. 이제 두 남자는 핏발 선 눈으로 마주보고 섰다. 서로에 대한 해묵은 증오심과 오랫동안 드러내지 않았던 질투심이 한꺼번에 폭발한 것이다. 이제, 둘 중 하나가 죽어 없어져야 끝날 터였다.

"경고하는데, 조심하는 게 좋을 거야!" 에티엔이 일그러진 얼굴로 혼잣말처럼 웅얼거렸다. "언젠간 내 손으로 널 죽여버리고 말 거니까!"

"어디 한번 해보시지!" 샤발이 대꾸했다.

그들은 몇 초 동안 그렇게 서로를 뚫어져라 노려보았다. 하도 바짝 붙어 있어서 이글거리는 눈빛이 서로의 얼굴을 태워버릴 것만 같았다. 그러자 이번에는 카트린이 애원하는 얼굴로 연인의 손을 잡고 밖으로 끌어냈다. 그녀는 그를 탄광촌 밖으로 끌고 가 뒤도 돌아보지 않고 달아났다.

"짐승만도 못한 놈!" 에티엔은 쾅 소리가 나도록 문을 세게 닫으면서 중얼거렸다. 그는 분노가 치밀어올라 다시 자리에 앉아 마음을 진정시켜야만 했다.

그와 마주앉은 라 마외드는 꼼짝도 하지 않았다. 그러더니 커다랗게 절망적인 몸짓을 해 보였다. 그들이 서로 입 밖에 꺼내지 않는 것들로 인한 고통스럽고도 무거운 침묵이 이어졌다. 에티엔은 외면하려고 애쓰는데도 눈길이 자꾸만 그녀의 가슴으로 향하는 것을 어쩔 수 없었다. 이제 축 늘어진 젖가슴의 새하얀 살이 그를 불편하게 했다. 물론 그녀는 마흔 살에다 아이를 많이 낳아 벌써 꽤 망가진 모습이었다. 하지만 넉넉하고 튼실한 체구에 한때는 아름다웠을 것으로 짐작되는 길고 복스러운 얼굴을 가진 그녀를 탐하는 남정네들이 아직 많았다. 그녀는 차분히 두 손으로 자신의 젖가슴을 감싸쥐고 천천히 옷 속으로 집어넣었다. 젖꼭지가 잘 들어가지 않아 손가락으로 밀어넣어야 했다. 그러고 나서 낡은 카라코의 단추를 채우자 그녀는 또다시 아래위가 온통 검은색 일색인 후줄근한 중년의 여인으로 돌아갔다.

"음탕한 놈 같으니라고!" 마침내 라 마외드가 말했다. "그런 역겨운 생각을 할 수 있는 사람은 저 더러운 놈밖엔 없을 거야…… 하지만 내가 그딴 말에 눈이나 깜짝하나봐라! 그런 놈이 하는 말에는 대꾸할 필요도 없어."

그녀는 에티엔에게서 시선을 떼지 않은 채 거리낌없는 목소리로 덧붙였다.

"나도 물론 잘못하는 게 있긴 하죠. 하지만 난 절대 그런 짓은 하지 않았어요…… 지금까지 살아오면서 날 건드렸던 남자는 딱 두 명밖에 없어요. 오래전, 열다섯 살 때 알았던 탄차 운반부랑 지금 남편이요. 그가 예전 남자처럼 나를 버렸더라면, 오 맙소사, 난 지금쯤 어떻게 됐을지! 하지만 내가 남편하고 사는 동안 다른 데 눈을 돌리지 않은 걸 자랑삼아 떠벌리고 싶은 마음도 없어요. 왜냐하면, 자기가 나쁜 짓을 하고 싶지 않아도 운이 나빠서 그렇게 될 수도 있는 거니까……
다만 난 있는 사실 그대로를 말하는 것뿐이라고요. 이런 얘기를 당당
하게 할 수 없는 여자들도 있다는 걸 아니까. 내 말이 틀렸어요?"

"그럼요, 그렇고말고요." 에티엔이 자리에서 일어나면서 말했다.

그가 밖으로 나가자, 라 마외드는 불을 다시 지펴야겠다고 생각하
면서 의자 두 개를 붙인 다음 그 위에 에스텔을 눕혔다. 남편이 물고
기를 잡아서 팔아오면 수프라도 끓여야 할 것이었다.

밖에는 어느덧 캄캄한 어둠이 내려 있었다. 에티엔은 절망적인 우
울함에 빠져 고개를 숙이고 얼음장처럼 차가운 어둠 속을 걸어갔다.
난폭한 샤발을 향한 분노도, 학대받는 가엾은 카트린을 향한 연민도
이제 더이상 느껴지지 않았다. 조금 전의 격렬했던 장면이 그의 머릿
속에서 차차 지워지고 희미해지면서, 이젠 모두의 고통이, 모두의 끔
찍하고 비참한 삶이 다시 그의 마음을 아프게 했다. 그의 눈앞에 빵
한 조각 배불리 먹지 못하는 탄광촌 주민들의 모습이 어른거렸다. 저
녁도 못 먹고 잠자리에 들어야 하는 여인네들과 아이들, 주린 배를 움
켜쥔 채 싸워야 하는 노동자들. 그런 생각이 들자, 어스름의 지독한
우울함 속에 이따금 그의 머릿속을 스치던 의구심이 불현듯 깨어나면
서 지금까지 느끼지 못했던 극심한 부담감이 그의 가슴을 짓눌렀다.
그는 대체 얼마나 엄청난 책임을 지고 있는 것일까! 기금도 바닥나고
더이상 외상을 질 수도 없는 마당에 여전히 저항할 것을 강요하면서
끝내 그들을 벼랑 끝으로 몰아가야 한단 말인가? 그러다 어디에서도
전혀 도움을 구할 수 없다면, 가장 용기 있는 이들마저 굶주림으로 쓰
러지게 된다면, 이 싸움의 결론은 어떻게 날 것인가? 갑자기 그는 곧

닥쳐올 재앙을 눈앞에서 보는 듯했다. 죽어가는 아이들과 흐느끼는 엄마들, 수척하고 핏기 없는 얼굴로 다시 갱으로 내려가는 남자들. 그는 어둠 속에서 돌에 발부리를 채어가며 계속 걸었다. 결국 이 싸움이 탄광회사의 승리로 끝나고 동료들이 지금보다 더 불행해질 거라는 생각은 그에게 견디기 힘든 두려움과 고뇌를 안겨주었다.

그러다 문득 고개를 든 에티엔은 자기가 르 보뢰 탄광 앞에 와 있다는 것을 깨달았다. 점점 더 짙어지는 어둠 속에서 시커먼 덩어리 같은 건물들이 더 무겁게 아래로 내려앉은 듯 보였다. 황량한 집하장 한가운데, 거대한 그림자들로 둘러싸인 건물들은 버려진 요새의 일부를 연상케 했다. 권양기가 작동을 멈추자 그 영혼도 벽으로 빠져나간 것 같았다. 밤이 깊은 이 시각, 그곳에서는 어떤 삶의 기운도 느껴지지 않았다. 초롱불도 모두 빛을 잃었고, 작은 속삭임 하나 들리지 않았다. 갱 전체에 죽음과도 같은 침묵이 내리깔린 가운데, 배수펌프에서 나는 소리조차 아득히 먼 곳에서 들려오는 미미하게 헐떡이는 한낱 숨결에 지나지 않았다.

갱 주위를 둘러보던 에티엔은 가슴속 피가 거꾸로 솟구치는 것 같았다. 노동자들은 굶주림으로 고통받고 있는데, 회사는 돈방석에 앉아 호의호식하고 있었다. 어째서 노동과 돈의 전쟁에서 그들이 늘 강자가 되어야 하는 것인가? 결과야 어찌되든, 승리의 대가를 톡톡히 치를 각오를 해야 할 터였다. 전쟁으로 생겨난 주검 또한 엄청날 것이다. 그는 맹렬한 전투욕과 빈곤한 삶을 끝내고 싶은 갈망으로 다시 불타올랐다. 죽음으로 그 대가를 치르는 한이 있더라도. 탄광촌 전체가 굶주림과 부당함 때문에 조금씩 계속해서 죽어가야만 한다면 차라리 단번에 끝내버리는 편이 더 낫지 않겠는가. 그가 예전에 여기저기서 마구잡이로 읽었던 책 속의 일화들이 머릿속을 차례로 스쳐갔다. 적을 체포하기 위해 자신들의 도시를 불태웠던 백성들, 자식이 노예가 되는 것을 막으려고 길바닥에 아이의 머리를 짓찧어 죽였던 여인들의 이야기, 독재자가 주는 음식을 먹느니 차라리 굶어죽기를 선택했던 사람들. 그런 생각은 그를 흥분시켰고, 잠시나마 가졌던 비겁함에 부끄러움을 느끼고 마음속에서 의구심을 몰아내게 했다. 그는 조금 전의 절망적인 우울함을 떨쳐내고 낙관주의자의 쾌활함을 되찾았다. 그리고 자신감을 되찾는 것과 동시에 자만심 또한 마냥 부풀어오르면서 그를 더 높은 곳으로 향하게 했다. 그는 노동자들의 우두머리가 되어 그들이 자신에게 복종하고 희생도 마다하지 않는 것을 지켜보는 꿈을 꾸었다. 그리하여 그의 힘이 점점 커져서 마침내 승리의 그날이 도래하는 상상에 빠져들었다. 나아가 그는 자신이 소박한 위대함을 지닌 지도자임을 만천하에 보여주는 장면을 그려보기도 했다. 마침내 그가 세상의 주인이 되었을 때, 권력을 홀로 차지하는 것을 거부하고 민중의 손에 되돌려주겠다고 다짐하면서.

그러다 그는 자신을 부르는 마외의 목소리에 잠에서 깨어나듯 몸을 부르르 떨었다. 마외는 운이 좋았다면서 근사한 송어를 잡아 3프랑에 팔았다고 얘기했다. 덕분에 오늘 저녁에는 수프를 먹을 수 있을 것이었다. 에티엔은 그에게 곧 뒤쫓아가겠으니 먼저 집으로 돌아가라고 말했다. 그러고는 아방타주 주점으로 가서 자리를 잡고 앉아 마지막 손님이 떠나기를 기다렸다. 그는 플뤼샤르더러 당장 이곳으로 오라는 편지를 쓸 거라고 라스뇌르에게 분명히 알렸다. 그는 이제 결심을 굳히고 비밀 집회를 주선할 생각이었다. 몽수의 광부들이 집단으로 국제노동자협회에 가입하기만 한다면 자신들의 승리가 확실해질 거라고 믿었기 때문이다.

4

비밀 집회는 목요일 오후 두시에 과부 데지르가 운영하는 봉주아이
외 댄스홀에서 열렸다. 그녀는 자기 자식과도 같은 광부들이 겪는 비
참한 현실에 분개하며 울분을 토해냈다. 무엇보다 그녀의 댄스홀이
텅 비게 된 뒤로 그 정도가 더 심해졌다. 지금까지 이토록 목이 마르
는 파업은 처음이었다. 술꾼들조차 조신하게 처신하라는 파업의 행동
지침을 어길까 두려워 다들 자기 집에 꽁꽁 틀어박혀 있었던 것이다.
그리하여 수호성인 축일에 수많은 사람들로 붐비던 몽수 거리는 적막
하고 음울한 기운으로 가득차 더 넓고 황량해 보였다. 주점의 카운터
에서도 광부들의 배에서도 메마른 개울물처럼 더이상 맥주가 흘러넘
치지 않았다. 카지미르 맥줏집과 프로그레 주막 앞 길가에서도 혹시
손님이 나타나지 않을까 살피는 주점 여주인들의 해쓱한 얼굴들만 간

간이 보였다. 몽수 전체를 통틀어 랑팡 주막에서 피케트 주막과 테트 쿠페 맥줏집을 거쳐 티종 주막에 이르기까지 모든 술집이 텅텅 비어 있었다. 갱내 감독들이 드나드는 생텔루아 주막에서만 가끔 맥주를 따르는 모습이 눈에 띌 뿐이었다. 그런 적막함은 볼캉에까지 퍼져, 때가 때이니만큼 술값을 10수에서 5수로 낮췄는데도 손님이 없어서 여자들이 손을 놓고 놀고 있는 지경이었다. 마치 지역 전체가 상을 치르면서 가슴을 찢는 고통을 느끼는 것과도 같았다.

"이 망할 놈들!" 데지르는 두 손으로 자기 허벅지를 내리치며 소리쳤다. "이게 다 그놈의 헌병들 때문이야! 이런다고 날 감옥에 보내도 상관없어, 어디 할 테면 해보라지! 하지만 나도 할말은 해야겠다고!"

과부 데지르에게는 모든 권력과 소유주들이 전부 헌병으로 통했다. 그녀에게 헌병이란 민중의 적들을 뭉뚱그려 지칭하는 경멸적인 통칭이었다. 그녀는 에티엔의 요청을 두 팔 벌려 환영했다. 그녀의 주점은 광부들의 집이나 마찬가지였다. 댄스홀을 무료로 빌려줄 수도 있었다. 심지어 법이 요구하는 거라면 그녀의 이름으로 초대장도 보낼 수 있었다. 게다가 법을 어기는 것이라 해도 전혀 상관없었다! 저들이 못마땅해하는 얼굴을 보고 싶기 때문이었다. 에티엔은 다음날 당장 오십여 장의 편지를 가져와 그녀에게 서명을 해달라고 부탁했다. 탄광촌에서 글을 쓸 줄 아는 이웃들에게 베껴 쓰게 한 것이었다. 그런 다음 그 편지들을 갱들의 대표단과 믿을 만한 광부들에게 보냈다. 표면적인 의제는 파업을 계속할 것인지를 토론하는 것이었다. 하지만 사실은 노동자들을 국제노동자협회에 일제히 가입시키기 위해 플뤼샤르가 연설을 해줄 것을 기대하고 있었다.

목요일 아침, 에티엔은 그의 예전 십장이 아직 나타나지 않는 것을 보고는 불안감에 사로잡혔다. 그는 전보를 보내 수요일 저녁까지 와 있기로 약속해둔 터였다. 대체 어떻게 된 걸까? 에티엔은 집회를 열기 전에 그와 충분히 얘기를 나누지 못한 것을 유감스럽게 생각했다. 그리고 아침 아홉시부터 몽수로 향했다. 어쩌면 그가 르 보뢰 탄광에 들르지 않고 곧장 집회 장소로 갔을지도 모른다고 생각한 것이다.

　"아니, 자네 친구는 못 봤는데." 데지르가 대답했다. "하지만 준비는 다 됐으니 이리 와서 한번 보구려."

　그녀는 에티엔을 댄스홀로 데려갔다. 홀의 장식은 평소 그대로였다. 천장에는 중앙의 화관을 받쳐주는 색종이 화환이 보이고, 수호성인들의 이름을 새긴 방패꼴의 금빛 문장들이 벽에 일렬로 붙어 있었다. 다만 평소에 음악을 연주하는 무대 대신 구석에 탁자 하나와 의자 세 개를 배치해놓은 것이 달랐다. 홀에는 긴 의자들이 비스듬히 놓여 있었다.

　"완벽하군요." 에티엔이 감탄했다.

　"알다시피 여긴 자네들 집이나 마찬가지야." 데지르가 다시 말했다. "그러니까 마음껏 소리질러도 괜찮아…… 만약 헌병들이 잡으러 오면 날 밟고 지나가야 할 거야."

　에티엔은 마음은 불안했지만 그녀를 바라보면서 웃지 않을 수 없었다. 비대한 체구에 가슴이 더없이 풍만한 그녀를 안으려면 한쪽 젖가슴에 남자 하나씩은 필요할 듯했다. 그래서 그녀는 이제 일주일마다 만나는 여섯 명의 남자들 중에서 매일 밤 두 남자를 한꺼번에 만났다. 일을 좀더 수월하게 치르기 위해서였다.

에티엔은 라스뇌르와 수바린이 같이 들어오는 것을 보고 깜짝 놀랐다. 데지르가 텅 빈 너른 홀에 세 사람을 남겨두고 갔을 때 그가 소리쳤다.

"아니! 어떻게 이렇게 일찍들 왔지?"

기계공들은 파업을 하지 않는 터라, 수바린은 르 보뢰에서 야간작업을 마치고 그저 호기심에 들러본 참이었다. 라스뇌르는 이틀 전부터 웬지 불편해하는 듯 보였다. 그의 투실투실한 둥근 얼굴에서는 사람 좋아 보이는 웃음이 사라져버렸다.

"플뤼샤르가 아직 안 왔네. 무슨 일이 있는 건지 걱정돼서 견딜 수가 있어야지." 에티엔이 말했다.

주점 주인이 그의 눈을 피하면서 우물우물 말했다.

"별로 놀랄 일도 아니야. 아마도 그는 오지 않을 걸세."

"그게 무슨 소리죠?"

라스뇌르는 사실대로 말하기로 마음먹고 에티엔을 똑바로 바라보면서 당당하게 말했다.

"나도 그 친구한테 편지를 보냈거든. 자네한테 솔직하게 얘기하지. 그 편지에다 여기 오지 말아달라고 간곡히 부탁했네…… 그래, 난 우리 일은 우리끼리 해결해야 한다고 생각해. 이방인에게 의존하지 말고 말이지."

그의 말에 에티엔은 분노로 부르르 몸을 떨면서 그의 눈을 똑바로 바라보며 더듬거렸다.

"당신이 어떻게 그런 짓을! 당신이 어떻게 그런 짓을!"

"그래, 내가 그렇게 했네, 내가 그렇게 했다고! 하지만 자네도 알다시피 플뤼샤르 그 친구를 못 믿어서 그런 게 아니야. 그가 똑똑하고 건실하고 믿을 만한 사람이라는 건 자네나 나나 잘 알고 있으니까…… 그런데 분명히 말하지만, 난 자네들과는 생각이 달라! 난 정치나 정부 따위에는 관심 없어! 내가 바라는 건, 광부들이 지금보다 더 나은 대우를 받는 거야. 난 막장에서 이십 년을 일했어. 거기서 굶주림과 고된 노동을 진저리나게 겪었지. 그래서 아직도 거기서 일하는 불쌍한 친구들의 삶을 좀더 나아지게 하겠다고 맹세했어. 그런데 난 알 수 있어. 자네가 주장하는 그런 이론들로는 그들에게 해줄 수 있는 게 아무것도 없다는 걸 말이야. 오히려 노동자들의 운명을 더 가혹하게 만들 뿐이지…… 그리고 그들이 배고픔 때문에 다시 갱으로 내려가게 된다면 회사는 그들을 더 가혹하게 다룰 거야. 마치 도망쳐 나온 개를 다시 개집으로 들여보내듯 몽둥이로 후려치면서 말이지…… 나는 그런 불상사를 미리 막고 싶을 뿐이야, 내 말 알겠나!"

그는 건장한 다리로 단호하게 버티고 서서 배를 쑥 내밀고는 목소리를 높여 말했다. 그의 인내와 양식이 녹아든 생각을 명확한 언어로 거침없이 줄줄 쏟아냈다. 단번에 세상을 바꾸고, 노동자들을 주인이 되게 하고, 사과를 쪼개듯 돈을 똑같이 나눌 수 있다고 생각하는 건 너무 단순한 생각 아닌가? 그 모든 게 실현되려면 아마도 수천 년은 걸릴 터였다. 그러니까 그 기적 같은 허황된 사탕발림은 제발 그만두기를! 이 모든 걸 실패로 끝내지 않기 위한 가장 현명한 방법은, 현실을 직시하고 기회가 생길 때마다 회사에서 해줄 수 있는 개선을 요구해 노동자들의 처지가 더 나아지게 하는 것이다. 만약 라스뇌르 그가 이 일을 맡았더라면 그는 탄광회사로 하여금 반드시 더 나은 노동조건을 실현하게 했을 것이다. 이렇게 꽉 막힌 생각으로 모두가 파멸을 자초하는 대신!

에티엔은 몹시 분개한 나머지 말문이 막혀, 라스뇌르가 얘기하도록 내버려두었다. 그러다 그의 말이 끝나자 소리쳤다.

"맙소사! 당신은 피도 눈물도 없소?"

그는 잠시 라스뇌르를 한 대 치고 싶은 충동을 느꼈다. 그리고 그 유혹에 굴복하지 않기 위해 홀에 놓인 긴 의자 사이를 성큼성큼 걸으면서 의자 위에 분노를 쏟아냈다.

"적어도 문은 닫고 얘기하는 게 좋겠는데." 수바린이 끼어들었다. "다른 사람들이 들을 필요는 없을 것 같으니까."

그는 직접 문을 닫은 뒤 조용히 탁자 옆에 놓인 의자로 가 앉았다. 그는 담배 한 개비를 말고, 입가에 옅은 미소를 띤 채 다정하면서도 예리한 눈으로 두 남자를 바라보았다.

"그렇게 화를 내는 건 아무런 도움이 되지 않네." 라스뇌르가 차분하게 다시 얘기를 꺼냈다. "난 처음에는 자네가 아주 합리적이라고 생각했어. 동료들에게 행동을 자제하고 집에 머물라고 지시하면서, 질서를 유지하기 위해 자네의 힘을 사용한 것은 아주 잘한 일이야. 그런데 지금 자넨 그들 모두를 진창에 빠뜨리려 하고 있어!"

긴 의자들 사이를 오가던 에티엔은 매번 라스뇌르에게로 돌아가 그의 양어깨를 붙잡고 흔들며 그의 얼굴에 뱉어내듯 대꾸했다.

"이런, 젠장! 나도 차분해지고 싶다고요. 그래요, 내가 그들에게 그렇게 하라고 지시했어요! 네, 언제까지고 집구석에서 꼼짝도 하지 말라고요! 하지만 저들이 그런 우리를 우습게 알진 말았어야죠!…… 그렇게 남의 집 불구경하듯 편안하게 지켜볼 수 있는 당신이 참 부럽군요. 하지만 난, 어떤 때는 머릿속이 터져나갈 것 같단 말입니다."

이번에는 에티엔이 자기 속내를 털어놓기 시작했다. 그는 자신이 처음에 품었던 허망한 환상을 비웃었다. 어리석게도 서로 형제가 된 사람들 사이에 정의가 금세 자리잡을 수 있는 새로운 세상을 꿈꾸다니, 그것은 종교를 믿는 것과 다를 바 없는 비현실적인 꿈이었다. 세상의 종말이 올 때까지 짐승처럼 서로를 잡아먹는 것을 보고 싶다면 아무것도 하지 않은 채 그저 팔짱 끼고 기다리면 될 것이다. 아니! 결코 그렇게 되도록 내버려둘 수는 없었다. 그런 세상이 오는 것을 막기 위해서는 무언가를 해야만 했다. 그러지 않으면 언제까지고 불의가 판치면서 부자들은 계속해서 가난한 이들의 피를 빨아먹을 것이다. 그는 예전에 사회문제에서 정치를 배제해야 한다고 말했던 자신의 어리석음을 용서할 수 없었다. 그때 그는 아는 게 아무것도 없었다. 그후 그는 책과 신문 등을 읽으면서 공부를 했다. 이제 그의 생각은 성숙해졌고, 하나의 체계를 갖췄다. 하지만 자신의 생각을 짜임새 있게 설명하는 것은 여전히 힘들었다. 그는 예전에 대충 읽으면서 흘려버린 이론 중에서 조금씩 부분적으로 기억에 남아 있던 것들을 뒤섞어가며 얘기했다. 그 정점에는 카를 마르크스의 이론이 자리잡고 있었다. 자본은 약탈의 결과물이며, 노동은 도둑맞은 부를 다시 빼앗을 수 있는 의무와 권리가 있었다. 그러한 이론을 실행에 옮기기 위해 그는 프루동과 마찬가지로 상호부조 금고, 즉 중개인을 배제한 거대한 교환은행*을 꿈꾸었다. 또

---

* 1848년 혁명기에 사회주의자 피에르 조제프 프루동은 교환은행의 설립을 제안했다. 화폐와 이자를 사회악의 원인으로 보고, 노동에 의한 재산만을 정당화해 생산에 필요한

한 라살**이 구상한 협동조합이라는 아이디어에 매료되기도 했다. 국가의 보조를 받는 협동조합은 점차 이 세상을 하나의 거대한 산업도시로 변모시키게 될 것이었다. 하지만 에티엔은 그 모든 것을 통제하는 데 어려움이 따르리라는 것을 깨달은 순간 그 이론들에 흥미를 잃었다. 그리고 얼마 전부터는 집산주의***에 새로운 관심을 두면서 모든 생산수단을 공유해야 한다고 주장했다. 하지만 이 모든 것은 그의 머릿속에서 모호한 이론으로 존재할 뿐이었다. 그는 감성과 이성 사이에서 갈등하며, 단호한 태도로 자신의 신념을 실현하려는 광신적인 신봉자가 되지도 못한 채 자신의 새로운 꿈을 어떻게 실행에 옮겨야 할지 막막해했다. 다만 지금으로서는 무엇보다 권력을 차지하는 게 우선이라고 얘기할 수 있을 뿐이었다. 그런 다음에 차차 생각해보면 될 터였다.

"그런데 대체 왜 그러는 거죠? 왜 이제 와서 부르주아 편을 드는 겁니까?" 에티엔은 다시 주점 주인 앞에 멈춰 서서 핏대를 세우며 물었다. "본인 입으로 결딴을 내야 한다고 말했던 걸 벌써 잊은 겁니까?"

라스뇌르는 얼굴을 살짝 붉히면서 말했다.

"그래, 내가 그런 말을 했었지. 그리고 그래야 할 때가 오면 난 조금

노동량을 표기하는 증권으로 교환을 행하는 교환은행을 생각한 것이다. 그러나 그것은 생산수단의 자본주의적인 소유를 인정하면서, 노동자에게 생산물의 공정한 판매를 보증하고자 하는 의미를 지닌 것에 불과했다.
** 페르디난트 라살(1825~1864). 독일의 사회주의자이자 노동운동 지도자.
*** 토지, 공장, 철도, 광산 등 주요 생산수단을 국유화해 정부의 관리 아래 집중시켜 통제하는 것을 이상으로 하는 사상. 넓은 의미에서는 경제적 개인주의에 대한 반대 개념으로 쓰인다.

도 망설이지 않고 앞으로 나아갈 거야…… 하지만 일부러 혼란을 가중시켜 그 틈에 자기 이득을 챙기려는 자들과는 절대 함께할 수 없음을 분명히 밝히려는 것뿐일세."

이번에는 에티엔의 얼굴이 붉어졌다. 두 남자는 이제 냉혹하고 신랄한 적대감이 팽배한 가운데 서로 언성을 높이지도 않았다. 그들은 이제 극단주의로 치달으면서 각자의 속마음과는 달리, 한 사람은 혁명가적인 과격함을, 다른 한 사람은 지나친 신중함을 표방하며 그들 스스로 선택하지도 않은 역할을 강요받는 형국이 되었다. 두 사람의 대화에 내내 귀기울이고 있던 수바린은 금발의 소녀 같은 얼굴에 조용히 경멸의 빛을 띠었다. 그것은 자신이 순교자임을 떠벌리지 않고 무명의 병사처럼 말없이 자기 목숨을 바칠 각오가 되어 있는 사람에게서 엿볼 수 있는 당당한 표정이었다.

"그러니까 그게 모두 날 두고 하는 말입니까?" 에티엔이 물었다. "지금 질투하는 건가요?"

"질투라니?" 라스뇌르가 대답했다. "내가 자네를 질투할 이유가 뭐가 있겠나. 난 누구처럼 나 자신이 대단하다고 생각하지도 않고, 몽수에 지부를 만들어서 지부장이 되려고 하지도 않는데 말이야."

에티엔이 말을 가로막으려고 하자 그는 서둘러 덧붙였다.

"어디 한번 솔직히 말해보시지! 자넨 국제노동자협회 따위에는 관심도 없으면서 우리 노동자들의 우두머리가 되는 데만 혈안이 돼 있지 않은가 말이야. 그래서 그 대단한 북부연맹과 서신을 주고받는 대단한 나리가 되고 싶어하는 것 아니냐고."

잠시 침묵이 흐른 끝에 에티엔은 몸을 부르르 떨면서 그에게 대꾸했다.

"이제야 알겠군요…… 난 내가 잘못한 게 하나도 없다고 생각했는데. 난 언제나 당신한테 의견을 구하곤 했는데. 왜냐하면 나보다 먼저 당신이 이곳에서 오랫동안 투쟁해왔으니까요. 그런데 다른 사람하고 함께 일하는 것을 원치 않는 걸 알았으니 앞으로는 나 혼자 싸우겠습니다…… 그리고 분명히 말하지만, 플뤼샤르가 참석하지 못하더라도 집회는 예정대로 진행될 겁니다. 또 당신이 아무리 뭐라고 해도 동료들은 협회에 가입하게 될 겁니다."

"오! 그거야 두고봐야지." 라스뇌르가 중얼거리듯 대꾸했다. "아직 결정된 건 아무것도 없으니까…… 무엇보다 그들이 회비를 낼 수 있을지가 문제일 것 같은데."

"그건 전혀 문제될 게 없습니다. 협회에서 파업중인 노동자들에게는 회비를 유예해주기로 했거든요. 회비는 나중에 내면 되고, 협회에서 즉시 우리를 도우러 오겠다고 했단 말입니다."

그러자 라스뇌르는 발끈하며 언성을 높였다.

"좋아! 어떻게 되나 어디 두고보자고…… 나도 집회에 참석해서 하고 싶은 말이 있으니까. 그래, 난 자네가 친구들의 판단력을 흐려놓는 걸 그냥 두고만 볼 수는 없어. 진정으로 그들을 위하는 게 어떤 건지 보여주고 말겠어. 그들이 우리 둘 중 누구를 따를 것인지 어디 두고보자고. 삼십 년간 그들과 친구였던 나와 겨우 일 년도 안 되는 사이에 우리의 모든 것을 혼란에 빠뜨린 자네 중에서 말이지…… 아니! 이제 다 끝났어! 난 더이상 자네하고 할 얘기가 없네! 이건 둘 중 하나가 죽어야 끝나는 싸움이라고!"

라스뇌르는 문을 쾅 닫고 나가버렸다. 그 바람에 천장에 매달린 화관들이 흔들리고, 금빛 문장들이 튀어올랐다가 다시 벽에 부딪혔다. 널따란 홀은 다시 무거운 정적 속으로 빠져들었다.

수바린은 탁자 앞에 앉아 차분한 모습으로 담배를 피우고 있었다. 잠시 아무 말 없이 홀을 오가던 에티엔은 한숨을 길게 내쉬었다. 동료들이 저 뚱뚱하고 느려터진 남자 대신 자신을 선택한 게 그 자신의 잘못은 아니지 않은가? 그는 자신이 명성을 얻고자 했다는 사실을 애써 부인했다. 그 스스로도 어떻게 여기까지 왔는지 잘 알지 못했다. 탄광촌 사람들이 그에게 보여주는 호의, 광부들의 신임, 지금 이 순간 그들에 대한 그의 영향력. 이 모든 것은 그가 애써 구한 게 아니었다. 그런데 그런 자신을 두고 명예욕 때문에 동료들을 위험 속으로 몰아넣는다고 비난하다니! 그는 자기 가슴을 치며, 이 모든 것은 오직 순수한 동지애에서 나온 것이라고 거듭 항변했다.

그는 수바린 앞에 우뚝 멈춰 서서 큰 소리로 말했다.

"난 말이지, 나 때문에 동료들이 피 한 방울이라도 흘릴 것 같으면 당장이라도 미국으로 떠나버리고 말 거야!"

기계공은 어깨를 으쓱해 보이고는 또다시 입가에 엷은 미소를 띠었다.

"오! 피라고." 그가 중얼거렸다. "피 좀 흘린다고 대수겠는가? 대지는 피를 필요로 한다네."

에티엔은 애써 흥분을 가라앉히며 의자를 집어 탁자를 사이에 두고 그와 마주앉았다. 얼굴이 하얀 수바린의 꿈꾸는 듯한 눈은 때로 붉은 빛을 번득이면서 에티엔에게 두려움을 느끼게 했다. 그의 눈을 바라보고 있노라면 굳은 결심마저 흔들릴 것 같았다. 에티엔은 아무 말도 하지 않는 동료의 침묵에 압도되어 그에게 점점 빠져드는 것을 느꼈다.

"그러지 말고 어디 말 좀 해보게." 에티엔이 물었다. "자네가 나라면 어떻게 할 것 같은가? 내가 행동으로 보여주고자 하는 게 잘못된 거라고 생각하나?…… 우리가 이 협회와 함께하는 게 최선이라고 생각하지 않느냔 말이야. 안 그런가?"

수바린은 천천히 연기 한 모금을 내뱉은 다음 그가 늘 하는 말로 대답했다.

"모든 게 다 어리석은 짓거리일 뿐이야! 하지만 지금으로선 그 방법밖엔 없으니까…… 게다가 그들의 협회가 이제 곧 행동을 개시하게 될 거야. 그분이 움직이기 시작했거든."

"그분이라니, 누굴 말하는 거지?"

"그분 말이야!"

수바린은 시선을 동쪽으로 향하면서 종교적인 경건함이 담긴 목소리로 나직이 내뱉었다. 그가 지도자라고 칭하는 인물은 죽음의 천사 바쿠닌*이었다.

"오직 그분만이 결정적으로 이 세상을 바꿀 수 있어." 그는 얘기를 계속했다. "진보니 뭐니 하는 헛소리로 자네에게 허황된 망상을 심어주는 학자들은 모두 비겁한 자들이야…… 두고봐, 이제 삼 년 안에 그분이 이끄는 국제노동자협회가 낡은 세상을 모두 짓밟아버리고 말

---

* 미하일 바쿠닌(1814~1876). 러시아의 혁명가이자 급진적 무정부주의자. 사회민주동맹을 설립했으며, 제1인터내셔널에서는 마르크스와 대립했다. 그의 급진적 무정부주의는 에스파냐, 이탈리아, 러시아의 혁명운동에 큰 영향을 주었다.

테니."

에티엔은 귀를 쫑긋 세우고 그의 말에 귀를 기울였다. 그는 자신의 동료가 말하는 파괴 예찬론을 이해하고 배우고 싶은 열망에 불타올랐다. 하지만 기계공은 마치 자신만을 위해 그 비밀을 간직하려는 듯 간간이 모호한 말들만 던져줄 뿐이었다.

"나한테도 좀 설명해줘…… 대체 자네들이 바라는 건 뭐지?"

"모든 걸 부숴버리는 거야. 이 땅에 국가와 정부, 사유재산 그리고 신과 종교 따위가 더이상 존재하지 않도록 말이지."

"그렇군. 그런데 그렇게 해서 뭘 얻게 되는 거지?"

"어떤 틀에도 얽매이지 않는 원초적인 공동체로 돌아가는 거야. 지금 세상과는 전혀 다른 새로운 세상, 모든 것을 새롭게 다시 시작할 수 있는 곳으로."

"어떤 방법으로? 그걸 어떻게 실현할 수 있는 거지?"

"불과 독약과 검으로. 그런 의미에서 범죄자들은 진정한 영웅이라고 볼 수 있지. 민중을 위해 대신 복수를 해주고, 책 속의 이론들을 빌려온 장광설을 늘어놓는 대신 혁명을 몸소 실천해 보여주는 사람들이니까. 위정자들에게 두려움을 안겨주고 우둔한 민중을 일깨우려면 무시무시한 테러를 계속 일으켜야만 하는 거야."

그런 이야기를 하는 동안 수바린의 얼굴은 흉측하게 일그러졌다. 자신의 신념에 도취된 듯 자리에서 일어선 그의 희멀건 눈에서는 신비한 불꽃이 뿜어져나오는 듯했고, 가냘픈 손은 탁자를 부숴버릴 것처럼 모서리를 세게 움켜쥐었다. 두려움에 사로잡힌 에티엔은 수바린을 바라보면서 그가 어렴풋이 들려준 과거사를 다시 떠올려보았다.

차르의 궁전 아래 폭약을 설치하고, 경찰 간부들을 마치 멧돼지 잡듯 무자비하게 난도질해 죽인 일. 그가 유일하게 사랑했던 여인이 어느 비 오는 날 아침 모스크바에서 교수형당한 일. 그때 그는 군중 속에 몸을 숨긴 채 눈빛으로 그녀에게 마지막 키스를 보내야만 했다.

"안 돼! 그건 안 될 말이야!" 에티엔은 그런 끔찍한 광경들을 떨쳐버리려는 듯 손을 내저으며 중얼거렸다. "우린 아직 그 지경에까지 이르진 않았어. 살인이나 방화 따위는 절대 용납할 수 없다고! 그런 끔찍한 짓을, 그런 불의를 저지를 수는 없어. 그랬다간 우리 동료들 모두가 그런 짓을 한 자를 죽여버리고 말 거야!"

어쨌거나 에티엔은 도저히 이해가 되지 않았다. 그는 호밀밭을 베어내듯 세상의 모든 것을 말살해야 한다는 암울한 계획에는 도저히 동조할 수 없었다. 그런 다음에 어떻게 다시 사람들을 생겨나게 할 수 있단 말인가? 그는 그 대답을 요구했다.

"자네들 계획이 어떤 건지 좀 자세히 말해주게. 우리가 어디로 나아가야 할지 알고 싶으니까."

그러자 수바린은 예의 생각에 잠긴 듯한 멍한 눈빛으로 차분하게 결론을 내렸다.

"미래에 관한 이성적인 고찰은 그 자체로 죄악인 거야. 왜냐하면 세상을 철저히 파괴하는 것을 방해하고, 혁명의 전진을 가로막기 때문이지."

수바린의 대답은 몸에 소름을 돋게 하면서도 에티엔에게 웃음을 자아내게 했다. 게다가 그는 동료의 생각에도 일리가 있다고 생각했다. 그 무시무시한 단순함이 그를 매료했던 것이다. 다만 그런 이야기를 동료들에게 했다가는 라스뇌르의 손을 들어주는 꼴이 될 터였다. 그는 현실적인 면을 고려해야만 했다.

과부 데지르는 두 사람에게 점심식사를 권했다. 그들은 주중에는 미닫이문으로 홀과 나뉘는 주점 식당으로 자리를 옮겼다. 오믈렛과 치즈를 먹은 다음 수바린이 떠나려고 하자 에티엔이 붙잡았다.

"나야 여기 더 있을 이유가 없지 않나? 자네들이 지껄이는 아무짝에도 쓸모없는 소리를 나더러 듣고 있으라고?…… 지금까지 들은 것만으로도 충분해. 난 이만 가겠네!"

에티엔의 불안감은 점점 더 커져갔다. 한시가 됐는데 아직 나타나지 않는 걸로 봐서 아무래도 플뤼샤르는 오지 않을 모양이었다. 한시 반이 되자 대표단이 하나둘씩 도착하기 시작했다. 에티엔은 문간에서 그들을 맞이했다. 탄광회사에서 평소처럼 정보원을 보낼 것을 우려해, 입장하는 이들을 살피기 위해서였다. 그는 각자 지참한 초대장과 얼굴을 일일이 확인했다. 하지만 대다수가 초대장 없이 서로 얼굴을 아는 것만으로도 얼마든지 통과할 수 있었다. 두시 정각이 되자 카운터 앞에서 파이프 담배를 다 피운 라스뇌르가 동료들과 얘기하면서 여유 있게 입장하는 모습이 보였다. 에티엔은 자신을 비웃는 듯한 그의 차분한 태도에 더욱더 울화가 치밀었다. 더군다나 그저 웃고 떠들면서 시간을 때우려고 온 실없는 사람들도 있었다. 자샤리와 무케도 그 속에 포함되어 있었다. 그들은 파업에는 일말의 관심도 없이 아무것도 하지 않는 걸 즐기고 있었다. 그들은 탁자에 자리잡고 앉아 마지막 남은 2수로 맥주를 마시면서, 집회 내내 지루함을 애써 참으며 입을 꼭 다물고 있을 결의에 찬 동료들을 비웃으며 시시덕거렸다.

다시 십오 분이 흘렀다. 홀에 모인 사람들은 짜증을 내기 시작했다. 그러자 낙담한 에티엔은 마침내 결심한 듯한 모습을 보였다. 그리고 안으로 들어가려는 찰나, 고개를 내밀고 밖을 내다보던 과부 데지르가 소리쳤다.

"오, 저기 자네가 기다리는 분이 오는 것 같은데!"

과연 플뤼샤르의 모습이 보였다. 천식증이 있는 말이 끄는 마차를 타고 온 그는 주점 앞에 이르자 즉시 길바닥으로 뛰어내렸다. 날렵한 체구에 비해 얼굴이 지나치게 크고 넓적한 그는 검은색 나사 프록코트 아래 유복한 노동자티를 풍기는 나들이옷으로 한껏 멋을 낸 모습이었다. 기계공인 그는 오 년 전부터 줄질 한 번 하지 않았다. 그리고 연설가로서의 성공에 우쭐해져서 항상 격식에 맞게 옷을 빼입고 머리를 손질했다. 하지만 손발이 뻣뻣한 것은 어쩔 수 없었다. 커다란 손의 손톱은 오랫동안 쇠에 닳고 닳아 다시 자라나지 않았다. 매우 활동적인 성향의 플뤼샤르는 자신의 정치적인 입지를 굳히기 위해 쉴새없이 지방 곳곳을 누비고 다니며 야심을 채워나갔다.

"아! 늦게 왔다고 원망하지 말길 바라네!" 그는 질문과 책망을 앞질러 예상하며 말했다. "어제 아침에는 프뢰이에서 강연을 했고, 저녁에는 발랑세에서 모임이 있었다네. 오늘은 소바냐와 함께 마르시엔에서 점심을 먹어야 했고 말이지…… 그리고 간신히 마차를 잡아타고 온 걸세. 내 목소리를 들어서 알겠지만, 난 지금 몹시 지쳐 있다네. 하지만 상관없어, 연설하는 데는 아무 지장 없으니까."

봉주아외 입구에 이른 그는 무언가 생각난 듯 소리쳤다.

"이런, 내 정신 좀 보게! 등록 카드를 깜빡했군그래. 하마터면 큰 낭패를 볼 뻔했어!"

플뤼샤르는 마차꾼이 창고에 들여놓고 있는 마차의 짐칸에서 조그만 검은색 나무상자를 꺼내 옆구리에 끼고 걸어갔다.

에티엔은 활짝 웃으며 그의 뒤를 따라갔다. 당황한 라스뇌르는 그에게 먼저 손을 내밀 엄두를 내지 못했다. 플뤼샤르는 어느새 그의 손을 잡고 편지에 대해 지나가는 말처럼 재빨리 얘기했다. 그런데 왜 그런 이상한 생각을! 어째서 이 모임을 갖지 않으려고 했는지? 할 수만 있다면 모임은 많이 가질수록 좋은 법이다. 데지르가 플뤼샤르에게 뭘 좀 먹지 않겠느냐고 물었지만 그는 딱 잘라 거절했다. 그럴 필요 없다! 그는 연설할 때는 아무것도 마시지 않았다. 더구나 그는 마음이 바빴다. 저녁에는 주아젤로 가서 르구죄와 함께 처리할 문제가 있기 때문이었다. 모두들 댄스홀로 들어갔다. 뒤늦게 도착한 마외와 르바크는 그들을 뒤따라 들어갔다. 그런 다음 자기들끼리 편하게 얘기하기 위해 문을 자물쇠로 잠그자 농담하기 좋아하는 이들은 더 큰 소리로 시시덕거렸다. 자샤리는 무케에게 저들이 아무래도 저 안에서 자기들끼리 아이라도 만드는 것 같다며 큰 소리로 떠들어댔다.

공기가 탁한 댄스홀에서는 백여 명의 광부들이 긴 의자에 앉아 기다리고 있었다. 마룻바닥에 배어 있던 마지막 춤판의 미지근한 냄새가 위로 올라오는 것 같았다. 새로 온 사람들이 속속 빈자리를 찾아 앉는 동안, 참석자들은 여기저기서 수군거리며 두리번거렸다. 그러다 그들의 시선이 릴에서 온 신사에게로 향했다. 그들은 그의 검은색 프록코트에 놀라움과 왠지 모를 불편함을 느꼈다.

그러나 에티엔의 제안에 따라 그들은 즉시 집행부를 구성했다. 그가 이름을 부르면 다른 사람들이 손을 들어 찬성을 표시했다. 플뤼샤르가 의장으로 선출되었고, 그의 보좌관 역할을 할 사람으로는 마외와 에티엔이 지명되었다. 의자들이 이리저리 옮겨지고, 집행부가 차려졌다. 그런데 의장이 보이지 않아 사람들은 잠시 주위를 두리번거렸다. 플뤼샤르는 내내 들고 있던 상자를 탁자 밑에 내려놓고 있었다. 곧 다시 나타난 그는 주의를 환기하기 위해 주먹으로 탁자를 살짝 두드렸다. 그러고는 쉰 목소리로 연설을 시작했다.

"친애하는 동지 여러분……"

그때 작은 문이 열려서 그는 잠시 얘기를 중단해야 했다. 부엌에 갔던 데지르가 쟁반 위에 맥주 여섯 잔을 내왔기 때문이다.

"신경쓰지 말고 얘기들 계속하시구려. 말을 많이 하다보면 갈증이 나기 마련이라." 그녀는 조그맣게 말했다.

마외가 그녀를 내보내자 플뤼샤르는 얘기를 계속했다. 그는 몽수 동료들의 환대에 무척 감동받았다. 그리고 누적된 피로와 아픈 목 때문에 모임에 늦을 수밖에 없었던 것을 사과했다. 그런 다음 라스뇌르에게 발언권을 넘겼다. 그것은 그의 요청에 따른 것이었다.

라스뇌르는 벌써 맥주잔이 놓인 탁자 옆으로 와서 기다리고 있었다. 그는 의자 하나를 돌려놓고 연단처럼 사용했다. 그는 매우 격앙되어 보이는 얼굴로 기침을 한 번 한 다음 큰 소리로 얘기를 시작했다.

"친애하는 동료 여러분……"

광부들이 라스뇌르가 말하는 것을 좋아하는 이유는 그가 힘들이지 않고 이야기를 술술 쏟아내기 때문이었다. 그는 결코 지치는 법이 없이 몇 시간이고 편안한 분위기에서 그들과 대화할 줄 알았다. 함부로 경박스러운 몸짓을 시도하지 않고 신중하면서도 상냥한 얼굴로 그들을 매료하고 그들의 호응을 이끌어냈다. 그리하여 결국에는 모두들 "그래, 바로 그거야, 그거라니까. 당신 말이 맞아!"라고 외치게 만들었다. 하지만 그날 그는 입을 열자마자 광부들 사이에 은근히 자신을 적대시하는 분위기가 팽배한 것을 감지할 수 있었다. 그래서 그는 신중하게 일을 진행하기로 마음먹고, 국제노동자협회를 공격하기 전에 먼저 파업을 어떤 방식으로 계속할 것인지 이야기하면서 그들의 지지를 기대했다. 물론 명예를 지키기 위해서는 탄광회사의 요구에 굴복해서는 안 될 터였다. 하지만 이대로 더 오래 버티다가는 얼마나 곤궁하고 비참한 미래가 그들을 기다리고 있을지! 생각만 해도 끔찍하지 않은가! 그는 굴복을 입 밖으로 소리내어 말하지 않으면서 용기 있는 이들의 기를 꺾어놓고, 굶주림으로 고통받는 탄광촌의 현실을 보여주면서 아직도 저항하는 사람들은 대체 뭘 믿고 그러는 것인지를 물었다. 그의 말에 그의 친구들 서넛이 박수를 치자 나머지 대부분의 사람들은 더욱더 싸늘한 침묵 속으로 빠져들면서 그에게 점점 더 노골적으로 불만을 드러냈다. 그러자 그들의 마음을 다시 얻지 못한 데 절망한 라스뇌르는 분노를 억누르지 못하고, 그들이 이방인의 수작에 놀아난다면 반드시 불행한 일이 닥치고 말 거라고 경고했다. 그러자 삼분의 이에 해당하는 참석자들이 자리에서 일어나 언성을 높이며 라스뇌르가 더이상 발언하지 못하게 막으려 했다. 그는 그들을 모욕했을 뿐만 아니라, 그들이 마치 올바르게 처신하지 못하는 어린애들인 것처럼 말하고 있었던 것이다. 하지만 라스뇌르는 중간중간 맥주를 한 모금씩 마시면서 소란이 이는 와중에도 이야기를 계속 이어갔다. 그는 어느 누구도 자신이 의무를 다하는 것을 막지는 못할 거라며 격렬하게 외쳤다.

플뤼샤르는 이제 자리에서 일어나 있었다. 그는 벨 대신 주먹으로 탁자를 두드리며 목멘 소리로 반복해 말했다.

"동지들…… 동지 여러분……"

마침내 좌중이 어느 정도 조용해지자, 그들은 투표를 통해 라스뇌르의 발언권을 박탈했다. 갱들을 대표해 사장을 면담했던 대표단은 굶주림에 시달리고 새로운 사상들에 열광하는 다른 노동자들을 부추겼다. 따라서 투표 결과는 이미 정해진 것이나 다름없었다.

"당신은 상관없겠지, 당신은! 당신은 우리처럼 배가 고프지 않으니까!" 르바크는 라스뇌르를 향해 주먹을 휘두르며 소리쳤다.

에티엔은 의장의 등뒤로 몸을 숙여, 위선적인 라스뇌르의 언사에 얼굴이 벌겋게 달아오를 정도로 흥분한 마외를 다독이며 진정시키려 했다.

"동지들," 플뤼샤르가 말했다. "내게도 한마디할 기회를 주시겠습니까?"

그러자 홀 전체에 무거운 침묵이 흘렀고, 그는 이야기를 시작했다. 그의 목소리는 거칠고 힘겹게 들렸다. 하지만 늘 바삐 뛰어다니는 그는 그런 것에 이미 익숙해져 있었다. 이제 후두염은 일정의 일부나 마찬가지였다. 그는 목소리를 점차로 높여 비장한 효과를 끌어냈다. 또한 두 팔을 활짝 벌리고, 리드미컬한 발성에 맞춰 어깨를 살짝살짝 흔들기도 했다. 그는 성직자의 일요 설교를 연상시키는 웅변술로 조용조용 리듬을 타는 말투를 사용하며 이야기를 이어가다가 마지막에는 장엄하게 문장을 끝맺음으로써 청중을 설득하고 감동시켰다.

플뤼샤르는 처음 연설하는 곳에서는 으레 그렇듯, 무엇보다 먼저 국제노동자협회의 위대함과 혜택을 강조했다. 그러면서 협회가 추구하는 바와 노동자들의 해방에 대해 설명했다. 그 놀라운 조직에 관한 이야기도 빼놓지 않았다. 맨 아래에는 코뮌이 있고, 그 위에는 각 지방과 국가가 있으며, 가장 높은 곳에는 인류가 있었다. 그는 허공에서 천천히 두 팔을 움직여 차곡차곡 단계를 밟고 올라가 미래 세상의 거대한 성당을 쌓아올리는 광경을 보여주었다. 그런 다음 협회가 어떻게 운영되는지 설명했다. 그는 그들에게 협회의 정관定款을 읽어주었고, 대규모 회의와 점점 그 중요성이 커지는 협회의 활동과 다양하게 범위를 넓혀가는 프로그램도 언급했다. 이제 국제노동자협회는 단순한 임금 문제를 넘어서서, 사회적인 청산의 문제를 논의 대상으로 삼아 최종적으로 임금의 개념 자체를 없애려 하고 있었다. 이제 국적 같은 것도 모두 사라진 곳에서 전 세계에서 모여든 노동자들이 공정함의 실현이라는 공동 목표를 위해 썩어빠진 부르주아지를 싹 쓸어버린 다음 마침내 자유 사회를 건설하게 될 터였다. 일하지 않는 자는 먹지도 말라는 구호 아래! 그는 이제 노호하고 있었다. 그의 거친 숨결은 색종이 화환들을 흔들어놓았고, 그의 목소리는 연기에 그을린 천장 아래 더 크게 울려퍼졌다.

그러자 수많은 머리들이 하나의 물결이 되어 넘실거렸다. 그중 몇몇은 큰 소리로 외쳤다.

"옳소!…… 우리도 같이하겠소!"

그는 포효를 멈추지 않았다. 그들은 앞으로 삼 년 내에 이 세상을 그들의 것으로 만들 수 있을 것이었다. 그는 이미 정복한 민족들을 열거했다. 사방에서 모여든 사람들이 그들과 뜻을 같이하기로 했다. 그 어떤 신흥종교도 이처럼 많은 신도를 거느린 적이 없었다. 그리고 드디어 노동자들이 세상의 주인으로 우뚝 서는 날, 그들은 지금의 주인들에게 자신들의 새로운 법을 알게 할 것이었다. 그때는 노동자들이 그들의 목을 쥘 터였다.

"옳소! 옳소!…… 이제 그들이 갱으로 내려갈 차례야!"

플뤼샤르는 손짓으로 그들에게 침묵을 요구했다. 이제 그는 파업 문제를 얘기하기 시작했다. 원칙적으로 그는 파업에 반대하는 입장이었다. 파업은 너무 느슨한 방식이어서 노동자의 고통을 오히려 가중시키기 때문이다. 하지만 그보다 더 나은 방법을 찾을 때까지는 어쩔 수 없이 파업을 지속할 수밖에 없다. 어쨌거나 그것은 자본주의를 붕괴시킬 수 있는 장점이 있기 때문이다. 그는 파업을 할 경우 협회가 파업 노동자들에게는 신이 보내준 구원병과 같다는 점을 역설하면서 그 예를 들었다. 파리에서 청동 제품 제조업자들이 파업을 일으켰을 때, 고용주들은 단번에 그들의 요구 사항을 모두 들어주었다. 국제노동자협회에서 원군을 보낼 거라는 소식에 겁을 집어먹었기 때문이다. 런던에서는 탄광 주인이 데려온 벨기에 노동자들을 협회가 비용을 대서 다시 집으로 돌려보내 그곳의 광부들을 곤경에서 구해내기도 했다. 그러니까 협회에 가입하기만 하면 되는 것이다. 그러면 탄광회사들은 두려움에 떨고, 노동자들은 자본주의사회의 노예로 살다 죽는 대신 서로를 위해 목숨을 바칠 각오가 되어 있는 위대한 노동자들의 군대와 합류하게 되는 것이다.

그러자 요란한 박수갈채가 터져나와 그는 얘기를 중단해야 했다. 그는 마외가 건네는 맥주를 거부하면서 손수건으로 이마를 닦았다. 그가 다시 이어서 말하려고 하자 또다시 박수갈채가 터져나와 그의 얘기를 중단시켰다.

"이제 됐어!" 그는 에티엔에게 재빨리 말했다. "이만하면 충분한 것 같아…… 얼른! 등록 카드를 나눠줘야 하네!"

그는 탁자 아래로 잠시 몸을 숙였다가 조그만 검은색 나무상자를 챙겨들고서 다시 나타났다.

"동지 여러분." 그는 소란을 진정시키고 말했다. "여기 회원 등록 카드가 있습니다. 대표단은 앞으로 나와서 이 카드를 동지들께 나눠 주시기 바랍니다…… 자세한 사항은 나중에 다시 얘기하도록 하겠습니다."

라스뇌르는 앞으로 나서면서 다시 이의를 제기했다. 에티엔은 자기가 하고 싶은 말을 아직 하지 못한 탓에 초조해하고 있었다. 홀에는 이내 엄청난 소란이 일었다. 르바크는 누구와 싸우기라도 할 것처럼 두 주먹을 내밀었다. 마외는 무슨 얘긴가를 떠들었지만 아무도 그의 말을 알아듣지 못했다. 점점 더 혼란스러워지는 가운데 마룻바닥에서 먼지가 피어올랐다. 예전에 탄차 운반부와 견습 광부들이 춤출 때 짙게 배었던 강렬한 냄새가 공기를 더욱 탁하게 오염시켰다.

그때 갑자기 작은 문이 활짝 열리더니, 과부 데지르가 우람한 배와 가슴으로 문간을 가득 채운 채 쩌렁쩌렁 울리는 목소리로 말했다.

"당장 조용히 해요, 맙소사!…… 헌병들이 왔다고요!"

그 지역을 관할하는 경찰서장이 뒤늦게 조서를 작성하고 집회를 해

산시키려고 온 것이다. 그는 헌병 넷을 대동했다. 댄스홀 여주인은 오 분 전부터 그들에게 농을 걸면서 여기는 자기 집이니 얼마든지 자기 친구들을 초대할 권리가 있지 않느냐고 둘러쳤다. 그런데도 그들이 밀치고 들어오려 하자, 그녀는 자식 같은 광부들에게 그 사실을 알리기 위해 허겁지겁 달려왔던 것이다.

"얼른 이쪽으로 도망가야 해요." 그녀가 말했다. "뜰 쪽은 인상 더러운 헌병 하나가 지키고 있거든. 괜찮아요, 이리로 가면 곳간을 통해 골목길로 빠져나갈 수 있어요…… 다들 서둘러요!"

어느새 경찰서장이 주먹으로 요란하게 문을 두드리고 있었다. 문을 열어주지 않자 문을 부수고 들어가겠다고 위협했다. 그들의 끄나풀이 일러바친 게 분명했다. 경찰서장은 집회는 불법이며 다수의 광부들이 초대장도 없이 그곳에 참석한 사실을 알고 있다고 소리쳤다.

홀에서는 점점 더 혼란이 커져갔다. 이런 식으로 도망칠 수는 없었다. 아직 협회 가입도, 파업을 지속할 것인지에 대한 투표도 못했는데. 모두들 한꺼번에 얘기하려고 아우성을 쳤다. 마침내 의장은 만장일치로 투표를 하자고 제안했다. 그리하여 모두들 손을 들자 대표단은 부랴부랴 부재중인 동지들의 이름으로 가입되었음을 선언했다. 그렇게 해서 만여 명에 이르는 몽수의 광부들이 국제노동자협회의 회원이 되었다.

그러는 동안 일부는 우왕좌왕하며 그곳을 빠져나가기 시작했다. 데지르는 그들의 도주를 돕기 위해 헌병들이 총의 개머리판으로 요란하게 두드리고 있는 문에 등을 기댄 채 버티고 있었다. 광부들은 긴 의자들을 성큼성큼 뛰어넘어 부엌과 곳간을 통해 줄줄이 그곳을 빠져나갔다. 라스뇌르가 제일 먼저 사라졌고, 르바크가 그 뒤를 따랐다. 그는 조금 전에 주점 주인을 욕했던 것을 까맣게 잊고는 기분 전환을 위해 그에게 맥주를 한잔 얻어 마실 생각을 하고 있었다. 에티엔은 조그만 상자를 움켜쥐고, 다른 동료들이 전부 나갈 때까지 기다릴 것을 고집하는 플뤼샤르와 마외를 기다렸다. 그들이 다 떠난 순간 문의 자물쇠가 부서졌다. 경찰서장이 안으로 들어갔을 때 데지르는 여전히 문앞에 버티고 서서 가슴과 배로 바리케이드를 치고 있었다.

"우리 술집을 다 부술 것까진 없잖아요!" 그녀가 소리쳤다. "보시다시피 아무도 없는데."

본래 동작이 굼뜬 경찰서장은 골치 아픈 일은 딱 질색인 터라 그녀에게 감옥에 집어넣겠다고 으름장을 놓는 것으로 사건을 마무리했다. 그리고 조서를 작성해야 한다며 헌병 넷을 달고 되돌아갔다. 동료들이 기막히게 그곳을 빠져나가는 것을 보고 감탄한 자샤리와 무케는 그들 뒤에서 군대를 비웃으며 킥킥거렸다.

밖에서는 상자를 품에 안은 에티엔이 골목길을 질주하고 있었고, 다른 사람들은 그 뒤를 따랐다. 달리던 중에 문득 피에롱이 생각난 에티엔은 왜 그가 보이지 않는지 물었다. 마외는 계속 달리면서 그가 아파서 오지 못했다고 전했다. 자기가 위태로워질까 두려워 아픈 척 꾀를 낸 게 틀림없었다. 그들은 플뤼샤르를 붙잡고 싶었지만, 그 역시 계속 달리면서 곧 주아젤로 떠날 것임을 알렸다. 그곳에서 르구죄가 지시를 기다리고 있었다. 그러자 모두들 그에게 잘 가라고 소리치고는 몽수를 가로질러 날아갈 듯 쉬지 않고 달렸다. 그들은 숨이 차서 헐떡거리는 사이사이 얘기를 주고받았다. 에티엔과 마외는 이제 승리를 확신하면서 득의만만한 표정으로 서로 웃어 보였다. 국제노동자협회가 그들에게 원군을 보내오면, 탄광회사는 그들에게 갱으로 다시 돌아가달라고 애원하게 될 터였다. 이처럼 새로운 희망이 샘솟는 가운데, 포석 깔린 도로 위로 투박한 발소리가 울려퍼지는 가운데, 그들이 아직 알지 못하는 또다른 무언가가 있었다. 어둡고 광포한 그 무언가는 바로, 탄전炭田의 사방에서 불어와 탄광촌 전체를 뜨거운 불길 속으로 몰아넣을 광란의 기운이었다.

5

또다시 두 주가 지났다. 거대한 평원을 마비시킬 듯 차가운 안개가
자욱한 1월 초였다. 파업 기간이 길어질수록 탄광촌 주민들은 굶주리
고 추위에 떨면서 시시각각 최악의 상황 속으로 빠져들고 있었다. 국
제노동자협회의 런던 지부에서 보내온 4천 프랑으로는 겨우 사흘 버
틸 빵을 마련할 수 있을 뿐이었다. 그러고는 더이상 아무런 도움도 받
을 수 없었다. 그렇게 사그라진 원대한 희망은 가장 용감한 이들의 의
지마저 꺾어버렸다. 이제 그들의 형제마저 그들을 버린 마당에 누구
에게 기댈 수 있단 말인가? 그들은 세상과 단절된 채 엄동설한 속에
서 길을 잃고 헤매는 것과 다를 바 없었다.

화요일이 되자 240번 탄광촌에서는 모든 식량이 바닥났다. 에티엔
은 대표단과 함께 다양한 방법을 동원해 위기에서 벗어나고자 애를

썼다. 그들은 이웃 마을과 파리에서까지 협회의 새 회원을 모집했다. 또한 기금을 모으고 강연회를 개최하기도 했다. 하지만 그러한 노력은 아무런 성과도 거두지 못했다. 처음에는 열렬한 호응을 보냈던 사람들도 극적인 사건 없이 조용하기 짝이 없는 파업이 한없이 길어지자 점차 심드렁한 태도를 보였다. 여기저기서 모금한 얼마 안 되는 성금은 가장 처지가 딱한 가족들에게 미미한 도움밖에는 줄 수 없었다. 다른 사람들은 옷을 전당포에 맡기고 가재도구를 하나씩 내다팔면서 하루하루를 겨우 버티고 있었다. 너도나도 앞다퉈 매트리스 속을 채운 모직 천이나 그릇, 심지어 가구를 들고 고물 장수에게로 달려갔다. 모두들 잠시 동안은 숨통이 트이는 듯했다. 메그라에게 밀려난 몽수의 소매상들이 그에게서 고객들을 도로 빼앗아오기 위해 외상으로 물건을 대주었던 것이다. 식료품점을 하는 베르동크와 빵집 주인인 카루블과 스멜탕은 일주일 동안 가게를 열었다. 하지만 그들도 여력이 바닥나면서 세 군데 모두 문을 닫는 지경에 이르렀다. 덕분에 호기를 잡은 집행관들이 더욱더 바빠지면서, 날로 늘어가는 빚이 탄광촌 주민들의 어깨를 무겁게 짓눌렀다. 이젠 어디서도 외상을 얻을 수 없었고, 더이상 팔아먹을 낡은 냄비 하나 남지 않았다. 이제 그들에게 남은 거라곤 거리의 병든 개들처럼 구석에 쪼그리고 누워 굶어죽기를 기다리는 일밖에 없었다.

에티엔은 자신의 살점이라도 떼어 팔 수 있기를 바랐다. 그는 지부장으로서 받는 급여를 포기했고, 마르시엔에 가서 나사 바지와 프록코트를 기꺼이 전당포에 맡기고 마외 가족의 저녁거리를 마련하기도 했다. 이제 그에게 남은 거라고는 부츠 한 켤레뿐이었다. 그의 말마따나 많은 곳을 다니려면 부츠가 꼭 필요하기 때문이었다. 그가 무척 안타깝게 생각하는 것은 공제조합 기금이 충분히 모이기도 전에 너무 일찍 파업을 시작했다는 사실이었다. 그가 보기에는 그것만이 이번 대재앙의 유일한 이유였다. 앞으로 그들이 오랫동안 버틸 수 있을 만큼 충분한 기금이 마련되기만 한다면 노동자가 고용주에게 승리를 거두는 것은 자명한 사실이었다. 그는 예전에 수바린이 했던 말을 떠올리면서, 탄광회사가 그들의 초기 기금을 소진시키기 위해 파업을 부추겼다고 비난했다.

굶주림과 추위에 떠는 가난한 탄광촌 주민들의 모습은 에티엔의 마음을 몹시 아프게 했다. 그는 차라리 어디론가 정처 없이 떠돌면서 몸을 지치게 하는 편이 낫겠다고 생각했다. 그러던 어느 날 저녁, 집으로 돌아오는 길에 레키야르 부근을 지나던 그는 길가에 의식을 잃고 쓰러져 있는 한 노파를 발견했다. 필시 굶주림으로 죽어가고 있는 게 분명했다. 그녀를 일으킨 그는 판자 울타리 너머로 보이는 젊은 여자를 소리쳐 불렀다.

"누군가 했더니 당신이었군!" 에티엔은 라 무케트를 알아보고 말했다. "좀 도와줄래요? 이분한테 뭘 좀 마시게 해야 할 것 같은데."

라 무케트는 안타까운 마음에 눈물이 그렁그렁해져 얼른 집으로 들어갔다. 집이라고 해봤자 그녀의 아버지가 폐허 가운데 대충 손봐서 마련한 건들거리는 누옥에 불과했다. 라 무케트는 곧 게네베르와 빵 한쪽을 가지고 나왔다. 게네베르를 마시고 다시 정신이 든 노파는 아무 말 없이 빵을 아귀아귀 먹었다. 그녀는 한 광부의 어머니로 쿠니 근처의 탄광촌에 살고 있었다. 여동생에게 10수를 빌리러 주아젤에

갔다가 빈손으로 돌아오는 길에 정신을 잃고 쓰러졌던 것이다. 빵을 다 먹은 노파는 넋 나간 모습으로 집으로 돌아갔다.

에티엔은 레키야르의 텅 빈 폐허 한가운데 그대로 서 있었다. 가시덤불 사이로 다 쓰러져가는 창고들이 언뜻언뜻 보였다.

"잠깐 들어와서 한잔 안 할래요?"라 무케트가 그에게 경쾌한 목소리로 물었다. 그가 망설이자 그녀가 덧붙여 말했다.

"아직도 내가 무서운 거예요?"

라 무케트의 밝은 웃음에 이끌린 에티엔은 그녀를 따라갔다. 그는 그녀가 죽어가는 노파에게 빵을 선뜻 내어주는 것을 보고 감동했다. 라 무케트는 자기 아버지 방에서 그를 맞이하고 싶어하지 않았다. 그를 자기 방으로 데려간 그녀는 즉시 게네베르 두 잔을 따랐다. 방은 아주 깨끗했고, 에티엔은 그녀에게 찬사를 보냈다. 그들 부녀는 별로 부족한 게 없어 보였다. 아버지는 르 보뢰 탄광에서 마부 일을 계속했고, 아무것도 하지 않는 데 익숙하지 않은 라 무케트는 새로 시작한 세탁 일을 하면서 하루에 30수를 벌어왔다. 남자들과 노닥거리기 좋아하는 것과 게으른 것은 별개의 문제였다.

"어디 말 좀 해봐요." 그녀가 느닷없이 그의 허리를 다정하게 감싸안으며 속삭였다. "어째서 날 좋아하지 않는 거예요?"

에티엔도 그녀에게 미소를 지어 보였다. 그런 말을 하는 그녀가 무척 귀염성 있게 느껴졌기 때문이다.

"안 좋아하기는요." 그가 대답했다.

"아뇨, 아니잖아요. 내가 원하는 그런 식으로는…… 내가 얼마나 원하는지 당신도 잘 알잖아요. 어때요? 그럼 너무나 기쁠 것 같은데!"

라 무케트의 말은 사실이었다. 그녀는 육 개월 전부터 그에게 보채고 있었다. 그리고 지금도 여전히 그에게 몸을 바짝 붙이고는 떨리는 두 팔로 그를 꼭 껴안은 채, 그의 얼굴을 바라보며 그에게 사랑해달라고 애원하고 있었다. 그녀의 크고 둥그런 얼굴과 탄가루 때문에 삭아 누렇게 뜬 피부는 결코 아름답다고 할 수 없었다. 하지만 라 무케트의 반짝이는 눈빛과 마법 같은 욕망의 떨림은 그녀의 피부를 소녀처럼 발그레해 보이게 했다. 그러자 에티엔은 그처럼 다소곳하면서도 열렬하게 자신을 주고자 하는 그녀를 더는 거부할 수 없었다.

"오! 당신도 원하는군요." 라 무케트는 기뻐서 더듬더듬 말했다. "오! 당신도 원하는 거였어요."

그녀는 숫처녀처럼 서툴게, 마치 기절이라도 할 듯 황홀해하면서 그에게 몸을 내맡겼다. 마치 처음인 것처럼, 그전에는 한 번도 남자를 알지 못했던 것처럼. 이윽고 에티엔이 떠나려고 하자, 라 무케트는 그에게 무한한 감사의 마음을 표현했다. 그리고 거듭 고맙다고 하면서 그의 손에 입을 맞췄다.

에티엔은 저절로 굴러들어온 행운 앞에 부끄러운 생각이 들었다. 그곳 남자들은 라 무케트를 가졌다는 사실을 자랑스럽게 생각하지 않았다. 그는 집으로 돌아가면서 다시는 그러지 않겠노라고 다짐했다. 하지만 그는 라 무케트에 대해 친구처럼 좋은 기억을 간직했다. 그녀가 좋은 여자인 것은 분명했다.

탄광촌으로 돌아온 그는 새로 알게 된 중대한 사실 때문에 라 무케트와의 일은 까맣게 잊어버렸다. 대표단이 사장에게 새로운 제안을 한다면 탄광회사 역시 한발 물러설 의향이 있다는 소문이 나돌고 있었다. 적어도 갱내 감독들이 그런 소문을 퍼뜨렸던 것이다. 사실 이 기나긴 싸움에서 탄광은 광부들 이상으로 피해를 입고 있는 실정이었다. 양측이 서로 완강하게 버티는 동안 그 폐해가 날로 늘어나고 있었다. 노동자들은 굶주림으로 죽어가고, 자본가들도 그 피해가 막심했다. 파업이 하루 더 연장될 때마다 매일 수십만 프랑의 돈이 허공으로 사라지는 셈이었다. 더이상 가동하지 못하는 기계는 죽은 기계나 다름없었다. 연장과 장비는 녹슬고, 묶여버린 자본은 모래 속으로 스며드는 물처럼 점차 규모가 줄어들었다. 채굴물 집하장에 쌓여 있던 빈약한 재고 석탄이 급기야 바닥을 드러내자 고객들은 불평을 늘어놓으며 거래처를 벨기에로 옮기겠다고 으름장을 놓았다. 그것은 탄광의 미래에 대한 위협이나 마찬가지였다. 그런데 무엇보다 남들이 알까 두려워 회사가 쉬쉬하는 것은 방치된 갱도와 갱의 피해가 날이 갈수록 커지고 있다는 사실이었다. 사방에서 갱목이 부러지고 매시간 낙반 사고가 일어나 갱내 감독들만으로는 그 모든 일을 처리할 수가 없었다. 이제 곧 재앙과 맞먹는 문제들이 발생하면, 다시 채탄을 하기 위해 보수 작업을 하는 데만 몇 달은 족히 걸릴 터였다. 그와 비슷한 이야기가 이미 온 지역에 나돌고 있는 상황이었다. 크레브쾨르에서는 300미터에 이르는 갱도가 단번에 무너져 생크폼 탄맥으로 가는 길을 막아버렸다. 마들렌에서는 모그레투 탄맥이 조금씩 부서지면서 그 틈새가 물로 가득찼다. 탄광회사 사장은 끝까지 함구하려고 했지만, 어느 날 갑자기 두 건의 사고가 연이어 일어나자 사실을 인정하지 않을 수 없었다. 어느 날 아침에는 라 피올렌 근처에서 땅이 갈라진 것을 발견했다. 그 전날 무너진 미루의 북쪽 갱도 위쪽에 위치한 곳이었다.

그리고 그 이튿날에는 르 보뢰 탄광의 내부가 내려앉으면서 교외 한 모퉁이를 뒤흔들어놓는 바람에 하마터면 집 두 채가 그대로 사라질 뻔했다.

에티엔과 대표단은 이사회의 진정한 의도를 알지 못해 어떤 행동에 나서기를 주저하고 있었다. 갱내 총감독 당세르는 그들의 질문에 대답을 회피했다. 사장은 서로 간에 오해가 있었던 것을 무척 유감스럽게 생각하며 합의를 이끌어내기 위해 노력할 준비가 되어 있다는 말만 할 뿐, 구체적인 것은 밝히지 않았다. 에티엔과 대표단은 자신들의 주장이 옳다는 것을 보여주기 위해 엔보 씨를 다시 한번 찾아가기로 결정했다. 훗날 탄광회사에 그들의 잘못을 인정할 기회를 주지 않았다는 비난을 받지 않기 위해서라는 게 그 이유였다. 다만 그들은 아무것도 양보하지 않을 것이며, 지극히 정당한 자신들의 요구 조건을 반드시 관철시키겠노라고 다짐했다.

사장과의 면담은 탄광촌이 극심한 빈곤 상태에 빠진 그 화요일 아침에 이뤄졌다. 그들의 대화는 지난번보다 덜 우호적인 분위기에서 진행되었다. 이번에도 마외는 광부들을 대표해 회사에서 자신들에게 새롭게 전달할 사항은 없는지 알고자 왔다고 얘기했다. 그러자 엔보 씨는 짐짓 놀라는 표정을 지어 보이더니, 자신은 아직 어떤 지시도 받지 못했으며, 광부들이 그토록 고집스럽게 기어이 자신들과 맞서고자 한다면 아무것도 달라질 게 없을 거라고 말했다. 사장의 권위적이고 완강한 태도는 대표단의 심기를 몹시 거슬렀다. 그들이 회사측과 타협할 의도로 여기까지 왔는데도 그런 식으로 대한다면 그들은 더욱 강경한 태도를 취할 수밖에 없을 것이었다. 그러자 사장은 이번에는 서로 조금씩 양보할 수 있는 접점을 찾으려 했다. 광부들이 갱목 비용을 따로 계산하는 데 찬성하면, 회사는 그들이 착복했다고 비난받는 문제의 2상팀을 그 비용으로 돌려줄 의향이 있다고 했다. 또한 사장은 아무것도 결정된 게 없는 상황에서 자기가 그런 제안을 했음을 밝히면서, 파리에서 그러한 양보를 얻어낸 것을 자랑스럽게 여겼다. 하지만 대표단은 그의 제안을 거절하고 자신들의 요구 사항을 반복해 얘기했다. 예전 체제를 고수하면서 탄차당 5상팀씩 인상해달라고 한 것이다. 그러자 엔보 씨는 자신에게 당장이라도 담판을 지을 수 있는 권한이 있다고 밝히면서, 굶어죽어가는 그들의 여자들과 아이들을 생각해서라도 자신의 제안을 받아들이라고 채근했다. 그러나 대표단은 시선을 아래로 향한 채 격렬하게 고개를 저으면서 여전히 고집스럽게 그의 제안을 거부했다. 그리하여 면담은 더없이 거칠고 냉랭하게 끝났고, 엔보 씨는 쾅하고 문을 세게 닫아버렸다. 에티엔과 마외 그리고 나머지 광부들은 더이상 달아날 곳이 없어 궁지에 몰린 패배자들처럼 끓어오르는 분노를 말없이 속으로 삭이면서 힘겨운 발걸음으로 쿵쿵 소리를 내며 탄광촌으로 돌아갔다.

오후 두시쯤, 탄광촌의 여자들도 무언가 해야겠다는 생각에 메그라에게 가서 도움을 청하기로 뜻을 모았다. 이제 그들에게 남은 유일한 희망은 메그라였다. 그의 마음을 움직여 다시 일주일간의 외상 거래를 얻어내야만 했다. 그것은 라 마외드의 머리에서 나온 생각이었다. 그녀는 사람들이 대부분 마음이 선하다고 과신하는 경향이 있었다. 라 마외드는 라 브륄레와 라 르바크에게 함께 가자고 설득했다. 라 피에론은 미안하다면서 도무지 병이 나을 기미가 없는 피에롱 곁을 떠날 수 없다고 변명을 늘어놓았다. 그 밖의 다른 부인네들이 합류해 모두 스무 명에 이르는 여자들이 함께 가게 되었다. 몽수에 사는 부르주아들은 빈곤과 삶의 때에 전 탄광촌 여자들이 도로를 꽉 막은 채 떼로 몰려오는 것을 보고 불안한 마음으로 고개를 가로저었다. 그들은 서둘러 문을 닫아걸었고, 어떤 부인은 은제품들을 감추기도 했다. 그들의 그런 모습을 보는 것은 처음이었다. 그것은 결코 좋은 징조가 아니었다. 여자들이 그렇게 한꺼번에 거리로 몰려나오는 것은 대개 최악의 상황을 의미했다. 메그라의 가게에서는 격렬한 몸싸움마저 벌어졌다. 그는 처음에는 부인네들을 안으로 들여서 그들이 빚을 갚으러 온 걸로 믿는 척하며 비아냥거렸다. 다들 한꺼번에 돈을 가지고 오다니, 이렇게 고마울 데가 어디 있나. 그러다 라 마외드가 용건을 얘기하자마자 그는 벌컥 화를 내는 척했다. 지금 사람을 놀리는 건가? 또 외상을 달라니, 자기를 망하게 할 작정이 아니고 뭐란 말인가? 아니, 이제 더는 감자 한 알, 빵 부스러기 하나도 줄 수 없다! 그는 식료품점을 하는 베르동크, 빵집 주인 카루블과 스멜탕을 들먹이며 그들한테나 가보라고 쏘아붙였다. 이제 탄광촌 주민들은 그 사람들 가게로 물건을 사러 다니지 않는가 말이다. 그가 말하는 동안 여자들은 겁먹은 비굴한 모습으로 미안하다면서 거듭 머리를 조아렸다. 그러면서 혹시라도 자신들을 측은히 여기지나 않을까 싶어 그의 눈빛을 조심스레 살폈다. 하지만 그는 추잡한 농지거리를 아무렇게나 던지면서, 라 브뤨레가 애인이 되어주면 그녀에게 자기 가게를 통째로 넘겨주겠다고 허언을 했다. 잔뜩 주눅이 든 여자들은 그런 그의 말에도 웃을 수밖에 없었다. 라 르바크는 한술 더 떠서, 자기는 기꺼이 그럴 의향이 있다고 얘기했다. 그러나 메그라는 이내 거친 태도로 돌변해 여자들을 모두 문밖으로 몰아냈다. 그들이 버티고 서서 거듭 애원하자 그는 그중 한 사람을 거칠게 밀쳤다. 거리로 쫓겨난 여자들은 그를 배신자라고 부르며 욕설을 퍼부었고, 라 마외드는 하늘을 향해 두 팔을 치켜들고 언젠가는 이 설움을 갚아주겠노라고 다짐했다. 그녀는 저런 인간은 먹을 자격도 없다고 소리치면서 그에게 저주를 퍼부었다.

탄광촌으로 돌아오는 길은 더없이 침울했다. 부인네들이 빈손으로 돌아온 것을 보고 남자들은 고개를 떨구었다. 이젠 정말 끝이었다. 저녁으로 수프 한 숟갈도 먹지 못한 채 잠들어야만 했다. 그리고 희망의 불씨라곤 조금도 엿보이지 않는 얼음장처럼 차가운 어둠 속에서 또다른 나날들이 끝없이 이어졌다. 그것은 그들이 선택한 길이었고, 어느 누구도 굴복을 얘기하지 않았다. 이러한 극단적인 빈곤함은 사냥꾼에게 쫓겨 토굴 속에서 그대로 죽기로 결심한 짐승들처럼 그들을 더욱더 고집스레 버티게 했다. 이런 상황에서 감히 누가 먼저 포기하자고 얘기할 수 있겠는가? 그들은 동료들과 함께 모두 끝까지 버티기로 맹세한 터였다. 그들은 그렇게 버틸 것이었다. 무너진 바위 아래 누가 깔려 있을 때도 모두 함께 버텨냈던 것처럼. 그리고 그럴 수밖에 없었다. 갱은 체념을 배우기에는 더없이 좋은 학교였다. 열두 살 때부터 줄곧 불과 물을 삼켜왔던 그들에게 일주일 정도 주린 배를 움켜쥐고 참는 것쯤은 별로 힘든 일도 아니었다. 서로에 대한 그들의 충성심은 군인 같은 자부심으로 한층 배가되었다. 매일같이 죽음과 맞서 싸우는 가운데 희생정신을 체득한 광부로서의 자부심이었다.

마외네 식구들도 끔찍한 저녁 시간을 보내고 있었다. 모두들 꺼져가는 석탄재가 마지막 연기를 내뿜는 화덕 앞에 웅크리고 앉아 침묵을 지키고 있었다. 그동안 매트리스 속을 한 움큼씩 꺼내 팔던 그들은 그저께는 3프랑을 받고 뻐꾸기시계를 팔아버렸다. 이제 날마다 듣던 시계의 똑딱 소리가 더이상 들리지 않는 텅 빈 방안에는 쥐죽은듯 고요한 적막감이 감돌았다. 이제 값나가는 물건이라곤 찬장 한가운데 놓인 분홍색 판지 상자밖에 없었다. 그것은 오래전 마외가 선물한 것으로, 라 마외드는 마치 보석인 양 그 상자를 소중히 여겼다. 튼튼한 의자 두 개도 진작 내다팔고 없어서, 본모르 영감과 아이들은 정원에서 들여온, 이끼로 뒤덮인 기다란 낡은 의자에 바짝 붙어 앉아야 했다. 희끄무레한 땅거미가 추위를 더하는 것 같았다.

"이제 어떻게 해요?" 화덕 구석에 쪼그려 앉은 라 마외드가 거듭 물었다.

에티엔은 선 채로 벽에 걸린 황제와 황후의 초상화를 바라보고 있었다. 그것을 장식품처럼 아끼는 마외 가족만 아니었다면 그는 벌써 오래전에 그것들을 찢어버렸을 터였다. 그는 딱딱하게 굳은 얼굴로 중얼거렸다.

"우리가 죽어가는 걸 구경만 하고 있는 저 쓸모없는 인간들이 동전 한 닢만큼의 가치도 없다니!"

"저 상자를 내다팔면 안 될까요?" 라 마외드가 한참을 망설인 끝에 핏기 없는 얼굴로 말했다.

다리를 늘어뜨리고 고개를 푹 숙인 채 식탁 가장자리에 앉아 있던 마외는 아내의 말에 몸을 곧추세우며 소리쳤다.

"안 돼, 그건 절대 안 돼!"

그러자 라 마외드는 간신히 몸을 일으켜 방안을 한 바퀴 돌았다. 맙소사, 어떻게 이렇게까지 곤궁한 지경에 이르렀단 말인가! 찬장에는 빵 부스러기조차 없고, 집안에는 팔아먹을 게 하나도 남아 있지 않으며, 어떻게 해야 빵이라도 먹을 수 있을지 아무런 대책도 없다니! 게다가 엎친 데 덮친 격으로 화덕의 불까지 꺼지려 하고 있었다! 그녀는 아침에 폐석 더미에 가서 석탄재를 주워 오라고 심부름을 보냈던 알지르한테 화풀이를 했다. 아이는 탄광회사에서 석탄 부스러기 하나 가져가지 못하게 했다며 빈손으로 돌아왔던 것이다. 정말 해도 해도 너무하지 않은가? 그깟 석탄 찌꺼기 조금 주워 오는 걸 마치 도둑질이라도 하는 것처럼 취급하다니! 어린 알지르는 몹시 슬픈 얼굴로, 어떤 아저씨가 따귀를 때리겠다고 겁주었다고 얘기했다. 그러더니 내일은 맞을 것을 무릅쓰고라도 다시 가서 석탄재를 주워 오겠다고 했다.

"그런데 장랭 이 망할 놈은 대체 어딜 간 거야?" 라 마외드가 소리쳤다. "어디 갔는지 아무도 몰라요?…… 샐러드거리를 뜯어오기로 했는데. 그거라도 있으면 소처럼 풀이라도 잔뜩 먹을 수 있잖아! 내가 장담하는데, 아마 오늘도 집에 안 들어올 게 뻔해. 어제도 밖에서 잤다니까. 대체 어디서 무슨 짓을 하고 다니는지 모르겠지만, 적어도 배는 곯지 않는 것 같더라고."

"어쩌면 길에서 돈을 줍는지도 모르죠." 에티엔이 말했다.

그러자 라 마외드는 갑자기 흥분해서 허공에 대고 두 주먹을 흔들며 소리쳤다.

"아, 내가 왜 그 생각을 못했을까!…… 내 새끼들이 구걸을 하다니! 그게 사실이면 애들을 죽이고 나도 죽어버릴 거야."

마외는 다시 식탁가에 맥없이 주저앉았다. 레노르와 앙리는 아무것도 먹지 않는 데 놀라서 칭얼거리기 시작했다. 본모르 영감은 허기를 잊으려고 말없이 초연하게 혀로 입안을 축였다. 더이상 아무도 입을 열지 않았다. 점점 더 커져가는 고통에 짓눌려 모두들 온몸이 마비되는 듯했다. 습관적으로 기침을 하면서 시커먼 가래를 뱉어내는 할아버지는 다시 류머티즘을 앓기 시작해 수종水腫 증세마저 보였다. 천식을 앓는 아버지는 무릎이 부어오르면서 물이 찼고, 엄마와 아이들은 집안 내력인 연주창과 빈혈로 고통받았다. 하지만 그들은 그 모든 게 으레 자신들이 하는 일 때문이려니 생각했다. 그러다 먹을 것이 없어 굶어죽는 지경에 이르러서야 비로소 불평을 했다. 탄광촌에는 벌써부터 파리처럼 맥없이 쓰러지는 사람들이 생겨났다. 어떻게든 먹을 것을 구해 와야만 했다. 하지만 어디 가서, 뭘 어떻게 해야 하나, 맙소사!

석양의 음울하고 슬픈 기운이 방안을 점점 더 어둡게 만드는 가운데, 아까부터 머뭇거리던 에티엔이 마침내 결심을 하고 무거운 마음으로 말했다.

"잠깐만 나갔다 올게요. 어디 좀 가볼 데가 생각나서요."

그는 밖으로 나갔다. 라 무케트가 생각났던 것이다. 그녀는 분명 빵을 가지고 있을 테고, 그녀라면 기꺼이 그에게 나눠줄 것이었다. 다시 그녀를 만나러 레키야르로 가야 한다는 생각에 마음이 몹시 불편했다. 그녀는 사랑에 빠진 하녀처럼 그의 손에 키스할지도 몰랐다. 그러나 곤경에 빠진 친구들을 그냥 두고 볼 수만은 없었다. 필요하다면 또 다시 그녀에게 다정한 남자가 되어줄 수도 있었다.

"나도 어디 좀 가봐야겠어요." 이번에는 라 마외드가 나섰다. "이

대로 그냥 굶어죽을 수는 없잖아요."

그녀는 에티엔의 뒤를 이어 문을 열었다가 세게 닫았다. 다른 식구들은 알지르가 막 켜놓은 몽땅한 촛불의 희미한 빛 속에 아무 말 없이 그대로 자리를 지켰다. 밖으로 나간 라 마외드는 잠시 멈춰 서서 무슨 생각을 하는 듯했다. 그러고는 르바크네로 들어가면서 말했다.

"저기 말이야, 지난번에 내가 빵을 빌려준 적 있잖아. 그걸 좀 돌려주면 좋겠는데."

하지만 그녀는 하던 말을 중단했다. 그녀의 눈앞에 펼쳐진 광경은 전혀 고무적이지 않았다. 그들의 집은 그녀의 집보다 궁기가 더 역력했다.

라 르바크는 멍한 눈으로 꺼진 불을 바라보고 있었고, 못 제조공들이 사준 술을 마시고 취한 르바크는 빈속에 식탁에 엎어져 자고 있었다. 부틀루는 벽에 등을 기댄 채 양어깨를 기계적으로 비비고 있었다. 사람 좋은 그는 그동안 모아둔 돈을 다른 사람들이 모두 축내자, 정작 자신은 허리띠를 졸라매야 하는 상황에 망연자실한 모습이었다.

"빵을 갚으라고? 기가 막히네, 정말!" 라 르바크가 대꾸했다. "나야말로 그쪽한테 다시 빌리러 갈 참이었는데!"

그때 그녀의 남편이 자다가 신음 소리를 내자, 그녀는 그의 얼굴을 식탁에 찧어버렸다.

"조용히 자빠져 자지 못해, 이 한심한 인간아! 아주 쌤통이다, 술 처먹고 속이 뒤틀려봐야 정신을 차리지!…… 이 사람 저 사람한테 술 값을 내게 하는 대신 친구한테서 이십 수라도 빌려왔어야지, 안 그래?"

라 르바크는 벌써 한참 전부터 돌보지 않아 엉망이 된 집안에서 욕설을 퍼붓고 한숨을 내쉬며 계속 불평을 쏟아냈다. 널돌이 깔린 바닥에서는 참기 힘든 악취가 풍겼다. 세상이 다 무너진대도 손가락 하나 까딱할 기운도 없었다! 빌어먹을 아들놈 베베르는 아침부터 사라져서 지금까지 코빼기도 내밀지 않았다. 이대로 영영 집에 돌아오지 않는다면 앓던 이가 빠진 것처럼 속이 시원할 터였다. 라 르바크는 이제 자러 올라갈 거라고 말했다. 그러면 적어도 몸은 녹일 수 있을 테니까. 그녀는 부틀루를 거칠게 떼밀면서 말했다.

"자, 어서 올라가자고!…… 불도 꺼지고, 텅 빈 접시나 보자고 촛불을 켤 필요도 없잖아…… 빨리 안 올라오고 뭐해, 루이? 얼른 자러 가자니까. 서로 몸이라도 비비면 좀 나을 거 아냐…… 저 빌어먹을 주정뱅이는 여기서 혼자 얼어죽든 말든 내 알 바 아니니까!"

다시 밖으로 나온 라 마외드는 굳은 결심을 한 듯 텃밭을 가로질러 피에롱네 집으로 향했다. 안에서 웃음소리가 새어나왔다. 그녀가 문을 두드리자, 갑자기 웃음소리가 뚝 그쳤다. 기나긴 일 분이 지난 후 문이 열렸다.

"어머나! 이게 누구야!" 라 피에론은 몹시 놀라는 척하며 소리쳤다. "난 또 의사가 온 줄 알았지."

그녀는 라 마외드에게 말할 틈도 주지 않고 계속 얘기하면서 활활 타는 불 앞에 앉아 있는 피에롱을 가리켰다.

"아! 남편이 아직 상태가 안 좋아서요. 도무지 낫지를 않네요. 얼굴은 좋아 보이지만, 실은 배에 탈이 난 거거든요. 그래서 몸을 따뜻하게 해줘야 한다고 하기에 있는 걸 다 긁어모아서 불을 지피는 중이랍니다."

과연 피에롱은 원기 왕성해 보였다. 얼굴에는 화색이 돌고 살도 투실투실 올라 있었다. 그는 아픈 척하느라 애써 기침을 했다. 게다가 라 마외드는 집안으로 들어서면서 진한 토끼고기 냄새를 맡을 수 있었다. 물론 접시는 이미 치워버린 터였다. 식탁 위에는 음식 부스러기가 흩어져 있었다. 그리고 식탁 한가운데는 미처 치우지 못한 포도주 병이 떡하니 놓여 있었다.

"엄마는 빵을 구하러 몽수에 가셨어요." 라 피에롱이 다시 말했다. "그래서 우리도 목이 빠져라 기다리는 중이에요."

그러나 라 마외드의 시선을 좇던 그녀는 말꼬리를 흐렸다. 식탁 위에 놓인 포도주 병이 눈에 들어왔던 것이다. 그녀는 이내 아무렇지도 않게 다시 설명했다. 그것은 라 피올렌의 부르주아들이 그녀의 남편을 위해 가져다준 포도주였다. 의사가 보르도 포도주를 마시면 좋다고 충고했기 때문이었다. 라 피에롱은 정말 훌륭한 사람들이라고 입에 침이 마르도록 그들을 칭찬했다. 특히 그 딸은 조금도 거만하지 않고, 노동자들의 집을 방문해 필요한 물품을 손수 나눠주는 온정을 베풀기까지 했다!

"나도 알아, 전에 만난 적이 있거든." 라 마외드가 말했다.

그녀는 좋은 건 항상 좀더 가진 사람들이 차지한다는 생각에 가슴이 미어졌다. 언제나 그랬다. 라 피올렌의 부르주아들은 빵집 주인에게 빵을 가져다주는 식으로 적선을 베풀었다. 그녀는 왜 그들이 탄광촌에 왔을 때 보지 못했을까? 봤다면 뭐라도 얻어낼 수 있었을 텐데.

"혹시 뭐 좀 먹을 걸 빌릴 수 없을까 해서 왔는데……" 라 마외드는 마침내 솔직하게 용건을 얘기했다. "혹시 국수 좀 가진 것 없어? 나중에 꼭 갚을게."

라 피에론은 호들갑을 떨며 낙담하는 표정을 지어 보였다.

"아휴, 우리도 구경조차 못하고 있어요. 밀가루 한 알갱이 없는걸 요…… 엄마가 아직 안 돌아오시는 걸 보니까 빵을 못 구한 게 뻔해요. 아무래도 저녁도 못 먹고 자야 할 것 같네요."

그때 지하 저장고에서 흐느끼는 소리가 들려왔다. 라 피에론은 벌컥 화를 내면서 주먹으로 문을 두드렸다. 그녀는 발랑 까진 딸 리디를 가둬놓은 이유를 설명했다. 하루종일 싸돌아다니다가 새벽 다섯시나 되어서야 집으로 돌아오는 못된 행실을 고쳐주기 위해서라고 했다. 도무지 통제가 되지 않는 리디는 끊임없이 어디로 사라지곤 했다.

라 피에론이 얘기하는 동안 라 마외드는 선뜻 그곳을 떠날 생각을 하지 못하고 마냥 서 있었다. 활활 타오르는 불은 그녀에게 고통스러운 안락함을 안겨주었다. 그 집에는 먹을 게 있다는 생각이 들자 지독한 허기가 뱃속을 후벼파는 것 같았다. 그들은 분명 자기들끼리만 토끼고기를 실컷 먹으려고 노인과 아이를 치워버린 게 틀림없었다. 아! 아무리 아니라고 해도 소용없었다. 여자가 인정머리 없게 굴수록 그 집구석은 더 잘나갔다!

"그럼 잘 자." 라 마외드는 불쑥 인사를 했다.

밖으로 나오자 그사이 짙은 어둠이 내려 있었다. 구름에 가려진 달이 뿌연 빛으로 대지를 비추었다. 절망에 빠진 라 마외드는 곧장 집으로 돌아갈 용기가 나지 않았다. 그녀는 텃밭을 가로지르는 대신 동네를 한 바퀴 돌아보기로 했다. 하지만 동네에는 쥐죽은듯 고요한 적막감이 감돌고, 집집마다 배고픔과 공허함이 짙게 배어나왔다. 다른 집 문을 두드려 뭐하겠는가? 모두가 빈곤한 패거리들일 뿐이었다. 먹을 것이 궁해지기 시작한 몇 주 전부터는 멀리 들판에서부터 탄광촌의 존재를 알려주던 역한 양파 냄새조차 더이상 맡을 수 없었다. 이제 그곳에서는 아무것도 살지 않는 쾨쾨한 지하 저장고 냄새와 오래된 무덤의 음습함만이 느껴질 뿐이었다. 희미하게 들리던 소음과 숨죽여 흐느끼던 울음, 공허하게 흩어지던 욕설도 차츰 잦아들었다. 이제 점점 더 무겁게 내리깔리는 침묵 속에서 배고픔마저 잠들 시각이 다가오는 것을 느낄 수 있었다. 텅 빈 배가 꿈꾸게 할 악몽의 두려움 속에서 침대 위에 쓰러지듯 엎어진 지친 육체들이 잠들려 하고 있었다.

교회 앞을 지나던 라 마외드는 재빨리 지나가는 검은 그림자 하나를 발견했다. 그러자 실낱같은 희망이 샘솟으면서 그녀의 발걸음을 재촉하게 했다. 그녀는 매주 일요일 탄광촌의 예배당에서 미사를 집전하는 몽수의 주임사제 주아르 신부를 알아보았다. 아마도 무슨 처리할 일이 있어 제의실에 다녀오는 것 같았다. 통통하고 부드러운 인상으로, 모든 이들과 잘 지내기를 바라는 그는 등을 구부린 채 어디론가 서둘러 가고 있었다. 밤에 볼일을 보러 다니는 것은 아마도 광부들 사이에서 입장 곤란한 일을 겪지 않기 위해서일 터였다. 게다가 그는 최근에 승진했다는 소문이 나돌고 있었다. 심지어 벌써부터 그는 비쩍 마르고 눈이 이글이글 불타는 후임 사제와 함께 다니기까지 했다.

"신부님, 신부님." 라 마외드는 더듬거리며 그를 불렀다.

하지만 그는 가던 길을 멈추지 않고 대답했다.

"안녕하시오, 안녕하시오, 부인."

그녀는 어느덧 자기 집 앞에 와 있었다. 지칠 대로 지친 그녀는 후들거리는 다리를 끌고 안으로 들어갔다.

모두가 꼼짝도 하지 않은 채 그녀를 기다리고 있었다. 마외는 여전히 낙담한 얼굴로 식탁가에 앉아 있었다. 본모르 영감과 아이들은 한기를 조금이라도 덜 느끼려고 긴 의자에 바짝 붙어 앉아 있었다. 그들은 서로 한마디도 하지 않았다. 심지가 얼마 남지 않은 초만이 방안을 밝히고 있어, 이제 곧 불빛마저 사라질 터였다. 문소리가 나자 아이들은 일제히 고개를 돌렸다. 하지만 엄마가 빈손으로 돌아온 것을 보고는 다시 맥없이 고개를 떨구었다. 아이들은 꾸중을 들을까 두려워 울고 싶은 것도 꾹꾹 참고 있었다. 라 마외드는 꺼져가는 불가로 가 다시 주저앉았다. 아무도 그녀에게 묻지 않았고, 침묵이 이어졌다. 모두 자신들이 어떤 상황에 놓여 있는지 잘 알고 있는 터라 공연히 말을 해서 몸을 더 지치게 할 필요가 없다고 생각하는 듯했다. 이제 얼마 남지 않은 기대와 용기마저 모두 사라져버린 가운데, 어쩌면 에티엔이 어디에서 뭐라도 구해 올지 모른다는 마지막 희망에 기대를 걸고 있었다. 하지만 한참이 지나도록 그가 나타나지 않자, 더이상 그런 기대마저 하지 않게 되었다.

마침내 다시 나타난 에티엔의 손에는 천으로 싼 식은 감자 열두 알이 들려 있었다.

"이게 내가 구해 온 전부예요." 그가 말했다.

라 무케트의 집에서도 빵은 구경조차 할 수 없었다. 라 무케트는 진한 애정을 담은 키스와 함께 그에게 자신의 저녁거리를 억지로 손에 쥐여주었다.

"고맙지만…… 난 거기서 먹고 왔어요." 에티엔은 그의 몫을 나눠 주는 라 마외드에게 말했다.

그는 거짓말을 하고는, 먹을 것을 보고 정신없이 달려드는 아이들을 어두운 얼굴로 바라보았다. 아버지와 엄마는 아이들이 조금이라도 더 먹을 수 있도록 애써 허기를 억눌렀다. 하지만 노인은 자기 몫을 단숨에 게걸스럽게 먹어치웠다. 라 마외드는 그에게서 알지르에게 줄 감자 한 알을 도로 빼앗아야만 했다.

그런 다음 에티엔은 새롭게 알아온 소식을 전했다. 파업 노동자들이 완강하게 버티자 참다못한 탄광회사가 파업에 연루된 광부들을 해고할 거라는 소식이었다.* 그 말은 곧 그들이 전쟁을 원한다는 얘기였다. 그리고 그보다 더 심각한 것은 그들이 상당수의 광부들을 다시 갱으로 내려가도록 설득했다고 떠들고 다닌다는 사실이었다. 이제 내일이면 라 빅투아르와 푀트리캉텔 탄광은 다시 정상적으로 가동하게 될 것이었다. 심지어 마들렌과 미루에서도 삼분의 일가량이 작업을 재개하기로 되어 있었다. 마외 부부는 흥분을 참지 못했다.

"오, 맙소사!" 마외가 외쳤다. "우리 가운데 배신자가 있다면 절대 그냥 둘 수 없어!"

그러고는 자리에서 일어나 고통이 절절히 느껴지는 목소리로 덧붙였다.

"내일 저녁, 숲속에서 모이는 거야!…… 더이상 봉주아외에서 볼 수는 없으니, 이젠 숲이 우리집이나 마찬가지라고."

---

* 실제로 파업 전날, 앙쟁 탄광회사는 '노동자들의 반란을 부추겼다'는 이유로 광부 140명을 해고했다.

그의 외침은 식곤증으로 깜빡 잠이 든 본모르 영감의 잠을 깨웠다. 그것은 광부들에게 집결을 명하는 오랜 외침이었다. 숲은 옛적의 광부들이 왕의 군대에 맞서 투쟁하기 위해 모의하던 곳이었다.[*]

"그래그래, 방담 숲에서 모이는 거야! 나도 당신들과 같이 가겠어요!"

라 마외드가 힘찬 몸짓으로 외쳤다.

"모두 함께 가는 거야. 그래서 이 지긋지긋한 부당함과 배신 행위를 끝장내야만 해!"

에티엔은 다음날 저녁에 모두가 모이도록 모든 탄광촌에 연락하기로 했다. 그사이 르바크네처럼 불이 사위어 있었다. 그리고 촛불마저 갑자기 꺼져버렸다. 이제 집에는 석탄도 등유도 더는 남아 있지 않았다. 그들은 살을 에는 듯한 매서운 추위 속에 더듬거리며 잠자리를 찾아가야 했다. 아이들은 울음을 터뜨렸다.

---

[*] 19세기에는 1878년 앙쟁과 1882년 몽소레민을 비롯해 여러 지역의 광부들이 숲에서 비밀 집회를 가진 바 있다.

6

장랭은 이제 다리가 다 나아 걸을 수 있게 되었다. 하지만 다리가 엉망으로 붙은 탓에 오른쪽 왼쪽으로 번갈아 다리를 절었다. 그는 마치 오리가 뒤뚱거리듯 절룩거리면서도, 남의 것을 탐하는 영악한 포식 동물처럼 여전히 재게 뛰어다녔다.

그날 저녁 해가 질 무렵, 장랭은 레키야르 도로변에서 단짝 친구인 베베르, 리디와 함께 망을 보고 있었다. 그는 오솔길이 갈리는 모퉁이에 위치한 허름한 식료품점 맞은편에서 판자 울타리 뒤의 공터에 몸을 숨기고 있었다. 식료품점에는 눈이 멀다시피 한 노파가 렌즈콩과 껍질콩이 든 자루 서너 개를 진열해놓았다. 자루에는 먼지가 시커멓게 뒤덮여 있었다. 아까부터 장랭이 실눈으로 노려보고 있는 것은 상점 문에 매달아놓은 묵은 건대구였다. 생선은 파리똥으로 군데군데

얼룩져 있었다. 그는 벌써 두 번이나 베베르를 보내 그것을 슬쩍해 오게 했다. 하지만 번번이 길모퉁이에 누가 나타나는 바람에 일을 그르쳤다. 왜 이렇게 훼방꾼이 많은지 도무지 일을 할 수가 없었다!

그러다 말을 탄 어떤 신사가 불쑥 나타나자 아이들은 그가 엔보 씨임을 알아보고 판자 울타리 아래로 납작 엎드렸다. 파업이 시작된 이후로 그는 종종 그렇게 말을 타고 반기를 든 탄광촌 한가운데를 돌아다녔다. 침착하게 용기를 보여주며 그곳 상태를 직접 관찰하기 위해서였다. 그의 귓전에는 돌멩이의 작은 속삭임 하나 들려오지 않았다. 말없고 굼뜬 사람들만이 그에게 인사를 건넬 뿐이었다. 그가 가장 자주 마주친 이들은, 정치나 책략 따위에는 아무 관심 없이 한적한 장소에서 즐거움에 탐닉하는 연인들이었다. 엔보 씨는 그들을 방해하지 않기 위해 고개를 오른쪽으로 돌린 채 암말의 속보에 맞춰 그들 곁을 지나쳐갔다. 젊은 연인들이 펼치는 자유분방한 사랑의 유희 앞에 그는 충족되지 못한 욕구로 인해 가슴이 터질 것만 같았다. 그는 장랭과 그 친구들을 똑똑히 알아볼 수 있었다. 한 계집애 위에 두 사내아이가 포개져 있었다. 저렇게 어린것들까지 벌써부터 서로 몸을 비벼대며 자신들의 비참한 삶을 잊으려 하다니! 군인처럼 단추를 채운 프록코트 차림의 엔보 씨는 눈가가 촉촉이 젖어든 채 안장 위로 몸을 꼿꼿이 세우고 그곳에서 멀어져갔다.

"이런 젠장!" 장랭이 투덜댔다. "왜 자꾸만 누가 오는 거야…… 얼른 가, 베베르! 생선 꼬리를 잡아서 낚아채란 말이야!"

그런데 또 남자 둘이 다가왔고, 욕설을 퍼부으려던 장랭은 자기 형 자샤리의 목소리를 알아듣고 입을 다물었다. 자샤리는 무케에게 자기 아내가 치마를 꿰매 감춰놓은 40수를 어떻게 찾아냈는지 들려주고 있었다. 두 남자는 재미있다는 듯 서로의 어깨를 툭툭 치면서 킥킥거렸다. 무케는 다음날 크로스 시합을 거하게 한판 벌일 생각이었다. 그래서 다들 두시에 아방타주에서 함께 출발해 마르시엔 근처의 몽투아르로 가기로 한 터였다. 자샤리도 그의 계획에 흔쾌히 동의했다. 파업을 한다고 해서 그들까지 그런 데 신경쓸 이유는 없지 않은가? 어차피 아무것도 하지 않고 노는 판에 실컷 즐기면 그만이었다! 그들이 길모퉁이를 돌아서는 순간, 운하 쪽에서 오던 에티엔이 그들을 불러 세우고 얘기를 시작했다.

"여기서 잠이라도 자고 갈 생각인 거야 뭐야?" 장랭이 짜증스럽게 말했다. "이런 젠장, 벌써 어두워져서 할망구가 자루들을 안으로 들여놓고 있잖아."

또다른 광부 하나가 레키야르 쪽으로 내려오자 에티엔은 그와 함께 멀어져갔다. 장랭은 그들이 판자 울타리 앞을 지나가면서 숲에 관해 얘기하는 것을 들었다. 그들은 숲속 모임을 다음날로 미뤄야만 했다. 하루 만에 탄광촌 전체에 소식을 전하지 못할까봐 염려되었던 것이다.

"들었지?" 장랭이 두 친구를 보고 웅얼거렸다. "저들이 내일 거사를 치를 거래. 우리도 가야 하는 거 아냐, 응? 우리도 오후에 다 같이 출발하는 거야."

드디어 길에 아무도 보이지 않자 장랭은 베베르에게 다시 지시했다.

"자, 지금이야! 생선 꼬리를 잡아채라고!…… 조심해, 노인이 빗자루를 가지고 있으니까."

다행히 밤이 되어 뭐가 뭔지 잘 구분되지 않았다. 튀듯이 달려나간 베베르가 대구를 낚아채자 매달아놓은 줄이 끊어졌다. 그는 생선을 마치 연처럼 휘두르면서 줄행랑을 쳤다. 다른 두 아이도 그 뒤를 전속력으로 따라갔다. 놀란 식료품점 주인은 가게 밖으로 나왔지만 무슨 영문인지 이해하지도, 어둠 속으로 멀어져가는 아이들 무리를 알아보지도 못했다.

그 지역에서 온갖 말썽을 일으키고 다니는 것으로 유명해진 악동들은 마치 야생의 무리처럼 온 동네를 휩쓸고 다녔다. 처음에는 르 보뢰 탄광의 채굴물 집하장에서 노는 것으로 시작했다. 수북이 쌓여 있는 석탄 더미에서 흑인처럼 시커메질 때까지 뒹굴거나, 마치 처녀림 한가운데 들어간 것처럼 쌓아둔 나무 사이에서 숨바꼭질을 하다가 길을 잃기도 했다. 그런 다음에는 폐석 더미를 공략했다. 그곳에서는 아직 안쪽에서 불이 타고 있는 더미 위에 엉덩이를 내놓고 미끄러져 내려왔다. 그러고는 탄광의 버려진 곳의 가시덤불 사이로 숨어들어 온종일 그곳에서 장난꾸러기 생쥐들처럼 은밀하게 자신들만의 작은 놀이에 몰두했다. 그들은 자신들의 영토를 계속 넓혀가면서 벽돌 더미 속에서 피가 나도록 치고받기도 하고, 목초지를 달리다가 빵 대신 유즙이 나오는 온갖 종류의 풀들로 허기를 달래기도 했다. 운하 제방 근처의 개흙에서 물고기를 잡아 날것으로 먹은 적도 있었다. 그들은 점점 더 멀리 방담 숲에 이르기까지 수킬로미터의 길을 달려가 숲속에서 봄에는 딸기를, 여름에는 개암 열매와 월귤나무 열매를 포식했다. 그들은 그렇게 광활한 평원을 점차 자기들 것으로 만들어갔다.

하지만 그들이 몽수에서 마르시엔까지 새끼 늑대 같은 눈빛으로 쉬지 않고 길을 따라 달려가는 것은 무엇보다 점점 더 커지는 도둑질의 욕구 때문이었다. 장랭은 내내 이러한 원정의 우두머리 격으로 자기 무리를 온갖 종류의 목표를 향해 돌진하도록 내몰았다. 양파밭을 결딴내고, 과수원을 약탈하고, 상점 진열대들을 공격했다. 주변 지역에서는 파업하는 광부들을 비난하고, 조직적으로 절도와 약탈을 일삼는 거대한 무리의 소행이 틀림없다고 수군거렸다. 심지어 장랭은 언젠가 리디에게 그녀의 집을 털라고 시키기까지 했다. 그녀의 엄마 라 피에 론이 창가 선반에 놓아둔 병에서 갱엿 스물네 개를 몰래 꺼내오게 했던 것이다. 리디는 엄마에게 맞으면서도 장랭이 시켜서 한 짓이라고 말하지 않았다. 그만큼 그의 권위에 두려움을 느낀 때문이었다. 무엇보다 나쁜 것은 그녀가 훔친 대부분의 물건들을 장랭이 가로챈다는 사실이었다. 베베르도 자기가 훔친 것들을 그에게 바쳐야만 했다. 그가 그것들을 몽땅 차지하더라도 대장한테 뺨이나 맞지 않으면 다행으로 여길 정도였다.

얼마 전부터 장랭은 그 도를 넘어서고 있었다. 리디가 마치 자신의 합법적인 아내인 것처럼 함부로 때리고, 베베르의 순진함을 이용해 몹시 꺼려지는 일에는 그를 앞세웠다. 그러면서 자기보다 체격이 훨씬 크고, 주먹 한 방이면 자기를 때려눕힐 수도 있을 그를 바보 취급하며 괴롭힌다는 사실에 몹시 즐거워했다. 장랭은 두 친구를 무시하고 노예처럼 부리면서, 자기 애인은 고귀한 여인이라고 떠벌렸다. 그리고 그들처럼 천한 사람들은 그녀 앞에 감히 모습을 드러내서는 안 된다고 덧붙였다. 과연 그는 지난 일주일 내내, 도로 끝이나 오솔길이 갈리는 곳에 이르면 험악한 얼굴로 그들에게 탄광촌으로 돌아가라고 명령한 다음 어디론가 불쑥 사라지곤 했다. 하지만 그에 앞서 그들에게서 도둑질한 물건들을 빼앗았다.

그날 저녁에도 그랬다.

"그거 이리 내놔." 그들이 레키야르 근처 길모퉁이에 이르렀을 때 장랭은 친구 손에서 대구를 빼앗았다.

베베르는 생선을 내놓기를 거부하며 말했다.

"이건 내 거야. 내가 훔친 거라고."

"엥, 뭐라고?" 장랭은 큰 소리로 말했다. "넌 내가 나눠줘야만 가질 수 있는 거야. 물론 오늘 저녁엔 없어. 내일까지 남아 있으면 그땐 조금 나눠주지."

그는 리디를 한 대 때리고, 마치 차려 자세의 군인들처럼 두 친구를 나란히 서게 했다. 그리고 그들 뒤로 돌아가 말했다.

"이제 거기서 꼼짝 말고 오 분 동안 서 있어. 절대 돌아보면 안 돼! 만약 뒤를 돌아봤다간 무서운 짐승들이 너희를 잡아먹을 거야…… 그리고 곧장 집으로 돌아가는 거야. 만약 가는 도중에 베베르 네가 리디의 손끝 하나라도 건드리면, 나중에 내가 가만두지 않을 거야. 난 너희가 무슨 짓을 하는지 다 알거든."

그런 다음 그는 맨발로 다니는 발소리조차 들리지 않을 정도로 사뿐사뿐 어둠 속으로 사라져갔다. 두 아이는 오 분 동안 꼼짝도 않고 그대로 서 있었다. 뒤를 돌아보았다가 보이지 않는 곳에서 날아오는 따귀를 맞을까봐 두려웠기 때문이다. 그리고 공동의 두려움 속에서 그들 사이에 깊은 연민의 정이 서서히 생겨났다. 베베르는 항상, 남들이 그러는 것처럼 리디를 품에 꼭 안고 싶어했다. 리디도 그가 그렇게 안아주기를 바랐다. 그가 다정하게 어루만져준다면 지금과는 다른 기분이 들 것 같았다. 하지만 둘 다 감히 장랭의 지시를 어길 엄두를 내지 못했다. 함께 집으로 돌아갈 때도 이미 캄캄한 밤이었지만 서로 입맞출 생각조차 하지 못했다. 그저 서로에 대한 애정과 절망감을 동시에 느끼면서 나란히 걸어갔을 뿐이다. 서로 손이라도 잡았다간 대장인 장랭이 뒤에서 후려칠 거라고 확신했기 때문이다.

그 무렵 에티엔은 레키야르로 들어서고 있었다. 전날 라 무케트가 그에게 다시 만나러 와달라고 간청했던 것이다. 그는 자신을 마치 예수처럼 섬기는 그녀에게 이끌리는 데 수치심을 느끼면서도 그곳으로 되돌아왔다. 하지만 그녀와의 관계를 끝내기 위해 돌아온 것이었다. 그녀를 만나 더이상 자신을 쫓아다니지 말라고 얘기할 참이었다. 동료들을 생각하면 이러는 것이 전혀 즐겁지도 정당하지도 않다는 생각이 들어서였다. 다들 배가 고파 죽어가고 있는 마당에 이처럼 쾌락을 좇는 것은 옳지 못한 일이었다. 라 무케트가 집에 없는 것을 확인한 그는 그녀를 기다리기로 마음먹고, 지나가는 사람들의 그림자를 살폈다.

다 쓰러져가는 권양기탑 아래쪽으로 입구가 반쯤 막힌 오래된 수갱이 보였다. 그 위쪽으로는 수평으로 지나가는 들보에 지붕의 일부분이 붙어 있었는데, 그 모습이 마치 시커먼 구덩이 위로 솟아 있는 교수대를 연상시켰다. 수갱 가장자리를 담처럼 둘러싼 돌들 사이로는 마가목과 플라타너스 두 그루가 마치 땅속 깊은 곳에서 솟아난 것처럼 자라나 있었다. 그곳은 오랫동안 방치된 야생의 장소였다. 구덩이 입구에는 풀숲과 수목이 우거지고, 오래된 목재들이 뒤얽혀 있고, 야생 자두나무와 산사나무가 무성해서 봄이면 휘파람새가 날아와 둥지를 틀었다. 이미 십 년 전부터 탄광회사는 엄청난 유지비가 들어가는 것을 피하기 위해 죽은 것과 다름없는 이 갱을 막아버릴 생각을 하고 있었다. 하지만 르 보뢰 탄광에 환기 장치가 모두 설치될 때까지 기다려야만 했다. 서로 연결된 두 탄광의 환기 시스템을 가동하는 거대한 화로가 레키야르 바로 아래쪽에 있었기 때문이다. 또한 레키야르의 오래된 환기용 갱인 수갱이 굴뚝 역할을 하고 있었다. 그래서 그들은 갱을 폐쇄하는 대신 받침대를 가로로 설치해 채굴을 금지하고 각층의 내부를 보강했다. 그러면서 위쪽 갱도들은 방치하다시피 하고, 석탄이 이글거리며 뜨겁게 타오르는 화로가 위치한 맨 아래쪽 갱도만 관리했다. 화로로 가동되는 강력한 환기 장치는 이웃한 갱의 끝에서 끝까지 마치 폭풍우처럼 거센 바람을 일으켰다. 그곳으로는 여전히 사람들이 오르내려야 했기 때문에, 탄광회사는 비상용 사다리가 설치된 환기갱을 잘 관리하도록 지시했다. 하지만 아무도 관심을 두지 않아 사다리들은 습기에 썩어갔고, 발판들은 진작 무너진 터였다. 갱 위쪽에는 무성하게 자라난 가시덤불이 입구를 막고 있었다. 맨 위쪽 사다리는 가로대들이 빠져 있어, 그것을 붙잡기 위해서는 마가목 뿌리에 매달려 운에 맡긴 채 캄캄한 어둠 속으로 뛰어내려야 했다.

덤불 뒤에 몸을 숨기고 초조하게 기다리던 에티엔은 나뭇가지들 사이로 뭔가 길게 스치는 소리를 들었다. 처음에는 뱀이 놀라서 도망치는 것이라고 생각했다. 그런데 갑자기 성냥불이 켜지는 것을 보고 깜짝 놀라 어리둥절해하다가 장랭을 알아보았다. 그는 초에 불을 붙여 들고 땅속으로 사라졌다. 강렬한 호기심에 사로잡힌 에티엔은 갱 입구로 다가가 안쪽을 들여다보았다. 아이는 어디론가 사라져 보이지 않았고, 두번째 발판에서 희미한 불빛이 비치고 있었다. 에티엔은 잠시 망설이다가 두 손으로 나무뿌리를 잡고 아래로 뛰어내렸다. 처음에는 갱의 깊이인 524미터만큼 아래로 떨어져야 하는 줄 알았는데, 이내 발끝에 사다리의 가로대가 닿는 게 느껴졌다. 그는 사다리를 타고 살그머니 아래로 내려갔다. 장랭은 아무 소리도 듣지 못한 게 분명했다. 에티엔은 자신의 발밑에서 불빛이 자꾸만 아래로 내려가는 것을 볼 수 있었다. 그러는 동안 거대하고 불안정한 소년의 그림자는 건들거리는 불구의 다리와 함께 춤을 추고 있었다. 그는 가로대가 떨어져 나간 곳에서는 늘어뜨린 다리를 흔들면서 원숭이처럼 능란하게 손과 발, 심지어 턱까지 사용해 사다리에 매달렸다. 각각의 길이가 7미터인 사다리들이 계속 이어졌다. 아직 견고해 보이는 것도 있었지만, 어떤 것은 곧 부러지기라도 할 것처럼 건들거리거나 삐걱거렸다. 게다가 썩어서 시퍼렇게 변한 비좁은 발판이 연이어 있어 마치 이끼 위를 걷는 기분이었다. 또한 아래로 내려갈수록 점점 더 뜨거워지는 열기에 숨이 턱턱 막혀왔다. 환기용 갱에서 전해지는 가마 속처럼 더운 열기였다. 다행히 화로는 파업을 시작한 뒤로 거의 작동되지 않았다. 만약 하루에 5천 킬로그램의 석탄을 먹어치우는 화로가 평소처럼 뜨거운 열기를 뿜어낸다면 산 채로 통닭구이가 될 위험을 무릅쓰지 않고는 내려가지 못할 터였다.

"망할 놈 같으니라고!" 에티엔은 숨을 헐떡거리며 욕설을 뱉어냈다. "도대체 어디까지 갈 작정인 거야?"

그는 두 번이나 아래로 곤두박질할 뻔했다. 축축한 나무 위에서 발이 미끄러진 것이다. 최소한 장랭처럼 촛불이라도 있었으면! 그는 발밑에서 자꾸만 멀어져가는 희미한 빛에 의지해 간신히 길을 찾아가느라 매 순간 벽에 머리를 부딪혔다. 벌써 스무번째 사다리인데도 계속 더 내려가야 했다. 그는 그때부터 사다리 개수를 세기 시작했다. 스물하나, 스물둘, 스물셋, 그런 다음에도 계속 내려갔다. 지독하게 뜨거운 열기에 머리가 부풀어오르면서 마치 불이 절절 끓는 가마 속으로 떨어진 것만 같았다. 마침내 한 적치장에 이른 그는 갱도 안쪽으로 달려가는 촛불을 발견했다. 사다리 서른 개를 거쳐 내려왔으니, 그는 대략 땅속 210미터 지점에 와 있는 셈이었다.

'대관절 어디까지 가려는 거지? 마구간으로 가서 틀어박혀 있을 생각인 게 분명해.' 그런 생각이 에티엔의 머릿속을 언뜻 스쳐갔다.

하지만 마구간으로 통하는 왼쪽 길은 무너져내린 흙으로 막혀 있었다. 그리하여 더 힘들고 위험한 여정이 다시 시작되었다. 인기척에 놀란 박쥐들이 적치장의 둥근 천장으로 가서 달라붙었다. 에티엔은 빛을 놓치지 않기 위해 서둘러야만 했다. 그는 장랭과 같은 갱도로 들어섰다. 하지만 아이가 뱀처럼 유연하게 빠져나간 곳을 힘겹게 지나가느라 팔다리에 온통 멍이 들었다. 통로가 막혀버린 다른 오래된 갱도들과 마찬가지로 이 갱도 역시 끊임없는 토압土壓 때문에 매일 조금씩 더 좁아지고 있었다. 어떤 곳에서는 가늘고 긴 관처럼 좁아지다가 통로가 아예 없어져버리기도 했다. 그렇게 갱도가 점점 좁아지는 과정에서 토압에 눌려 터져나가고 갈라진 갱목이 그의 살을 베고, 검처럼 날카로운 가시로 마치 꼬챙이에 꿰듯 그를 찌를 것처럼 위협했다. 그는 무릎으로 기거나 납작 엎드려 배로 기면서 앞쪽의 그림자에 의지해 극도로 조심스럽게 전진해야 했다. 어디선가 나타난 쥐떼가 그의 몸을 짓밟으면서 목덜미부터 발끝까지 요란하게 훑고 지나갔다.

"오, 맙소사! 대체 어디까지 가려는 거야?" 그는 온몸이 부서진 것 같은 고통으로 숨을 헐떡거리면서 신음을 뱉어냈다.

마침내 그곳에 이르렀다. 1킬로미터쯤 전진하자 비좁은 관 같던 통로가 넓어지면서 놀라울 정도로 잘 보존된 갱도의 일부가 나타났다. 자연 동굴처럼 보이는 그곳은 지층을 깎아 만든 곳으로, 예전에 탄차 운반로로 쓰이던 길 맨 안쪽에 위치해 있었다. 그는 걸음을 멈춰야 했다. 저멀리 장랭이 두 개의 바위 사이에 촛불을 내려놓고 편안한 자세를 취하는 게 보였다. 아이는 자기 집에 돌아온 것에 안도하며 행복해하는 사람처럼 평온한 얼굴이었다. 비좁은 갱도의 끝자락은 부족함이 없는 완벽하고도 안락한 거처로 변모해 있었다. 바닥 한구석에는 건초 더미로 푹신한 잠자리가 마련되어 있었다. 식탁 모양으로 세워놓은 오래된 목재 위에는 빵, 사과, 마시다 남긴 게네베르 병을 포함해 없는 게 없었다. 그야말로 진짜 도적의 소굴을 연상시킬 만큼 몇 주 전부터 차곡차곡 쌓아둔 물건들이 가득했다. 심지어 그에게 필요하지 않은 비누와 광택제까지 있었다. 단지 훔치는 즐거움만을 위해 훔친 것들이었다. 장랭은 이 모든 장물들 한가운데서 이기적인 도적처럼 한껏 흡족함을 맛보고 있었다.

"세상에, 이게 다 뭐지?" 에티엔은 잠시 숨을 돌리고는 소리쳤다. "우린 저 위에서 다 굶어죽게 생겼는데 넌 여기서 이런 걸 혼자 먹고 있다니, 어떻게 이럴 수가 있는 거야?"

장랭은 화들짝 놀라며 몸을 떨었다. 하지만 그가 에티엔인 것을 알고는 금세 침착함을 되찾으며 말했다.

"나랑 같이 저녁 먹을래요? 싫어요? 구운 대구 먹어봤어요?……

맛이 기막힌데."

그는 대구를 손에 들고 멋진 새 칼로 파리똥을 싹싹 긁어내기 시작했다. 칼집이 있는 단검에는 뼈로 된 손잡이가 달렸고, 손잡이에는 명구名句 대신 간단히 '사랑'이라는 말이 새겨져 있었다.

"칼이 아주 멋지구나." 에티엔이 말했다.

"리디가 선물로 준 거예요." 장랭은 리디가 자신의 지시에 따라 테트쿠페 맥줏집 앞에 있던 몽수의 행상에게서 훔친 것이라는 말은 굳이 덧붙이지 않았다.

그는 여전히 대구에 묻은 파리똥을 긁어내며 자랑스레 덧붙였다.

"내 비밀 공간 정말 근사하지 않아요?…… 여긴 저 위보다 더 따뜻하고 정말 좋은 냄새가 난다니까요!"

장랭이 계속 떠드는 것에 호기심이 생긴 에티엔은 바닥에 자리를 잡고 앉았다. 그는 이제 아주 용감하고 꾀바르게 악행을 저지르는 소년에게 분노가 아닌 흥미를 느끼고 있었다. 과연 장랭의 말대로 이 갱의 안쪽에서는 쾌적한 안락함이 느껴졌다. 이제는 열기가 그리 뜨겁게 느껴지지도 않았고, 바깥에서는 12월의 매서운 추위가 가난한 이들의 살갗을 갈라지게 하는 반면, 이곳에서는 계절과 상관없이 언제나 따뜻한 목욕물 같은 쾌적한 온도가 유지되고 있었다. 오랫동안 방치된 갱도에는 더이상 유해한 갱내 가스가 남아 있지 않았다. 이제 이곳에서는 오래되어 삭은 목재와 정향丁香 냄새가 살짝 더해진 것 같은 미묘한 에테르 냄새만이 느껴졌다. 게다가 나무들도 그 모습이 흥미롭게 변해 있었다. 마치 연노란색 대리석에 희끄무레한 레이스 술 장식이 달린 듯했고, 솜뭉치 같은 식물들이 실크와 진주로 된 장식용 수술로 나무들을 감싸고 있는 것 같았다. 또다른 나무들은 온통 버섯으로 뒤덮여 있었다. 새하얀 나방들이 날아다니고, 눈처럼 하얀 파리와 거미도 보였다. 태양의 존재를 전혀 알지 못하는 무색의 생물들이었다.

"그런데 여기 있으면 무섭지 않아?" 에티엔이 물었다.

장랭은 놀란 얼굴로 그를 쳐다보며 되물었다.

"뭐가 무서워요? 여긴 나 혼자밖에 없는데."

드디어 건대구가 깨끗이 닦였다. 장랭은 장작을 모아 불을 붙인 다음 다 타지 않은 나무들을 늘어놓고 그 위에다 생선을 구웠다. 그리고 빵을 두 쪽으로 잘랐다. 대구는 엄청나게 짰지만, 위장이 튼튼한 이들에게는 기막히게 맛있는 식사였다.

에티엔은 장랭이 나눠주는 음식을 기꺼이 받아먹었다.

"우리는 전부 말라가고 있는데 너만 살찌는 게 놀랄 일도 아니었구나. 너 혼자만 이렇게 배터지게 먹는 건 비열한 짓이야!…… 다른 식구들은 굶어죽든 말든 상관없다는 거야?"

"젠장! 다른 사람들이 멍청해서 굶는 게 어째서 내 잘못이라는 거죠?"

"어쨌거나 여기 숨어 있는 건 잘하는 거다. 네 아버지가 네가 도둑질한다는 걸 알았다간 넌 뼈도 못 추릴 테니까."

"마치 부르주아들은 우리한테서 아무것도 빼앗아가지 않는 것처럼 말하네요! 맨날 그런 말을 한 건 바로 당신이잖아요. 내가 메그라의 가게에서 이 빵을 가져온 건 사실이지만, 난 그 사람이 우리한테 빚진 빵을 받아온 것뿐이라고요."

에티엔은 장랭의 말에 당혹스러워하며 아무 말 없이 음식을 꾸역꾸역 먹었다. 그러고는 아이를 유심히 바라보며 생각에 잠겼다. 뾰족한 얼굴에 초록빛 눈, 커다란 귀가 두드러져 보이는 장랭은 발육이 더딘 아이 같은 모습과는 달리 과거의 동물성으로 서서히 회귀하는 듯한 원초적인 지혜로움과 야생적인 교활함을 동시에 지니고 있었다. 그를 그렇게 만들어놓은 탄광은 그의 다리를 부러뜨림으로써 그를 끝장냈던 것이다.

"그런데 혹시 리디를 여기로 가끔 데려오기도 하니?" 에티엔이 다시 물었다.

장랭은 경멸적인 웃음을 터뜨렸다.

"그 여자애를 여기로요? 아, 그건 절대 안 될 말이죠!…… 여자들은 입이 싸거든요."

그는 리디와 베베르에 대한 경멸이 가득한 표정으로 계속 웃어댔다. 그렇게 멍청한 애들은 세상에 다시없을 터였다. 장랭이 꾸며낸 이야기들을 곧이곧대로 믿고 번번이 빈손으로 돌아가다니! 그는 이렇게 따뜻한 곳에서 맛난 대구를 포식하고 있는데! 그런 생각만 해도 기분이 좋아지는 것 같았다. 그는 꼬마 철학자처럼 근엄한 얼굴로 결론짓듯 말했다.

"혼자 있는 게 백번 나아요. 누구랑 다툴 일이 없거든요."

에티엔은 빵을 마저 먹고 게네베르 한 모금을 마셨다. 그는 잠시, 장랭의 환대를 무시하고 그의 귀를 잡아 밖으로 끌고 나가서, 다시 도둑질을 하면 아버지에게 모두 일러바치겠다고 으름장을 놓아야 하는 게 아닐까 생각했다. 하지만 깊숙한 곳에 위치한 아이의 은둔처를 살펴보면서 어떤 생각이 떠올랐다. 혹시 모르는 일 아닌가? 훗날 저 위에서 일이 잘못될 경우 동료들이나 그가 이곳으로 와 몸을 숨기게 될지도? 에티엔은 장랭에게 앞으로는 절대 외박하지 않겠다고 다짐하게 했다. 아이는 종종 거처의 건초 더미에서 깜빡 잠이 들곤 했던 것이다. 에티엔은 장랭이 혼자 조용히 살림을 정리하게 놔두고, 몽땅한 초를 들고 먼저 그곳을 나왔다.

라 무케트는 매서운 추위에도 불구하고 들보 위에 앉아 애타게 그를 기다리고 있었다. 그러다 에티엔을 알아보고는 한걸음에 달려와 그의 목에 매달렸다. 그가 이제 다시는 그녀를 만나지 않겠다고 한 말은 비수가 되어 그녀의 심장을 찔렀다. 맙소사! 왜 그래야 한단 말인가? 그를 향한 그녀의 사랑이 부족하다는 건가? 에티엔도 그녀의 집으로 들어가고 싶은 유혹을 떨치기 위해 길 쪽으로 그녀를 이끌면서 되도록 다정하게 자신의 처지를 설명했다. 그가 그녀와 만나는 게 동료들 눈에 띄면 그는 곤란한 처지에 놓이게 될 것이다. 게다가 그의 정치적인 신조까지 위태롭게 할 수 있었다. 그러자 라 무케트는 의아한 얼굴로 물었다. 이게 그네들의 정치와 무슨 상관이 있단 말인가? 그러다 문득 그가 자신을 만나는 것을 부끄럽게 생각할지도 모른다는 생각이 들었다. 그렇더라도 그녀는 전혀 상처받지 않을 것이다. 그것은 지극히 자연스러운 일이기 때문이다. 심지어 더이상 함께 어울리지 않는다는 인상을 주기 위해 사람들 앞에서 그가 자신의 따귀를 때려도 상관없었다. 대신 아주 가끔씩이라도 좋으니 그가 자신을 만나주기만 하면 되었다. 라 무케트는 미친듯이 에티엔에게 매달려 간곡히 애원했다. 그녀는 결코 남의 눈에 띄지 않게 그를 만날 것이며, 그를 오 분 이상 붙들어두지 않겠다고 맹세했다. 에티엔은 무척 감동했지만 여전히 그녀의 청을 거절했다. 그래야만 했다. 그리고 그녀를 떠나면서 마지막으로 그녀를 한 번 다정하게 안아줘야겠다고 생각했다. 한 발짝, 한 발짝, 두 사람은 몽수의 집들이 처음으로 보이는 곳에 다다랐다. 두 사람은 크고 둥근 달이 훤히 비치는 곳에서 서로를 꼭 껴안았다. 그때 그들 가까이 지나가던 한 여자가 발부리가 돌에 걸린 것처럼 화들짝 놀랐다.

"누구였어요?" 에티엔이 불안한 얼굴로 물었다.

"카트린이에요." 라 무케트가 대답했다. "장바르에서 일을 마치고 오는 길인가봐요."

여자는 몹시 지친 기색으로 고개를 숙인 채 후들거리는 다리로 그들 곁을 지나쳐갔다. 에티엔은 그런 모습을 카트린에게 들켰다는 사실에 절망감을 느끼며 멀어져가는 그녀를 물끄러미 바라보았다. 왠지 모를 회한이 그의 가슴을 후벼파는 것 같았다. 그녀도 다른 남자와 함께 있지 않은가? 그녀도 레키야르로 가던 길에서 그 남자에게 자신을 허락해 그에게 고통을 안겨주지 않았던가? 하지만 그 모든 것에도 불구하고 똑같은 방법으로 그녀에게 고통을 안겨주었다는 생각이 그를 괴롭혔다.

"그거 알아요?" 카트린이 떠나자 라 무케트가 눈물을 글썽이며 조그맣게 말했다. "당신이 날 원하지 않는 건 다른 여자를 좋아하기 때문이에요."

이튿날은 날씨가 기막히게 좋았다. 하늘은 청명하면서 몹시 차가워 보이고 발밑에서는 꽁꽁 얼어붙은 땅이 크리스털처럼 맑게 울리는 아름다운 겨울날이었다. 장랭은 오후 한시부터 집을 빠져나갔다. 하지만 그는 교회 뒤에서 베베르를 기다려야 했다. 그들은 하마터면 리디 없이 그곳을 떠날 뻔했다. 그녀의 엄마가 그녀를 또 지하 저장고에 가둬놓았기 때문이다. 그러다 민들레 잎을 한 바구니 가득 따오는 조건으로 그녀를 막 내보내주었다. 그녀의 엄마는 만약 민들레 잎을 잔뜩 가져오지 못하면 다시 지하 저장고에 가두어 밤새 쥐들과 친구하게 만들겠다고 으름장을 놓았다. 겁이 난 리디는 당장 샐러드거리를 따러 가려고 했다. 하지만 장랭이 그녀를 만류했다. 그런 건 나중에 해도 될 일이었다. 그는 오래전부터 라스뇌르의 커다란 토끼 폴로뉴에게 눈독을 들이고 있었다. 그런데 그가 아방타주 앞을 지날 때 마침 그 토끼가 길로 뛰쳐나왔다. 장랭은 단번에 토끼의 두 귀를 잡아채어 리디의 바구니에 집어넣었다. 그런 다음 세 아이는 전속력으로 달아났다. 이제 토끼를 개처럼 숲속까지 뛰어다니게 하면서 신나게 노는 일만 남아 있었다.

그런데 아이들은 가던 길을 멈추었다. 자샤리와 무케가 다른 동료 두 사람과 맥주 한잔을 걸친 뒤 거하게 한판 벌이는 크로스 시합을 지켜보기 위해서였다. 경기에 내걸린 상품은 라스뇌르 주점에 맡겨놓은 새 모자와 붉은색 머플러였다. 두 사람씩 짝지은 네 명의 선수는 르보뢰 탄광에서 파요 농장까지 3킬로미터에 이르는 첫번째 구간의 예상 주파 수에 대한 예측을 내놓았다. 그리고 승리는 자샤리에게 돌아갔다. 그는 일곱 번의 타구打球 만에 구간을 주파할 것을 장담했고, 무케는 여덟 번을 주장했다. 그들은 회양목을 달걀처럼 깎아 만든 공의 뾰족한 끝이 위로 향하도록 포석 위에 내려놓았다. 모두들 자신의 타구채를 힘껏 쥐고 있었다. 쇠로 만든 비스듬한 타구채에는 끈으로 단단하게 감아놓은 기다란 손잡이가 달려 있었다. 그들이 시합을 시작했을 때 두시를 알리는 종이 울렸다. 자샤리는 연속으로 세 번 타구하는 1회전에서 당당히 사탕무밭을 가로질러 400미터가 넘게 공을 날려보냈다. 예전에 사람이 공에 맞아 죽는 사고가 발생한 뒤로 마을과 도로 내에서는 경기를 할 수 없도록 금지되어 있었다. 자샤리 못지않게 건장한 무케는 팔을 힘차게 휘둘러 단 한 번에 공을 150미터 뒤쪽으로 보냈다. 그렇게 한 조는 공을 앞으로, 다른 한 조는 다시 공을 뒤로 보내는 식으로 경기가 이어졌다. 시합 내내 그들은 얼어붙은 밭두렁 사이를 달리느라 발이 온통 멍투성이가 되었다.

장랭과 베베르, 리디는 선수들의 힘찬 타격에 열광하며 그들을 뒤쫓아 함께 달려갔다. 그러다 바구니 속에서 흔들리고 있는 폴로뉴에 생각이 미쳤다. 아이들은 들판 한복판에서 경기 관람을 그만두고 토끼를 꺼내 얼마나 잘 달리는지 보려고 했다. 토끼가 달아나자 아이들은 다 같이 그 뒤를 쫓았다. 한 시간 동안 정신없이 달리며 수시로 방향을 바꾸고, 토끼를 겁주기 위해 소리를 지르거나 두 팔을 크게 벌려 토끼를 잡으려다 허공에서 손뼉을 치기도 했다. 폴로뉴가 임신 초기만 아니었다면 아이들에게 잡히는 일은 결코 없었을 터였다.

숨이 차 헐떡거리던 아이들은 어디선가 들려오는 욕설에 뒤를 돌아보았다. 어느새 크로스 시합이 한창 진행되고 있는 한가운데로 들어와 있었던 것이다. 그 바람에 자샤리는 하마터면 공으로 자기 동생의 머리를 날려버릴 뻔했다. 이제 경기는 4회전으로 접어들었다. 선수들은 파요 농장에서 카트르슈맹까지, 그리고 카트르슈맹에서 몽투아르에 이르는 길을 달려왔다. 그리고 이젠 여섯 번의 타구 만에 몽투아르에서 프레데바슈까지 가야 했다. 그 얘기인즉, 한 시간 동안 10킬로미터를 달려왔다는 뜻이었다. 거기에는 뱅상 주막과 트루아사주* 맥줏집에 들른 시간은 포함되지 않았다. 이번에는 무케가 앞서나가고 있었다. 공을 두 번만 더 앞으로 보내면 승리는 확실히 그의 것이었다. 하지만 자샤리가 그를 비웃으며 교묘한 기술로 공을 뒤로 보내 깊은 구덩이 속에 빠뜨렸다. 그리고 무케의 짝이 공을 꺼내지 못하는 바람에 그들 조는 패배하고 말았다. 그러자 네 명의 선수 모두 큰 소리를 외치면서 시합의 열기가 한층 고조되었다. 이제 동점이 되어 경기를 처음부터 다시 시작하는 셈이었기 때문이다. 이제 다음 목표 지점인 에르브루스까지는 2킬로미터가 채 남지 않았다. 그들은 다섯 번의 타구만에 그곳에 이른 뒤, 르르나르 주점에서 맥주로 목을 축이며 쉬어 갈 참이었다.

그런데 장랭에게 다른 생각이 떠올랐다. 그는 선수들을 먼저 가게 한 다음, 주머니에서 끈을 꺼내 폴로뉴의 왼쪽 뒷다리에 묶었다. 토끼는 몹시도 처량하게 허벅지를 질질 끌고 뒤뚱거리며 뛰어갔다. 세 악동은 그 광경을 보고 깔깔댔다. 지금껏 이렇게 재미있는 것은 처음이었다! 그러고 나서 이번에는 토끼가 더 빨리 달릴 수 있도록 끈을 토끼의 목에 묶었다. 그러다 토끼가 지친 듯하자 토끼를 마치 장난감 마차처럼 배와 등으로 뒤집어 번갈아 끌고 다녔다. 그렇게 한 시간 넘게 끌려다니던 토끼는 신음 소리와 함께 숨을 헐떡거렸다. 그러다 크뤼쇼 부근의 숲 가까이에서 크로스 선수들의 소리가 들리자 재빨리 토

---

* '세 명의 현자'라는 뜻.

끼를 다시 바구니 속에 집어넣었다. 아이들이 또다시 시합을 방해했던 것이다.

지금까지 자샤리와 무케 그리고 다른 두 선수는 애초부터 거쳐갈 작정이던 주점들에서 맥주를 들이켜는 것 말고는 별다른 휴식 없이 수킬로미터를 달려온 터였다. 에르브루스에서 뷔시, 크루아드피에르, 그리고 샹블레까지 이어지는 긴 여정이었다. 꽁꽁 얼어붙은 땅 위로 튀어오르는 공을 쫓아 쉼 없이 달리는 그들의 묵직한 발밑에서 쿵쿵 소리가 울렸다. 지금은 크로스 시합을 하기에 완벽한 날씨였다. 다리가 부러질 위험은 있어도 진 땅에 발이 빠질 염려는 없기 때문이었다. 지금처럼 건조한 날씨에서는 타구채를 한 번 휘두를 때마다 마치 총을 쏘는 것 같은 소리가 났다. 선수들은 힘줄이 울끈불끈 솟은 두 손으로 끈이 칭칭 감긴 타구채의 손잡이를 꼭 쥐고 마치 황소라도 때려잡을 것처럼 온몸으로 돌진했다. 그렇게 몇 시간 동안, 너른 평원의 끝에서 끝으로, 도랑과 산울타리, 도로의 경사지, 울타리로 둘러싸인 땅의 나지막한 담을 넘어가며 시합이 이어졌다. 크로스 시합을 하려면 튼튼한 폐와 유연한 무릎 관절을 갖춰야만 했다. 채탄부들은 시합하는 동안 몸을 풀면서 탄광에서 쌓인 스트레스를 날려보냈다. 스물다섯 살 먹은 젊은 광부들 중에는 하루에 40킬로미터나 달릴 수 있을만큼 힘이 넘치는 이들도 있었다. 하지만 마흔 살이 되면 몸이 너무무거워 더이상 달릴 수 없었다.

어느덧 다섯시를 알리는 종이 울리고, 벌써 해가 뉘엿뉘엿 넘어가고 있었다. 누가 모자와 머플러를 차지할 것인지 결정하기 위해서는 아직 방담 숲까지 1회전을 더 치러야 했다. 자샤리는 늘 그러듯이 정치적인 것에 대한 무관심을 드러내며 우스갯소리를 했다. 시합중에 그들이 날린 공이 방담 숲에 모인 동료들 한가운데로 떨어지면 아주 재미있지 않겠는가. 장랭은 탄광촌을 떠나올 때부터 들판을 어슬렁거리는 척하면서 실은 방담 숲으로 향하고 있었다. 리디는 자신의 행동을 후회하며 엄마한테 꾸중 들을 것이 두려워 민들레 잎을 따러 르 보뢰로 가야겠다고 했다. 그러자 장랭은 분노하는 몸짓을 해 보이며 그녀에게 으름장을 놓았다. 자신들은 동료들의 모임에 참석하지 않아도 된다는 건가? 장랭은 어른들이 무슨 말을 하는지 꼭 들어보고 싶었다. 그는 베베르에게 숲까지 가는 동안 자신과 리디를 즐겁게 해달라면서, 폴로뉴를 맸던 끈을 풀고 자갈을 던지면서 쫓아갈 것을 제안했다. 그의 음흉한 속셈은 토끼를 죽여 레키야르의 은둔처로 가져가 혼자서 먹어치우려는 것이었다. 토끼는 두 귀를 늘어뜨린 채 코를 벌름거리며 다시 달리기 시작했다. 돌멩이 하나가 토끼의 등가죽을 벗기고, 다른 하나는 꼬리를 잘라냈다. 날이 점점 어두워지고 있었지만, 숲속 빈터 한가운데 서 있는 에티엔과 마외를 발견하지 않았다면 아이들은 끝내 토끼를 죽음으로 내몰았을 터였다. 아이들은 후다닥 토끼에게로 달려들어 다시 바구니 속에 집어넣었다. 그와 거의 동시에 자샤리와 무케 그리고 또다른 두 사람은 마지막으로 힘차게 타구채를 휘둘러 숲속 빈터에서 몇 미터 떨어지지 않은 곳으로 공을 날려보냈다. 그들 모두는 만남의 장소 한가운데에서 수많은 광부들과 맞닥뜨리게 된 것이다.

석양 무렵부터 주변 지역 전역에서 평원에 난 도로와 조그만 오솔길로 길고 긴 행렬이 이어졌다. 혼자 또는 무리를 이룬 말없는 그림자들의 물결이 보랏빛 감도는 무성한 숲을 향해 흘러가고 있었다. 그 시각, 탄광촌들은 하나같이 텅 비어 인적을 느낄 수 없었다. 여자들과 아이들마저 화창한 날에 산책을 나서듯 모두 어디론가 떠났다. 이제 길이 어두워진 탓에 똑같은 목표를 향해 말없이 행진하고 있는 무리를 뚜렷이 알아보기란 힘들었다. 다만 혼란스러우면서도 오직 한마음으로 땅을 쿵쿵 밟으며 앞으로 나아가는 수많은 사람들의 존재를 어렴풋이 느낄 수 있을 뿐이었다. 산울타리와 덤불숲 사이로 나뭇가지가 가볍게 스치는 소리와 밤의 정적을 뚫고 울려퍼지는 아련한 웅성거림이 들려왔다.

그때 마침 암말을 타고 집으로 돌아가던 엔보 씨는 어디선가 아득히 들려오는 소리에 귀를 기울였다. 그는 이 아름다운 겨울 저녁에 한가로이 거리를 거니는 연인들과 산책객들과 마주쳤다. 연인들은 여전히 담장 뒤에 몸을 숨기고서 입술과 입술을 맞대고 그들만의 유희에 탐닉했다. 그런 광경은 일상처럼 늘 마주치던 게 아니었던가? 움푹 파인 구덩이 안쪽에 나자빠져 있는 여자들, 공짜로 즐길 수 있는 유일한 즐거움에 빠져드는 가난한 자들의 몸짓을 늘 보아오지 않았던가? 그렇게 서로 사랑할 수 있는 행복을 마음껏 누리면서도 삶이 힘들다고 불평들을 늘어놓다니, 참으로 어리석고 탐욕스러운 자들이 아닌가! 그는 자갈밭에서 온몸과 온 마음을 다해 열정적으로 사랑을 나눌 수 있는 여자와 인생을 다시 시작할 수만 있다면 저들처럼 굶어죽어도 상관없다고 생각했다. 그는 자신이 그 무엇으로도 위로가 안 될 만큼 불행하다고 생각하면서 빈곤한 삶을 사는 사람들을 부러워했다. 그는 고개를 숙인 채 느릿느릿 움직이는 말을 타고 집으로 돌아갔다.

멀리 어둠이 깔린 들판 깊숙한 곳에서 한참 동안 아스라이 들려오는, 연인들이 사랑을 나누는 소리라고 여겨지는 웅성거림에 깊은 절망감을 느끼면서.

7

그들이 모인 장소는 플랑데담에 위치한 거대한 숲속 빈터였다. 최근에 벌목으로 조성된 그곳은 길게 뻗은 완만한 언덕을 이루고 있었다. 초록색 이끼가 뒤덮인 무성한 아름드리 너도밤나무들이 하얀 기둥들처럼 질서정연하게 늘어서서 빈터를 에워싸고 있었다. 한편으로는 벌목된 나무들이 마치 거인처럼 아직 풀숲에 길게 누워 있고, 그 왼편으로는 잘린 나무들이 잘 정돈된 정육면체 모양으로 차곡차곡 쌓여 있었다. 해가 짐에 따라 추위가 점점 더 심해지면서 얼어붙은 이끼들이 발밑에서 바스락거렸다. 땅 위에는 칠흑 같은 어둠이 내려 있었고, 높다란 나뭇가지들은 희부연 하늘을 배경으로 윤곽이 또렷이 드러나 보였다. 하늘에서는 지평선으로 올라오는 보름달이 별빛을 가리려 하고 있었다.

3천 명에 가까운 광부들이 그곳으로 모여들었고, 여자들과 아이들까지 가세한 수많은 사람들이 차츰 숲속 빈터를 채우면서 멀리 나무 아래까지 빼곡히 들어찼다. 또한 뒤늦게 도착하는 사람들이 계속 몰려들면서 어둠에 잠긴 얼굴들의 물결이 인접한 잡목림까지 길게 이어졌다. 그리하여 꽁꽁 얼어붙은 고요한 숲속에서 폭풍우를 예고하는 바람 소리처럼 우르릉거리는 소리가 흘러나왔다.

　언덕 전체를 굽어볼 수 있는 높은 곳에는 에티엔이 라스뇌르, 마외와 함께 서 있었다. 그들 사이에 언쟁이 벌어지면서 불쑥불쑥 커지는 목소리가 언뜻언뜻 들려왔다. 세 사람 가까이 있는 몇몇 남자들은 그들의 말에 귀를 기울이고 있었다. 르바크는 두 주먹을 꼭 쥐고 있고, 등을 돌리고 서 있던 피에롱은 더이상 아프다는 핑계를 댈 수 없어 몹시 불안해했다. 또한 본모르 영감과 무크 영감은 깊은 생각에 잠긴 모습으로 나무 그루터기에 나란히 걸터앉아 있었다. 그들 뒤쪽으로는 자샤리와 무케를 비롯해 그저 시간이나 때우며 노닥거리려고 온 무리가 보였다. 그들과 달리 부인네들은 삼삼오오 모여 앉아 교회에서처럼 진지한 얼굴을 하고 있었다. 라 마외드는 라 르바크가 웅얼거리며 내뱉는 욕설에 말없이 고개를 저었다. 필로멘은 겨울이 시작된 뒤로 기관지염이 도져서 연신 기침을 해댔다. 오직 라 무케트만이 라 브륄레가 자기 딸을 욕하는 소리에 재미있어하면서 활짝 웃고 있었다. 천하에 못돼먹은 라 피에론은 토끼고기를 혼자서만 실컷 먹을 속셈으로 늙은 어미를 밖으로 내보내고, 남편의 비열한 짓거리로 피둥피둥 제 살을 찌우는 비겁한 계집이었다. 장랭은 나뭇더미 위에 올라가 리디를 들어올리면서 베베르에게도 자기를 따라 하라고 강요했다. 그러면 다른 사람들보다 훨씬 더 높은 곳에서 구경할 수 있을 터였다.

파업 노동자들 사이의 다툼은 정식으로 집행부를 선출할 것을 주장하는 라스뇌르 때문에 벌어졌다. 그는 봉주아이외에서 패배한 데 분노하면서 그 치욕을 반드시 갚겠노라고 다짐했다. 그는 대표단이 아닌 광부들 앞에 선다면 예전 권위를 되찾을 수 있을 거라고 자신했다. 에티엔은 그의 주장에 맞서, 이런 숲속에서 집행부 운운하는 것은 터무니없는 생각이라고 반박했다. 탄광회사가 그들을 짐승처럼 내몰고 있으므로 그들 역시 혁명적으로 거칠게 대응해야 할 터였다.

언쟁이 자꾸 길어지자, 에티엔은 갑자기 나무 그루터기 위로 올라가 큰 소리로 외치면서 군중을 장악했다.

"동지들! 친애하는 동지 여러분!"

그러자 군중의 혼란스러운 웅성거림이 긴 한숨 소리처럼 차츰 잦아들었다. 그사이 마외는 라스뇌르의 항의를 저지했다. 에티엔은 쩌렁쩌렁한 목소리로 이야기를 계속했다.

"동지 여러분, 저들이 우리에게 침묵을 강요하고, 우리가 마치 도적떼라도 되는 양 헌병들을 보내 우리를 가로막으려 하기에 우리가 오늘 이곳에 모이게 되었습니다! 이곳에서 우리는 누구의 방해도 받지 않고 자유롭게 말할 수 있습니다. 저 하늘의 새들과 숲속의 동물들을 침묵하게 할 수 없듯이, 이제 그 누구도 더이상 우리를 침묵하게 할 수 없을 것입니다!"

청중은 우레와 같은 박수와 외침 그리고 탄성을 쏟아내며 그의 말에 응답했다.

"옳소, 옳소, 숲은 우리 것이오. 여기서는 무슨 말이든 할 수 있는 권리가 있는 거야…… 얼른 얘기를 계속하시오!"

에티엔은 한동안 나무 그루터기 위에 꼼짝 않고 서 있었다. 아직 지평선에 걸려 있는 달은 여전히 높은 나뭇가지들만 비추었다. 어둠에 잠긴 군중은 점점 차분해져 침묵을 지키고 있었다. 에티엔 역시 어둠으로 인해 언덕 꼭대기에 우뚝 솟은 시커먼 나무막대처럼 보였다.

그는 느린 몸짓으로 천천히 한 팔을 치켜들고 이야기를 시작했다. 이제 그의 목소리는 더이상 요란하게 울리지 않으면서 그간의 일을 보고하는 민중의 특사 같은 차분한 어조를 띠었다. 드디어 그는 봉주아이외에서 경찰서장 때문에 중단되었던 연설을 재개했다. 그는 애써 학문적인 유창함을 드러내며 파업의 역사를 간략히 설명하는 것으로 이야기를 시작했다. 그리고 오직 사실만을, 있는 사실 그대로를 이야기한다는 것을 강조했다. 그는 먼저 자신은 파업에 반대하는 입장임을 밝혔다. 파업을 원한 것은 광부들이 아니었다. 탄광회사 사장이 새로운 갱목 요금제를 내세우며 파업을 하도록 그들을 부추겼던 것이다. 그다음으로 그는 대표단이 사장의 집으로 찾아가 협상을 시도했던 일과 이사회의 기만적인 태도를 이야기했다. 나중에 두번째로 사장을 찾아갔을 때 그는 뒤늦게 타협에 응하는 척하며 자신들에게서 훔쳐간 2상팀을 되돌려주겠다고 했다. 그것이 지금 그들이 처한 상황이었다. 이제 에티엔은 구체적인 수치를 들어가며 잔고가 바닥난 공제조합 기금과 협회에서 보내온 지원금의 사용처에 관해 설명했다. 그리고 세상의 정복이라는 대의를 위해 힘쓰느라 협회가 더이상 그들을 도와주지 못하는 점에 대해 플뤼샤르와 다른 동지들을 대신해 사과의 말을 전했다. 따라서 상황은 점점 더 나빠졌고, 회사는 광부들을 해고하면서 벨기에에서 노동자들을 데려올 거라며 으름장을 놓았다. 게다가 의지가 약한 노동자들을 위협해 상당수의 광부들을 다시 갱으로 내려가게 했다. 에티엔은 말하는 내내 그런 나쁜 소식들을 강조하려는 듯 시종일관 변함없는 어조를 유지했다. 이제 굶주림이 그들을 쓰러뜨렸고, 모든 희망이 사라졌으며, 그들의 고통스러운 투쟁은 마지막으로 용기를 낼 것을 요구하고 있었다. 그는 불쑥, 하지만 목소리를 높이지 않고 결론짓듯 말했다.

"동지 여러분, 따라서 오늘밤 우리는 이런 최악의 상황에서 결정을 내려야만 합니다. 여러분은 파업을 계속하기를 원합니까? 만약 그렇다면 회사와 싸워 이기기 위해 무엇을 어떻게 할 작정입니까?"

별이 총총하게 빛나는 하늘에서 깊은 침묵이 쏟아져내렸다. 어둠에 잠겨 형체를 알아볼 수 없는 군중은 가슴을 짓누르는 무거운 말에 아무런 반응도 보이지 않았다. 나무들 사이로 그들의 절망적인 숨소리만이 희미하게 들려왔다.

하지만 어느새 에티엔은 달라진 목소리로 말을 이어갔다. 이제 그는 국제노동자협회의 지부장으로서 이야기하고 있지 않았다. 그는 무리의 우두머리요, 그들에게 진실을 전해주는 사도使徒였다. 모두들 이대로 포기함으로써 스스로의 맹세를 저버리는 비겁한 사람들이 될 것인가? 아니, 그럴 수는 없다! 만약 그렇게 된다면 그들은 한 달 전부터 아무 보람 없이 죽도록 고생만 한 꼴이 되고 마는 것이다. 그리하여 고개를 숙인 채 갱으로 돌아가 죽을 때까지 이 지긋지긋한 삶을 이어가야만 할 것이다! 그렇게 살 바에는 차라리 노동자들을 굶어죽게 만드는 자본가들의 횡포에 맞서 투쟁하다가 여기 이 자리에서 죽어버리는 게 낫지 않겠는가? 언제까지고 굶주림 앞에 굴복하기를 반복하다가 더이상 견딜 수 없을 때가 돼서야 또다시 맞서 싸우고자 한다면, 그보다 더 어리석은 일이 또 어디 있겠는가? 에티엔은 노동자들이 얼마나 착취당하고 있는지를 여실히 보여주었다. 광부들은 탄광 산업의 치열한 경쟁에서 살아남기 위해 탄광회사가 채탄 원가를 낮추는 즉시 그 위기로 인한 직격탄을 홀로 감당하며 주린 배를 움켜쥐어야 하는 지경에 이르는 것이다. 그것은 절대로 있을 수 없는 일이다! 회사가 제시하는 새로운 갱목 요금제는 결코 받아들일 수 없다. 사측은 교묘한 수법으로 노동자들의 임금을 삭감하고 그들 각자에게서 하루 한 시간씩의 노동을 훔치는 셈이었다. 더이상 이대로 두고볼 수만은 없다. 극단으로 내몰린 노동자들이 정의가 무엇인지를 똑똑히 보여줘야 할 때가 온 것이다.

그는 두 팔을 위로 치켜든 채 잠시 꼼짝하지 않았다. 군중은 그가 내뱉은 정의라는 말에 오랫동안 전율하며 숲이 떠나가도록 박수를 쳤다. 박수 소리가 마른 나뭇잎 부서지는 소리처럼 숲속으로 길게 퍼져나갔다. 여기저기서 크게 외치는 소리가 들려왔다.

"그래, 정의야!…… 이제 정의가 뭔지를 보여줘야 해, 정의를!"

에티엔은 점차 자신의 말에 빠져들었다. 그는 라스뇌르처럼 쉽게 물 흐르듯 말하는 달변가가 아니었다. 이야기 도중 종종 말문이 막히기도 했고, 문장 하나를 생각해내기 위해 머리를 쥐어짜거나 어깨를 들썩이며 자기 말을 뒷받침하기도 했다. 다만 그렇게 끊임없이 고민하는 와중에 청중을 사로잡을 수 있는 생생하고도 익숙한 이미지들을 떠올릴 수 있었다. 그리하여 작업장에서 일하는 노동자 같은 몸짓으로 그것들을 그려냈다. 팔꿈치를 오므렸다 펴기를 반복하고, 두 주먹을 내밀고, 마치 무언가를 깨물려는 듯 갑자기 앞으로 턱을 내밀기도 하면서 청중에게 깊은 인상을 심어주었다. 모두들 이구동성으로, 그는 대단한 연사는 아니지만 다른 사람들이 그의 말에 귀기울이게 하는 힘이 있다고 말했다.

"임금제도는 노예제도의 새로운 형태일 뿐입니다." 에티엔은 조금 전보다 더 떨리는 목소리로 말을 이었다. "바다가 어부들의 것이고, 대지가 농부들의 것이듯, 갱은 우리 광부들의 것이 되어야 합니다…… 그렇지 않습니까, 여러분? 갱은 여러분의 것입니다. 우리는 이미 한 세기 전부터 수많은 피와 굶주림으로 그 값을 치러왔습니다!"

이제 그는 법에 관한 난해한 문제들을 거침없이 언급하면서, 그 자신도 잘 모르는 탄광에 관한 특별법들을 설명했다. 대지와 마찬가지로, 그 아래에 있는 지하 또한 국가에 속하는 것이었다. 그런데 탄광회사들이 비열하기 짝이 없는 특혜를 내세워 그것들을 몽땅 차지해버렸다. 더구나 몽수로 말하자면, 그런 상황을 더더욱 용납할 수 없었다. 탄광회사들이 소유한 채굴권의 적법성은 에노* 지방의 오랜 관습에 따라 예전 봉토였던 곳의 소유주들과 맺은 협정으로 인해 그 정당성이 의문시되고 있었다. 따라서 광부들은 본래 자신들에게 속했던 것을 도로 찾아오면 되는 것이었다. 그는 두 손을 뻗어 숲 너머로 광활하게 펼쳐진 지역 전체를 가리켰다. 바로 그때, 지평선 위로 솟은 달이 높은 나뭇가지들 사이로 그를 훤히 비췄다. 여전히 어둠에 잠겨

---

* 현재의 벨기에 서남부와 프랑스 북부에 걸쳐 있는 지역을 가리킨다.

있던 군중은 새하얀 달빛 아래 그들에게 두 손 가득 재물을 나눠주는 듯한 그를 알아보고는 다시 한참 동안 박수를 보내며 열광했다.

"옳소, 옳소, 지당한 말씀이오, 브라보!"

그러자 에티엔은 그가 가장 좋아하는 주제로 방향을 바꾸어 노동수단의 집산화集産化를 언급하기 시작했다. 그것을 간단히 요약해 말하는 동안 그는 자신의 거칠고 서툰 표현에조차 우쭐한 기분을 느꼈다. 이제 그는 전혀 딴사람이 되어 있었다. 처음에는 연대의식에 대한 감상주의에 빠져 임금제도를 개혁할 필요성 정도만을 얘기하던 초심자의 위치에서 그것을 완전히 폐지하자고 주장하는 정치적인 개혁가로 발전해 있었던 것이다. 봉주아이외에서 모일 때까지만 해도 인도주의적이고 형식이 갖춰지지 않았던 그의 집산주의는 이제 그보다 더 복잡한 프로그램으로 굳어져, 매 항목이 학술적인 논쟁거리로 변화했다. 우선 그는 자유는 국가를 무너뜨림으로써만 획득된다고 주장했다. 그리하여 민중이 국가를 장악했을 때에야 비로소 개혁이 시작될 수 있는 것이다. 원초적인 초기 공동체로 회귀하고, 전통적인 도덕성에 기반을 둔 억압적인 가족 대신 평등하고 자유로운 가족을 구성하며, 노동수단의 소유와 풍요로운 생산물 덕분에 개인의 독립성을 보장해줄 수 있는 시민들의 정치적이고 경제적인 완전한 평등을 이루며, 마지막으로 공동체의 지원을 토대로 무상 직업교육을 실현해야만 하는 것이다. 그렇게 하려면 낡고 부패한 사회를 몽땅 갈아엎고 새로 만들어야만 한다. 그는 이번에는 결혼 제도와 상속권을 공격했다. 그리고 각자의 재물을 통제하고 구시대가 부당하게 쌓아올린 유물들을 모두 파괴할 것을 주장하면서, 늘 그러듯 한쪽 팔을 크게 움직여 무르익은 곡식을 베는 사람 같은 몸짓을 해 보였다. 그런 다음 다른 한 손으로는, 20세기와 함께 찾아올 미래의 인류를 대변할 진실과 정의의 건축물을 쌓아올렸다. 그렇게 머리를 억지로 쥐어짜다보니 더이상의 이성적인 사고가 불가능해지면서 그는 광신도처럼 자기 자신을 맹신하는 단계로 접어들게 되었다. 그리하여 감성과 양식에서 비롯된 신중함마저 점차 사라지면서 새로운 세상의 실현보다 더 쉬운 일이 없는 것처럼 떠벌렸다. 마치 모든 것을 대비해놓아서 필요하면 두어 시간 안에 뚝딱 조립해낼 수 있는 기계장치를 얘기하는 듯했다. 그는 자신의 앞길을 가로막는 어떤 장애에도 굴하지 않을 것이었다.

"이제 우리가 세상을 지배할 차례가 온 것입니다!" 그는 마지막으로 목청 높여 큰 소리로 외쳤다. "저들이 누리고 있는 힘과 부는 본래 우리 것이었기 때문입니다!"

요란한 박수갈채와 함성이 숲속 깊은 곳에서 그에게로 전해져왔다. 이제 숲속 빈터 전체를 새하얗게 밝히고 있는 달빛은 커다란 회색빛 나무들 사이로 숲속 깊은 곳까지 이어져 있는 머리들의 물결을 또렷이 드러나게 했다. 얼음장처럼 차가운 공기 아래 반짝이는 눈과 하얀 이를 드러낸 분노하는 얼굴들이 한데 모여 있었다. 굶주림으로 고통받는 남자와 여자 그리고 아이들이 과거에 자신들의 것이던 재물을 다시 빼앗으려 하고 있었다. 그들은 매서운 추위도 더는 느끼지 못했다. 에티엔의 열광적인 말들이 그들을 뼛속까지 달아오르게 했기 때문이다. 그들은 마치 머지않아 정의의 나라가 도래하기를 갈망하는 초기 기독교인들처럼 종교적인 열광으로 고양되었다. 에티엔이 쏟아내는 모호한 말들을 다 알아들을 수도, 그의 기술적이고 추상적인 고찰을 이해할 수도 없었지만, 오히려 그런 모호함과 난해함이 그들로 하여금 미래의 약속을 더욱더 믿게 하고 그들을 황홀경에 빠뜨렸다. 얼마나 멋진 꿈인가! 우리가 이 세상의 주인이 되어 더이상 고통받지 않아도 되고, 삶의 즐거움을 누리며 살아갈 수 있다니!

"옳소, 옳소! 이젠 우리 차례인 게야!…… 우리 걸 빼앗아간 놈들한테 본때를 보여줘야 해!"

여자들도 한껏 흥분해서 열광했다. 라 마외드는 지독한 허기에 현기증을 느끼면서 평소의 차분함을 잃어버렸다. 라 르바크는 울부짖었고, 라 브륄레는 제정신이 아닌 듯 마녀처럼 두 팔을 흔들어댔다. 필로멘은 발작적으로 기침을 하면서 몸을 떨었고, 흥분한 라 무케트는 연사의 귀에 달콤한 말을 외쳐댔다. 남자들 중에서는, 몸을 부르르 떨고 있는 피에롱과 말이 너무 많은 르바크 사이에 서 있던 마외가 에티엔의 이야기에 도취해 분노의 함성을 외쳐댔다. 장난기가 다분한 자샤리와 무케는 자신들의 동료가 술도 마시지 않고 그렇게 오랫동안 말할 수 있다는 사실에 놀라 어색한 표정으로 애써 웃는 척했다. 그 와중에 나뭇더미 위에 올라가 있던 장랭은 베베르와 리디에게 짓궂게 장난을 치고 폴로뉴가 축 늘어져 있는 바구니를 흔들어대면서 소란스럽게 굴고 있었다.

군중은 다시 열광하기 시작했고, 에티엔은 자신의 인기에 도취되었다. 마치 자신의 힘이 실현되기라도 한 것처럼 말 한마디로 저기 3천 명의 심장을 뛰게 할 수 있다니! 수바린이 와서 그의 말을 들었다면 그에게 박수를 보냈을 터였다. 자기 제자가 무정부주의의 학습에서 발전한 모습을 보고 분명 기뻐하며 에티엔이 구상한 프로그램에도 만족했을 것이다. 꼭 한 가지, 무상 직업교육에 관한 항목만 빼고는. 수바린이 보기에 그것은 감상주의적인 어리석음의 잔재에 불과할 테니까. 민중의 신성하고 유익한 무지함이야말로 그들을 강인하게 단련시키는 원천이기 때문이었다. 라스뇌르는 어깨를 으쓱해 보이면서 경멸과 분노를 노골적으로 드러냈다.

"이런 젠장, 나도 얘기 좀 하자고!" 그가 에티엔을 향해 소리쳤다.

에티엔은 나무 그루터기에서 뛰어내리고는 말했다.

"어디 한번 얘기해보시지. 저들이 당신 말에 얼마나 흥미를 보이는지 두고보자고."

어느새 라스뇌르는 에티엔이 서 있던 곳으로 뛰어올라가 손짓으로 군중에게 조용히 해달라고 요구했다. 하지만 웅성거림은 잦아들지 않았고, 그의 이름은 그를 알아본 앞줄의 사람들로부터 너도밤나무에 가려 잘 보이지 않는 뒤편의 사람들에게까지 입에서 입으로 전해졌다. 그들은 그의 이야기를 듣기를 거부했다. 이제 그는 실추된 우상에 불과했다. 그의 옛 추종자들은 그의 얼굴을 보는 것만으로도 분노했다. 오랫동안 사람들을 매혹했던 그의 유창한 언변과 호인 같은 매너는 이제 나약한 사람들을 달래주는 시답잖은 말장난쯤으로 여겨졌다. 라스뇌르는 소란 속에서도 어렵사리 자신의 이야기를 해나갔다. 그는 늘 그랬던 것처럼 온건한 태도를 견지하자는 주장을 펴나갔다. 단지 법령 몇 개 제정하는 것만으로는 세상을 바꿀 수 없으며, 시간이 흐르면서 점차적으로 세상이 바뀔 때까지 인내하며 기다리는 것이 필요했다. 사람들은 그에게 야유를 보내고, 악의에 찬 농지거리로 그를 조롱했다. 봉주아이에서 그가 겪은 패배가 되풀이되면서 이제는 돌이킬 수 없는 지경에 이르렀다. 군중은 그에게 얼어붙은 이끼를 한 움큼씩 집어던졌고, 그 와중에 한 여자가 날카로운 목소리로 외쳤다.

"배신자를 처단하라!"

그는 방직공은 방적기를 소유할 수 있지만 탄광은 광부들의 것이 될 수는 없음을 설명했다. 그는 노동자가 회사의 이익을 나눠가지면서 회사의 일원이 되는 편이 더 바람직하다고 생각했다.

"배신자를 처단하라!" 수많은 목소리가 한목소리로 외치면서 돌멩이가 날아들었다.

그러자 라스뇌르는 얼굴이 새하얗게 질리면서 눈에 눈물이 가득 고였다. 그는 자신의 삶 전부가 와르르 무너지는 것 같은 충격을 받았다. 이십 년간 야심차게 쌓아올린 동료들과의 관계가 군중의 배은망덕으로 인해 한순간에 물거품이 되고 말았던 것이다. 깊이 상처받은 그는 더이상 계속할 기운이 남지 않아 나무 그루터기에서 내려왔다.

"어디 실컷 웃어보시지." 라스뇌르는 의기양양해하는 에티엔을 향해 더듬더듬 말했다. "네놈도 언젠가는 나 같은 꼴을 당하게 될 테니까…… 반드시 그렇게 될 거라고, 하늘에 맹세코!"

그는 자신이 예견하는 불행에 대한 책임을 다른 사람들에게 떠넘기려는 듯 커다란 몸짓을 해 보이고는 정적에 잠긴 새하얀 평원을 가로질러 홀로 사라져갔다.

그의 뒤로 야유와 조롱이 빗발쳤다. 그러다 본모르 영감이 나무 그루터기 위로 올라가 소란스러운 가운데 이야기하고 있는 것을 보고는 모두들 깜짝 놀랐다. 지금껏 무크 영감과 그는 옛일들을 회상하는 듯한 예의 그 표정으로 여느 때처럼 생각에 몰두해 있었다. 어쩌면 그는 때때로 충동을 느끼는 것처럼, 느닷없이 장황한 이야기를 통해 그의 안에 간직된 과거를 마구 휘저어놓고 싶었던 것인지도 몰랐다. 그리하여 오랫동안 묻혀 있던 기억들이 위로 떠올라 몇 시간에 걸쳐 그의 입을 통해 흘러나왔다. 좌중은 모두 침묵한 채 달빛 아래 유령처럼 낯빛이 창백한 노인의 이야기에 귀를 기울였다. 하지만 그가 하는 이야기는 현안과는 직접적인 관련이 없는 것들이었다. 아무도 이해할 수 없는 기나긴 그의 이야기에 다들 경악하는 듯 보였다. 그는 자신의 젊은 시절에 관해 얘기했다. 르 보뢰 탄광에서 산 채로 매장되어 죽은 두 명의 삼촌과 폐렴으로 세상을 떠난 아내 이야기를 들려주었다. 그러면서도 그는 자기가 하고 싶은 이야기의 흐름에서 벗어나지 않았다. 이런 식의 일들이 잘된 적도 없고, 앞으로도 결코 잘될 리 없다. 옛날에 500여 명의 노동자들이 숲속에서 모인 적이 있었다. 왕이 작업 시간을 줄여주려고 하지 않았기 때문이다. 그는 그 이야기를 거기서 멈추고, 이번에는 또다른 파업 얘기로 넘어갔다. 그는 평생 동안 정말 많은 일들을 보고 겪었다! 그들 모두가 오늘처럼 나무 아래로 모여들었다. 여기 플랑데담에서, 저기 라 샤르본리에서, 더 멀리는 르 소뒤루 부근에서까지. 어느 때는 엄청나게 추웠고, 또 어느 때는 찌는 듯이 무더웠다. 어느 날 밤에는 비가 너무 많이 쏟아지는 바람에 서로 아무 말도 못하고 그냥 집으로 돌아간 일도 있었다. 그리고 왕의 군대가 몰려오면 언제나 총성이 울려퍼지곤 했다.

"그럴 때마다 우린 이렇게 손을 들고는 다시는 저 아래로 내려가지 않겠다고 맹세하곤 했소…… 아! 나도 맹세를 했소, 그렇고말고! 다시는 내려가지 않겠다고 맹세했지!"

군중은 입을 벌린 채 노인의 말을 듣고 있었다. 그리고 그 광경을 지켜보던 에티엔이 나무 그루터기 위로 뛰어올라 노인 곁에 서자 사람들은 왠지 모를 불안감에 사로잡혔다. 에티엔은 앞쪽에 앉아 있는 친구들 중에서 샤발을 알아보고는 카트린이 그곳에 와 있을지도 모른 다고 생각했다. 그는 그녀 앞에서 박수갈채를 받고 싶은 욕구가 치밀 면서 새로운 흥분으로 끓어올랐다.

"동지 여러분, 우리보다 먼저 이 일을 겪었던 동지의 말씀을 잘 들 었을 줄 압니다. 오늘 우리가 도둑들과 살인자들을 처단하지 않으면 여기 서 있는 동지가 과거에 겪었던 일들을 우리 아이들이 또다시 겪 게 될 것입니다."

그는 그 어느 때보다도 격렬하게 말하면서 두려움을 자아냈다. 마 치 빈곤함과 죽음의 깃발을 보여주듯 본모르 영감을 한 손으로 꼭 잡 은 채 복수를 외쳤다. 그는 초기의 마외 가문으로 거슬러올라가, 탄광 에서 일생을 보내면서 탄광회사에 착취당하고 백 년이 지난 지금 과 거보다 더 굶주리게 된 그들 가족의 사연을 몇 줄의 말로 재빨리 요약 했다. 그리고 기름 낀 배를 내밀며 거들먹거리는 탄광회사의 이사들 과 그들 가족을 비교했다. 또한 백 년간 온몸에서 돈을 뽑아내면서, 무위도식하며 육체적인 쾌락만을 추구하는 여자들처럼 호사스럽게 살아가는 주주 일당을 맹렬히 비난했다. 이 얼마나 천인공노할 짓거 리인가! 땅속 깊은 곳에서 아버지와 아들이 대를 이어 죽어가는 동안, 대단하신 귀족 양반들과 부르주아 무리들은 따뜻한 불가에서 파티나 열고, 자신들의 배를 불리기 위해 나라의 높으신 분들에게 뇌물이나 먹이고 있다니! 그는 그동안 공부했던 광부들의 고질적인 병들을 끔

찍한 증세들과 함께 하나하나 열거해나갔다. 빈혈, 연주창, 검은 가래
를 뱉게 만드는 기관지염, 숨막히게 하는 천식, 사지를 마비시키는 류
머티즘. 저들은 이처럼 불쌍한 사람들을 기계에 먹잇감으로 던져주고
가축처럼 탄광촌에 가둬두고 있었다. 대규모 탄광회사들은 점차 그들
모두를 자신들 소유로 만들어 노예처럼 부리고, 수백만에 이르는 온
나라의 노동자들을 끌어들여 고작 천여 명밖에 안 되는 게으른 자들
의 재물을 불리는 데 이용하고 있는 실정이었다. 하지만 광부들은 이
제 더이상 예전처럼 어두운 땅속에서 말없이 바위에 깔려 죽어가는
무지한 짐승 같은 존재가 아니었다. 깊고 깊은 막장에서도 군대가 자
라나고 있었고, 그 싹이 움터 자라난 수많은 시민들이 언젠가 뜨거운
태양이 세상을 환히 비추는 날 대지를 뚫고 세상 위로 그 모습을 드러
낼 것이다. 그리고 사십 년간 죽도록 일한 끝에 석탄가루 섞인 시커먼
가래를 토해내고 막장의 물에 다리가 퉁퉁 부은 예순 살 노인에게 고
작 150프랑의 연금을 던져줄 생각을 하는지, 저들이 하는 짓을 똑똑
히 지켜볼 것이다. 그렇다! 이제 노동자들은 자본가들에게 자신들의
몫을 요구할 것이다. 신비스러운 성소에 몸을 감춘 채 굶어죽어가는
사람들의 정기를 빨아 자기 배를 불리는, 노동자는 한 번도 본 적 없
는 익명의 신에게! 그 신이 웅크리고 있는 곳으로 쳐들어가 그를 찾아
내 타오르는 불 앞에서 그의 얼굴을 똑똑히 보고 말 것이다. 그리고
그 더럽고 탐욕스러운 돼지 같은 신을, 인간의 살로 자신의 배를 채우
는 괴물 같은 우상을 붉은 핏속에 빠뜨려 죽이고 말 터였다.

그는 이야기를 마쳤다. 하지만 그의 한쪽 팔은 여전히 허공 저멀리
지평선 어딘가를 가리켰다. 이번에는 군중의 함성이 너무 커서 몽수

의 부르주아들까지 그 소리를 들을 수 있었다. 그들은 갱이 무너진 건 아닌지 불안한 생각에 방담 쪽을 쳐다보았다. 숲속에서 밤새들이 거대하고 투명한 밤하늘로 푸드덕거리며 날아올랐다.

그는 즉시 결론을 내고자 했다.

"동지 여러분, 여러분은 어떻게 하고 싶습니까?…… 파업을 계속하는 것에 찬성합니까?"

"그렇소! 그렇소!" 모두들 큰 소리로 외쳤다.

"그렇다면 어떤 조치를 취하기를 원합니까?…… 만약 내일 누군가다시 갱으로 내려간다면 우린 분명 패배하고 말 것입니다."

그러자 폭풍우가 몰아치듯 거센 목소리들이 이구동성으로 외쳤다.

"배신자들을 처단하라!"

"그러니까 그들에게 동지로서의 의무와 그들이 한 맹세를 지킬 것을 요구하자는 얘기지요…… 그래서 여러분께 다음과 같이 할 것을 제안합니다. 다 함께 갱으로 가서 배신자들을 다시 데리고 나오는 겁니다. 그렇게 해서 탄광회사에 우리 모두가 한마음 한뜻이며, 그들에게 굴복하느니 죽기를 택할 것임을 보여주는 겁니다."

"옳소, 다 함께 갱으로 갑시다! 갱으로!"

에티엔은 이야기를 시작할 때부터 그의 앞쪽에서 웅성거리고 있는 창백한 얼굴들 사이에서 카트린을 찾았다. 하지만 그녀의 모습은 어디에도 보이지 않았다. 그 대신, 어깨를 으쓱하면서 그를 비웃는 것같은 샤발을 알아볼 수 있었다. 끓어오르는 질투심에 불타는 샤발은 에티엔이 누리는 인기를 조금이라도 나눠가질 수만 있다면 자신의 영혼이라도 팔 준비가 된 듯했다.

"동지들, 우리 중에 끄나풀들이 있을지도 모릅니다. 그들에게 경고하건대 조심하는 게 좋을 겁니다." 에티엔은 덧붙여 말했다. "우린 당신들이 누군지 다 알고 있으니까…… 과연, 지금 여기에도 방담에서 온 광부들이 보이는군요. 여전히 갱을 떠나지 않고 있는……"

"그거 지금 나 들으라고 하는 소린가?" 샤발이 도전적으로 물었다.

"자네일 수도, 다른 사람일 수도 있지…… 하지만 기왕 말이 나왔으니 말인데, 먹을 걸 다 챙겨 먹는 사람들은 배고픈 사람들 일에 끼어들면 안 된다는 걸 이해해야 할 거야. 자넨 장바르 탄광에서 일하고 있는 걸로 아는데……"

그때 누가 비아냥거리는 투로 말했다.

"오! 그가 일하는 게 아니라…… 마누라가 그를 위해 일한다는 게 맞는 말이지."

샤발은 얼굴이 시뻘게져서 욕설을 퍼부었다.

"이런 젠장! 어디 일하지 말란 법이라도 있다는 건가?"

"물론이지!" 에티엔이 큰 소리로 대답했다. "동지들이 모두의 평안을 위해 주린 배를 움켜쥐면서 고통을 감내하고 있을 때는 혼자서만 이기적으로 행동하면서 주인들을 위해 끄나풀 노릇을 하면 안 되는 거지. 한 사람도 빠짐없이 모두 파업에 참가했더라면 우린 벌써 이 세상의 주인이 되었을 거라고…… 몽수에서 파업을 하고 있는데 방담에서는 한 사람이라도 갱으로 내려갔어야만 했나? 저들에게 제대로 한 방 먹이려면 전 지역이 모두 작업을 중단해야 하는 거라고. 드뇔랭 사장의 탄광에서나 여기서나 똑같이. 내 말 알아듣겠나? 장바르 탄광에서 일하는 자들은 모두 배신자야, 자네들은 모두 배신자라고!"

그사이 샤발 주위로 모여든 군중은 꽉 그러쥔 주먹을 치켜들면서 으르렁거렸다. 배신자에게 죽음을! 배신자에게 죽음을! 점점 커지는 위협에 샤발은 얼굴이 새하얗게 질렸다. 그러다 에티엔보다 잘나 보이고 싶은 욕심에 문득 어떤 생각이 떠올랐다.

"내 말 좀 들어주시오, 동지들! 내일 장바르로 와서 내가 정말로 일을 하는지 확인해보면 될 것 아니오!…… 우린 여러분 편이오. 난 그 얘기를 전하기 위해 여기에 온 겁니다. 그리고 화실의 불을 꺼야 합니다. 그러려면 기계공들도 파업에 참여해야 하는 겁니다. 그래서 배수 펌프가 작동을 멈추면 지하수가 넘쳐 갱이 폭파되고 말 거고, 그럼 모든 게 끝장나는 겁니다!"

이번에는 모두가 그에게 열렬한 박수갈채를 보냈다. 그러자 에티엔은 정신을 차릴 수가 없었다. 잇달아 나무 그루터기 위로 뛰어올라온 연사들이 소란스러운 가운데 요란한 몸짓을 해대며 과격한 제안을 마구 쏟아내기 시작했기 때문이다. 광기로 돌변한 신념과 약속된 기적을 기다리는 데 지쳐 급기야 그 기적을 스스로 일으키고자 결심한 종파宗派의 초조함이 야기한 행동들이었다. 굶주림으로 인해 머리가 텅 비어버린 군중은 눈앞이 온통 벌게지면서 만인의 행복이 보장된 천상의 영광 가운데에서 불과 피의 환영을 보았다. 평온한 달빛이 거대한 인파를 비추고, 무성한 숲이 깊은 적막으로 학살의 외침을 에워싸고 있었다. 오직 추위에 꽁꽁 얼어붙은 이끼만이 군중의 발밑에서 바스락거릴 뿐이었다. 반면 우람하게 높이 치솟아 하얀 하늘을 배경으로 섬세한 나뭇가지들이 검게 돋보이는 너도밤나무들은 자신들의 발아래에서 요동치는 가엾은 군중의 처절한 외침을 듣지도, 그들의 존재를 알아차리지도 못했다.

　이제 숲속은 서로 떠밀고 떠밀리는 사람들로 온통 아수라장으로 변해가고 있었다. 그 바람에 라 마외드는 어느새 마외 곁에 와 있었다. 몇 달 전부터 서서히 깊어진 절망감 속에서 평소의 양식마저 상실한 두 사람은 한술 더 떠서 탄광 기사들을 죽여 없애야 한다고 외치는 르바크의 주장을 지지하기에 이르렀다. 그사이 피에롱은 어디론가 사라지고 없었다. 본모르 영감과 무크 영감은 동시에 말하면서 아무도 알아듣지 못하는 모호하고 격한 이야기를 늘어놓았다. 자샤리는 장난스럽게 교회를 부숴버려야 한다고 주장했다. 무케는 그저 더 시끄러운 소리를 내기 위해 크로스 타구채로 땅바닥을 두드려댔다. 여인네들도 마찬가지로 극도로 흥분해 있었다. 라 르바크는 웃었다는 이유로 필로멘을 비난하면서 두 손을 허리에 올리고 그녀와 맞붙을 기세였다. 라 무케트는 헌병들의 거시기를 발로 걷어차서 혼꾸멍을 내주겠다고 큰소리쳤다. 라 브륄레는 리디가 바구니도 샐러드거리도 가지고 있지 않은 것을 보고 따귀를 때렸다. 그러더니 평소 손을 봐주고 싶었던 모든 고용주들에게 하듯 허공에 대고 계속 따귀를 날렸다. 장랭은 기겁해 잠시 숨이 턱 막혔다. 라스뇌르 부인이 그들이 폴로뉴를 훔치는 것을 봤다고, 어떤 견습 광부가 베베르에게 알려주었던 것이다. 하지만 얼른 다시 돌아가 아방타주 주점 문 앞에 토끼를 몰래 풀어주고 오려고 결심한 순간, 그는 더 크게 외치면서 자신의 새 단검을 꺼내들었다. 그러고는 달빛에 반짝이는 날을 보고 으쓱해하면서 칼날을 흔들어댔다.

　"동지들! 동지들!" 에티엔은 마지막으로 자기 말을 전달하기 위해 잠시 침묵을 요구하느라 지치고 쉰 목소리로 거듭 외쳤다.

드디어 모두들 그의 말에 귀를 기울였다.

"동지들! 내일 아침 장바르에서 모이는 것에 모두 찬성합니까?"

"그렇소, 그렇소, 모두 장바르로 갑시다! 배신자들에게 죽음을!"

3천여 명의 목소리가 일으키는 폭풍우가 하늘을 가득 채우고 투명한 달빛 속으로 점차 잦아들었다.

(2권으로 이어집니다)

문학동네 세계문학전집 발간에 부쳐

세계문학은 국민문학 혹은 지역문학을 떠나 존재하는 문학이 아니지만 그것들의 총합도 아니다. 세계문학이라는 용어에는 그 나름의 언어와 전통을 갖고 있는 국민문학이나 지역문학의 존재를 인정하면서 그것을 넘어서는 문학의 보편적 질서에 대한 관념이 새겨져 있다. 그 용어를 처음 고안한 19세기 유럽인들은 유럽문학을 중심으로 그 질서를 구축했지만 풍부한 국민문학의 전통을 가지고 있는 현대의 문학 강국들은 나름의 방식으로 세계문학을 이해하면서 정전(正典)의 목록을 작성하고 또 수정한다.

한국에서도 세계문학 관념은 우리 사회와 문화의 변화 속에서 거듭 수정돼왔다. 어느 시기에는 제국 일본의 교양주의를 반영한 세계문학 관념이, 어느 시기에는 제3세계 민족주의에 동조한 세계문학 관념이 출현했고, 그러한 관념을 실천한 전집물이 출판됐다. 21세기 한국에 새로운 세계문학전집이 필요하다는 것은 명백하다. 우리의 지성과 감성의 기준에 부합하는 세계문학을 다시 구상할 때가 되었다.

문학동네 세계문학전집은 범세계적으로 통용되는 고전에 대한 상식을 존중하면서도 지난 반세기 동안 해외 주요 언어권에서 창작과 연구의 진전에 따라 일어난 정전의 변동을 고려하여 편성되었다. 그래서 불멸의 명작은 물론 동시대 세계의 중요한 정치·문화적 실천에 영감을 준 새로운 작품들을 두루 포함시켰다.

창립 이후 지금까지 한국문학 및 번역문학 출판에서 가장 전문적이고 생산적인 그룹을 대표해온 문학동네가 그간 축적한 문학 출판 경험을 바탕으로 새로운 세계문학전집을 펴낸다. 인류가 무지와 몽매의 어둠 속을 방황하면서도 끝내 길을 잃지 않은 것은 세계문학사의 하늘에 떠 있는 빛나는 별들이 길잡이가 되어주었기 때문이다. 우리가 자부심과 사명감 속에서 그리게 될 이 새로운 별자리가 독자들의 관심과 애정에 힘입어 우리 모두의 뿌듯한 자산이 되기를 소망한다.

문학동네 세계문학전집 편집위원
민은경, 박유하, 변현태, 송병선, 이재룡, 홍길표, 남진우, 황종연

세계문학전집 121
제르미날 1

1판 1쇄 2014년 8월 8일
1판 6쇄 2023년 5월 15일

지은이 에밀 졸라 | 옮긴이 박명숙

편집 신선영 이승환 최민유 김미경 오동규 | 독자모니터 유부만두 이희연
디자인 김현우 최미영 | 저작권 박지영 형소진 최은진 오서영
마케팅 정민호 김도윤 한민아 이민경 안남영 김수현 왕지경 황승현 김혜원 김하연
브랜딩 함유지 함근아 박민재 김희숙 고보미 정승민 배진성
제작 강신은 김동욱 임현식 | 제작처 영신사

펴낸곳 (주)문학동네 | 펴낸이 김소영
출판등록 1993년 10월 22일 제2003-000045호
주소 10881 경기도 파주시 회동길 210
전자우편 editor@munhak.com | 대표전화 031)955-8888 | 팩스 031)955-8855
문의전화 031)955-1927(마케팅), 031)955-3560(편집)
문학동네카페 http://cafe.naver.com/mhdn
인스타그램 @munhakdongne | 트위터 @munhakdongne
북클럽문학동네 http://bookclubmunhak.com

ISBN 978-89-546-2533-3 04860
     978-89-546-0901-2 (세트)

www.munhak.com

● 문학동네 세계문학전집은 계속 출간됩니다